O Poderoso Chefão

MARIO PUZO

O Poderoso Chefão

Tradução de
DENISE BOTTMANN

54ª edição

EDITORA RECORD
RIO DE JANEIRO • SÃO PAULO

2025

EDITORA-EXECUTIVA
Renata Pettengill

SUBGERENTE EDITORIAL
Mariana Ferreira

ASSISTENTE EDITORIAL
Pedro de Lima

AUXILIAR EDITORIAL
Júlia Moreira

CAPA
Leonardo Iaccarino

IMAGENS DE CAPA
Mike Hill / Getty Images
fpm / Getty Images

DIAGRAMAÇÃO
Myla Guimarães

TÍTULO ORIGINAL
The Godfather

CIP-BRASIL. CATALOGAÇÃO NA PUBLICAÇÃO
SINDICATO NACIONAL DOS EDITORES DE LIVROS, RJ

P996p Puzo, Mario, 1920-1999
54. ed. O poderoso chefão / Mario Puzo; tradução de Denise Bottmann. – 54. ed. – Rio de Janeiro: Record, 2025.

Tradução de: The Godfather
ISBN 978-65-5587-276-7

1. Ficção americana. I. Bottmann, Denise. II. Título.

21-74631 CDD: 813
CDU: 82-3(73)

Camila Donis Hartmann - Bibliotecária - CRB-7/6472

Texto revisado segundo o novo Acordo Ortográfico da Língua Portuguesa.

Impresso no Brasil

ISBN 978-65-5587-276-7

Para Anthony Cleri

LIVRO 1

Por trás de toda grande fortuna há um crime.

-Balzac

Capítulo 1

Amerigo Bonasera estava na 3ª Vara do Fórum Criminal de Nova York, aguardando justiça; esperava vingança contra os homens que haviam tentado desonrar a sua filha e que a feriram com tanta crueldade.

O juiz, de fisionomia com traços muito marcados, enrolou as mangas da toga preta como se fosse punir fisicamente os dois rapazes em pé diante dele. Mostrava no rosto frio um desprezo solene. Mas havia em tudo aquilo algo de falso que Amerigo Bonasera percebia, porém ainda não entendia.

— Vocês agiram como degenerados da pior espécie — disse o juiz com rispidez.

Sim, sim, pensou Amerigo Bonasera. Animais. Uns animais. Os dois rapazes, de cabelo lustroso cortado à escovinha, rosto bem-barbeado e ar humildemente contrito, abaixaram a cabeça em sinal de submissão.

O juiz prosseguiu.

— Agiram como animais selvagens e por sorte não molestaram sexualmente aquela pobre moça, pois nesse caso eu os condenaria a vinte anos de prisão.

O juiz fez uma pausa, os olhos faiscantes sob as sobrancelhas espantosamente grossas fitaram furtivos o rosto pálido de Amerigo Bonasera e, então, pousaram sobre uma pilha de pedidos de liberdade condicional à sua frente. Franziu o cenho e encolheu os ombros, como que convencido a contragosto. Retomou a palavra.

— Mas, devido à idade e à ficha limpa de vocês, às boas famílias a que pertencem e ao fato de que a lei na sua majestade não busca vingança, condeno-os a três anos de reclusão na penitenciária, com suspensão da sentença.

Somente quarenta anos de luto profissional impediram que o rosto de Amerigo Bonasera mostrasse a tremenda frustração e o ódio avassalador que sentiu. A sua linda filha ainda estava no hospital, com um fio metálico unindo o maxilar quebrado, e agora esses dois *animali* se safavam? Tinha sido tudo uma grande farsa. Olhou os pais muito alegres rodeando os seus queridos filhinhos. Ah, agora estavam todos contentes, todos sorridentes.

Pela garganta de Bonasera subiu um fel amargo, que transbordou pelos dentes firmemente cerrados. Pegou o lenço de linho branco e tampou a boca. Era nessa posição, de pé, que ele estava enquanto os dois rapazes avançavam em liberdade pela passagem entre os bancos, com ar confiante e impudente, sorrindo, sem lhe dar sequer um olhar de relance. Deixou que passassem sem dizer uma palavra, apertando o lenço nos lábios.

Agora vinham os pais dos *animali*, dois homens e duas mulheres da sua idade, mas vestidos de maneira mais americana. Olharam-no de viés, com ar envergonhado, mas tinham nos olhos uma estranha expressão de desafio e triunfo.

Descontrolando-se, Bonasera se inclinou para a passagem e gritou com a voz rouca:

— Vocês vão chorar como eu chorei. Vou fazer vocês chorarem como os filhos de vocês me fizeram chorar — disse, agora levando o lenço aos olhos.

Os advogados de defesa que fechavam o cortejo fizeram os clientes avançar, formando um pequeno grupo cerrado em volta dos dois rapazes, que tinham dado meia-volta e começavam a retornar como que para proteger os pais. Um corpulento oficial de justiça avançou depressa para bloquear a fila em que estava Bonasera. Mas não foi necessário.

Durante todos os seus anos nos Estados Unidos, Amerigo Bonasera confiara na lei e na ordem. E assim prosperara. Agora, mesmo com a cabeça ardendo de ódio, mesmo com o crânio estalando com uma vontade desenfreada de comprar uma arma e matar os dois rapazes, Bonasera se virou para a esposa, que ainda não entendia bem o que se passava, e lhe explicou:

— Eles nos fizeram de bobos.

Fez uma pausa e, então, tomou uma decisão, não temendo mais o custo que teria.

— Para conseguir justiça, temos de ir de joelhos a Don Corleone.

NUMA SUÍTE DE HOTEL ESPALHAFATOSA em Los Angeles, Johnny Fontane se embebedava num acesso de ciúmes como qualquer marido comum. Esparramado num sofá vermelho, bebia direto da garrafa de scotch que tinha na mão, então tirava o gosto de álcool da boca enfiando a cara numa jarra de cristal com água e gelo. Eram quatro da manhã e, no porre, ele tecia fantasias de matar aquela vagabunda da sua mulher quando ela voltasse para casa. Se é que ia voltar. Era muito tarde para ligar para a primeira esposa e perguntar das crianças, e achava esquisito ligar para algum dos amigos, agora que a sua carreira despencava ladeira abaixo. Houve um tempo em que esses amigos se sentiriam muito honrados, adorariam que ele ligasse às quatro da matina, mas agora só se enfastiavam. Ele até conseguiu sorrir um pouco para si mesmo, lembrando que, na época de sucesso, os problemas de Johnny Fontane haviam fascinado algumas das maiores estrelas dos Estados Unidos.

Dando mais uns goles na garrafa de scotch, enfim ouviu a chave da esposa girando na fechadura, mas continuou bebendo enquanto ela entrava e parava na frente dele. Parecia-lhe tão linda, o rosto angelical, os olhos violeta expressivos, o corpo de delicada fragilidade, mas de formas perfeitas. A tela do cinema ampliava e espiritualizava a sua beleza. Havia cem milhões de homens no mundo inteiro apaixonados pelo rosto de Margot Ashton. E pagavam para vê-lo na tela.

— Mas que raio! Por onde você andou? — perguntou Johnny Fontane.

— Dando por aí — respondeu.

Ela não tinha avaliado bem o grau de bebedeira do marido. Ele saltou por cima da mesinha de bebidas e a agarrou pelo pescoço. Mas, junto daquele rosto fascinante, dos encantadores olhos violeta, a raiva passou e ele se sentiu outra vez sem ação. Ela cometeu o erro de sorrir zombeteira e viu o punho recuando para pegar impulso. Então gritou:

— Johnny, no rosto não, eu estou fazendo um filme.

Ela ria. Ele lhe deu um soco no estômago que a derrubou no chão. Caiu por cima dela. Enquanto a esposa arfava, ele sentia o seu hálito perfumado. Esmurrou-lhe os braços e os músculos firmes das pernas sedosas e bronzeadas. Bateu nela tal como batia nos moleques menores, muito tempo atrás, quando era um adolescente arruaceiro em Hell's Kitchen de Nova York. Um castigo dolorido, que não deixava nenhuma desfiguração permanente, como um nariz quebrado ou uns dentes soltos.

Mas não batia com força suficiente. Não conseguia. E ela ficava caçoando dele. Com os braços estendidos e as pernas abertas, o vestido de brocado erguido até as coxas, ela provocava e caçoava.

— Vem, enfia. Enfia, Johnny, o que você quer na real é isso.

Johnny se levantou. Odiava aquela mulher no chão, mas a sua beleza era um escudo mágico. Margot rolou de lado e, num salto de bailarina, se pôs de pé a encará-lo. Começou a arremedar uma dancinha infantil, cantarolando:

— Johnny não machuca, Johnny não machuca.

E, então, quase triste e com uma beleza majestosa, disse:

— Seu filho da mãe, me dando uns petelecos feito menino, pobre coitado. Ah, Johnny, você sempre vai ser um carcamano romântico e idiota, até para trepar parece menino. Ainda acha que trepar é que nem aquelas músicas melosas que você cantava.

Ela abanou a cabeça e disse:

— Pobre Johnny. Tchau, Johnny.

Foi para o quarto, e ele ouviu a chave girar na fechadura.

Johnny se sentou no chão com o rosto entre as mãos. Foi tomado por um desespero doentio e humilhante. Então a valentia de sarjeta que o ajudara a sobreviver na selva de Hollywood fez com que pegasse o telefone e chamasse um táxi para levá-lo ao aeroporto. Só havia uma pessoa capaz de salvá-lo. Ia voltar para Nova York. Ia voltar para o único homem com o poder e a sabedoria de que ele precisava e com um amor em que ainda confiava. O seu padrinho Corleone.

O padeiro Nazorine, rechonchudo e rústico como os grandes filões de pão italiano que fazia, ainda coberto de farinha, olhava carrancudo a esposa, a filha Katherine, em idade de casar, e Enzo, o seu ajudante de padaria. Enzo já tinha se trocado e estava com o uniforme de prisioneiro de guerra, com a braçadeira em letras verdes, morrendo de medo de que toda essa cena o atrasasse para a hora de voltar e se apresentar à ilha do Governador. Era um dos muitos milhares de prisioneiros do Exército italiano em regime semiaberto, com autorização para sair durante o dia e trabalhar na economia americana, e vivia num medo constante de que revogassem a autorização. Por isso a pequena comédia agora encenada era, para ele, um assunto muito sério.

Nazorine perguntou, colérico:

— Você desonrou a minha família? Emprenhou a minha filha com um presentinho para se lembrar de você, agora que a guerra acabou, e você sabe que os Estados Unidos vão chutá-lo de volta para aquele cu de mundo que é o seu vilarejo na Sicília?

Enzo, rapazote baixinho e robusto, pôs a mão no coração e disse quase às lágrimas, mas com bastante esperteza:

— *Padrone*, juro pela Virgem Santa que nunca me aproveitei da sua bondade. Amo a sua filha com todo o respeito. Peço a mão dela com todo o respeito. Sei que não tenho nenhum direito, mas, se eles me mandarem de volta para a Itália, nunca vou poder voltar para os Estados Unidos. Nunca vou poder me casar com a Katherine.

Filomena, a mulher de Nazorine, foi direto ao assunto.

— Pare com toda essa bobagem — disse ao marido rechonchudo. — Você sabe o que precisa fazer. Mantenha o Enzo aqui, mande ele se esconder com os nossos primos em Long Island.

Katherine chorava. Ela já era gorducha, de ar simplório, com um leve buço despontando. Nunca arranjaria um marido bonito como Enzo, nunca encontraria outro homem que tocasse as partes secretas do seu corpo com um amor tão respeitoso.

— Vou morar na Itália — gritou ao pai. — Vou fugir se você não ficar com o Enzo aqui.

Nazorine lhe deu um olhar perspicaz. Era "quente" essa sua filha. Vira como Katherine roçava as nádegas volumosas na braguilha de Enzo, enquanto o ajudante de padeiro se espremia por trás dela para encher os cestos do balcão com os filões quentes saídos do forno. O filão quente do pilantra ia entrar no forno *dela*, pensou Nazorine com certa lascívia, se não fossem tomadas as devidas providências. Enzo precisava ficar nos Estados Unidos e se tornar cidadão americano. E só havia um homem capaz de resolver o caso. O padrinho. Don Corleone.

TODAS ESSAS E MUITAS OUTRAS pessoas receberam convites impressos para o casamento da srta. Constanzia Corleone, a ser celebrado no último sábado de agosto de 1945. O pai da noiva, Don Vito Corleone, nunca esquecia os velhos amigos e vizinhos, mesmo morando agora numa mansão em Long Island. A recepção seria dada na casa e os festejos se prolongariam pelo dia todo. Era, sem dúvida, uma ocasião muito importante. A guerra com os japoneses tinha terminado logo antes, por isso não haveria nenhum receio pelos filhos lutando no Exército para toldar a festa. Era exatamente de um casamento que as pessoas precisavam para extravasar a sua alegria.

E assim, naquele sábado de manhã, os amigos de Don Corleone afluíram de Nova York para lhe render homenagem. Traziam envelopes cor de creme como presente para os noivos, recheados de dinheiro vivo, não de cheques. Dentro de cada envelope, havia um cartão com a identidade do doador e o grau de respeito que tinha pelo padrinho. Um respeito realmente merecido.

Era a Don Vito Corleone que todos recorriam em busca de ajuda, e nunca saíam desapontados. Ele não fazia promessas vazias, nem apresentava qualquer desculpa covarde de estar com as mãos atadas por forças maiores. Não era preciso ser seu amigo, não importava sequer se o indivíduo não tivesse meios de retribuir. Só uma coisa era necessária. Que ele, *ele pessoalmente*, declarasse a sua amizade. E aí, por mais pobre ou impotente que fosse o solicitante, Don Corleone tomava a peito os problemas daquele homem. E não deixava nada se interpor na solução da desgraça daquele homem. A sua recompensa? A amizade, o título respeitoso de "Don", às vezes o tratamento mais afetuoso de "padrinho". E talvez, apenas como forma de mostrar respeito, nunca para conseguir vantagem própria, algum presente humilde — um garrafão de vinho caseiro ou um cesto de *taralli* decorados com pimentas, assados especialmente para enfeitar a sua mesa de Natal. Subentendia-se que era uma simples questão de boas maneiras proclamar-se devedor seu e que ele tinha o direito de chamar a pessoa a qualquer momento para saldar a sua dívida prestando-lhe algum pequeno serviço.

Agora nesse grande dia, o dia do casamento da filha, Don Vito Corleone estava à entrada da casa de Long Beach para receber os convidados, todos eles conhecidos, todos eles de confiança. Muitos deviam a boa sorte na vida ao Don e, nessa ocasião íntima, sentiam-se à vontade para tratá-lo diretamente por "padrinho". Mesmo os que estavam trabalhando na festa eram amigos seus. O bartender era um velho camarada, que forneceu todas as bebidas para o casamento e a sua grande experiência. Os garçons eram amigos dos filhos de Don Corleone. Os pratos nas mesas de jardim tinham sido preparados pela esposa do Don e pelas amigas, e o próprio jardim, com os seus quatro mil metros quadrados, fora alegremente decorado com festões pelas amigas mais chegadas da noiva.

Don Corleone recebia a todos — ricos e pobres, poderosos e humildes — com a mesma demonstração de afeto. Não menosprezava ninguém. Era esse o seu caráter. E os convidados tanto elogiavam a sua elegância, trajando smoking, que um observador inexperiente poderia pensar que era ele o noivo afortunado.

Com o Don, de pé à porta, estavam dois dos seus três filhos. O mais velho, cujo nome de batismo era Santino, mas que todos, exceto o pai, chamavam de Sonny, era visto com certa desconfiança pelos italianos mais velhos e com admiração pelos mais jovens. Sonny Corleone, como rebento de primeira geração de pais italianos, era bastante alto, quase um metro e oitenta, e com o seu cabelo basto e crespo parecia ainda mais alto. Tinha as feições de um Cupido um tanto grosseiro, de traços regulares, mas com lábios arqueados intensamente sensuais e uma covinha no queixo que, de certa forma, parecia quase obscena. Era robusto como um touro, e era de conhecimento geral que fora tão generosamente dotado pela natureza que a pobre esposa sentia pelo leito nupcial o mesmo medo dos hereges perante o cavalete de tortura. Corria à boca pequena que, visitando quando rapaz as casas de má fama, mesmo a *putaine* mais calejada e destemida, intimidando-se à vista do enorme membro, cobrava o dobro do preço.

Aqui na festa de casamento, algumas jovens senhoras de quadris largos e amplas bocas avaliavam Sonny Corleone com um olhar de confiante segurança. Mas, nesse dia em particular, estavam perdendo tempo. Sonny Corleone, apesar da presença da esposa e dos três filhos pequenos, tinha planos para Lucy Mancini, a madrinha de casamento da sua irmã. A moça, plenamente ciente disso, estava sentada a uma mesa de jardim com vestido de gala cor-de-rosa e uma tiara de flores no cabelo preto e reluzente. Havia flertado com Sonny durante os ensaios na semana anterior e lhe apertara a mão nessa manhã, no altar. Uma virgem não podia ir além disso.

Lucy não se importava que ele nunca viesse a ser o grande homem que era o pai. Sonny Corleone tinha força, tinha coragem. Era generoso e todos reconheciam que tinha um coração tão grande quanto o seu membro. Mas não tinha a humildade do pai; pelo contrário, era esquentado, de pavio curto, o que o levava a cometer erros de avaliação. Embora fosse de grande ajuda nos negócios paternos, muitos duvidavam que viesse a herdá-los.

O segundo filho, Frederico, a quem chamavam de Fred ou Fredo, era o próprio modelo filial que todo italiano rogava aos santos. Obediente, leal, sempre a serviço do pai, morando com o pai e a mãe aos 30 anos. Era baixo e corpulento, não bonito, mas com a mesma cabeça de Cupido da família, a juba crespa sobre o rosto redondo e os lábios sensuais em forma de arco. Só que, em Fred, esses lábios não eram sensuais, eram graníticos. Propenso à melancolia, ainda era um apoio firme para o pai, nunca discutia com ele, nunca o constrangia com condutas escandalosas com mulheres. Apesar de todas essas virtudes, Fred não tinha aquele magnetismo pessoal, aquela força animal tão necessária a um líder, e tampouco ele era visto como herdeiro dos negócios da família.

O terceiro filho, Michael Corleone, não estava junto com o pai e os irmãos, mas sentava-se a uma mesa no canto mais retirado do jardim. Mesmo ali, porém, não escapava às atenções dos amigos da família.

Michael Corleone era o filho caçula do Don e o único que não aceitara o comando do grande homem. Não tinha o rosto maciço de Cupido dos irmãos, e o cabelo nigérrimo não era crespo e, sim, liso. O leve moreno oliváceo da pele seria, numa moça, considerado encantador. Ele era bonito de uma forma delicada. De fato, houve uma época em que o

Don ficou preocupado com a virilidade do filho caçula. A preocupação cessou quando Michael Corleone fez 17 anos.

Agora, o caçula estava sentado a uma mesa no canto mais afastado do jardim para anunciar um deliberado distanciamento do pai e da família. Ao lado, estava a moça americana da qual todos já tinham ouvido falar, mas que ninguém vira até esse dia. Claro que ele mostrou o devido respeito e a apresentou a todos no casamento, inclusive à sua família. Ninguém se impressionou muito com ela. Era magra demais, de pele clara demais, com ar inteligente demais para uma mulher, com modos livres demais para uma jovem solteira. O nome dela também soava muito esquisito a eles: chamava-se Kay Adams. Se lhes dissesse que os seus antepassados tinham se estabelecido nos Estados Unidos duzentos anos atrás e que o seu nome era bastante comum, dariam de ombros.

Todos os convidados perceberam que o Don não prestava nenhuma atenção especial a esse terceiro filho. Antes da guerra, Michael tinha sido o favorito e era visivelmente o herdeiro escolhido para tocar os negócios da família quando chegasse a hora. Ele possuía toda a serena força e inteligência do grande pai, o instinto inato de agir de tal maneira que não havia outro recurso a não ser respeitá-lo. Mas, quando estourou a Segunda Guerra Mundial, Michael Corleone se alistou como voluntário no Corpo de Fuzileiros Navais. Com isso, contrariou frontalmente as ordens expressas do pai.

Don Corleone não tinha a mais remota vontade, a mais remota intenção de deixar que o filho caçula fosse morto a serviço de uma potência que não fosse a dele próprio. Foi um tal de subornar médicos e de montar esquemas secretos que ele gastou uma fortuna para tomar as devidas precauções. Mas Michael estava com 21 anos e não se podia fazer nada contra a sua livre vontade. Alistou-se e combateu no oceano Pacífico. Foi promovido a capitão, ganhou medalhas. Em 1944, a revista *Life* publicou o seu retrato e um conjunto de fotos das suas proezas. Um amigo mostrara a revista a Don Corleone (a família não se atreveu), e o Don resmungou desdenhoso, dizendo: "Ele faz esses milagres para estranhos."

Quando Michael Corleone foi liberado no começo de 1945, para se recuperar de um ferimento grave, não fazia ideia de que a sua dispensa se dera por obra do pai. Ficou em casa durante algumas semanas, e, então, sem consultar ninguém, ingressou na Faculdade de Dartmouth, em Hanover, New Hampshire, e assim deixou a casa paterna. Voltava para assistir ao casamento da irmã e para lhes apresentar a futura esposa, aquela americana que mais parecia um trapo desbotado.

Kay Adams se divertia com os casos que Michael Corleone lhe contava sobre alguns dos convidados mais pitorescos. Ele, por sua vez, achava divertido que ela considerasse essas pessoas exóticas e, como sempre, encantava-se com o seu vivo interesse por qualquer novidade estranha à sua experiência. Por fim, ela teve a atenção atraída por um pequeno grupo reunido em volta de um barril de vinho feito em casa. Eram Amerigo Bonasera, o padeiro Nazorine, Anthony Coppola e Luca Brasi. Com a sua habitual perspicácia, Kay comentou que aqueles quatro não pareciam especialmente contentes. Michael sorriu.

— É, não mesmo — disse ele. — Estão esperando para conversar com o meu pai em reservado. Vão pedir algum favor.

E, de fato, era fácil notar que o olhar dos quatro seguia incessantemente o Don.

Enquanto Don Corleone continuava ali cumprimentando os convidados, um Chevrolet sedã preto parou no outro extremo do conjunto residencial. Dois homens no banco da frente sacaram um caderninho do paletó e, sem nenhuma tentativa de disfarçar, anotaram o número da placa dos outros carros estacionados em torno do condomínio. Sonny se virou para o pai e disse:

— Aqueles caras ali devem ser da polícia.

Don Corleone deu de ombros.

— Não sou dono da rua. Podem fazer o que quiserem.

A cara de Cupido de Sonny ficou roxa de raiva.

— Esses calhordas filhos da mãe, eles não respeitam coisa nenhuma.

Desceu os degraus da casa e atravessou a alameda do condomínio, indo até o local onde o sedã preto estava parado. Brusco e irritado, pôs a cara bem perto do rosto do motorista, que nem piscou, mas simplesmente abriu a carteira e mostrou uma identificação verde. Sonny recuou sem dizer uma palavra. Deu uma cusparada tamanha que a saliva bateu na porta de trás do sedã e foi embora. Torcia para que o motorista saísse do carro e viesse atrás dele, dentro do conjunto residencial, mas não aconteceu nada. Chegando à escada da casa, disse ao pai:

— Os caras são do FBI. Estão anotando todas as placas. Filhos da mãe desgraçados.

Don Corleone sabia quem eram. Os amigos mais íntimos e próximos tinham sido aconselhados a não usar os próprios carros para vir ao casamento. E, embora desaprovasse a tola demonstração de raiva do filho, o acesso de fúria para alguma coisa servia. Os intrusos julgariam que a sua presença ali era inesperada, pegando todos desprevenidos. Por isso Don Corleone, pessoalmente, não se irritou. Aprendera, fazia muito tempo, que é preciso aguentar os insultos que a sociedade impõe e o consolo é saber que sempre chega uma hora nesse mundo em que mesmo o sujeito mais humilde, se ficar atento, poderá se vingar do mais poderoso. Era por saber disso que o Don não perdia a humildade que todos os seus amigos admiravam.

Mas agora, no jardim nos fundos da casa, um conjunto de orquestra começou a tocar. Todos os convidados haviam chegado. Don Corleone afastou os intrusos dos pensamentos e, à frente dos dois filhos, seguiu para o banquete.

AGORA HAVIA CENTENAS DE CONVIDADOS no jardim imenso, alguns dançando no estrado de madeira enfeitado de flores, outros sentados a extensas mesas repletas de pratos bastante condimentados e enormes jarras de vinho tinto caseiro. A noiva, Connie Corleone, estava esplendorosamente sentada a uma mesa especial, mais elevada, junto com o noivo, a madrinha de casamento, as daminhas de honra e os pajens. Era um cenário rústico ao velho estilo italiano. Não ao gosto da noiva, mas Connie consentira num casamento "típico" para agradar ao pai, pois já o desagradara muito na escolha do marido.

O noivo, Carlo Rizzi, tinha sangue misto, filho de pai siciliano e mãe do norte da Itália, da qual herdara o cabelo loiro e os olhos azuis. Os pais moravam em Nevada, e Carlo saíra de lá por causa de um probleminha com a lei. Em Nova York, conheceu Sonny Corleone e, assim, conheceu a irmã. Don Corleone, claro, enviou amigos de confiança até Nevada, e eles informaram que o problema de Carlo com a polícia tinha sido uma indiscrição de juventude com uma arma, nada de muito sério, que seria fácil de eliminar dos registros, deixando o rapaz com ficha limpa. Voltaram também com informações detalhadas sobre o jogo, que era legal em Nevada, o que muito interessou ao Don, que desde então passou a refletir sobre o assunto. Uma das coisas que constituíam a grandeza do Don era tirar proveito de tudo.

Connie Corleone não era nenhuma grande beldade, magra, nervosa, que com a idade certamente viraria uma megera. Mas hoje, sob o sortilégio do vestido branco de noiva e da virgindade sôfrega, estava tão radiante que quase ficava bonita. Por baixo da mesa de madeira, estava com a mão pousada na coxa musculosa do noivo. Fez biquinho com a boca arqueada de Cupido para lhe mandar um beijo.

Ele lhe parecia incrivelmente bonito. Carlo Rizzi, quando era bem jovem, havia trabalhado no deserto ao ar livre — trabalho braçal pesado. Agora os músculos dos braços eram impressionantes e os ombros se ressaltavam no paletó do smoking. Deleitava-se com os olhares de adoração da noiva e lhe servia vinho. Esmerava-se em se mostrar cortês com ela, como se ambos encenassem uma peça. Mas volta e meia os seus olhos cintilavam, olhando a enorme bolsa de seda que a noiva trazia no ombro direito, agora totalmente abarrotada de envelopes contendo dinheiro. Quanto teria ali? Dez mil? Vinte mil? Carlo Rizzi sorriu. Era apenas o começo. Afinal, casara-se dentro da realeza. Teriam de tomá-lo aos seus cuidados.

Entre a multidão de convidados, um rapaz de ar lépido, com uma cara lustrosa de fuinha, também examinava a bolsa de seda. Por mero hábito, Paulie Gatto se perguntava quanto conseguiria se pegasse aquela bolsa recheada. Divertiu-se com a ideia. Mas sabia que era um devaneio bobo e inocente, como o sonho de uma criança imaginando derrubar um tanque com uma espingardinha de brinquedo. Ficou olhando o seu chefe Peter Clemenza, gordo e de meia-idade, rodopiando com as mocinhas na pista de dança numa rústica e voluptuosa *tarantella*. Clemenza, que era enorme de alto, enorme de grande, dançava com tanta habilidade e tanto abandono, a barrigona roçando lasciva nos seios das mulheres mais jovens e mais miúdas, que todos os convidados o aplaudiam. As mulheres mais velhas o agarravam pelo braço, cada uma querendo ser a próxima a dançar com ele. Os homens mais novos respeitosamente abriam espaço na pista e batiam palmas acompanhando o ritmo do frenético dedilhado do bandolim. Quando Clemenza finalmente caiu derreado numa cadeira, Paulie Gatto lhe trouxe um cálice de vinho tinto gelado e com o seu lenço de seda lhe enxugou o suor da testa, que mais parecia a de Júpiter. Clemenza bufava feito uma baleia enquanto mandava o vinho goela abaixo. Mas, em vez de agradecer a Paulie, falou curto e grosso:

— Não fique aí feito juiz de dança, vá fazer o seu serviço. Dê uma andada pela vizinhança e veja se está tudo em ordem.

Com isso Paulie se foi e sumiu na multidão

A pequena orquestra fez um intervalo. Um jovem chamado Nino Valenti pegou um bandolim deixado de lado, pôs o pé esquerdo em cima de uma cadeira e começou a cantar uma música de amor siciliana meio indecente. Nino Valenti tinha rosto bonito, mas inchado de tanto beber, e já estava um pouco alto. Revirava os olhos enquanto parecia acariciar com a língua a letra obscena. As mulheres soltavam gritinhos de entusiasmo e os homens berravam a última palavra de cada estrofe junto com o cantor.

Don Corleone, notoriamente pudico nessas questões, embora a sua robusta esposa estivesse gritando alegremente junto com as outras, usou de tato e desapareceu dentro de casa. Apercebendo-se disso, Sonny Corleone foi até a mesa da noiva e sentou ao lado da madrinha de casamento, a jovem Lucy Mancini. Estavam em segurança. A esposa dele estava na cozinha, dando os últimos retoques no preparo do bolo de casamento. Sonny murmurou alguma coisa no ouvido da moça, e ela se levantou. Sonny esperou uns minutos e, então, com ar displicente, foi atrás dela, parando aqui e ali para falar com um ou outro convidado, enquanto abria caminho na multidão.

Todos os olhos seguiam os dois. A madrinha de casamento, totalmente americanizada por três anos de faculdade, era uma moça apetitosa que já tinha certa "reputação". Em todos os ensaios para o casamento, ela havia flertado com Sonny Corleone de um jeito provocador e brincalhão que imaginava ser permitido, pois ele era o padrinho e o seu par no casamento. Agora, segurando a barra do vestido cor-de-rosa para não arrastar no chão, Lucy Mancini entrou na casa, sorrindo com falsa inocência, e subiu leve e airosa a escada até o banheiro. Ficou lá dentro por alguns instantes. Ao sair, Sonny Corleone estava no patamar de cima, acenando para que subisse.

Por trás da janela fechada do "escritório" de Don Corleone, uma sala na lateral da casa, com o piso um pouco mais alto, Thomas Hagen observava a festa de casamento no jardim engrinaldado. As paredes atrás dele eram forradas de livros jurídicos. Hagen era o advogado e o *consigliere* interino do Don e, como tal, ocupava a posição subordinada mais vital dos negócios da família. Ambos tinham resolvido muitos problemas espinhosos nessa sala e por isso, quando viu que o padrinho deixava a festa e entrava na casa, logo percebeu que, com ou sem casamento, iam trabalhar do mesmo jeito naquele dia. O Don vinha ter com ele. Então Hagen viu Sonny Corleone cochichando no ouvido de Lucy Mancini e acompanhou a pequena comédia dos dois, enquanto Sonny entrava na casa atrás dela. Hagen fez uma careta, ficou debatendo consigo mesmo se ia informar o Don e acabou decidindo que não diria nada. Foi até a escrivaninha e pegou uma lista manuscrita das pessoas que haviam sido autorizadas a ver Don Corleone em caráter reservado. Quando o Don entrou na sala, Hagen lhe estendeu a lista. Don Corleone assentiu e disse:

— Deixe o Bonasera por último.

Hagen saiu pela porta-janela e foi diretamente ao jardim onde os solicitantes estavam reunidos em volta do barril de vinho. Apontou para o padeiro, o rechonchudo Nazorine.

Don Corleone recebeu o padeiro com um abraço. Tinham brincado juntos quando crianças na Itália e cresceram amigos. Toda Páscoa, chegavam à casa de Don Corleone tortas fresquíssimas de ricota e germe de trigo, com a crosta dourada de gema de ovo, com o tamanho de umas rodas de caminhão. No Natal, nos aniversários da família, doces ricamente cremosos proclamavam o respeito dos Nazorine. E em todos esses anos, de vacas magras e de vacas gordas, Nazorine pagava de bom grado as taxas do sindicato de panificadores organizado pelo Don nos seus verdes tempos de novato. Nunca pedira um favor em troca, exceto a chance de comprar no mercado clandestino cupons oficiais de açúcar no racionamento durante a guerra. Agora chegara o momento em que o padeiro ia fazer valer os seus direitos como amigo leal, e Don Corleone ansiava em atender com muito prazer à sua solicitação.

Ele deu ao padeiro um charuto Di Nobili e um copo de Strega amarelo, pousando a mão no ombro do homem para incentivá-lo a falar. Esta era a marca da humanidade do Don. Sabia por dura experiência própria quanta coragem era preciso ter para pedir um favor a um semelhante.

O padeiro contou o caso da filha e de Enzo. Um bom garoto italiano, da Sicília; capturado pelo Exército americano, enviado aos Estados Unidos como prisioneiro de guerra, em regime semiaberto durante o dia para ajudar o nosso esforço de guerra! Um amor puro e honrado brotara entre o honesto Enzo e a sua resguardada Katherine, mas, agora que a guerra terminara, o pobre garoto ia ser repatriado para a Itália e a filha de Nazorine certamente ia morrer de dor. Só o padrinho Corleone poderia ajudar o aflito casal. Era a última esperança deles.

O Don ficou andando com Nazorine de um lado para o outro na sala, a mão no ombro do padeiro, assentindo com ar compreensivo para manter o ânimo do homem. Depois que o padeiro terminou, Don Corleone sorriu e disse:

— Meu caro amigo, esqueça todas as suas preocupações.

Passou a explicar cuidadosamente o que se devia fazer. Era preciso enviar uma petição ao deputado do distrito. O deputado então apresentaria um projeto de lei especial, permitindo que Enzo adquirisse cidadania. O projeto certamente seria aprovado na Câmara. Um privilégio que todos aqueles malandros trocavam entre eles. Don Corleone explicou que isso tinha um preço, e que agora custava dois mil dólares. Ele, Don Corleone, garantiria o encaminhamento e aceitaria o pagamento. O amigo estava de acordo?

O padeiro assentiu vigorosamente. Não esperava que um favor tão grande saísse de graça. Isso estava implícito. Um decreto especial da Câmara não sai barato. Nazorine quase chorava ao agradecer. Don Corleone o acompanhou até a porta, assegurando que algumas pessoas capacitadas iriam até a padaria para acertar todos os detalhes e preencher todos os documentos necessários. O padeiro o abraçou e sumiu no jardim.

Hagen sorriu para o Don.

— É um bom investimento para o Nazorine. Um genro e um ajudante barato na padaria pelo resto da vida, tudo por dois mil dólares. — Deu uma pausa e retomou. — Para quem passo esse trabalho?

Don Corleone franziu o cenho, pensando.

— Não para o nosso *paesà*. Passe para o judeu do distrito vizinho. Mude o endereço de domicílio. Creio que vão surgir muitos casos assim, agora que a guerra acabou; precisamos de mais gente em Washington para lidar com esse aumento da demanda sem subir o preço.

Hagen escreveu no bloco de notas: "Não o deputado Luteco. Tentar Fischer."

O próximo que Hagen fez entrar era um caso muito simples. O sujeito se chamava Anthony Coppola e era filho de um antigo colega de serviço de Don Corleone, na juventude, quando trabalhava no pátio ferroviário. Coppola precisava de quinhentos dólares para abrir uma pizzaria, para cobrir o aluguel adiantado das instalações e o forno especial. Por razões que não vinham ao caso, ele não dispunha de crédito. O Don pôs a mão no bolso e tirou um maço de notas. Não chegava. Fez um muxoxo e disse a Tom Hagen:

— Me empreste cem dólares. Devolvo na segunda, quando for ao banco.

O solicitante falou que os quatrocentos davam e sobravam, mas Don Corleone lhe deu um tapinha no ombro e disse como que se desculpando:

— Essa festança de casamento me deixou um pouco apertado.

Pegou o dinheiro que Hagen lhe estendia e deu a Anthony Coppola, junto com o maço de notas.

Hagen, em silêncio, assistia à cena com admiração. O Don sempre dizia que um homem, ao ser generoso, devia apresentar essa generosidade como algo pessoal. Para Anthony Coppola, era uma honra e tanto que um homem como o Don pegasse dinheiro emprestado para fornecer *a ele*. Coppola, claro, sabia que o Don era milionário, mas quantos milionários se disporiam a um inconveniente, por menor que fosse, para ajudar um amigo pobre?

O Don levantou a cabeça com ar interrogativo. Hagen disse:

— O Luca Brasi não está na lista, mas quer vê-lo. Ele acha que não pode ser em público, e quer dar os parabéns pessoalmente.

O Don, pela primeira vez, se mostrou descontente. Tentou se esquivar.

— É mesmo necessário? — perguntou.

Hagen encolheu os ombros.

— Você o conhece melhor do que eu. Mas ele ficou muito grato por ter sido convidado para o casamento. Jamais esperava isso. Creio que quer mostrar a sua gratidão.

Don Corleone assentiu e fez um gesto para que o trouxesse.

No jardim, Kay Adams estava impressionada com a tremenda fúria que se estampava na cara de Luca Brasi. Perguntou a respeito dele. Michael tinha trazido Kay ao casamento para que fosse absorvendo aos poucos, talvez sem ficar chocada demais, a verdade sobre o seu pai. Mas, até agora, ela parecia considerar o Don como um homem de negócios ligeiramente escuso. Michael resolveu contar indiretamente uma parte da verdade. Explicou que Luca Brasi era um dos homens mais temidos no submundo da Costa Leste. O seu grande talento, pelo que diziam, era ser capaz de executar um assassinato por encomenda sozinho, sem cúmplices, o que automaticamente tornava quase impossível descobri-lo e condená-lo. Michael torceu a cara e disse:

— Não sei se é tudo verdade. O que sei é que ele é uma espécie de amigo do meu pai.

Pela primeira vez, Kay começava a entender. Um pouco incrédula, perguntou:

— Você não está dizendo que um homem desses trabalha para o seu pai, não é?

Dane-se, pensou ele, e foi franco.

— Quase quinze anos atrás, tinha um pessoal que queria pegar a firma de importação de azeite do meu pai. Tentaram matá-lo e quase conseguiram. O Luca Brasi foi atrás deles. Consta que ele matou seis caras em duas semanas, e assim terminou a famosa guerra do azeite.

Michael sorriu como se fosse uma piada.

Kay estremeceu.

— Você está dizendo que uns gângsteres atiraram no seu pai?

— Quinze anos atrás — respondeu Michael. — Desde então, ficou tudo em paz.

Agora receava ter ido longe demais. Kay disse:

— Você quer me botar medo. Não quer se casar comigo. — Sorriu e o cutucou com o cotovelo. — Muito espertinho.

Michael sorriu para ela e respondeu:

— Quero que você pense nisso.

— Ele matou mesmo seis homens? — perguntou Kay.

— Foi o que os jornais disseram — disse Michael. — Nunca ninguém provou. Mas tem outra história sobre ele que nunca ninguém conta. Deve ser tão pavorosa que nem o meu pai comenta. O Tom Hagen conhece a história e não me fala. Uma vez brinquei com ele: "Quando vou ter idade suficiente para ouvir aquela história sobre o Luca?"; e ele me respondeu: "Quando tiver 100 anos." — Michael tomou um pouco de vinho e retomou: — Deve ser uma história e tanto. Deve ser um Luca e tanto.

De fato, Luca Brasi era um homem capaz de assustar o próprio diabo no inferno. Baixo, retaco, com uma cabeçorra, a sua mera presença disparava sinais de alarme. O seu rosto era a própria máscara da fúria. Tinha os olhos castanhos, mas sem a calidez dessa cor, era mais um ocre mortalmente intenso. A boca não era cruel, mas sim mortiça; fina, borrachenta, de um rosa meio acinzentado.

Era tremenda a fama de violento de Brasi e era lendária a sua devoção a Don Corleone. Era ele, por si só, um dos grandes esteios que sustentavam a estrutura de poder do Don. Uma figura rara.

Luca Brasi não temia a polícia, não temia a sociedade, não temia Deus, não temia o inferno, não temia nem amava o próximo. Mas ele escolhera, ele *decidira*, temer e amar Don Corleone. Trazido à presença do Don, o terrível Brasi se manteve rígido de respeito diante dele. Gaguejou ao apresentar as suas floreadas felicitações e o voto formal de que o primeiro neto fosse um menino. Então estendeu ao Don um envelope cheio de dinheiro como presente para o casal de noivos.

Então era isso que ele queria fazer. Hagen percebeu a mudança em Don Corleone. O Don recebeu Brasi como um rei recebe um súdito que lhe prestou um enorme serviço, sem familiaridade, mas com respeito majestático. Com todos os seus gestos, com todas as suas palavras, Don Corleone deixou claro a Luca Brasi que era *apreciado*. Em instante algum se mostrou surpreso que o presente de casamento lhe fosse oferecido em pessoa. Ele entendia.

No envelope havia seguramente mais dinheiro do que qualquer outro oferecera. Brasi tinha passado muitas horas decidindo a quantia, comparando ao que os outros convidados poderiam oferecer. Queria ser o mais generoso para mostrar o seu maior respeito, e foi por isso que quis entregar o envelope ao Don pessoalmente, gafe que o Don se absteve de comentar nos seus próprios floreados agradecimentos. Hagen viu se dissolver a máscara de fúria no rosto de Luca, que se encheu de orgulho e prazer. Brasi beijou a mão do Don antes de sair pela porta que Hagen segurava aberta. Hagen, cauteloso, ofereceu a Brasi um sorriso amigável, que ele retribuiu educadamente repuxando os lábios borrachentos e rosa-acinzentados.

Quando a porta se fechou, Don Corleone soltou um leve suspiro de alívio. Brasi era o único homem do mundo capaz de deixá-lo nervoso. O sujeito era uma força da natureza, incapaz de se submeter realmente a um controle. Para lidar com ele, era preciso muito cuidado, como se fosse dinamite. O Don deu de ombros. Mesmo dinamite dava para explodir sem maiores danos, se necessário fosse. Lançou um olhar indagador para Hagen.

— É só o Bonasera que falta?

Hagen assentiu. Don Corleone franziu a testa, pensando, então disse:

— Antes de trazê-lo, diga para o Santino vir aqui. Ele precisa aprender umas coisinhas.

Saindo ao jardim, Hagen ficou procurando ansiosamente por Sonny Corleone. Disse a Bonasera, que estava à espera, que tivesse paciência e foi até Michael Corleone e a namorada.

— Viu o Sonny por aí? — perguntou.

Michael meneou a cabeça.

Droga, pensou Hagen, se Sonny estiver esse tempo todo trepando com a madrinha de casamento, vai ser um problemaço. A mulher dele, a família da moça: pode virar um desastre. Aflito, correu até a entrada por onde vira Sonny desaparecer meia hora antes.

Vendo Hagen entrar na casa, Kay Adams perguntou a Michael Corleone:

— Quem é ele? Você me apresentou como irmão seu, mas o sobrenome dele é outro e certamente não parece italiano.

— O Tom morou conosco desde os 12 anos — respondeu Michael. — Os pais morreram e ele perambulava pelas ruas com uma infecção pavorosa nos olhos. Uma noite, o Sonny o trouxe para casa e ele acabou ficando. Não tinha para onde ir. Morou conosco até se casar.

Kay Adams ficou comovida.

— Isso é muito romântico — disse ela. — O seu pai deve ter um bom coração. Adotar alguém assim, quando já tinha tantos filhos...

Michael não se deu ao trabalho de comentar que os imigrantes italianos achavam pouco uma família com quatro filhos. Apenas disse:

— O Tom não foi adotado. Ele só morava conosco.

— Ah... — disse Kay, então perguntou, curiosa: — Por que vocês não o adotaram?

Michael riu.

— Porque o meu pai falou que seria um desrespeito com o Tom mudar o seu sobrenome. Desrespeito com os pais dele.

Viram Hagen tocando Sonny às pressas para o escritório do Don, passando pela porta-janela, e então Hagen fez sinal com o dedo chamando Amerigo Bonasera.

— Por que eles ficam incomodando o seu pai com assuntos de negócios num dia como hoje? — perguntou Kay.

Michael riu mais uma vez.

— Porque eles sabem que, pela tradição, nenhum siciliano vai negar um pedido no dia do casamento da filha. E nenhum siciliano jamais deixa passar uma chance dessas.

LUCY MANCINI ERGUEU O VESTIDO rosa para não arrastar no chão e subiu correndo os degraus. Ficou assustada com o rosto pesado de Cupido de Sonny Corleone, obscenamente corado de luxúria regada a vinho, mas ela tinha passado a semana anterior inteira a provocá-lo justamente para isso. Nos dois casos que teve na faculdade, não sentira nada, e nenhum dos dois durou mais que uma semana. O segundo namorado, brigando, tinha reclamado que ela era "larga demais lá embaixo". Lucy entendeu e passou o resto do semestre sem sair com mais ninguém.

No verão, preparando-se para o casamento da sua melhor amiga, Connie Corleone, Lucy ouviu o que falavam de Sonny. Num domingo à tarde, na cozinha dos Corleone, Sandra, a esposa de Sonny, ficou falando abertamente. Sandra era uma mulher rústica, simpática, que nascera na Itália, mas viera ainda pequena para os Estados Unidos. Era corpulenta, com seios fartos, e já tivera três filhos em cinco anos de casamento. Sandra e as outras ficaram arreliando Connie sobre os terrores do leito nupcial.

— Ai, meu Deus — brincou Sandra, numa risadinha —, quando vi aquele pau do Sonny pela primeira vez e vi que ele ia enfiar aquilo dentro de *mim*, berrei feito louca. Depois do primeiro ano, a minha parte de dentro estava que parecia uma papa de macarrão que cozinhou por uma hora. Quando soube que ele estava andando com outras, fui até a igreja e acendi uma vela, dando graças.

Todas se puseram a rir, mas Lucy sentiu a carne se contraindo e palpitando entre as coxas.

Agora, correndo escada acima para encontrar Sonny, ela sentiu uma enorme onda de desejo inundando o seu corpo. No patamar, Sonny a agarrou pela mão e a puxou pelo corredor até um quarto vazio. Quando a porta se fechou atrás deles, as pernas de Lucy fraquejaram. Sentiu a boca de Sonny na sua, os lábios dele com gosto amargo, de tabaco queimado. Ela abriu a boca. Naquele momento, sentiu a mão dele subindo por baixo do vestido de madrinha, ouviu o farfalhar do tecido abrindo caminho, sentiu a mão grande e quente de Sonny entre as coxas, rasgando de lado a calcinha de cetim para acariciar a vulva. Passou os braços pela nuca de Sonny e se suspendeu ali enquanto ele desabotoava a calça. Então, com as duas mãos, ele a segurou pelas nádegas nuas e a ergueu. Ela deu um pequeno salto no ar para encaixar as pernas em volta das coxas dele. A língua de Sonny estava na sua boca, e ela começou a sugá-la. Ele arremeteu com tal força que a cabeça dela bateu na porta. Sentiu uma coisa ardente passando entre as coxas. Soltou a mão direita da nuca de Sonny, baixando-a para guiar o membro dele. A mão se fechou em volta de um pau enorme, estufado de sangue. Pulsava na mão como um animal e, quase chorando de êxtase e gratidão, ela o pôs na entrada da sua carne úmida e túrgida. Lucy arfou ao ímpeto da penetração, ao prazer inacreditável, ergueu as pernas quase à altura do pescoço dele e, então, como uma aljava, o seu corpo recebeu as flechas selvagens da penetração que parecia uma sucessão de relâmpagos, incontáveis, torturantes, arqueando e erguendo cada vez mais a pelve até que, pela primeira vez na vida, ela atingiu um clímax dilacerante, sentiu se dissolver a dureza do membro dele e então a torrente de sêmen formigando nas coxas. Desprendeu devagar as pernas do corpo dele, deixando escorregarem até alcançar o chão. Apoiaram-se um no outro, sem fôlego.

Talvez já fizesse algum tempo, mas só agora ouviram as batidinhas suaves à porta. Sonny abotoou a calça depressa, enquanto bloqueava a porta para que ninguém abrisse. Lucy alisou freneticamente o vestido cor-de-rosa, os olhos cintilando, mas a coisa que lhe dera tanto prazer estava escondida sob um sóbrio traje preto. Então ouviram a voz de Tom Hagen, falando baixinho:

— Sonny, você está aí?

Sonny suspirou aliviado e deu uma piscadela para Lucy.

— Estou, sim, Tom. O que foi?

Tom, ainda em voz baixa, disse:

— O Don quer você no escritório. Agora.

Ouviram os passos dele enquanto se afastava. Sonny esperou um pouco, deu um beijo rígido na boca de Lucy e se esgueirou pela porta, indo atrás de Hagen.

Lucy penteou o cabelo. Verificou o vestido e ajeitou as ligas das meias. Sentia o corpo machucado, os lábios moles e flácidos. Saiu pela porta e, mesmo sentindo a umidade viscosa entre as coxas, não foi se lavar no banheiro, mas desceu correndo a escada e foi direto para o jardim. Ocupou o seu lugar à mesa da noiva, ao lado de Connie, que exclamou mal-humorada:

— Lucy, por onde você andava? Parece bêbada. Agora fique aqui comigo.

O noivo loiro serviu um cálice de vinho a Lucy e sorriu com ar de cumplicidade. Lucy pouco se importou. Levou o sumo vermelho-escuro à boca ressequida e tomou. Sentiu a umidade viscosa entre as coxas e apertou as pernas. O corpo tremia. Por sobre a borda do copo, enquanto bebia, os olhos ávidos procuravam Sonny Corleone. Era a única pessoa que ela queria ver. Cochichou, maliciosa, no ouvido de Connie:

— Só mais umas horas, e você vai saber como é.

Connie deu uma risadinha. Lucy apoiou recatadamente as mãos juntas sobre a mesa, com ar de traiçoeira vitória, como se tivesse roubado um tesouro da noiva.

AMERIGO BONASERA SEGUIU HAGEN ATÉ a sala lateral da casa e encontrou Don Corleone sentado atrás de uma imensa escrivaninha. Sonny Corleone estava de pé, junto à janela. Era a primeira vez naquela tarde que Don se portava com frieza. Não abraçou nem apertou a mão do visitante. O pálido agente funerário só fora convidado porque a sua esposa e a esposa do Don eram grandes amigas. Amerigo Bonasera, pessoalmente, não gozava de qualquer apreço por parte de Don Corleone.

Bonasera iniciou a solicitação de maneira indireta e habilidosa.

— Perdoe a minha filha, a afilhada da sua esposa, por não prestar à sua família o respeito de comparecer aqui. Ela ainda está no hospital.

Olhou de esguelha para Sonny Corleone e Tom Hagen, para indicar que não queria falar na presença deles. Mas o Don foi implacável.

— Todos nós sabemos do infortúnio da sua filha — disse Don Corleone. — Se eu puder ajudá-la de alguma maneira, basta dizer. A minha esposa, afinal, é a madrinha dela. Nunca esqueço essa honra.

Era uma repreensão. O agente funerário nunca tratava Don Corleone por "padrinho", como ditava o costume.

Bonasera, lívido, agora perguntou diretamente:

— Posso lhe falar a sós?

Don Corleone balançou a cabeça.

— Confio irrestritamente nesses dois homens. São os meus dois braços direitos. Não posso insultá-los pedindo que se retirem.

O agente funerário fechou os olhos por um instante e então começou a falar. A voz era calma, a voz que usava para consolar os enlutados.

— Criei a minha filha à maneira americana. Acredito nos Estados Unidos. Os Estados Unidos fizeram a minha fortuna. Dei liberdade à minha filha, mas lhe ensinei a nunca desonrar a família. Ela arranjou um "amigo", não italiano. Ia ao cinema com ele. Chegava tarde em casa. Mas ele nunca veio conhecer os pais dela. Aceitei tudo isso sem protestar, e a culpa é minha. Dois meses atrás, foram passear de carro. Ele estava com um colega. Fizeram com que ela bebesse uísque e então tentaram se aproveitar dela. A minha filha resistiu. Manteve a honra. Bateram nela. Como um animal. Quando fui ao hospital, ela estava com os dois olhos roxos. O nariz quebrado. O maxilar destroçado. Tiveram de costurar com fio metálico. Ela chorava de dor. "Pai, pai, por que eles fizeram isso? Por que fizeram isso comigo?" Então chorei.

Bonasera não conseguia mais falar; agora chorava, embora deixasse transparecer a emoção.

Don Corleone, como que a contragosto, fez um gesto de compreensão e Bonasera prosseguiu, a voz humanizada pelo sofrimento.

— Por que chorei? Ela era a luz da minha vida, uma filha afeiçoada. Uma moça bonita. Confiava nas pessoas e agora nunca mais voltará a confiar. Nunca mais voltará a ser bonita.

Ele tremia, o rosto pálido tomado por um sinistro rubor escuro.

— Fui à polícia, como bom americano. Os dois rapazes foram detidos. Foram levados a julgamento. As provas eram incontestáveis e eles se declararam culpados. O juiz os condenou a três anos de prisão e suspendeu a sentença. Saíram em liberdade no mesmo dia. Fiquei lá no tribunal feito bobo, e aqueles filhos da mãe sorriram para mim. Então falei para a minha esposa: "Temos de ir a Don Corleone para conseguir justiça."

O Don abaixara a cabeça para mostrar respeito pela dor do homem. Mas, quando falou, foram palavras geladas de dignidade ofendida.

— Por que você foi à polícia? Por que não veio a mim já no começo do caso?

Bonasera balbuciou de maneira quase inaudível.

— O que deseja de mim? Diga o que deseja. Mas faça o que lhe peço.

Havia um tom quase insolente nas palavras.

Don Corleone indagou, sério:

— E o que é?

Bonasera novamente olhou de esguelha para Hagen e Sonny Corleone e meneou a cabeça. O Don, ainda sentado à escrivaninha de Hagen, inclinou o corpo para perto do agente funerário. Bonasera hesitou, então se curvou e chegou tão perto que a sua boca encostou no ouvido peludo do Don. Don Corleone ouviu como um padre no confessionário, com o olhar mirando ao longe, impassível, distante. Assim ficaram por um bom tempo até que Bonasera terminou o que sussurrava e se reaprumou. O Don o fitou gravemente. Bonasera, ruborizado, devolveu o olhar sem ceder.

Por fim, o Don falou:

— Isso eu não posso fazer. É ir longe demais.

Bonasera disse em alto e bom som:

— Pago o que pedir.

Ao ouvir isso, Hagen recuou, movendo a cabeça num gesto rápido e nervoso. Sonny Corleone cruzou os braços, dando um sorriso sardônico enquanto se virava da janela e olhava pela primeira vez para a cena na sala.

Don Corleone se levantou detrás da escrivaninha. O rosto continuava impassível, mas a voz soava mortalmente gélida.

— Nós dois nos conhecemos faz muitos anos — disse ao agente funerário —, mas, até hoje, você nunca veio me pedir conselho ou ajuda. Não lembro quando foi a última vez que você me convidou para um café na sua casa, embora a minha esposa seja madrinha da sua filha única. Sejamos francos. Você desprezou a minha amizade. Teve medo de ficar em dívida comigo.

Bonasera murmurou:

— Eu não queria me meter em problemas.

O Don ergueu a mão.

— Não. Não diga nada. Você achava os Estados Unidos um paraíso. Tinha um bom ofício, vivia com conforto, pensava que o mundo era um lugar inofensivo onde podia ficar à vontade, como bem quisesse. Nunca se armou de bons amigos. Afinal, a polícia o protegia, havia tribunais de justiça, você e os seus nunca sofreriam dano nenhum. Você não precisava do Don Corleone. Muito bem. Fiquei ferido nos meus sentimentos, mas não sou daqueles que impõem a sua amizade a quem não lhe dá valor, a quem não me tem em conta.

O Don parou e ofereceu um sorriso cortês e irônico ao agente funerário.

— Agora você vem e me diz: "Don Corleone, me dê justiça." E não pede com respeito. Não me oferece a sua amizade. Entra na minha casa no dia do casamento da minha filha e pede a mim que pratique um assassinato e diz — e aqui o Don arremedou a voz dele com desdém: — "Pago o que pedir." Não, não, não estou ofendido, mas o que fiz para você me tratar de maneira tão desrespeitosa?

Bonasera gemeu na sua angústia e medo.

— Os Estados Unidos foram bons comigo. Eu queria ser um bom cidadão. Queria que a minha filha fosse americana.

O Don aplaudiu numa vigorosa aprovação.

— Belas palavras. Ótimo. Então você não tem do que reclamar. O juiz decidiu. Os Estados Unidos decidiram. Leve flores e uma caixa de doces para a sua filha, quando for visitá-la no hospital. Ela se sentirá reconfortada. Contente. Afinal, não é um caso sério, eram rapazes novos, fogosos, e um deles é filho de um político importante. Não, meu caro Amerigo, você sempre foi honesto. Devo reconhecer que, mesmo você tendo desprezado a minha amizade, confio na palavra de Amerigo Bonasera mais que na de qualquer outro homem. Então me dê a sua palavra de que vai largar mão dessa loucura. Isso não é americano. Perdoe. Esqueça. A vida é cheia de desventuras.

A ironia cruel e desdenhosa com que tudo isso foi dito e a cólera contida do Don fizeram o pobre agente tremer feito gelatina, mas ele voltou bravamente à carga.

— Peço-lhe justiça.

Don Corleone respondeu, conciso:

— O tribunal lhe deu justiça.

Bonasera meneou teimosamente a cabeça.

— Não. Eles deram justiça aos jovens. Não deram justiça a mim.

O Don reconheceu essa sutil distinção assentindo com a cabeça, então perguntou:

— Qual é a sua justiça?

— Olho por olho — respondeu Bonasera.

— Você pediu mais — retrucou o Don. — A sua filha está viva.

Bonasera disse, relutante:

— Então que sofram como ela está sofrendo.

O Don aguardou que ele falasse mais. Bonasera juntou o que lhe restava da sua coragem e perguntou:

— Quanto lhe pago?

Foi um gemido desesperador.

Don Corleone lhe deu as costas. Dispensava-o. Bonasera não se moveu.

Por fim, num suspiro, como homem de bom coração que não consegue ficar bravo por muito tempo com um amigo, Don Corleone se virou para o agente funerário, que agora estava lívido como um dos seus cadáveres. Don Corleone foi gentil, paciente.

— Por que você tem medo de firmar o seu primeiro voto de lealdade a mim? — perguntou. — Você vai ao tribunal e espera meses. Gasta com advogados que sabem muito bem que vão fazê-lo de bobo. Aceita o julgamento de um juiz que se vende como a pior das putas de rua. Anos atrás, quando precisou de dinheiro, foi aos bancos e pagou um juro escorchante, esperou feito mendigo de chapéu na mão enquanto eles xeretavam por tudo, enfiavam o nariz até no seu cu para terem certeza de que você conseguiria pagar o empréstimo.

O Don se interrompeu, e a voz ficou mais dura.

— Mas, se você tivesse vindo a mim, a minha bolsa estaria ao seu dispor. Se tivesse vindo a mim para ter justiça, aqueles desgraçados que arruinaram a sua filha estariam hoje chorando lágrimas amargas. Se, por algum infortúnio, um homem honesto como você fizesse inimigos, eles se tornariam inimigos meus — o Don ergueu o braço e apontou o dedo para Bonasera —, e aí pode ter certeza de que eles temeriam a você.

Bonasera inclinou a cabeça e murmurou com a voz estrangulada:

— Seja meu amigo. Eu aceito.

Don Corleone pôs a mão no ombro do homem.

— Bom — disse ele —, você terá a sua justiça. Algum dia, e talvez esse dia nunca chegue, vou lhe pedir um serviço em troca. Até lá, considere essa justiça como um presente da minha esposa, a madrinha da sua filha.

Depois que a porta se fechou atrás do agradecido agente funerário, Don Corleone se virou para Hagen e disse:

— Passe para o Clemenza e diga para só usar gente confiável, gente que não perde a cabeça com o cheiro de sangue. Afinal, não somos assassinos, apesar do que aquele tratador de defunto imagina naquela cabeça tonta dele.

O Don notou que o seu varão, o seu primogênito contemplava a festa pela janela. Não tinha jeito, pensou Don Corleone. Se se negasse a aprender, Santino nunca iria comandar os negócios da família, nunca se tornaria um Don. Precisava arranjar outra pessoa. E logo. Afinal, ele não era imortal.

Do jardim veio uma alegre algazarra, que sobressaltou os três na sala. Sonny Corleone se comprimiu junto à janela. Viu alguma coisa que o fez se dirigir depressa para a porta, abrindo um grande sorriso de contentamento.

— É o Johnny, ele veio para o casamento! Não falei a vocês?

Hagen foi até a janela.

— É mesmo o seu afilhado — disse a Don Corleone. — Trago-o aqui?

— Não — respondeu o Don. — Deixe que as pessoas aproveitem. Traga-o quando ele estiver pronto.

Sorriu para Hagen e acrescentou:

— Viu? Ele é um bom afilhado.

Hagen sentiu uma fisgada de ciúme, e disse em tom seco:

— Faz dois anos. Provavelmente está de novo em alguma encrenca e quer a sua ajuda.

— E a quem deveria recorrer se não ao seu padrinho? — perguntou Don Corleone.

A PRIMEIRA PESSOA QUE VIU Johnny Fontane entrar no jardim foi Connie Corleone. Ela esqueceu a dignidade de noiva, gritou "Johniiiie!" e correu para os seus braços. Ele a enlaçou com força e lhe deu um beijo na boca, mantendo o braço em volta dela enquanto os outros vinham cumprimentá-lo. Eram todos velhos amigos seus, que tinham crescido juntos no West Side. Então Connie o arrastou até o marido recém-casado. Johnny percebeu, divertindo-se, que o rapaz loiro parecia um pouco emburrado, agora que não era mais o astro do dia. Recorreu a todo o seu encanto, trocando um aperto de mão com o noivo, brindando-o com um cálice de vinho.

Uma voz conhecida falou do palco da orquestra:

— Que tal cantar uma música para nós, Johnny?

Ele ergueu os olhos e viu Nino Valenti lhe sorrindo. Johnny Fontane subiu de um salto no palco e deu um grande abraço em Nino. Eram inseparáveis, cantavam juntos, saíam juntos com as moças, até que Johnny começou a ficar famoso e a cantar na rádio. Quando foi fazer filmes em Hollywood, ligou algumas vezes para Nino, só para conversar, e lhe prometera que conseguiria marcar uma apresentação sua num clube. Porém, nunca mais falou nisso. Vendo Nino agora, com o seu sorriso alegre, trocista, bêbado, todo o afeto voltou.

Nino começou a dedilhar o bandolim. Johnny Fontane lhe pôs a mão no ombro.

— Esta é para a noiva — disse e, batendo o ritmo com o pé, cantou a letra de uma música de amor siciliana obscena.

Enquanto Johnny cantava, Nino movia o corpo de maneira insinuante. A noiva ficou dignamente corada e a multidão de convidados rugia em aprovação. Antes de terminar a música, estavam todos batendo o pé e cantando aos brados o verso malicioso de duplo sentido que encerrava cada estrofe. No fim, só pararam de aplaudir quando Johnny pigarreou limpando a garganta para cantar outra música.

Todos se orgulhavam de Johnny. Era um deles e tinha virado cantor famoso, astro de cinema que se deitava com as mulheres mais desejadas do mundo. E, mesmo assim, demonstrava o devido respeito pelo seu padrinho, percorrendo quase cinco mil quilômetros para vir ao casamento. Ainda era afeiçoado aos velhos amigos, como Nino Valenti. Muitos dos presentes tinham visto os dois ainda rapazotes cantando juntos, quando ninguém sonhava que Johnny Fontane conquistariria o coração de cinquenta milhões de mulheres.

Johnny Fontane abaixou o braço e ergueu a noiva até o palco, onde ficou entre ele e Nino. Os dois estavam agachados, um de frente para o outro, Nino arrancando algumas notas ásperas do bandolim. Era um número antigo da dupla, simulando uma luta e uma disputa pela moça, usando as vozes como espadas, cada um por vez intercalando um trecho. Com a mais delicada cortesia, Johnny deixou a voz de Nino ultrapassar a sua, deixou Nino lhe tomar a noiva, deixou Nino entoar a estrofe final de vencedor enquanto a sua própria voz sumia. Todos os presentes explodiram em aplausos e aclamações, e os três se abraçaram no final. Os convidados pediram outra música.

Apenas Don Corleone, de pé na entrada lateral da casa, sentiu que faltava alguma coisa. Animadamente, em tom alegre e sem cerimônia, tomando cuidado para não ofender os convidados, falou alto:

— O meu afilhado viaja cinco mil quilômetros para nos conceder essa honra e ninguém pensa em molhar a garganta dele?

A isso uma dúzia de cálices de vinho cheios até a boca apareceu na frente de Johnny Fontane. Ele tomou um gole de cada e foi correndo abraçar o padrinho. Enquanto o abraçava, sussurrou alguma coisa no ouvido dele. Don Corleone o levou para dentro da casa.

Quando Johnny entrou na sala, Tom Hagen lhe estendeu a mão, que ele apertou dizendo "Como vai, Tom?", mas sem o seu habitual charme, que consistia numa genuína cordialidade com as pessoas. Hagen ficou um pouco magoado com essa frieza, mas deixou de lado. Era uma das penitências por ser o homem de confiança do Don.

Johnny Fontane disse ao Don:

— Quando recebi o convite de casamento, disse a mim mesmo: "O meu padrinho não está mais bravo comigo." Liguei cinco vezes depois do meu divórcio e o Tom sempre me dizia que você não estava, ou que estava ocupado, e então percebi que estava furioso comigo.

Don Corleone estava servindo os copos com a garrafa amarela de Strega.

— Ficou tudo para trás. Então, ainda posso fazer alguma coisa por você? Não é famoso demais, rico demais, para eu poder ajudar?

Johnny engoliu de um trago o líquido amarelo forte e estendeu o copo para uma segunda dose. Tentava parecer animado.

— Não sou rico, padrinho. Estou afundando. Você tinha razão. Eu nunca devia ter deixado mulher e filhas por aquela vagabunda com quem me casei. Não admira que você tenha ficado bravo.

O Don deu de ombros.

— Eu estava preocupado com você, você é meu afilhado, só isso.

Johnny percorria a sala de um lado para o outro.

— Fiquei doido por aquela cadela. A maior estrela de Hollywood. Parece um anjo. E sabe o que ela faz depois de um filme? Se o maquiador fez bem o serviço, ela dá para ele. Se o câmera fez umas tomadas em que ela ficou superbem, leva o cara para o camarim e eles trepam. Isso com qualquer um. Ela usa o corpo como eu uso os trocados do bolso para dar gorjeta. Uma puta como o diabo gosta.

Don Corleone interrompeu bruscamente:

— Como vai a família?

Johnny suspirou.

— Cuidei delas. Depois do divórcio, dei à Ginny e às crianças mais do que o tribunal mandou. Vou vê-las uma vez por semana. Tenho saudades. Às vezes acho que estou ficando louco.

Tomou outra dose.

— Agora a minha segunda mulher ri de mim. Ela não entende o meu ciúme. Diz que sou um carcamano antiquado, tira sarro das minhas músicas. Antes de vir, dei uma boa surra nela, mas não bati no rosto porque ela estava fazendo um filme. Dei uns petelecos, bati nos braços e nas pernas como um moleque e ela continuou rindo de mim. — Acendeu um cigarro. — Então, padrinho, a vida agora não parece grande coisa.

Don Corleone só disse:

— Nesses problemas não posso ajudar. — Parou, então perguntou: — O que aconteceu com a sua voz?

Todo o encanto, toda a confiança, toda a ironia consigo mesmo sumiram do rosto de Fontane. Disse quase chorando:

— Padrinho, não consigo mais cantar, aconteceu alguma coisa com a minha garganta, os médicos não sabem o que é.

Hagen e o Don o fitaram com surpresa, Johnny sempre tinha sido durão. Fontane continuou:

— Os meus dois filmes renderam muita grana. Eu era um grande astro. Agora me chutam. O diretor do estúdio sempre me detestou e agora está dando o troco.

Don Corleone parou na frente do afilhado e perguntou, muito sério:

— Por que esse homem não gosta de você?

— Eu cantava aquelas músicas para as organizações liberais, sabe, toda aquela coisa que você nunca gostou que eu fizesse. Bom, Jack Woltz também não gostava. Ele me chamava de comunista, mas a coisa não colou. Então roubei uma garota que ele tinha reservado para si. Foi só uma noite, e foi ela que veio atrás de mim. Mas, caramba, o que eu podia fazer? Então a vagabunda da minha segunda mulher me põe para fora de casa. E a Ginny e as crianças só vão me aceitar se eu voltar rastejando de quatro, e não consigo mais cantar. Caramba, padrinho, o que é que eu faço?

O rosto de Don Corleone ficou gelado, sem nenhum sinal de simpatia. Disse em tom de desprezo:

— Pode começar se comportando como homem. — De repente, o seu rosto se retorceu de fúria. Ele gritou: — COMO HOMEM!

Inclinou-se por cima da escrivaninha e agarrou Johnny Fontane pelos cabelos num gesto de afeto selvagem:

— Deus do céu, como é que você passa tanto tempo na minha presença e só fica nisso? Um *finocchio* de Hollywood chorando e implorando piedade? Gemendo feito uma mulher: "O que eu vou fazer? Oh, o que eu vou fazer?"

O arremedo do Don foi tão inesperado, tão extraordinário que Hagen e Johnny estouraram numa gargalhada. Don Corleone gostou. Pensou por um instante no quanto amava aquele afilhado. Como os seus três filhos reagiriam a uma bronca daquelas? Santino ficaria emburrado e passaria semanas com malcriações. Fredo se intimidaria. Michael lhe daria um sorriso frio e sairia de casa, sumindo por meses a fio. Mas Johnny, ah, esse sim era um bom sujeito, agora sorrindo, reunindo forças, já sabendo a verdadeira intenção do padrinho.

Don Corleone prosseguiu:

— Você pega a mulher do seu chefe, um homem mais poderoso do que você, e aí reclama que ele não vai ajudá-lo. Que absurdo. Deixa a família, as filhas sem pai, para se casar com uma puta e chora porque não o recebem de volta de braços abertos. A puta, você não bate na cara dela porque está fazendo um filme, e aí fica espantado quando ela caçoa de você. Você vive feito bobo e termina feito bobo.

Don Corleone parou, então perguntou numa voz paciente:

— Dessa vez você se dispõe a seguir o meu conselho?

Johnny encolheu os ombros.

— Não posso me casar de novo com a Ginny, não do jeito que ela quer. Tenho de jogar. Tenho de beber. Tenho de sair com a rapaziada. Uma mulherada linda corre atrás de mim e nunca consigo resistir. Então eu me sentia um patife quando voltava para a Ginny. Não consigo passar por toda essa chatice outra vez.

Era raro que Don Corleone se mostrasse exasperado.

— Não falei para se casar de novo. Faça o que quiser. É bom que queira ser um pai para as crianças. Um homem que não é um pai para os filhos nunca pode ser um homem de verdade. Só que você precisa que a mãe deles aceite você. Quem falou que você não pode ver as crianças todos os dias? Quem falou que não podem morar na mesma casa? Quem falou que você não pode viver a vida exatamente do jeito que quer?

Johnny Fontane riu.

— Padrinho, nem todas as mulheres são como as antigas esposas italianas. A Ginny não aceitaria.

Agora era o Don que ria.

— Porque você agiu feito um *finocchio*. Deu a ela *mais* do que o tribunal mandou. Não bateu na cara da outra porque ela estava fazendo um filme. Você deixa as mulheres ditarem as suas ações e isso não compete a elas neste mundo, embora certamente venham a ser santas no paraíso, enquanto nós, homens, vamos arder no inferno. Além disso, andei observando você esses anos todos.

A voz do Don ficou séria.

— Você tem sido um bom afilhado, me oferece todo o respeito. Mas e os seus outros velhos amigos? Num ano você está com um, no ano seguinte com outro. Aquele rapazinho italiano que era tão engraçado no cinema, ele teve uma maré de azar e você nunca mais voltou a vê-lo porque era mais famoso. E aquele velho, velho amigo, com quem você ia à escola e cantavam juntos? Nino. Ele bebe demais por decepção, mas nunca se queixa. Dá duro como motorista de caminhão de cascalho e canta nos fins de semana por uns trocados. Nunca diz nada contra você. Você não pode dar uma mãozinha a ele? Por que não? Ele canta bem.

Johnny Fontane falou em tom cansado e paciente:

— Padrinho, ele não tem talento suficiente. Ele é bom, mas não é nada de mais.

Don Corleone baixou as pálpebras, quase fechando os olhos, então disse:

— E você, afilhado, você agora simplesmente não tem talento suficiente. Quer que lhe arranje serviço no caminhão de cascalho com o Nino?

Johnny não respondeu, e o Don prosseguiu:

— Amizade é tudo. Amizade é mais do que talento. É mais do que governo. É quase igual à família. Nunca se esqueça disso. Se você tivesse erguido um muro de amizades, não precisaria me pedir ajuda. Agora me diga, por que não consegue mais cantar? Você cantou bem no jardim. Tanto quanto Nino.

Hagen e Johnny sorriram a essa leve alfinetada. Foi a vez de Johnny mostrar uma paciência condescendente.

— A minha voz está fraca. Canto uma ou duas músicas e depois fico horas ou dias sem conseguir cantar outra vez. Não dou conta dos ensaios ou das refilmagens. A minha voz está fraca, pegou alguma doença.

— Então você tem problema de mulher. A voz está doente. Agora me conte o problema que está tendo com esse *pezzonovante* de Hollywood, que não deixa você trabalhar. — O Don agora entrava direto no assunto.

— Ele é mais importante do que os seus *pezzonovanti*, padrinho — disse Johnny. — É dono do estúdio. Aconselha o presidente sobre os filmes de propaganda de guerra. Um mês atrás, ele comprou os direitos cinematográficos do maior romance do ano. Um campeão de vendas. E o personagem principal é um cara como eu. Eu nem precisaria interpretar, bastava ser eu mesmo. Não precisaria nem cantar. Podia até ganhar o Oscar. Todo mundo sabe que é o papel perfeito para mim e eu faria o maior sucesso. Como ator. Mas aquele desgraçado do Jack Woltz está de desforra, não vai me dar o papel. Eu me ofereci de graça, por um preço ínfimo, e ele continua negando. Mandou o recado: se eu for lamber a bunda dele no depósito do estúdio, talvez dê uma pensada no assunto.

Don Corleone fez um gesto com a mão descartando a bobageira emotiva. Homens sensatos sempre conseguem resolver problemas de negócios. Deu um tapinha no ombro do afilhado.

— Você está abatido. Acha que ninguém se importa com você. E emagreceu muito. Anda bebendo bastante, hein? Não dorme e então toma comprimidos? — Abanou a cabeça, desaprovando. — Agora quero que siga as minhas ordens — retomou o Don. — Quero que passe um mês aqui em casa. Quero que coma bem, que descanse e durma. Quero que me faça companhia. Gosto da sua companhia, e talvez você aprenda com o seu padrinho alguma coisa sobre o mundo que até pode lhe servir na grande Hollywood. Mas nada de cantar, nada de beber, nada de mulheres. No fim do mês, pode voltar para Hollywood, e esse *pezzonovante* vai lhe dar o papel que você quer. Combinado?

Johnny Fontane não acreditava que o Don tivesse tal poder. Mas, quando o seu padrinho dizia que dava para fazer tal ou tal coisa, sempre, sempre dava certo.

— Esse cara é amigo pessoal de J. Edgar Hoover — disse Johnny — Não se pode nem erguer a voz com ele.

— Ele é um empresário — disse o Don, imperturbável. — Vou fazer uma proposta que ele não poderá recusar.

— Tarde demais — falou Johnny. — Todos os contratos já foram assinados e eles começam a rodar daqui a uma semana. É absolutamente impossível.

Don Corleone disse:

— Vá, volte para a festa. Os seus amigos estão esperando. Deixe tudo comigo. — E empurrou Johnny para fora da sala.

Hagen estava sentado à escrivaninha, tomando notas. O Don suspirou e perguntou:

— Mais alguma coisa?

— Não dá mais para evitar Sollozzo. Terá de vê-lo essa semana — disse Hagen com a caneta sobre o calendário.

O Don deu de ombros.

— Terminado o casamento, pode marcar para quando quiser.

Essa resposta revelou duas coisas a Hagen. A mais importante era que a resposta a Virgil Sollozzo seria negativa. A segunda era que, se Don Corleone não tinha dado uma resposta antes do casamento da filha, foi por prever que a negativa ia causar problemas.

Hagen perguntou, cauteloso:

— Digo ao Clemenza para pôr alguns homens morando aqui na casa?

O Don respondeu impacientemente:

— Para quê? Não respondi antes do casamento porque, num dia importante assim, não devia haver nenhuma nuvem, nem mesmo a distância. E também queria saber de antemão o que ele pretendia falar. Agora sabemos. O que ele vai propor é uma *infamia*.

Hagen perguntou:

— Então vai recusar? — Quando o Don assentiu, Hagen falou: — Creio que todos nós, a Família inteira, deveríamos discutir o assunto antes de dar a sua resposta.

O Don sorriu.

— Você acha? Bom, então discutiremos. Quando você voltar da Califórnia. Quero que pegue um avião e vá até lá amanhã para acertar esse assunto do Johnny. Vá ver esse *pezzonovante* do cinema. Diga a Sollozzo que vou recebê-lo quando você voltar da Califórnia. Mais alguma coisa?

Hagen disse em tom formal:

— O hospital ligou. O *consigliere* Abbandando está à beira da morte, ele não passa desta noite. A família foi chamada para ir até lá e esperar.

Hagen estava no cargo de *consigliere* fazia um ano, desde que o câncer confinara Genco Abbandando ao leito do hospital. Agora aguardava que Don Corleone dissesse que o cargo era seu em caráter permanente. Isso ia contra todas as probabilidades. Uma posição tão alta só era tradicionalmente atribuída a quem fosse filho de pai e mãe italianos. O seu papel temporário já havia causado problemas. Além disso, tinha apenas 35 anos, idade que supostamente não era suficiente para ter adquirido a experiência e a argúcia necessárias para ser um bom *consigliere*.

Mas o Don não lhe deu nenhum motivo de encorajamento. Perguntou:

— Quando a minha filha vai partir com o noivo?

Hagen consultou o relógio de pulso.

— Daqui a alguns minutos vão cortar o bolo, e então mais meia hora. — Isso lhe relembrou outra coisa. — O seu novo genro. Damos a ele algo importante, dentro da Família?

Ficou surpreso com a veemência da resposta.

— Nunca. — O Don bateu na escrivaninha. — Nunca. Dê-lhe algo para garantir o sustento, um bom sustento. Mas nunca deixe que ele saiba dos negócios da Família. Avise os outros, Santino, Fredo, Clemenza. — O Don fez uma pausa e retomou: — Avise os meus filhos, os três, que irão comigo ao hospital para ver o pobre Genco. Quero que prestem a ele os seus últimos respeitos. Diga a Freddie que iremos com o carro grande e pergunte a Johnny se quer ir conosco, como favor especial a mim.

Viu o ar interrogativo de Hagen e prosseguiu:

— Quero que você vá para a Califórnia hoje à noite. Não terá tempo para ver Genco. Mas não saia antes que eu volte do hospital e fale com você. Entendido?

— Entendido — respondeu Hagen. — A que horas Fred deve estar com o carro pronto?

— Depois que os convidados forem embora — respondeu Don Corleone. — Genco vai me esperar.

— O senador ligou — avisou Hagen. — Pedindo desculpas por não vir pessoalmente, mas disse que você entenderia. Provavelmente se referia àqueles dois caras do FBI do outro lado da rua, anotando as placas. Mas mandou o presente dele por um mensageiro especial.

O Don assentiu. Achou que não era necessário comentar que tinha sido ele mesmo a recomendar ao senador que não viesse.

— Ele mandou um bom presente?

Hagen fez um ar de vigorosa aprovação que parecia estranhamente italiano nos seus traços teuto-irlandeses.

— Prataria antiga, muito valiosa. Podem vendê-la por pelo menos mil dólares. O senador passou um bom tempo escolhendo exatamente a coisa certa. Para tais pessoas, isso é mais importante do que o preço.

Don Corleone não ocultou a sua satisfação de que um homem importante como o senador lhe mostrasse tal respeito. O senador, como Luca Brasi, era um dos grandes esteios na estrutura de poder do Don e, com esse presente, ele também reafirmara a sua lealdade.

QUANDO JOHNNY FONTANE APARECEU no jardim, Kay Adams o reconheceu na hora. Ficou realmente surpresa.

— Você nunca me falou que a sua família conhecia Johnny Fontane — disse ela. — Agora é que me caso mesmo com você.

— Quer conhecê-lo? — perguntou Michael.

— Agora não — respondeu ela, e então suspirou. — Fui apaixonada por ele durante três anos. Eu vinha até Nova York toda vez que cantava no Capitólio e me esgoelava de gritar. Ele era maravilhoso.

— Falaremos com ele mais tarde — disse Michael.

Quando Johnny terminou de cantar e sumiu dentro da casa com Don Corleone, Kay brincou com Michael:

— Não me diga que um grande astro de cinema como Johnny Fontane tem de pedir um favor ao seu pai.

— Ele é afilhado do meu pai — disse Michael. — E, se não fosse pelo meu pai, talvez ele não fosse um grande astro hoje em dia.

Kay Adams riu com gosto.

— Essa parece ser mais uma grande história.

Michael meneou a cabeça e disse:

— Essa eu não posso contar.

— Confie em mim — pediu Kay.

Ele contou. Contou sem gracejos. Contou sem orgulho. Contou sem nenhum tipo de explicação, a não ser que, oito anos antes, o seu pai era mais impulsivo e, como o assunto dizia respeito a um afilhado seu, ele tomou o caso como uma questão de honra pessoal.

Contou rápido. Oito anos antes, Johnny Fontane tinha feito um tremendo sucesso cantando com um conjunto muito popular. Virou uma grande atração da rádio. Infelizmente, o chefe da orquestra, uma personalidade bastante conhecida no show business, chamado Les Halley, fizera Johnny assinar um contrato de serviço exclusivo por cinco anos. Era uma prática comum no show business. Agora Les Halley podia emprestar Johnny e embolsar a maior parte do pagamento.

Don Corleone entrou pessoalmente nas negociações. Ofereceu a Les Halley vinte mil dólares para liberar Johnny Fontane do contrato de exclusividade. Halley propôs ficar com apenas metade dos recebimentos de Johnny. Don Corleone achou graça. Baixou a sua oferta de vinte para dez mil dólares. O chefe da orquestra, que certamente não tinha experiência do mundo fora do seu amado show business, nem de longe entendeu o significado dessa oferta menor. Recusou.

No dia seguinte, Don Corleone foi ver pessoalmente o chefe da orquestra. Levou os seus dois melhores amigos, Genco Abbandando, que era o seu *consigliere*, e Luca Brasi. Sem outras testemunhas, Don Corleone persuadiu Les Halley a assinar um documento cedendo todos os direitos sobre todas as prestações de serviço de Johnny Fontane por um cheque visado de dez mil dólares. Don Corleone fez isso pondo um revólver na cabeça do chefe da orquestra e lhe assegurando com a máxima seriedade que ou assinava ou, dentro de exatos sessenta segundos, os seus miolos é que estariam no documento. Les Halley assinou. Don Corleone guardou o revólver e estendeu o cheque visado.

O resto já pertencia à história. Johnny Fontane veio a se tornar a maior sensação musical do país. Fez musicais em Hollywood que renderam uma fortuna para o seu estúdio. Os discos faturavam milhões de dólares. Então se divorciou da esposa, namorada sua desde menino, e deixou as duas filhas para se casar com a estrela loira mais glamorosa do cinema. Logo viu que era uma "puta". Ele bebia, jogava, corria atrás de outras mulheres. Perdeu a voz. Os discos pararam de vender. O estúdio não renovou o contrato. E por isso agora retornava ao padrinho.

Kay disse, pensativa:

— Tem certeza de que não está com ciúmes do seu pai? Por tudo o que você me contou, ele está sempre fazendo algo por outra pessoa. Deve ter bom coração. — E acrescentou com um sorriso enviesado: — Claro que os métodos dele não são propriamente ortodoxos.

Michael suspirou.

— Imagino que possa parecer assim, mas vou lhe dizer uma coisa. Sabe aqueles exploradores do Ártico que escondem reservas de comida ao longo da rota para o polo Norte? Caso algum dia precisem? É isso que são os favores do meu pai. Um dia ele vai bater à casa de todas essas pessoas, e é melhor que elas o atendam.

O CREPÚSCULO JÁ SE APROXIMAVA quando trouxeram o bolo de casamento, que foi motivo de muitas exclamações, e logo foi consumido. Feito especialmente por Nazorine, trazia uma hábil decoração com bombinhas de creme, tão deliciosas que a noiva as arrebanhou avidamente do corpo do bolo antes de sair chispada com o noivo loiro para a lua de mel. Com tato, o Don apressou a partida dos convidados, ao mesmo tempo notando que o sedã preto com os homens do FBI não estava mais à vista.

Por fim, o único carro que sobrou na alameda foi o longo Cadillac preto, com Freddie à direção. O Don acomodou-se no banco da frente, com grande agilidade para a sua idade e corpulência. Sonny, Michael e Johnny Fontane sentaram no banco de trás. Don Corleone perguntou ao filho Michael:

— E a namorada? Vai voltar sozinha para a cidade, sem problema?

Michael assentiu.

— Tom falou que se encarrega disso.

Don Corleone assentiu com a cabeça, satisfeito com a eficiência de Hagen.

Por causa do racionamento de gasolina que ainda vigorava, havia pouco trânsito no Belt Parkway até Manhattan. Em menos de uma hora, o Cadillac entrou na rua do Hospital Francês. Durante o percurso, Don Corleone perguntou ao filho caçula se estava indo bem na faculdade. Michael assentiu. Então Sonny, no banco de trás, perguntou ao pai:

— Johnny disse que você vai resolver o caso de Hollywood para ele. Quer que eu vá até lá para ajudar?

Don Corleone foi breve:

— Tom parte hoje à noite. Ele não vai precisar de ajuda, é um caso simples.

Sonny Corleone deu uma risada.

— Johnny acha que você não vai conseguir resolver, foi por isso que me ofereci para ir.

Don Corleone se virou para trás.

— Por que você duvida de mim? — perguntou a Johnny Fontane. — O seu padrinho não cumpre sempre o que diz? Alguma vez já me tomaram por tolo?

Johnny se justificou, nervoso:

— Padrinho, o cara que comanda é um baita figurão, um verdadeiro *pezzonovante*. Não tem como demovê-lo, nem com dinheiro. Ele tem relações importantes. E me odeia. Então não sei como você vai conseguir mudar isso.

O Don falou com ar divertido e afetuoso:

— Estou dizendo: vai dar certo. — E cutucou Michael com o cotovelo. — Não vamos desapontar o meu afilhado, hein, Michael?

Michael, que nunca duvidou do pai sequer por um instante, meneou a cabeça.

Quando se dirigiam para a entrada do hospital, Don Corleone deteve Michael pondo-lhe a mão no braço, para que os outros passassem à frente.

— Quando você terminar a faculdade, venha falar comigo — disse o Don. — Tenho alguns planos que vão lhe agradar.

Michael não disse nada. Don Corleone resmungou, exasperado:

— Sei como você é. Não vou lhe pedir que faça nada que não aprove. Essa é uma coisa especial. Siga o seu caminho, afinal você é homem feito. Mas, quando terminar os estudos, venha a mim como um filho deve fazer.

A ESPOSA E AS TRÊS FILHAS de Genco Abbandando, vestidas de preto, pareciam um bando de gralhas roliças pousadas no piso de azulejo branco do corredor do hospital. Quando viram Don Corleone sair do elevador, foi como se alçassem voo do piso azulejado, esvoaçando até ele numa busca instintiva por proteção. A mãe de preto tinha uma corpulência majestosa, enquanto as filhas eram gorduchas e simples. A sra. Abbandando deu um breve beijo na face de Don Corleone, soluçando e gemendo:

— Oh, você é um santo, vindo aqui no dia do casamento da sua filha.

Don Corleone fez um gesto afastando os agradecimentos.

— Pois não devo respeito a tão grande amigo, um amigo que foi o meu braço direito durante vinte anos?

Ele percebeu imediatamente que a esposa, em breve viúva, não entendera que o marido ia morrer naquela noite. Genco Abbandando estava no hospital fazia quase um ano, morrendo de câncer, e a esposa passara a considerar a doença fatal quase como parte normal da vida. Essa noite era apenas mais uma crise. Ela continuou falando de tropel:

— Entre, veja o meu pobre marido, ele pergunta por você. Coitado, ele queria ir ao casamento para mostrar o seu respeito, mas o médico não deixou — disse a esposa. — Então ele falou que você viria vê-lo nesse grande dia, mas duvidei, achando impossível. Ah, os homens entendem a amizade mais do que nós, mulheres. Entre, ele vai ficar feliz.

Um médico e uma enfermeira saíram do quarto particular de Genco Abbandando. O médico era jovem, de rosto sério e ar de quem nasceu para mandar, isto é, ar de quem sempre foi imensamente rico. Uma das filhas perguntou com timidez:

— Dr. Kennedy, podemos vê-lo agora?

O dr. Kennedy olhou exasperado para aquele bando de gente. Não entendiam que o homem ali dentro estava morrendo, e morrendo em meio a dores torturantes? Seria muito melhor que o deixassem morrer em paz.

— Penso que apenas os parentes mais próximos — disse em tom polido e refinado.

Ficou surpreso que a esposa e as filhas se virassem para o sujeito baixo e troncudo, num smoking de caimento desajeitado, como que para ouvir a sua decisão.

O sujeito troncudo falou. Tinha na voz apenas um levíssimo vestígio de sotaque italiano.

— Meu caro doutor — disse Don Corleone —, é verdade que ele está à beira da morte?

— Sim, é verdade — respondeu o dr. Kennedy.

— Então não há mais nada que você possa fazer — disse Don Corleone. — Assumiremos o fardo. Daremos conforto a ele. Fecharemos os seus olhos. Iremos enterrá-lo e pranteá-lo no velório, e depois cuidaremos da esposa e das filhas.

Ao ouvir as coisas postas de maneira tão direta, obrigando-a a entender, a sra. Abbandando começou a chorar.

O dr. Kennedy encolheu os ombros. Era impossível conversar com esses campônios. Ao mesmo tempo, reconhecia a justeza nua e crua dos comentários do sujeito. O seu papel terminara. Ainda com requintada polidez, ele disse:

— Por favor, aguardem a enfermeira autorizar a entrada, ela ainda precisa fazer algumas coisas com o paciente.

O dr. Kennedy se afastou pelo corredor, com o avental branco esvoaçando.

A enfermeira entrou outra vez no quarto, e eles ficaram esperando. Por fim, ela saiu, segurando a porta aberta para entrarem, e falou baixinho:

— Ele está delirando com a dor e a febre, evitem deixá-lo agitado. E só podem ficar alguns minutos, exceto a esposa.

Quando Johnny Fontane passou, a enfermeira o reconheceu e arregalou os olhos de surpresa. Ele esboçou um leve sorriso de agradecimento e ela o fitou de uma maneira francamente convidativa. Johnny a registrou no seu arquivo mental para futura referência e entrou com os demais no quarto do doente.

Genco Abbandando tinha disputado uma longa corrida com a morte, e agora, vencido, jazia exausto na cama soerguida. Estava reduzido a um esqueleto, e o cabelo outrora basto e preto tinha se transformado nuns repulsivos fiapos arrepiados. Don Corleone falou em tom animado:

— Genco, caro amigo, trouxe os meus filhos para lhe prestar os seus respeitos, e veja, até Johnny, que veio lá de Hollywood.

O moribundo, agradecido, ergueu os olhos febris para o Don. Deixou que os rapazes apertassem entre as mãos carnudas a sua mão esquelética. A esposa e as filhas se enfileiraram ao longo do leito, cada uma por vez beijando-lhe o rosto e pegando a sua outra mão.

O Don apertou a mão do velho amigo. Ele disse em tom reconfortante:

— Trate de melhorar logo, e vamos juntos para a Itália, até o nosso velho vilarejo. Vamos jogar *boccie* na frente da vinheria, como faziam os nossos pais.

O moribundo abanou a cabeça. Fez um gesto para que a família e os rapazes se afastassem do leito; com a outra mão ossuda, agarrou-se ao Don. Tentou falar. O Don abaixou a cabeça e então se sentou na cadeira ao lado da cama. Genco Abbandando tartamudeava sobre a infância de ambos. Então os olhos pretos como carvão assumiram uma expressão astuciosa. Sussurrou. O Don se inclinou mais de perto. Os outros no quarto ficaram perplexos ao ver as lágrimas correndo pelo rosto de Don Corleone, enquanto balançava a cabeça. A voz trêmula ficou mais alta, enchendo o quarto. Num esforço torturado, sobre-humano, Abbandando ergueu a cabeça do travesseiro, com o olhar perdido, e apontou um indicador esquelético para o Don.

— Padrinho, padrinho — chamou cegamente —, salve-me da morte, eu lhe imploro. Sinto a carne me queimar os ossos e os vermes me devorar o cérebro. Padrinho, cure-me, você tem o poder, enxugue as lágrimas da minha pobre esposa. Quando éramos meninos, brincávamos juntos em Corleone e agora você vai me deixar morrer com medo do inferno por causa dos meus pecados?

O Don estava em silêncio. Abbandando disse:

— É o dia do casamento da sua filha, você não pode me recusar.

O Don falou em voz mansa, grave, para conseguir transpor aquele delírio blasfemo:

— Meu velho amigo, não tenho esses poderes. Se tivesse, seria mais misericordioso do que Deus, pode ter certeza. Mas não tema a morte e não tema o inferno. Mandarei rezar uma missa pela sua alma todos os dias, de manhã e de noite. A sua esposa e as suas filhas rezarão por você. Como Deus poderá castigá-lo com tantos pedidos de misericórdia?

A face esquelética assumiu uma expressão astuta que chegava a ser indecente. Abbandando disse em tom matreiro:

— Então está tudo arranjado?

Ao responder, a voz do Don era fria, sem reconforto:

— Você está blasfemando. Resigne-se.

A cabeça de Abbandando recaiu no travesseiro. Os olhos perderam o brilho selvagem da esperança. A enfermeira retornou ao quarto e começou a enxotá-los de maneira muito prosaica. O Don se levantou, mas Abbandando estendeu a mão.

— Padrinho — disse ele —, fique aqui comigo e me ajude a encarar a morte. Se Ele o vir perto de mim, talvez Ele fique com medo e me deixe em paz. Ou talvez você possa dizer uma palavrinha, puxar uns fiozinhos, hein?

O moribundo deu uma piscadela como se estivesse brincando, não falando realmente a sério.

— Afinal, vocês são irmãos de sangue.

Então, como se receasse ofender o Don, agarrou-lhe a mão.

— Fique comigo, deixe-me segurar a sua mão. Vamos ser mais espertos que esse filho da mãe, como fizemos com os outros. Padrinho, não me traia.

O Don fez um gesto para que os demais deixassem o quarto. Saíram. Tomou nas manzorras a mãozinha mirrada de Genco Abbandando. Numa voz suave, tranquilizadora, reconfortou o amigo, enquanto aguardavam juntos a morte. Como se o Don realmente pudesse pegar de volta a vida de Genco Abbandando, arrebatando-a daquele maior e mais sórdido traidor do homem.

O DIA DAS NÚPCIAS DE CONNIE Corleone terminou bem para ela. Carlo Rizzi desempenhou os deveres de noivo com habilidade e vigor, estimulado pela bolsa de presentes da noiva, cujo conteúdo somava mais de vinte mil dólares. A disposição da noiva em ceder a virgindade foi, porém, muitíssimo maior do que em ceder a bolsa. Para esta, ele teve de deixá-la com um olho roxo.

Lucy Mancini aguardava em casa uma ligação de Sonny Corleone, na certeza de que iria convidá-la para um encontro. Por fim, foi Lucy que ligou para ele, mas desligou quando foi uma mulher a atender ao telefone. Não tinha como saber que praticamente todo mundo no casamento percebera a ausência de ambos durante aquela fatídica meia hora e que já corriam os boatos de que Santino Corleone arranjara outra vítima. De que tinha "feito o serviço" na madrinha de casamento da própria irmã.

Amerigo Bonasera teve um pesadelo pavoroso. Viu em sonhos Don Corleone com boina, macacão e luvas grossas, descarregando cadáveres crivados de balas na frente da funerária e gritando: "Lembre-se, Amerigo, nenhuma palavra a ninguém, e enterre depressa." Ele gemia tanto e tão alto durante o sono que a esposa o sacudiu para que acordasse.

— Eia, que homem você é, hein? — resmungou ela. — Ter pesadelo depois de um casamento.

Kay Adams foi escoltada por Paulie Gatto e Clemenza até o seu hotel em Nova York. Era um carro grande e luxuoso, dirigido por Gatto. Clemenza se sentou no banco de trás e Kay ficou com o banco da frente, ao lado do motorista. Os dois lhe pareciam tremendamente exóticos. Falavam um brooklynês de filme e a tratavam com exagerada cortesia. Durante o percurso, conversou informalmente com os dois e ficou surpresa com o inequívoco respeito e afeto com que falavam de Michael. Ele a levara a crer que era um estranho no mundo paterno. Agora Clemenza lhe garantia na sua voz arfante e gutural que o "velho" considerava Mike como o melhor filho, o filho que certamente herdaria os negócios da família.

— E que negócios são esses? — perguntou Kay com a maior naturalidade.

Paulie Gatto lhe lançou um rápido olhar de relance enquanto virava a direção numa curva. Atrás dela, Clemenza respondeu em tom de surpresa:

— Mike não falou? O sr. Corleone é o maior importador de azeite italiano nos Estados Unidos. Agora que a guerra acabou, os negócios vão realmente deslanchar. Ele vai precisar de um rapaz inteligente como Mike.

No hotel, Clemenza insistiu em acompanhar Kay até o balcão de recepção. Quando ela protestou que não precisava, ele disse apenas:

— O patrão falou para garantir que você chegasse bem em casa. Tenho de obedecer.

Depois que ela pegou a chave do quarto, Clemenza a acompanhou até o elevador e esperou até que entrasse. Kay lhe deu um aceno de despedida, sorrindo, e ficou surpresa com o sorriso de genuíno prazer que ele lhe retribuiu. Ainda bem que ela não viu Clemenza voltar ao recepcionista e perguntar:

— Com que nome ela se registrou?

O recepcionista lhe lançou um olhar frio. Clemenza passou o rolinho verde que segurava para o recepcionista, que o pegou e disse de pronto:

— Sr. e sra. Michael Corleone.

De volta ao carro, Paulie Gatto comentou:

— Uma dama fina.

Clemenza resmungou:

— Mike está fazendo o serviço nela.

A menos, pensou ele, que estivessem realmente casados.

— Me pegue amanhã cedo — disse a Paulie Gatto. — Hagen tem um serviço para nós que precisa ser feito logo.

NO DOMINGO, JÁ ERA TARDE da noite quando Tom Hagen se despediu da esposa com um beijo e seguiu para o aeroporto. Gozando de prioridade especial número um (presente de agradecimento de um general do Estado-Maior do Pentágono), não teve problemas em pegar um avião para Los Angeles.

Tinha sido um dia movimentado, mas satisfatório para Tom Hagen. Genco Abbandando morrera às três da manhã e, quando Don Corleone voltou do hospital, informou a Hagen que agora ele era oficialmente o novo *consigliere* da Família. Isso significava que Hagen ficaria muito rico, isso sem falar no poder.

O Don havia rompido uma longa tradição. O *consigliere* era sempre um siciliano de sangue puro, e o fato de Hagen ter sido criado como membro da família do Don não fazia a menor diferença para a tradição. Era uma questão de sangue. Só um siciliano nascido e criado nos costumes da *omertà* poderia ocupar o cargo essencial de *consigliere*. Entre o chefe da Família, Don Corleone, que ditava as linhas de ação, e o nível operacional dos homens que executavam as ordens do Don, havia três camadas ou amortecedores. Assim, não era possível rastrear nada até o topo da hierarquia. A menos que o *consigliere* virasse um traidor. Naquele domingo de manhã, Don Corleone deu instruções explícitas sobre o que se devia fazer com os dois rapazes que tinham espancado a filha de Amerigo Bonasera. Mas dera essas ordens em caráter reservado a Tom Hagen. Mais tarde, no mesmo dia, Hagen deu as instruções a Clemenza, também em caráter reservado, sem testemunhas. Clemenza, por sua vez, mandou Paulie Gatto executar o serviço. Paulie Gatto agora ia reunir os homens necessários e executar as ordens. Paulie Gatto e os seus homens não sabiam a razão daquela tarefa nem quem dera a ordem inicial. Para que o Don chegasse a ser envolvido, cada elo da corrente teria de se tornar um traidor; embora isso nunca tivesse acontecido, sempre existia essa possibilidade. Sabia-se qual era o remédio para tal possibilidade. Teria de desaparecer apenas um elo da corrente.

O *consigliere* também era o que o nome dizia. Era o conselheiro do Don, o braço direito, o cérebro auxiliar. Era também o companheiro e amigo mais próximo. Em viagens importantes, dirigia o carro do Don; nas conferências, ia buscar e trazia refrescos, café, sanduíches e charutos para o Don. Sabia tudo ou quase tudo o que o Don sabia, conhecia todas as células do poder. Era o único homem no mundo capaz de arrastar o Don para a destruição. Mas nenhum *consigliere* jamais traíra um Don, não na memória de nenhuma das Famílias sicilianas poderosas que tinham se estabelecido nos Estados Unidos. Não havia o menor futuro nisso. E todo *consigliere* sabia que, se fosse de confiança, ficaria rico, teria poder e granjearia respeito. Caso ocorresse um infortúnio, a esposa e os filhos teriam abrigo e proteção, tal como se ele estivesse vivo ou em liberdade. *Se fosse de confiança.*

Em alguns assuntos, o *consigliere* tinha de agir pelo Don de maneira mais explícita, mas sem envolver o chefe. Hagen estava indo para a Califórnia justamente para um desses assuntos. Sabia que a sua carreira de *consigliere* seria seriamente afetada pelo êxito ou pelo fracasso dessa missão. Pelos critérios de negócios da Família, era secundário que Johnny Fontane conseguisse ou não o ambicionado papel no filme de guerra. Muito mais importante era a reunião que Hagen marcara com Virgil Sollozzo para a próxima sexta-feira. Mas Hagen sabia que, para o Don, os dois assuntos eram de igual importância, o que, para qualquer bom *consigliere*, punha um ponto final na questão.

Tom Hagen, que já estava agitado por dentro, se sentiu ainda mais nervoso com os sacolejos do avião a hélice e, para se acalmar, pediu um martíni à aeromoça. Tanto o Don quanto Johnny tinham lhe dado um resumo sobre o caráter do produtor de cinema, Jack Woltz. Pelo que Johnny falou, Hagen viu que jamais conseguiria persuadir Woltz. Mas também não tinha a menor dúvida de que o Don cumpriria a promessa feita a Johnny. O seu papel era de negociador e elemento de ligação.

Reclinado no assento, Hagen repassou todas as informações recebidas naquele dia. Jack Woltz era um dos três produtores de cinema mais importantes de Hollywood, tinha o próprio estúdio e contratos com dezenas de artistas. Fazia parte do Conselho Consultor Presidencial de Informação de Guerra, Divisão Cinematográfica, o que, na prática, significava simplesmente que ele ajudava a fazer filmes de propaganda. Jantara na Casa Branca. Recebera J. Edgar Hoover na sua casa em Hollywood. Mas isso não era tão impressionante quanto parecia. Eram relações oficiais, todas elas. Woltz não dispunha de nenhum poder político pessoal, sobretudo porque era um extremo reacionário e, em parte, também porque era um megalomaníaco que gostava de brandir furiosamente o poder, sem levar em conta que, assim, criava legiões de inimigos.

Hagen suspirou. Não havia como "lidar" com Jack Woltz. Ele abriu a pasta e tentou preparar algumas notas, mas estava cansado demais. Pediu outro martíni e se pôs a refletir sobre a sua vida. Não tinha do que reclamar; na verdade, sentia que tivera uma tremenda sorte. Por qualquer razão que fosse, o curso que havia escolhido dez anos antes se demonstrara acertado. Era bem-sucedido, feliz até onde um adulto sensato poderia desejar, e achava a vida interessante.

Tom Hagen tinha 35 anos, alto, magro, cabelo à escovinha, de aparência bastante comum. Era advogado, mas não era ele que fazia o efetivo e minucioso trabalho jurídico dos negócios da Família Corleone, embora, depois de ser aprovado no exame da Ordem, tivesse exercido a profissão durante três anos.

Aos 11 anos, fora colega de brincadeiras de Sonny Corleone, também com 11 anos. A mãe de Hagen tinha ficado cega e então morrera naquele seu décimo primeiro ano. O pai de Hagen, que bebia muito, virou um beberrão incorrigível. Carpinteiro esforçado e trabalhador, nunca tinha feito nada de desonesto na vida. Mas a bebida destruiu a sua família e acabou por matá-lo. Tom Hagen, órfão, ficou vagueando pelas ruas e dormia ao relento. A irmã mais nova foi para um lar adotivo, mas nos anos 1920 os órgãos de assistência social não davam andamento a casos de garotos de 11 anos ingratos que fugiam à sua proteção. Hagen, além disso, tinha uma infecção nos olhos. Os vizinhos murmuravam que ele contraíra ou herdara a infecção da mãe e, portanto, podia transmiti-la. Evitavam-no. Sonny Corleone, da mesma idade, menino simpático e impositivo, levou o amigo para casa e exigiu que o acolhessem. Tom Hagen ganhou um prato de espaguete fumegante com um farto molho de tomate e azeite, cujo sabor nunca mais esqueceu, então lhe deram uma cama dobrável para dormir.

Com a maior naturalidade, sem que se dissesse uma palavra nem se discutisse o assunto sob qualquer aspecto, Don Corleone permitira que o menino ficasse na sua residência. Don Corleone pessoalmente levou o garoto a um médico especializado, que curou a infecção dos olhos. Enviou-o para o colegial e para a faculdade de direito. Em tudo isso, o Don agia não como pai, mas como tutor. Não dava nenhuma demonstração de afeto, mas, estranhamente, tratava Hagen com mais cortesia do que aos próprios filhos e não lhe impunha uma vontade paterna. Foi o garoto que decidiu ir para a faculdade de direito depois do colegial. Tinha ouvido Don Corleone dizer certa vez: “Um advogado com a sua pasta consegue roubar mais que cem homens armados.” Enquanto isso, para grande desgosto paterno, Sonny e Freddie insistiram em entrar nos negócios da família depois de terminar o colégio. Somente Michael prosseguira os estudos, e se alistara no Corpo de Fuzileiros Navais no dia seguinte ao ataque a Pearl Harbor.

Depois de ser aprovado nos exames da Ordem, Hagen se casou para formar a sua própria família. A noiva era uma moça italiana de Nova Jersey, com nível universitário, coisa rara na época. Depois do casamento, o qual, claro, foi realizado na casa de Don Corleone, o Don se prontificou a dar apoio a Hagen em qualquer empreendimento que quisesse, a lhe enviar clientes, a providenciar o escritório, a iniciá-lo no ramo imobiliário.

Tom Hagen curvara a cabeça e respondera:

— Eu gostaria de trabalhar para você.

A resposta surpreendeu mas também agradou o Don, que perguntou:

— Você sabe quem eu sou?

Hagen assentiu. Não conhecia realmente a extensão do poder do Don, não naquela época. Na verdade, nem pelos dez anos seguintes, até o momento em que se tornou o *consigliere* interino, quando Genco Abbandando adoeceu. Mas assentiu e fitou o Don, olhos nos olhos.

— Eu trabalharia para você como os seus filhos — disse Hagen, querendo dizer com absoluta lealdade, com absoluta aceitação da divindade paterna do Don. O Don, com aquela compreensão que já na época estava criando a lenda sobre a sua grandeza, mostrou ao rapaz o primeiro sinal de afeição paterna desde que fora morar com a família. Tomou Hagen num rápido abraço e, a partir daí, passou a tratá-lo mais como um verdadeiro filho, embora às vezes dissesse: "Tom, nunca esqueça os seus pais"; como se fosse um lembrete não só para Hagen, mas para si mesmo.

Não havia a menor possibilidade de Hagen esquecer. A mãe era quase apática, desleixada, tão anêmica que não conseguia sentir nem fingir afeição pelos filhos. O pai, Hagen odiava. Ficara apavorado com a cegueira da mãe antes de morrer e a sua própria infecção era um sinal prenunciando o seu destino. Tinha certeza de que ficaria cego. Quando o pai morreu, o ânimo do menino cedeu de uma forma curiosa. Ele vagueava pelas ruas como um animal aguardando a morte, até o dia decisivo em que Sonny o encontrou dormindo no vão de uma porta e o levou para casa. O que aconteceu depois foi um milagre. Mas Hagen passou anos tendo pesadelos, sonhando que era um adulto cego, tateando com uma bengala branca, os filhos cegos atrás dele tateando com pequeninas bengalas brancas enquanto esmolavam pelas ruas. Em algumas manhãs, ao acordar, o rosto de Don Corleone aparecia impresso no seu cérebro naquele primeiro momento desperto e então Hagen se sentia em segurança.

Mas o Don insistira para que ele dedicasse três anos à prática jurídica geral, além dos deveres nos negócios da Família. Mais tarde, essa experiência se mostrou de valor inestimável e eliminou do espírito de Hagen qualquer dúvida em trabalhar para Don Corleone. Então passara dois anos como estagiário nos escritórios de uma grande firma de advogados criminais, onde o Don tinha certa influência. Ficou evidente para todos sua facilidade nessa área jurídica. Ele se saiu bem e, quando passou a se dedicar em tempo integral aos negócios da Família, Don Corleone não teve ocasião de censurá-lo sequer uma única vez nos seis anos subsequentes.

Quando ele se tornou o *consigliere* interino, as outras famílias sicilianas poderosas passaram a se referir à Família Corleone como a "gangue irlandesa". Hagen achou graça. Isso também lhe mostrou que jamais poderia ter esperanças de suceder ao Don como chefe dos negócios da Família. Mas dava-se por satisfeito. Nunca tivera esse objetivo, e tal ambição seria um "desrespeito" ao benfeitor e à sua respectiva família de sangue.

Ainda estava escuro quando o avião aterrissou em Los Angeles. Hagen deu entrada no hotel, tomou banho, fez a barba e ficou olhando o amanhecer na cidade. Pediu que lhe trouxessem o café da manhã e os jornais ao quarto e relaxou até a hora de sair para o encontro com Jack Woltz, marcado para as dez horas. Tinha sido surpreendentemente fácil marcar o encontro.

No dia anterior, Hagen havia ligado para o homem mais poderoso nos sindicatos cinematográficos, um sujeito chamado Billy Goff. Seguindo as instruções de Don Corleone, Hagen dissera a Goff que marcasse uma hora no dia seguinte para se encontrar com Jack Woltz e que insinuasse a ele que, se Hagen não ficasse satisfeito com os resultados do encontro, o pessoal do estúdio poderia entrar em greve. Uma hora depois, Goff ligara para Hagen. O encontro seria às dez da manhã. Woltz recebera o recado sobre a possível greve trabalhista, mas não parecera ficar muito impressionado, disse Goff. E acrescentou:

— Se a coisa realmente chegar a isso, vou eu mesmo falar com o Don.

Hagen respondeu:

— Se a coisa chegar a isso, ele falará com você.

Dessa maneira, evitava fazer qualquer promessa. Não se admirava que Goff acedesse tanto aos desejos do Don. O império da Família, em termos técnicos, não se estendia além da área de Nova York, mas Don Corleone começara a ganhar força ajudando líderes trabalhistas. Muitos ainda estavam em dívida de amizade com ele.

Mas o horário do encontro, às dez da manhã, era um mau sinal. Significava que Hagen seria o primeiro na agenda do dia e não seria convidado para almoçar. Significava que Woltz o tinha em pouca conta. Goff não ameaçara o suficiente, provavelmente porque recebia de Woltz uma grana por fora. E às vezes a tática do Don em se manter nos bastidores resultava numa certa desvantagem para os negócios da Família, visto que o seu nome não significava nada para os círculos externos.

A análise de Hagen se mostrou acertada. Woltz o deixou esperando durante meia hora. Hagen não se incomodou. A sala de espera era agradável, muito confortável e, num sofá diante dele, estava a menina mais linda que Hagen já vira na vida. Devia ter uns 11, no máximo 12 anos, usando roupas muito finas mas discretas, de mulher adulta. Tinha um cabelo incrivelmente dourado, olhos azul-marinho enormes e lábios de um vermelho de framboesa fresca. Estava acompanhada por uma mulher, sem dúvida a mãe, que tentou obrigar Hagen a desviar os olhos com um ar de fria arrogância que lhe deu vontade de socar a cara da mulher. O anjo e o dragão, pensou Hagen, sustentando o olhar gelado da mãe.

Por fim, veio uma mulher de meia-idade vestida com requinte porém corpulenta, que o conduziu ao longo de uma série de escritórios até os aposentos do escritório do produtor. Hagen ficou impressionado com a elegância dos escritórios e das pessoas que lá trabalhavam. Sorriu, eram todos espertinhos, achando que iam entrar no cinema fazendo serviço de escritório, e a maioria ia ficar lá pelo resto da vida ou até aceitar a derrota e voltar para a cidade natal.

Jack Woltz era um sujeito alto, robusto, com uma pança que o terno sob medida não conseguia esconder por completo. Hagen conhecia a história dele. Aos 10 anos, Woltz empurrava carrinhos ou barricas vazias de cerveja no East Side. Aos 20, ajudava o pai numa fábrica precária de confecção de roupas. Aos 30, saiu de Nova York e foi para a Costa Oeste, investiu em salinhas de curtas-metragens, os *nickelodeons* e foi um dos pioneiros do longa-metragem. Aos 48 anos, era o mais poderoso magnata do cinema, ainda de linguagem tosca, vorazmente mulherengo, um lobo selvagem atacando indefesos rebanhos de jovens atrizes iniciantes. Aos 50, transformou-se. Tomou aulas de linguagem, aprendeu a se vestir com um valete inglês e a se comportar socialmente com um mordomo também inglês. Quando morreu a primeira esposa, casou-se com uma bela atriz de fama mundial que não gostava de atuar. Agora, aos 60, colecionava quadros dos antigos mestres, era membro do Conselho Consultor da presidência e criara uma fundação multimilionária no seu nome para promover a arte no cinema. A filha desposara um lorde inglês, o filho uma princesa italiana.

A mais recente paixão de Woltz, devidamente noticiada por todos os colunistas de cinema dos Estados Unidos, era o seu haras de corrida, no qual gastara dez milhões de dólares no ano anterior. Tinha ocupado as manchetes ao comprar o famoso cavalo de corrida inglês, Khartoum, pelo preço inacreditável de seiscentos mil dólares, e ao anunciar então que o invicto campeão deixaria as pistas e seria o reprodutor exclusivo do haras Woltz.

Ele recebeu Hagen com cortesia, o rosto de um belo bronzeado uniforme, meticulosamente escanhoado, retorcido num esgar que pretendia ser um sorriso. Apesar de todo o dinheiro que gastara, apesar dos cuidados ministrados pelos técnicos mais experientes, ele mostrava a idade que tinha; a pele do rosto parecia costurada. Mas apresentava nos movimentos uma enorme vitalidade, e tinha o mesmo que Don Corleone tinha, o ar de um homem com comando absoluto no mundo em que vivia.

Hagen foi direto ao assunto. Expôs que era emissário de um amigo de Johnny Fontane. Expôs que esse amigo era um homem muito poderoso que prometia eterna amizade e gratidão ao sr. Woltz, se o sr. Woltz fizesse um pequeno favor. O pequeno favor consistia em escalar Johnny Fontane para o novo filme de guerra que o estúdio planejava iniciar na semana seguinte.

O rosto costurado se manteve cortês e impassível.

— Que favores o seu amigo pode me prestar? — perguntou Woltz.

Havia um leve tom de condescendência na sua voz. Hagen ignorou a condescendência. Explicou:

— O senhor tem pela frente alguns problemas trabalhistas. O meu amigo pode dar absoluta garantia de que os problemas desaparecerão. O senhor tem um artista importante que rende muito para o seu estúdio, mas ele acaba de passar da maconha para a heroína. O meu amigo vai garantir que o seu artista não consiga mais nenhuma heroína. E, se algumas outras coisinhas aparecerem ao longo dos anos, uma ligação sua para mim resolverá os seus problemas.

Jack Woltz ouviu como se ouvisse as bravatas de um menino. Então falou rispidamente, usando de propósito o jeito muito peculiar do East Side:

— Está querendo me dar uma prensada, é?

Hagen respondeu com calma:

— De maneira nenhuma. Vim lhe pedir um favor para um amigo. Procurei explicar que o senhor não perderá nada com isso.

Woltz então adotou, como que deliberadamente, uma máscara de fúria. A boca se retesou, as sobrancelhas grossas, tingidas de preto, se fecharam formando uma linha grossa sobre os olhos faiscantes. Ele se inclinou sobre a escrivaninha para perto de Hagen.

— Tudo bem, seu filho da puta metido a besta, vou deixar bem claro para você e para o seu chefe, que nem sei quem é: Johnny Fontane não vai entrar no filme. E estou pouco me lixando para os capangas da Máfia que aparecerem.

Reclinou-se de volta na poltrona, recompondo-se.

— Um conselho para você, meu amigo. J. Edgar Hoover, suponho que já ouviu falar dele — e Woltz deu um sorriso sarcástico —, é amigo pessoal meu. Se ele souber que estão me pressionando, vocês nem vão saber o que os atingiu.

Hagen ouviu com toda a paciência. Esperava mais de um homem da envergadura de Woltz. Como um homem que age de maneira tão idiota comandava uma empresa que vale centenas de milhões de dólares? Era algo para se pensar, visto que o Don andava procurando áreas novas para investir e, se os maiores cérebros dessa indústria eram tão tapados, o cinema podia ser uma boa opção. O insulto em si não o incomodou nem um pouco. Hagen aprendera a arte de negociar com o próprio Don. "Nunca se zangue", ensinara-lhe o Don. "Nunca ameace. Arrazoe com as pessoas." A palavra "arrazoar" soava muito melhor em italiano, *ragionare*, tão próxima de *ragunare*, unir, juntar. A arte da coisa consistia em ignorar todos os insultos, todas as ameaças, oferecer a outra face. Certa vez, Hagen vira o Don passar oito horas sentado a uma mesa de negociações, engolindo ofensas, tentando persuadir um notório valentão megalomaníaco a mudar de atitude. Ao cabo de oito horas, Don Corleone jogou as mãos para o alto num gesto de impotência e disse aos outros homens à mesa: "Mas ninguém consegue arrazoar com esse sujeito"; e saiu da sala de reuniões. O valentão ficou pálido de medo. Enviaram emissários para trazer o Don de volta à sala. Chegou-se a um acordo, mas, dois meses depois, o sujeito foi alvejado e morreu na sua barbearia favorita.

Assim, Hagen recomeçou, falando na voz mais normal do mundo.

— Veja o meu cartão — disse ele. — Sou advogado. Eu iria me arriscar? Proferi alguma ameaça? O que digo é que estou disposto a atender a qualquer condição sua para conseguir o filme para Johnny Fontane. Creio que já ofereci muito em troca de um favor tão pequeno. Um favor que, no meu entender, seria do seu interesse conceder. Johnny me falou que o senhor reconhece que ele seria perfeito para o papel. E digo mais: se não o fosse, nunca pediríamos tal favor. Na verdade, se o que o preocupa é o seu investimento, o meu cliente financiaria o filme. Mas, por favor, deixe-me ser absolutamente claro. Entendemos que o seu "não" é "não", e ponto final. Ninguém pode nem tenta obrigá-lo. Acrescento também que sabemos da sua amizade com o sr. Hoover e o meu chefe o respeita por isso. Ele respeita muito essa relação de amizade.

Woltz estava rabiscando com uma enorme caneta de pluma vermelha. A menção ao dinheiro despertou o seu interesse e ele parou de rabiscar. Disse com ar condescendente:

— Esse filme está orçado em cinco milhões.

Hagen assobiou baixinho para mostrar que ficara impressionado. Então falou em tom displicente:

— O meu cliente tem muitos amigos que confiam no discernimento dele.

Pela primeira vez, Woltz pareceu levar a coisa toda a sério. Ele examinou atentamente o cartão de Hagen.

— Nunca ouvi falar de você — disse ele. — Conheço a maioria dos grandes advogados de Nova York, mas você, caramba, quem é você?

— Tenho um daqueles escritórios exclusivos de direito empresarial — respondeu Hagen sucintamente. — Lido apenas com este cliente. — Ele se levantou. — Não vou tomar mais o seu tempo.

Hagen estendeu a mão, que Woltz apertou. Deu alguns passos até a porta e se virou para fitá-lo outra vez.

— Entendo que o senhor precisa lidar com muitas pessoas que tentam parecer mais importantes do que são. No meu caso, é o contrário. Pode dar uma verificada com o nosso amigo em comum. Se reavaliar a sua decisão, ligue para o meu hotel. — Fez uma pausa e retomou: — Talvez lhe pareça um sacrilégio, mas o meu cliente pode lhe fazer coisas que o próprio sr. Hoover consideraria fora do seu alcance.

Hagen viu que o produtor estreitava os olhos. Woltz finalmente estava entendendo a mensagem.

— Aliás, admiro muito os seus filmes — disse Hagen no tom mais lisonjeiro que conseguiu. — Espero que continue com o bom trabalho. O nosso país precisa disso.

À tarde, Hagen recebeu uma ligação da secretária do produtor, avisando que um automóvel iria apanhá-lo dali a uma hora para levá-lo à casa de campo do sr. Woltz, para o jantar. Falou que o trajeto levava cerca de três horas, mas que o automóvel estava equipado com um bar e alguns *hors d'oeuvres*. Hagen sabia que Woltz tinha ido com o seu avião particular e se perguntou por que não o convidara para ir junto. A voz da secretária acrescentou educadamente:

— O sr. Woltz sugeriu que o senhor leve uma maleta para o pernoite e ele o deixará no aeroporto amanhã de manhã.

— Certo, farei isso — disse Hagen.

Aí estava mais uma coisa a pensar. Como Woltz sabia que ele ia pegar o voo da manhã de volta para Nova York? Refletiu por um instante. A explicação mais provável era que Woltz tinha colocado alguns detetives particulares no seu encalço, para obter todas as informações possíveis. Então Woltz certamente sabia que ele representava o Don, o que significava que agora estava disposto a levar o assunto a sério. Talvez se conseguisse alguma coisa afinal, pensou Hagen. E talvez Woltz fosse mais esperto do que se mostrara de manhã.

A CASA DE JACK WOLTZ PARECIA um implausível cenário de filme. Havia uma mansão de estilo colonial, uma área enorme rodeada por uma pista equestre de uma rica terra preta, estábulos e pastos para um grande número de cavalos. As sebes, os canteiros de flores e os gramados eram meticulosamente cuidados, como as unhas pintadas e bem tratadas de uma estrela do cinema.

Woltz recebeu Hagen numa varanda envidraçada e com ar-condicionado. O produtor estava vestido informalmente, com camisa de seda azul desabotoada no alto, calça esporte de cor mostarda e sandálias de couro macio. As cores e os tecidos finos criavam um contraste chocante com o rosto grosseiro e costurado. Estendeu a Hagen uma taça enorme de martíni e pegou para si outra taça da bandeja já servida. Pôs o braço no ombro de Hagen e disse:

— Temos um tempinho antes do jantar; vamos dar uma olhada nos meus cavalos.

Enquanto iam para os estábulos ele disse:

— Dei uma checada em você, Tom; devia ter dito que o seu chefe é Corleone. Achei que você era um mero aproveitador de quinta categoria enviado pelo Johnny para me ameaçar. Mas eu não me deixo ameaçar. Não que eu queira fazer inimigos, nunca acreditei nisso. Mas agora vamos nos entreter. Falaremos de negócios depois do jantar.

Woltz se demonstrou um anfitrião realmente atencioso, o que foi uma surpresa. Explicou os seus novos métodos, as inovações que, esperava ele, transformariam o seu criatório no haras de maior sucesso nos Estados Unidos. Os estábulos eram à prova de fogo, altamente higienizados, sob a guarda de um corpo de segurança especial, formado por detetives particulares. Por fim, Woltz o levou a uma baia que ostentava uma enorme placa de bronze na parede externa. Na placa constava o nome "Khartoum".

O cavalo na baia era, mesmo para os olhos inexperientes de Hagen, um belo animal. Tinha a pelagem nigérrima, exceto por uma mancha branca em forma de diamante na testa enorme. Os grandes olhos castanhos cintilavam como maçãs douradas, a pelagem preta do corpo retesado era macia como seda. Woltz disse com orgulho pueril:

— O maior cavalo de corrida do mundo. Comprei na Inglaterra no ano passado por seiscentos mil. Aposto que nem os tsares russos jamais pagaram tudo isso por um cavalo. Mas ele não vai correr, vai ser só reprodutor. Vou montar o maior haras de corrida que esse país já conheceu.

Ele afagou a crina do cavalo, chamando-o suavemente:

— Khartoum, Khartoum.

Havia um amor genuíno na voz, e o animal correspondeu. Woltz disse a Hagen:

— Eu sou um bom cavaleiro, sabe, e a primeira vez que montei foi aos 5 anos. — E riu. — Talvez uma das minhas avós na Rússia tenha sido violentada por um cossaco e eu puxei a ele.

Coçou o ventre de Khartoum e disse com sincera admiração:

— Veja o pau dele. Queria eu ter um pau assim.

Os dois voltaram à mansão para o jantar. Foi servido por três garçons sob o comando de um mordomo, a toalha da mesa era bordada com fio de ouro, a baixela e os talheres eram de prata, mas Hagen achou a comida medíocre. Era óbvio que Woltz morava sozinho e, igualmente óbvio, que não era de se incomodar com a comida. Hagen aguardou até o momento em que ambos acenderam uns enormes Havanas e então perguntou a Woltz:

— Johnny fica ou não fica com o papel?

— Não posso — respondeu Woltz. — Não posso pôr Johnny naquele filme, mesmo que eu quisesse. Todos os artistas estão com todos os contratos assinados, e as câmeras começam a rodar na semana que vem. Não tenho como mudar isso.

Hagen disse, impaciente:

— Sr. Woltz, a grande vantagem de lidar com um homem no topo do comando é que essa desculpa não vale. O senhor pode fazer qualquer coisa que queira. — Deu uma baforada do charuto e retomou: — O senhor não acredita que o meu cliente é capaz de manter as suas promessas?

Woltz respondeu secamente:

— Acredito que vou ter problemas trabalhistas. Goff me ligou falando disso, o filho da puta, e, pelo jeito que falou comigo, você jamais imaginaria que pago a ele cem mil por ano por baixo dos panos. E acredito que você pode tirar da heroína aquele tranqueira daquele meu artista. Mas pouco me importo com isso e posso financiar pessoalmente os meus filmes. É que eu odeio aquele Fontane desgraçado. Diga ao seu chefe que esse favor não posso prestar, mas que ele pode me pedir novamente alguma outra coisa. Qualquer outra coisa.

Hagen pensou: "Seu filho da mãe ardiloso, então a troco de que me fez vir até aqui?" O produtor tinha alguma coisa em mente. Hagen respondeu com frieza:

— Creio que o senhor não compreende a situação. O sr. Corleone é o padrinho de Johnny Fontane. Essa é uma relação religiosa muito íntima, muito sagrada.

Woltz curvou a cabeça em respeito a essa referência à religião. Hagen prosseguiu:

— Os italianos têm um chiste que diz: o mundo é tão duro que um homem precisa de dois pais para cuidar dele, e é por isso que existem os padrinhos. Desde que o pai de Johnny morreu, o sr. Corleone sente ainda mais profundamente essa sua responsabilidade. Quanto a pedir novamente, o sr. Corleone é suscetível demais. Ele nunca pede um segundo favor quando lhe recusam o primeiro.

Woltz encolheu os ombros.

— Sinto muito. A resposta continua sendo não. Mas, já que você está aqui, quanto sai para resolver aquele problema trabalhista? Em dinheiro vivo. Agora mesmo.

Isso esclarecia um dos enigmas que intrigavam Hagen. A razão pela qual Woltz estava dedicando tanto tempo a ele, sendo que já decidira não dar o papel a Johnny. Woltz se sentia seguro; não temia o poder de Don Corleone. E certamente, com as suas ligações políticas em nível nacional, a relação com o diretor do FBI, a imensa fortuna pessoal, o poder absoluto na indústria cinematográfica, Woltz não iria se sentir ameaçado por Don Corleone. A qualquer sujeito inteligente, mesmo a Hagen, parecia que Woltz tinha avaliado corretamente a sua posição. Se estava disposto a arcar com os prejuízos que o conflito trabalhista acarretaria, ele se encontrava realmente numa posição inexpugnável perante o Don. Só havia uma coisa errada em toda a equação. Don Corleone prometera ao afilhado que o papel seria dele, e Don Corleone, até onde Hagen sabia, nunca deixara de cumprir a palavra em tais questões.

Hagen disse com toda a calma:

— O senhor está me entendendo mal deliberadamente. Está tentando me fazer cúmplice de extorsão. O sr. Corleone promete falar em seu favor nesse problema trabalhista somente por uma questão de amizade, retribuindo a sua palavra em favor do afilhado dele. Uma troca de influências amistosa, só isso. Mas vejo que o senhor não me leva a sério. Pessoalmente, creio ser um erro.

Como se estivesse apenas aguardando por esse momento, Woltz se deixou tomar pela cólera.

— Pelo contrário, entendi perfeitamente bem — disse ele. — É o estilo da Máfia, não é? Todo untuoso, de fala mansa, quando na verdade está é fazendo ameaças. Então vou ser muito claro. Johnny Fontane nunca vai conseguir o papel, e ele é perfeito para aquele papel. Viraria um grande astro. Mas nunca vai virar, porque odeio aquele pilantra metido a socialista e vou chutá-lo do mundo do cinema. E lhe digo por quê. Ele estragou uma das minhas protegidas mais valiosas. Treinei essa garota por cinco anos com aulas de dança, de canto, de interpretação, gastei centenas de milhares de dólares. Ia transformá-la numa estrela. Vou ser ainda mais franco, só para lhe mostrar que não sou um sujeito insensível, que não era só uma questão de dinheiro. A garota era linda, com a bunda mais gostosa que já tive, e olhe que já papei muita bunda pelo mundo afora. Ela chupava feito uma bomba de água. Então vem o Johnny com aquela voz untuosa e aquele charme carcamano e ela dá no pé. Ela jogou tudo fora só para me fazer passar ridículo. Ora, um homem na minha posição não pode se permitir passar ridículo. Tenho de despedir o Johnny.

Pela primeira vez, Woltz conseguiu desconcertar Hagen. Achava inconcebível que um homem feito, de grande envergadura, deixasse essas trivialidades afetarem o seu discernimento num assunto de negócios e de tamanha importância. No mundo de Hagen, o mundo dos Corleone, a beleza física e o poder sexual das mulheres não tinham o menor peso nas questões práticas. Era um assunto particular, exceto, claro, nas questões de casamento e desgraça em família. Hagen resolveu tentar uma última vez.

— O senhor está coberto de razão, sr. Woltz — disse ele. — Mas o seu ressentimento é tão grande assim? Penso que o senhor não entendeu a importância desse pequenino favor para o meu cliente. O sr. Corleone segurou nos braços o bebê Johnny durante o batizado. Quando o pai de Johnny morreu, o sr. Corleone assumiu os deveres de paternidade, e na verdade ele é tratado por "padrinho" por muitas e muitas pessoas que querem mostrar o seu respeito e gratidão pela ajuda que lhes deu. O sr. Corleone nunca abandona os amigos.

Woltz se levantou bruscamente.

— Já ouvi o suficiente. Valentões não me dão ordens, eu é que dou ordens a eles. Se eu pegar esse telefone, você vai passar a noite na cadeia. E, se aquele bandido mafioso tentar qualquer estupidez, vai ver que não sou um chefe de orquestra. É, eu soube dessa história também. Escute aqui, esse seu sr. Corleone nem vai saber o que o atingiu. Mesmo que eu precise usar a minha influência na Casa Branca.

Burro, como era burro aquele filho da puta. Hagen se perguntava como um sujeito daqueles conseguiu ser um *pezzonovante*. Consultor do presidente, chefe do maior estúdio cinematográfico do mundo. Decididamente o Don devia entrar na indústria do cinema. E o cara tomava as suas palavras literalmente, pelo valor sentimental. Não entendia a mensagem.

— Obrigado pelo jantar e pela noite agradável — disse Hagen. — Poderia me fornecer transporte até o aeroporto? Creio que não vou pernoitar. — Deu um sorriso frio para Woltz. — O sr. Corleone insiste em saber logo das más notícias.

Enquanto esperava o carro sob a arcada profusamente iluminada da mansão, Hagen viu duas mulheres prestes a entrar numa longa limusine já estacionada na aleia. Era a linda menina loira de 12 anos, acompanhada da mãe, que ele vira de manhã no escritório de Woltz. Mas agora os belos lábios da menina pareciam macetados, transformados numa densa papa rosa-choque. Os olhos azul-marinho estavam toldados e, quando desceu os degraus dirigindo-se à porta aberta do carro, as longas pernas cambaleavam como as de um potrinho aleijado. A mãe sustentava a criança, ajudando-a a entrar no carro, soprando-lhe ordens ao ouvido. A mãe virou a cabeça para Hagen, num rápido olhar furtivo, e nos seus olhos ele viu brilhar um ardente e selvagem triunfo. Em seguida, ela também entrou e desapareceu na limusine.

Então foi por isso que não lhe ofereceram lugar no voo de Los Angeles, pensou Hagen. A menina e a mãe tinham vindo com o produtor de cinema. Aquilo dera a Woltz tempo suficiente para relaxar antes do jantar e fazer o serviço na criança. E era nesse mundo que Johnny queria viver? Boa sorte a ele, e boa sorte a Woltz.

Paulie Gatto detestava serviços rápidos, principalmente quando envolviam violência. Gostava de planejar as coisas com antecedência. E uma coisa como a dessa noite, mesmo sendo simples, podia virar uma grande encrenca caso alguém cometesse um erro. Agora, bebericando a cerveja, olhou em torno, para ver como os dois malandros estavam se saindo com as duas putinhas no balcão.

Paulie Gatto sabia tudo o que havia para saber sobre aqueles dois malandros. Chamavam-se Jerry Wagner e Kevin Moonan. Os dois tinham cerca de 20 anos, de boa estampa, cabelo castanho, altos, físico forte. Ambos voltariam para a faculdade, fora da cidade, dali a duas semanas, ambos tinham pais com influência política e isso, junto com as notas da escola, era o que os isentava do recrutamento. Ambos também estavam com suspensão da pena pela agressão à filha de Amerigo Bonasera. Filhos da mãe nojentos, pensou Paulie Gatto. Escapando ao recrutamento, violando a liberdade condicional ao beber num bar depois da meia-noite, caçando mulheres fáceis. Moleques malandros. Paulie Gatto também tinha sido dispensado do alistamento, mas porque o seu médico fornecera à junta da convocação documentos mostrando que esse paciente, homem, branco, 26 anos, solteiro, recebera tratamento à base de choques elétricos por causa de problemas mentais. Tudo falso, claro, mas Paulie Gatto sentia que fizera por merecer aquela isenção. Foi providenciada por Clemenza, depois que Gatto mostrou o seu valor nos negócios da Família.

Clemenza lhe disse que precisava fazer logo a tarefa, antes que os rapazes voltassem para a faculdade. Mas, caramba, por que fazer em Nova York?, perguntou-se Gatto. Clemenza vivia dando instruções adicionais, em vez de se limitar a passar a tarefa. Agora, se aquelas duas putinhas saíssem com os malandros, ia ser mais uma noite desperdiçada.

Ouviu uma das moças rindo e dizendo:

— Está doido, Jerry? Não vou entrar em carro nenhum com você. Não quero terminar no hospital feito aquela pobre coitada.

A voz transbordava escárnio e satisfação. Foi o que bastou para Gatto. Ele terminou a cerveja e saiu para a rua às escuras. Perfeito. Passava da meia-noite. Só havia mais um bar com a luz acesa. Todos os outros estabelecimentos estavam fechados. A ronda da viatura tinha ficado por conta de Clemenza. Os policiais não passariam por aquelas bandas enquanto não recebessem um chamado pelo rádio, e aí viriam bem devagar.

Ele se apoiou no Chevrolet sedã de quatro portas. No banco de trás, havia dois homens sentados, quase invisíveis, embora fossem grandalhões. Paulie disse:

— Peguem os dois quando eles saírem.

Ainda achava que a coisa tinha sido montada depressa demais. Clemenza lhe dera cópias das fotos policiais dos dois malandros e a dica do lugar aonde os dois iam todas as noites para beber e pegar mulher. Paulie recrutara dois homens da Família e lhes apontou os malandros. Também deu as instruções. Nenhum golpe em cima ou atrás da cabeça, não podia ocorrer nenhum acidente fatal. Afora isso, podiam ir até onde quisessem. Fez apenas uma recomendação aos homens: "Se aqueles malandros passarem menos de um mês no hospital, vocês voltam a dirigir caminhão."

Os dois grandalhões estavam saindo do carro. Ambos eram ex-boxeadores que nunca tinham ido além do circuito dos clubes pequenos e haviam recebido de Sonny Corleone uma pequena banca de agiotagem para se estabelecerem com um sustento razoável. Naturalmente estavam ansiosos para mostrar a sua gratidão.

Jerry Wagner e Kevin Moonan, ao saírem do bar, ofereciam um alvo perfeito. Por causa das alfinetadas da moça no bar, a vaidade adolescente de ambos estava muito sensível. Paulie Gatto, apoiado no para-lama do carro, caçoou deles gritando:

— Ei, seus Casanovas, aquelas gostosas realmente chutaram vocês.

Os dois se viraram com gosto para ele. Paulie Gatto parecia o alvo ideal para descarregarem a humilhação. Cara de fuinha, baixinho, magro e, ainda por cima, metido a engraçadinho. Partiram para cima dele e imediatamente sentiram os braços travados por dois homens que os agarravam por trás. Na mesma hora, Paulie Gatto ajustou na mão direita um soco-inglês feito sob encomenda, equipado com pontas de ferro de 1/16 de polegada. Ele tinha um bom ritmo, malhava três vezes por semana no ginásio. Deu um murro bem no nariz do malandro chamado Wagner. O cara que segurava Wagner o ergueu do chão e Paulie girou o braço, dando um soco na virilha perfeitamente posicionada. Wagner saiu mancando e o grandalhão o derrubou. Tudo isso não levou mais de seis segundos.

Então os dois transferiram a atenção para Kevin Moonan, que tentava gritar. O cara o segurou por trás com toda a facilidade, usando um braço só. Com a outra mão, apertou o pescoço de Moonan para não sair nenhum som.

Paulie Gatto saltou para dentro do carro e ligou o motor. Os dois grandalhões estavam espancando Moonan até virar mingau. Agiam pausadamente, como se dispusessem de todo o tempo do mundo. Desferiam os socos não aos borbotões, mas em sequências ritmadas, em câmera lenta, que transmitiam todo o enorme peso do corpo deles. A cada murro, ouvia-se um som de carne se rompendo. Gatto viu de relance o rosto de Moonan. Estava irreconhecível. Os homens largaram Moonan estendido na calçada e voltaram a atenção para Wagner. Wagner tentava se levantar e começou a gritar por socorro. Do bar saiu alguém, e os dois agora tinham de trabalhar mais depressa. Deram uma porrada que pôs Wagner de joelhos. Um dos dois agarrou e torceu o braço dele, então lhe deu um chute na espinha. Ouviu-se um estalar de ossos se quebrando, e o uivo de dor de Wagner fez com que todas as janelas da rua se abrissem. Os dois trabalhavam rapidamente. Um deles sustentava Wagner de pé, usando as duas mãos como um torno em volta da cabeça dele. O outro arremetia o punho enorme no alvo parado. Havia mais gente saindo do bar, mas ninguém tentou intervir. Paulie Gatto gritou:

— Vamos, já deu.

Os dois grandalhões saltaram dentro do carro e Paulie saiu em disparada. Alguém decerto saberia descrever o carro e dizer o número da placa, mas não tinha importância. Era uma placa roubada da Califórnia e existiam uns cem mil Chevrolets sedãs pretos na cidade de Nova York.

Capítulo 2

Na quinta de manhã, Tom Hagen foi ao seu escritório de advocacia no centro da cidade. Pretendia colocar a papelada em dia para ficar totalmente liberado para a reunião com Virgil Sollozzo na sexta-feira. Era uma reunião de tal importância que ele pedira ao Don que lhe reservasse um serão inteiro para uma conversa preparatória para a proposta que, sabiam eles, Sollozzo ia oferecer aos negócios da Família. Hagen queria encaminhar logo todos os pequenos detalhes para poder ir à reunião preparatória com o espírito desimpedido.

O Don não demonstrara surpresa quando Hagen voltou da Califórnia na terça, tarde da noite, e lhe contou os resultados das negociações com Woltz. Fez com que Hagen expusesse todos os detalhes e fez uma cara de repugnância quando ele lhe falou da linda menininha com a mãe. Murmurara "*infamia*", o termo de censura mais forte do seu vocabulário. E fizera uma última pergunta a Hagen:

— Esse homem tem mesmo colhão?

Hagen pesou o sentido exato da pergunta. Com os anos, ele aprendera que os valores do Don eram tão diferentes dos da maioria das pessoas que as suas palavras também podiam ter um significado diverso. Woltz tinha caráter? Tinha vontade de ferro? Certamente tinha, mas não era isso o que o Don perguntava. O produtor de cinema tinha coragem de bancar as ameaças? Tinha disposição de enfrentar os tremendos prejuízos financeiros que seriam acarretados por um atraso nas filmagens, o escândalo do seu grande astro exposto como usuário de heroína? Mais uma vez, a resposta era afirmativa. Entretanto, mais uma vez, não era isso o que o Don perguntava. Por fim, Hagen traduziu mentalmente a pergunta da maneira adequada. Jack Woltz tinha colhão para arriscar tudo, para encarar a possibilidade de perder *tudo* por uma questão de princípio, por uma questão de honra, por vingança?

Hagen sorriu. Raramente sorria, mas agora não resistiu a fazer uma gracinha com o Don.

— Você está perguntando se ele é siciliano. — O Don concordou num gesto de cabeça, assentindo com agrado à lisonja e à verdade do comentário. — Não — declarou Hagen.

E o assunto parou por aí. O Don refletira sobre a questão até o dia seguinte. Na quarta à tarde, ligou para a casa de Hagen e lhe deu as suas instruções. As instruções, que deixaram Hagen pasmo de admiração, ocuparam o restante do seu dia de trabalho. Não teve a menor dúvida de que o Don resolvera o problema, e que Woltz lhe ligaria agora de manhã com a notícia de que o papel principal no seu novo filme de guerra era de Johnny Fontane.

Nesse instante tocou o telefone, mas era Amerigo Bonasera. A voz do agente funerário tremia de gratidão. Pediu a Hagen que transmitisse ao Don a sua eterna amizade. Bastava uma ligação do Don. Ele, Amerigo Bonasera, daria a vida pelo abençoado padrinho. Hagen lhe assegurou que o Don seria avisado.

O *Daily News* publicara meia página com fotos de Jerry Wagner e Kevin Moonan jazendo na rua. As imagens eram especialmente horrendas, os dois pareciam uma papa. Por milagre, informava o *News*, ainda estavam vivos, mas passariam meses hospitalizados e teriam de passar por cirurgia plástica. Hagen anotou um lembrete para dizer a Clemenza que fizesse algo por Paulie Gatto. Ele parecia entender do ofício.

Hagen passou as três horas seguintes trabalhando com rapidez e eficiência, consolidando os relatórios financeiros da firma imobiliária, da importadora de azeite e da empresa de construção do Don. Nenhuma delas ia bem, mas, terminando a guerra, prosperariam muito. Já tinha quase se esquecido do problema de Johnny Fontane quando a secretária o avisou de uma ligação da Califórnia. Sentiu um leve frêmito de expectativa ao pegar o telefone, e atendeu.

— Hagen falando.

A voz do outro lado da linha estava irreconhecível de ódio e exaltação.

— Seu filho da puta desgraçado — berrava Woltz. — Vou te pôr na cadeia por cem anos. Vou gastar até o último centavo para te pegar. Vou mandar cortar o saco daquele Johnny Fontane, está me ouvindo, seu carcamano dos infernos?

— Sou teuto-irlandês — disse Hagen educadamente.

Houve uma longa pausa e então o clique do telefone, desligando a linha. Hagen sorriu. Woltz não fizera uma única vez qualquer ameaça ao Don Corleone pessoalmente. A genialidade tinha as suas recompensas.

JACK WOLTZ SEMPRE DORMIA SOZINHO. A cama dava para umas dez pessoas e o quarto podia ser um salão de baile de filme, mas ele dormia sòzinho desde a morte da primeira esposa, dez anos antes. Isso não significava que não recorresse mais a mulheres. Apesar da idade, era fisicamente vigoroso, mas agora só se excitava com meninas novinhas e tinha constatado que o seu corpo e a sua paciência toleravam no máximo algumas horinhas no final da tarde.

Nessa quinta de manhã, por alguma razão, ele acordou cedo. A luz da aurora criava uma névoa no quarto imenso, que parecia uma campina tomada pela cerração. Ao pé da cama havia uma forma familiar e, com esforço, Woltz se soergueu nos cotovelos para ver melhor. Tinha o formato de uma cabeça de cavalo. Ainda ensonado, Woltz estendeu a mão para acender a lâmpada de cabeceira.

Com o choque do que viu, foi tomado de náusea. Era como se tivesse levado uma pancada forte no peito, o coração batendo descompassado, e sentiu enjoo. O vômito jorrou no espesso tapete de pele de urso.

Decepada, a cabeça preta e sedosa do grande garanhão Khartoum estava grudada numa volumosa massa de sangue coagulado. Viam-se os tendões brancos e fibrosos. O focinho estava coberto de espuma, e aqueles olhos do tamanho de maçãs, que antes cintilavam como ouro, estavam mosqueados na cor de fruta podre com o sangue morto da hemorragia. Woltz foi tomado por um terror puramente animal e, naquele terror, gritou chamando os criados e, naquele terror, ligou para Hagen fazendo as suas ameaças descontroladas. O frenesi desvairado assustou o mordomo, que ligou para o médico particular de Woltz e para o seu vice no estúdio. Mas Woltz se recompôs antes que chegassem.

Sentia-se absolutamente estarrecido. Que tipo de homem era capaz de destruir um animal que valia seiscentos mil dólares? Sem nenhum aviso. Sem nenhuma negociação para suspender a sua ordem. O desprezo escancarado, a desconsideração implacável de qualquer valor indicava um homem que se tomava como a sua própria lei e até como o seu próprio Deus. E um homem que sustentava esse tipo de vontade com um poder e um engenho perante os quais o esquema de segurança do haras não valia coisa nenhuma. A essa altura, Woltz já sabia que o cavalo fora maciçamente dopado, antes que alguém viesse com um machado e, com toda a calma, decepasse a enorme cabeça triangular. Os vigias noturnos disseram não ter ouvido nada. Isso, para Woltz, parecia impossível. Podiam ser forçados a falar. Tinham sido comprados e podiam ser forçados a falar quem os comprara.

Woltz não era tapado, era apenas um completo egoísta. Enganara-se pensando que o poder de que dispunha no seu mundo era maior do que o poder de Don Corleone. Precisara apenas de uma prova desse seu engano. Entendeu o recado. O recado de que, apesar de toda a sua riqueza, apesar de todos os seus contatos com o presidente dos Estados Unidos, apesar de todos os seus protestos de amizade com o diretor do FBI, um obscuro importador de azeite italiano iria matá-lo. Iria realmente matá-lo! Porque não tinha dado a Johnny Fontane o papel que ele queria num filme. Era inacreditável. Ninguém tinha o direito de agir assim. Não existiria mundo nenhum se as pessoas agissem dessa maneira. Era uma insanidade. Significava que a pessoa não podia fazer o que quisesse com o próprio dinheiro, com as empresas que possuía, com o poder de mando que tinha. Era dez vezes pior do que o comunismo. Aquilo precisava ser esmagado. Aquilo jamais podia ser permitido.

Woltz deixou que o médico lhe desse um sedativo bem leve. Isso o ajudou a recuperar a calma e a pensar com sensatez. O que o deixava mais estarrecido era a displicência com que esse sujeito Corleone determinara a destruição de um cavalo de fama mundial que valia seiscentos mil dólares. Seiscentos mil dólares! E isso só para começar. Woltz estremeceu. Pensou na vida que havia construído. Era rico. Podia ter as mulheres mais bonitas do mundo a um simples gesto do dedo e à promessa de um contrato. Era recebido por reis e rainhas. Levava a vida mais perfeita que o dinheiro e o poder podiam oferecer. Era uma sandice arriscar tudo isso por causa de um capricho. Talvez conseguisse pegar Corleone. Qual era a pena de lei por matar um cavalo de corrida? Estourou numa gargalhada, e o médico e os criados o fitaram nervosos e preocupados. E lhe veio outro pensamento. Ia ser motivo de chacota em toda a Califórnia simplesmente porque alguém tivera o desplante de desafiar o seu poderio com tanta arrogância. Foi o que bastou para se decidir. Isso e o pensamento de que talvez, talvez não o matassem. Que tinham de reserva algo muito mais astucioso e mais doloroso.

Woltz deu as ordens necessárias. A sua equipe confidencial pessoal entrou prontamente em ação. Os criados e o médico juraram manter segredo sob pena de incorrer na eterna inimizade do estúdio e de Woltz. Declarou-se à imprensa que o cavalo de corrida Khartoum morrera de uma doença contraída na viagem de vinda da Inglaterra. Deram-se ordens para que os restos mortais fossem enterrados num local secreto da propriedade.

Seis horas depois, Johnny Fontane recebeu uma ligação do produtor executivo do filme pedindo que comparecesse ao trabalho na próxima segunda-feira.

Naquela noite, Hagen foi à casa do Don a fim de prepará-lo para a importante reunião do dia seguinte com Virgil Sollozzo. O Don convocara a presença do filho primogênito, e Sonny Corleone, com o rosto maciço de Cupido retorcido de cansaço, bebericava um copo de água. Ainda devia estar trepando com aquela madrinha, pensou Hagen. Mais uma amolação.

Don Corleone se acomodou numa poltrona fumando o seu Di Nobili. Hagen mantinha uma caixa deles na sala. Tentara convencer o Don a passar para os Havanas, mas o Don dizia que ardiam na garganta.

— Sabemos tudo o que precisamos saber? — perguntou o Don.

Hagen abriu a pasta na qual guardava as anotações. As anotações nada tinham de incriminador, eram meros lembretes cifrados para garantir que abordassem todos os detalhes importantes.

— O Sollozzo vem pedir ajuda — disse Hagen. — Vai pedir que a Família entre com pelo menos um milhão de dólares e prometa algum tipo de imunidade perante a lei. Em troca, ficamos com uma parte da operação, ninguém sabe quanto. Sollozzo vem recomendado pela Família Tattaglia, que talvez tenha uma parte da operação. A operação é de narcóticos. O Sollozzo tem os contatos na Turquia, onde cultivam a papoula. De lá ele embarca para a Sicília. Problema zero. Na Sicília, ele tem as instalações para processar a heroína. Como esquema de segurança, tem meios de reduzi-la à morfina e depois convertê-la em heroína, caso seja necessário. Mas parece que as instalações de processamento na Sicília são totalmente protegidas. O único problema é trazê-la para cá e então fazer a distribuição. E também o capital inicial. Um milhão de dólares em dinheiro não dá em árvore.

Hagen viu que o Don torcia o nariz. O velho detestava floreios desnecessários em assuntos de negócios. Retomou, apressado:

— Chamam o Sollozzo de "o Turco". Por duas razões. Primeira: ele passa muito tempo na Turquia e consta que tem lá esposa e filhos turcos. Segunda: dizem que é muito rápido na faca, ou era, quando jovem. Mas só em assuntos de negócios e com motivo de queixa razoável. Sujeito muito competente, dono do próprio nariz. Tem ficha, cumpriu prisão duas vezes, uma na Itália, outra nos Estados Unidos, e é conhecido pela polícia como narcotraficante. Isso pode ser um adicional para nós. Significa que nunca vai ter imunidade para testemunhar, pois é tido como o chefe e, claro, por causa da ficha dele. Tem também esposa e três crianças americanas, e é bom homem de família. Aguenta qualquer tranco desde que saiba que elas ficarão bem-atendidas em termos financeiros.

O Don soltou uma baforada e disse:

— Santino, o que você acha?

Hagen sabia o que Sonny diria. Sonny se sentia irritado por ficar sob o controle do Don. Queria para si uma grande operação própria. Algo como aquilo seria excelente.

Sonny tomou um grande gole de scotch.

— Tem muito dinheiro naquele pó branco — disse. — Mas pode ser perigoso. Tem gente que pode ficar uns vinte anos na cadeia. O que eu acho é que, se ficarmos fora da ponta final da operação, se ficarmos só na proteção e no financiamento, pode ser uma boa ideia.

Hagen deu um olhar aprovador para Sonny. Ele tinha jogado bem as suas cartas. Seguira o curso óbvio e muito melhor para ele.

O Don soprou outra baforada.

— E você, Hagen, o que acha?

Hagen estava disposto a ser totalmente sincero. Já concluíra que o Don ia recusar a proposta de Sollozzo. Mas o pior era que, numa das raríssimas vezes da sua vida, Hagen estava convicto de que o Don não avaliara a questão como um todo. Não estava olhando longe.

— Diga, Tom — falou o Don para encorajá-lo. — Nem mesmo um *consigliere* siciliano concorda sempre com o chefe.

Todos riram.

— Eu acho que devia aceitar — disse Hagen. — Você sabe de todas as razões óbvias. Mas a mais importante é a seguinte: os narcóticos têm um potencial financeiro maior do que qualquer outro ramo. Se não entrarmos, outros entrarão, talvez a Família Tattaglia. Com o faturamento que tiverem, podem acumular um poder político e policial cada vez maior. A Família deles vai ficar mais forte do que a nossa. Uma hora virão atrás de nós para pegar o que temos. É como acontece com os países. Se eles se armam, a gente precisa se armar. Se ganham mais força econômica, se tornam uma ameaça para nós. Hoje em dia temos o jogo e temos os sindicatos, e agora são as melhores coisas. Mas penso que logo mais a grande pedida vão ser os narcóticos. Penso que precisamos ter uma parte dessa operação, ou poremos em risco tudo o que temos. Não agora, mas talvez daqui a uns dez anos.

O Don parecia muito impressionado. Deu uma baforada e murmurou:

— É a coisa mais importante, claro.

Suspirou e se pôs de pé.

— A que horas preciso ver esse infiel amanhã?

— Ele estará aqui às dez da manhã — disse Hagen, esperançoso.

Talvez o Don aceitasse.

— Quero vocês dois aqui comigo — disse o Don.

Avançou e tomou o filho pelo braço.

— Santino, durma um pouco essa noite, você parece o próprio demônio. Cuide-se, você não vai ser jovem para sempre.

Sonny, incentivado por essa mostra de preocupação paterna, fez a pergunta que Hagen não se atrevia a fazer.

— Papai, qual vai ser a sua resposta?

Don Corleone sorriu.

— Como vou saber enquanto não ouvir as porcentagens e outros detalhes? Além disso, preciso de tempo para pensar nos conselhos dados agora à noite. Afinal, não sou de fazer as coisas por impulso.

Quando saía pela porta, comentou despreocupado com Hagen:

— Nas suas notas consta que o Turco vivia da prostituição antes da guerra? Como a Família Tattaglia agora. Anote isso para não esquecer.

Havia apenas um leve traço zombeteiro na voz do Don, e Hagen enrubesceu. Ele tinha omitido isso de propósito, o que era justificável, visto que realmente não vinha ao caso, mas também porque temia que afetasse a decisão do Don. Ele era notoriamente pudico em questões de sexo.

VIRGIL SOLLOZZO, "O TURCO", TINHA estatura média, compleição robusta e pele morena, podendo ser realmente tomado por turco de verdade. O nariz era em feitio de cimitarra e tinha olhos pretos cruéis. Tinha também um porte de impressionante dignidade.

Sonny Corleone o recebeu à porta e o fez entrar no escritório, onde Hagen e o Don estavam à espera. Hagen pensou que nunca vira um homem de aparência mais ameaçadora, a não ser Luca Brasi.

Todos trocaram corteses apertos de mão. Se o Don algum dia me perguntar se esse homem tem colhão, pensou Hagen, eu responderia que sim. Nunca vira tanta força num homem só, nem mesmo no Don. Na verdade, o Don se apresentava na sua pior forma. Estava sendo um pouco simplório demais, um pouco campônio demais na acolhida.

Sollozzo entrou imediatamente no assunto. O negócio era narcótico. Estava tudo montado. Determinados campos de papoula na Turquia haviam se comprometido em fornecer determinadas quantidades por ano. Ele tinha instalações seguras na França para converter a papoula em morfina. Tinha instalações totalmente seguras na Sicília para processá-la em heroína. A entrada de contrabando nos dois países tinha toda a segurança que era possível ter nessas questões. A entrada nos Estados Unidos acarretaria uma perda de cerca de cinco por cento, pois, como ambos sabiam, o FBI era incorruptível. Mas os lucros seriam enormes, com risco zero.

— Então por que você vem a mim? — perguntou educadamente o Don. — O que fiz para merecer a sua generosidade?

O rosto moreno de Sollozzo se manteve impassível.

— Preciso de dois milhões de dólares em dinheiro — disse ele. — Igualmente importante, preciso de um homem com amigos poderosos em lugares importantes. Alguns dos meus homens serão apanhados ao longo dos anos. Isso é inevitável. Todos terão ficha limpa, isso eu garanto. Assim é lógico que os juízes deem penas leves. Preciso de um amigo que garanta que o meu pessoal, quando tiver problema, não passe mais do que um ou dois anos na prisão. Aí eles não falarão. Mas, se pegarem dez ou vinte anos, nunca se sabe. Existe muita gente fraca nesse mundo. Podem falar, podem pôr em risco gente mais importante. A proteção legal é indispensável. Eu soube, Don Corleone, que o seu bolso tem tantos juízes quanto o de um engraxate tem moedas.

Don Corleone não se deu ao trabalho de agradecer o elogio e indagou:

— Qual a porcentagem para a minha Família?

Os olhos de Sollozzo brilharam.

— Cinquenta por cento.

Ele parou, então falou numa voz que era quase uma carícia:

— No primeiro ano, a sua parte seria de três ou quatro milhões. Depois aumenta.

— E qual é a porcentagem da Família Tattaglia? — perguntou Don Corleone.

Pela primeira vez, Sollozzo aparentou nervosismo.

— Eles vão receber um tanto da minha parte. Preciso de alguma ajuda nas operações.

— Então — retomou Don Corleone —, recebo metade pelo mero financiamento e proteção jurídica. Não preciso me preocupar com as operações, é isso?

Sollozzo assentiu e disse:

— Se lhe parece que a quantia de dois milhões de dólares em dinheiro é "mero financiamento", dou-lhe os meus parabéns, Don Corleone.

O Don disse calmamente:

— Aceitei recebê-lo pelo respeito que tenho pelos Tattaglia e porque soube que você é um homem sério que também deve ser tratado com respeito. Devo recusar a sua proposta, mas devo lhe apresentar as minhas razões. Os lucros no seu ramo são imensos, mas os riscos também. A sua operação, se eu fizesse parte dela, poderia prejudicar os meus outros interesses. É verdade que tenho muitos e muitos amigos na política, mas eles seriam bem menos amigáveis se o meu negócio fosse narcóticos em vez de jogo de azar. Eles julgam que o jogo é parecido com o álcool, um vício inofensivo, e julgam que narcótico é negócio sujo. Não, não proteste. Estou lhe expondo a opinião deles, não a minha. Como a pessoa ganha a vida é algo que não me diz respeito. O que estou lhe dizendo é que esse seu negócio é arriscado demais. Todos os membros da minha Família viveram bem esses últimos dez anos, sem riscos, sem danos. Não posso colocar em perigo essas pessoas, nem os seus meios de vida por ganância.

O único sinal de decepção de Sollozzo foi um rápido olhar faiscando pela sala, como que na esperança de que Hagen ou Sonny falasse em seu favor. Então disse:

— Preocupa-o a segurança dos seus dois milhões?

O Don lançou um sorriso frio.

— Não — respondeu.

— A Família Tattaglia também garantirá o seu investimento — tentou Sollozzo mais uma vez.

Foi aí que Sonny Corleone cometeu um imperdoável erro de julgamento e conduta. Ele perguntou, cobiçoso:

— A Família Tattaglia garante o retorno do nosso investimento sem nos cobrar nenhuma porcentagem por isso?

Hagen ficou horrorizado com aquela interrupção. Viu o olhar gelado e furibundo que o Don dirigiu ao filho primogênito, que ficou abatido e paralisado sem entender o que se passava. Os olhos de Sollozzo faiscaram outra vez, mas agora de satisfação. Descobrira uma brecha na fortaleza do Don. Então o Don falou, desqualificando o aparte:

— Jovens são gananciosos — disse ele. — E hoje em dia não têm bons modos. Interrompem os mais velhos. Intrometem-se. Mas tenho uma queda sentimental pelos meus filhos, que são mimados. Como pode ver, *signor* Sollozzo, o meu "não" é definitivo. Pessoalmente, desejo-lhe boa sorte no seu negócio. Não entra em conflito com o meu. Lamento desapontá-lo.

Sollozzo se curvou, trocou um aperto de mão com o Don e deixou que Hagen o levasse até o carro lá fora. Despediu-se de Hagen sem nenhuma expressão no rosto.

De volta à sala, Don Corleone perguntou a Hagen:

— O que você achou do homem?

— É um siciliano — resumiu Hagen.

O Don assentiu, pensativo. Então se virou para o filho e disse serenamente:

— Santino, nunca deixe ninguém de fora da Família saber o que você está pensando. Nunca deixe saberem o que você tem na manga. Creio que você esteja ficando de miolo mole com toda essa comédia que mantém com aquela moça. Pare com isso e preste atenção nos negócios. Agora suma da minha frente.

Hagen viu o ar de surpresa de Sonny e, em seguida, de raiva pela reprimenda do pai. Será que ele achava mesmo que o Don não sabia da sua conquista?, perguntou-se Hagen. E será que não percebia mesmo o tremendo erro que tinha cometido agora de manhã? Nesse caso, Hagen jamais iria querer ser o *consigliere* de Santino Corleone como Don.

Don Corleone esperou Sonny sair da sala. Então se afundou novamente na poltrona de couro e fez um gesto brusco, pedindo bebida. Hagen lhe serviu um copo de anisete. O Don ergueu os olhos para ele e disse:

— Mande o Luca Brasi vir me ver.

TRÊS MESES DEPOIS, HAGEN TRABALHAVA apressado na sua papelada no escritório do centro, na esperança de sair a tempo de fazer algumas compras de Natal para a esposa e os filhos. Foi interrompido por uma ligação de Johnny Fontane, que fervilhava de animação. Tinham rodado o filme, e o copião, fosse lá o que fosse isso, estava fabuloso. Estava enviando um presente de Natal para o Don que o faria arregalar os olhos; queria trazer pessoalmente, mas ainda havia algumas coisinhas a fazer no filme. Teria de ficar na Costa Oeste. Hagen tentou disfarçar a impaciência. Os encantos de Johnny Fontane nunca tinham efeito sobre ele. Mas ficou interessado.

— E o que é? — perguntou.

Johnny Fontane deu uma risadinha e respondeu:

— Não posso dizer, e essa é a melhor coisa dos presentes de Natal.

Hagen logo perdeu qualquer interesse e por fim conseguiu encerrar educadamente a ligação.

Dez minutos depois, a secretária lhe disse que Connie Corleone estava na linha e queria falar com ele. Hagen suspirou. Quando nova, Connie era uma simpatia; agora, casada, era uma amolação. Ficava reclamando do marido. Volta e meia ia visitar a mãe e passava dois ou três dias com ela. E Carlo Rizzi estava se revelando um verdadeiro desastre. Tinham lhe arranjado um bom negociozinho, mas estava afundando com ele. E também bebia, ficava puteando por aí, jogando e de vez em quando batendo na esposa. Connie não contara para a família, mas contara para Hagen. Ele se pôs a imaginar qual seria agora a nova desgraça que ela queria lhe contar.

Mas o espírito natalino parecia ter animado Connie. Ela só queria perguntar a Hagen o que o pai realmente desejava como presente de Natal. E Sonny, Fred e Mike. Para a mãe, já sabia o que ia dar. Hagen fez algumas sugestões e Connie rejeitou todas elas, dizendo que eram bobas. Finalmente o deixou em paz.

Quando o telefone tocou outra vez, Hagen atirou os papéis de volta no cesto. Que inferno. Ia sair. Mas jamais lhe passaria pela cabeça não atender à ligação. Quando a secretária falou que era Michael Corleone, ele atendeu com prazer. Sempre gostara de Mike.

— Tom — disse Michael Corleone —, amanhã vou até a cidade com a Kay. Tenho uma coisa importante para contar ao velho antes do Natal. Ele vai estar em casa amanhã à noite?

— Com certeza — respondeu Hagen. — Ele só vai sair da cidade depois do Natal. Tem algo que eu possa fazer?

Michael era lacônico como o pai.

— Não — disse ele. — Vejo você no Natal. Todo mundo vai estar em Long Beach, certo?

— Certo — disse Hagen.

Achou graça quando Mike desligou sem dizer mais nada.

Instruiu a secretária a ligar para a sua esposa e avisar que voltaria para casa um pouco tarde, mas que guardasse o jantar para ele. Saindo do prédio, seguiu rápido na direção da Macy's. Alguém se interpôs no caminho. Para a sua surpresa, viu que era Sollozzo.

Sollozzo o tomou pelo braço e disse em voz baixa:

— Não se assuste. Só quero falar com você.

De repente, abriu-se a porta de um carro estacionado junto ao meio-fio. Sollozzo disse em tom urgente:

— Entre, quero falar com você.

Hagen desvencilhou o braço. Ainda não estava alarmado, apenas irritado.

— Não tenho tempo — disse.

Naquele momento, apareceram dois homens por detrás dele. Hagen sentiu uma súbita fraqueza nas pernas. Sollozzo disse brandamente:

— Entre no carro. Se eu quisesse matá-lo, você já estaria morto. Confie em mim.

Sem o menor fiapo de confiança, Hagen entrou no carro.

Michael Corleone mentira para Hagen. Ele já estava em Nova York e ligara de um quarto do Hotel Pennsylvania, a menos de dez quarteirões de distância. Quando desligou, Kay Adams apagou o cigarro e disse:

— Mike, que belo mentiroso você é, hein?

Michael se sentou ao seu lado na cama.

— Tudo por sua causa, doçura. Se eu dissesse para a minha família que estamos na cidade, teríamos de ir até lá imediatamente. Aí não poderíamos jantar fora, não poderíamos ir ao teatro e não poderíamos dormir juntos à noite. Não na casa do meu pai, a não ser que fôssemos casados.

Ele a abraçou e lhe deu um beijo suave nos lábios. A boca de Kay era macia, e ele a puxou com delicadeza, deitando-a na cama. Ela fechou os olhos enquanto faziam amor, e Michael sentiu uma enorme felicidade. Passara os anos da guerra combatendo no Pacífico, e naquelas ilhas sangrentas tinha sonhado com uma garota como Kay Adams. Com a sua beleza. Um corpo claro e frágil, de pele leitosa, eletrizado de paixão. Ela abriu os olhos e então atraiu para si a cabeça de Michael para beijá-lo. Continuaram fazendo amor até a hora de sair para jantar e ir ao teatro.

Depois do jantar, caminharam ao longo das lojas de departamento profusamente iluminadas, cheias de clientes fazendo compras natalinas, e Michael lhe disse:

— O que você quer de Natal?

Ela se apertou junto a ele.

— Só você — disse. — Você acha que o seu pai vai me aprovar?

— Não é bem essa a pergunta, e sim se os seus pais vão me aprovar — respondeu Michael gentilmente.

Kay deu de ombros e disse:

— Pouco me importa.

— Pensei em mudar oficialmente de sobrenome, mas, se acontecesse alguma coisa, não ia adiantar. Tem certeza de que quer ser uma Corleone? — perguntou Michael, e não era só de brincadeira.

— Tenho — respondeu ela, séria.

Os dois se achegaram mais. Tinham resolvido se casar na semana de Natal, uma pequena cerimônia no cartório, tendo apenas dois amigos como testemunhas. Mas Michael insistira em que devia contar ao pai. Explicou que o pai não faria nenhuma objeção, desde que não fosse realizado em sigilo. Kay estava em dúvida. Falou que só poderia contar aos pais dela depois do casamento.

— Claro que vão pensar que estou grávida — disse ela.

Michael abriu um sorriso largo e comentou:

— Os meus também.

O que nenhum dos dois mencionou foi que Michael teria de cortar os seus laços familiares mais próximos. Ambos sabiam que, em certa medida, ele já vinha procedendo assim, mas, apesar disso, tinham um sentimento de culpa em relação ao fato. Planejavam terminar a faculdade, e enquanto isso se veriam nos fins de semana e viveriam juntos nas férias de verão. Parecia uma boa ideia.

O espetáculo no teatro era um musical chamado *Carousel*, e os dois trocavam sorrisos divertidos à história sentimental de um ladrão muito gabola. Ao saírem do teatro, fazia um frio intenso. Kay se aconchegou junto a ele e perguntou:

— Depois que a gente se casar, você vai bater em mim e então roubar uma estrela para me dar de presente?

Michael deu uma risada.

— Vou ser professor de matemática — respondeu.

Em seguida, perguntou:

— Quer comer alguma coisa antes de irmos para o hotel?

Kay abanou a cabeça. Olhou para ele com ar significativo. Como sempre, ele se comoveu com a sofreguidão dela em fazer amor. Deu-lhe um sorriso e se beijaram na rua gelada. Michael estava com fome e resolveu que pediria sanduíches no quarto.

No saguão do hotel, Michael direcionou Kay para o balcão onde ficavam os jornais e disse:

— Pegue os jornais enquanto eu pego a chave.

Havia uma pequena fila de espera na recepção; apesar do fim da guerra, o hotel ainda tinha falta de pessoal. Michael pegou a chave do quarto e, impaciente, olhou em torno procurando Kay. Ela estava de pé junto ao balcão dos jornais, olhando fixamente um jornal que tinha nas mãos. Ele se aproximou. Ela ergueu os olhos, que estavam cheios de lágrimas.

— Oh, Mike — disse Kay. — Oh, Mike.

Ele lhe tomou o jornal das mãos. A primeira coisa que viu foi a foto do pai estendido na rua, a cabeça numa poça de sangue. Um homem sentado no meio-fio chorava como criança. Era o seu irmão Freddie. Michael Corleone sentiu o corpo congelar. Não era dor, não era medo, era puro ódio frio. Ele disse a Kay:

— Vá para o quarto.

Mas precisou tomá-la pelo braço e conduzi-la até o elevador. Subiram juntos em silêncio. No quarto, Michael se sentou ao pé da cama e abriu o jornal. A manchete dizia:

VITO CORLEONE BALEADO. SUPOSTO CHEFE MAFIOSO GRAVEMENTE FERIDO. OPERADO SOB FORTE PROTEÇÃO POLICIAL. TEME-SE GUERRA SANGRENTA DAS GANGUES.

Michael sentiu fraqueza nas pernas. Disse a Kay:

— Ele não morreu; os desgraçados não o mataram.

Releu a matéria. O pai tinha sido baleado às cinco da tarde. O que significava que, enquanto ele fazia amor com Kay, jantava fora, ia ao teatro, o pai estava à beira da morte. O sentimento de culpa foi tão forte que teve ânsia de vômito.

Kay perguntou:

— Vamos agora para o hospital?

Michael meneou a cabeça.

— Vou antes ligar para casa. Quem fez isso é louco e, como o velho ainda está vivo, deve estar desesperado. Sabe-se lá o que vai inventar agora.

Os dois telefones na casa de Long Beach davam sinal de ocupado, e Michael levou quase vinte minutos até conseguir completar a ligação. Ouviu a voz de Sonny atendendo à linha.

— Sim?

— Sonny, sou eu — disse Michael.

Ele ouviu o alívio na voz de Sonny.

— Nossa, menino, você nos deixou preocupados. Por onde você anda? Mandei um pessoal até aquele lugarejo caipira onde você mora, para ver o que tinha acontecido.

— O velho, como ele está? — perguntou Michael. — Foi feio?

— Bem feio — respondeu Sonny. — Deram cinco tiros. Mas ele é rijo. — Havia orgulho na voz de Sonny. — Os médicos disseram que ele escapa. Escute, menino, estou ocupado, não posso falar, onde você está?

— Em Nova York — disse Michael. — Tom não falou que eu estava vindo?

Sonny abaixou um pouco a voz.

— Pegaram o Tom. É por isso que eu estava preocupado com você. A mulher dele está aqui. Ela não sabe, e os policiais também não. Não quero que saibam. Os desgraçados que armaram isso devem ser loucos Quero que você venha já para cá e fique de bico calado, certo?

— Certo — disse Mike. — Você sabe quem foi?

— É claro — respondeu Sonny. — E logo que o Luca Brasi chegar, vão virar carniça. Nós ainda estamos por cima.

— Chego aí dentro de uma hora — avisou Mike. — De táxi.

Desligou. Fazia mais de três horas que os jornais estavam nas ruas. A rádio devia ter transmitido a notícia. Era quase impossível que Luca não soubesse do acontecido. Michael refletiu cuidadosamente sobre a pergunta. Onde estava Luca Brasi? Era a mesma pergunta que Hagen se fazia naquele momento. Era a mesma pergunta que incomodava Sonny Corleone em Long Beach.

Às quinze para as cinco da tarde, Don Corleone tinha terminado de ver os papéis que o gerente administrativo da sua importadora de azeite lhe preparara. Pôs o paletó e deu um leve croque na cabeça do filho Freddie, para que desgrudasse os olhos do jornal da tarde.

— Diga ao Gatto que pegue o carro no estacionamento — disse ele. — Daqui a uns minutos estou pronto para ir para casa.

Freddie resmungou:

— Vou ter de ir eu mesmo. O Paulie ligou de manhã, dizendo que estava doente. Pegou de novo um resfriado.

Don Corleone ficou pensativo por um instante.

— É a terceira vez neste mês. Creio que talvez seja melhor arranjar alguém com mais saúde para o serviço. Avise o Tom.

Fred protestou:

— O Paulie é um bom rapaz. Se ele diz que está doente, é porque está mesmo doente. Não me importo em ir pegar o carro.

Deixou o escritório. Don Corleone ficou olhando pela janela enquanto o filho atravessava a Nona Avenida até o estacionamento. Resolveu ligar para o escritório de Hagen, mas ninguém atendeu. Ligou para a casa em Long Beach, mas lá também ninguém atendeu. Irritado, olhou novamente pela janela. O carro estava parado no meio-fio, na frente do prédio. Freddie se apoiava no para-lamas, os braços cruzados, observando a multidão fazendo compras de Natal. Don Corleone ajeitou o paletó. O gerente o ajudou a vestir o sobretudo. Don Corleone resmungou um agradecimento, saiu do escritório e começou a descer os dois lances de escada.

Na rua, a luz já diminuía naquele começo de inverno. Freddie estava apoiado displicente no para-lamas do Buick pesadão, no lado da calçada. Ao ver o pai saindo do edifício, Freddie desceu do meio-fio, foi para o lado do motorista e entrou no carro. Don Corleone estava para entrar no lado do passageiro, junto à calçada, mas hesitou, deu meia-volta e foi até a extensa banca de frutas a céu aberto, logo antes da esquina. Ultimamente andava com esse hábito; adorava as enormes frutas fora da estação, laranjas e pêssegos amarelos, que rebrilhavam nas caixas verdes. O dono deu um salto e foi atendê-lo pressuroso. Don Corleone não pegava a fruta. Apontava. Só uma vez o homem da banca contestou a sua escolha, mostrando a mancha de podre na parte de baixo de uma das frutas escolhidas. Don Corleone pegou o saco de papel na mão esquerda e entregou ao homem uma nota de cinco dólares. Recebeu o troco e, quando voltava para o carro à espera, dois homens apareceram na esquina. Don Corleone entendeu na mesma hora o que ia acontecer.

Os dois sujeitos estavam de sobretudo preto e chapéu preto abaixado sobre o rosto, para impedir que qualquer testemunha pudesse identificá-los. Não contavam com a pronta reação de Don Corleone. Ele soltou o saco de frutas e disparou para o carro estacionado numa rapidez impressionante para um homem do seu tamanho. Ao mesmo tempo gritou:

— Fredo, Fredo!

Só então os dois sujeitos puxaram a arma e dispararam.

O primeiro tiro pegou nas costas de Don Corleone. Ele sentiu o impacto, mas se forçou a correr para o carro. Os dois tiros seguintes pegaram nos quadris, e ele se estatelou no meio da rua. Enquanto isso, os dois atiradores, tomando cuidado para não escorregar nas frutas que rolavam pela calçada, foram atrás dele para liquidar o serviço. Naquele instante, talvez não mais de cinco segundos depois de ser chamado, Frederico Corleone saiu do carro, a cabeça assomando acima do capô. Os atiradores deram mais dois disparos rápidos sobre o Don caído na sarjeta. Um atingiu a parte carnuda do braço e o outro a panturrilha da perna direita. Embora fossem os ferimentos menos graves, sangravam profusamente, formando pequenas poças de sangue ao lado do corpo. A essa altura, Don Corleone tinha perdido a consciência.

Freddie ouvira o pai gritar, chamando-o pelo apelido de infância, e então ouviu os dois primeiros disparos. Na hora em que saiu do carro, em estado de choque, nem sequer tinha sacado a arma. Os dois assassinos poderiam tê-lo matado com a maior facilidade. Mas eles também entraram em pânico. Deviam saber que o filho estava armado e, além disso, já se passara tempo demais. Viraram a esquina e sumiram, deixando Freddie sozinho na rua, com o corpo ensanguentado do pai. Entre a multidão que se apinhava na Avenida, muitos foram se abrigar na entrada dos imóveis ou se jogaram no chão, enquanto outros se juntavam em grupinhos pequenos.

Freddie ainda não sacara a arma. Estava aturdido. Fitou o corpo do pai de bruços no asfalto, agora jazendo no que lhe parecia ser um lago negro de sangue. Freddie ficou paralisado de choque. As pessoas agora acorriam e alguém, vendo Freddie prestes a cair, levou-o até o meio-fio e o fez se sentar ali. Em torno do corpo de Don Corleone formou-se uma multidão, um círculo que se desfez quando a primeira viatura, com a sirene ligada, abriu caminho por ali. Logo atrás da viatura vinha o carro com radiotransmissor do *Daily News* e, antes mesmo que o veículo parasse, saltou um fotógrafo que começou a tirar fotos de Don Corleone sangrando. Alguns instantes depois chegou uma ambulância. O fotógrafo transferiu a atenção para Freddie Corleone, que agora chorava desbragadamente, o que ficava um tanto cômico por causa do rosto duro, com traços de Cupido, o narigão e os lábios grossos melados de ranho. Os investigadores da polícia se espalhavam entre a multidão e continuavam a chegar outras viaturas. Um investigador se ajoelhou ao lado de Freddie, interrogando-o, mas ele estava num estado de choque forte demais para conseguir responder. O investigador enfiou a mão dentro do casaco de Freddie e pegou a sua carteira. Olhou a identidade e assobiou para o parceiro. Em poucos segundos, um bando de policiais à paisana afastou Freddie da multidão. O primeiro investigador encontrou a arma de Freddie no coldre de peito e a recolheu. Então o puseram de pé e o empurraram para um carro de placa fria. O carro partiu, tendo atrás o carro do *Daily News* com o seu radiotransmissor. O fotógrafo continuava a tirar fotos de tudo e de todos.

Na meia hora após os disparos contra o Don, Sonny Corleone recebeu cinco ligações, uma atrás da outra. A primeira foi do investigador de polícia John Phillips, que fazia parte da folha de pagamento da Família e estava no primeiro carro da equipe à paisana na cena do tiroteio. A primeira coisa que ele disse a Sonny pelo telefone foi:

— Reconhece a minha voz?

— Sim — disse Sonny.

Acabava de acordar de uma soneca, despertado pela esposa avisando da ligação.

Phillips falou depressa, sem nenhum preâmbulo.

— Atiraram no seu pai na frente do prédio dele. Quinze minutos atrás. Ele está vivo, mas muito ferido. Foi levado para o Hospital Francês. Pegaram o seu irmão Freddie e levaram para a delegacia de Chelsea.

Melhor arranjar um médico para ele depois que o liberarem. Estou indo para o hospital agora, para ajudar a interrogar o velho, se ele conseguir falar. Vou mantê-lo informado.

Do outro lado da mesa, Sandra, a esposa de Sonny, notou que o sangue subia ao rosto do marido. Os olhos estavam vítreos. Perguntou baixinho:

— O que foi?

Ele acenou impaciente, fazendo um gesto para ficar quieta, girou o corpo dando as costas para ela e disse ao telefone:

— Tem certeza de que ele está vivo?

— Tenho — respondeu o investigador. — Perdeu muito sangue, mas acho que talvez não esteja tão mal quanto parece.

— Obrigado — disse Sonny. — Esteja em casa amanhã de manhã às oito em ponto. Você vai receber milzão.

Sonny pôs o fone no gancho. Obrigou-se a ficar calmo. Sabia que o seu grande ponto fraco era a fúria, e dessa vez a fúria podia ser fatal. A primeira coisa a fazer era chamar Tom Hagen. Mas, antes que pegasse o aparelho, o telefone tocou. Era o corretor de apostas autorizado pela Família a operar no distrito onde ficava o escritório do Don. O corretor ligava para avisar que o Don tinha sido assassinado, morto a tiros na rua. Depois de algumas perguntas para conferir se o informante do corretor chegara perto do corpo, Sonny desconsiderou a informação como incorreta. A informação de Phillips decerto era mais precisa. Logo em seguida, o telefone tocou pela terceira vez. Era um repórter do *Daily News*. Quando se identificou, Sonny Corleone desligou.

Discou o número da casa de Hagen e perguntou à esposa:

— Tom já chegou?

— Não — disse ela.

Ele ia demorar mais uns vinte minutos, mas viria para o jantar.

— Diga para ele me ligar — falou Sonny.

Tentou avaliar as coisas. Tentou imaginar como o pai reagiria numa situação dessas. Percebera na hora que era um ataque de Sollozzo, mas Sollozzo jamais ousaria eliminar um chefe de tão alta posição se não contasse com o respaldo de outros poderosos. Os seus pensamentos foram interrompidos pelo telefone, tocando pela quarta vez. A voz na linha era muito suave, muito gentil.

— Santino Corleone? — perguntou.

— Eu mesmo — disse ele.

— Estamos com Tom Hagen — disse a voz. — Daqui a três horas, mais ou menos, ele será liberado com a nossa proposta. Não cometa nenhuma imprudência antes de ouvir o que ele tem a dizer. Do contrário, só causará problemas. O que está feito está feito. Agora precisamos todos ser sensatos. Controle esse seu famoso pavio curto.

A voz era levemente trocista. Sonny não tinha certeza, mas parecia ser a de Sollozzo. Adotou um tom de voz baixo e abatido e disse:

— Vou esperar.

Ouviu desligarem no outro lado da linha. Olhou para o seu relógio com uma pesada pulseira de ouro, viu a hora e anotou às pressas na toalha da mesa.

Sentou-se à mesa da cozinha, com o cenho franzido. A esposa perguntou:

— O que foi, Sonny?

Ele respondeu com calma:

— Atiraram no velho.

Ao ver o choque no rosto da mulher, disse bruscamente:

— Não se preocupe, ele não morreu. E não vai acontecer mais nada.

Não falou de Hagen. E então o telefone tocou pela quinta vez.

Era Clemenza. A voz do gordão vinha chiada pelo telefone, e ele ofegava como se rosnasse.

— Está sabendo do seu pai? — perguntou ele.

— Estou, sim — disse Sonny. — Mas ele não morreu.

Houve uma longa pausa na linha, então Clemenza falou numa voz carregada de emoção:

— Graças a Deus, graças a Deus!

Então, ansioso, retomou:

— Tem certeza? Me disseram que estava morto na rua.

— Ele está vivo — disse Sonny.

Estava atento a cada entonação da voz de Clemenza. A emoção parecia genuína, mas ser bom ator fazia parte do ofício do gordão.

— Você vai ter de conduzir a dança, Sonny — disse Clemenza. — O que você quer que eu faça?

— Venha para a casa do meu pai — pediu Sonny. — E traga o Paulie Gatto.

— Só isso? — perguntou Clemenza. — Não quer que eu mande um pessoal para o hospital e aí para a sua casa?

— Não, quero só você e o Paulie Gatto — respondeu Sonny.

Houve uma longa pausa. Clemenza estava entendendo a mensagem. Para deixar a coisa um pouco mais natural, Sonny perguntou:

— Aliás, por onde andava o Paulie? Que raios ele estava fazendo?

Sumiu qualquer chiado do outro lado da linha. Clemenza controlou a voz.

— Paulie estava doente, teve um resfriado e por isso ficou em casa. Ele tem passado o inverno todo um pouco adoentado.

Sonny se pôs imediatamente alerta.

— Quantas vezes ele ficou em casa nesses últimos meses?

— Talvez umas três ou quatro — respondeu Clemenza. — Eu sempre perguntava ao Freddie se queria outro cara, mas ele dizia que não. Não havia motivo, as coisas andavam tranquilas nos últimos dez anos, como você sabe.

— É — disse Sonny. — Vejo você na casa do meu pai. Não deixe de levar o Paulie. Pegue o cara no caminho. O resfriado dele não me interessa. Entendeu?

E bateu o telefone sem esperar resposta.

A esposa chorava em silêncio. Olhou para ela por um instante e então falou, áspero:

— Qualquer dos nossos que ligar, diga para me ligarem na casa do meu pai, na linha especial dele. Qualquer outro que ligar, você não sabe de nada. Se a mulher do Tom ligar, diga que o Tom vai ficar fora de casa por algum tempo, a negócios.

Pensou um momento e acrescentou:

— Dois dos nossos vão ficar aqui.

Ele viu a expressão de medo dela e disse impacientemente:

— Não precisa se assustar; quero só que fiquem aqui. Faça tudo o que lhe disserem. Se quiser falar comigo, me ligue para o número especial do papai, mas só ligue se for realmente importante. E não se preocupe.

E saiu de casa.

Já estava escuro e o vento de dezembro fustigava a alameda. Sonny não teve medo de sair na noite. As oito casas pertenciam a Don Corleone. As duas casas na entrada do conjunto residencial, uma de cada lado, eram alugadas a empregados da família, com as suas próprias famílias, e pensionistas privilegiados, homens solteiros que moravam nos aposentos do subsolo. Entre as seis outras casas que formavam o restante do semicírculo, uma era ocupada por Tom Hagen e família, outra por Sonny e família e a menor e menos vistosa pelo próprio Don. As outras três tinham sido cedidas gratuitamente a amigos aposentados do Don, subentendendo-se que seriam desocupadas assim que ele as solicitasse. O condomínio de aparência inofensiva era uma fortaleza inexpugnável.

As oito casas eram equipadas com holofotes que banhavam tudo em volta delas, e era impossível ficar de espreita na área. Sonny atravessou a rua até a casa do pai e entrou com a sua chave pessoal. Gritou:

— Mãe, cadê você?

A mãe saiu da cozinha. Por trás dela subia o cheiro de pimentão frito. Antes que pudesse dizer qualquer coisa, Sonny a tomou pelo braço e a fez sentar.

— Eu acabei de receber uma ligação — disse ele. — Mas não vá ficar preocupada. Papai está no hospital, ele foi ferido. Vá se vestir e se apronte para ir até lá. Vou providenciar um carro e um motorista, certo?

A mãe olhou com firmeza para o filho por alguns instantes e então perguntou em italiano:

— Atiraram nele?

Sonny assentiu. A mãe curvou a cabeça por um instante. Então voltou para a cozinha. Sonny foi atrás. Viu que ela desligava o fogo sob a frigideira cheia de pimentões, então saiu e subiu a escada até o quarto. Ele pegou alguns pimentões da frigideira e um pedaço de pão da cesta em cima da mesa e montou um sanduíche desajeitado, com azeite quente escorrendo pelos dedos. Entrou na sala lateral enorme que era o escritório do pai e tirou o telefone especial de um armarinho trancado. O telefone tinha sido instalado especialmente e constava na lista com nome e endereço falsos. A primeira pessoa para quem Sonny ligou foi Luca Brasi. Ninguém atendeu. Então ligou para o *caporegime* do Brooklyn, que operava em situações de emergência, homem de inconteste lealdade ao Don. Chamava-se Tessio. Sonny lhe contou o que havia acontecido e o que queria que ele fizesse. Tessio devia recrutar cinquenta homens de absoluta confiança. Devia enviar seguranças para o hospital, devia enviar alguns homens a Long Beach para trabalhar ali. Tessio perguntou:

— Pegaram o Clemenza também?

— Não quero usar o pessoal do Clemenza agora — disse Sonny.

Tessio entendeu imediatamente, fez uma pausa e disse:

— Desculpe, Sonny, digo isso como o seu pai diria. Não avance depressa demais. Não consigo acreditar que o Clemenza nos trairia.

— Obrigado — respondeu Sonny. — Também não acredito, mas preciso ter cuidado. Certo?

— Certo — concordou Tessio.

— Outra coisa — retomou Sonny. — O meu irmão menor, Mike, faz faculdade em Hanover, em New Hampshire. Mande alguns conhecidos que temos em Boston irem até lá e trazê-lo aqui para a casa, até essa situação terminar. Vou ligar para ele para que espere os homens. De novo, estou só trabalhando com as probabilidades, só para garantir.

— Tudo bem — disse Tessio. — Vou até a casa do seu pai tão logo encaminhe as coisas. Combinado? Você conhece os meus rapazes, não é?

— Conheço — disse Sonny, e desligou.

Ele foi até um pequeno cofre de parede e o destrancou. Tirou de lá um livro de registros em ordem alfabética, encadernado em couro azul. Folheou até encontrar o registro que procurava. Dizia: "Ray Farrell $5.000 Véspera de Natal." Seguia-se um número de telefone. Sonny discou o número e perguntou:

— Farrell?

O homem no outro lado da linha respondeu:

— Eu mesmo.

— Aqui é Santino Corleone. Preciso que você me faça um favor, e precisa ser agora. Quero que você examine dois números de telefone e me dê todas as ligações que receberam e todas as ligações que fizeram nos últimos três meses.

Passou para Farrell o número da casa de Paulie Gatto e o da casa de Clemenza. Então disse:

— É importante. Consiga para mim antes da meia-noite e você terá um grande Feliz Natal.

Antes de voltar a refletir sobre a situação, ligou mais uma vez para a casa de Luca Brasi. Mais uma vez, ninguém atendeu. Ficou preocupado, mas deixou de lado. Luca viria para a casa logo que soubesse da notícia. Sonny se reclinou na poltrona giratória. Dali a uma hora, a casa estaria fervilhando de gente da Família, ele teria de dar instruções a todos e, agora que finalmente tinha tempo para pensar, percebia a enorme gravidade da situação. Em dez anos, era o primeiro desafio à Família Corleone e ao seu poderio. Não havia nenhuma dúvida de que Sollozzo estava por trás disso, mas ele jamais ousaria tentar um ataque desses, a menos que tivesse o apoio de pelo menos uma das cinco grandes Famílias de Nova York. E esse apoio certamente vinha dos Tattaglia. Isso significava guerra total ou acordo imediato nos termos de Sollozzo. Sonny esboçou um sorriso sinistro. O Turco ardiloso tinha planejado bem, mas fora azarado. O velho estava vivo e, portanto, era guerra. Com Luca Brasi e os recursos da Família Corleone, só havia um desfecho possível. Mas a pergunta incômoda voltou: onde estava Luca Brasi?

Capítulo 3

Contando o motorista, no carro havia quatro homens com Hagen. Puseram-no no banco de trás, entre os dois que tinham aparecido por trás dele na rua. Sollozzo sentou na frente. O homem à direita de Hagen se inclinou por cima dele e baixou o seu chapéu cobrindo os olhos para que não conseguisse enxergar.

— Não mexa nem o mindinho — ordenou ele.

O trajeto foi curto, não mais de vinte minutos, e Hagen, quando saíram do carro, não conseguiu reconhecer o bairro, pois já estava escuro. Levaram-no para um apartamento de subsolo e o puseram sentado numa cadeira de cozinha de espaldar reto. Sollozzo se sentou ao outro lado da mesa. O rosto moreno parecia o de um abutre.

— Não precisa ter medo — disse ele. — Sei que você não opera no setor dos valentões da Família. Quero que ajude os Corleone e quero que ajude a mim.

As mãos de Hagen tremiam ao pôr o cigarro na boca. Um dos homens trouxe até a mesa uma garrafa de uísque de centeio e lhe serviu uma dose numa xicrinha de louça. Hagen bebeu agradecido o líquido ardido. Com a bebida, as mãos se firmaram e a fraqueza das pernas sumiu.

— O seu chefe está morto — disse Sollozzo.

Fez uma pausa, surpreso com as lágrimas que surgiram nos olhos de Hagen. Então prosseguiu:

— Foi pego na rua, na frente do escritório. Logo que eu soube, peguei você. Você precisa fazer as pazes entre mim e o Sonny.

Hagen não respondeu. Ficou surpreso com a própria dor. E com o sentimento de desolação, misturado com o medo da morte. Sollozzo tinha retomado:

— Sonny estava a fim da minha proposta. Certo? Você sabe que é o lance acertado. Narcótico é o próximo lance. Rende tanta grana que todo mundo pode ficar rico em dois ou três anos. O Don era da velha guarda, o tempo dele ficou para trás, mas ele nem percebeu. Agora morreu, e nada vai trazê-lo de volta. Estou disposto a fazer um novo trato, e quero que você convença o Sonny a aceitar.

— Você não tem a menor chance. O Sonny vai vir com tudo — disse Hagen.

Sollozzo respondeu, impaciente:

— Essa vai ser a primeira reação. Você precisa botar juízo na cabeça dele. A Família Tattaglia me apoia com todo o pessoal dela. As outras Famílias de Nova York vão aceitar qualquer coisa que impeça uma guerra total entre nós. A nossa guerra prejudica todas elas e os seus negócios. Se o Sonny topar o trato, as outras Famílias do país, mesmo os amigos mais antigos do Don, vão achar que o assunto não lhes diz respeito.

Hagen baixou os olhos, fitando as mãos, sem responder. Sollozzo prosseguiu, persuasivo:

— O Don andava vacilando. Antigamente, eu jamais conseguiria chegar até ele. As outras Famílias não estavam confiando no Don porque ele escolheu você como *consigliere*, e você nem é italiano, muito menos siciliano. Se for para a guerra total, a Família Corleone vai ser esmagada e todo mundo sai perdendo, inclusive eu. Preciso dos contatos políticos da Família até mais do que da grana. Então fale com o Sonny, fale com os *caporegimes*; você vai evitar muito sangue derramado.

Hagen estendeu a xícara para mais uísque.

— Vou tentar — disse ele. — Mas o Sonny é teimoso. Nem mesmo o Sonny vai conseguir dissuadir o Luca. Você precisa se preocupar é com o Luca. *Eu* vou precisar me preocupar com o Luca se apresentar a sua proposta.

Sollozzo falou calmamente:

— Eu cuido do Luca. Você cuida do Sonny e dos outros dois rapazes. E diga a eles que o Freddie podia ter sido liquidado hoje junto com o velho, mas que o meu pessoal tinha ordens estritas de não atirar nele. Eu não queria criar mais ressentimento do que o necessário. Pode dizer a eles que o Freddie está vivo por minha causa.

Enfim a cabeça de Hagen começava a funcionar. Pela primeira vez, acreditou de fato que Sollozzo não pretendia matá-lo nem o manter como refém. Corou de vergonha ao sentir o súbito alívio que se espalhava pelo corpo. Sollozzo o observava calmamente, com um sorriso compreensivo. Hagen começava a avaliar as coisas. Se não concordasse em defender a proposta de Sollozzo, poderiam matá-lo. Mas então percebeu que Sollozzo queria apenas que ele a apresentasse, e a apresentasse apropriadamente, como devia fazer enquanto *consigliere* responsável. E, então, refletindo sobre isso, Hagen também entendeu que Sollozzo tinha razão. Era preciso evitar a todo custo uma guerra irrestrita entre os Tattaglia e os Corleone. Os Corleone deviam enterrar os seus mortos, esquecer e fazer um acordo. E aí, quando fosse a hora, poderiam investir contra Sollozzo.

Mas, erguendo os olhos, viu que Sollozzo sabia exatamente o que ele estava pensando. O Turco sorria. E então lhe ocorreu uma pergunta. O que acontecera com Luca Brasi, para Sollozzo se mostrar tão despreocupado? Ele tinha feito algum trato? Hagen lembrou que, na noite em que Don Corleone recusara a proposta de Sollozzo, Luca fora convocado ao escritório para uma conversa reservada com o Don. Mas agora não era hora de se preocupar com esses detalhes. Tinha de voltar à segurança da fortaleza da Família Corleone em Long Beach.

— Vou me empenhar ao máximo — disse a Sollozzo. — Creio que você tenha razão, e é o que o próprio Don iria querer que fizéssemos.

Sollozzo assentiu com gravidade.

— Ótimo — disse ele. — Não gosto de carnificina, sou um homem de negócios e sangue sai caro demais.

Naquele instante o telefone tocou e um dos homens sentados atrás de Hagen foi atender. Ouviu e disse, breve:

— Certo, eu digo a ele.

Desligou o telefone, foi até o lado de Sollozzo e lhe cochichou no ouvido. Hagen viu o Turco empalidecer e os olhos faiscarem de raiva.

Ele mesmo sentiu um arrepio de medo. Sollozzo o fitava com ar indeciso e de repente Hagen entendeu que não iriam soltá-lo. Que tinha acontecido alguma coisa que podia significar a sua morte. Sollozzo disse:

— O velhote ainda está vivo. Cinco tiros no couro daquele siciliano e ele ainda está vivo.

Deu de ombros num gesto fatalista.

— Azar — disse a Hagen. — Azar para mim. Azar para você.

Capítulo 4

Chegando à casa do pai em Long Beach, Michael Corleone se deparou com a entrada estreita do condomínio impedida por uma corrente. A área estava iluminada com a luz dos holofotes das oito casas, e viam-se os contornos de pelo menos dez carros estacionados ao longo da calçada sinuosa de concreto.

Dois desconhecidos estavam apoiados à corrente. Um deles perguntou com sotaque do Brooklyn:

— Quem é você?

Michael falou. Da casa mais próxima saiu outro homem, que lhe examinou o rosto.

— É filho do Don — disse. — Levo ele até lá.

Mike seguiu o sujeito até a casa do pai, com dois homens à porta que o deixaram entrar, seguido pelo acompanhante.

A casa parecia cheia de desconhecidos, até que Mike entrou na sala de estar. Então viu Theresa, a esposa de Tom Hagen, sentada rígida no sofá, fumando um cigarro. Na mesinha de café à sua frente, havia um copo de uísque. No outro lado do sofá estava o corpulento Clemenza. O rosto do *caporegime* estava impassível, mas ele suava, e a ponta do charuto na mão rebrilhava escura e úmida de saliva.

Clemenza veio lhe tomar a mão num gesto consolador, murmurando:

— A sua mãe está no hospital com o seu pai, ele vai ficar bem.

Paulie Gatto se levantou para cumprimentá-lo com um aperto de mãos. Michael olhou para ele com curiosidade. Sabia que Paulie era guarda-costas do pai, mas não sabia que, naquele dia, Paulie tinha ficado em casa, doente. Mas notou a tensão no rosto moreno e magro. Conhecia a reputação de Gatto como sujeito muito rápido e prestimoso, que sabia executar tarefas delicadas sem complicações, e hoje falhara no seu dever. Viu vários outros homens pelos cantos da sala, mas não os reconheceu. Não faziam parte do pessoal de Clemenza. Michael juntou os fatos e entendeu. Clemenza e Gatto eram suspeitos. Achando que Paulie estivera presente à cena, perguntou ao rapaz com cara de fuinha:

— E o Freddie, como ele está? Tudo bem?

— O médico deu uma injeção nele — respondeu Clemenza. — Está dormindo.

Michael se dirigiu à mulher de Hagen e se curvou para beijá-la no rosto. Os dois sempre haviam se dado muito bem. Ele sussurrou:

— Não se preocupe, o Tom vai ficar bem. Você já falou com o Sonny?

Theresa se agarrou a ele por um instante e balançou a cabeça. Era delicada, muito bonita, mais americana que italiana, e estava muito assustada. Michael a tomou pela mão, ergueu-a do sofá e a levou à sala de canto onde ficava o escritório do pai.

Sonny estava esparramado na poltrona atrás da escrivaninha, com um bloco de notas numa das mãos e um lápis na outra. O único outro presente na sala era o *caporegime* Tessio, que Michael reconheceu e imediatamente entendeu que era o pessoal dele que estava agora na casa, formando a nova guarda palaciana. Ele também tinha um bloco e um lápis nas mãos.

Sonny, ao vê-los, saiu detrás da escrivaninha e abraçou a esposa de Hagen.

— Não se preocupe, Theresa — disse ele. — O Tom está bem. Só querem lhe passar a proposta, disseram que vão liberá-lo. Ele não é do operacional, é apenas o nosso advogado. Ninguém tem nenhum motivo para lhe fazer mal.

Soltou Theresa e então Michael, para a sua surpresa, também ganhou um abraço e um beijo no rosto. Empurrou Sonny e disse, abrindo um sorriso:

— Agora que me acostumei aos seus tapas, vou ter de aguentar isso?

Os dois, quando eram mais novos, brigavam muito. Sonny deu de ombros.

— Escuta, menino, fiquei preocupado por não encontrar você naquele seu lugarejo. Eu nem daria muita bola se o massacrassem, mas não gostava da ideia de ter de dar a notícia à nossa velha. Já tive de contar a ela sobre o papai.

— Como ela reagiu? — perguntou Michael.

— Bem — respondeu Sonny. — Ela já passou por isso antes. Eu também. Você era novo demais para saber, e depois, enquanto você crescia, as coisas ficaram numa boa. — Ele parou e depois retomou: — Ela está no hospital com o velho. Ele vai se safar.

— A gente vai até lá? — perguntou Michael.

Sonny abanou a cabeça e disse, sucinto:

— Eu só saio dessa casa depois que tudo estiver resolvido.

O telefone tocou. Sonny atendeu e ouviu com atenção. Enquanto isso, Michael foi com ar displicente até a escrivaninha e deu uma olhada no bloco em que Sonny tinha feito as suas anotações. Era uma lista de sete nomes. Os três primeiros eram Sollozzo, Phillip Tattaglia e John Tattaglia. Subitamente Michael se deu conta de que havia interrompido Sonny e Tessio enquanto montavam a lista dos homens a serem liquidados.

Desligando o telefone, Sonny disse a Theresa Hagen e a Michael:

— Vocês podem esperar lá fora? Eu tenho um assunto aqui com o Tessio que precisamos terminar.

— A ligação era sobre o Tom? — perguntou a mulher de Hagen.

Ela foi quase brusca ao perguntar, mas chorava de medo. Sonny passou o braço pelos seus ombros e a conduziu até a porta.

— Eu juro que ele vai ficar bem — disse Sonny. — Espere na sala de estar. Aviso logo que eu souber de alguma coisa.

Fechou a porta atrás dela. Michael havia se sentado numa das poltronas grandes de couro. Sonny lhe deu um olhar rápido e penetrante e então foi se sentar atrás da escrivaninha.

— Se você ficar aqui, Mike — disse ele —, vai ouvir coisas que preferiria não ouvir.

Michael acendeu um cigarro e disse:

— Eu posso ajudar.

— Não, não pode — respondeu Sonny. — O velho ia ficar uma fera se eu deixasse você se meter nisso.

Michael se levantou e disse aos berros:

— Seu filho da mãe desgraçado, ele é o meu pai. Como que não posso ajudar? É claro que posso ajudar. Não preciso sair por aí matando gente, mas posso ajudar. Pare de me tratar feito criança. Eu estive na guerra. Fui ferido, lembra? Eu matei alguns japas. Caramba, o que você acha que vou fazer quando você massacrar alguém? Que vou desmaiar?

Sonny abriu um sorriso largo e falou:

— Já, já você vai me chamar para a briga. Está bom, fique por aqui, pode atender ao telefone. — Ele se virou para Tessio. — Essa última ligação passou a dica que queríamos. — Ele se virou para Michael. — Alguém entregou o velho. Podia ter sido o Clemenza, podia ter sido o Paulie, que hoje, muito convenientemente, ficou doente. Agora que sei quem foi, vamos ver até onde vai a sua esperteza, Mike, você que é o estudado. Quem se vendeu ao Sollozzo?

Michael se sentou novamente e se reclinou na poltrona de couro. Refletiu sobre tudo, com muito cuidado. Clemenza era um *caporegime* na estrutura da Família Corleone. Don Corleone o transformara em milionário e eram amigos fazia mais de vinte anos. Ele ocupava um dos postos de maior poder na organização. O que Clemenza ganharia traindo o seu Don? Mais dinheiro? Ele já era bem rico, mas os homens, afinal, sempre são gananciosos. Mais poder? Vingança por algum suposto insulto ou descaso? Que Hagen tivesse se tornado *consigliere*? Ou talvez, como homem de negócios, a convicção de que Sollozzo ia vencer? Não, era impossível que Clemenza fosse um traidor, mas aí Michael pensou tristemente que só era impossível porque ele não queria que Clemenza morresse. O gordão sempre lhe trazia presentes quando menino, às vezes saía para passear com ele quando o Don estava ocupado demais. Não podia crer que Clemenza fosse culpado de traição.

Mas, por outro lado, entre todos os homens da Família Corleone, era Clemenza quem Sollozzo mais queria aliciar.

Michael pensou em Paulie Gatto. Paulie ainda não tinha enriquecido. Era bem-visto, certamente subiria na organização, mas levaria algum tempo para isso, como todos os outros. Também devia ter sonhos de poder mais ambiciosos, como os jovens sempre têm. Só podia ter sido Paulie. Mas aí Michael lembrou que os dois tinham feito juntos o último ano do primeiro grau, na mesma turma da escola, e também não queria que tivesse sido Paulie.

Meneou a cabeça e disse:

— Nenhum dos dois.

Mas só falou isso porque Sonny dissera que já tinha a resposta. Se fosse uma votação, teria votado em Paulie como culpado.

Sonny estava sorrindo.

— Não se preocupe — disse. — O Clemenza está limpo. Foi o Paulie.

Michael pôde ver o alívio de Tessio. Como colega no cargo de *caporegime*, as suas simpatias estavam com Clemenza. Além disso, a atual situação não era tão séria, visto que a traição não viera de um escalão mais alto. Tessio perguntou, cauteloso:

— Então posso mandar o meu pessoal de volta para casa amanhã?

— Depois de amanhã — respondeu Sonny. — Até lá, não quero que ninguém saiba disso. Ouça, preciso falar com o meu irmão sobre alguns assuntos familiares, pessoais. Espere na sala de estar, certo? Podemos terminar a nossa lista mais tarde. Você e o Clemenza vão trabalhar juntos nisso.

— Tudo bem — disse Tessio, e saiu.

— Como você tem certeza de que foi o Paulie? — perguntou Michael.

Sonny respondeu:

— Temos gente na companhia telefônica e eles rastrearam todas as ligações dadas e recebidas pelo Paulie. As do Clemenza também. Nos três dias em que ficou doente neste mês, o Paulie recebeu uma ligação de uma cabine telefônica na frente do prédio do velho. Hoje também. Estavam conferindo para ver se o Paulie ia até lá ou se mandava alguém no seu lugar. Ou por qualquer outra razão. Não faz diferença. — Sonny deu de ombros. — Graças a Deus, foi o Paulie. Vamos precisar muito do Clemenza.

Michael, hesitante, perguntou:

— Vai ser guerra total?

Sonny respondeu com um olhar duro:

— É o que eu vou fazer logo que o Tom aparecer. Até o velho dizer outra coisa.

— Então por que você não espera até o velho poder lhe dizer? — indagou Michael.

Sonny olhou para o irmão com curiosidade.

— Ô, mano, como foi que você conseguiu aquelas medalhas de combate? Estamos sob fogo, temos de lutar. O meu único medo é que não soltem o Tom.

Michael ficou surpreso.

— E por que não soltariam?

Sonny retomou um tom de voz paciente.

— Eles pegaram o Tom porque imaginavam que o velho estava liquidado e conseguiriam um acordo comigo, e o Tom ia ser o intermediário nas fases preliminares, ia trazer a proposta. Agora, com o velho vivo, eles sabem que não posso fazer o acordo e, portanto, o Tom não tem serventia para eles. Podem soltá-lo ou acabar com ele, depende do que der na veneta do Sollozzo. Se acabarem com ele, vai ser só para nos mostrar que realmente querem o negócio, tentando nos coagir.

— E o que levou o Sollozzo a pensar que conseguiria um acordo com você? — perguntou Michael com voz mansa.

Sonny enrubesceu e ficou calado por alguns instantes. Depois disse:

— Tivemos uma reunião alguns meses atrás, o Sollozzo veio com uma proposta sobre drogas. O velho recusou. Mas durante a reunião eu soltei a língua, mostrei que queria o trato. Foi a maior mancada possível; se tem uma coisa que o velho sempre martelou em mim é nunca fazer uma coisa dessas, deixar que os outros saibam que há diferenças de opinião na Família. Então o Sollozzo acha que, se se livrar do velho, eu entro com ele no lance das drogas. Morto o velho, o poder da Família cai no mínimo pela metade. E, de todo modo, eu teria a maior dificuldade em manter todos os negócios que o velho montou. As drogas são o futuro, devíamos entrar. E liquidar o velho é um assunto exclusivo de negócios, nada pessoal. Como assunto de negócios, eu toparia. Claro que ele nunca ia me deixar chegar muito perto, cuidaria em não me oferecer um alvo fácil, só por precaução. Mas ele também sabe que, depois que eu aceitasse o trato, as outras Famílias nunca me deixariam começar uma guerra daqui a uns dois ou três anos, só por vingança. Além disso, a Família Tattaglia está por detrás dele.

— Se o velho morrer, o que você faz? — perguntou Michael.

Sonny foi muito simples na resposta.

— O Sollozzo vira carniça. Não me interessa o custo. Não me interessa se tivermos de lutar contra todas as Cinco Famílias de Nova York. A Família Tattaglia vai ser eliminada do mapa. Não me interessa se todos nós formos junto.

— Papai não procederia assim — comentou Michael brandamente.

Sonny fez um gesto violento.

— Eu sei que não sou o homem que ele era. Mas uma coisa eu lhe digo, e ele lhe dirá também. Quando chega a hora da ação de verdade, trabalho bem e rápido. O Sollozzo sabe disso, e o Clemenza e o Tessio também. "Mostrei o meu valor" aos 19 anos, na última vez em que a Família entrou em guerra, e fui de grande ajuda para o velho. Então agora não estou preocupado. E a nossa Família leva todas as vantagens num acordo desses. Eu só queria conseguir contato com o Luca.

— E o Luca é durão mesmo, como dizem? É tão bom assim? — perguntou Michael, curioso.

Sonny assentiu.

— Ele é de uma espécie única. Vou mandá-lo atrás dos três Tattaglia. O Sollozzo, eu mesmo pego.

Michael se agitou desconfortável na poltrona. Olhou para o irmão mais velho. Lembrava que Sonny às vezes tinha uns rompantes de brutalidade, mas que era essencialmente uma pessoa de bom coração. Um cara legal. Era estranho ouvi-lo falar dessa maneira, era assustador ver a lista de nomes que anotara, homens a ser executados, como se fosse um Imperador romano recém-coroado. Ficava contente por não ser realmente parte integrante de tudo isso e, como o pai estava vivo, por não precisar se envolver em vinganças. Ajudaria atendendo ao telefone, levando recados e mensagens. Sonny e o velho podiam cuidar de si mesmos, principalmente tendo Luca por trás.

Naquele instante, ouviram um grito de mulher na sala de estar. Ah, meu Deus, pensou Michael, a voz parecia a da esposa de Tom. Ele correu até a porta e abriu. Todos na sala de estar estavam de pé. E perto do sofá, com ar de embaraço, Tom Hagen abraçava Theresa junto de si. Theresa chorava e soluçava, e Michael percebeu que o grito que ouvira, chamando o nome do marido, era um grito de alegria. Enquanto ele observava, Tom Hagen se desprendeu dos braços da esposa e a ajudou a se sentar de novo no sofá. Abriu um sorriso largo para Michael e disse:

— Fico contente em vê-lo, Mike, realmente contente.

Entrou a passos largos no escritório, sem voltar a olhar para a esposa ainda soluçante. Não à toa vivera dez anos com a Família Corleone, pensou Michael com uma estranha onda de orgulho. Algo do velho passara para ele, como havia passado para Sonny e, pensou surpreso, para si mesmo.

Capítulo 5

Eram quase quatro da manhã, e estavam todos sentados no escritório da sala lateral: Sonny, Michael, Tom Hagen, Clemenza e Tessio. Theresa Hagen fora persuadida a ir para a sua casa, que ficava ao lado. Paulie Gatto ainda esperava na sala de estar, sem saber que os homens de Tessio tinham instruções de não o deixar sair nem o perder de vista.

Tom Hagen transmitiu a proposta de Sollozzo. Contou que Sollozzo, depois de saber que o Don ainda estava vivo, deixou evidente que pretendia matar Hagen. Hagen sorriu.

— Mesmo que algum dia eu pleiteie uma causa perante o Supremo Tribunal, nunca vou pleitear melhor do que essa noite, com aquele Turco desgraçado. Falei que convenceria a Família a aceitar o trato, mesmo o Don estando vivo. Falei que enrolaria você direitinho, Sonny. Que éramos camaradinhas quando meninos; e não me leve a mal, mas passei a ele a impressão de que você não ficaria muito triste em pegar o lugar do velho, que Deus me perdoe.

Sorriu com ar de desculpas para Sonny, que fez um gesto indicando que entendia, que não tinha importância.

Michael, reclinado na poltrona com o telefone à sua direita, estudava os dois. Quando Hagen entrou na sala, Sonny foi correndo abraçá-lo. Michael percebeu com uma leve pontada de ciúme que Sonny e Tom Hagen eram mais próximos, em muitos aspectos, do que ele jamais seria com o irmão.

— Vamos aos negócios — disse Sonny. — Precisamos fazer alguns planos. Dê uma olhada nessa lista que eu e o Tessio montamos. Tessio, passe a sua cópia para o Clemenza.

— Se vamos fazer planos, Freddie deveria participar — disse Michael.

Sonny falou em tom inflexível:

— O Freddie agora não serve de nada para nós. O médico falou que o seu estado de choque é tão grande que precisa de repouso completo. Não entendo isso. O Freddie sempre foi um cara bem rijo. Imagino que ver o velho atingido foi demais para ele, pois sempre achou que o Don era Deus. Ele não era como você e eu, Mike.

Hagen disse rapidamente:

— Certo, deixe o Freddie de fora. Deixe fora de tudo, de absolutamente tudo. Agora, Sonny, enquanto isso não terminar, creio que você deve ficar na casa. Isto é, não sair em momento nenhum. Aqui você está em segurança. Não subestime o Sollozzo, ele é um *pezzonovante*. O hospital está protegido?

Sonny assentiu.

— Está cercado pela polícia e o meu pessoal está lá visitando o papai o tempo todo. O que você acha dessa lista, Tom?

Hagen franziu a testa ao ver a lista de nomes.

— Deus do céu, Sonny, você está tomando a coisa em caráter realmente pessoal. O Don consideraria como mera disputa de negócios. A chave é o Sollozzo. Se livre do Sollozzo e tudo volta a entrar na linha. Você não precisa ir atrás dos Tattaglia.

Sonny olhou para os dois *caporegimes*. Tessio deu de ombros e disse:

— É, a coisa é delicada.

Clemenza não abriu a boca.

— De uma coisa a gente pode cuidar sem nenhuma discussão — disse Sonny a Clemenza. — Não quero mais o Paulie por aqui. Ponha o nome dele no alto da sua lista.

O *caporegime* gordão assentiu.

Hagen falou:

— E o Luca? O Sollozzo não parecia preocupado com o Luca. E isso *preocupa a mim*. Se o Luca nos vendeu, estamos encrencados. Essa é a primeira coisa que a gente precisa saber. Alguém conseguiu entrar em contato com ele?

— Não — respondeu Sonny. — Passei a noite toda ligando para ele. Talvez esteja fora, dormindo com alguma mulher.

— Não — disse Hagen. — Ele nunca passa a noite fora. Depois da trepada, sempre vai para casa. Mike, continue ligando para lá até atenderem.

Michael pegou obedientemente o aparelho e discou. O telefone tocava no outro lado da linha, mas ninguém atendeu. Por fim desligou.

— Continue tentando de quinze em quinze minutos — pediu Hagen.

Sonny, impaciente, falou:

— Então, Tom, você é o *consigliere*. Que tal dar alguns conselhos? Que raios você acha que a gente deve fazer?

Hagen se serviu da garrafa de uísque na escrivaninha.

— Negociamos com o Sollozzo até que o seu pai esteja em forma para assumir. Se for preciso, podemos até fechar um acordo. Quando o seu pai deixar a cama, pode acertar o assunto todo sem alarde e todas as Famílias aceitarão.

— Você acha que eu não consigo lidar com esse Sollozzo? — perguntou Sonny, irritado.

Tom Hagen o encarou nos olhos.

— Sonny, é claro que você consegue vencer o cara. A Família Corleone tem o poder. Você tem o Clemenza e o Tessio aqui e, se a coisa chegar a uma guerra total, eles podem arregimentar mil homens. Mas, no fim, vai ser uma carnificina em toda a Costa Leste e todas as outras Famílias vão pôr a culpa nos Corleone. Faremos um monte de inimigos. E nisso o seu pai nunca acreditou.

Observando Sonny, Michael achou que ele aceitou bem. Mas então Sonny perguntou a Hagen:

— E se o velho morre, o que você aconselha então, *consigliere*?

Hagen respondeu com calma:

— Eu sei que você não vai fazer isso, mas eu aconselharia a fechar um acordo de verdade com o Sollozzo quanto às drogas. Sem os contatos políticos e a influência pessoal do seu pai, a Família Corleone perde metade da força. Sem o seu pai, as outras Famílias de Nova York podem passar a apoiar os Tattaglia e o Sollozzo, só para garantir que não venha uma guerra longa e destrutiva. Se o seu pai morrer, faça o acordo. Então espere para ver.

Sonny estava com o rosto branco de fúria.

— Para você é fácil dizer, não foi o seu pai que tentaram matar.

— Eu fui para ele um filho tão bom quanto você ou o Mike, talvez até melhor — retrucou Hagen rápido e com orgulho. — Estou lhe dando uma opinião profissional. Pessoalmente, a minha vontade é matar todos aqueles canalhas.

Sonny sentiu vergonha perante a emoção na voz de Hagen e disse:

— Oh, meu Deus, Tom, não foi isso o que eu quis dizer.

Mas, na verdade, tinha sido, sim. Sangue era sangue e não havia nada que se igualasse.

Sonny refletiu por um momento, enquanto os outros aguardavam num silêncio constrangido. Então suspirou e falou com calma:

— Tudo bem, a gente espera até que o velho possa nos orientar. Mas quero que você, Tom, também fique aqui na nossa área. Não se arrisque. Mike, seja cuidadoso, embora eu creia que nem o próprio Sollozzo iria pôr familiares na briga. Todo mundo ficaria contra ele. Mas tenha cuidado. Tessio, mantenha o seu pessoal na reserva, mas mande fuçarem pela cidade. Clemenza, depois que você acertar a coisa do Paulie Gatto, mesmo assim mantenha os seus homens no hospital. Tom, como primeira coisa amanhã cedo, comece a negociação com o Sollozzo e os Tattaglia por telefone ou por mensageiro. Mike, amanhã pegue uns dois caras do Clemenza e vá até a casa do Luca, espere por ele ou descubra onde ele se enfiou. Aquele doido é bem capaz de ter ido atrás do Sollozzo depois de saber da notícia. Não acredito que o Luca algum dia se virasse contra o Don dele, por maior que fosse a oferta do Turco.

Hagen, relutante, falou:

— Talvez seja melhor que o Mike não se envolva nisso de forma tão direta.

— Certo — disse Sonny. — Esqueça, Mike. De todo modo, preciso de você no telefone aqui na casa, e isso é mais importante.

Michael não disse nada. Sentia-se encabulado, quase envergonhado, e percebeu que Clemenza e Tessio faziam tanto esforço para se manterem impassíveis que teve certeza de que estavam disfarçando o seu desprezo. Ele pegou o telefone, discou o número de Luca Brasi e ficou ouvindo enquanto a linha chamava, chamava e ninguém atendia.

Capítulo 6

Peter Clemenza dormiu mal naquela noite. Acordou de manhã cedo e tomou o desjejum, consistindo num copo de *grappa*, uma fatia grossa de salame genovês e um bom pedaço de pão italiano fresco que continuavam a lhe entregar na porta como antigamente. Então tomou uma caneca cheia de café bem quente, com um pouco de anisete. Mas, andando pela casa com o roupão velho e os chinelos de feltro vermelho, pensava no dia de trabalho que tinha pela frente. Na noite anterior, Sonny Corleone deixara muito claro que era preciso cuidar imediatamente de Paulie Gatto. Tinha de ser hoje.

Clemenza estava incomodado. Não porque Gatto fora o seu protegido e se tornara um traidor. Isso não depunha contra o discernimento do *caporegime*. Afinal, o histórico de Paulie era impecável. Vinha de uma família siciliana, crescera no mesmo bairro dos meninos Corleone, na verdade tinha até frequentado a mesma escola de um deles. Passara condignamente por todas as etapas. Fora testado e aprovado. E, depois de ter mostrado valor, recebera um bom meio de subsistência da Família, uma porcentagem num "livro de apostas" do East Side e uma parte na lista de pagamentos dos sindicatos. Clemenza não ignorava que Paulie Gatto complementava a renda com alguns assaltos por conta própria, o que ia contra as regras da Família, mas mesmo isso era sinal do valor do sujeito. A violação desses regulamentos era tida como mostra de grande vivacidade, como um bom cavalo de corrida tentando se livrar das rédeas.

E Paulie nunca causara problemas com os seus serviços por fora. Sempre eram meticulosamente planejados e executados com o mínimo de alarde e confusão, sem que ninguém saísse ferido: três mil dólares da folha de pagamento numa zona de confecção de roupas em Manhattan, a folha de pagamento de uma pequena fábrica de louça nos cortiços do Brooklyn. Afinal, para um rapaz, uns trocos a mais sempre vinham a calhar. Fazia parte do perfil. Quem iria prever que Paulie Gatto se tornaria um traidor?

O que incomodava Peter Clemenza nessa manhã era outra coisa, um problema administrativo. Liquidar Gatto era simples. O problema era: entre os seus homens, quem o *caporegime* promoveria para substituir Gatto na Família? Era importante essa promoção para a função de soldado, que não podia ser feita de maneira leviana. O homem precisava ser durão e precisava ser esperto. Precisava ser de confiança, que não abrisse o bico para a polícia se fosse pego, alguém bem impregnado da lei da *omertà* dos sicilianos, a lei do silêncio. E, então, o que receberia na sua nova função? Clemenza já falara várias vezes com o Don sobre uma remuneração melhor para a função importantíssima do soldado que, quando surgiam os problemas, era o primeiro na linha de frente, mas o Don desconsiderara. Se Paulie estivesse recebendo melhor, poderia ter resistido aos agrados de Sollozzo, o Turco ardiloso.

Clemenza, por fim, reduziu a lista de candidatos a três homens. O primeiro era um agente operacional que trabalhava com os corretores de apostas negros no Harlem, um tremendo brutamontes de enorme força física, homem de grande encanto pessoal que se dava bem com as pessoas, mas, quando necessário, sabia impor medo a elas. Clemenza, porém, riscou o seu nome da lista depois de avaliá-lo durante meia hora. O sujeito se dava bem demais com os negros, o que sugeria uma falha de caráter. E também seria muito difícil encontrar um substituto para a sua função atual.

O segundo nome que Clemenza avaliou, e quase se decidiu por ele, era o de um cara muito esforçado que era confiável e servia bem na organização. Era coletor das contas ilícitas para os agiotas licenciados pela Família em Manhattan. Começara como ajudante de um corretor de apostas. Mas ainda não estava plenamente preparado para uma promoção tão importante.

Por fim, Clemenza se decidiu por Rocco Lampone. Lampone tivera um período de aprendizado curto, mas excelente, na Família. Durante a guerra, fora ferido na África e dispensado em 1943. Por causa da escassez de rapazes, Clemenza contratara Lampone, embora estivesse parcialmente incapacitado devido aos ferimentos e coxeasse muito para andar. Clemenza o usara como contato no mercado clandestino na zona de confecção de roupas e junto aos funcionários públicos que controlavam os cupons oficiais de racionamento. A partir daí, Lampone fora promovido, passando a resolver as encrencas de toda a operação. O que Clemenza apreciava nele era o bom discernimento. Sabia que não havia nenhuma vantagem em se meter a valente em coisas que resultariam apenas numa multa pesada ou em seis meses de cadeia, preço pequeno a pagar pelos enormes lucros obtidos. Tinha a sensatez de saber que ali cabiam apenas ameaças leves, nada muito pesado. Mantinha a operação toda num nível discreto, que era exatamente aquilo de que se precisava.

Clemenza sentiu o alívio do administrador consciencioso depois de resolver um problema pessoal complicado. Sim, o ajudante ia ser Rocco Lampone. Pois Clemenza resolvera que lidaria pessoalmente com essa tarefa, não só para ajudar um novato inexperiente a mostrar o seu valor, mas para um acerto pessoal de contas com Paulie Gatto. Paulie fora o seu protegido, ele promovera Paulie passando por cima de gente mais leal e mais merecedora, ajudara Paulie a mostrar o seu valor e incentivara a sua carreira de todas as maneiras. Paulie não traíra apenas a Família, traíra o seu *padrone*, Peter Clemenza. Ele precisava pagar por essa falta de respeito.

Todo o resto estava organizado. Paulie Gatto recebera instruções de buscá-lo às três da tarde, e buscá-lo com o próprio carro, nada muito especial. Agora Clemenza pegou o telefone e ligou para Rocco Lampone. Não se identificou. Disse apenas:

— Venha aqui em casa. Tenho uma tarefa para você.

Gostou de notar que, apesar de ainda ser cedo, Lampone não mostrou surpresa nem sonolência na voz e respondeu apenas:

— Certo.

Bom homem. Clemenza acrescentou:

— Não precisa ter pressa, tome o café da manhã, almoce antes de vir me ver. Mas não passe das duas da tarde.

Houve mais um lacônico "Certo" no outro lado da linha e Clemenza desligou. Já avisara ao seu pessoal que substituísse o pessoal do *caporegime* Tessio na área Corleone, então isso estava encaminhado. Contava com subordinados capazes e nunca interferia numa operação mecânica como essa.

Decidiu lavar o seu Cadillac. Adorava o carro. Rodava tão macio e o estofamento era tão luxuoso que, às vezes, ele passava uma hora dentro do carro, quando o tempo estava bom, pois era mais agradável que ficar dentro de casa. E cuidar do carro sempre o ajudava a pensar melhor. Lembrava-se do pai na Itália fazendo a mesma coisa com os jumentos.

Clemenza trabalhava dentro da garagem aquecida; detestava o frio. Repassou os planos. Precisava ter cuidado com Paulie, o homem parecia um rato, capaz de farejar os perigos. E agora, claro, mesmo sendo durão, devia estar se cagando de medo porque o velho ainda estava vivo. Devia estar nervoso feito um jumento com formigas subindo pelo traseiro. Mas Clemenza estava acostumado a essas coisas, usuais no seu trabalho. Primeiro, precisava de uma boa desculpa para a presença de Rocco. Segundo, precisava de uma missão plausível que justificasse a ida dos três.

Claro que, estritamente falando, não era necessário. Paulie Gatto podia ser morto sem essas firulas todas. Ele estava acuado, não tinha por onde escapar. Mas Clemenza sentia vivamente a importância de manter os bons hábitos de trabalho e nunca ceder um centímetro de vantagem. Nunca se sabe o que pode acontecer e, afinal, esses assuntos eram questões de vida ou morte.

Enquanto lavava o Cadillac azul-celeste, Peter Clemenza refletia e ensaiava as falas, as expressões faciais. Ia ser curto e grosso com Paulie, como se estivesse aborrecido com ele. Sendo um homem tão sensível e desconfiado, isso desviaria ou, pelo menos, confundiria o faro de Gatto. Uma cordialidade indevida o deixaria alerta. Mas claro que o tom curto e grosso não podia ser muito severo. Tinha de ser uma espécie de irritação meio distraída. E por que Lampone? Aquilo ia parecer muito alarmante para Paulie, ainda mais que Lampone teria de ficar no banco de trás. Paulie não ia gostar de estar indefeso no volante, com Lampone atrás dele. Clemenza esfregou e poliu freneticamente a carroceria do

Cadillac. A situação era delicada. Muito delicada. Pensou por um instante se não seria melhor recrutar mais um homem, mas mudou de ideia. Aqui ele seguiu um raciocínio básico. Podia surgir no futuro uma situação em que um dos seus comparsas achasse vantajoso depor contra ele. Se fosse um cúmplice só, seria a palavra de um contra a do outro. Mas a palavra de um segundo cúmplice mudaria o peso na balança. Não, seguiriam o procedimento.

O que aborrecia Clemenza era que a execução precisava ser "pública". Isto é, o corpo devia ser encontrado. Preferiria mil vezes dar um sumiço nele. (Normalmente, usavam o oceano ali perto ou os pântanos de Nova Jersey, em terreno de amigos da Família, ou algum outro método mais complicado.) Mas precisava ser pública, para que os embriões de traidores ficassem amedrontados e o inimigo percebesse que a Família Corleone não tinha amolecido nem emburrecido, de forma alguma. Sollozzo ficaria preocupado com a rapidez em descobrirem o seu espião. A Família Corleone recuperaria parte do prestígio. Com o atentado ao velho, dera a impressão de ser palerma.

Clemenza suspirou. O Cadillac já brilhava como um enorme ovo azul de aço e ele não chegara nem perto de resolver o seu problema. Então lhe veio a solução, lógica, direta. Explicaria por que os três, Rocco Lampone, ele próprio e Paulie, estavam juntos e lhes daria uma missão de suficiente sigilo e importância.

Diria a Paulie que a tarefa do dia era encontrarem um apartamento, caso a Família decidisse "partir para os colchões", isto é, partir para a guerra.

Sempre que uma guerra entre as Famílias se tornava muito intensa, os oponentes montavam quartéis-generais em apartamentos secretos, onde os "soldados" dormiam em colchões espalhados pelos aposentos. Não era tanto uma questão de manter as famílias, as esposas e as crianças, afastadas do perigo, visto que qualquer ataque a não combatentes estava fora de cogitação. Todas as partes eram vulneráveis demais a retaliações análogas. Mas era mais prudente viver em algum local secreto, onde os movimentos diários não podiam ser mapeados pelos adversários ou por algum policial que decidisse se intrometer arbitrariamente.

Assim, costumava-se enviar um *caporegime* de confiança para alugar um apartamento secreto e enchê-lo de colchões. O apartamento seria usado como via de saída para a cidade quando se lançasse uma ofensiva. Era natural que se enviasse Clemenza para tal tarefa. Era natural que ele levasse Gatto e Lampone para cuidar de todos os detalhes, inclusive equipar o apartamento. Além disso, pensou Clemenza sorrindo, Paulie Gatto já demonstrara que era ganancioso e a primeira coisa que lhe passaria pela cabeça era quanta grana ia conseguir de Sollozzo em troca dessa valiosa informação.

Rocco Lampone chegou cedo e Clemenza explicou o que era preciso fazer e quais seriam os seus respectivos papéis. O rosto de Lampone se iluminou de surpresa e gratidão e agradeceu respeitosamente a Clemenza pela promoção que lhe permitia servir à Família. Clemenza tinha certeza de que fizera uma boa escolha. Bateu afetuosamente no ombro de Lampone e disse:

— A partir de hoje, você vai ter algo melhor como meio de vida. Falaremos disso mais tarde. Você há de entender que agora a Família está ocupada com questões mais críticas, com coisas mais importantes a fazer.

Lampone fez um gesto indicando que teria paciência, pois sabia que teria recompensa certa.

Clemenza foi até o cofre da sua saleta de trabalho e o abriu. Tirou uma arma, que deu a Lampone.

— Use esta — disse ele. — Nunca conseguirão rastreá-la. Deixe no carro, com o Paulie. Quando esse serviço terminar, pegue a esposa e os filhos e vá passar umas férias na Flórida. Use a sua grana agora e lhe pago depois. Relaxe, aproveite o sol. Fique no hotel da Família em Miami Beach, pois assim sei onde posso encontrá-lo quando precisar.

A esposa de Clemenza bateu à porta da saleta, avisando que Paulie chegara. Estava estacionado na entrada. Clemenza foi na frente, passando pela garagem, e Lampone seguiu atrás. Ao entrar no banco da frente ao lado de Gatto, Clemenza o cumprimentou com apenas um grunhido, tendo no rosto um ar exasperado. Olhou para o relógio de pulso como se esperasse constatar que Gatto estava atrasado.

O rapaz com cara de fuinha o observava atentamente, procurando alguma pista. Retraiu-se um pouco quando Lampone sentou no banco de trás, sentando-se às suas costas, e disse:

— Rocco, sente do outro lado. Um grandão feito você atrapalha a minha visão pelo retrovisor.

Obediente, Lampone mudou de lugar, de forma que ficou atrás de Clemenza, como se aquela solicitação fosse a coisa mais natural do mundo.

Clemenza, em tom azedo, disse a Paulie:

— Sonny, aquele desgraçado, está ficando com medo. Já está pensando em partir para os colchões. Temos de achar um lugar no West Side. Paulie, você e o Rocco vão pôr lá uns homens e suprimentos até vir o recado para os outros soldados irem para lá. Você conhece um bom lugar?

Como Clemenza esperava, os olhos de Gatto brilharam cobiçosos. Paulie engolira a isca e, como estava pensando em quanto valeria a informação para Sollozzo, esqueceu-se de pensar se ele estaria em perigo. Além disso, Lampone estava perfeito no seu papel, olhando tranquilo e indiferente pela janela. Clemenza se congratulou pela escolha.

— Tenho de pensar — respondeu Gatto vagamente.

— Dirija enquanto pensa. Quero chegar a Nova York ainda hoje — resmungou Clemenza.

Paulie era bom motorista e havia pouco trânsito na entrada da cidade àquela hora da tarde, de modo que, quando chegaram, estava apenas começando a escurecer. Não ficaram jogando conversa fora. Clemenza mandou Paulie ir para a área de Washington Heights. Deu uma olhada em alguns prédios e pediu que estacionasse perto da Arthur Avenue e aguardasse. Também deixou Rocco Lampone no carro. Entrou no Vera Mario Restaurant e pediu um prato leve de vitela e salada, cumprimentando com um aceno de cabeça, aqui e ali, alguns conhecidos. Passada uma hora, ele percorreu a pé os vários quarteirões até o carro e entrou. Gatto e Lampone ainda aguardavam.

— Merda — disse Clemenza —, eles querem a gente de volta em Long Beach. Estão com uma outra tarefa para nós agora. O Sonny falou que podemos deixar essa para depois. Rocco, você mora aqui na cidade, podemos te deixar por aqui?

Rocco respondeu tranquilamente:

— Eu deixei o meu carro na sua casa e a minha mulher vai precisar dele amanhã logo cedo.

— Tudo bem — disse Clemenza. — Então, no fim das contas, você vai ter de voltar com a gente.

Ninguém falou nada durante a volta para Long Beach. De repente, no trecho da estrada que ia para a cidade, Clemenza falou:

— Paulie, encoste o carro. Preciso dar uma mijada.

Com tanto tempo trabalhando juntos, Gatto sabia que o *caporegime* gordão tinha bexiga frouxa. Muitas vezes pedia isso. Gatto saiu da estrada e parou no terreno macio que levava até o pântano. Clemenza saiu com esforço do carro e avançou alguns passos entre os arbustos. Ele realmente urinou. Então, enquanto abria a porta para entrar no carro, deu uma olhada para os dois lados da estrada. Não havia nenhuma luz, a estrada estava totalmente escura.

— Vai nessa — disse Clemenza.

Um segundo depois, o interior do carro reverberava com o disparo da arma. Paulie Gatto pareceu dar um salto para a frente, o corpo arremetendo contra o volante, e então despencou de volta no assento. Clemenza recuou depressa para evitar que o sangue e fragmentos do crânio o atingissem.

Rocco Lampone, com o seu corpanzil, saiu com dificuldade do carro. Ainda estava com a arma na mão e a jogou no pântano. Os dois foram rapidamente até um carro estacionado ali perto e entraram. Lampone pôs a mão por baixo do banco e encontrou a chave que haviam deixado ali para eles. Deu a partida e levou Clemenza para casa. Então, em vez de voltar pelo mesmo caminho, pegou a Jones Beach Causeway direto até Merrick, atravessou o povoado e pegou a Meadowbrook Parkway até alcançar a Northern State Parkway. Foi por ela até a Long Island Expressway, prosseguiu até a Whitestone Bridge, atravessou o Bronx e chegou até a sua casa em Manhattan.

Capítulo 7

Na noite anterior ao atentado contra Don Corleone, o seu homem mais forte, mais leal e mais temido se preparou para encontrar o inimigo. Luca Brasi fizera contato com as forças de Sollozzo vários meses antes. Assim fizera por ordens do próprio Don Corleone. E assim fizera frequentando os cabarés controlados pela Família Tattaglia e se envolvendo com uma das suas principais vedetes. Na cama com a vedete, reclamou do tratamento que a Família Corleone lhe dava, jamais reconhecendo o seu valor. Depois de uma semana de caso com a vedete, Luca foi abordado por Bruno Tattaglia, gerente do cabaré. Bruno era o filho mais novo e, na aparência, não estava ligado ao negócio de prostituição da Família. Mas o seu famoso cabaré, com as belas vedetes de pernas longas e esguias, funcionava como curso de aperfeiçoamento para muitas prostitutas da cidade.

A primeira reunião foi às claras, Tattaglia lhe oferecendo um serviço no negócio da Família como agente operacional. O flerte prosseguiu por quase um mês. Luca fazia o seu papel de apaixonado por uma bela jovem, Bruno Tattaglia o papel de homem de negócios tentando recrutar um bom executivo de um concorrente. Luca, numa dessas reuniões, fingiu que estava propenso a aceitar, então disse:

— Mas uma coisa precisa ficar clara. Eu nunca irei contra o padrinho. Don Corleone é um homem que eu respeito. Entendo que ele passe os filhos à minha frente nos negócios da Família.

Bruno Tattaglia era um integrante da nova geração que mal disfarçava o desprezo pelo pessoal da velha guarda, como Luca Brasi, Don Corleone e até o seu próprio pai. Só era um pouco respeitoso demais. Agora dizia:

— O meu pai não esperaria que você fizesse qualquer coisa contra os Corleone. Para quê, afinal? Agora todos se dão bem, não é mais como era antigamente. É só que, se você está procurando outro emprego, posso passar o recado para o meu pai. O nosso ramo sempre precisa de homens como você. É um ramo duro que precisa de gente dura para rodar macio. Se em algum momento você se decidir, me avise.

Luca fez um gesto de indiferença.

— Não é tão ruim onde estou.

E deixaram por isso mesmo.

A ideia geral era levar os Tattaglia a crer que ele estava a par da lucrativa operação de narcóticos e que queria um bico como autônomo. Assim, poderia ouvir alguma coisa sobre os planos de Sollozzo, caso o Turco tivesse algum, ou se estava se preparando para enfrentar Don Corleone. Depois de esperar dois meses, sem acontecer mais nada, Luca avisou ao Don que obviamente Sollozzo estava aceitando a derrota com dignidade. O Don lhe disse que continuasse tentando, mas apenas como algo secundário, sem pressionar.

Na véspera do atentado contra Don Corleone, Luca tinha aparecido à noite no cabaré. Bruno Tattaglia viera quase imediatamente e se sentara à sua mesa.

— Tenho um amigo que quer falar com você — disse ele.

— Traga ele aqui — respondeu Luca. — Eu converso com qualquer amigo seu.

— Não — disse Bruno. — Ele quer vê-lo em particular.

— Quem é? — perguntou Luca.

— É só um amigo meu — disse Bruno Tattaglia. — Ele quer lhe fazer uma proposta. Você pode se encontrar com ele hoje à noite?

— Claro — respondeu Luca. — Onde e a que horas?

Tattaglia falou em voz mansa:

— O cabaré fecha às quatro da manhã. Que tal se encontrarem aqui enquanto os garçons fazem a limpeza?

Conheciam os seus hábitos, pensou Luca, deviam andar checando o que ele fazia. Geralmente levantava às três ou quatro da tarde, comia alguma coisa, então se entretinha jogando com comparsas da Família ou ficava com alguma garota. Às vezes assistia a algum filme na sessão da meia-noite e então ia tomar uma bebida num dos cabarés. Nunca se deitava antes do amanhecer. Assim, a sugestão de um encontro às quatro da manhã não era tão bizarra quanto parecia.

— Claro, claro — disse ele. — Eu volto às quatro.

Saiu do cabaré e pegou um táxi até o quarto alugado na 10ª Avenida. Estava hospedado com uma família italiana com distantes laços de parentesco. Uma porta especial separava os seus dois aposentos do restante do apartamento junto à ferrovia. Ele gostava do arranjo porque lhe dava uma espécie de vida em família e uma proteção contra surpresas onde era mais vulnerável.

O Turco, aquela raposa matreira, logo ia mostrar a cauda, pensou Luca. Se as coisas avançassem a contento, se Sollozzo se comprometesse naquela noite, talvez a coisa toda pudesse terminar como um belo presente de Natal para o Don. No quarto, Luca destrancou o baú que estava embaixo da cama e tirou dele um colete à prova de balas. Era pesado. Tirou a roupa, vestiu o colete por cima da camiseta de lã e então vestiu a camisa e o paletó por cima. Pensou por um instante em ligar para a casa do Don em Long Beach, para lhe contar sobre esse novo desdobramento, mas sabia que o Don nunca falava com ninguém pelo telefone e, ademais, o Don lhe confiara essa tarefa em segredo e, portanto, não queria que ninguém, nem mesmo Hagen ou o primogênito, tivesse conhecimento dela.

Luca sempre andava armado. Tinha licença para porte de arma, provavelmente a licença mais cara de todo o mundo em todos os tempos. Saíra por dez mil dólares, mas, se fosse revistado pela polícia, impediria que fosse parar na cadeia. Como principal agente operacional da Família, valorizava muito a licença. Mas essa noite, só para o caso de precisar concluir o serviço, queria uma arma "segura". Uma impossível de rastrear. Mas, pensando melhor, resolveu que apenas ouviria a proposta agora à noite e então avisaria o padrinho, Don Corleone.

Voltou ao cabaré, mas não bebeu mais nada. Preferiu sair e ir até a rua 48, onde ceou tranquilamente no Patsy's, o seu restaurante italiano predileto. Chegando a hora marcada para o encontro, foi devagar até a entrada do cabaré. Ao chegar, o porteiro não estava mais lá. A garota da chapelaria tinha ido embora. Só Bruno Tattaglia esperava para cumprimentá-lo e levá-lo ao balcão vazio do bar, num dos lados do salão. À sua frente, Luca via todas aquelas pequenas mesas desertas, com o assoalho amarelo encerado da pista de dança rebrilhando como um pequeno diamante no meio delas. Nas sombras entrevia-se o palco vazio da orquestra, onde se erguia a haste esquelética metálica de um microfone.

Luca se sentou na banqueta do bar e Bruno Tattaglia foi para trás do balcão. Luca declinou a bebida que Tattaglia lhe ofereceu e acendeu um cigarro. Talvez fosse, afinal, outra coisa, não o Turco. Mas então viu Sollozzo sair das sombras no outro extremo do salão.

Sollozzo fez um aceno com a cabeça e se sentou ao lado dele no bar. Tattaglia pôs um copo na frente do Turco, que assentiu agradecendo.

— Você sabe quem eu sou? — perguntou Sollozzo.

Luca anuiu e forçou um sorriso. Os ratos estavam saindo da toca. Teria muito prazer em cuidar desse siciliano renegado.

— Sabe o que vou lhe propor? — perguntou Sollozzo.

Luca abanou a cabeça numa negativa.

— É um negócio grande — disse Sollozzo. — Estou falando em milhões para todo o pessoal no nível mais alto. Na primeira remessa, posso lhe garantir cinquenta mil dólares. Estou falando de drogas. É a coisa do futuro.

— Por que falar comigo? Quer que eu fale com o meu Don? — disse Luca.

Sollozzo fez um muxoxo.

— Eu já falei com o Don. Ele não quer nada com isso. Tudo bem, eu me viro sem ele. Mas preciso de alguém forte para proteger fisicamente a operação. Pelo que eu soube, você não anda contente com a sua Família e podia mudar.

Luca deu de ombros e disse:

— Se a oferta for boa.

Sollozzo o estivera observando atentamente e parecia ter chegado a uma decisão.

— Pense alguns dias sobre a minha proposta, então falaremos de novo — disse ele.

Estendeu a mão, mas Luca fez que não viu e se apressou em levar um cigarro à boca. Atrás do balcão, Bruno Tattaglia sacou um isqueiro num passe de mágica e o estendeu para acender o cigarro de Luca. E, então, fez uma coisa estranha. Soltou o isqueiro em cima do balcão e agarrou a mão direita de Luca, segurando-a firme.

Luca reagiu imediatamente, deslizando o corpo do tamborete e tentando se virar para se afastar. Mas Sollozzo lhe agarrara o pulso da outra mão. Mesmo assim, Luca era forte demais para os dois e teria se livrado se não surgisse das sombras um homem por trás dele, que lhe passou pelo pescoço um cordão fino de seda. Ele apertou o cordão, impedindo que Luca respirasse. O seu rosto se arroxeou, a força dos braços desapareceu. Tattaglia e Sollozzo agora seguravam as mãos dele sem dificuldade e ficaram ali com um ar curiosamente pueril, enquanto o homem por trás de Luca apertava cada vez mais o cordão no pescoço dele. De repente o assoalho ficou úmido e escorregadio. O esfíncter de Luca, agora sem controle, se afrouxou, soltando as suas excreções. Não lhe restavam mais forças, as pernas se dobraram e o corpo cedeu. Sollozzo e Tattaglia desprenderam as mãos e só o estrangulador ficou com a vítima, agachando-se para acompanhar a queda do corpo de Luca, apertando tanto o cordão que ele penetrou na carne do pescoço e desapareceu. Luca estava de olhos saltados como que de absoluta surpresa, e essa surpresa era a única coisa de humano que lhe restava. Ele estava morto.

— Não quero que o encontrem — disse Sollozzo. — É importante que por ora não o encontrem.

Deu meia-volta e saiu, sumindo nas sombras.

Capítulo 8

O dia posterior ao atentado contra Don Corleone foi muito movimentado para a Família. Michael ficou junto ao telefone, passando os recados a Sonny. Tom Hagen tentava encontrar um mediador que fosse satisfatório para as duas partes, para poder combinar um encontro com Sollozzo. O Turco agora andava cauteloso, talvez soubesse que os homens de Clemenza e Tessio a serviço da Família estavam vasculhando toda a cidade no seu encalço. Mas Sollozzo permanecia no seu esconderijo, como todos os principais membros da Família Tattaglia. Era o que Sonny esperava, uma precaução elementar que ele sabia que o inimigo necessariamente tomaria.

Clemenza se ocupava de Paulie Gatto. Tessio recebera o encargo de descobrir o paradeiro de Luca Brasi. Desde a véspera do atentado Luca não aparecia em casa, o que era um mau sinal. Mas Sonny não podia acreditar que Brasi tivesse virado um traidor ou tivesse sido apanhado de surpresa.

A *mamma* Corleone estava na cidade, na casa de amigos da Família, para que pudesse ficar perto do hospital. Carlo Rizzi, o genro, oferecera os seus préstimos, mas lhe disseram que ficasse cuidando do negócio que Don Corleone lhe atribuíra, um lucrativo território de apostas na zona italiana de Manhattan. Connie estava com a mãe na cidade, para poder, ela também, visitar o pai no hospital.

Freddie continuava sedado no seu quarto na casa dos pais. Sonny e Michael foram vê-lo e ficaram espantados com a palidez e a condição física do irmão. Ao deixarem o quarto de Freddie, Sonny comentou com Michael:

— Nossa, ele parece mais baleado do que o velho.

Michael deu de ombros. Tinha visto em campo de batalha soldados naquela mesma condição. Mas nunca imaginou que fosse acontecer com Freddie. Lembrava que, nos tempos de meninos, o irmão do meio era o mais rijo da família. Mas também era o mais obediente ao pai. E, apesar disso, todos sabiam que o Don desistira desse filho do meio para qualquer papel de importância nos negócios. Não tinha inteligência suficiente e, à falta dela, tampouco suficiente crueldade. Era retraído demais, não tinha força suficiente.

No final da tarde, Michael recebeu uma ligação de Johnny Fontane em Hollywood. Sonny pegou o telefone.

— Não, Johnny, nem adianta vir aqui ver o velho. O estado dele é bem grave e seria muita publicidade ruim em torno de você, e sei que o velho não ia gostar disso. Espere até que ele melhore e a gente possa trazê-lo para casa, e aí venha vê-lo. Claro, mandarei as suas lembranças.

Sonny desligou o telefone. Virou-se para Michael e disse:

— Papai vai ficar contente de saber que o Johnny queria vir da Califórnia para ver como ele estava.

Ainda na mesma tarde, um dos homens de Clemenza chamou Michael para atender à linha que constava na lista telefônica, no aparelho que ficava na cozinha. Era Kay.

— Tudo bem com o seu pai? — perguntou ela.

A voz estava um pouco tensa, um pouco forçada. Michael sabia que Kay não conseguia acreditar muito no que havia acontecido e que o seu pai era de fato o que os jornais chamavam de gângster.

— Ele vai ficar bem — disse Michael.

— Posso ir junto quando você for vê-lo no hospital? — perguntou Kay.

Michael riu. Ela se lembrava das palavras dele, dizendo que, se a pessoa quisesse se dar bem com os italianos à antiga, era importante fazer esse tipo de coisa.

— Este é um caso especial — explicou ele. — Se os caras da imprensa conseguem o seu nome e as suas referências de família, você vai estar na página três do *Daily News*. Moça de tradicional família ianque envolvida com filho de chefão da Máfia. Como os seus pais receberiam isso?

Kay só respondeu:

— Os meus pais nunca leem o *Daily News*. — Houve uma pausa desconfortável, e então ela retomou: — Você está bem, não está, Mike? Não corre nenhum perigo, não é?

Mike riu outra vez.

— Sou conhecido como o medroso da família. Não represento nenhuma ameaça. E por isso não precisam se preocupar em vir atrás de mim. Não, a coisa já se encerrou, Kay, não vai ter mais nenhum problema. E, aliás, foi meio que uma espécie de acidente. Explico quando a gente se encontrar.

— E quando vai ser isso? — indagou ela.

Michael ponderou e respondeu:

— Que tal hoje à noite? A gente toma um drinque, janta no seu hotel e aí vou até o hospital ver o velho. Estou cansado de ficar por aqui atendendo ao telefone. Pode ser? Mas não comente com ninguém. Não quero nenhum fotógrafo de jornal tirando foto de nós dois juntos. Sério, Kay, é um troço danado de embaraçoso, principalmente para os seus pais.

— Tudo bem — respondeu Kay. — Fico esperando. Quer que eu faça alguma compra de Natal para você? Ou alguma outra coisa?

— Não — disse Michael. — Só que esteja pronta.

Ela deu uma risadinha animada e disse:

— Vou estar, sim. Quando não estou?

— Verdade — respondeu ele. — É por isso que você é a minha namorada favorita.

— Eu te amo — disse ela. — Você pode falar isso?

Michael olhou os quatro homens sentados na cozinha e respondeu:

— Não. Hoje à noite, certo?

— Certo.

Ele desligou.

Clemenza finalmente voltara do seu dia de trabalho e estava todo azafamado na cozinha, preparando um panelão de molho de tomate. Michael o cumprimentou com a cabeça e foi para o escritório de canto, onde Hagen e Sonny o aguardavam impacientes.

— O Clemenza está aí? — perguntou Sonny.

Michael abriu um sorriso largo.

— Está fazendo espaguete para os soldados que nem no Exército.

Sonny falou, irritado:

— Diga para ele parar de besteira e vir aqui. Tenho coisas mais importantes para ele fazer. E mande o Tessio vir também.

Em poucos minutos, estavam todos reunidos no escritório. Sonny perguntou sucintamente a Clemenza:

— Cuidou dele?

Clemenza assentiu.

— Você não vai mais vê-lo.

Sentindo um leve choque elétrico, Michael entendeu que estavam falando de Paulie Gatto e que o pequeno Paulie estava morto, assassinado por aquele que bailava tão alegre no casamento, Clemenza.

— Teve alguma sorte com o Sollozzo? — perguntou Sonny a Hagen.

Hagen balançou a cabeça.

— Parece ter desistido da ideia de negociação. Pelo menos não parece muito ansioso. Ou talvez esteja apenas tomando bastante cuidado para não ser apanhado pelos nossos homens. Em todo caso, ainda não arranjei um intermediário de alto escalão em que ele confie. Mas deve estar sabendo que agora precisa negociar. Perdeu a chance quando deixou o velho se safar vivo.

— Ele é esperto, o cara mais esperto que a nossa Família já teve de enfrentar — comentou Sonny. — Talvez tenha percebido que estamos empacados até o velho melhorar ou até conseguirmos alguém que sirva de contato.

Hagen concordou, mas ressaltando:

— Claro, ele percebeu. Mas ainda assim precisa negociar. Não tem escolha. Amanhã eu arranjo isso. Isso é certo.

Um dos homens de Clemenza bateu à porta do escritório e entrou. Disse a Clemenza:

Acabou de dar na rádio. A polícia encontrou o Paulie Gatto. Morto no carro dele.

Clemenza assentiu e lhe disse:

— Não se incomode com isso.

O homem olhou perplexo para o *caporegime* e então, com ar de ter entendido, voltou para a cozinha.

A reunião prosseguiu como se não tivesse ocorrido nenhuma interrupção. Sonny perguntou a Hagen:

— Alguma mudança no estado do Don?

Hagen abanou a cabeça.

— Ele está bem, mas vai passar mais uns dois dias sem conseguir falar. Está muito fraco. Ainda se recuperando da operação. A sua mãe passa a maior parte do dia com ele, e a Connie também. A polícia está por todo o hospital e os homens do Tessio também estão por lá, só para garantir. Em dois ou três dias, ele vai estar bom e então veremos o que ele quer que a gente faça. Enquanto isso, temos de impedir que Sollozzo faça qualquer coisa mais precipitada. É por isso que eu quero que você comece a conversar com ele sobre algum acordo.

Sonny grunhiu:

— Até lá, o Clemenza e o Tessio ficam procurando por ele. Talvez a gente tenha sorte e resolva a coisa toda.

— Essa sorte você não vai ter — disse Hagen. — O Sollozzo é esperto demais. — Hagen fez uma pausa, e então retomou: — Ele sabe que, na hora em que se sentar à mesa para negociar, terá de aceitar grande parte do que propusermos. É por isso que ele está enrolando. Imagino que esteja tentando conseguir o apoio das outras Famílias de Nova York, para que a gente não vá atrás dele quando o velho autorizar.

Sonny franziu a testa.

— E por que raios elas apoiariam?

Hagen explicou pacientemente:

— Para evitar uma grande guerra que prejudicaria a todos e poria a imprensa e o governo em ação. Além disso, o Sollozzo vai dar às outras Famílias uma parte da operação. E você sabe quanta grana corre nas drogas. A Família Corleone não precisa, temos o jogo de apostas, que é o melhor negócio de se ter. Mas as outras Famílias querem, e muito. O Sollozzo é calejado, elas sabem que ele consegue pôr a operação funcionando em grande escala. Para elas, Sollozzo vivo é dinheiro e Sollozzo morto é problema.

Michael nunca vira o rosto de Sonny daquela maneira. A boca grossa de Cupido e a pele bronzeada pareciam cinzentas.

— Não estou nem aí para o que elas querem. Melhor que não se metam nessa briga.

Clemenza e Tessio se mexeram de desconforto na cadeira, comandantes da infantaria ouvindo os desvarios do seu general querendo atacar a todo custo uma fortaleza inexpugnável. Hagen falou com certa impaciência:

— Vamos, Sonny, o seu pai não ia gostar que você pensasse desse jeito. Você sabe o que ele sempre diz: "É desperdício." Claro que, se o velho disser para pegarmos o Sollozzo, ninguém vai conseguir nos deter. Mas essa não é uma questão pessoal, é uma questão de negócios. Se a gente for atrás do Turco e as Famílias interferirem, discutiremos o assunto. Se as Famílias virem que estamos decididos a pegar o Sollozzo, elas vão deixar. O Don fará concessões em outras áreas para equilibrar as coisas. Mas não perca a cabeça com uma coisa dessas. São negócios. Mesmo o atentado contra o seu pai não foi pessoal, foi por negócios. A essa altura você já devia saber disso.

O olhar de Sonny ainda era pétreo.

— Está bom. Eu entendo tudo isso. Desde que você também entenda que ninguém nos impedirá quando quisermos o Sollozzo.

Sonny se virou para Tessio.

— Alguma pista sobre o Luca?

Tessio meneou a cabeça.

— Absolutamente nenhuma. O Sollozzo deve ter pegado ele.

Hagen falou em voz baixa:

— O Sollozzo não estava preocupado com o Luca, o que me pareceu estranho. Ele é esperto demais para não se preocupar com um cara como o Luca. Creio que talvez ele o tenha tirado de cena, de uma maneira ou de outra.

— Santo Deus, tomara que o Luca não esteja contra nós — murmurou Sonny. — Está aí a única coisa que me assusta. Clemenza, Tessio, o que vocês dois acham?

Clemenza respondeu devagar:

— Qualquer um pode errar de rumo, veja o Paulie. Mas, no caso do Luca, ele é um cara que consegue andar apenas numa direção só. O padrinho é a única coisa em que ele acredita, o único homem que ele teme. E não só isso, Sonny: ele respeita o seu pai como ninguém, e olhe que o padrinho tem o respeito de todo mundo. Não, o Luca nunca nos trairia. E acho difícil crer que um homem como o Sollozzo, por mais esperto que seja, conseguisse pegar o Luca de surpresa. O Luca desconfia de tudo e de todos. Está sempre preparado para o pior. O que eu acho é que talvez ele tenha ido passar alguns dias em algum lugar. A qualquer momento teremos notícias dele.

Sonny se virou para Tessio. O *caporegime* do Brooklyn fez ar de dúvida.

— Qualquer um pode virar traidor. O Luca é muito suscetível. Talvez o Don o tenha ofendido de alguma maneira. Pode ser. Mas acho que o Sollozzo lhe armou uma pequena surpresa. Isso se encaixa no que o *consigliere* disse. A gente deve esperar o pior.

Sonny se dirigiu a todos:

— O Sollozzo logo vai ficar sabendo do Paulie Gatto. Como isso vai afetá-lo?

Clemenza foi taxativo:

— Vai fazê-lo pensar. Ele vai saber que a Família Corleone não é boba. Vai entender que ontem ele teve muita sorte.

— Não foi sorte — disse Sonny, incisivo. — O Sollozzo passou semanas planejando aquilo. Devem ter seguido o velho até o escritório todos os dias, observando a rotina dele. Então compraram o Paulie e talvez o Luca. Pegaram o Tom na mesma hora. Fizeram tudo o que queriam. Tiveram azar, não sorte. Aqueles capangas que contrataram não eram lá grande coisa e o velho foi muito rápido. Se ele tivesse morrido, eu teria de fazer um acordo e o Sollozzo sairia ganhando. Por algum tempo. Talvez eu esperasse, e daqui a uns cinco ou dez anos ia pegá-lo. Mas não diga que ele teve sorte, Pete, isso é subestimá-lo. E ultimamente andamos subestimando demais o Sollozzo.

Um dos homens trouxe da cozinha uma travessa de espaguete e, em seguida, alguns pratos, garfos e vinho. Continuaram a falar enquanto comiam. Michael observava espantado. Não comeu, e Tom também não, mas Sonny, Clemenza e Tessio se atiraram sobre a comida, embebendo pedaços de pão no molho de tomate. Era quase cômico. Prosseguiram na discussão.

Para Tessio, Sollozzo não ia se incomodar com a morte de Paulie Gatto; achava, inclusive, que o Turco até podia ter previsto e, na verdade, receberia bem a coisa. Agora inútil, era uma boca a menos na folha de pagamento. E não estaria com medo nenhum; afinal, eles teriam medo numa situação dessas?

Michael falou um tanto acanhado:

— Sei que sou amador nisso, mas, por tudo o que vocês estão dizendo sobre o Sollozzo, mais o fato de ter cortado de repente o contato com o Tom, imagino que ele tenha algum trunfo na manga. Pode estar pronto para uma jogada realmente esperta para ficar de novo por cima. Se a gente conseguisse descobrir o que é, teria o controle da coisa.

Sonny disse, relutante:

— É, pensei nisso, e a única coisa que consigo imaginar é o Luca. Já mandei circular o recado de que ele precisa ser trazido aqui, antes que os seus antigos direitos na Família voltem a valer. A única outra coisa em que consigo pensar é que o Sollozzo fechou um acordo com as Famílias de Nova York e amanhã seremos avisados de que, numa guerra, elas estarão contra nós. Que teremos de aceitar o acordo do Turco. Confere, Tom?

Hagen assentiu com a cabeça.

— É o que me parece. E não podemos ir contra esse tipo de oposição sem o seu pai. Ele é o único capaz de se levantar contra as Famílias. Tem as ligações políticas de que elas precisam, e pode usar essas ligações para negociar. Se realmente quiser.

Em tom um pouco arrogante para um homem recentemente traído pelo seu principal auxiliar, Clemenza disse:

— O Sollozzo nunca vai chegar perto dessa casa, chefe, fique tranquilo quanto a isso.

Sonny o fitou pensativo por um instante. Então disse a Tessio:

— E o hospital, os seus homens estão dando cobertura?

Era a primeira vez naquela reunião que Tessio parecia se sentir absolutamente seguro.

— Dentro e fora — disse ele. — Vinte e quatro horas por dia. A polícia também está cobrindo bem. Investigadores à porta do quarto, esperando para interrogar o velho. Parece piada. O Don ainda está recebendo aquele troço por tubo, nada de comida, e assim a gente não precisa se preocupar com a cozinha, coisa que seria de se preocupar com aqueles turcos, que gostam de veneno. Não conseguem chegar no Don, de jeito nenhum.

Sonny se recostou na poltrona.

— Não seria eu, eles têm de fazer negócios comigo, precisam da máquina da Família.

Sorriu para Michael.

— Será que é você? Talvez o Sollozzo pense em pegar você e manter como refém para fazer um acordo.

Pesaroso, Michael pensou: "Lá se vai o meu encontro com a Kay." Sonny não o deixaria sair da casa. Mas Hagen falou, impaciente:

— Não. Se ele quisesse uma garantia, podia ter pegado o Mike a qualquer hora. Mas todo mundo sabe que o Mike não está nos negócios da Família. É um civil e, se o Sollozzo o pegasse, perderia todas as outras Famílias de Nova York. Até os Tattaglia teriam de ajudar a caçá-lo. Não, a coisa é bastante simples. Amanhã teremos um representante de todas as Famílias nos dizendo que temos de fechar negócio com o Turco. É com isso que ele está contando. Este é o trunfo dele.

Michael soltou um grande suspiro de alívio.

— Que bom — disse. — Hoje à noite vou até a cidade.

— Por quê? — perguntou Sonny rispidamente.

Michael sorriu.

— Acho que vou dar um pulo no hospital para visitar o velho e ver a mamãe e a Connie. E tenho umas outras coisas para fazer.

Como o Don, Michael nunca revelava os seus verdadeiros assuntos e não estava a fim de dizer a Sonny que andava saindo com Kay Adams. Não havia motivo para esconder, era apenas hábito.

Ouviram um vozerio na cozinha. Clemenza foi ver o que se passava. Ao voltar, trazia nas mãos o colete à prova de balas de Luca Brasi. Enrolado no colete, havia um enorme peixe morto.

Clemenza foi conciso.

— O Turco soube sobre o seu espião Paulie Gatto.

Tessio foi igualmente conciso.

— E agora nós sabemos sobre o Luca Brasi.

Sonny acendeu um charuto e emborcou uma dose de uísque. Michael, desconcertado, perguntou:

— Que raios significa esse peixe?

Foi Hagen, o Irlandês, o *consigliere*, que respondeu:

— Significa que Luca Brasi está dormindo no fundo do mar. — E acrescentou: — É uma velha mensagem siciliana.

Capítulo 9

Foi de ânimo abatido que Michael Corleone chegou à cidade naquela noite. Sentia que o envolviam nos negócios da Família contra a sua vontade e estava irritado com Sonny por usá-lo até para atender ao telefone. Sentia-se desconfortável por participar nas reuniões de conselho da Família, como se fosse de absoluta confiança para ficar a par de segredos como os de assassinato. E agora, indo ver Kay, sentia-se culpado também. Nunca fora totalmente honesto com ela sobre a sua família. Havia comentado, claro, mas sempre com pequenas brincadeiras e episódios pitorescos, e assim mais ficavam parecendo aventureiros num filme em technicolor do que aquilo que realmente eram. E agora o seu pai fora baleado na rua e o seu irmão mais velho estava planejando um assassinato. Isso dito em termos simples e diretos, mas nunca exporia dessa maneira para Kay. Já dissera que o atentado ao pai tinha sido uma espécie de "acidente" e que o problema terminara. Caramba, pelo visto estava apenas começando. Sonny e Tom estavam desorientados com aquele tal Sollozzo e continuavam a subestimá-lo, embora Sonny tivesse inteligência suficiente para ver o perigo. Michael procurou imaginar quais os trunfos que o Turco podia ter. Era, sem dúvida, um sujeito arrojado, um sujeito esperto, um sujeito de força extraordinária. Era de se esperar que ele aparecesse com uma jogada realmente inesperada. Apesar disso, Sonny, Tom, Clemenza e Tessio concordavam unânimes que estava tudo sob controle e eram mais experientes do que ele. Ele era o "civil" nessa guerra, pensou Michael com ironia. E, para conseguirem convencê-lo a entrar nela, teriam de lhe dar um monte de medalhas muito melhores do que as que recebera na Segunda Guerra Mundial.

A esse pensamento, ele se sentiu culpado por não ter maior solidariedade pelo pai. O próprio pai, baleado com um monte de tiros, e, mesmo assim, curiosamente, Michael entendeu melhor do que ninguém quando Tom falou que não era nada pessoal, só negócios. Que o seu pai pagara pelo poder que exercera durante toda a vida, pelo respeito que arrancara a todos que o rodeavam.

O que Michael queria estava longe, muito longe de tudo isso: era ter a sua própria vida. Mas não podia se separar da família enquanto a crise não terminasse. Tinha de ajudar como civil. Com súbita clareza, percebeu que o que o irritava era o papel que lhe fora atribuído, o papel do não combatente privilegiado, do objetor de consciência que se isentava. Era por isso que a palavra "civil" não parava de pipocar na cabeça de maneira tão enervante.

Chegando ao hotel, Kay o esperava no saguão. (Dois homens de Clemenza o tinham levado até a cidade, deixando-o numa esquina próxima, depois de se certificarem de que não estavam sendo seguidos.)

Jantaram e tomaram alguns drinques.

— A que horas você vai visitar o seu pai? — perguntou Kay.

Michael consultou o relógio.

— O horário de visita termina às oito e meia. Acho que vou depois que todos saírem. Vão me deixar entrar. Ele tem um quarto particular e as suas próprias enfermeiras, e assim posso ficar um tempo com ele. Creio que ainda não consegue falar ou nem sequer saber que estou lá. Mas tenho de mostrar respeito.

Kay disse em voz branda:

— Lamento tanto pelo seu pai, parecia um homem tão bom no casamento. Não consigo acreditar nas coisas que os jornais andam publicando a respeito dele. Tenho certeza de que grande parte é mentira.

— Também não acredito — respondeu Michael educadamente.

Surpreendeu-se em se mostrar tão reservado com Kay. Amava-a, confiava nela, mas nunca lhe contaria nada sobre o pai ou sobre a Família. Ela era uma forasteira.

— E você? — perguntou Kay. — Vai se envolver nessa guerra de gangues que os jornais comentam tão animadamente?

Michael deu um grande sorriso, desabotoou o paletó e abriu de lado a lado.

— Veja, nada de arma — disse ele.

Kay deu uma risada.

Estava ficando tarde, e subiram para o quarto. Ela preparou um drinque para ambos e se sentou no colo dele enquanto bebiam. Sob o vestido, a mão dele sentiu as meias de seda, até tocar na pele ardente da coxa. Caíram na cama juntos e fizeram amor com roupa e tudo, de bocas coladas. Quando terminaram, ficaram imóveis, sentindo o calor dos corpos afogueados sob as roupas. Kay murmurou:

— É isso que vocês, soldados, chamam de "uma rapidinha"?

— É — respondeu Michael.

— Nada mau — comentou Kay em tom judicioso.

Dormitaram, até que Michael acordou de repente, nervoso, e olhou o relógio.

— Droga — disse ele. — São quase dez. Tenho de ir ao hospital.

Foi até o banheiro para se lavar e pentear o cabelo. Kay entrou atrás dele e lhe abraçou a cintura por detrás.

— Quando a gente vai se casar? — perguntou ela.

— Quando você quiser — respondeu Michael. — Tão logo essa coisa da família sossegue e o meu velho melhore. Mas acho que você devia explicar as coisas aos seus pais.

— Explicar o quê? — perguntou Kay suavemente.

Michael passou o pente pelo cabelo.

— Diga que você conheceu um cara bonito e corajoso de origem italiana. As melhores notas em Dartmouth. A Medalha de Distinção durante a guerra, além da Coração Púrpura. Honesto. Trabalhador. Mas o pai dele é um chefe mafioso que precisa matar gente ruim, às vezes tem de subornar membros do alto escalão do governo e, nessa linha de trabalho, ele mesmo fica crivado de balas. Mas que isso não tem nada a ver com o seu filho honesto e trabalhador. Você consegue decorar tudo isso?

Kay largou o corpo dele e se apoiou à porta do banheiro.

— Ele é isso mesmo? Ele faz isso mesmo? — Fez uma pausa e retomou. — Mata gente?

Michael terminou de pentear o cabelo.

— Na verdade, não sei — disse. — Na verdade, ninguém sabe. Mas não me espantaria.

Antes de deixar o quarto, ela perguntou:

— Quando a gente vai se ver outra vez?

Michael lhe deu um beijo.

— Quero que você vá para casa e pense bem nas coisas naquela sua cidadezinha do interior — disse ele. — Não quero que você se envolva de forma alguma nesses assuntos. Depois dos feriados de Natal e Ano-Novo, volto para a faculdade e a gente se encontra em Hanover. Combinado?

— Combinado.

Kay ficou olhando enquanto ele saía, viu o seu aceno de despedida antes de entrar no elevador. Nunca se sentira tão próxima dele e tão apaixonada por ele, e, se alguém lhe dissesse que só voltaria a ver Michael dali a três anos, não conseguiria suportar a angústia.

MICHAEL, AO SAIR DO TÁXI em frente ao Hospital Francês, ficou surpreso ao ver a rua totalmente deserta. Entrando no hospital, ficou ainda mais surpreso ao ver o saguão vazio. Droga, que raios Clemenza e Tessio andavam fazendo? Vá lá que nunca frequentaram a Academia Militar de West Point, mas sabiam o suficiente sobre tática para usarem postos avançados. Deviam ter colocado pelo menos dois homens no saguão.

Eram quase dez e meia, e mesmo as últimas visitas já tinham ido embora. Michael, agora, ficou tenso e alerta. Não se deu ao trabalho de parar no balcão de informações; já sabia o número do quarto do pai, no quarto andar. Pegou o elevador automático, sem ascensorista. Estranhamente, ninguém o deteve até chegar à sala de enfermagem no quarto andar. Mas passou direto pela enfermeira, sem responder à interpelação, e foi até o quarto do pai. Não havia ninguém à porta. Onde estavam os dois investigadores que deviam estar ali de guarda, esperando para interrogar o velho? E o pessoal de Tessio e Clemenza, onde estava? Haveria alguém dentro do quarto? Mas a porta estava aberta. Michael entrou. Havia um vulto na cama e, ao luar de dezembro que se infiltrava pela janela, Michael pôde ver o rosto do pai. Mesmo agora estava imóvel, apenas o peito se movendo um pouco com a respiração irregular. Do suporte de aço, ao lado da cama, pendiam tubos que entravam pelo seu nariz. No chão havia um jarro de vidro, coletando os dejetos que outros tubos retiravam do estômago. Michael ficou ali alguns instantes para conferir que o pai estava bem e então saiu do quarto.

Falou com a enfermeira:

— Meu nome é Michael Corleone, quero apenas ficar um pouco com o meu pai. O que aconteceu com os investigadores que deveriam estar aqui de guarda?

A enfermeira era uma moça bonita, com ar de quem confiava muito no poder da sua função.

— Oh, o seu pai recebia visitas demais, isso interferia no serviço do hospital — respondeu ela. — A polícia veio uns dez minutos atrás e mandou todos se retirarem. E aí, cinco minutos atrás, tive de chamar os investigadores para atender ao telefone, uma ligação de emergência do posto policial deles, e então eles também foram embora. Mas não se preocupe, volta e meia venho dar uma olhada no seu pai e consigo ouvir qualquer som vindo do quarto. É por isso que deixamos as portas abertas.

— Obrigado — falou Michael. — Vou ficar um pouco com ele, tudo bem?

Ela sorriu.

— Só um pouco e então terá de sair. São as regras, sabe?

Michael voltou ao quarto do pai. Tirou o telefone do gancho e pediu à telefonista do hospital uma ligação para a casa em Long Beach, no número do telefone que ficava no escritório da sala lateral. Sonny atendeu. Michael sussurrou:

— Sonny, estou aqui no hospital, cheguei atrasado. Sonny, não tem ninguém aqui. Nenhum homem do Tessio. Nenhum policial à porta. O velho estava totalmente desprotegido.

A sua voz tremia.

Houve um longo silêncio e então Sonny falou em voz baixa, parecendo impressionado:

— Essa é a jogada do Sollozzo que você dizia.

— Foi o que imaginei também — respondeu Michael. — Mas como ele conseguiu que os policiais tirassem todo mundo, e para onde foram?

O que aconteceu com os homens do Tessio? Deus do céu, aquele filho da mãe do Sollozzo também tem no bolso o Departamento de Polícia de Nova York?

— Calma, menino — disse Sonny em tom tranquilizador. — Tivemos sorte de novo, você chegando tão tarde ao hospital. Fique no quarto do velho. Tranque a porta por dentro. Em quinze minutos alguns homens nossos vão estar aí, logo que eu der alguns telefonemas. Fique firme e não entre em pânico. Certo, menino?

— Não vou entrar em pânico — disse Michael.

Foi a primeira vez, desde que tudo aquilo começara, que ele sentiu uma enorme raiva subindo dentro de si, um tremendo ódio pelos inimigos do seu pai.

Desligou o telefone e tocou a campainha chamando a enfermeira. Resolveu usar o seu próprio discernimento e desconsiderar as ordens de Sonny. Quando a enfermeira entrou, ele disse:

— Não quero que você se assuste, mas precisamos transferir imediatamente o meu pai. Para outro quarto ou para outro andar. Você consegue desconectar todos esses tubos para podermos empurrar a cama de rodinhas e tirá-lo daqui?

— Isso é absurdo. Precisamos de permissão do médico — respondeu a enfermeira.

Michael falou bem rápido:

— Você leu os jornais sobre o meu pai. Viu que agora não há ninguém aqui de guarda. Acabaram de me avisar que estão vindo alguns homens para matá-lo. Por favor, acredite em mim e me ajude.

Ele sabia ser excepcionalmente persuasivo quando queria.

— Não precisamos desconectar os tubos — falou a enfermeira. — Podemos levar o suporte junto com a cama.

— Você tem algum quarto vazio? — sussurrou Michael.

— No final do corredor — disse a enfermeira.

A transferência foi feita em questão de poucos minutos, com grande rapidez e eficiência. Então Michael disse à enfermeira:

— Fique aqui com ele até chegar ajuda. Se você ficar do lado de fora, na sala de enfermagem, pode sair ferida.

Naquele instante, ele ouviu a voz do pai vinda da cama, áspera, mas vigorosa:

— Michael, é você? O que aconteceu, o que é isso?

Michael se debruçou sobre o leito. Pegou a mão do pai e disse:

— É o Mike. Não tenha medo. Agora escute, não faça barulho nenhum, principalmente se ouvir chamarem o seu nome. Tem gente querendo matá-lo, entende? Mas estou aqui, então não tenha medo.

Don Corleone, ainda não plenamente consciente do que lhe acontecera na véspera, sentia dores terríveis, mas, mesmo assim, lançou um sorriso benévolo ao filho caçula, querendo lhe dizer, mas era esforço demais: "E por que teria medo agora? Vem gente desconhecida me matar desde que eu tinha 12 anos."

Capítulo 10

O hospital era pequeno e isolado, com uma entrada só. Pela janela, Michael olhou a rua lá embaixo. Havia um pátio em semicírculo com degraus que levavam até a calçada, e a rua estava vazia, sem nenhum carro. Mas todos os que entrassem no hospital teriam de passar por aquela entrada. Michael sabia que não dispunha de muito tempo e então, correndo, saiu do quarto, desceu os quatro andares e atravessou as portas largas da entrada no térreo. Viu ao lado o pátio das ambulâncias e ali também não havia nenhum carro e nenhuma ambulância.

Michael se postou do lado de fora do hospital, na calçada, e acendeu um cigarro. Desabotoou o casaco e ficou sob um poste de luz, para deixar o rosto visível. Da 9ª Avenida vinha um rapaz andando depressa, com um pacote debaixo do braço. O jovem usava um capote militar e tinha uma densa cabeleira preta. Quando se aproximou do poste de luz, o seu rosto parecia conhecido, mas Michael não conseguiu identificá-lo. O rapaz, porém, parou diante dele e estendeu a mão, dizendo com um sotaque italiano carregado:

— Don Michael, lembra-se de mim? Sou Enzo, o ajudante de padeiro de Nazorine, o Paniterra, genro dele. O seu pai salvou a minha vida, conseguindo que o governo me deixasse ficar nos Estados Unidos.

Michael trocou um aperto de mão com ele. Agora lembrava quem era.

— Vim prestar os meus respeitos ao seu pai — continuou Enzo. — Vão me deixar entrar tão tarde no hospital?

Michael sorriu e abanou a cabeça.

— Não, mas obrigado mesmo assim. Direi ao Don que você esteve aqui.

Um carro passou roncando pela rua e Michael ficou imediatamente alerta. Disse a Enzo:

— Vá embora depressa. Pode aparecer algum problema. Você não vai querer se envolver com a polícia.

Ele viu o ar de medo no rosto do jovem italiano. Problema com a polícia podia significar deportação ou recusa do pedido de cidadania. Mas o jovem permaneceu firme. Sussurrou em italiano:

— Se houver problema, fico para ajudar. Devo isso ao padrinho.

Michael ficou comovido. Estava para dizer outra vez ao rapaz que fosse embora, mas aí pensou: por que não deixar que fique? Dois homens na frente do hospital podiam assustar qualquer capanga da turma do Sollozzo enviado para o serviço. Um homem só, dificilmente. Deu um cigarro a Enzo e acendeu para ele. Os dois ficaram sob o poste na noite gelada de dezembro. Os vidros amarelos do hospital, recortados pelo verde dos enfeites natalinos, cintilavam acima deles. Já tinham quase terminado o cigarro quando um carro preto, baixo e comprido, virou na 9ª Avenida e entrou na rua 30, vindo devagar na direção deles, bem perto do meio-fio. Quase parou. Recuando involuntariamente, Michael tentou enxergar os rostos lá dentro. O carro parecia prestes a parar, mas então acelerou e foi embora. Alguém o reconhecera. Michael deu outro cigarro a Enzo e notou que as mãos do rapaz tremiam. Surpreso, viu que as suas próprias mãos estavam firmes.

Não fazia mais de dez minutos que estavam fumando na rua quando, de repente, uma sirene de polícia cortou o ar da noite. Uma viatura cantando pneu virou na curva da 9ª Avenida e parou em frente ao hospital. Logo atrás vinham mais duas viaturas. De repente a entrada do hospital ficou lotada de investigadores e policiais fardados. Michael soltou um suspiro de alívio. O bom e velho Sonny tinha sido ligeiro. Avançou para cumprimentá-los.

Dois policiais enormes e troncudos o agarraram pelos braços. Outro o revistou. Um capitão corpulento, com galão dourado no quepe, subiu a escada, os seus homens respeitosamente abrindo caminho para ele. Era muito vigoroso, apesar da pança e do cabelo branco que aparecia sob o quepe. Tinha um rosto rubicundo. Chegou até Michael e disse, ríspido:

— Achei que tinha botado todos vocês, seu bando de carcamanos, atrás das grades. Quem é você, o que está fazendo aqui?

Um dos policiais ao lado de Michael disse:

— Ele está limpo, capitão.

Michael não respondeu. Examinava aquele capitão da polícia, estudando friamente o rosto e os olhos de um azul metálico. Um investigador à paisana falou:

— É Michael Corleone, filho do Don.

Michael perguntou calmamente:

— O que aconteceu com os investigadores que deviam estar protegendo o meu pai? Quem os tirou da guarda?

O capitão da polícia virou uma fera.

— Seu bandido de merda, quem é você para se meter em assunto meu? Fui eu que tirei. Essa bandidagem dos infernos pode se matar o quanto quiser, não estou nem aí. Se dependesse de mim, não mexeria um dedo para impedir que liquidassem o seu pai. Agora, suma daqui. Saia dessa rua, seu safado, e fique longe desse hospital fora do horário de visita.

Michael ainda o estudava atentamente. Não se ofendeu com o que aquele capitão da polícia estava dizendo. Estava com a cabeça funcionando a mil. Será que Sollozzo estava naquele primeiro carro e o viu ali parado em frente ao hospital? Será que Sollozzo então ligou para esse capitão e falou: "Como é possível que os homens dos Corleone ainda estejam no hospital, se lhe paguei para trancafiar todos eles?" Será que tudo tinha sido cuidadosamente planejado, como dissera Sonny? Tudo se encaixava. Ainda calmo, falou para o capitão:

— Não vou deixar o hospital enquanto você não puser guardas em torno do quarto do meu pai.

O capitão nem se incomodou em responder. Disse para o investigador ao lado dele:

— Phil, prenda esse malandro.

— O rapaz está limpo, capitão. É herói de guerra e nunca se envolveu nos esquemas. A imprensa pode armar um escândalo — falou o investigador, hesitante.

O capitão se virou brusco para o investigador, roxo de fúria. Rugiu:

— Porra, eu disse "prenda".

Michael, ainda pensando com clareza, sem se irritar, falou de modo deliberadamente malicioso:

— Capitão, quanto o Turco está lhe pagando para armar contra o meu pai?

O capitão da polícia se virou para ele. Disse aos dois patrulheiros troncudos:

— Segurem ele.

Michael sentiu os braços presos junto ao corpo. Viu o punho maciço do capitão vindo em gancho para o seu rosto. Tentou se esquivar, mas o punho o pegou no alto do zigoma. Sentiu uma granada explodindo no crânio. A boca se encheu de sangue e de pequenos ossinhos, e percebeu que eram os dentes. Sentiu o lado da cabeça aumentar como se estivesse se inflando de ar. As pernas bambolearam, e teria caído se os dois policiais não o sustivessem. Mas ainda estava consciente. O investigador à paisana tinha parado na frente dele para impedir que o capitão o esmurrasse mais uma vez, e dizia:

— Deus do céu, capitão, o senhor realmente o machucou.

O capitão falou bem alto:

— Não encostei um dedo nele. Ele me atacou e caiu. Entenderam bem? Ele resistiu à voz de prisão.

Pelo véu vermelho que lhe toldava os olhos, Michael conseguiu ver outros carros parando no meio-fio. E dos carros saíam homens. Reconheceu um deles: era o advogado de Clemenza, que agora falava com o capitão da polícia, com muita calma e segurança.

— A Família Corleone contratou uma firma de detetives particulares para fazer a guarda do sr. Corleone. Esses homens que estão aqui comigo têm licença para portar armas, capitão. Se os prender, terá de comparecer diante de um juiz amanhã de manhã para se explicar.

O advogado olhou para Michael de relance e perguntou:

— Quer entrar com uma denúncia contra quem lhe fez isso?

Michael tinha dificuldade em falar. Os maxilares não se encaixavam, mas conseguiu tartamudear.

— Escorreguei — disse ele. — Eu escorreguei e caí.

Viu o olhar triunfante que lhe deu o capitão e tentou responder ao olhar com um sorriso. Ele queria disfarçar a todo custo a deliciosa sensação gelada que tomava conta do seu cérebro, a fria onda de ódio que lhe invadia o corpo. Não queria que ninguém nesse mundo fizesse ideia do que sentia naquele momento. Tal como o Don. Então sentiu que o carregavam para o hospital e perdeu a consciência.

Ao acordar de manhã, notou que estava com a mandíbula fixada por um fio metálico e faltavam quatro dentes no lado esquerdo da boca. Hagen estava sentado ao lado da cama.

— Eles me anestesiaram? — perguntou Michael.

— Sim — disse Hagen. — Precisavam tirar alguns fragmentos de osso das gengivas e acharam que doeria demais. Aliás, você já estava mesmo quase passado.

— Mais algum problema comigo? — perguntou Michael.

— Não — respondeu Hagen. — O Sonny quer que você vá para a casa de Long Beach. Acha que consegue?

— Claro — disse Michael. — E com o Don, tudo certo?

Hagen corou.

– Creio que por ora resolvemos o problema. Estamos com uma firma de detetives particulares e toda a área está bem coberta. Conto o resto quando estivermos no carro.

Na direção estava Clemenza, e Michael e Hagen se sentaram no banco de trás. A cabeça de Michael latejava.

— Então, que raios aconteceu realmente ontem à noite? Vocês descobriram?

Hagen respondeu com calma:

— O Sonny tem um cara lá dentro, aquele investigador Phillips que tentou proteger você. Ele nos deu a informação. O capitão da polícia, McCluskey, recebe por fora uma grana preta desde que era da ronda. A nossa Família lhe pagava um bom tanto. E é ganancioso e pouco confiável nos negócios. Mas o Sollozzo deve ter pagado um dinheirão. Logo depois do horário de visita, o McCluskey mandou prender todos os homens do Tessio que estavam em volta e dentro do hospital. A coisa ficou mais fácil porque alguns deles estavam armados. Então o McCluskey retirou os investigadores que faziam a guarda oficial na porta do Don. Falou que precisava deles e que alguns outros deviam ter vindo para substituí-los, mas que houve uma trapalhada na distribuição das tarefas. Conversa fiada. Ele foi pago para armar contra o Don. E o Phillips disse que é o tipo de cara que vai tentar outra vez. O Sollozzo deve ter dado uma fortuna de adiantamento e prometeu mundos e fundos para depois.

— Essa minha agressão saiu nos jornais?

— Não — respondeu Hagen. — Deixamos na moita. Ninguém quer que venha a público. Nem a polícia, nem nós.

— Ótimo — disse Michael. — Aquele garoto, o Enzo, se safou?

— Ah, sim — disse Hagen. — Foi mais esperto do que você. Desapareceu na hora em que os policiais chegaram. Diz ele que ficou com você enquanto o carro do Sollozzo passava. É verdade?

— É, sim — disse Michael. — É um bom garoto.

— Cuidaremos dele — disse Hagen, e então perguntou, preocupado. — Você está bem? Está que é um trapo.

— Estou bem, sim — respondeu Michael. — Qual é mesmo o nome daquele capitão da polícia?

— McCluskey — disse Hagen. — Aliás, talvez você fique contente em saber que a Família Corleone finalmente marcou um tento. Bruno Tattaglia, quatro da manhã.

Michael se pôs sentado.

— Como assim? Achei que íamos esperar.

Hagen encolheu os ombros.

— Depois do que aconteceu no hospital, o Sonny endureceu o jogo. Espalhou a tropa por toda Nova York e Nova Jersey. Fizemos a lista ontem à noite. Estou tentando segurar o Sonny, Mike. Talvez você consiga falar com ele. Esse assunto todo ainda pode ser resolvido sem uma guerra geral.

— Vou falar com ele — disse Michael. — Vai ter uma reunião agora de manhã?

— Sim — respondeu Hagen. — O Sollozzo finalmente entrou em contato e quer conversar com a gente. Um negociador está organizando os detalhes. Isso significa que vencemos. O Sollozzo sabe que perdeu e quer sair vivo dessa. — Hagen fez uma pausa, e então retomou: — Talvez ele pensasse que a gente era mole, fácil de pegar, porque não quisemos revidar. Agora, com um dos filhos Tattaglia morto, ele sabe que estamos falando de negócios. Ele realmente errou feio apostando em enfrentar o Don. Aliás, confirmamos o caso do Luca. Mataram-no uma noite antes de dispararem no Don. No cabaré do Bruno. Você imagina uma coisa dessas?

Michael disse:

— Não admira que ele estivesse desprevenido.

A ENTRADA NO CONDOMÍNIO DE Long Beach estava interditada por um carro preto comprido, estacionado de atravessado. Havia dois homens apoiados na capota. Michael notou que as duas casas, uma de cada lado, estavam com as janelas abertas no andar de cima. Caramba, o Sonny estava mesmo se referindo a negócios, pensou ele.

Clemenza parou o carro fora do conjunto residencial e entraram a pé. Os dois guardas eram homens de Clemenza, que os cumprimentou com uma carranca que valia como uma continência. Os homens inclinaram a cabeça em reconhecimento. Não houve sorrisos nem saudações. Clemenza levou Hagen e Michael Corleone até a casa.

Antes que tocassem a campainha, a porta foi aberta por outro guarda. Decerto estivera observando por uma janela. Foram até o escritório na lateral da casa e lá encontraram Sonny e Tessio à espera. Sonny foi até Michael, pegou entre as mãos a cabeça do irmão mais novo e disse brincando:

— Lindão. Lindão.

Michael afastou as mãos dele com um safanão, foi até a escrivaninha e se serviu de uma dose de scotch, na esperança de que amortecesse a dor no queixo remendado.

Os cinco se sentaram ao redor da sala, mas o clima não era o mesmo das reuniões anteriores. Sonny estava mais alegre, mais animado, e Michael entendeu o que significava aquela alegria. O irmão não tinha mais nenhuma dúvida na cabeça. Estava decidido, e nada o faria mudar de ideia. A tentativa de Sollozzo na noite anterior foi a gota d'água. A hipótese de uma trégua estava fora de questão.

— Um negociador ligou quando você estava fora — disse Sonny a Hagen. — O Turco agora quer um encontro.

Riu e comentou com admiração:

— O colhão desse filho da puta! Depois do fiasco de ontem à noite, quer um encontro hoje ou amanhã. E o que se espera é que a gente fique sentado e aceite qualquer coisa que ele oferecer. Que cara de pau mais deslavado!

Tom perguntou cautelosamente:

— E o que você respondeu?

Sonny sorriu irônico.

— Disse que sim, por que não? À hora que ele disser, não tenho pressa. Estou com cem homens na rua vinte e quatro horas por dia. Se Sollozzo mostrar nem que seja um fio de cabelo, está morto. Eles que levem o tempo que quiserem.

— Teve alguma proposta definida? — perguntou Hagen.

— Teve — respondeu Sonny. — O cara quer que a gente mande o Mike se encontrar com ele para ouvir a proposta. O negociador garante a segurança do Mike. Para si, o Sollozzo não pediu garantia, sabe que não pode pedir. Não adiantaria. Então, é o lado dele que vai organizar o encontro. O pessoal dele pega o Mike e leva até o local do encontro. O Mike vai ouvir o Sollozzo e então o liberam. Mas o local do encontro é secreto. A promessa é que vai ser uma proposta tão boa que não poderemos recusar.

Hagen prosseguiu nas perguntas.

— E os Tattaglia? O que vão fazer a respeito do Bruno?

— Faz parte do trato. O negociador diz que a Família Tattaglia concordou em apoiar o Sollozzo. Vão esquecer o Bruno Tattaglia. Fica por conta do que fizeram com o meu pai. Uma coisa anula a outra. — Sonny riu outra vez. — Filhos da mãe, que cara de pau.

Hagen disse, cauteloso:

— A gente deve ouvir o que eles têm a dizer.

Sonny meneou a cabeça numa enfática negativa.

— Não, não, *consigliere*, dessa vez não.

Tinha na voz um leve resquício de sotaque italiano. Estava imitando de propósito o pai, só de brincadeira.

— Chega de reunião. Chega de discussão. Chega de esperteza do Sollozzo. Quando o negociador entrar outra vez em contato com a gente para ter a resposta, quero que você só lhe passe um recado: quero o Sollozzo. Senão, é guerra total. Partimos para os colchões e botamos toda a nossa tropa na rua. Os negócios vão ter de sofrer.

— As outras Famílias não apoiarão uma guerra total — disse Hagen. — Põe pressão demais em todo mundo.

Sonny, dando de ombros, respondeu:

— Eles têm uma solução simples. É só me darem o Sollozzo. Ou então enfrentar a Família Corleone. — Sonny se interrompeu e em seguida falou rispidamente: — E chega de conselhos para tentar remediar a situação, Tom. A decisão está tomada. A sua tarefa é me ajudar a vencer. Entendido?

Hagen curvou a cabeça. Ficou por um instante mergulhado em pensamentos. Então disse:

— Falei com o seu contato na delegacia. Ele disse que o capitão McCluskey está mesmo na folha de pagamento do Sollozzo, e com grana alta. Além disso, o McCluskey vai ficar com uma parte da operação das drogas. Ele concordou em ser o guarda-costas do Sollozzo. O Turco não põe o nariz fora de casa sem o McCluskey. Quando encontrar o Mike para a conversa, o McCluskey vai estar sentado ao lado dele. À paisana, mas armado. O que você precisa entender, Sonny, é que o Sollozzo, enquanto tiver esse tipo de proteção, fica invulnerável. Nunca ninguém atirou num capitão da polícia de Nova York e conseguiu se safar. A pressão nessa cidade ficaria insuportável, com a imprensa, o departamento de polícia inteiro, as igrejas, tudo. Seria um desastre. As Famílias viriam atrás de você. A Família Corleone viraria pária. Mesmo a proteção política do velho sumiria bem depressa. Então, leve isso em conta.

Sonny deu de ombros com certa indiferença.

— O McCluskey não vai ficar eternamente com o Turco. A gente espera.

Tessio e Clemenza fumavam os seus charutos um tanto incomodados, sem se atreverem a falar, mas suando frio. Era a pele deles que estava em jogo se se tomasse a decisão errada.

Michael falou pela primeira vez. Perguntou a Hagen:

— O velho pode ser trazido do hospital aqui para o nosso condomínio?

Hagen balançou a cabeça negativamente.

— Foi a primeira coisa que perguntei. Impossível. Ainda está muito mal. Vai se recuperar, mas precisa de todos os cuidados possíveis e talvez de mais algumas cirurgias. Impossível.

— Então vocês precisam pegar o Sollozzo imediatamente — disse Michael. — Não podemos esperar. O cara é perigoso demais. Vai surgir com alguma ideia nova. Lembrem, a chave toda da coisa é se livrar do velho. Ele sabe disso. Tudo bem, ele sabe que agora é muito difícil, e por isso está disposto a aceitar a derrota em troca de continuar vivo. Agora, se for para morrer de uma maneira ou de outra, então vai tentar mais uma vez pegar o Don. E, com o capitão da polícia ajudando, sabe-se lá o que pode acontecer... Não podemos arriscar. Precisamos pegar o Sollozzo imediatamente.

Sonny, pensativo, coçava o queixo.

— Tem razão, menino — disse ele. — Você pegou bem o xis da questão. Não podemos deixar que o Sollozzo tente outra vez com o velho.

— E o capitão McCluskey? — perguntou Hagen calmamente.

Sonny se virou para Michael com um sorrisinho estranho.

— Pois é, menino, e aquele capitão da polícia durão?

Michael respondeu devagar:

— É, seria algo radical. Mas tem vezes em que as medidas mais radicais se justificam. Suponhamos agora que vamos ter de matar o McCluskey. A maneira é mostrar que ele estava envolvido na coisa até o pescoço, que não era um capitão da polícia honesto cumprindo o seu dever, mas um servidor público corrupto envolvido com os esquemas da Máfia, que recebeu apenas o que era de se esperar, como qualquer bandido. Temos uns jornalistas na nossa folha de pagamento aos quais podemos dar essa história com provas suficientes para poderem publicar. Isso diminuiria um pouco a pressão. O que vocês acham?

Michael olhou os outros com ar de deferência. Tessio e Clemenza pareciam pessimistas e não quiseram comentar. Sonny disse com o mesmo sorriso estranho:

— Continue, menino, está indo muito bem. "Da boca dos meninos e das crianças", como sempre dizia o Don. Prossiga, Mike, diga-nos mais.

O sorriso de Hagen foi um pouco descarado demais, e ele desviou a cabeça. Michael corou.

— Bom, eles querem que eu vá me encontrar com o Sollozzo. Seremos só eu, o Sollozzo e o McCluskey. Marque o encontro para depois de amanhã, então mande os nossos informantes descobrirem onde será o encontro. Insista em que tem de ser um local público, que não vou deixar me levarem para uma casa ou um apartamento. Pode ser um restaurante ou um bar na hora do jantar, algo assim, para eu me sentir seguro. Eles também se sentirão seguros. Nem o Sollozzo vai imaginar que a gente se atreveria a atirar no capitão. Vão me revistar no encontro, e então não posso ir armado, mas dê um jeito de me arranjar uma arma para quando eu estiver com eles. E aí pego os dois.

Os quatro viraram a cabeça para ele, encarando-o. Clemenza e Tessio ficaram seriamente atônitos. Hagen parecia levemente triste, mas não surpreso. Ia começar a falar, porém pensou melhor e ficou quieto. Mas

Sonny, retorcendo de divertimento o rosto maciço de Cupido, estourou de repente numa imensa gargalhada. Não era fingida, era uma gargalhada que vinha lá de dentro. Estava realmente explodindo de rir. Apontou um dedo para Michael, tentando falar entre um acesso de riso e outro.

— Você, o garoto de faculdade chique, nunca quis se envolver nos negócios da Família. E agora quer matar um capitão da polícia e o Turco só porque o McCluskey esmagou a tua cara. Você está levando para o lado pessoal, são só negócios e você levando para o lado pessoal. Quer matar esses dois caras só porque levou um soco na cara. Quanta baboseira. Todos esses anos, e só um monte de baboseira.

Clemenza e Tessio, confundindo tudo, achando que Sonny caçoava da bravata do irmão mais novo ao fazer aquela proposta, olhavam Michael e também abriram um grande sorriso, levemente condescendente. Só Hagen se manteve circunspecto e imperturbável.

Michael olhou em torno para todos eles e então fitou Sonny, que ainda continuava a rir.

— *Você* vai cuidar dos dois? — perguntou Sonny. — Ei, menino, o que você vai ganhar não é nenhuma medalha, é a cadeira elétrica. Pois fique sabendo, menino: isso não é coisa de herói, você não atira nas pessoas a um quilômetro de distância. Você atira quando enxerga o branco dos olhos, como a gente aprendeu na escola, lembra? Tem de ficar bem perto e estourar a cabeça do sujeito, e os miolos dele vão espirrar nesse seu lindo paletó da Ivy League. E aí, menino, você vai querer fazer isso só porque levou um bofetão de um polícia idiota?

Sonny continuava a rir.

Michael se levantou.

— Melhor parar de rir — disse ele.

Foi uma mudança tão extraordinária que os sorrisos de Clemenza e de Tessio sumiram. Michael não era alto nem muito robusto, mas a sua presença parecia irradiar perigo. Naquele momento era a própria reencarnação de Don Corleone. Os olhos ficaram de um castanho pálido e o rosto perdeu a cor. Dava a impressão de que ia se jogar a qualquer momento sobre o irmão mais velho e mais forte. Se tivesse uma arma na mão, certamente Sonny estaria em perigo. Sonny parou de rir, e Michael lhe disse num tom mortalmente gelado:

— Você acha que não sou capaz, seu filho da puta?

O acesso de riso de Sonny terminara.

— Eu sei que você é capaz — disse ele. — Não estava rindo do que você falou. Só estava rindo ao ver como as coisas são engraçadas. Eu sempre disse que você era o mais rijo da Família, mais rijo até do que o próprio Don. Era o único que enfrentava o velho. Lembro quando você era pequeno. Que gênio você tinha! E o Freddie precisava arrancar o seu couro pelo menos uma vez por semana. E agora o Sollozzo imagina que você é o mansinho da Família porque deixou o McCluskey bater sem revidar e porque não quer se envolver nas brigas da Família. Ele imagina que, num encontro frente a frente com você, não tem de se preocupar com nada. E o McCluskey também, para ele você não passa de um carcamano medroso.

Sonny se interrompeu e então disse brandamente:

— Mas afinal você é um Corleone, seu filho da puta. E eu era o único que sabia. Passei esses três últimos dias aqui sentado, desde que o velho foi atingido, esperando, esperando que você largasse mão daquele personagem idiota de herói de guerra e da Ivy League que andava representando. Fiquei esperando você se tornar o meu braço direito, para a gente poder matar aqueles sacanas de merda que estão tentando destruir o nosso pai e a nossa Família. E para isso bastou um soco na cara. Quer mais um? — Sonny fez um gesto cômico, simulando um soco, e repetiu. — Quer mais um?

A tensão na sala se desfizera. Mike abanou a cabeça.

— Sonny, estou fazendo isso porque é a única coisa a fazer. Não posso dar ao Sollozzo a chance de tentar pegar o velho de novo. Pelo visto, sou o único que pode chegar perto dele. E já sei como. Acho que você não conseguiria outro para liquidar um capitão da polícia. Talvez você liquidasse, Sonny, mas você tem mulher e filhos e precisa comandar os negócios da Família até o velho recuperar a forma. Assim, restam Freddie e eu. Freddie está em choque e fora de ação. Com isso, só resta eu. Pura lógica. O soco no queixo não teve nada a ver com isso.

Sonny se aproximou e lhe deu um abraço.

— Não estou nem aí para os seus motivos, o importante é que você agora está com a gente. E vou dizer mais uma coisa: você está coberto de razão. Tom, o que você acha?

Hagen deu de ombros.

— O raciocínio é sólido. E me parece sólido porque não creio que o Turco queira mesmo um acordo. Creio que ainda vai tentar pegar o Don. Pelo menos é o que devemos imaginar, em vista da sua atuação anterior. Então vamos tentar pegar o Sollozzo. Mesmo que, para isso, a gente precise pegar o capitão da polícia. Mas quem fizer o serviço vai sofrer uma pressão gigantesca. Precisa ser o Mike?

Sonny disse em tom suave:

— Posso ser eu.

Hagen abanou a cabeça impaciente.

— O Sollozzo não deixaria você chegar nem a um quilômetro dele, mesmo com dez capitães da polícia. Além disso, você está como chefe interino da Família. Não pode se arriscar. — Hagen parou, e então disse a Clemenza e a Tessio: — Um de vocês tem um cara de primeira linha, alguém realmente especial, que faria esse serviço? Não vai precisar se preocupar com grana pelo resto da vida.

Clemenza foi o primeiro a responder.

— Ninguém que o Sollozzo não conheça; ele ia sacar na hora. E também sacaria se fosse eu ou o Tessio.

— E alguém realmente rijo que ainda não criou nome, um bom novato? — disse Hagen.

Os dois *caporegimes* menearam a cabeça. Tessio disse, sorrindo para amenizar a mordacidade do comentário:

— Seria como pegar um cara da segunda divisão e pôr para jogar no Mundial.

— Precisa ser o Mike — interveio Sonny rapidamente. — Por um milhão de razões diferentes. A mais importante é que acham que é um fracote. E ele é capaz do serviço, isso eu garanto, e é importante porque é a única chance de pegarmos aquele filho da mãe daquele Turco escuso. Então agora a gente precisa bolar a melhor forma de dar respaldo. Tom, Clemenza, Tessio, descubram para onde o Sollozzo vai levá-lo para o encontro, não me interessa quanto isso vai custar. Quando soubermos, a gente vai poder bolar um jeito de pôr uma arma na mão dele. Clemenza, quero que você escolha na sua coleção uma arma realmente "segura", a "mais fria" que você tiver. Impossível de rastrear. Ponha cano curto com muita força de explosão. Não precisa ser de grande precisão. Quando ele for usar, vai estar bem em cima dos dois. Mike, logo que usar a arma, largue no chão. Não deixe que o peguem com ela. Clemenza, passe no cano e no gatilho aquela coisa especial que você tem, para não deixar impressão digital. Lembre-se, Mike, a gente consegue dar um jeito em tudo, nas testemunhas etc., mas, se o pegam com a arma, nisso a gente não consegue dar jeito. Teremos transporte e proteção, e aí você some, vai passar umas boas e longas férias até a tensão passar. Vai ficar fora por um bom tempo, Mike, mas não quero que se despeça da namorada e nem mesmo ligue para ela. Depois que a coisa terminar e você estiver fora do país, eu mando um recado a ela dizendo que está tudo bem com você. E isso são ordens.

Sonny sorriu para o irmão e prosseguiu:

— Agora fique com o Clemenza e vá se acostumando com a arma que ele escolher para você. Pode até praticar um pouco. Quanto ao resto, cuidaremos de tudo. De tudo. Combinado, menino?

Michael Corleone voltou a sentir aquele delicioso gelo revigorante por todo o corpo. Disse ao irmão:

— Não precisava vir com essa bobagem de não comentar nada com a minha namorada. Você achou que eu ia fazer o quê, caramba? Ligar para ela e me despedir?

Sonny se apressou em responder:

— Tudo bem, mas, como você ainda é novato, explico tudo direitinho. Esqueça.

Michael disse com um grande sorriso:

— Novato? De onde você tirou isso? Eu ouvia o velho com a mesma atenção com que você ouvia. Como você acha que fiquei tão esperto?

Os dois caíram na risada.

Hagen serviu bebida a todos. Parecia um pouco taciturno. O estadista partindo para a guerra, o advogado partindo para o direito.

— Bom, em todo caso agora sabemos o que vamos fazer — disse.

Capítulo 11

O capitão Mark McCluskey estava sentado no seu gabinete, remexendo em três envelopes cheios de bilhetes de apostas. De cenho franzido, queria ser capaz de decodificar as anotações naqueles bilhetes. Era muito importante conseguir. Nos envelopes estavam os bilhetes de apostas que o seu pessoal tinha recolhido na noite anterior, durante uma batida em que pegaram um dos corretores de apostas da Família Corleone. Agora o corretor teria de comprar de volta os bilhetes para que os apostadores não alegassem que haviam ganhado e raspassem toda a sua grana.

Para o capitão McCluskey, era muito importante decifrar os bilhetes porque não queria ser enganado ao revendê-los para o corretor. Se aquilo valesse cinquenta mil, poderia cobrar cinco mil. Mas, se houvesse muitas apostas altas e os bilhetes representassem cem ou talvez até duzentos mil, o preço tinha de ser bem maior. McCluskey ficou brincando com os envelopes e então resolveu dar uma canseira no corretor e deixar que ele fizesse a primeira proposta. Seria uma dica para saber qual devia ser o preço de fato.

McCluskey olhou o relógio na parede do gabinete. Era hora de ir pegar aquele Turco untuoso, Sollozzo, e levá-lo ao local, fosse lá qual fosse, onde ia se encontrar com a Família Corleone. McCluskey foi até o armário e começou a se trocar, vestindo roupas civis. Depois de se aprontar, ligou para a esposa e avisou que não ia jantar em casa naquela noite, pois estaria em serviço. Não contava nada à esposa. Ela pensava que levavam aquela vida com o salário de policial dele. McCluskey grunhiu, achando graça. A mãe dele pensara a mesma coisa, mas ele havia aprendido desde cedo. O pai lhe mostrara como se fazia.

O pai tinha sido sargento da polícia, e todas as semanas pai e filho faziam a ronda e McCluskey pai apresentava o filho de 6 anos aos comerciantes dizendo: "E este é o meu menino."

Os comerciantes trocavam um aperto de mão com o menino, faziam enormes elogios, abriam a caixa registradora e o presenteavam com notas de cinco ou dez dólares. No final do dia, o pequeno Mark McCluskey estava com os bolsos do paletozinho recheados de cédulas e se sentia muito orgulhoso que os amigos do pai gostassem tanto dele a ponto de lhe darem um presente sempre que o viam. Claro que o pai punha o dinheiro no banco, para um futuro curso universitário, e o pequeno Mark ficava no máximo com uma moeda de cinquenta centavos.

Então, quando Mark voltava para casa e os tios policiais perguntavam o que queria ser quando crescesse e ele ciciava "Policial", todos riam estrondosamente. E, mais tarde, embora o pai quisesse que ele antes cursasse a faculdade, Mark saiu direto do colegial para estudar para os exames de ingresso na força policial.

Tinha sido um bom polícia, um polícia corajoso. A malandragem da pesada que aterrorizava as esquinas das ruas fugia à sua aproximação e acabou desaparecendo totalmente da sua área. Era um polícia muito rigoroso e muito justo. Nunca levava o filho quando ia visitar os comerciantes para pegar a grana por fechar os olhos às contravenções quanto ao estacionamento e aos sacos de lixo na rua; ele pegava diretamente o dinheiro na mão, diretamente porque sentia que era merecido. Quando estava no serviço da ronda a pé, nunca ficava matando tempo num cinema nem se enfurnava num restaurante, como faziam alguns outros policiais, principalmente nas noites de inverno. Sempre fazia as rondas. Prestava às suas lojas muita proteção e muito serviço. Quando bêbados e desabrigados vindo do Bowery começaram a aparecer no pedaço para mendigar, deu um pega tão violento neles que nunca mais voltaram. Os comerciantes da área lhe eram gratos por isso. E mostravam a sua gratidão.

Ele também obedecia ao sistema. Os corretores de apostas na sua área sabiam que nunca encrencava querendo levar um extra e que se contentava com a sua parte no malote da delegacia. O seu nome constava na lista junto com os outros e nunca tentava abocanhar um adicional. Era um policial justo que só pegava a propina normal e teve uma ascensão na força policial que, se não foi espetacular, foi firme e constante.

Nessa época, Mark McCluskey estava criando quatro filhos e nenhum deles ingressou na polícia. Todos foram para a Universidade Fordham e, como nessa fase ele estava subindo de sargento para tenente e, por fim, para capitão, não lhes faltou nada. Foi então que McCluskey ganhou fama de duro nas negociações. Os corretores de apostas no seu distrito pagavam mais do que os de qualquer outra parte da cidade, mas talvez fosse por causa das despesas de manter quatro rapazes na faculdade.

Da sua parte, McCluskey não via nada de errado em receber a propina normal. Por que raios os seus meninos iriam para a faculdade comunitária de Nova York ou para uma faculdade barata do sul só porque o departamento de polícia não pagava ao seu pessoal o suficiente para viver e cuidar devidamente da família? Ele protegia todas essas pessoas com a sua própria vida, e na sua ficha constavam as intimações para explicar as trocas de tiros com assaltantes, bandidos armados e supostos cafetões. Derrubara todos eles. Conservava o seu cantinho da cidade em segurança para as pessoas comuns; ora, que raios, claro que merecia mais do que aquele mísero salário de cem dólares por semana. Mas não se revoltava contra o salário baixo, sabia que todo mundo precisava se virar.

Bruno Tattaglia era um velho amigo. Bruno tinha estudado na Fordham junto com um filho seu, abrindo depois um cabaré; e a família McCluskey, nas raras vezes em que saía à noite para passear na cidade, podia ir ao cabaré tendo o jantar e as bebidas por conta da casa. Na véspera do Ano-Novo, recebiam um cartão formal como convidados da gerência e sempre eram conduzidos a uma das melhores mesas. Bruno sempre fazia questão de apresentá-los às celebridades que se exibiam no cabaré, incluindo alguns cantores e artistas famosos de Hollywood. Claro que às vezes Bruno pedia algum pequeno favor, como o de limpar a ficha de um empregado para ter licença de trabalho no cabaré, geralmente uma garota bonita fichada na polícia como prostituta ou vagabunda. McCluskey acedia com prazer.

McCluskey tinha como regra nunca mostrar que percebia as intenções dos outros. Quando Sollozzo o abordou com a proposta de deixar o velho Corleone a descoberto no hospital, McCluskey não perguntou o motivo. Perguntou o preço. Quando Sollozzo falou dez mil dólares, McCluskey entendeu. Não hesitou. Corleone era um dos maiores mafiosos do país, com mais ligações políticas do que Al Capone jamais tivera. Quem acabasse com ele faria um grande favor ao país. McCluskey pegou o dinheiro adiantado e fez o serviço. Ao receber uma ligação de Sollozzo, dizendo que ainda havia dois homens de Corleone em frente ao hospital, ele virou uma fera. Tinha trancafiado todos os homens de Tessio e retirara os investigadores de guarda à porta do quarto de Corleone no hospital. E agora, sendo um homem de princípios, teria de devolver os dez mil, que já reservara para assegurar a futura educação dos netos. Foi nesse estado de fúria que se dirigiu ao hospital e espancou Michael Corleone.

Mas tudo acabou dando certo. Encontrara-se com Sollozzo no cabaré de Tattaglia e fizeram um trato ainda melhor. Mais uma vez, McCluskey não fez nenhuma pergunta, pois já sabia todas as respostas. Só se assegurou do preço. Em momento algum lhe passou pela cabeça que ele mesmo poderia correr perigo. Era absurdo demais que alguém pensasse sequer por um instante em matar um capitão da polícia de Nova York. Mesmo o capanga mais durão da Máfia tinha de ficar imóvel se o polícia de ronda do mais baixo escalão resolvesse estapeá-lo. Não havia absolutamente vantagem nenhuma em matar policiais. Pois aí, de repente, um monte de bandido ia começar a levar bala por ter resistido à prisão ou escapado à cena de um crime, e quem é que ia tomar alguma providência?

McCluskey suspirou e se preparou para sair da delegacia. Problemas, sempre problemas. A irmã da sua mulher na Irlanda tinha acabado de morrer depois de lutar anos contra o câncer, e aquele câncer lhe custara um dinheirão. Agora o funeral ia lhe custar ainda mais. E mesmo os tios e tias dele lá na terrinha precisavam de vez em quando de uma ajuda para manter os batatais, e ele mandava o dinheiro necessário. Não reclamava. E, quando ia com a esposa visitar a terrinha, eram tratados como rei e rainha. Talvez fossem de novo nesse verão, agora que a guerra acabara e com toda essa grana a mais entrando. McCluskey disse ao seu auxiliar onde estaria, caso precisassem dele. Não julgou necessário tomar qualquer precaução. Sempre podia alegar que Sollozzo era um informante e que fora encontrá-lo. Saindo da delegacia, percorreu a pé alguns quarteirões e então tomou um táxi até a casa onde encontraria Sollozzo.

FOI TOM HAGEN QUEM TEVE de tomar todas as providências para Michael sair do país, o passaporte falso, o documento de marinheiro dispensando visto de entrada, o beliche num cargueiro italiano que atracaria num porto siciliano. No mesmo dia, enviaram-se emissários de avião até a Sicília para preparar um esconderijo com o chefe da Máfia na área rural das montanhas.

Sonny providenciou um carro e um motorista de absoluta confiança, que ficaria à espera de Michael na hora em que ele saísse do restaurante onde seria o encontro com Sollozzo. O motorista seria o próprio Tessio, que se oferecera para a tarefa. Usaria um carro com aparência de velho, mas com ótimo motor. Teria placa fria e o próprio carro seria impossível de rastrear. Estava de reserva para um serviço especial que exigisse o que havia de melhor.

Michael passou o dia com Clemenza, praticando com a arma que iria usar. Era pequena, um calibre 22, com balas de ponta "macia" que faziam pequenos furos ao entrar e deixavam uns rombos enormes ao sair do corpo. Viu que tinha precisão até cinco passos do alvo. Mais do que isso, as balas iam para qualquer lado. O gatilho era duro, mas Clemenza deu uma ajeitada nele com algumas ferramentas e ficou mais fácil de puxar. Decidiram deixar a arma bem barulhenta. Não queriam que um observador inocente interpretasse mal a situação e resolvesse interferir por coragem e ignorância. Com o estrondo do disparo, todos manteriam distância de Michael.

Clemenza continuou a instruí-lo durante a sessão de treino.

— Largue a arma logo que acabar de usar. Deixe a mão de lado e solte a arma. Ninguém vai notar. Todo mundo vai achar que você ainda está armado. Vão estar olhando a sua cara. Saia bem depressa, mas sem correr. Não olhe ninguém direto nos olhos, mas também não se desvie de ninguém. Lembre-se, vão estar com medo de você, acredite em mim, vão estar com medo de você. Ninguém vai intervir. Logo que sair, o

Tessio vai estar no carro à sua espera. Entre e deixe o resto por conta dele. Não se preocupe com acidentes. Você ficaria surpreso ao ver como esse tipo de coisa corre bem. Agora ponha esse chapéu e vamos ver como você fica.

Enfiou um chapéu de feltro cinzento na cabeça de Michael. Michael, que nunca usava chapéu, fez um esgar. Clemenza o tranquilizou.

— Dificulta a identificação, só para garantir. Geralmente serve de desculpa para as testemunhas mudarem a identificação depois que mostramos a luz a elas. E mais uma coisa, Michael: não se preocupe com as impressões digitais. A coronha e o gatilho estão com uma fita especial. Mas não toque em nenhum outro lugar da arma, lembre-se disso.

Michael perguntou:

— Sonny descobriu aonde o Sollozzo vai me levar?

Clemenza meneou a cabeça.

— Ainda não. O Sollozzo está sendo muito cuidadoso. Mas não se preocupe, ele vai se comportar direitinho. O negociador fica conosco até que você volte são e salvo. Se acontecer alguma coisa a você, o negociador paga.

— E a troco de que ele se arrisca assim? — perguntou Michael.

— O pagamento é bom — respondeu Clemenza. — Uma pequena fortuna. Além disso, é um homem importante nas Famílias. Sabe que o Sollozzo não pode deixar que lhe aconteça coisa alguma. Mike, a sua vida para o Sollozzo vale menos do que a do negociador. Simples assim. Você vai estar em segurança. Nós é que vamos encarar um verdadeiro inferno depois disso.

— Vai ser feia a coisa? — perguntou Michael.

— Muito feia — respondeu Clemenza. — Isso significa guerra total da Família Tattaglia contra a Família Corleone. Os outros, na maioria, vão ficar do lado dos Tattaglia. O Departamento de Limpeza Pública vai ter de recolher um monte de cadáveres nesse inverno. — Dando de ombros, prosseguiu: — Essas coisas precisam acontecer a cada dez anos, por aí. Serve para eliminar o sangue ruim. Além disso, se a gente deixar que eles prevaleçam nas coisas miúdas, vão querer tomar conta de tudo. A gente precisa deter os caras no começo. Como deviam ter detido Hitler em Munique, jamais deviam ter deixado o cara prosseguir com aquilo, estavam mesmo pedindo uma baita encrenca ao deixarem o cara prosseguir com aquilo.

Michael tinha ouvido o seu pai dizer a mesma coisa, mas em 1939, antes que a guerra realmente começasse. Se as Famílias estivessem comandando o Ministério das Relações Exteriores, a Segunda Guerra Mundial nunca teria acontecido, pensou com ironia.

Voltaram à casa do Don, onde Sonny ainda mantinha o seu quartel-general. Michael ficou imaginando quanto tempo Sonny poderia ficar enfurnado no território seguro do condomínio. Alguma hora teria de sair. Encontraram Sonny cochilando no sofá. Na mesinha de café estavam as sobras do almoço tardio, restos de bife, farelos de pão e uma garrafa de uísque pela metade.

O escritório do pai, geralmente limpo e organizado, agora começava a parecer um quarto de aluguel malconservado. Michael sacudiu o ombro do irmão para acordá-lo e disse:

— Por que você não para de viver feito um vagabundo e mantém isso aqui limpo?

Sonny bocejou.

— O que é isso agora, fiscalizando a caserna? Mike, ainda não sabemos para onde eles pretendem levar você, aqueles desgraçados do Sollozzo e do McCluskey. Se a gente não descobrir, como é que vamos fazer com a arma?

— Não posso levar comigo? — perguntou Michael. — Talvez não me revistem e, mesmo que revistem, talvez não percebam se a gente for esperto. E, mesmo que encontrem, e daí? Vão me tirar a arma, e só.

Sonny balançou a cabeça.

— Não — disse ele. — A gente tem de dar um golpe bem dado naquele filho da mãe do Sollozzo. Não se esqueça, pegue ele primeiro, se conseguir. McCluskey é mais lerdo e mais tapado. Dá tempo de sobra para pegá-lo. Clemenza lhe falou para soltar a arma sem falta?

— Um milhão de vezes — disse Michael.

Sonny se levantou do sofá e se espreguiçou.

— Como vai o queixo, menino?

— Ruim — respondeu Michael.

O lado esquerdo do rosto doía, exceto nas partes amortecidas por causa do fio metálico com sedativo que prendia os maxilares. Pegou a garrafa de uísque da mesa e bebeu direto do gargalo. A dor diminuiu.

— Vá com calma, Mike, não é hora de amolecer com bebida — falou Sonny.

— Pelo amor de Deus, Sonny, pare de se fazer de irmãozão — rebateu Michael. — Eu estive em combate com caras muito mais durões do que o Sollozzo e em condições piores. Cadê os morteiros dele? Ele tem cobertura aérea? Artilharia pesada? Minas terrestres? É só um filho da puta esperto com um polícia importante de comparsa. Depois que a pessoa decide matá-los, não tem problema. O difícil é decidir. Nunca vão saber o que os atingiu.

Tom Hagen entrou na sala. Cumprimentou com um aceno de cabeça e foi diretamente para o telefone de registro frio. Fez algumas ligações e depois meneou a cabeça para Sonny.

— Ninguém ouviu um pio — disse ele. — O Sollozzo está guardando a coisa para si enquanto puder.

O telefone tocou. Sonny atendeu e ergueu a mão, como se pedisse silêncio, embora todos estivessem quietos. Fez algumas anotações num bloco e disse:

— Certo, ele estará lá. — E desligou o telefone.

Sonny ria.

— Aquele filho da puta do Sollozzo, ele é mesmo uma peça. O combinado é o seguinte. Hoje às oito da noite, ele e o capitão McCluskey pegam o Mike na frente do bar do Jack Dempsey na Broadway. Vão conversar em algum outro lugar, e escutem essa. O Mike e o Sollozzo falam em italiano, para o polícia irlandês não saber de que raio estão falando. O cara até me disse para não me preocupar, pois sabe que o McCluskey não entende uma única palavra de italiano, a não ser talvez *soldi*, e ele checou você, Mike, e viu que você entende siciliano.

Michael respondeu, sucinto:

— Estou bastante enferrujado, mas não vamos falar muito.

— Só deixamos o Mike ir depois que estivermos com o negociador. Isso está acertado? — perguntou Tom Hagen.

Clemenza assentiu.

— O negociador está na minha casa jogando pinocle com três homens meus. Vão esperar uma ligação minha para o liberarem.

Sonny se recostou na poltrona de couro.

— Droga, como a gente vai descobrir o local da conversa? Tom, você tem informantes na Família Tattaglia; por que não nos avisam?

Hagen fez ar de dúvida.

— O Sollozzo é mesmo danado de esperto. Está sendo muito sigiloso, tão sigiloso que nem vai usar ninguém para dar cobertura. Ele imagina que basta o capitão e que a segurança é mais importante do que as armas. E está certo. A gente vai precisar pôr alguém na cola do Mike e torcer pelo melhor.

Sonny abanou a cabeça.

— Não, se eles realmente quiserem, vão despistar o cara. É a primeira coisa que vão checar.

A essa altura, eram cinco da tarde. Sonny disse com ar preocupado:

— Talvez a gente deva deixar o Mike estourar quem estiver no carro, na hora em que for pegá-lo.

Hagen objetou:

— E se o Sollozzo não estiver no carro? Mostramos a nossa mão a troco de nada. Droga, a gente precisa descobrir para onde o Sollozzo vai levá-lo.

— Talvez a gente deva tentar descobrir por que ele está fazendo esse segredo todo — interveio Clemenza.

Michael falou, impaciente:

— Porque é vantagem. A troco de que ele ia deixar a gente saber qualquer coisa, se puder evitar? Além disso, ele tem faro para o perigo. Deve estar desconfiado pra danar, mesmo com aquele capitão da polícia do lado.

Hagen estalou os dedos.

— Aquele investigador, aquele tal de Phillips. Por que você não liga para ele, Sonny? Talvez possa descobrir onde estará o capitão. Não custa tentar. O McCluskey não está nem aí que saibam aonde ele vai.

Sonny pegou o telefone e discou um número. Falou baixo e desligou.

— Ele liga de volta — disse Sonny.

Esperaram quase meia hora e então o telefone tocou. Era Phillips. Sonny escreveu algo no bloco de notas e desligou. Estava com o rosto relaxado.

— Acho que conseguimos — disse. — O capitão McCluskey sempre precisa deixar avisado o local onde se encontra. Hoje, das oito às dez, ele estará no Luna Azure, no Bronx. Alguém conhece?

Tessio falou confiante:

— Eu conheço. É perfeito para nós. Um lugarzinho de família com reservados grandes, onde as pessoas podem conversar em particular. Comida boa. Cada um fica na sua. Perfeito.

Debruçou-se sobre a escrivaninha de Sonny e, com os tocos de cigarros, montou uma espécie de mapa.

— Aqui é a entrada. Mike, quando você terminar, saia e vire à esquerda e então vire a esquina. Vou vê-lo, então acendo os faróis e pego você com o carro andando. Se tiver algum problema, grite e eu entro e tento tirar você lá de dentro. Clemenza, você precisa trabalhar depressa. Mande alguém até lá para esconder a arma. Eles têm uma privada antiga com um espaço entre a parede e a caixa de descarga. Diga para ele grudar a arma com fita adesiva atrás dela. Mike, depois que o revistarem no carro e virem que você está desarmado, não vão ficar muito preocupados com você. No restaurante, espere um pouco antes de ir. Não, melhor, peça licença para ir. Antes, se mostre um pouco apertado, de um jeito bem natural. Não vão desconfiar. Mas, quando sair do banheiro, não perca tempo. Não se sente de novo à mesa, saia já atirando. E não dê chance. Na cabeça, dois tiros em cada, e saia o mais rápido que puder.

Sonny ouvia judiciosamente e então falou:

— Quero alguém muito bom, de muita confiança, para pôr a arma lá — disse a Clemenza. — Não quero que o meu irmão deixe a privada só com o pinto na mão.

Clemenza foi enfático:

— A arma vai estar lá.

— Certo — disse Sonny. — Mãos à obra.

Tessio e Clemenza saíram. Tom Hagen perguntou:

— Sonny, levo o Mike até Nova York?

— Não — respondeu Sonny. — Quero você aqui. Quando o Mike terminar, começa o nosso trabalho e vou precisar de você. Avisou aqueles caras da imprensa?

Hagen assentiu.

— Logo que a coisa estourar, vou ficar passando informações para eles.

Sonny se levantou e foi até Michael, ficando de frente para ele. Apertou-lhe a mão.

— Certo, menino — disse ele —, vai nessa. Explico para a mamãe que você não pôde se despedir antes de partir. E mando um recado para a sua namorada quando achar que é o momento. Certo?

— Certo — disse Mike. — Quanto tempo você acha que vou ficar fora?

— Pelo menos um ano — respondeu Sonny.

Tom Hagen interveio:

— Talvez o Don consiga que seja mais rápido, Mike, mas não conte com isso. O elemento tempo depende de um monte de fatores. Se o repasse das histórias para os jornalistas vai dar certo. O quanto o departamento de polícia vai querer abafar. A violência com que as outras Famílias vão reagir. Vai ser uma quantidade infernal de pressões e de problemas. Essa é a única certeza que podemos ter.

Michael trocou um aperto de mão com Hagen.

— Faça o que puder — disse ele. — Não quero mais um estirão de três anos longe de casa.

— Não é tarde demais para voltar atrás, Mike, a gente pode arranjar outra pessoa, a gente pode repassar as alternativas. Talvez não seja preciso se livrar do Sollozzo — disse Hagen de forma amena.

Michael riu.

— A gente pode se convencer de qualquer ponto de vista — disse ele. — Mas nisso a gente acertou de primeira. Passei a minha vida toda na maior folga, é hora de cumprir as minhas obrigações.

— Você não devia se deixar influenciar por aquele queixo quebrado — disse Hagen. — McCluskey é burro, e aquilo não foi pessoal, foi por negócios.

Pela segunda vez, ele viu o rosto de Michael Corleone se congelar numa máscara misteriosamente parecida com o rosto do Don.

— Tom, não deixe ninguém te enrolar. Tudo é pessoal, cada mínima coisa dos negócios. Cada merda que todo homem tem de engolir diariamente durante a vida toda é pessoal. Chamam de negócios. Tudo bem. Mas é danado de pessoal. Sabe com quem eu aprendi isso? Com o Don. Com o meu velho. O padrinho. Se caísse um raio na cabeça de um amigo dele, o velho tomaria como algo pessoal. Ele tomou o meu alistamento como fuzileiro naval como coisa pessoal. É por isso que ele é grande. O Grande Don. Leva tudo para o plano pessoal. Como Deus. Conhece cada peninha que cai da cauda de um pardal ou seja lá o que for. Certo? E sabe de uma coisa? Nunca acontecem acidentes com quem toma acidentes como insulto pessoal. Então cheguei tarde, concordo, mas cheguei. Você pode ter certeza, caramba, tomo esse queixo quebrado como coisa pessoal; você pode ter certeza, caramba, tomo a tentativa do Sollozzo de matar o meu pai como coisa pessoal.

Michael riu e continuou:

— Diga ao velho que tudo isso eu aprendi com ele e que fico contente com essa chance de poder retribuir tudo o que ele fez por mim. Foi um bom pai. — Depois de uma pausa, disse a Hagen em tom pensativo: — Sabe, não me lembro de uma única vez que ele tivesse batido em mim. Nem no Sonny. Nem no Freddie. E claro que nem na Connie, com ela nem sequer gritava. E me diga a verdade, Tom: quantos homens você acha que o Don matou ou mandou matar?

Tom Hagen se afastou, dizendo:

— Vou lhe dizer uma coisa que você não aprendeu com ele: falar desse jeito que está falando agora. Certas coisas precisam ser feitas, você faz e nunca fala sobre elas. Não tenta justificá-las. Não podem ser justificadas. Você só faz. E então esquece.

Michael Corleone franziu a testa e perguntou calmamente:

— Como *consigliere*, você concorda que deixar o Sollozzo vivo é perigoso para o Don e para a nossa Família?

— Concordo — respondeu Hagen.

— Certo — disse Michael. — Então tenho de matá-lo.

MICHAEL CORLEONE ESTAVA EM FRENTE ao restaurante de Jack Dempsey, na Broadway, aguardando que viessem apanhá-lo. Olhou o relógio. Faltavam cinco para as oito. Sollozzo ia ser pontual. Michael fez questão de chegar cedo, com tempo de sobra. Fazia quinze minutos que estava ali esperando.

Passou todo o percurso de Long Beach até a cidade procurando esquecer o que dissera a Hagen. Pois, se acreditava no que tinha dito, toda a sua vida agora tomava um curso irreversível. Mas, depois dessa noite, haveria outra maneira? Logo mais à noite, podia morrer se não parasse com toda essa bobajada, pensou repreendendo a si mesmo. Tinha de se concentrar no assunto em questão. Sollozzo não era bobo e McCluskey era osso duro de roer. Sentiu dor no queixo costurado e recebeu bem a dor: ela o manteria alerta.

A Broadway não estava muito lotada nessa noite fria de inverno, embora quase fosse o horário do teatro. Michael recuou quando um carro comprido preto parou junto ao meio-fio e o motorista, se inclinando, abriu a porta da frente e disse:

— Entre, Mike.

Ele não conhecia o motorista, um rapaz com cara de malandro, cabelo preto brilhantinado e camisa aberta no peito, mas entrou. No banco de trás estavam Sollozzo e o capitão McCluskey.

Sollozzo estendeu a mão por sobre o encosto do banco e Michael a apertou. Era uma mão firme, quente e seca. Sollozzo disse:

— Fico contente que você veio, Mike. Espero que a gente consiga acertar tudo. Tudo isso é terrível, não era assim, de maneira nenhuma, que eu queria que as coisas acontecessem. Isso nunca devia ter acontecido.

Michael Corleone falou calmamente:

— Espero que a gente acerte as coisas hoje à noite, não quero que o meu pai volte a ser incomodado.

— Não será — disse Sollozzo com sinceridade. — Juro pelos meus filhos que não será. Apenas se mantenha receptivo ao conversarmos. Espero que não seja esquentado como o seu irmão Sonny. É impossível falar de negócios com ele.

— É um bom garoto, é correto — grunhiu o capitão McCluskey.

Inclinou-se para dar um tapinha afetuoso no ombro de Michael.

— Sinto muito pela outra noite, Mike. Estou ficando velho demais para o meu trabalho, ranzinza demais. Acho que vou precisar me aposentar logo. Não aguento muita amolação, e todo dia tem amolação. Você sabe como é.

Então, com um suspiro desalentado, fez uma revista completa em Michael para ver se estava armado.

Michael notou um leve sorriso no rosto do motorista. O carro seguia na direção oeste, sem nenhuma tentativa visível de despistar alguém que estivesse na cola. Foi até a West Side Highway, acelerando e diminuindo a velocidade. Qualquer um na cola teria de fazer a mesma coisa. Então, para o espanto de Michael, ele pegou a saída para a George Washington Bridge: estavam indo para Nova Jersey. Quem falou ao Sonny onde seria o encontro deu uma informação errada.

O carro costurou entre as vias de acesso à ponte e então entrou nela, deixando para trás a cidade fulgurante. Michael se mantinha impassível.

Iriam jogá-lo no pântano, ou o ardiloso Sollozzo apenas mudara de ideia na última hora? Mas, quando estavam quase no final do trecho na ponte, o motorista deu uma esterçada brusca no volante. O automóvel pesado deu um salto no ar ao bater na ilha e caiu nas pistas que voltavam para Nova York. McCluskey e Sollozzo olhavam para trás, para ver se alguém tentara fazer a mesma coisa. O motorista estava realmente voltando para Nova York; deixou a ponte e rumou para o East Bronx. Foram pelas ruas secundárias, sem nenhum carro atrás. A essa altura eram quase nove horas. Tinham se certificado de que ninguém os seguia. Sollozzo acendeu um cigarro depois de oferecer o maço a McCluskey e a Michael, que recusaram. Sollozzo disse ao motorista:

— Bom trabalho. Eu vou me lembrar disso.

Dez minutos depois, o carro parou em frente a um restaurante, num pequeno bairro italiano. Não havia ninguém nas ruas e, por causa do adiantado da hora, eram poucos os que ainda estavam jantando. Michael receou que o motorista entrasse com eles, mas o rapaz ficou dentro do carro. Nem o negociador, nem ninguém mencionara um motorista. Ao trazê-lo, Sollozzo havia, a rigor, rompido o combinado. Mas Michael resolveu não comentar nada, sabendo que, assim, eles achariam que estava com medo de mencionar o fato, medo de estragar as chances de sucesso da conversa.

Sollozzo recusou um reservado, e os três se sentaram à única mesa redonda do restaurante. Havia apenas mais duas pessoas no recinto. Michael se perguntou se seriam olheiros de Sollozzo. Mas não tinha importância. Antes que pudessem interferir, teria terminado.

— A comida italiana daqui é boa? — perguntou McCluskey com real interesse.

— Experimente a vitela, é a melhor de Nova York — tranquilizou-o Sollozzo.

O único garçom trouxera uma garrafa de vinho, e tirou a rolha. Encheu três cálices. Surpreendentemente, McCluskey não quis.

— Devo ser o único irlandês que não bebe — disse ele. — Vi muita gente boa se encrencar por causa da bebida.

Sollozzo disse ao capitão em tom conciliador:

— Vou falar em italiano com o Mike, não porque eu não confie em você, mas porque não consigo me explicar bem em inglês e quero convencer o Mike da minha boa intenção e que, se chegarmos a um acordo hoje à noite, será vantajoso para todos. Não se ofenda com isso, não é por não confiar em você.

O capitão McCluskey sorriu irônico para ambos.

— Claro, vão em frente — disse ele. — Vou me concentrar no espaguete e na vitela.

Sollozzo começou a falar com Michael num rápido siciliano. Disse:

— Você precisa entender que o que aconteceu entre mim e o seu pai foi estritamente uma questão de negócios. Tenho grande respeito por Don Corleone e rogaria uma oportunidade de entrar a serviço dele. Mas você precisa entender que o seu pai é um homem antiquado. Põe obstáculo ao progresso. O negócio em que estou é o próximo lance, é a onda do futuro, com milhões e milhões de dólares para todos. Mas o seu pai põe obstáculo por causa de certos escrúpulos irrealistas. Com isso, impõe a vontade dele sobre homens como eu. Sim, sim, eu sei, ele me diz: "Vá em frente, é assunto seu"; mas nós dois sabemos que isso é irrealista. Um vai pisar no calo do outro. O que ele está me dizendo, na verdade, é que não posso operar o meu negócio. Sou um homem que respeita a si mesmo e não posso deixar que outro homem imponha a vontade dele sobre mim, e por isso o que tinha de acontecer de fato aconteceu. E lhe digo que tive o apoio, o apoio tácito de todas as Famílias de Nova York. E a Família Tattaglia se associou a mim. Se essa briga continuar, a Família Corleone ficará sozinha contra todos. Se o seu pai estivesse bem, talvez isso fosse possível. Mas o primogênito, e digo sem nenhum desrespeito, não é o padrinho. E o *consigliere* irlandês Hagen não é Genco Abbandando, que descanse em paz. Então proponho uma paz, uma trégua. Vamos cessar todas as hostilidades até o seu pai se recuperar e ter condições de participar nessas negociações. A Família Tattaglia, com o meu trabalho de persuasão e indenização, concorda em não reivindicar justiça para o filho Bruno. Teremos paz. Enquanto isso, preciso ganhar a vida e vou operar um pouco no meu negócio. Não peço cooperação à Família Corleone, mas peço que não interfira. Essas são as minhas propostas. Suponho que você tem autoridade para concordar e fazer um trato.

Michael disse em siciliano:

— Explique melhor como você pretende iniciar o seu negócio, qual é precisamente o papel da minha Família e qual o lucro que podemos ter nesse negócio.

— Então você quer ouvir toda a proposta em detalhe?

— O mais importante de tudo é que preciso ter garantias sólidas de que não haverá mais nenhum atentado contra a vida do meu pai — respondeu Michael com gravidade.

Sollozzo ergueu a mão num gesto expressivo.

— Que garantias posso lhe dar? O perseguido sou eu. Perdi a oportunidade que tinha. Você faz um juízo muito alto de mim, meu amigo. Não sou tão inteligente assim.

Michael agora tinha certeza de que o objetivo do encontro era ganhar alguns dias. Sollozzo tentaria matar o Don outra vez. O divertido da coisa era que o Turco o subestimava, considerava-o um moleque. Michael sentiu aquele estranho frio delicioso lhe invadindo o corpo. Fez um ar aflito. Sollozzo perguntou, ríspido:

— O que foi?

Michael respondeu constrangido:

— O vinho desceu direto para a bexiga. Estou me segurando. Tudo bem se eu for ao banheiro?

Os olhos pretos de Sollozzo examinaram atentamente o seu rosto. Estendeu-se sobre a mesa e meteu bruscamente a mão na virilha de Michael, apalpando por baixo e em volta dela, procurando uma arma. Michael fez ar de ofendido. McCluskey disse rapidamente:

— Revistei o garoto. Já revistei milhares de malandros. Ele está limpo.

Sollozzo não gostou. Sem motivo algum; simplesmente não gostou. Olhou de esguelha para o sujeito sentado a uma mesa do outro lado e ergueu as sobrancelhas na direção da porta do banheiro. O homem fez um leve sinal com a cabeça, indicando que já verificara e não havia ninguém lá dentro. Sollozzo falou relutante:

— Não demore muito.

Tinha antenas maravilhosas, e estava nervoso.

Michael se levantou e entrou no banheiro. No mictório, havia um sabonete cor-de-rosa pendurado numa corrente metálica. Ele entrou na cabine. Precisava mesmo ir, estava com os intestinos soltos. Foi muito rápido e então pôs a mão por trás da caixa de descarga esmaltada até sentir a arma pequena, de cano cortado, presa com fita adesiva. Desprendeu a arma, lembrando que Clemenza dissera para não se preocupar com as impressões na fita. Enfiou a arma no cinto da calça e abotoou o paletó por cima. Lavou as mãos e umedeceu o cabelo. Limpou com o lenço as digitais da torneira. Então saiu do banheiro.

Sollozzo estava sentado bem de frente para a porta do banheiro, os olhos escuros faiscando alertas. Michael sorriu:

— Agora posso falar — disse com um suspiro de alívio.

O capitão McCluskey estava comendo o prato de espaguete com vitela que chegara à mesa. O homem junto à parede afastada, antes rígido de atenção, agora também estava visivelmente relaxado.

Michael se sentou. Lembrou que Clemenza dissera para não fazer isso, para sair do banheiro já atirando. Mas, fosse por instinto de alarme ou por puro medo, não foi o que fez. Sentira que, se fizesse qualquer gesto rápido, acabariam com ele. Agora se sentia seguro e, de fato, antes devia estar apavorado, pois ficou contente em não precisar ficar de pé. As pernas tremiam de fraqueza.

Sollozzo estava inclinado para ele. Michael, o ventre encoberto pela mesa, desabotoou o paletó e ouviu com atenção. Não entendia uma palavra do que o homem dizia. Era grego para ele. O sangue lhe latejava tanto na cabeça que o cérebro não registrava uma única palavra. Moveu a mão direita sob a mesa e tirou a arma enfiada no cinto. Naquele instante, o garçom veio pegar os pedidos e Sollozzo virou a cabeça para falar com o garçom. Michael empurrou a mesa com a mão esquerda e com a direita rapidamente pôs a arma quase na cabeça de Sollozzo. Era tão boa a coordenação de movimentos de Sollozzo que, ao gesto de Michael, ele já começara a se desviar. Mas Michael, mais jovem, de reflexos mais aguçados, apertou o gatilho. A bala pegou bem no meio da têmpora, entre o olho e o ouvido, e quando saiu pelo outro lado lançou um enorme jorro de sangue e fragmentos do crânio no paletó do garçom petrificado. Michael sentiu instintivamente que bastava um tiro só. Sollozzo virara a cabeça naquele último momento e Michael viu a luz da vida se apagar nos olhos dele como uma vela se extinguindo.

Passara-se apenas um segundo, e Michael girou sobre si, apontando a arma para McCluskey. O capitão da polícia fitava Sollozzo com uma surpresa fleumática, como se aquilo não tivesse nada a ver com ele. Parecia não perceber que ele mesmo estava em perigo. Segurava o garfo com vitela a meia-altura e começou a virar os olhos para Michael. E a expressão nos olhos, no rosto transmitia uma indignação tão segura de si, como que esperando que Michael se rendesse ou fugisse, que Michael lhe sorriu ao apertar o gatilho. O tiro não foi bom, não foi mortal. Atingiu o pescoço taurino de McCluskey e ele começou a grunhir alto como se tivesse se engasgado com um pedaço de vitela grande demais. O ar então pareceu se cobrir com uma fina névoa de gotículas de sangue que, ao tossir, ele expelia dos pulmões sufocados. Com muita calma, com muita concentração, Michael disparou uma segunda vez e o tiro atravessou o alto do crânio encanecido do capitão.

O ar parecia tomado por uma bruma rosada. Michael se virou para o homem sentado à parede. O sujeito não tinha feito um único gesto. Parecia paralisado. Agora mantinha ciosamente as mãos em cima da mesa e olhava para outro lado. O garçom voltava cambaleante para a cozinha, com uma expressão de horror no rosto, fitando Michael com incredulidade. Sollozzo estava imóvel na cadeira, com a lateral do corpo se escorando na mesa. McCluskey, com o peso do corpanzil, despencara do assento e estava caído no chão. Michael deixou a arma escorregar da mão, que roçou na sua lateral e não fez nenhum ruído. Viu que nem o garçom, nem o homem junto à parede perceberam o gesto. Percorreu a pequena distância até a saída e abriu a porta. O carro de Sollozzo continuava estacionado junto ao meio-fio, mas não havia nenhum sinal do motorista. Michael virou à esquerda e depois dobrou a esquina. Dois faróis se acenderam e um sedã velho parou ao seu lado, escancarando a porta. Ele saltou dentro do carro, que saiu roncando o motor. Viu que ao volante estava Tessio, com os finos traços do rosto duros como mármore.

— Fez o serviço no Sollozzo? — perguntou Tessio.

Michael ficou surpreso com a expressão usada por Tessio. Era sempre usada em sentido sexual, fazer o serviço numa mulher significava ter relações sexuais. Era curioso que Tessio a empregasse agora.

— Nos dois — respondeu Michael.

— Tem certeza? — indagou Tessio.

— Vi os miolos deles — disse Michael.

Havia no carro uma muda de roupa para Michael. Vinte minutos depois, estava num cargueiro italiano com destino à Sicília. Duas horas depois, o cargueiro partiu e, da sua cabine, Michael viu as luzes de Nova York ardendo como as chamas do inferno. Sentiu um enorme alívio. Agora estava fora daquilo. Era uma sensação familiar e ele lembrou quando o retiraram da praia de uma ilha que fora invadida pela sua divisão de fuzileiros navais. A batalha prosseguia, mas ele fora levemente ferido e o transportavam para um navio-hospital. Sentira o mesmo alívio avassalador que sentia agora. Iriam se desencadear todas as forças do inferno, mas ele não estaria lá.

No dia seguinte ao assassinato de Sollozzo e do capitão McCluskey, todos os capitães e tenentes de todas as delegacias de Nova York mandaram o aviso: não haveria mais apostas, não haveria mais prostituição, não haveria mais nenhum tipo de acordo enquanto não se apanhasse o assassino do capitão McCluskey. Começaram batidas policiais em massa por toda a cidade. Todas as atividades ilegais cessaram.

Mais tarde, naquele mesmo dia, um emissário das Famílias perguntou à Família Corleone se estava disposta a entregar o assassino. A resposta foi que o assunto não lhes dizia respeito. Naquela noite, explodiu uma bomba no conjunto residencial da Família Corleone em Long Beach, atirada de um carro que parou junto à corrente da entrada e saiu em disparada. Naquela noite também, dois homens da Família Corleone foram mortos enquanto jantavam pacatamente num pequeno restaurante italiano em Greenwich Village. Começara a Guerra das Cinco Famílias de 1946.

LIVRO II

Capítulo 12

Johnny Fontane fez um aceno dispensando o criado e disse:

— Até amanhã de manhã, Billy.

O mordomo negro se inclinou e saiu da enorme sala de estar, conjugada com a sala de jantar, com vista para o oceano Pacífico. Era uma espécie de vênia de amigo se despedindo, não uma vênia de criado, e feita apenas porque Johnny Fontane tinha companhia para o jantar.

A companhia era uma moça chamada Sharon Moore, do Greenwich Village de Nova York, que estava em Hollywood para tentar uma ponta num filme produzido por uma velha paixão que conseguira grande sucesso. Ela tinha ido visitar o estúdio quando Johnny estava trabalhando no filme de Woltz. Ela lhe pareceu jovem, cheia de frescor, encantadora, espirituosa e ele a convidou para jantar na sua casa naquela noite. Os convites de jantar dele sempre foram famosos, com uma aura de realeza, e ela, claro, aceitou.

Por causa da reputação de Johnny, Sharon Moore certamente esperava que ele viesse a toda para cima dela, mas Johnny detestava a abordagem "carnal" de Hollywood. Nunca se deitava com nenhuma garota a menos que ela tivesse algo que realmente lhe agradasse. Exceto, claro, algumas vezes quando estava muito bêbado e se via na cama com uma garota que nem se lembrava de ter visto antes. E agora, com 35 anos, divorciado, brigado com a segunda mulher, com uns mil escalpos púbicos pendurados no cinto, simplesmente não era mais tão fogoso. Mas Sharon Moore tinha algo que lhe despertou afeição e por isso a convidara para jantar.

Ele nunca comia muito, mas sabia que as mocinhas bonitas preferiam passar fome para usar o dinheiro comprando roupas bonitas e costumavam ser boas de garfo nos encontros, de forma que havia um lauto jantar na mesa. Havia também uma lauta variedade de bebidas: champanha num balde de gelo, scotch, uísque de centeio, conhaque e licores no aparador. Johnny serviu as bebidas e os pratos já preparados. Depois de terminarem, ele a levou à enorme sala de estar com a parede envidraçada que dava para o Pacífico. Pôs vários discos de Ella Fitzgerald na vitrola hi-fi e sentou no sofá com Sharon. Falou de amenidades, quis saber como ela era quando criança, se era moleca ou gatinha, se era simples ou gostava de se enfeitar, se era fechada ou extrovertida. Ele sempre achava esses detalhes comoventes, sempre despertavam a ternura de que precisava para fazer amor.

Aninharam-se juntos no sofá, muito amigáveis, muito à vontade. Ele lhe deu um beijo nos lábios, um beijo tranquilo e amistoso, e, como ela ficou nisso, ele deixou por isso mesmo. Pela enorme janela panorâmica, ele via o manto azul-escuro do Pacífico estendido ao luar.

— Por que você não pôs nenhum disco seu? — perguntou Sharon.

Arreliava com ele. Johnny sorriu. Achou graça que ela o arreliasse.

— Não sou tão Hollywood assim — respondeu Johnny.

— Toque alguns para mim — pediu ela. — Ou cante para mim. Sabe, como nos filmes. Vou ficar babando e me derretendo toda por você como aquelas garotas na tela do cinema.

Johnny riu com gosto. Quando era mais novo, tinha feito exatamente esse tipo de coisa e o resultado sempre era artificial, as jovens tentando parecer lânguidas e sensuais, fazendo os olhos transbordarem de desejo para uma câmera imaginária. Agora jamais pensaria em cantar para uma garota; para começar, não cantava fazia meses, não confiava na voz. Além disso, os amadores não sabiam a que ponto os profissionais dependiam de auxílio técnico para parecerem tão bons quanto pareciam. Podia pôr os seus discos para tocar, mas ficaria constrangido em ouvir aquela voz apaixonada que tinha na juventude, tão constrangido quanto um velho gordo e careca fica ao mostrar fotos suas no pleno vigor da idade.

— A minha garganta está fora de forma — disse ele. — E, para falar a verdade, estou enjoado de me ouvir cantar.

Ambos tomaram um pequeno gole do copo.

— Ouvi dizer que você está maravilhoso nesse filme — comentou ela. — É verdade que você fez de graça?

— Só um pagamento simbólico — respondeu Johnny.

Ele se levantou para completar o conhaque de Sharon, ofereceu um cigarro com monograma dourado e o acendeu com o seu isqueiro. Ela deu uma tragada e bebericou o conhaque, enquanto ele voltava a se sentar ao seu lado. Ele tinha enchido bem mais o próprio copo, precisava disso para se animar, para engatar, para se excitar. Era uma situação contrária à usual dos amantes. Ele é que precisava se embriagar, não a garota. A garota geralmente estava muito a fim, e ele não. Os últimos dois anos tinham sido infernais para o seu ego, e ele recorria a esse expediente simples para afagá-lo, dormindo uma noite com uma mocinha, levando-a para jantar algumas vezes, dando-lhe um presente caro e então despachando-a com a máxima gentileza possível para não se sentir magoada. E assim elas sempre podiam dizer que tinham tido um caso com o grande Johnny Fontane. Não era amor de verdade, mas não dava para criticar se a garota era bonita e realmente simpática. Ele detestava as metidas, as maliciosas, que trepavam com ele e depois saíam correndo para contar às amigas que tinham trepado com o grande Johnny Fontane, sempre acrescentando que haviam tentado resistir. O que mais o espantava na sua carreira eram os maridos complacentes que quase lhe diziam na cara que perdoavam a esposa, pois mesmo a mais virtuosa delas estava autorizada a ser infiel, se se tratasse de um grande cantor e astro de cinema como Johnny Fontane. Ficava realmente perplexo.

Adorava os discos de Ella Fitzgerald. Adorava aquele tipo de voz despojada, aquele tipo de fraseio despojado. Era a única coisa na vida que realmente entendia, e sabia que entendia melhor do que qualquer outra pessoa no mundo. Agora, reclinado no sofá, o conhaque aquecendo a garganta, ficou com vontade de cantar, não uma música, mas acompanhando a voz no disco, só que isso era algo impossível de fazer na presença de estranhos. Ele pôs a mão livre no colo de Sharon, bebendo do copo na outra mão. Sem nenhuma malícia, mas com a sensualidade de um menino procurando calor, a mão no regaço dela levantou a seda do vestido, deixando à mostra a coxa leitosa acima da meia rendada dourada, e como sempre, apesar de todas as mulheres, de todos os anos, de toda a familiaridade, Johnny sentiu o corpo se inundar com um calor viscoso e fluido àquela visão. O milagre ainda acontecia, e o que ele faria quando esse calor lhe faltasse, como agora a voz passara a lhe faltar?

Agora estava pronto. Pousou o copo na longa mesa embutida e se virou para ela. Tinha muita segurança, muita firmeza, mas também ternura. Não havia nada de malicioso ou lubricamente lascivo nas suas carícias. Beijou-lhe a boca enquanto as mãos subiam aos seios. As mãos voltaram à tepidez das coxas, de pele tão sedosa ao toque. Ela lhe devolveu o beijo de forma cálida, mas não apaixonada, e ele agora preferia assim. Detestava as garotas que se excitavam de repente, como se o corpo fosse um motor que se eletrizasse e começasse a vibrar eroticamente ao toque de um interruptor.

Então fez algo que sempre fazia, algo que nunca deixava de excitá-lo. Com delicadeza, e usando toda a leveza possível que ainda permitisse sentir alguma coisa, ele passou a ponta do dedo médio nas profundezas das suas coxas. Algumas garotas nem sequer sentiam aquele movimento inicial para o intercurso. Algumas ficavam um pouco confusas, sem saber se era um toque físico, pois ao mesmo tempo ele sempre dava um beijo ardoroso e profundo. Outras pareciam sugar o dedo ou engoli-lo com um impulso pélvico. E claro, antes que ficasse famoso, algumas lhe davam um tapa na cara. Toda a sua técnica consistia nisso e geralmente lhe servia muito bem.

A reação de Sharon foi incomum. Ela aceitou tudo, o toque, o beijo, e então desviou a boca, desviou o corpo devagarinho no sofá e pegou a bebida. Era uma recusa tranquila, mas muito clara. Às vezes acontecia. Era raro, mas acontecia. Johnny pegou o seu copo e acendeu um cigarro.

Ela dizia algo num tom muito meigo e suave.

— Não é que não gosto de você, Johnny, você é muito mais legal do que eu pensava. E não é porque não sou esse tipo de garota. É só que eu preciso estar a fim para transar com um cara, entende?

Johnny Fontane lhe sorriu. Ainda gostava dela.

— E você não está a fim de mim?

Ela ficou um pouco embaraçada.

— Bom, sabe, quando você era um supercantor e tudo isso, eu ainda era pequena. Não cheguei a acompanhar muito, não era da minha época. Sério, não estou me fazendo de santinha. Se você fosse um ator da minha geração, eu tirava a calcinha na hora.

Agora ele já não gostava tanto dela. Era meiga, era espirituosa, era inteligente. Não tinha se derretido toda para trepar com ele nem tentou se impor por causa das ligações que a ajudariam no showbiz. Era realmente uma menina direita. Mas havia outra coisa que ele identificou. Já tinha acontecido algumas vezes. A garota que saía totalmente decidida a não se deitar com ele, por mais que gostasse dele, só para poder dizer às amigas e, ainda mais, a si mesma que tinha recusado a chance de trepar com o grande Johnny Fontane. Era algo que entendia, agora que estava mais velho, e não se irritou. Simplesmente já não gostava tanto dela, e tinha gostado muito, de verdade.

E, agora que já não gostava tanto dela, ficou mais tranquilo. Bebeu um pouco e ficou observando o oceano Pacífico. Ela disse:

— Espero que não fique magoado, Johnny. Acho que estou sendo careta, imagino que em Hollywood se espera que a garota transe com a mesma facilidade com que dá um beijo de despedida no namorado. Me falta tempo de estrada.

Johnny sorriu para ela e lhe deu um tapinha carinhoso na face. Baixou a mão para puxar discretamente o seu vestido até os joelhos sedosos e arredondados.

— Não fiquei magoado — disse ele. — É bom ter um encontro à antiga.

Isso sem dizer o alívio que sentiu: o alívio de não precisar se demonstrar um grande amante, não precisar corresponder à sua imagem quase divina na tela. Não precisar ouvir a garota tentando reagir como se ele tivesse realmente correspondido àquela imagem, como se algo muito trivial e rotineiro, como de fato era, fosse algo muito grandioso.

Tomaram mais um copo, trocaram alguns beijos tranquilos e então ela resolveu ir embora. Johnny perguntou, cortês:

— Posso ligar para jantarmos uma noite dessas?

Ela foi franca e honesta até o fim.

— Sei que você não quer desperdiçar o seu tempo e depois se decepcionar — disse Sharon. — Obrigada pela noite maravilhosa. Algum dia vou contar aos meus filhos que jantei com o grande Johnny Fontane, só nós dois no apartamento dele.

Johnny sorriu.

— E que você não cedeu — disse ele.

Os dois riram.

— Nunca vão acreditar — disse ela.

Então foi a vez de Johnny ser um pouco hipócrita.

— Posso dar uma declaração por escrito; quer?

Ela meneou a cabeça e ele prosseguiu:

— Se alguém duvidar, me dê uma ligada que esclareço direitinho. Vou dizer que persegui você pelo apartamento inteiro, mas que você preservou a sua honra. Combinado?

Agora a alfinetada tinha sido um pouco excessiva e ele ficou aflito com a expressão ferida no rosto dela. Sharon entendeu que ele estava dizendo que não se empenhara muito. Tirou-lhe o doce sabor da vitória. Agora ela sentia que, se saíra vitoriosa nessa noite, tinha sido pela sua falta de encantos ou de atrativos. E, sendo quem era, ao contar a história de como resistira ao grande Johnny Fontane, sempre teria de acrescentar com um sorrisinho amarelo: "Bom, ele não se empenhou muito." Assim, agora sentindo pena dela, Johnny disse:

— Se algum dia você estiver muito deprimida, me ligue, certo? Não preciso transar com todas as garotas que conheço.

— Ligo, sim — respondeu ela, e foi embora.

Restou a ele uma longa noite pela frente. Podia recorrer ao que Jack Woltz chamava de "fábrica de carne", todo o rebanho de atrizes iniciantes que topariam, mas ele queria companhia humana. Queria conversar como um ser humano. Pensou na primeira esposa, Virginia. Agora que terminara o filme, teria mais tempo para as crianças. Queria voltar a participar da vida delas. E também se preocupava com Virginia. Não tinha estofo para lidar com os espertalhões de Hollywood, que podiam vir atrás dela só para se vangloriarem de ter trepado com a primeira esposa de Johnny Fontane. Pelo que sabia, até o momento ninguém podia alegar isso. Mas todo mundo podia alegar quanto à segunda esposa dele, pensou ironicamente. Pegou o telefone.

Reconheceu imediatamente a voz dela, o que não era de surpreender. Ouvira-a pela primeira vez aos 10 anos, quando os dois estavam na mesma turma da escola.

— Oi, Ginny — disse ele. — Está ocupada agora à noite? Posso dar um pulinho aí?

— Pode vir — respondeu ela. — Mas as meninas estão dormindo; não quero acordá-las.

— Tudo bem — disse ele. — Só queria falar com você.

Ela teve uma ligeira hesitação e, controlando-se cuidadosamente para não mostrar nenhuma preocupação, perguntou:

— Algo sério, algo importante?

— Não — respondeu Johnny. — Hoje terminei o filme e pensei que talvez a gente pudesse se ver e conversar. Talvez eu pudesse dar uma olhada nas meninas, se você achar que elas não vão acordar.

— Tudo bem — disse ela. — Fiquei contente que você conseguiu o papel que queria.

— Obrigado. A gente se vê daqui a uma meia hora.

Chegando ao seu antigo lar em Beverly Hills, Johnny Fontane continuou sentado mais uns instantes no carro, contemplando a casa. Lembrou-se do que o seu padrinho dissera: que podia construir a sua vida como quisesse. Ótimo quando a pessoa sabia o que queria. Mas ele, o que queria?

A primeira esposa o esperava à porta. Era bonita, miúda e morena, uma boa moça italiana, a vizinha do lado que nunca saiu com outro homem e fora tão importante para ele. Ainda a desejava?, perguntou-se ele, e a resposta foi negativa. Para começo de conversa, não conseguiria mais fazer amor com ela, a afeição entre ambos era antiga demais. Além disso, havia algumas coisas, nada a ver com sexo, que ela nunca lhe perdoaria. Mas já não eram inimigos.

Ela lhe fez café e serviu biscoitos caseiros na sala de estar.

— Deite no sofá — disse ela —, você está com cara de cansado.

Ele tirou o paletó e os sapatos e afrouxou a gravata enquanto ela se sentava na poltrona em frente, com um sorrisinho calmo no rosto, dizendo:

— É engraçado.

— O que é engraçado? — perguntou ele, tomando o café e derrubando um pouco na camisa.

— O grande Johnny Fontane empacado, sem garota — respondeu ela.

— O grande Johnny Fontane já tem muita sorte quando consegue ficar com tesão — disse ele.

Não era usual ser tão direto. Ginny perguntou:

— Aconteceu alguma coisa?

Johnny abriu um sorriso.

— Marquei com uma garota no meu apartamento e ela me rejeitou. E sabe de uma coisa? Fiquei aliviado.

Surpreso, viu que Ginny estava zangada.

— Não se preocupe com essas putinhas — disse ela. — Deve ter achado que assim você se interessaria por ela.

E Johnny notou divertido que Ginny estava mesmo brava com a garota que o largara na mão.

— Ah, deixa pra lá — disse. — Estou cansado disso. Alguma hora preciso crescer. E, agora que não consigo mais cantar, imagino que não vai ser fácil com a mulherada. Nunca cuidei muito da minha aparência.

— Você sempre foi mais bonito ao vivo do que nas fotos — comentou ela, leal.

Johnny abanou a cabeça.

— Estou engordando e ficando careca. Caramba, se eu não estourar nesse filme, melhor aprender a fazer pizza. Ou a gente põe você no cinema, está com uma ótima aparência.

A aparência dela mostrava os seus 35 anos. Bons 35, mas não deixavam de ser 35. E aqui em Hollywood era a mesma coisa que ter 100 anos. A cidade vivia repleta de belas mocinhas que duravam um ano, algumas até dois. Algumas eram tão bonitas que o coração de um homem quase podia parar de bater, até a hora em que abriam a boca, até a hora em que a louca ganância delas pelo sucesso toldava o fascínio dos seus olhos. As mulheres comuns jamais poderiam ter esperança de competir com elas no plano físico. Podia-se falar tudo o que se quisesse sobre o encanto, a inteligência, a elegância, o porte, mas a pura beleza dessas garotas suplantava qualquer outra coisa. Se não fossem tantas, talvez uma mulher comum, de boa aparência, tivesse alguma chance. E, como Johnny Fontane podia ter todas ou quase todas elas, Ginny sabia que ele estava dizendo essas coisas só para agradá-la. Ele sempre tivera essas gentilezas. Sempre fora educado com as mulheres, mesmo no auge da fama, elogiando, acendendo o cigarro delas, abrindo a porta. E, como geralmente os outros é que faziam tudo isso para *ele*, as garotas com quem saía ficavam ainda mais impressionadas. E fazia isso com todas, mesmo aquelas de uma noite só, que nunca tinha visto antes.

Ela sorriu, um sorriso amistoso.

— Você já me pôs, lembra? Durante doze anos. Não precisa usar a sua lábia comigo.

Ele suspirou e se espreguiçou no sofá.

— Sério, Ginny, você está com uma aparência muito boa. Quem dera eu estivesse assim.

Ela não respondeu. Percebia que ele estava deprimido.

— Você acha que o filme ficou bom? Vai ser bom para você? — perguntou ela.

Johnny assentiu.

— Ficou, sim. Posso recuperar a minha carreira. Se eu conseguir o Oscar e jogar direitinho, posso voltar a ter muito sucesso, mesmo sem cantar. Então talvez eu possa melhorar a mesada para você e as meninas.

— Temos mais do que suficiente — respondeu Ginny.

— Também quero ver mais as crianças — disse Johnny. — Quero me assentar um pouco. Posso vir todas as sextas à noite para jantar com vocês? Prometo que não vou faltar nenhuma vez, por mais longe ou ocupado que estiver. E aí, sempre que puder, venho passar os fins de semana, ou talvez as meninas possam passar uma parte das férias comigo.

Ginny colocou um cinzeiro no peito dele.

— Por mim tudo bem — disse ela. — Nunca me casei de novo porque queria que você continuasse como pai delas.

Ela falou isso sem nenhuma emoção, mas Johnny Fontane, fitando o teto, sabia que era para compensar aquelas outras coisas, as coisas cruéis que ela lhe dissera quando o casamento se desfez, quando a carreira dele começou a ir pelo ralo.

— Aliás, adivinhe quem me ligou — disse ela.

Johnny não entrou naquele jogo, nunca entrava, e só perguntou:

— Quem?

— Você podia pelo menos dar um chute qualquer — disse Ginny.

Johnny não respondeu. Ginny falou:

— O seu padrinho.

Johnny ficou realmente espantado.

— Ele nunca fala com ninguém pelo telefone. O que ele lhe disse?

— Me disse para ajudar você — contou Ginny. — Disse que você podia voltar a ser grande como sempre foi, que estava retomando as coisas, mas que precisava de gente que acreditasse em você. Perguntei por que haveria de ser eu. E ele falou que era porque você é o pai das minhas filhas. É um velho tão meigo, e ficam contando umas histórias tão horríveis sobre ele...

Virginia detestava telefone e mandara retirar todas as extensões, menos a do seu quarto e a da cozinha. Agora ouviram o telefone da cozinha tocando. Ela foi atender. Ao voltar para a sala, mostrava-se surpresa e disse:

— É para você, Johnny. É o Tom Hagen. Falou que é importante.

Johnny foi até a cozinha e pegou o telefone, dizendo:

— Ei, Tom.

Tom Hagen falou em voz tranquila:

— Johnny, o padrinho quer que eu vá até aí para ver você e acertar algumas coisas que podem ajudá-lo, agora que o filme está pronto. Quer que eu pegue o avião amanhã de manhã. Você pode me encontrar em Los Angeles? Preciso voltar para Nova York amanhã mesmo, à noite, e assim você não precisa se incomodar em reservar a sua noite para mim.

— Claro, Tom — respondeu Johnny. — E não se preocupe que eu perca uma noite. Fique aqui e relaxe um pouco. Aí eu dou uma festa, e você vai conhecer um pessoal do cinema.

Ele sempre oferecia isso, não queria que os seus antigos conhecidos achassem que sentia vergonha deles.

— Agradeço — disse Hagen —, mas preciso mesmo estar lá amanhã cedo. Então você pode ir me esperar no voo que sai daqui de Nova York às onze e meia da manhã?

— Claro — respondeu Johnny.

— Fique no seu carro — disse Hagen. — Mande um dos seus me pegar quando eu descer do avião e me levar até você.

— Certo — concordou Johnny.

Ele voltou para a sala de estar e Ginny o fitou com ar interrogativo.

— O meu padrinho está com algum plano para me ajudar — disse Johnny. — Ele me conseguiu o papel no filme, não sei como. Mas preferia que ele ficasse fora do resto.

Voltou para o sofá. Estava muito cansado. Ginny disse:

— Em vez de ir para casa, por que você não dorme essa noite no quarto de hóspedes? Aí não vai precisar dirigir tão tarde e amanhã toma o desjejum com as crianças. E, de todo modo, odeio imaginar você totalmente sozinho naquela sua casa. Não se sente solitário?

— Não fico muito em casa — respondeu Johnny.

Ela riu e disse:

— Então você não mudou muito. — Parou e retomou: — Então arrumo o outro quarto?

— Por que não posso dormir no seu quarto? — perguntou Johnny.

Ela corou e respondeu:

— Não.

Sorriu e ele retribuiu o sorriso. Ainda eram amigos.

Ao acordar no dia seguinte, Johnny percebeu pelo sol entrando pelas persianas fechadas que já era tarde. O sol só entrava daquela maneira na parte da tarde. Ele gritou:

— Ei, Ginny, ainda ganho um desjejum?

E ouviu a voz dela respondendo de longe:

— Só um minutinho.

E foi mesmo só um minutinho. Ela devia estar com tudo pronto, aquecido no forno, a bandeja só esperando ser servida, pois, quando Johnny acendeu o primeiro cigarro do dia, a porta do quarto se abriu e as suas duas meninas entraram empurrando o carrinho do desjejum.

Eram tão lindas que ele sentiu uma dor no coração. Os rostinhos eram claros e brilhantes, os olhos vivazes de curiosidade e de enorme vontade de irem correndo até ele. Usavam o cabelo preso num longo rabo de cavalo trançado, à moda antiga, e, também à moda antiga, usavam aventais e sapatinhos brancos de verniz. Ficaram ao lado do carrinho olhando o pai enquanto apagava o cigarro, e esperaram até que ele as chamasse e estendesse os braços abertos. Então foram correndo até ele. Johnny apertou junto ao rosto as duas faces frescas e perfumadas das meninas, que sentiram a barba arranhando e deram um gritinho. Ginny apareceu na porta do quarto e afastou o carrinho para que ele pudesse comer na cama. Sentou-se ao seu lado, na ponta da cama, servindo o café, passando manteiga na torrada. As duas meninas se sentaram no sofá do quarto, a observá-lo. Agora não tinham mais idade para fazerem guerra de travesseiros ou ficarem correndo de um lado para o outro. Já estavam ajeitando o cabelo despenteado. Meu Deus, pensou ele, já, já vão ter crescido, e os malandros de Hollywood vão dar em cima delas.

Enquanto comia, Johnny dividia a torrada e o bacon com elas e lhes dava uns golinhos de café. Era um hábito que vinha da época em que cantava na orquestra e raramente faziam as refeições juntos, e assim elas gostavam de partilhar a comida do pai nos horários esdrúxulos em que ele comia, como o desjejum à tarde e o jantar de manhã. Adoravam aquela mudança: bife com batata frita às sete da manhã, ovos com bacon à tarde.

Apenas Ginny e alguns amigos mais próximos sabiam o quanto ele idolatrava as filhas. Tinha sido a pior parte do divórcio e da saída de casa. A única coisa pela qual tinha lutado era a sua posição de pai. De modo muito dissimulado, fez Ginny entender que não queria que ela se casasse outra vez, não por ciúme dela, mas por ciúme da sua posição de pai. Tinha providenciado a pensão de forma que fosse tremendamente vantajoso para ela, em termos financeiros, não voltar a se casar. Ficou subentendido que podia ter amantes, desde que não ingressassem na vida do lar. Mas, nesse aspecto, ele tinha absoluta confiança nela. Sempre fora extremamente tímida e antiquada quanto ao sexo. Os gigolôs de Hollywood não conseguiram nada quando começaram a enxamear em volta de Ginny, ao farejarem o acordo financeiro e os favores que podiam obter do marido famoso.

Johnny não temia que ela esperasse uma reconciliação pelo fato de ter proposto dormirem juntos na noite anterior. Nenhum dos dois queria retomar o velho casamento. Ginny entendia a sofreguidão dele pela beleza, a sua atração incontrolável por moças muito mais bonitas do que ela. Era de conhecimento geral que ele sempre se deitava pelo menos uma vez com as artistas com que trabalhava nos filmes. O seu charme juvenil era tão irresistível para elas quanto a beleza delas era irresistível para ele.

— Você precisa começar a se vestir logo — disse Ginny. — O avião do Tom vai chegar daqui a pouco.

Tocou as filhas para fora do quarto.

— É — disse Johnny. — Aliás, Ginny, sabe que estou me divorciando? Vou ser de novo um homem livre.

Ela observava enquanto ele se vestia. Johnny sempre mantinha roupas limpas na casa dela, desde o novo acerto que haviam feito depois do casamento da filha de Don Corleone.

— O Natal é daqui a duas semanas — disse ela. — Você vai estar aqui?

Era a primeira vez que pensava nos feriados. Quando estava com a voz boa, os feriados eram datas altamente lucrativas para se apresentar, mas mesmo naquela época o Natal era sagrado. Se perdesse esse de agora, seria a segunda vez. No ano anterior, andara cortejando a segunda esposa na Espanha, tentando convencê-la a se casar com ele.

— Vou, sim — respondeu. — Na véspera de Natal e no próprio Natal.

Não mencionou a véspera de Ano-Novo. Ia ser uma daquelas noitadas doidas que precisava ter de vez em quando, para se embebedar com os amigos, e não queria uma esposa ao lado. Não tinha nenhum sentimento de culpa quanto a isso.

Ginny o ajudou a vestir o paletó e passou uma escova. Ele era sempre meticulosamente asseado. Viu que ele franzia a testa porque a camisa que vestira não estava lavada e passada ao seu gosto, as abotoaduras, um par que já não usava fazia algum tempo, eram um pouco chamativas demais para o seu estilo atual de se vestir. Ela riu de leve e disse:

— O Tom não vai notar a diferença.

As três mulheres da família o acompanharam até a porta e a entrada onde estava parado o carro. As meninas estavam de mãos dadas com ele, uma de cada lado. A esposa ia um pouco atrás. Estava contente com o ar feliz de Johnny. Chegando ao carro, ele se virou e ergueu as filhas no ar, uma por vez, dando-lhes um beijo ao baixá-las. Então deu um beijo na esposa e entrou no carro. Não gostava de despedidas prolongadas.

O SEU ASSISTENTE E AGENTE de relações públicas havia organizado as coisas. À espera na frente da sua casa, havia um carro com motorista, um carro alugado. Dentro estavam o relações-públicas e outro membro da sua equipe. Johnny estacionou o carro, saltou dentro do outro e se puseram a caminho do aeroporto. Ficou aguardando no automóvel enquanto o relações-públicas ia ao encontro do avião de Tom Hagen. Quando Tom entrou no carro, trocaram um aperto de mãos e voltaram para a casa dele.

Finalmente, Johnny e Tom ficaram a sós na sala de estar. Havia certa frieza entre eles. Johnny nunca perdoara Hagen por impedir que entrasse em contato com o Don, que estava bravo com ele, naqueles tristes dias antes do casamento de Connie. Hagen nunca se desculpava pelas suas ações. Não podia. Fazia parte da sua função servir de para-raios para os ressentimentos que o Don criava, mas que as pessoas, porque o temiam demais, não se atreviam a sentir diretamente por ele.

— O seu padrinho me mandou aqui para dar uma mãozinha em algumas coisas — disse Hagen. — Eu queria resolver isso antes do Natal.

Johnny não deu muita atenção.

— O filme está pronto. O diretor era correto e me tratou direito. As minhas cenas são importantes demais para que o Woltz, só por desforra, mande cortar na montagem. Ele não vai arruinar um filme de dez milhões de dólares. Então, agora tudo depende do público, até que ponto vão gostar da minha atuação.

Hagen perguntou cautelosamente:

— Ganhar o Oscar tem mesmo uma importância enorme para a carreira de um ator, ou é só aquela bobagem publicitária de sempre que na verdade não quer dizer nada? — Parou, mas logo acrescentou: — Exceto, claro, pela glória, todo mundo gosta de glória.

Johnny Fontane abriu um grande sorriso.

— Menos o meu padrinho. E você. Não, Tom, não é besteira, não. Um Oscar pode garantir um ator por dez anos. Pode escolher os papéis. O público vai assistir. Não é a única coisa, mas, para um ator, é a mais importante no ramo. Estou contando com o prêmio. Não por ser um grande ator, mas porque sou conhecido basicamente como cantor e o papel é facílimo. E, falando sério, também estou muito bem.

Tom Hagen fez um ar de dúvida e disse:

— O seu padrinho me falou que, no pé em que estão as coisas agora, você não tem chance de ganhar.

Johnny Fontane perdeu a calma.

— Que droga é essa que você está falando? O filme ainda nem foi montado e muito menos apresentado. E o Don nem é do ramo. E a troco de que você viaja cinco mil quilômetros e vem me dizer uma merda dessas?

Estava tão abalado que quase começou a chorar.

— Johnny, não sei coisa nenhuma desse troço de cinema — disse Hagen, preocupado. — Não se esqueça, sou apenas um mensageiro do Don. Mas já discutimos muitas vezes todo esse assunto seu. Ele se preocupa com você, com o seu futuro. Ele acha que você ainda precisa de ajuda e quer resolver o seu problema de uma vez por todas. É por isso que estou aqui, para ajeitar as coisas. Mas você precisa amadurecer, Johnny. Precisa parar de se ver como cantor ou ator. Precisa começar a se ver como o cara que cria as coisas, como o cara poderoso.

Johnny Fontane deu uma risada e encheu o copo.

— Se eu não ganhar esse Oscar, vou ter tanto poder quanto as minhas filhas. Não tenho mais voz; se voltasse a ter, podia tentar alguns lances. Mas, caramba, como o meu padrinho sabe que não vou ganhar? Bom, acredito que deve saber mesmo. Ele nunca se engana.

Hagen acendeu um charuto fino.

— Soubemos que o Jack Woltz não vai pôr grana do estúdio para apoiar a sua indicação. Na verdade, ele espalhou para todos os votantes que não quer que você ganhe. Mas o simples fato de segurar a verba de divulgação e tudo mais já pode ser suficiente. O Woltz também está manobrando para que outro cara receba todos os votos que ele conseguir mudar. Está azeitando de tudo quanto é jeito: com emprego, com verdinha, com mulheres, com tudo. E está tentando fazer isso sem prejudicar o filme ou prejudicando o mínimo possível.

Johnny Fontane ficou com ar de desânimo. Encheu o copo de uísque e emborcou de uma vez só.

— Então estou liquidado.

Hagen o observava com a boca retorcida de desagrado e disse:

— Beber não vai ajudar a voz.

— Vai se foder — respondeu Johnny.

Na mesma hora, o rosto de Hagen ficou totalmente liso e impassível. Então disse:

— Certo, vou ficar só nos negócios.

Johnny Fontane pousou o copo e se pôs de frente para Hagen.

— Desculpe por ter dito aquilo, Tom — falou. — Meu Deus, sinto muito. Estou descarregando em você porque fico com vontade de matar aquele desgraçado do Jack Woltz e tenho medo de criticar o meu padrinho. E aí fico bravo com você.

Estava com lágrimas nos olhos. Atirou o copo de uísque vazio na parede, mas num arremesso tão mixuruca que o copo pesadão nem lascou e veio rolando de volta pelo chão, fazendo-o olhar para baixo com ar perplexo e furioso. Então caiu na risada.

— Poxa vida — disse.

Foi até o outro lado da sala e se sentou diante de Hagen.

— Sabe, por muito tempo eu tinha tudo ao meu favor. Então me divorciei da Ginny e tudo começou a desandar. Perdi a voz. Os meus discos pararam de vender. Não conseguia mais nenhum papel no cinema. E aí o meu padrinho ficou bravo comigo, não falava comigo pelo telefone, não me recebia quando eu ia a Nova York. Você sempre foi o cara barrando o caminho e eu punha a culpa em você, mas sabia que você não faria isso sem ordens do Don. Mas a gente não pode ficar bravo com ele. É como ficar irritado com Deus. Então xingo você. Mas você esteve certo o tempo todo. E, para mostrar que realmente peço desculpas, vou seguir o seu conselho. Chega de beber até recuperar a voz. Combinado?

O pedido de desculpas era sincero. Hagen esqueceu a raiva. Esse menino de 35 anos devia ter alguma coisa especial, pois, do contrário, o Don não teria tanto afeto por ele.

— Esqueça, Johnny — disse ele.

Ficou constrangido com a intensidade emocional de Johnny e com a suspeita de que ela podia ter sido inspirada pelo medo, o medo de que ele, Hagen, pudesse virar o Don contra ele, Johnny. E claro que nunca ninguém conseguiria mudar os sentimentos do Don por qualquer razão que fosse. As suas afeições, só ele mesmo mudava.

— As coisas não são tão ruins — disse a Johnny. — O Don diz que pode anular tudo o que o Woltz está armando contra você. Que com quase toda a certeza você ganhará o Oscar. Mas ele acha que isso não vai resolver o seu problema. Ele quer saber se você tem cabeça e colhão para ser produtor por conta própria, para fazer os seus próprios filmes do começo ao fim.

— Mas como ele vai me conseguir o Oscar? — perguntou Johnny, incrédulo.

Hagen foi incisivo.

— Por que você acha tão fácil acreditar que o Woltz pode dar lá o seu jeitinho, e o seu padrinho não? Agora, como é preciso que você confie na outra parte do nosso trato, vou lhe dizer uma coisa. Guarde só para si. O seu padrinho é muito mais poderoso do que o Jack Woltz. E é muito mais poderoso em áreas muito mais delicadas. Como ele pode influenciar no Oscar? Ele controla ou tem controle sobre as pessoas que controlam todos os sindicatos do setor, todas ou quase todas as pessoas que têm voto. Claro que você tem de ser bom, tem de estar na disputa por mérito próprio. E o seu padrinho tem mais miolo do que Jack Woltz. Ele não vai até esses caras e põe uma arma na cabeça deles dizendo: "Vote em Johnny Fontane ou está despedido." Não usa força onde a força não funciona ou onde gera ressentimento demais. Ele vai fazer esses caras votarem em você porque querem. Mas só vão querer se ele se interessar. Agora, acredite em mim, ele pode conseguir o Oscar para você. E que, se ele não agir, você não vai ganhar.

— Certo — disse Johnny. — Acredito em você. E tenho cabeça e colhão para ser produtor, mas não tenho grana. Nenhum banco me financiaria. Um filme custa milhões.

Hagen foi sucinto.

— Quando você ganhar o Oscar, comece a planejar três filmes seus. Contrate os melhores do ramo, os melhores técnicos, os melhores artistas, o que você precisar. Planeje de três a cinco filmes.

— Você está louco — disse Johnny. — Todos esses filmes, isso dá vinte milhões.

— Quando você precisar do dinheiro — prosseguiu Hagen —, entre em contato comigo. Eu lhe dou o nome do banco aqui na Califórnia, para pedir o financiamento. Não se preocupe, eles financiam filmes o tempo todo. Apenas peça o dinheiro da maneira normal, com as devidas justificativas, como um acordo empresarial de praxe. Eles aprovarão. Mas primeiro você precisa falar comigo e me expor os números e os planos. Certo?

Johnny ficou calado por um bom tempo. Então perguntou calmamente:

— Mais alguma coisa?

Hagen sorriu.

— Você está perguntando se vai precisar prestar algum favor em troca de um empréstimo de vinte milhões de dólares? Claro que sim.

Aguardou que Johnny dissesse alguma coisa. Como ele não disse nada, Hagen retomou:

— Nada que você não faria se o Don lhe pedisse para fazer.

— Se for algo sério, o Don precisa pedir pessoalmente a mim, está entendendo? — falou Johnny. — Não vou aceitar a sua palavra nem a do Sonny.

Hagen ficou surpreso com a sensatez da observação. Afinal Fontane tinha um pouco de cabeça. Tinha sensatez para saber que o Don gostava demais dele e era inteligente demais para lhe pedir que fizesse alguma tolice arriscada, ao contrário de Sonny, que era bem capaz disso. Respondeu a Johnny:

— Quero tranquilizá-lo num ponto. O seu padrinho deu a Sonny e a mim instruções estritas de não envolver você de maneira nenhuma em algo que pudesse lhe trazer uma publicidade negativa por falha nossa. E ele próprio nunca o envolveria. Garanto que qualquer favor que ele lhe pedir, você mesmo vai se prontificar a fazer antes que ele lhe peça. Entendido?

— Entendido — disse Johnny com um sorriso.

— Além disso, ele acredita em você — retomou Hagen. — Acha que você tem cabeça e imagina que o banco vai lucrar com o investimento, o que significa que o Don vai lucrar. Então é de fato um acordo de negócios, nunca se esqueça disso. Não saia por aí detonando o dinheiro. Você pode ser o afilhado predileto dele, mas vinte milhões é um dinheirão. Ele vai correr risco ao garantir o empréstimo.

— Diga a ele que não se preocupe — falou Johnny. — Se um cara como o Jack Woltz é um grande gênio do cinema, qualquer um pode ser.

— É o que o seu padrinho acha — disse Hagen. — Você diz para alguém me levar para o aeroporto? Eu já disse tudo o que tinha a dizer. Quando você começar a assinar os documentos de tudo, contrate advogados próprios, não vou estar nessa. Mas, caso concorde, gostaria de ver todos os papéis antes de você assinar. E, além do mais, você nunca vai ter nenhum problema trabalhista. Isso vai reduzir um bom tanto os custos dos filmes, e, portanto, se os contadores incluírem alguma despesa por conta disso, desconsidere.

Johnny perguntou cauteloso:

— Preciso da sua aprovação em alguma outra coisa, roteiros, atores e tal?

Hagen abanou a cabeça.

— Não — respondeu. — O que pode acontecer é que o Don tenha objeção a alguma coisa, mas aí ele vai apresentá-la diretamente a você. De todo modo, o cinema não o afeta em nada e por isso não tem nenhum interesse. E não acredita em intromissões, isso posso lhe dizer por experiência própria.

— Ótimo — disse Johnny. — Eu mesmo vou levá-lo até o aeroporto. E agradeça ao padrinho por mim. Eu ligaria e agradeceria pessoalmente, mas ele nunca atende as ligações. Aliás, por que isso?

Hagen deu de ombros.

— Ele quase nunca fala pelo telefone. Não quer que gravem a voz dele, mesmo dizendo algo totalmente inocente. Receia que possam cortar e montar as palavras, para dar a impressão de estar dizendo outra coisa. Creio que é por isso. De todo modo, a única preocupação dele é alguma armação das autoridades. Assim, não quer dar nenhuma brecha.

Entraram no carro e Johnny seguiu para o aeroporto. Hagen ficou pensando que Johnny era melhor do que ele imaginava. Já aprendera alguma coisa, como mostrava o fato de levá-lo pessoalmente ao aeroporto. A cortesia pessoal, coisa na qual o próprio Don sempre acreditara. E o pedido de desculpas. Aquilo tinha sido sincero. Hagen conhecia Johnny de longa data e sabia que ele jamais se desculparia por medo. Johnny sempre teve fibra. Era por isso que vivia metido em problemas, com os patrões no cinema e com as mulheres. Era também uma das poucas pessoas que não tinham medo do Don. Entre as pessoas que Hagen conhecia, Fontane e Michael eram talvez os dois únicos homens de quem podia dizer isso. Assim, o pedido de desculpas era sincero e o aceitaria enquanto tal. Ele e Johnny teriam de se ver com muita frequência pelos próximos anos. E Johnny ainda teria de passar pelo teste seguinte, que provaria até que ponto era inteligente. Teria de fazer algo para o Don que o Don nunca lhe pediria nem insistiria para fazer, como parte do acordo. Hagen se perguntou se Johnny Fontane teria inteligência suficiente para adivinhar aquela parte do trato.

DEPOIS DE DEIXAR HAGEN NO aeroporto (Hagen insistiu para que Johnny não ficasse ali esperando o avião junto com ele), Johnny voltou para a casa de Ginny, que ficou surpresa ao vê-lo. Mas ele queria ficar na casa dela para ter tempo de pensar em tudo aquilo e traçar os seus planos. Sabia que o que Hagen lhe dissera era de extrema importância e que toda a sua vida iria mudar. Tinha sido um grande astro, mas agora, mesmo com apenas 35 anos, estava acabado. Não se iludia quanto a isso. Mesmo que ganhasse o Oscar de melhor ator, que raio isso significaria, na melhor das hipóteses? Nada, se não recuperasse a voz. Seria apenas de segunda categoria, sem poder efetivo, sem força efetiva. Mesmo aquela garota que lhe deu o fora tinha se mostrado simpática, legal e até meio estilosa, mas será que ficaria tão na dela se ele ainda estivesse no auge? Agora, com o Don lhe dando respaldo financeiro, podia se tornar um dos grandes de Hollywood. Podia ser um rei. Johnny sorriu. Caramba, podia ser até um Don.

Seria legal voltar a morar com Ginny durante algumas semanas, ou talvez mais. Sairia todos os dias com as meninas, talvez recebesse alguns amigos. Pararia de fumar e de beber, ia realmente cuidar de si. Talvez a voz se restabelecesse. Com ela de volta e com o dinheiro do Don, ele seria imbatível. Seria a coisa mais próxima de um rei ou de um imperador de antigamente, até onde era possível nos Estados Unidos. E não dependeria de manter a voz ou de ter sucesso como ator. Seria um império fundado no dinheiro e no tipo mais especial e mais cobiçado de poder.

Ginny estava com o quarto de hóspedes preparado para ele. Subentendia-se que não dormiria no quarto dela, não viveriam como marido e mulher. Jamais poderiam voltar a ter esse relacionamento. E, mesmo que o mundo exterior dos colunistas de fofocas e dos fãs de cinema atribuísse exclusivamente a ele a culpa pelo fim do casamento, o interessante era que os dois, entre si, sabiam que a culpa dela pelo divórcio era ainda maior.

Quando Johnny Fontane se tornou o maior cantor e astro das comédias musicais no cinema, nunca lhe passou pela cabeça abandonar esposa e filhas. Era italiano demais, ainda antiquado demais. Naturalmente fora infiel. Era coisa impossível de evitar no seu ramo, ainda mais com as tentações a que estava exposto constantemente. E, embora fosse magrelo e de aparência delicada, tinha aquela rija virilidade de muitos latinos de físico franzino. E ele adorava as surpresas das mulheres. Adorava quando saía com uma jovem recatada de rosto meigo e virginal e então, ao desnudar os seios dela, descobria que eram fartos e exuberantes, voluptuosamente túrgidos em contraste com o rosto de camafeu. Adorava encontrar pudor e timidez sexual nas jovens de ar sensual que se requebravam como um ágil jogador de basquete, com ares sedutores como se tivessem dormido com cem caras, e aí, quando ficava a sós com elas, tinha de batalhar horas a fio para entrar e fazer o serviço, então descobrindo que eram virgens.

E todos esses caras de Hollywood caçoavam dele por gostar de virgens. Diziam que era um gosto de carcamano antiquado, quadrado, que levava um tempão até conseguir que uma virgem chupasse o pau do cara com todas as consequências e que geralmente trepava que era uma merda. Mas Johnny sabia que era uma questão de saber lidar com a mocinha. Precisava abordá-la do jeito certo, e aí havia coisa melhor do que uma garota provando o primeiro pau e adorando a coisa? Ah, era tão bom romper um cabaço. Era tão bom sentir as pernas delas em volta. As coxas variavam, as bundas variavam, a cor da pele variava, os tons de branco, pardo, moreno, e, quando dormiu com aquela moça negra em Detroit, boa menina, não da putaria, filha jovem de um cantor de jazz no mesmo show de cabaré em que ele estava, foi uma das coisas mais gostosas que teve na vida. Os lábios dela tinham mesmo um sabor de mel levemente apimentado, a pele morena escura era macia, cremosa, mostrou-se a mulher mais doce jamais criada por Deus, e era virgem.

E os outros caras viviam falando em chupada, desse e daquele jeito, e na verdade ele nem gostava muito. Nunca sentia muito tesão pela garota depois de tentarem fazer isso, simplesmente não o satisfazia. Acabou não dando certo com a segunda esposa porque ela preferia tanto o velho 69 que não queria outra coisa, e ele tinha uma trabalheira em penetrar. Ela começou a caçoar dele, a dizer que era quadrado e careta, e se espalhou o boato de que ele fazia amor feito menino. Talvez tenha sido por isso que a garota da noite anterior deu o fora nele. Bom, dane-se, ela não ia ser grande coisa mesmo. Dava para saber quando a garota realmente gostava de foder, e eram sempre as melhores. Principalmente as que ainda não estavam muito tempo nessa. O que ele realmente detestava eram aquelas que tinham começado a trepar aos 12 e chegavam aos 20 totalmente gastas, só faziam os movimentos mecanicamente, e algumas eram as mais bonitas de todas e até chegavam a enganar.

Ginny levou café e bolo ao quarto dele, que pôs na mesinha comprida perto do sofá. Ele comentou apenas que Hagen o estava ajudando a conseguir um financiamento para um pacote de filmes, e ela ficou empolgada. Ele voltaria a ser importante. Mas não fazia ideia do verdadeiro poder de Don Corleone e por isso não entendeu como era significativa a vinda de Hagen lá de Nova York. Johnny lhe disse que Hagen também estava ajudando nos detalhes jurídicos.

Depois de terminarem o café, ele disse a Ginny que ia trabalhar naquela noite, dar alguns telefonemas e traçar planos para o futuro.

— Metade vai ficar no nome das meninas — disse-lhe.

Ela sorriu agradecida e lhe deu um beijo de boa-noite antes de sair do quarto.

Na escrivaninha, havia um pratinho de cristal com os seus cigarros favoritos, com monograma, e um umidificador com charutos cubanos pretos, finos como lápis. Johnny se reclinou na poltrona e começou as ligações. A cabeça estava realmente a mil. Ligou para o autor do livro, o romance campeão de vendas, no qual se baseava o seu novo filme. Era um cara da sua idade, que subira com muito esforço próprio e agora era uma celebridade no mundo literário. Viera para Hollywood achando que ia ser tratado como figurão e, como a maioria dos autores, foi tratado feito merda. Uma noite, Johnny presenciara a humilhação do autor no restaurante Brown Derby. Tinham arranjado para o escritor um encontro na cidade com uma pequena atriz de seios fartos, bastante conhecida, que certamente terminaria em sexo. Mas, quando estavam jantando, ela deixou de lado o autor famoso porque um ator cômico mal-ajambrado a chamou com um sinal de dedo. Com isso, o escritor pôde ver claramente quem mandava no galinheiro, quem era quem na hierarquia de Hollywood. Não fazia a menor diferença que o seu livro lhe tivesse dado fama mundial. Uma pequena atriz ia preferir o ator mais tosco, mais medíocre e mais jeca, porque era do cinema.

Agora Johnny ligou para o autor na sua casa em Nova York, para agradecê-lo pelo ótimo personagem que criara para ele no livro. Afagou ao máximo o ego do cara. Então, num tom muito displicente, perguntou como estava indo no próximo romance e sobre o que era. Acendeu um charuto enquanto o autor lhe falava de um capítulo especialmente interessante, e por fim disse:

— Uau, gostaria de ler depois que você terminar. Que tal me mandar um exemplar? Talvez eu consiga um bom contrato por ele, melhor do que o que você teve com o Woltz.

O tom ansioso na voz do autor lhe revelou que adivinhara certo. Woltz tinha esfolado o cara, pagando uma miséria pelo livro. Johnny comentou que talvez fosse para Nova York logo após o período do Natal e perguntou se não gostaria de ir jantar com ele e alguns amigos seus.

— Conheço umas garotas bem bonitinhas — disse Johnny gracejando.

O autor riu e concordou.

Em seguida, Johnny ligou para o diretor e para o câmera do filme que acabara de fazer, agradecendo-lhes pela ajuda que lhe haviam dado. Falou num tom confidencial que sabia que Woltz tinha sido contrário a ele e agradecia duplamente pela ajuda e que, se alguma hora houvesse alguma coisa que pudesse fazer por eles, era só ligar.

Então fez a ligação mais difícil de todas, a ligação para Jack Woltz. Agradeceu pelo papel no filme e disse que ficaria muito feliz se pudesse trabalhar com ele, a qualquer momento que fosse. Fez isso só para despistar Woltz. Ele sempre tinha sido muito correto, muito decente. Dali a alguns dias, Woltz ia descobrir a manobra e ficaria perplexo com o lance traiçoeiro daquela ligação, e era exatamente o que Johnny Fontane queria que ele sentisse.

Feito isso, ele se sentou à escrivaninha e tirou umas baforadas do charuto. Havia uísque numa mesinha lateral, mas ele fizera uma espécie de promessa a si mesmo e a Hagen de que não ia beber. Aliás, nem devia estar fumando. Que bobagem; qualquer que fosse o problema com a sua voz, certamente não ia adiantar nada parar de fumar e de beber. Não muito, só um pouco, caramba, era uma coisa que podia ajudar e, agora que tinha chance de lutar, queria se armar de todas as vantagens.

Com a casa quieta, a esposa divorciada dormindo, as filhas queridas dormindo, podia relembrar aquela época terrível da sua vida, quando as abandonou. Abandonou por uma puta vagabunda que era a sua segunda esposa. Mas mesmo agora sorriu ao pensar nela, tão encantadora em tantos aspectos; e, além disso, a única coisa que salvou a sua vida foi o dia em que resolveu que nunca odiaria uma mulher ou, mais especificamente, o dia em que decidiu que não podia se permitir odiar a primeira esposa nem as filhas, as namoradas, a segunda esposa, as namoradas que vieram depois, chegando a Sharon Moore que lhe deu o fora para poder se vangloriar de ter recusado uma trepada com o grande Johnny Fontane.

ELE VIAJARA COM A ORQUESTRA, como cantor, e depois se tornara um astro da rádio e um astro nos palcos e então finalmente entrara no cinema. E todo esse tempo ele viveu do jeito que quis, trepou com as mulheres que quis, mas nunca deixou que isso afetasse a sua vida pessoal. Então se apaixonou por Margot Ashton, que logo se tornaria a sua segunda esposa; ficou totalmente louco por ela. A carreira foi para os infernos, a voz foi para os infernos, a vida familiar foi para os infernos. E aí chegou o dia em que ficou sem nada.

A questão era que sempre fora justo e generoso. No divórcio, tinha dado à primeira esposa tudo o que possuía. Providenciara que as duas filhas sempre tivessem uma parte de tudo o que ele fazia, de todos os discos, todos os filmes, todos os shows. E, quando era rico e famoso, nunca recusara nada à primeira esposa. Ajudara todos os irmãos e irmãs dela, o pai e a mãe, as amigas de escola e respectivas famílias. Nunca foi uma celebridade arrogante. Cantara no casamento das duas irmãs mais novas da esposa, coisa que detestava fazer. Nunca lhe negara nada, exceto a rendição total da sua personalidade.

E então, quando chegou ao fundo do poço, quando não conseguia mais trabalho no cinema, quando não conseguia mais cantar, quando a segunda esposa o traiu, foi passar uns dias com Ginny e as filhas. Uma noite, entregou-se como que à mercê dela porque se sentia um trapo. Naquele dia, tinha ouvido uma das suas gravações e estava tão horrível que acusou os técnicos de som de sabotarem a gravação. Até que finalmente se convenceu de que a sua voz era realmente assim. Destruiu a matriz da gravação e não quis mais cantar. Ficou tão envergonhado que desde aquele dia não soltou mais uma única nota, exceto no casamento de Connie Corleone, cantando com Nino.

Nunca esquecera a expressão no rosto de Ginny quando ela soube de todos os seus infortúnios. Foi apenas por um átimo, mas suficiente para jamais esquecer. Era uma expressão de feroz e alegre satisfação. Era uma expressão que só podia levá-lo a crer que ela passara aqueles anos todos sentindo um ódio mortalmente desdenhoso por ele. Ginny logo se recompôs e lhe mostrou uma solidariedade fria, mas cortês. Ele fingira aceitar. Nos dias subsequentes, ele tinha ido ver três das suas garotas preferidas ao longo dos anos, com as quais mantinha amizade e às vezes transava numa boa, garotas que ele ajudara de todas as maneiras que estavam ao seu alcance, garotas às quais oferecera o equivalente a centenas de milhares de dólares em presentes ou em oportunidades de trabalho. Viu no rosto delas a mesma rápida expressão de satisfação feroz.

Foi nessa época que viu que precisava tomar uma decisão. Podia virar um daqueles inúmeros homens de Hollywood, produtores, roteiristas, diretores, atores de sucesso que caíam feito aves de rapina em cima das beldades com uma luxúria carregada de ódio. Podia usar o poder e os favores monetários com certa relutância, sempre alerta a traições, sempre acreditando que as mulheres iam traí-lo e abandoná-lo, adversárias que precisava derrotar. Ou podia se recusar a odiar as mulheres e continuar a acreditar nelas.

Sabia que não podia se permitir *não* amar as mulheres, que algo dentro de si morreria se não continuasse a amá-las, por mais traiçoeiras e infiéis que fossem. Não fazia mal que as mulheres que mais amava no mundo se sentissem intimamente alegres ao vê-lo esmagado, humilhado por um revés da fortuna; não fazia mal que o tivessem traído, não sexualmente, mas da maneira mais horrenda possível. Não tinha escolha. Tinha de aceitá-las. E assim fazia amor com todas elas, dava-lhes presentes, escondia a mágoa ao ver como se rejubilavam com as suas desgraças. Perdoava-as sabendo que estava pagando o preço por ter mantido a sua total liberdade em relação a elas e na mais plena fruição dos seus favores. Mas nunca sentira a culpa de ser insincero com elas. Nunca sentira culpa pelo tratamento que dera a Ginny, insistindo em continuar como o pai exclusivo das filhas, mas nunca sequer avaliando a possibilidade de se recasar com ela, e deixando-a plenamente ciente disso. Era a única coisa que conseguira salvar na sua queda. Tinha criado casca grossa em relação às mágoas que causava nas mulheres.

Estava cansado, pronto para ir dormir, mas um lembrete mental não o largava: cantar com Nino Valenti. E de repente se deu conta de que era a coisa que mais agradaria a Don Corleone. Pegou o telefone e pediu à telefonista uma ligação para Nova York. Ligou para Sonny Corleone e lhe pediu o número de Nino Valenti. Então ligou para Nino. Nino parecia um pouco alto, como sempre.

— Ei, Nino, você topa vir para cá e trabalhar para mim? — perguntou Johnny. — Preciso de um cara em quem eu possa confiar.

Nino, levando na brincadeira, respondeu:

— Ih, sei não, Johnny. Tenho um trampo legal de caminhoneiro, brinco com as donas de casa na rota, embolso cento e cinquenta limpinhos toda semana. O que você tem a oferecer?

— Dá para começar com quinhentão e lhe arranjo uns encontros com umas atrizes, que tal? — disse Johnny. — E talvez, quem sabe, deixo você cantar nas minhas festas.

— Tá, vou pensar — respondeu Nino. — Vou conversar com o meu advogado, o meu contador e o meu ajudante de caminhão.

— Ei, Nino, não é brincadeira — disse Johnny. — Preciso de você aqui. Quero que você pegue o avião amanhã de manhã e venha assinar um contrato pessoal de quinhentos dólares por semana durante um ano. E aí, se você roubar uma das minhas garotas e eu te despedir, recebe pelo menos um ano de salário. Certo?

Houve uma longa pausa. Nino agora estava com a voz sóbria.

— Ei, Johnny, você está brincando?

— Estou falando sério, rapaz — respondeu Johnny. — Vá até o escritório do meu agente em Nova York. Vão lhe dar a passagem aérea e um pouco de grana. Primeira coisa amanhã cedo, vou ligar para eles. Então passe lá à tarde. Certo? Aí mando alguém te receber no aeroporto e te trazer aqui para casa.

Houve mais uma longa pausa e então Nino falou numa voz muito contida, muito insegura:

— Certo, Johnny.

Não parecia mais bêbado.

Johnny desligou e se preparou para deitar. Não se sentia tão bem desde que quebrara aquela matriz da gravação.

Capítulo 13

Johnny Fontane estava sentado no enorme estúdio de gravação e calculava os custos num bloco de notas. Os músicos vinham chegando, todos eles velhos amigos da época de rapazote, quando cantava com as orquestras. O regente, o principal nome no ramo de acompanhamento pop e que fora bondoso com ele quando as coisas degringolaram, dava a cada músico montes de partituras e instruções verbais. Chamava-se Eddie Neils. Tinha topado participar dessa gravação como um favor a Johnny, apesar da sua agenda lotada.

Nino Valenti estava sentado a um piano, nervoso, brincando com as teclas. E também bebericava um enorme copo de uísque de centeio. Johnny não se incomodava com aquilo. Sabia que Nino cantava igualmente bem, quer estivesse sóbrio ou bêbado, e o que iam fazer hoje não exigia nenhum verdadeiro domínio musical da parte de Nino.

Eddie Neils havia preparado arranjos especiais para algumas velhas cantigas italianas e sicilianas, caprichando na cantiga de desafio que Nino e Johnny tinham cantado em dupla no casamento de Connie Corleone. Johnny estava fazendo o disco sobretudo porque sabia que o Don adorava aquelas cantigas e seria o presente de Natal ideal para ele. Tinha também um palpite de que o disco venderia muito, não um milhão, claro, mas bastante. E percebera que a retribuição que o Don queria era que ele ajudasse Nino. Afinal, Nino era um dos vários afilhados do Don.

Johnny pôs a prancheta e o bloco de notas na cadeira dobrável ao seu lado e se levantou para ficar ao lado do piano.

— E aí, *paesà*? — perguntou ele.

Nino ergueu os olhos e tentou sorrir. Parecia um pouco adoentado. Johnny se inclinou e massageou as suas omoplatas.

— Relaxe, rapaz — disse ele. — Faça um bom trabalho hoje e arranjo para você a melhor e mais famosa gostosona de Hollywood.

Nino tomou um bom gole de uísque e perguntou:

— Quem? A Lassie?

Johnny riu.

— Não. Deanna Dunn. Garanto a qualidade.

Nino ficou impressionado, mas não se conteve e perguntou com falso ar de esperança:

— Você não me consegue a Lassie?

A orquestra entrou na música de abertura do *pot-pourri*. Johnny Fontane escutava atentamente. Eddie Neils ia tocar todas as cantigas até o fim, nos seus arranjos especiais. Em seguida, fariam a primeira gravação. Enquanto Johnny ouvia, anotava mentalmente como iria lidar com cada frase, como entraria em cada canção. Sabia que a voz não ia aguentar muito, mas Nino é que ficaria com a maior parte da cantoria, e Johnny ia apenas acompanhar. Menos no desafio, claro. Tinha de se poupar para essa hora.

Puxou Nino para junto de si e os dois ficaram em frente aos respectivos microfones. Nino errou a abertura, errou outra vez. Começava a corar de vergonha. Johnny brincou com ele:

— Ei, está enrolando para ganhar hora extra?

— Não fico à vontade sem o bandolim — respondeu Nino.

Johnny pensou por um instante e disse:

— Segure o copo de uísque.

Pareceu dar certo. Nino continuou a beber enquanto cantava, mas se saiu bem. Johnny cantava com facilidade, sem forçar, a voz apenas volteando em torno da melodia principal de Nino. Essa forma de cantar não gerava satisfação emocional, mas ele ficou surpreso com a sua própria habilidade técnica. Dez anos de vocalização lhe haviam ensinado alguma coisa.

Quando chegaram à cantiga de desafio que encerrava a gravação, Johnny soltou a voz e, quando terminaram, estava com as cordas vocais doendo. Os músicos ficaram arrebatados com a cantiga final, coisa rara naqueles veteranos calejados. Aceleraram os instrumentos e batiam os pés aprovando, como se batessem palmas. O baterista rufou na percussão.

Entre intervalos e conversas, trabalharam durante quase quatro horas e depois saíram. Eddie Neils foi até Johnny e falou baixinho:

— Você esteve muito bem, rapaz. Talvez esteja pronto para gravar um disco. Tenho uma música nova que é perfeita para você.

Johnny meneou a cabeça.

— Imagine, Eddie, não brinque comigo. Além disso, daqui a duas horas vou estar tão rouco que nem vou conseguir falar. Você acha que vamos precisar mexer muito no que fizemos hoje?

Eddie respondeu, pensativo:

— Nino vai ter de voltar amanhã ao estúdio. Errou algumas coisas. Mas ele é muito melhor do que eu imaginava. Quanto ao que você fez, se tiver algo que não me agrade, mando os engenheiros de som ajeitarem. Certo?

— Certo — disse Johnny. — Quando posso ouvir a prensagem?

— Amanhã à noite — respondeu Eddie Neils. — Na sua casa?

— É — falou Johnny. — Obrigado, Eddie. A gente se vê amanhã.

Pegou Nino pelo braço e saíram do estúdio. Foram não para a casa de Ginny, mas para a dele.

A essa altura já era final da tarde. Nino ainda estava bastante embriagado. Johnny falou que fosse tomar um banho e depois tirasse um cochilo. Iam a uma festança às onze da noite.

Quando Nino acordou, Johnny deu o resumo da coisa.

— Essa festa é um Clube dos Corações Solitários do cinema — disse. — O mulherio de hoje à noite são damas que você viu nos filmes como rainhas do glamour e milhões de caras dariam o braço direito para trepar com elas. E só vão estar na festa hoje à noite para encontrar alguém que transe com elas. Sabe por quê? Porque estão loucas para isso, só são um pouco velhotas. E, como toda dama, querem que a coisa tenha um pouco de classe.

— O que houve com a sua voz? — perguntou Nino.

Johnny tinha falado quase sussurrando, e respondeu:

— Isso acontece toda vez que eu canto um pouco. Agora vou passar um mês sem conseguir cantar. Mas a rouquidão passa em dois ou três dias.

— Dureza, hein? — comentou Nino, pensativo.

Johnny deu de ombros, e retomou:

— Escute, Nino, não fique muito de porre hoje à noite. Você precisa mostrar para essa mulherada de Hollywood que o meu camarada *paesà* não vacila na hora H. Tem de ir em frente. E lembre-se de uma coisa: algumas dessas mulheres têm muito poder no cinema, podem descolar um trabalho para você. Ser simpático depois da coisa não tira pedaço.

Nino já estava se servindo de uma dose.

— Sou sempre simpático — disse ele.

Esvaziou o copo e perguntou com um grande sorriso:

— Falando sério, você consegue mesmo me pôr perto da Deanna Dunn?

— Não se assanhe muito — respondeu Johnny. — Não vai ser como você está pensando.

O Clube dos Corações Solitários das estrelas de Hollywood (como diziam os atores jovens em papéis principais e cujo comparecimento era obrigatório) se reunia todas as sextas à noite num verdadeiro palácio de propriedade do estúdio onde morava Roy McElroy, assessor de imprensa ou, melhor, de relações públicas da Woltz International Film Corporation. Na verdade, embora fosse uma festa aberta de McElroy, a ideia tinha vindo da cabeça muito pragmática do próprio Jack Woltz. Algumas das atrizes mais rentáveis agora estavam envelhecendo. Sem o auxílio de uma iluminação especial e de uma excelente maquiagem, mostravam a idade que tinham. Estavam tendo problemas. Também tinham ficado, até certo ponto, insensíveis física e mentalmente. Não conseguiam mais "se apaixonar". Não conseguiam mais fazer o papel de mulheres disputadas. Tinham se tornado arrogantes demais, por causa do dinheiro, da fama, da antiga beleza. Woltz dava essas festas, pois assim ficava mais fácil para elas escolherem um parceiro para uma ficada só, e o cara, se levasse jeito, podia ser promovido a amante fixo e subir na carreira. Como a ocasião às vezes descambava para brigas ou excessos sexuais que geravam problemas com a polícia, Woltz resolveu dar as festas na casa do assessor de relações públicas, que estaria ali para ajeitar as coisas, dar uma engraxada nos repórteres e nos policiais e manter tudo na paz.

Para certos atores jovens e másculos que estavam na folha de pagamento do estúdio, mas ainda não tinham conseguido papéis principais ou de coadjuvantes, o comparecimento às festas das sextas à noite nem sempre era uma obrigação agradável. Isso porque haveria a apresentação de um novo filme que ainda não fora lançado pelo estúdio. Na verdade, este era o pretexto da festa em si. O pessoal dizia: "Vamos dar um pulinho lá para ver como é o novo filme tal e tal." E assim a festa se dava num contexto profissional.

As atrizes em começo de carreira eram proibidas ou, pelo menos, desencorajadas de ir a essas festas das sextas à noite. A maioria acatava.

A exibição dos novos filmes era feita à meia-noite, e Johnny e Nino chegaram às onze. Roy McElroy se mostrava, à primeira vista, um sujeito extremamente agradável, elegante, muito bem-vestido. Recebeu Johnny Fontane com uma exclamação de prazer e surpresa:

— Que raios você está fazendo aqui? — perguntou com um espanto genuíno.

Johnny o cumprimentou com um aperto de mão.

— Estou mostrando os pontos turísticos ao meu primo do interior. Este é o Nino.

McElroy trocou um aperto de mão com Nino e o examinou com atenção.

— Elas vão comer o cara vivo — disse a Johnny.

Então os levou para o pavilhão dos fundos.

O pavilhão dos fundos consistia numa série de salas enormes, com portas de vidro abertas dando para um jardim e uma piscina. Havia quase umas cem pessoas andando por ali, todas de bebida na mão. A iluminação da área era montada com habilidade, para favorecer a pele e o rosto das mulheres. Eram mulheres que Nino tinha visto na adolescência na tela das salas escuras de cinema. Tinham desempenhado um papel nos seus sonhos eróticos daqueles anos. Mas agora, vistas ao vivo, pareciam uns personagens horrendos. Não havia o que fosse capaz de ocultar o esgotamento do corpo e do espírito; o tempo corroera o que tinham de divino. O porte e os gestos tinham o mesmo encanto das lembranças de Nino, mas elas pareciam feitas de cera, não conseguiam lhe despertar desejo. Nino pegou duas bebidas e foi até uma mesa onde podia ficar ao lado de um conjunto de garrafas. Johnny foi com ele.

Ficaram bebendo juntos até que, por trás deles, veio a voz mágica de Deanna Dunn.

Nino, como milhões de outros homens, tinha aquela voz gravada indelevelmente no cérebro. Deanna Dunn ganhara dois Oscar, atuara nos filmes de maior sucesso de Hollywood. Na tela, mostrava um fascínio felino que a tornava irresistível a todos os homens. Mas agora dizia palavras que nunca tinham sido ouvidas numa tela de cinema.

— Johnny, seu filho da mãe, tive de voltar para o meu psiquiatra porque você ficou só uma vez comigo. Como é que nunca voltou para outra?

Johnny deu um beijo na face que ela lhe oferecia.

— Você me esgotou por um mês — respondeu ele. — Quero que você conheça o meu primo Nino. Um italianinho forte e bonito. Talvez ele consiga dar conta.

Deanna Dunn se virou para Nino, com um olhar calmo e indiferente.

— Ele gosta de pré-estreias?

Johnny riu.

— Acho que nunca teve oportunidade. Que tal você levá-lo?

Ficando sozinho com Deanna Dunn, Nino precisou tomar uma dose reforçada. Tentava manter a desenvoltura, mas era difícil. Deanna Dunn tinha o nariz arrebitado, os traços clássicos bem definidos da beleza anglo-saxônica. E ele a conhecia muito bem. Já a vira sozinha num quarto, destroçada de dor, chorando sobre o corpo do marido aviador que lhe deixara os filhos órfãos. Já a vira furiosa, ferida, humilhada, mas mantendo uma luminosa dignidade, quando um Clark Gable grosseirão se aproveitara dela e depois a deixara por uma gostosona. (Deanna Dunn nunca interpretava gostosonas nos filmes.) Já a vira arrebatada de amor correspondido, debatendo-se entre os braços do homem adorado, e já a vira morrer lindamente pelo menos meia dúzia de vezes. Vira, ouvira, sonhara com ela, mas não estava preparado para a primeira coisa que Deanna Dunn lhe falou ao se verem a sós.

— Johnny é um dos poucos machos nessa cidade — disse ela. — O resto é tudo um bando de maricas e idiotas que não levantariam o pau com uma garota nem que bombeassem uma tonelada de afrodisíaco no saco deles.

Tomou Nino pela mão e o levou até um canto da sala, longe do movimento e da concorrência.

Então, com um charme ainda calmo e indiferente, começou a perguntar sobre ele. Nino viu a jogada. Viu que ela fazia o papel da moça rica de sociedade sendo afável com o motorista ou o cavalariço, e que de duas uma: ou ia desencorajar o seu interesse amoroso (se o papel fosse interpretado por Spencer Tracy) ou jogaria tudo para o alto no louco desejo por ele (se o papel fosse interpretado por Clark Gable). Não tinha importância. Viu-se contando a ela que tinha crescido junto com Johnny em Nova York, que os dois haviam cantado juntos em festinhas de clubes. Ela lhe parecia maravilhosamente simpática e interessada. A certa hora, ela perguntou num tom casual:

— Você sabe como o Johnny conseguiu que aquele filho da mãe do Jack Woltz lhe desse o papel?

Nino ficou paralisado e então abanou a cabeça. Ela deixou por isso mesmo.

Chegara a hora de ver a pré-estreia de um novo filme de Woltz. Deanna Dunn levou Nino, prendendo-o pela mão na sua mão cálida, até um aposento interno da mansão sem janelas, mas com uns cinquenta sofazinhos para duas pessoas, dispostos de tal forma que criavam uma pequena ilha de relativa privacidade em torno de cada um.

Nino viu uma mesinha ao lado do sofá, com um balde de gelo, copos e garrafas de bebida, além de uma bandeja de cigarros. Deu um cigarro a Deanna Dunn, acendeu-o e então preparou drinques para ambos. Não se falaram. Alguns minutos depois, as luzes se apagaram.

Ele já esperava algo extravagante. Afinal, tinha ouvido falar da lendária depravação de Hollywood. Mas não estava preparado para o voraz arremesso de Deanna Dunn sobre o seu pênis, sem sequer uma palavra gentil e amistosa de preparação. Ele continuou sorvendo a bebida e assistindo ao filme, mas sem sentir o gosto nem ver as imagens. Estava excitado de um jeito que nunca ficara antes, mas isso, em parte, era porque a mulher que estava fazendo o serviço no escuro tinha sido o objeto dos seus sonhos de adolescente.

Apesar disso, em certo sentido, a sua virilidade se sentiu insultada. Assim, quando Deanna Dunn, mundialmente famosa, se saciou e ajeitou a roupa dele, Nino, na maior calma, lhe preparou outro drinque no escuro e lhe acendeu outro cigarro, dizendo na voz mais tranquila que se possa imaginar:

— O filme parece bem bom.

Ele sentiu que ela se enrijecia no sofá. Será que esperava algum tipo de elogio? Nino encheu o copo com a primeira garrafa que a sua mão encontrou no escuro. Que se dane. Fora tratado como um prostituto de merda. Agora, por alguma razão, sentia uma enorme raiva de todas essas mulheres. Assistiram ao filme por mais quinze minutos. Ele se inclinou para o outro lado, e assim um não encostava no outro.

Por fim, ela sussurrou rispidamente:

— Não se faça de besta, você gostou. Ficou com o pau do tamanho de um bonde.

Nino bebericou o drinque e respondeu com o seu natural descaso:

— É assim que ele *sempre* é. Precisa ver como fica quando estou com tesão.

Ela deu uma risadinha e ficou quieta pelo resto do filme. Finalmente a sessão terminou e as luzes se acenderam. Nino deu uma olhada em volta. Deu para notar que tinha sido uma farra ali no escuro, mas, estranhamente, ele não tinha ouvido um pio. Mas algumas das senhoras estavam com aquele ar firme e brilhante, de olhos cintilantes, da mulher que acaba de ser muito bem trabalhada. Saíram aos poucos da sala de projeção. Deanna Dunn o largou imediatamente e foi falar com um homem de mais idade, que Nino reconheceu como um jogador famoso, mas agora, vendo o cara em pessoa, percebeu que era gay. Ficou bebendo pensativo.

Johnny Fontane apareceu ao seu lado e disse:

— E aí, meu chapa, se divertindo?

Nino abriu um sorriso e respondeu:

— Não sei. É diferente. Agora, quando eu voltar para casa, vou poder dizer que a Deanna Dunn me comeu.

Johnny riu, dizendo:

— A Deanna faz coisa melhor, se te convidar para a casa dela. Convidou?

Nino abanou a cabeça.

— Fiquei interessado demais no filme.

Mas dessa vez Johnny não riu.

— Fala sério, rapaz — disse ele. — Uma dama daquelas pode fazer muita coisa por você. E você costumava levar tudo na brincadeira. Cara, às vezes ainda tenho pesadelos lembrando aquelas feiosas que você comia.

Nino, bêbado, balançou o copo e falou bem alto:

— É, eram feias, mas eram *mulheres*.

Deanna Dunn, no canto, virou a cabeça para olhá-los. Nino acenou o copo para ela, saudando-a.

Johnny Fontane suspirou.

— É, você não passa de um carcamano caipira.

— E não vou mudar — respondeu Nino com o seu encantador sorriso de bêbado.

Johnny o entendia plenamente. Sabia que Nino não estava tão bêbado quanto fingia. Sabia que Nino só estava fingindo para poder dizer coisas que acharia grosseiro demais dizer ao seu novo *padrone* de Hollywood estando sóbrio. Passou o braço pelo pescoço de Nino e disse, afetuoso:

— Seu malandro espertinho, sabe que tem um contrato firme de um ano e pode dizer e fazer o que quiser, e não posso despedir você.

— Não pode me despedir? — perguntou Nino com astúcia de bêbado.

— Não — respondeu Johnny.

— Então vai se foder — disse Nino.

Por um instante, Johnny se sentiu tomado de raiva. Viu o sorriso displicente no rosto de Nino. Mas devia ter ficado mais esperto nesses últimos anos, ou a sua própria queda o deixara mais sensível. Naquele instante entendeu Nino, entendeu por que o antigo parceiro de cantoria nunca fizera sucesso e por que agora tentava destruir qualquer chance de sucesso. Entendeu que Nino estava reagindo contra a todos os preços do sucesso, que se sentia insultado, em certo sentido, por tudo o que estavam fazendo por ele.

Johnny pegou Nino pelo braço e saíram da casa. Agora Nino mal conseguia andar. Johnny falava tentando acalmá-lo:

— Tudo bem, rapaz, você apenas canta para mim, quero faturar em cima de você. Não vou tentar mandar na sua vida. Pode fazer o que quiser. Certo, *paesà*? A única coisa que tem de fazer é cantar para mim e faturar para mim, agora que não consigo mais cantar. Entendeu, meu chapa?

Nino se endireitou.

— Eu canto para você, Johnny — falou com a língua tão enrolada que mal se fazia entender. — Agora canto melhor do que você. Sempre cantei melhor do que você, sabia?

Johnny ficou ali parado pensando: então era isso. Sabia que, quando tinha boa voz, Nino simplesmente não era da mesma divisão, nunca fora naqueles anos em que cantaram juntos. Viu que Nino aguardava uma resposta, bêbado, trançando as pernas ao luar da Califórnia.

— Vai se foder — falou Johnny em tom cordial, e os dois riram juntos como nos velhos tempos, quando ambos eram igualmente jovens.

JOHNNY FONTANE, AO SABER DOS disparos contra Don Corleone, não só ficou preocupado com o seu padrinho mas também se indagou se o financiamento do seu filme ainda estaria de pé. Quis ir a Nova York prestar os seus respeitos ao padrinho no hospital, mas lhe disseram que isso podia gerar uma publicidade ruim, e esta era a última coisa que Don Corleone iria querer. Então aguardou. Uma semana depois, Tom Hagen enviou um mensageiro. O financiamento continuava de pé, mas apenas para um filme por vez.

Enquanto isso, Johnny deixou Nino à vontade em Hollywood e na Califórnia, e Nino estava se saindo bem com as jovens atrizes iniciantes. Às vezes Johnny ligava para saírem juntos à noite, mas nunca se impunha a ele. Ao conversarem sobre o atentado ao Don, Nino comentou com Johnny:

— Sabe, uma vez pedi serviço ao Don na organização dele e não me deu. Eu estava farto de ser caminhoneiro e queria ganhar bem. Sabe o que ele me disse? Falou que todo homem tem um único destino, e que o meu destino era ser artista. Querendo dizer que eu não podia entrar nos esquemas.

Johnny pensou várias vezes naquilo. O padrinho devia ser o cara mais inteligente do mundo. Viu na hora que Nino nunca poderia ser da malandragem, pois só se encrencaria ou seria liquidado. Liquidado por uma simples gozação que fizesse. Mas como o Don sabia que ele ia ser artista? Porque, caramba, ele sabia que algum dia eu ia ajudar o Nino. E como sabia disso? Porque daria um toque e eu ia querer lhe mostrar gratidão. Claro que nunca me pediu. Só me fez saber que ficaria contente se eu agisse assim. Johnny Fontane suspirou. Agora o padrinho estava ferido, com problemas, e ele podia dar adeus ao Oscar, com o Woltz trabalhando contra ele e ninguém lhe dando uma mãozinha. Só o Don tinha os contatos pessoais capazes de fazer pressão, e a Família Corleone tinha outras coisas com que se preocupar. Johnny se oferecera para ajudar, Hagen dera um lacônico "não" em resposta.

Johnny andava ocupado com o andamento do seu próprio filme. O autor do livro que servira de roteiro para o filme anterior tinha terminado o novo romance e veio para a Costa Oeste a convite de Johnny, para conversar a respeito, sem agentes ou estúdios interferindo. O segundo livro era perfeito para o que Johnny queria. Não precisaria cantar, tinha um enredo interessante cheio de mulheres e sexo, e tinha um papel que Johnny considerou feito sob medida para Nino. O personagem falava como Nino, agia como Nino, até se parecia com Nino. Era um assombro. Nino só precisaria ficar diante das câmeras e ser ele mesmo.

Johnny trabalhava rápido. Descobriu que sabia muito mais sobre produção do que imaginava, mas contratou um produtor executivo, um cara que era bom no que fazia, mas não andava conseguindo serviço por causa da lista negra. Johnny não se aproveitou disso e fechou um contrato justo com o cara. Foi franco com ele:

— Espero que assim você me poupe mais grana.

Assim, Johnny ficou surpreso quando o produtor executivo veio lhe dizer que teria de adoçar o representante sindical com um agrado de cinquenta mil dólares. Havia montes de problemas quanto a horas extras e contratações, e valeria a pena dar os cinquenta mil dólares. Johnny ponderou consigo mesmo se o produtor executivo estava tentando achacá-lo, e então disse:

— Mande o cara do sindicato vir me ver.

O cara do sindicato era Billy Goff. Johnny lhe falou:

— Achei que o troço do sindicato estava acertado com os meus amigos. Me disseram para não me preocupar. Com nada.

— Quem lhe disse isso? — perguntou Goff.

— Ora, você sabe muito bem quem foi — respondeu Johnny. — Não vou citar nomes, mas, se ele me diz alguma coisa, então é isso.

— As coisas mudaram — retrucou Goff. — O seu amigo está encrencado e a palavra dele não chega mais aqui na Costa Oeste.

Johnny desconversou:

— Venha me ver daqui a uns dois dias. Certo?

Goff sorriu.

— Claro, Johnny — disse ele. — E não vai adiantar nada ligar para Nova York.

Mas adiantou, sim. Johnny falou com Hagen, no seu escritório. Hagen disse com todas as letras para não pagar.

— O seu padrinho vai ficar louco da vida se você der um tostão para aquele filho da mãe — disse a Johnny. — Com isso o Don perde respeito e nesse momento ele não pode se permitir isso.

— Posso falar com o Don? — perguntou Johnny. — Você fala com ele? Tenho de rodar o filme.

— Nesse momento ninguém pode falar com o Don — respondeu Hagen. — Ele está muito mal. Vou falar com o Sonny para ajeitar as coisas. Mas nisso eu é que decido. Não pague um tostão para aquele espertalhão filho de uma égua. Se houver alguma mudança, aviso você.

Aborrecido, Johnny desligou. Problemas trabalhistas aumentariam brutalmente os custos do filme e estragariam as coisas de modo geral. Refletiu por um instante se passaria os cinquenta mil na surdina para Goff. Afinal, o Don lhe dizer algo e Hagen lhe dizer algo e, ainda por cima, dar ordens eram duas coisas muito diferentes. Mas resolveu esperar uns dias.

Ao esperar, poupou cinquenta mil dólares. Duas noites depois, encontraram Goff abatido a tiros na sua casa em Glendale. Não se falou mais em problema trabalhista. Johnny ficou um pouco abalado com o assassinato. Era a primeira vez que o longo braço do Don desferia um golpe mortal tão perto dele.

Com o passar das semanas, cada vez mais ocupado em ter o roteiro pronto, em escalar os atores e cuidar dos detalhes da produção, Johnny Fontane esqueceu a voz, esqueceu que não conseguia mais cantar. Mas, quando saiu a lista de indicados ao Oscar e viu que estava incluído nela, ficou abatido porque não lhe pediram que cantasse uma das canções indicadas durante a cerimônia que passaria na televisão em rede nacional. Mas deixou de lado e continuou a trabalhar. Não tinha a menor esperança de receber o prêmio, agora que o seu padrinho não estava mais em condições de pressionar, mas o fato de ter sido indicado já tinha algum valor.

O disco que Nino e ele tinham gravado, o das cantigas italianas, estava vendendo muito mais do que qualquer disco que gravara ultimamente, mas sabia que o sucesso era mais de Nino do que dele. Resignou-se com o fato de nunca mais ter condições de cantar profissionalmente.

Uma vez por semana, jantava com Ginny e as meninas. Por maior que fosse a correria, nunca faltava ao compromisso. Mas não dormia com Ginny. Enquanto isso, a segunda esposa tinha arranjado um divórcio mexicano e, assim, ele estava novamente solteiro. Era um pouco estranho, mas agora não tinha aquele frenesi todo para traçar as atrizes iniciantes, que eram transa fácil. Andava esnobe demais, realmente. Sentia-se magoado porque nenhuma das estrelas jovens, as atrizes ainda no auge da fama, dava para ele. Mas era bom trabalhar bastante. Geralmente ia sozinho para casa à noite, punha os seus discos antigos na vitrola, tomava alguma bebida e cantarolava junto alguns compassos. Nossa, ele tinha sido bom, muito bom. Não percebera como era bom. Mesmo tirando a voz especial, que poderia ter calhado a qualquer um, ele era bom. Tinha sido um verdadeiro artista e nunca soube, e nunca soube o quanto adorava aquilo. Tinha estragado a voz com o álcool, o tabaco e as mulheres, bem na hora em que realmente soube o que isso significava.

Às vezes, Nino aparecia para um drinque, ficavam ouvindo os discos e Johnny lhe dizia sarcástico: "Seu carcamano filho da mãe, você nunca cantou assim na vida." E Nino lhe dava aquele sorriso estranhamente cativante, meneava a cabeça e dizia: "Não mesmo, e nunca vou cantar assim", em tom de compreensão, como se soubesse o que Johnny estava pensando.

Finalmente, uma semana antes de começarem a rodar o novo filme, chegou a noite do prêmio. Johnny convidou Nino, mas Nino não quis ir. Johnny disse:

— Meu chapa, nunca lhe pedi favor nenhum, não é? Então me faça um favor essa noite e venha comigo. Você é o único cara que vai realmente se solidarizar comigo se eu não ganhar.

Nino ficou aturdido por um momento e então disse:

— Claro, amigão, vou nessa. — Parou um segundo e retomou: — Se não ganhar, esqueça. Tome o maior porre que conseguir e cuido de você. E digo mais: hoje à noite, não vou botar uma gota de álcool na boca. Veja lá se isso não é ser amigo de verdade.

— Cara — respondeu Johnny Fontane —, nem diga, um amigo e tanto.

Chegou a noite do Oscar e Nino manteve a promessa. Chegou à casa de Johnny totalmente sóbrio e foram juntos para o teatro da cerimônia. Nino ficou imaginando por que Johnny não tinha convidado nenhuma das suas garotas ou ex-esposas para o jantar da premiação. Principalmente Ginny. Será que achava que Ginny não ia torcer por ele? Nino ficou querendo nem que fosse um copo só, a noite prometia ser longa e chata.

Nino Valenti estava achando um tédio toda a cerimônia do Oscar, até que anunciaram o melhor ator. Quando ouviu "Johnny Fontane", deu um pulo e começou a aplaudir. Johnny lhe estendeu o braço e trocaram um aperto de mãos. Nino sabia que o seu camaradinha precisava de contato humano com alguém da sua confiança, e sentiu uma enorme tristeza que Johnny não tivesse alguém melhor do que ele para tocar naquele seu momento de glória.

O que se seguiu foi um tremendo pesadelo. O filme de Jack Woltz tinha levado todos os prêmios principais, e assim a festa no estúdio ficou lotada de jornalistas e todos os oportunistas de plantão, homens e mulheres. Nino cumpriu a promessa de se manter sóbrio e tentou ficar de olho em Johnny. Mas as mulheres da festa não paravam de arrastar Johnny Fontane até algum quarto para uma conversinha, e Johnny ia se embebedando cada vez mais.

Enquanto isso, a mulher que ganhara o Oscar de melhor atriz estava sofrendo o mesmo destino, mas apreciando mais e lidando melhor com a situação. Nino a dispensou, o único homem na festa a fazer isso.

Finalmente, alguém teve uma grande ideia. A transa pública dos dois vencedores, e todos os presentes na festa assistindo de camarote. Despiram a atriz e as outras mulheres começaram a despir Johnny Fontane. Foi aí que Nino, o único sóbrio ali dentro, agarrou Johnny semivestido, jogou-o por cima do ombro e foi abrindo caminho até sair da casa e chegar ao carro deles. Enquanto levava Johnny para casa, Nino pensou que, se sucesso era aquilo, ele não queria.

Com amigos assim [illegible] [illegible] [illegible] [illegible] [illegible] [illegible] [illegible] [illegible] mais fome [illegible] [illegible] [illegible] [illegible] [illegible] [illegible] [illegible]

[illegible]

[illegible] [illegible] [illegible] [illegible] a frente. [illegible] [illegible] [illegible] [illegible] [illegible] [illegible] [illegible] [illegible] [illegible]

[illegible] [illegible] [illegible] [illegible] [illegible] [illegible] Nesse [illegible] [illegible] [illegible] [illegible] [illegible] [illegible] [illegible] [illegible] [illegible] [illegible]

O [illegible] [illegible] [illegible] [illegible] [illegible] [illegible] [illegible] [illegible] [illegible] [illegible] [illegible] [illegible] [illegible] [illegible] [illegible] [illegible] [illegible] [illegible]

[illegible] [illegible] [illegible] [illegible] [illegible] [illegible] [illegible] [illegible]

[illegible] [illegible] [illegible] [illegible] [illegible] [illegible] [illegible] [illegible] [illegible] [illegible] [illegible] [illegible] [illegible] [illegible]

LIVRO III

Capítulo 14

O Don já era homem aos 12 anos. Baixo, moreno, esguio, vivendo em Corleone, vilarejo de estranha aparência mourisca na Sicília, chamava-se Vito Andolini, mas, quando alguns desconhecidos vieram matar o filho do homem que haviam assassinado, a mãe mandou o menino para os Estados Unidos, para ficar com amigos. E na nova terra ele mudou o sobrenome para Corleone, a fim de preservar algum laço com a aldeia natal. Foi um dos poucos gestos sentimentais que teve em toda a sua vida.

A Máfia na Sicília, na virada do século, constituía um Estado dentro do Estado, com um governo muito mais poderoso do que o oficial em Roma. O pai de Vito Corleone se envolveu numa disputa com outro morador do vilarejo, o qual levou o caso à Máfia. O pai não se rendeu e, numa briga pública, matou o chefe mafioso local. Uma semana depois, ele foi encontrado morto, o corpo estraçalhado por tiros de *lupara*. Um mês depois do enterro, os atiradores da Máfia apareceram perguntando pelo menino Vito. Haviam concluído que ele logo chegaria à idade adulta e que, dali a alguns anos, poderia tentar vingar a morte paterna. Alguns parentes de Vito, então com 12 anos, esconderam-no e o embarcaram para os Estados Unidos. Lá foi acolhido pela família Abbandando, cujo filho Genco se tornaria mais tarde *consigliere* do Don.

O jovem Vito foi trabalhar na mercearia de Abbandando na 9ª Avenida, em Hell's Kitchen, Nova York. Aos 18, ele se casou com uma jovem italiana recém-chegada da Sicília, de apenas 16 anos, mas cozinheira de mão cheia e boa dona de casa. Instalaram-se num prédio na 10ª Avenida, perto da rua 35, a poucas quadras do local de trabalho de Vito, e dois anos depois foram abençoados com o primeiro filho, Santino, a quem todos chamavam de Sonny, o filhinho, por causa da adoração que tinha pelo pai.

No bairro morava um homem chamado Fanucci. Era um italiano corpulento, de ar feroz, que usava ternos caros de cor clara e um chapéu de feltro branco. Esse homem era tido como integrante da "Mão Negra", uma ramificação da Máfia que extorquia famílias e comerciantes com a ameaça de violência física. Mas, como a maioria dos moradores do bairro já era mesmo violenta, as ameaças de Fanucci só tinham efeito com casais idosos, sem filhos que os defendessem. Alguns comerciantes lhe pagavam somas irrisórias só por conveniência. No entanto, Fanucci também depenava colegas de ilegalidades, gente que vendia loterias italianas ilícitas ou mantinha jogos de azar em casa. A mercearia de Abbandando lhe pagava um pequeno tributo, apesar dos protestos do jovem Genco, que disse ao pai que daria um jeito em Fanucci. O pai o proibiu. Vito Corleone observava tudo aquilo sem se sentir minimamente envolvido.

Um dia, Fanucci foi cercado por três rapazes que lhe fizeram um corte na garganta, de orelha a orelha, que não era profundo a ponto de matá-lo, mas suficiente para amedrontá-lo e causar um enorme sangramento. Vito viu Fanucci fugindo dos justiceiros, com o sangue correndo do corte circular. Nunca esqueceu a imagem de Fanucci segurando o chapéu sob o queixo para aparar o sangue pingando, enquanto corria. Era como se não quisesse sujar o terno ou deixar um vergonhoso rastro rubro.

Mas esse ataque foi uma bênção disfarçada para Fanucci. Os três rapazes não eram assassinos, eram meros valentões que queriam lhe dar uma lição e acabar com a sua rapinagem. Fanucci, sim, é que se demonstrou assassino. Algumas semanas depois, o rapaz da faca morreu a tiros e as famílias dos outros dois pagaram uma indenização a Fanucci para abrir mão da vingança. Depois disso, os tributos aumentaram e Fanucci virou sócio da jogatina do bairro. Para Vito Corleone, nada disso lhe dizia respeito. Esqueceu imediatamente o ocorrido.

Durante a Primeira Guerra Mundial, com a escassez de azeite importado, Fanucci adquiriu parte da sociedade na mercearia de Abbandando, fornecendo não só o azeite mas também salames, presuntos e queijos importados da Itália. Então colocou um sobrinho para trabalhar na loja e Vito Corleone ficou desempregado.

Nessa época já nascera o seu segundo filho, Frederico, e Vito Corleone tinha quatro bocas para alimentar. Até então, ele era um jovem calmo, muito controlado, que não era de falar muito. O filho do dono da mercearia, o jovem Genco Abbandando, era o seu amigo mais próximo e, para a surpresa de ambos, repreendeu o amigo pelo que o pai fizera. Genco, rubro de vergonha, prometeu a Vito que não precisaria se preocupar com comida. Disse que roubaria produtos da mercearia para atender às necessidades do amigo. Vito, porém, recusou energicamente essa oferta, considerando vergonhoso demais que um filho roubasse do pai.

Mas o jovem Vito sentia uma tremenda raiva do temido Fanucci. Nunca mostrava essa raiva de modo algum, mas ficou aguardando uma oportunidade. Trabalhou alguns meses na ferrovia, mas então, com o fim da guerra, o trabalho diminuiu e ele recebia apenas alguns dias por mês. Além disso, os chefes de turma eram, na maioria, irlandeses e americanos que insultavam os operários com as mais pesadas ofensas, que Vito sempre ouvia com expressão impassível, como se não compreendesse, mas entendia muito bem o inglês, apesar do seu sotaque.

Uma noite, Vito jantava com a família quando ouviu uma batida à janela que dava para o poço de ventilação aberto que o separava do prédio vizinho. Vito abriu a cortina e, para o seu espanto, viu um dos rapazes do bairro, Peter Clemenza, debruçando-se numa janela no outro lado do poço de ventilação. Estendia um embrulho em pano branco.

— Ei, *paesà* — disse Clemenza. — Guarde para mim até eu pedir de volta. Depressa.

Vito se estendeu automaticamente sobre o espaço vazio do poço de ventilação e pegou o embrulho. Clemenza tinha um ar tenso e apressado. Estava metido em algum enrosco e o gesto de ajuda de Vito foi instintivo. Mas, ao desamarrar o pano na cozinha, encontrou cinco armas engorduradas que manchavam o tecido branco. Guardou o embrulho no armário do quarto e esperou. Soube depois que a polícia levara

Clemenza. Deviam estar batendo à porta quando ele lhe estendeu as armas no poço de ventilação.

Vito não disse uma palavra a ninguém, e claro que a esposa aterrorizada não abriu a boca, nem mesmo aos cochichos, com medo de que o próprio marido fosse para a prisão. Dali a dois dias, Peter Clemenza reapareceu no bairro e, em tom despreocupado, perguntou a Vito:

— Você ainda está com as minhas coisas?

Vito apenas assentiu com a cabeça. Ele não era de falar muito. Clemenza foi ao seu apartamento e recebeu um copo de vinho, enquanto Vito desentocava o embrulho do fundo do armário no quarto.

Clemenza tomou o vinho, com o rosto redondo e bem-humorado observando atentamente Vito.

— Olhou dentro?

Vito, impassível, meneou a cabeça numa negativa, dizendo:

— Não me interesso pelas coisas que não me dizem respeito.

Passaram o resto da noite tomando vinho. Deram-se bem. Clemenza gostava de contar histórias e Vito Corleone era um bom ouvinte. Fizeram amizade.

Alguns dias depois, Clemenza perguntou à mulher de Vito Corleone se ela gostaria de ter um belo tapete na sala. Ele levou Vito para ajudá-lo a carregar o tapete.

Clemenza conduziu Vito a uma casa com duas colunas de mármore e degraus de mármore branco. Usou uma chave para abrir a porta e se viram dentro de uma elegante residência. Clemenza disse entre os dentes:

— Vá até o outro lado da sala e me ajude a enrolar.

O tapete era de uma espessa lã vermelha. Vito Corleone ficou atônito com a generosidade de Clemenza. Juntos, enrolaram o tapete e Clemenza pegou uma ponta, enquanto Vito pegava a outra. Ergueram-no e começaram a levá-lo para a porta.

Nisso a campainha da casa tocou. Clemenza largou imediatamente o tapete e foi até a janela. Puxou levemente a cortina e, ao ver o que era, tirou uma arma de dentro do paletó. Foi só aí que o atônito Vito Corleone entendeu que estavam roubando o tapete da casa de um estranho.

A campainha tocou outra vez. Vito se aproximou de Clemenza, para poder ver, ele também, o que estava acontecendo. À porta havia um policial fardado. Enquanto espiavam, o polícia tocou mais uma vez a campainha, então deu de ombros, desceu os degraus de mármore e foi embora.

Clemenza deu um grunhido de satisfação e disse:

— Venha, vamos logo.

Pegou uma ponta do tapete e Vito pegou a outra. O policial mal tinha virado a esquina quando os dois se esgueiraram pela porta de carvalho maciço, chegando à rua com o tapete entre ambos. Dali a meia hora, estavam cortando o tapete para caber na sala de estar do apartamento de Vito Corleone. Sobrou o suficiente para o quarto. Clemenza era um perito na coisa e dos bolsos do paletó largo e folgado (já na época ele gostava de usar roupas frouxas, embora não fosse muito gordo) tirou as ferramentas necessárias para cortar tapetes.

O tempo passava, as coisas não melhoravam. A família Corleone não podia comer o belo tapete. Muito bem, não havia trabalho, a esposa e os filhos iam passar fome. Vito pegou alguns pacotes de comida com o amigo Genco enquanto pensava o que faria. Por fim, Clemenza e Tessio, outro valentão do bairro, foram conversar com ele. Tinham boa opinião sobre Vito e a maneira como se comportava, e sabiam que andava desesperado. Propuseram-lhe que entrasse no bando deles, especializado em sequestrar caminhões transportando vestidos de seda, depois de serem carregados na fábrica na rua 31. Esquema de risco zero. Os motoristas eram trabalhadores sensatos que, à vista de uma arma, saltavam para a calçada feito uns anjinhos, e os ladrões levavam o caminhão para ser descarregado no depósito de um amigo. Parte da mercadoria era vendida a um atacadista italiano, parte do lote era vendida de porta em porta nos bairros italianos — Arthur Avenue no Bronx, Mulberry Street e o distrito de Chelsea em Manhattan —, toda ela para famílias italianas pobres de olho numa pechincha, cujas filhas jamais poderiam comprar roupas tão finas. Clemenza e Tessio queriam que Vito dirigisse o caminhão, pois sabiam que tinha sido motorista de entregas na mercearia de Abbandando. Em 1919, bons motoristas eram coisa rara.

Mesmo hesitando, Vito Corleone aceitou a proposta. O argumento decisivo foi que tiraria pelo menos mil dólares pelo serviço. Mas os seus jovens colegas lhe pareciam impulsivos, o planejamento arriscado, a distribuição da carga imprudente. Toda a abordagem da coisa era descuidada demais para o gosto dele. Mas considerava ambos de bom caráter. Peter Clemenza, já grandalhão, inspirava certa confiança e Tessio, esguio e soturno, inspirava segurança.

O serviço em si correu muito bem, sem nenhum percalço. Vito Corleone, para o seu próprio espanto, não sentiu medo nenhum quando os dois companheiros puxaram as armas e fizeram o motorista sair do caminhão de roupas de seda. Também ficou impressionado com a tranquilidade de Clemenza e Tessio. Não ficaram agitados e até gracejaram com o motorista, dizendo-lhe que, se se comportasse direitinho, mandariam alguns vestidos para a mulher dele. Achando que seria bobagem sair vendendo pessoalmente os vestidos, Vito passou toda a sua parte para o receptador e, por causa disso, fez apenas setecentos dólares. Mas era uma soma considerável em 1919.

No dia seguinte, Vito Corleone foi detido na rua por Fanucci com o seu terno creme e chapéu de feltro branco. Fanucci era um sujeito de aparência brutal e não havia feito nada para disfarçar a cicatriz que se estendia em semicírculo de orelha a orelha, numa curva sob o queixo. Tinha sobrancelhas pretas densas e traços grosseiros que, quando sorria, pareciam estranhamente amistosos.

Falou com um sotaque siciliano muito carregado.

— E aí, rapaz — disse a Vito. — O pessoal me falou que você anda rico. Você e os seus dois amigos. Mas não acha que está sendo um pouco mesquinho comigo? Afinal, este é o meu bairro e você devia me deixar molhar o bico.

Ele usava a expressão siciliana da Máfia, "*fari vagnari a pizzu*". *Pizzu* significa o bico de qualquer passarinho, como um canário, por exemplo. A expressão era, por si só, uma exigência de uma parte do botim.

Como de hábito, Vito Corleone não respondeu. Entendeu o implícito na hora e ficou aguardando uma exigência específica.

Fanucci sorriu para Vito, mostrando os dentes de ouro e retesando no pescoço a cicatriz que parecia uma corda de forca. Enxugou o rosto com um lenço e desabotoou o paletó por alguns instantes, como se quisesse se refrescar, mas, na verdade, para mostrar a arma que trazia na cintura das calças confortavelmente largas. Então suspirou e disse:

— Me dê quinhentos dólares e esquecerei o insulto. Afinal, os jovens não conhecem as cortesias devidas a um homem como eu.

Vito Corleone sorriu para Fanucci e, mesmo como rapaz que ainda não recebera o batismo de sangue, havia algo tão arrepiante no seu sorriso que Fanucci hesitou um momento antes de prosseguir.

— Do contrário, a polícia vai lhe fazer uma visita, a sua mulher e os filhos passarão vergonha e ficarão sem nada. Claro que, se a minha informação sobre os seus ganhos for incorreta, vou molhar o meu bico só um pouco. Mas não menos de trezentos dólares. E não tente me enganar.

Vito Corleone então falou pela primeira vez. Tinha um tom sensato, sem nenhum traço de raiva. Foi cortês, como convinha a um jovem falando com um homem mais velho da importância de Fanucci. Disse, brando:

— A minha parte está com os meus dois amigos, tenho de falar com eles.

Fanucci ficou satisfeito.

— Pode dizer aos seus dois amigos que espero que também me deixem molhar o bico da mesma maneira. E não tenha medo de lhes dizer — acrescentou em tom tranquilizador. — Clemenza e eu nos conhecemos bem, ele entende essas coisas. Guie-se por ele. Tem mais experiência nesses assuntos.

Vito Corleone moveu os ombros como que se desculpando. Tentando parecer um pouco encabulado, falou:

— Claro. O senhor entende que tudo isso é novo para mim. Agradeço por me falar como um padrinho.

Fanucci ficou bem impressionado.

— Você é um bom rapaz — disse.

Pegou a mão de Vito entre as suas duas mãos cobertas de pelos e retomou:

— Você tem respeito. Uma boa coisa nos jovens. Da próxima vez, fale antes comigo, certo? Talvez eu possa ajudar nos seus planos.

Anos mais tarde, Vito Corleone compreendeu que o que o levara a agir dessa maneira taticamente impecável com Fanucci foi a morte do próprio pai, de gênio esquentado, que tinha sido morto pela Máfia na Sicília. Mas, na época, a única coisa que sentia era uma imensa fúria por esse homem que queria lhe roubar o dinheiro que conseguira arriscando a vida e a liberdade. Não sentiu medo. Na verdade, pensou naquele momento que Fanucci era um louco varrido. Pelo que vira de Clemenza, aquele siciliano gorducho preferiria dar a vida a ceder um centavo da pilhagem. Afinal, Clemenza havia se mostrado disposto a matar um policial só para roubar um tapete. E o esguio Tessio tinha um ar de víbora mortal.

Mas depois, naquela noite, no apartamento de Clemenza do outro lado do poço de ventilação, Vito Corleone aprendeu mais uma lição naquele ensino que apenas começava a receber. Clemenza praguejou, Tessio fechou a cara, mas então os dois começaram a debater se Fanucci se contentaria com duzentos dólares. Tessio achava que sim.

Clemenza foi categórico:

— Não, aquele desgraçado de cicatriz na goela decerto soube o que fizemos através do atacadista que comprou as roupas. O Fanucci não vai aceitar um centavo abaixo dos trezentos dólares. Vamos ter de pagar.

Vito ficou perplexo, mas teve cuidado em não mostrar o seu espanto.

— Por que temos de pagar? O que ele pode fazer a nós três? Somos mais fortes do que ele. Temos armas. Por que temos de entregar o dinheiro que conseguimos?

— O Fanucci tem amigos, umas feras de verdade — explicou Clemenza com paciência. — Tem ligações com a polícia. Ele quer que a gente lhe conte os nossos planos, pois aí pode armar com a polícia contra nós e ganhar a gratidão dela. Aí a polícia fica lhe devendo um favor. É assim que ele opera. E tem licença do próprio Maranzalla para trabalhar aqui nesse bairro.

Maranzalla era um gângster que volta e meia aparecia nos jornais, tido como chefe de um grupo especializado em extorsão, apostas e assaltos à mão armada.

Clemenza serviu um vinho que ele mesmo fizera. A esposa, depois de pôr na mesa um prato com salame, azeitonas e pão italiano, foi se sentar com as amigas na frente do prédio, levando a sua própria cadeira. Era uma jovem italiana que chegara poucos anos antes ao país e ainda não falava inglês.

Vito Corleone ficou sentado com os amigos, tomando vinho. Usava agora a sua inteligência como nunca havia usado antes. Ficou surpreso com a clareza com que era capaz de pensar. Lembrou-se de tudo o que sabia sobre Fanucci. Lembrou-se do dia em que cortaram o pescoço do homem e ele saiu correndo pela rua, segurando o chapéu sob o queixo para aparar o sangue gotejante. Lembrou-se do assassinato do rapaz que usara a faca e o pagamento de uma indenização para anular a sentença dos outros dois. E de repente teve certeza de que Fanucci não dispunha, não tinha como dispor de grandes ligações. Não um sujeito que era informante da polícia. Não um sujeito que era capaz de vender a sua vingança. Um verdadeiro chefe mafioso mataria também os outros dois. Não. O que Fanucci teve foi sorte e matou um, mas sabia que não conseguiria matar os outros dois depois que se pusessem de alerta. E foi por isso que se dispôs a receber das duas famílias. Era a força bruta pessoal que lhe permitia cobrar tributo dos comerciantes, das mesas de jogo que operavam nos prédios residenciais. Mas Vito sabia de pelo menos uma casa de jogo que nunca pagara tributo a Fanucci e nunca acontecera nada ao dono dela.

Assim, era apenas Fanucci. Ou Fanucci com alguns pistoleiros contratados para serviços específicos, estritamente na base do dinheiro vivo. Isso levou Vito Corleone a tomar outra decisão. O curso que a sua vida iria tomar.

Foi dessa experiência que nasceu a sua convicção, que repetia com tanta frequência, de que cada homem tem apenas um destino. Naquela noite, poderia ter pagado o tributo a Fanucci e voltaria a ser empregado de mercearia, talvez com uma mercearia própria em anos futuros. Mas o destino decidira que ele ia ser um Don e lhe trouxera Fanucci para pô-lo no caminho que lhe era destinado.

Ao terminarem a garrafa de vinho, Vito disse cautelosamente a Clemenza e a Tessio:

— Se vocês toparem, cada um me dá duzentos dólares e eu pago o Fanucci. Garanto que ele vai aceitar essa quantia de mim. Deixem tudo ao meu encargo. Resolvo esse problema a contento de vocês.

Na mesma hora os olhos de Clemenza faiscaram de desconfiança. Vito lhe disse calmamente:

— Nunca minto para quem aceitei como amigo. Fale você mesmo amanhã com o Fanucci. Deixe que ele peça o dinheiro. Mas não pague. E não discuta de maneira nenhuma com ele. Diga que precisa pegar o dinheiro e que vai me dar para eu entregar a ele. Dê a entender que está disposto a pagar o que ele pede. Não regateie. Depois discuto o preço com ele. Não faz sentido irritá-lo, se ele é tão perigoso quanto você diz.

Assim ficou combinado. No dia seguinte, Clemenza falou com Fanucci para se certificar de que Vito não tinha inventado a história. Então Clemenza foi ao apartamento de Vito e lhe deu os duzentos dólares. Olhou bem Vito Corleone e disse:

— O Fanucci não me falou em nenhum desconto nos trezentos dólares. Como você vai fazer que ele aceite menos?

Vito Corleone respondeu, sereno:

— Não precisa se preocupar. Só lembre que lhe prestei um serviço.

Tessio chegou depois. Tessio era mais reservado do que Clemenza, mais esperto, mais inteligente, mas com menos força. Notou que faltava alguma coisa, havia alguma coisa de errado. Estava um pouco preocupado. Disse a Vito Corleone:

— Tome cuidado com aquele Mão Negra desgraçado, ele é matreiro feito um padre. Quer que eu esteja aqui quando lhe entregar a grana, como testemunha?

Vito Corleone meneou a cabeça. Nem se deu ao trabalho de responder. Disse apenas:

— Diga ao Fanucci que vou lhe dar o dinheiro aqui na minha casa, às nove da noite. Vou oferecer um copo de vinho a ele e conversar, argumentar para aceitar o valor menor.

Tessio abanou a cabeça, descrente.

— Não vai ter muita sorte. O Fanucci nunca volta atrás.

— Vou arrazoar com ele — disse Vito Corleone.

Essa frase se tornaria famosa nos anos futuros. Seria o aviso de advertência antes de um golpe mortal. Quando se tornou Don e pedia aos adversários que se sentassem para arrazoarem juntos, eles logo entendiam que era a última oportunidade de resolver um assunto sem assassinatos nem derramamentos de sangue.

Vito Corleone disse à esposa que descesse depois do jantar com os dois meninos, Sonny e Fredo, e não deixasse em hipótese nenhuma que voltassem para casa antes que ele autorizasse. Ela devia ficar sentada de guarda na porta do prédio. Ele tinha alguns assuntos particulares com Fanucci que não podiam ser interrompidos. Viu o ar de medo no rosto da esposa e se irritou. Perguntou em tom calmo:

— Você acha que se casou com um tonto?

Ela não respondeu. Não respondeu, pois estava com medo, agora não de Fanucci, mas do marido. Ele estava mudando visivelmente diante dos seus olhos, hora a hora, transformando-se num homem que irradiava força e perigo. Sempre fora reservado, falando pouco, mas sempre gentil, sempre sensato, o que era extraordinário num jovem siciliano. O que ela estava vendo era a mudança de pele, deixando a coloração inócua e protetora de um inofensivo joão-ninguém, agora que estava pronto para trilhar o seu destino. Começava tarde, aos 25 anos, mas começava em grande estilo.

Vito Corleone decidira matar Fanucci. Com isso, teria mais setecentos dólares em caixa. Os trezentos que ele próprio teria de pagar ao terrorista da Mão Negra, os duzentos de Tessio e os duzentos de Clemenza. Se não matasse Fanucci, teria de pagar setecentos dólares sem choro nem vela. Fanucci vivo, para ele, não valia setecentos dólares. Não pagaria setecentos dólares para manter Fanucci vivo. Se Fanucci precisasse de setecentos dólares para uma cirurgia que lhe salvasse a vida, ele não daria a Fanucci setecentos dólares para o cirurgião. Não tinha nenhuma dívida pessoal de gratidão para com Fanucci, não eram parentes de sangue, não tinha afeto por Fanucci. Por que, então, haveria de lhe dar setecentos dólares?

Disso decorria inevitavelmente que, visto que Fanucci queria lhe tomar setecentos dólares à força, não havia nenhuma razão para não matar Fanucci. Certamente o mundo passaria sem um sujeito desses.

Claro que havia algumas razões práticas. Fanucci podia, de fato, ter amigos poderosos que procurariam vingança. O próprio Fanucci era um homem perigoso, não muito fácil de matar. Havia a polícia, havia a cadeira elétrica. Mas Vito Corleone vivera sob uma condenação à morte desde o assassinato do pai. Aos 12 anos, tivera de fugir dos carrascos e atravessara o oceano para uma terra desconhecida, adotando outro sobrenome. E anos de silenciosa observação o convenceram de que ele tinha mais inteligência e mais coragem do que outros homens, embora nunca tivesse tido oportunidade de usar aquela inteligência e aquela coragem.

Apesar disso, hesitava antes de dar o primeiro passo rumo ao seu destino. Chegou a dobrar as notas e colocar os setecentos dólares num conveniente bolso lateral da calça. Mas pôs no bolso esquerdo. No bolso direito, pôs a arma que Clemenza lhe dera para o sequestro do caminhão com roupas de seda.

Fanucci chegou pontualmente às nove da noite. Vito Corleone preparou uma jarra de vinho caseiro que Clemenza lhe dera.

Fanucci pôs o chapéu de feltro branco em cima da mesa, ao lado da jarra de vinho. Afrouxou a larga gravata de estampa floral, cujas cores vivas camuflavam as manchas de molho de tomate. A noite de verão estava quente, a luz do lampião, fraca. Fazia um grande silêncio no apartamento. Mas Vito Corleone estava gelado. Para mostrar a sua boa-fé, estendeu o maço de notas e observou atentamente quando Fanucci, depois de contar, tirou uma grande carteira de couro e guardou o dinheiro. Fanucci tomou um gole de vinho e disse:

— Você ainda me deve duzentos dólares.

O rosto de cenho pesado não tinha nenhuma expressão.

Vito Corleone falou com a voz sensata e serena:

— Estou meio curto, ando desempregado. Deixe-me ficar devendo por algumas semanas.

Era uma jogada aceitável. Fanucci estava com o grosso do dinheiro e podia esperar. Podia até concordar em deixar por isso mesmo ou aguardar um pouco mais. Deu uma risadinha por sobre o copo e disse:

— Ah, você é um rapaz esperto. Como que nunca o notei antes? Você é calado demais para o seu próprio bem. Posso lhe arranjar algum serviço muito lucrativo.

Vito Corleone mostrou o seu interesse assentindo com um gesto cortês e, pegando a jarra púrpura, encheu o copo de Fanucci. Mas este desistiu do que ia falar, levantou-se da cadeira e se despediu com um aperto de mãos.

— Boa noite, meu rapaz — disse ele. — Sem ressentimentos, hein? Se eu puder fazer algo por você, é só avisar. Você fez um bom negócio essa noite.

Vito deixou Fanucci descer a escada e sair do prédio. A rua estava cheia de testemunhas de que ele deixara a casa dos Corleone em total segurança. Vito ficou olhando pela janela. Viu Fanucci virar a esquina para a 11ª Avenida e concluiu que estava indo para o seu apartamento, provavelmente para guardar o botim antes de sair outra vez. Talvez para guardar a arma. Vito Corleone saiu do apartamento e subiu a escada até o telhado. Percorreu toda a quadra de telhados e desceu pela escada de incêndio de um prédio vazio, saindo no pátio de trás. Abriu a porta dos fundos com um pontapé e saiu pela porta de frente. No outro lado da rua ficava o prédio onde morava Fanucci.

O conjunto dos prédios, no lado oeste, ia apenas até a 10ª Avenida. A 10ª Avenida consistia basicamente em armazéns e galpões alugados por empresas que faziam os despachos pela Ferrovia Central de Nova York e queriam acesso aos pátios de carga que proliferavam pela área entre a 11ª Avenida e o rio Hudson. O prédio de Fanucci era um dos poucos que restavam naquele trecho deserto, ocupado principalmente por trabalhadores solteiros da linha ferroviária e dos pátios de carga e pelas prostitutas mais baratas. Essa gente não ficava sentada na rua para mexericar como a italianada honesta, mas ia torrar o salário nos bares. Assim, Vito Corleone não teve dificuldade em atravessar a 11ª Avenida deserta e entrar no saguão do prédio de Fanucci. Lá sacou a arma que nunca usara e esperou.

Observava pela porta envidraçada do vestíbulo, sabendo que Fanucci viria pela 10ª Avenida. Clemenza lhe mostrara a trava de segurança da arma e apertara o gatilho com o tambor vazio. Mas, quando era um menino de 9 anos na Sicília, Vito Corleone tinha ido caçar muitas vezes com o pai e muitas vezes usara a espingarda pesada conhecida como *lupara*. Foi a sua habilidade com a *lupara*, desde menino, que lhe valera a sentença de morte decretada pelos assassinos do pai.

Agora aguardando no saguão escuro, viu o vulto branco de Fanucci atravessando a rua e vindo para a porta. Vito recuou, pressionando as costas na porta interna que levava à escada. Preparou a arma para disparar. Estava com o punho a menos de um metro da porta externa. A porta se abriu. Fanucci, branco, corpulento, cheiroso, ocupou o quadrado de luz. Vito Corleone disparou.

A porta aberta deixou passar um pouco do som para a rua, enquanto o restante da detonação abalava o edifício. Fanucci se segurou nos batentes da porta, tentando se manter de pé, tentando pegar a sua arma. Debateu-se com tanta força que arrancou os botões do paletó, que ficou pendendo aberto. A arma ficou à vista, mas à vista também ficou uma teia de filetes vermelhos na camisa branca, na altura da barriga. Com enorme cuidado, como se enfiasse uma agulha numa veia, Vito Corleone disparou o segundo tiro naquela teia vermelha.

Fanucci caiu de joelhos, escorando a porta aberta. Soltou um tremendo rugido, o rugido de um homem em grande agonia física que era quase cômico. Continuou a soltar esses rugidos; Vito se lembrava de ter ouvido pelo menos três deles antes de encostar a arma no rosto pálido e suarento e atirar no crânio. Quando Fanucci despencou morto, o corpo ocupando o vão da porta aberta, não haviam se passado mais de cinco segundos.

Vito retirou com cuidado a carteira volumosa que estava no bolso do paletó do morto e colocou por dentro da sua camisa. Então atravessou a rua, entrou no edifício vazio, de lá foi para o pátio e subiu pela escada de incêndio até o telhado. Lá de cima inspecionou a rua. O corpo de Fanucci continuava na porta de entrada, mas não havia sinal de mais ninguém. Duas janelas se abriram no prédio e Vito viu algumas cabeças escuras olhando para fora, mas, como não conseguiu ver as fisionomias, certamente não tinham visto a sua. E tais homens não informariam a polícia. Fanucci podia ficar ali até o amanhecer ou até que um policial de ronda tropeçasse no cadáver. Ninguém naquele prédio iria se expor deliberadamente às suspeitas e aos interrogatórios da polícia. Trancariam a porta e fingiriam não ter ouvido nada.

Não tinha pressa. Percorreu os telhados até o do seu prédio e desceu para o seu apartamento. Destrancou a porta, entrou e então trancou a porta atrás de si. Revistou a carteira do morto. Além dos setecentos dólares que dera a Fanucci, havia apenas alguns papéis avulsos e uma nota de cinco dólares.

Enfiada no fundo da aba havia uma velha moeda de ouro de cinco dólares, provavelmente para dar sorte. Se Fanucci fosse um gângster rico, certamente não andaria com a sua fortuna por aí. Isso confirmava algumas das suspeitas de Vito.

Sabia que precisava se livrar da carteira e da arma (já então, sabendo muito bem que devia deixar a moeda de ouro na carteira). Subiu de novo ao telhado e andou por alguns beirais. Atirou a carteira num poço de ventilação e então removeu as balas da arma e bateu com o cano no rebordo do telhado. O cano não quebrou. Inverteu a posição da pistola na mão e bateu a coronha na lateral de uma chaminé. A coronha se partiu em duas metades. Bateu de novo e a pistola se partiu entre o cano e a empunhadura, em duas partes. Usou dois poços de ventilação, um para cada. Ao chegarem ao chão, cinco andares abaixo, não fizeram nenhum ruído, mas se afundaram no monte macio de lixo que ali se acumulava. De manhã, atirariam mais lixo pelas janelas que, com sorte, encobriria tudo. Vito voltou para o apartamento.

Tremia um pouco, mas se mantinha sob controle. Trocou de roupa e, temendo que houvesse algum sangue espalhado nela, atirou as peças numa bacia de alumínio que a esposa usava para lavar roupa. Pegou lixívia e uma barra grande de sabão marrom para enxaguar as peças e esfregou numa tábua de metal que ficava embaixo do tanque. Então escovou a bacia e o tanque com lixívia e sabão. Encontrou uma trouxa de roupas recém-lavadas no canto do quarto e misturou as suas entre elas. Então pôs camisa e calças limpas e desceu para encontrar a esposa, os filhos e os vizinhos na frente do prédio.

Todas essas precauções se demonstraram desnecessárias. A polícia, depois de descobrir o corpo ao amanhecer, nunca interrogou Vito Corleone. Na verdade, ele ficou espantado que nem chegassem a saber que Fanucci estivera na sua casa na noite em que foi morto. Pensara que este seria o seu álibi: Fanucci saindo vivo do prédio. Só mais tarde soube que a polícia se deliciara com o assassinato de Fanucci e não estava muito a fim de procurar os assassinos. Supuseram que era mais uma execução entre gangues e interrogaram a bandidagem com ficha nos esquemas ilegais e com histórico de violência. Como Vito nunca havia se metido em problemas, nunca foi aventado.

Podia ter escapado à atenção da polícia, mas com os parceiros foi outra história. Pete Clemenza e Tessio o evitaram na semana seguinte, nas duas semanas seguintes, até que, certa noite, foram visitá-lo. Chegaram com visível respeito. Vito Corleone os recebeu com cortesia, imperturbável, e lhes serviu vinho.

Clemenza foi o primeiro a falar. Disse brandamente:

— Ninguém está coletando grana dos comerciantes na 9ª Avenida. Ninguém está coletando grana dos jogos e apostas no bairro.

Vito fitou os dois com olhar firme, mas não comentou nada. Tessio então falou:

— A gente podia pegar os clientes de Fanucci. Eles pagariam a nós.

Vito Corleone fez um gesto de desinteresse.

— Por que vir falar comigo? Não me interesso por essas coisas.

Clemenza riu. Mesmo jovem, antes de criar uma enorme barriga, já tinha a risada dos gordos. Perguntou a Vito Corleone:

— E aquela arma que lhe dei para o serviço do caminhão? Já que não precisa mais dela, pode me devolver.

Com muita calma, bem devagar, Vito Corleone tirou um maço de notas do bolso lateral e contou cinco notas de dez dólares.

— Está aqui, eu pago. Joguei a arma fora depois do serviço do caminhão.

Sorriu para os dois.

Naquela época, Vito Corleone não sabia do efeito causado por esse sorriso. Era arrepiante porque não mostrava nenhuma ameaça. Mas, visto que ele só sorria daquela maneira em assuntos letais, visto que aquela não era propriamente uma piada privada, visto que os seus olhos não sorriam e visto que ele parecia ter, de modo geral, um caráter tão sensato e tranquilo, aquela súbita revelação da sua verdadeira personalidade era assustadora.

Clemenza meneou a cabeça.

— Não quero o dinheiro — disse.

Vito embolsou as cédulas. Aguardou. Os três ali se entendiam. Sabiam que ele matara Fanucci e, embora não tenham comentado nada com ninguém, dali a poucas semanas o bairro inteiro também sabia. Vito Corleone era tratado por todos como um "homem de respeito". Mas não fez nenhuma tentativa de assumir os esquemas e os tributos de Fanucci.

O que se seguiu então foi inevitável. Uma noite, a mulher de Vito levou uma vizinha, uma viúva, ao apartamento. Era italiana e tinha um caráter irrepreensível. Trabalhava muito para dar um lar aos quatro filhos órfãos de pai. O filho de 16 anos levava para casa o envelope do pagamento ainda lacrado, para entregar à mãe ao velho estilo italiano; a filha de 17 anos, costureira, fazia a mesma coisa. À noite, toda a família costurava botões em cartelas a um preço por peça absolutamente irrisório. A mulher era a *signora* Colombo.

— A *signora* quer lhe pedir um favor. Está com um problema — disse a esposa de Vito Corleone.

Vito Corleone achou que ela ia lhe pedir dinheiro, e estava disposto a dar. Mas, pelo visto, a questão era que a sra. Colombo tinha um cachorro que o filho caçula adorava. O proprietário do imóvel tinha recebido reclamações dos vizinhos porque o cachorro latia à noite e mandou a sra. Colombo se desfazer dele. Ela fez de conta que obedeceu. O proprietário descobriu que ela o enganara e mandou que a mulher deixasse o apartamento. Dessa vez, ela prometeu se desfazer realmente do cachorro, e assim fez. Mas o proprietário estava tão bravo que não revogou a ordem de deixar o apartamento. Ou ela saía, ou ele chamaria a polícia para despejá-la. E o pobre do menino tinha chorado tanto, tanto, quando deram o cachorro para parentes que moravam em Long Island... E a troco de nada, pois iam perder a moradia.

— Por que a senhora me pede ajuda? — perguntou-lhe Vito Corleone, afável.

A sra. Colombo fez um gesto com a cabeça, indicando a esposa dele.

— Ela que me disse para lhe pedir.

Ele ficou surpreso. A esposa nunca lhe perguntara nada sobre as roupas que ele tinha lavado na noite em que assassinou Fanucci. Nunca lhe perguntava de onde vinha todo o dinheiro, estando desempregado. Mesmo agora ela mantinha o rosto impassível. Vito disse à sra. Colombo:

— Posso lhe dar algum dinheiro para ajudar na mudança. É isso o que quer?

A mulher abanou a cabeça; estava em lágrimas.

— Todas as minhas amigas estão aqui, todas as moças com quem cresci na Itália. Como vou me mudar para outro bairro, um bairro de desconhecidos? Quero que fale com o senhorio para me deixar ficar.

Vito assentiu.

— Então está feito. Não vai precisar se mudar. Falarei com ele amanhã de manhã.

A esposa lhe deu um sorriso que Vito Corleone fez que não viu, mas se sentiu contente. A sra. Colombo parecia um pouco em dúvida.

— Tem certeza de que ele, o senhorio, vai concordar? — perguntou.

— O *signor* Roberto? — questionou Vito, mostrando surpresa. — Claro que vai. É um bom sujeito. Quando eu explicar como está a sua situação, ele ficará com pena dos seus infortúnios. Agora não se preocupe mais. Não fique tão nervosa. Poupe a sua saúde, para o bem dos seus filhos.

O PROPRIETÁRIO DO IMÓVEL, o sr. Roberto, ia diariamente ao bairro para verificar o conjunto dos cinco prédios que possuía. Era um *padrone*, homem que vendia a grandes empresas a mão de obra de italianos que haviam acabado de desembarcar. Com os lucros, comprara os prédios, um por um. Homem instruído do norte da Itália, sentia apenas desprezo por aqueles sulinos analfabetos da Sicília e de Nápoles, que infestavam feito lombrigas os prédios dele, que jogavam o lixo pelos poços de ventilação, que deixavam as baratas e as ratazanas roerem as paredes sem erguer um dedo para preservar o que era de propriedade sua. Não era mau sujeito, era bom marido e bom pai, mas a contínua preocupação com os seus investimentos, com o dinheiro que faturava, com as despesas inevitáveis que decorriam do fato de ser um homem de posses, havia desgastado os seus nervos e ele vivia num estado de irritação constante. Quando Vito Corleone o deteve na rua pedindo uma palavrinha, o sr. Roberto foi brusco. Não ríspido, pois qualquer sulino daqueles era capaz de enfiar uma faca no sujeito se fosse tratado da maneira errada. Mas o jovem parecia um rapaz tranquilo.

— *Signor* Roberto — disse Vito Corleone —, a amiga da minha mulher, uma pobre viúva sem homem que a proteja, me falou que por alguma razão recebeu ordens de se mudar do apartamento do seu prédio. Ela está desesperada. Não tem dinheiro, não tem amigos, exceto os que moram aqui. Eu disse a ela que falaria com o senhor, que o senhor é um homem sensato que agiu assim devido a algum mal-entendido. Ela se desfez do animal que causou todo o problema; então, por que não pode ficar? Como um italiano a outro, peço-lhe esse favor.

O *signor* Roberto examinou o rapaz à sua frente. Viu um jovem de estatura média e físico robusto, campônio, mas não malandro, apesar da ridícula ousadia de se dizer italiano. Roberto deu de ombros.

— Já aluguei o apartamento para outra família a um preço mais alto — disse ele. — Não posso decepcioná-los por causa da sua amiga.

Vito Corleone assentiu concordando afavelmente.

— Quanto a mais por mês? — perguntou.

— Cinco dólares — respondeu o sr. Roberto.

Era mentira. A viúva pagava doze dólares por mês pelo apartamento estreito, com quatro cômodos escuros ao longo de um corredor, e ele não conseguira mais do que isso com o novo inquilino.

Vito Corleone tirou um maço de notas do bolso e separou três cédulas de dez dólares cada.

— Aqui está o aumento, seis meses adiantados. O senhor não precisa comentar com ela, é uma mulher orgulhosa. Daqui a seis meses o senhor me verá novamente. Mas, claro, deixará que ela fique com o cachorro.

— Até parece! — retrucou o sr. Roberto. — E quem você pensa que é para me dar ordens? Cuidado com as suas maneiras ou vai parar no olho da rua pedindo esmola.

Vito Corleone levantou as mãos num gesto de surpresa.

— Estou lhe pedindo um favor, só isso. Nunca se sabe quando vai se precisar de um amigo, não é verdade? Aqui, pegue esse dinheiro como sinal da minha boa vontade e depois tome a sua decisão. Eu não me atreveria a brigar por causa disso.

Pôs o dinheiro na mão do sr. Roberto.

— Faça-me esse pequeno favor, pegue o dinheiro e pense no assunto. Amanhã de manhã, se quiser me devolver o dinheiro, esteja à vontade, sem problema. Se quiser que a mulher saia do apartamento, como vou impedi-lo? É propriedade sua, afinal. Se não quiser o cachorro lá, entendo plenamente. Também não gosto de animais.

Deu um tapinha no ombro do sr. Roberto.

— Preste-me esse serviço, hein? Não vou esquecer. Pergunte sobre mim aos seus amigos no bairro, eles vão lhe dizer que sou um sujeito que gosta de mostrar a sua gratidão.

Mas claro que, a essa altura, o sr. Roberto já tinha começado a entender. No início da noite começou a se informar sobre Vito Corleone. Não esperou até a manhã seguinte. Bateu à porta da casa dos Corleone na mesma noite, desculpando-se pelo adiantado da hora, e aceitou o copo de vinho que a *signora* Corleone lhe ofereceu. Garantiu a Vito Corleone que tudo tinha sido um tremendo mal-entendido, que claro que a *signora* Colombo podia continuar no apartamento, claro que podia ficar com o cachorro. Afinal, quem eram aqueles inquilinos desgraçados, pagando um aluguel tão baixo, para reclamarem do barulho de um pobre animal? Por fim, ele lançou na mesa os trinta dólares que Vito Corleone lhe dera e disse da maneira mais sincera:

— A sua bondade em ajudar essa pobre viúva me fez sentir vergonha e quero mostrar que eu também tenho caridade cristã. O aluguel dela continua o mesmo.

Todos os envolvidos na comédia desempenharam muito bem os seus papéis. Vito serviu vinho, pediu à esposa que trouxesse bolinhos, segurou a mão do sr. Roberto e elogiou o seu bom coração. O sr. Roberto soltou um suspiro e disse que conhecer um homem como Vito Corleone lhe devolvia a fé na natureza humana. Finalmente se despediram entre mil floreios. O sr. Roberto, bambo de medo por ter escapado por um triz, pegou o bonde para a sua casa no Bronx e foi se deitar. Andou sumido dos seus imóveis por três dias.

Agora Vito Corleone era um "homem de respeito" no bairro. Era tido como membro da Máfia siciliana. Um dia, um homem que mantinha uma sala de jogo num cômodo alugado foi até ele e passou a lhe pagar voluntariamente vinte dólares por semana pela sua "amizade". Tinha apenas de visitar a sala uma ou duas vezes por semana, para que os jogadores vissem que estavam sob a sua proteção.

Comerciantes que tinham problemas com jovens arruaceiros pediam a sua intervenção. Ele intercedia e era devidamente recompensado. Logo estava com a renda semanal de cem dólares, uma soma enorme para aquela época e aquele lugar. Como Clemenza e Tessio eram amigos e aliados seus, tinha de lhes dar uma parte do dinheiro, mas fazia isso sem que lhe pedissem. Finalmente resolveu entrar no ramo de importação de azeite, em sociedade com o velho camaradinha Genco Abbandando. Genco ficou com a parte comercial, a importação do azeite da Itália, a compra ao devido preço, a estocagem no depósito do pai. Genco tinha experiência nessa parte do negócio. Clemenza e Tessio ficaram como vendedores. Iam a todas as mercearias italianas em Manhattan, depois no Brooklyn, então no Bronx, para persuadir os lojistas a terem em estoque o azeite *Genco Pura*. (Com típica modéstia, Vito Corleone não quis que a marca levasse o seu nome.) Vito, naturalmente, era o diretor da empresa, pois estava entrando com a maior parte do capital. Além disso, era chamado em casos especiais, quando os lojistas resistiam à lábia comercial de Clemenza e Tessio. Então Vito Corleone usava os seus impressionantes poderes de persuasão.

Nos anos seguintes, Vito Corleone levou aquela vida muito satisfatória do pequeno empresário inteiramente dedicado a desenvolver o seu empreendimento comercial numa economia dinâmica e em expansão. Era pai e marido devotado, mas vivia sempre tão ocupado que só conseguia reservar uma pequena parte do seu tempo para a família. Enquanto o *Genco Pura* se difundia e se tornava o azeite importado mais vendido nos Estados Unidos, a sua empresa aumentava sem cessar. Como qualquer bom vendedor, Vito Corleone veio a entender as vantagens de oferecer um preço mais baixo do que o dos concorrentes e de barrá-los nos pontos de distribuição convencendo os lojistas a terem estoques menores das outras marcas. Como qualquer bom empresário, pretendia obter um monopólio obrigando os concorrentes a saírem de campo ou a se fundirem com a sua empresa. Mas, como começara relativamente desamparado, em termos econômicos, como não acreditava na publicidade, confiando no boca a boca, e como o seu azeite, a bem da verdade, não era melhor do que o dos concorrentes, ele não podia usar as formas habituais de pressão que empresários legítimos usavam. Tinha de se basear na força da sua personalidade e na sua reputação como "homem de respeito".

Mesmo jovem, Vito Corleone se tornara conhecido como "homem de bom senso". Nunca proferia nenhuma ameaça. Sempre usava uma lógica que se demonstrava irresistível. Sempre garantia que o outro tivesse parte nos lucros. Ninguém saía perdendo. Fazia isso, claro, usando meios óbvios. Como muitos empresários de grande tino, ele aprendeu que a livre concorrência era danosa e o monopólio, eficiente. E, assim, decidiu obter esse monopólio eficiente. Havia alguns atacadistas de azeite no Brooklyn, homens esquentados, teimosos, que não arrazoavam, que se recusavam a ver, a reconhecer a visão de Vito Corleone, mesmo depois de lhes ter explicado tudo com a máxima paciência e em todos os detalhes. Com esses homens, Vito Corleone erguia os braços ao ar, desesperançado, e mandava Tessio ao Brooklyn para montar um quartel-general e resolver o problema. Depósitos ardiam em chamas, cargas inteiras eram tombadas, formando rios de azeite nas ruas de paralelepípedos da zona portuária. Um sujeito impulsivo, um milanês arrogante que tinha mais fé na polícia do que um santo em Jesus Cristo, de fato recorreu às autoridades, dando queixa contra os conterrâneos italianos, violando a milenar lei da *omertà*. Mas, antes que o assunto fosse adiante, o atacadista desapareceu e nunca mais foi visto, deixando para trás a devotada esposa e três filhos que, graças a Deus, eram adultos e capazes de assumir o negócio e chegar a um acordo com a Empresa de Azeite *Genco Pura*.

Os grandes, porém, não nascem grandes, mas se tornam grandes, e assim foi com Vito Corleone. Quando a Lei Seca foi aprovada, com a proibição de venda de bebidas alcoólicas, Vito Corleone deu o passo final e, de empresário bastante comum, um tanto impiedoso, transformou-se num grande Don no mundo das atividades ilegais. Não foi de um dia para o outro, não foi de um ano para o outro, mas, no final do período da Lei Seca e no começo da Grande Depressão, Vito Corleone se tornara o padrinho, o Don, Don Corleone.

A coisa começou mais ou menos por acaso. Nessa época, a Empresa de Azeite *Genco Pura* tinha uma frota de seis caminhões de entrega. Por intermédio de Clemenza, Vito Corleone foi abordado por um grupo de contrabandistas italianos que traziam álcool e uísque do Canadá. Precisavam de caminhões e entregadores para distribuir os produtos por toda a Nova York. Precisavam de entregadores que fossem discretos, de confiança e dotados de certa força e determinação. Estavam dispostos a pagar Vito Corleone pelo uso dos seus homens e caminhões. Era um valor tão gigantesco que Vito Corleone reduziu drasticamente as atividades da empresa de azeite para usar os caminhões a serviço quase exclusivo dos contrabandistas. Isso apesar da ameaça velada que acompanhara a proposta desses cavalheiros. Mas já na época Vito Corleone era um homem tão maduro que não se ofendia com ameaças nem se zangava ou recusava uma proposta lucrativa por causa disso. Avaliou a ameaça, considerou que lhe faltava convicção e reavaliou a sua opinião sobre os novos sócios, que baixaram no seu conceito pela burrice de usarem ameaças onde não havia a menor necessidade delas. Era uma informação útil a ser levada em conta no momento oportuno.

Novamente prosperou. Mas o mais importante foi adquirir conhecimento, experiência e contatos. E foi acumulando boas ações, tal como um banqueiro acumula apólices. Pois, nos anos seguintes, ficou claro que Vito Corleone era não só um homem de talento mas, à sua maneira, um verdadeiro gênio.

Tornou-se protetor das famílias italianas que montavam pequenos botecos clandestinos em casa, vendendo uísque a quinze centavos o copo para operários solteiros. Foi padrinho de crisma do filho caçula da sra. Colombo e lhe deu o belo presente de uma moeda de ouro de vinte dólares. Enquanto isso, já que era inevitável que a polícia detivesse alguns dos seus caminhões, Genco Abbandando contratou um bom advogado com muitos contatos no departamento de polícia e no judiciário. Montou-se um sistema de propinas e logo a organização Corleone tinha uma "folha" considerável, a lista de funcionários com direito a um pagamento mensal. O advogado tentou manter uma lista reduzida, desculpando-se pelas despesas, mas Vito Corleone o tranquilizou.

— Não, não — disse ele. — Ponha todo mundo nela, mesmo que não possam nos ajudar nesse momento. Acredito em amizade e me disponho a mostrar primeiro a minha amizade.

Com o passar do tempo, o império Corleone cresceu, novos caminhões se somaram à frota, a "folha" aumentou de tamanho. Além disso, aumentou também o número de homens que trabalhavam diretamente para Tessio e Clemenza. A coisa toda estava ficando difícil de manejar. Por fim, Vito Corleone elaborou um sistema de organização. Deu tanto a Clemenza quanto a Tessio o título de *caporegime*, ou capitão, e o posto de soldado aos homens sob o comando deles. Nomeou Genco Abbandando como *consigliere*, ou conselheiro. Pôs camadas isolantes entre si e qualquer ação operacional. Dava ordens apenas a Genco ou a um dos *caporegimes*. Raramente tinha alguma testemunha de qualquer ordem que desse a qualquer um deles. Então separou o grupo de Tessio e lhe deu a responsabilidade pelo Brooklyn. Também separou Tessio de Clemenza e, ao longo dos anos, deixou claro que não queria que os dois mantivessem relações sequer sociais, a não ser quando fosse absolutamente necessário. Explicou a Tessio, que era mais inteligente e entendeu imediatamente a mudança, embora Vito a apresentasse como medida de segurança diante da lei. Tessio compreendeu que Vito não queria que os seus dois *caporegimes* tivessem qualquer oportunidade de conspirarem contra ele e compreendeu também que não havia aí nenhuma má intenção, tratando-se de mera precaução tática. Em troca, Vito deu total liberdade a Tessio no Brooklyn, mantendo o Bronx, feudo de Clemenza, sob firme controle seu. Entre os dois, Clemenza era o mais corajoso, mais impetuoso, mais cruel, apesar da aparência jovial, e precisava de rédeas mais curtas.

A Grande Depressão aumentou o poder de Vito Corleone. E, de fato, foi mais ou menos naquela época que ele passou a ser chamado de Don Corleone. Por toda parte na cidade, homens honestos imploravam trabalhos honestos em vão. Homens orgulhosos se rebaixavam, a si e às suas famílias, aceitando a caridade burocrática de órgãos oficiais arrogantes. Mas os homens de Don Corleone andavam nas ruas de cabeça erguida, os bolsos recheados de notas e moedas de prata. Sem medo de perder o emprego. E mesmo Don Corleone, o mais modesto dos homens, não conseguia evitar um sentimento de orgulho. Estava cuidando do seu mundo, da sua gente. Não faltara aos que dependiam dele e lhe davam o suor da testa, arriscavam a liberdade e a vida ao seu serviço. E, quando um empregado seu, por algum azar, era detido e ia para a prisão, a família daquele desafortunado recebia uma pensão: e não era uma mísera merreca, uma esmola dada de má vontade, mas o mesmo valor que o homem recebia antes de ser preso.

Claro que não era simples caridade cristã. Nem os melhores amigos diriam que Don Corleone era um santo vindo dos céus. Havia um interesse pessoal nessa generosidade. Um empregado na prisão sabia que bastava ficar de bico calado e a esposa e os filhos estariam atendidos. Sabia que, se não alcaguetasse, teria uma calorosa acolhida ao sair da cadeia. Haveria uma festa à sua espera em casa, comida de primeira, ravióli feito em casa, vinho, tortas, com todos os amigos e parentes reunidos para comemorar a sua liberdade. E, em algum momento à noite, o *consigliere* Genco Abbandando ou talvez até o próprio Don ia aparecer ali para prestar os seus respeitos àquele sólido baluarte, tomar um copo de vinho em sua homenagem e deixar um belo presente em dinheiro, para que pudesse passar uma ou duas semanas de folga com a família antes de voltar ao batente diário. Tal era a infinita compreensão e solidariedade de Don Corleone.

Foi nessa época que o Don percebeu que conduzia o seu mundo muito melhor do que os seus inimigos conduziam o mundo muito maior que vivia atrapalhando o seu caminho. E essa percepção era alimentada pelos pobres do bairro que recorriam constantemente a ele, em busca de ajuda. Para manter o auxílio previdenciário, para arranjar um emprego para um rapazote ou tirá-lo da prisão, para emprestar um pouco de dinheiro de que se precisava desesperadamente, para interceder junto aos senhorios que, indo contra qualquer bom senso, exigiam que os inquilinos desempregados pagassem o aluguel.

Don Vito Corleone ajudava a todos eles. E não só: ajudava-os de boa vontade, com palavras de incentivo para retirar o travo amargo da caridade que lhes fazia. Assim, nada mais natural que esses italianos, quando se sentiam confusos ou em dúvida sobre os candidatos em que votariam para representá-los na câmara estadual, nos cargos municipais, no Congresso, pedissem conselho ao amigo Don Corleone, ao padrinho deles. E assim ele se transformou numa força política a ser consultada pelos líderes partidários pragmáticos. Consolidou esse poder com uma inteligência de estadista, capaz de enxergar longe, ajudando garotos inteligentes de famílias italianas pobres a cursarem a faculdade, garotos que depois se tornariam advogados, assistentes da promotoria distrital e até juízes. Ele planejava o futuro do seu império com toda a antevisão de um grande líder nacional.

A revogação da Lei Seca desferiu um sério golpe no seu império, mas, uma vez mais, ele tomara as suas precauções. Em 1933, enviou emissários ao indivíduo que controlava todas as atividades de jogo em Manhattan, os jogos de dados nas docas, os empréstimos que corriam soltos nesses jogos como cachorros-quentes nas partidas de beisebol, as apostas esportivas e nas corridas de cavalos, as casas ilegais de pôquer e o esquema das loterias e números da sorte do Harlem. Esse homem se chamava Salvatore Maranzano e era reconhecido como um dos *pezzonovanti*, um dos figurões do submundo nova-iorquino. Os emissários de Corleone propuseram a Maranzano uma sociedade meio a meio, lucrativa para ambas as partes. Vito Corleone, com a sua organização e os seus contatos na polícia e na política, daria uma sólida cobertura às operações de Maranzano e novas forças para se expandir no Brooklyn e no Bronx. Mas Maranzano tinha vistas curtas e rejeitou com desdém a proposta de Corleone. Maranzano era amigo do grande Al Capone, tinha a sua organização própria, os seus próprios homens, além de um enorme arsenal de guerra. Não ia aceitar esse sujeitinho metido a importante, cuja reputação era mais a de orador do Parlamento do que a de verdadeiro mafioso. A recusa de Maranzano foi o estopim da grande guerra de 1933, que iria mudar a estrutura inteira do submundo em Nova York.

À primeira vista, parecia um confronto desigual. Salvatore Maranzano tinha uma organização poderosa com operadores fortes. Tinha amizade com Capone em Chicago, e podia recorrer à ajuda de lá. Tinha também bom relacionamento com a Família Tattaglia, que controlava a prostituição na cidade e o pouco que havia de tráfico de drogas naquela época. Também tinha contatos políticos com líderes empresariais poderosos, que usavam os operadores de Maranzano para aterrorizar os sindicalistas judeus na zona de confecção de roupas e nos sindicatos anarquistas italianos no ramo da construção civil.

Contra isso, Don Corleone podia lançar os dois destacamentos pequenos, mas magnificamente organizados, comandados por Clemenza e Tessio. Os contatos na política e na polícia eram anulados pelos líderes empresariais que apoiariam Maranzano. Mas a favor de Corleone pesava o desconhecimento do inimigo sobre a sua organização. O submundo não conhecia o número real dos seus soldados e até se enganava pensando que Tessio no Brooklyn constituía uma operação independente e separada.

Porém, apesar de tudo isso, era uma batalha desigual, até que Vito Corleone igualou as condições com um único golpe de mestre.

Maranzano enviara uma mensagem a Capone, pedindo que mandasse os seus dois melhores pistoleiros para Nova York, a fim de eliminar o tal sujeitinho metido a importante. A Família Corleone tinha amigos e informantes em Chicago que passaram a notícia de que os dois pistoleiros estavam chegando de trem. Vito Corleone encarregou Luca Brasi de cuidar deles, dando instruções que liberariam os mais selvagens instintos daquele estranho homem que era Luca.

Brasi e os seus homens, quatro deles, receberam os bandidos de Chicago na estação ferroviária. Um dos homens de Brasi arranjou um táxi, ficando como motorista, e o carregador da estação, ao levar a bagagem, conduziu os homens de Capone para aquele táxi. Ao entrarem, Brasi e outro homem seu foram logo atrás, armas na mão, e fizeram os dois caras de Chicago se deitarem no chão do carro. O táxi foi até um depósito nas docas que Brasi deixara preparado para eles.

Os dois homens de Capone ficaram com as mãos e os pés amarrados e com toalhinhas de mão enfiadas na boca para impedir que gritassem.

Então Brasi pegou um machado que estava apoiado na parede e começou a golpear um dos homens de Capone. Primeiro decepou os pés, depois as pernas na altura dos joelhos, então as coxas na altura dos quadris. Brasi era tremendamente forte, mas precisou de muitas machadadas até alcançar o seu propósito. A essa altura, claro, a vítima já entregara a alma e o chão do depósito estava escorregadio com os nacos de carne decepados e o sangue esparramado. Ao passar para a segunda vítima, Brasi viu que não era necessário nenhum esforço. O segundo pistoleiro de Capone, de puro terror, conseguira a impossível proeza de engolir a toalhinha que tinha na boca e morrera asfixiado. A toalhinha foi encontrada no estômago do homem, durante a necropsia policial para determinar a causa da morte.

Poucos dias depois, em Chicago, os Capone receberam uma mensagem de Vito Corleone. Tinha o seguinte teor: "Agora você sabe como lido com os inimigos. Por que um napolitano há de interferir numa briga entre dois sicilianos? Se quiser que eu o considere como amigo, fico-lhe devendo um préstimo que pagarei quando pedir. Um homem como você deve saber que é muito mais proveitoso ter um amigo que, em vez de lhe pedir ajuda, cuida dos seus próprios assuntos e está sempre pronto para ajudá-lo em algum futuro problema. Se não quiser a minha amizade, que seja. Mas então devo lhe avisar que o clima aqui nesta cidade é úmido, insalubre para napolitanos, e aconselho que nunca venha visitá-la."

A arrogância da carta era deliberada. O Don tinha pouco apreço pelos Capone, considerando-os uns sicários banais e obtusos. Sabia pelas suas fontes de informação que Capone perdera toda a influência política por causa da sua arrogância pública e pela ostentação da sua riqueza ilícita. O Don sabia e, na verdade, não tinha nenhuma dúvida de que, sem influência política, sem a camuflagem da sociedade, o mundo de Capone e de outros como ele poderia ser destruído com facilidade. Sabia que Capone estava na rota da destruição. Também sabia que a influência de Capone não ultrapassava as divisas de Chicago, por mais terrível e generalizada que fosse essa influência local.

A tática deu certo. Não tanto por causa da ferocidade da mensagem, mas por causa da impressionante rapidez, da prontidão com que o Don reagiu. Se o seu serviço de informações era tão bom, qualquer outro movimento seria muito perigoso. Era melhor, muito mais prudente aceitar a oferta de amizade com a sua implícita retribuição. Os Capone mandaram a mensagem de que não interfeririam mais.

Agora as chances estavam equilibradas. E Vito Corleone havia conquistado um enorme "respeito" em todo o submundo americano com a humilhação que impusera aos Capone. Por seis meses, levou vantagem sobre Maranzano. Atacou os jogos de dados sob a proteção daquele homem, localizou o seu principal corretor de loterias e números da sorte no, aliviando-o não só da receita do dia mas também dos respectivos registros das apostas. Enfrentou os inimigos em todas as frentes. Mesmo nas zonas de confecção de roupa, enviou Clemenza e os seus homens para combaterem ao lado dos sindicalistas contra os operadores pagos por Maranzano e os donos das firmas de confecção. E venceu em todas as frentes, graças à sua superioridade organizativa e ao melhor serviço de informações. A enorme brutalidade de Clemenza, que Corleone empregava de maneira muito judiciosa, também ajudou a mudar os rumos da batalha. E então Don Corleone enviou o destacamento de Tessio, que ficara de reserva, contra o próprio Maranzano.

A essa altura, Maranzano enviara emissários pedindo paz. Vito Corleone se recusou a recebê-los, afastando-os sob um ou outro pretexto. Os soldados de Maranzano estavam abandonando o seu comandante, pouco dispostos a morrer por uma causa perdida. Agiotas e corretores de apostas agora pagavam proteção à organização Corleone. A guerra estava praticamente terminada.

E então, por fim, na véspera do Ano-Novo de 1933, Tessio penetrou nas defesas do próprio Maranzano. Os tenentes de Maranzano estavam ansiosos em chegar a um armistício e concordaram em entregar o comandante para o abate. Disseram a ele que fora combinado um encontro com Corleone num restaurante do Brooklyn e o acompanharam como guarda-costas. Deixaram-no sentado a uma mesa de toalha xadrez, mastigando calmamente um naco de pão, e fugiram do restaurante enquanto Tessio e quatro homens seus entravam no local. A execução foi rápida e precisa. Maranzano, com a boca cheia de pão meio mastigado, ficou crivado de balas.

O império Maranzano foi incorporado à operação Corleone. Don Corleone montou um sistema de tributos, permitindo que todos os titulares continuassem nos seus locais de apostas e loterias. Como bônus, ficou também com uma base de apoio na zona de confecções que, em anos futuros, iria se demonstrar de extrema importância. E, agora que acertara os assuntos de negócios, o Don se viu com problemas em casa.

Santino Corleone, Sonny, estava com 16 anos, com uma altura impressionante de um metro e oitenta, ombros largos e um rosto maciço que, embora sensual, nada tinha de efeminado. Todavia, se Fredo era um menino pacato e Michael ainda era bem pequeno, Santino volta e meia se metia em encrencas. Entrava em brigas, ia mal na escola, até que Clemenza, que era padrinho do rapazote e se sentia na obrigação de falar, foi uma noite até Don Corleone e lhe informou que o filho dele participara de um assalto à mão armada, uma idiotice que poderia terminar muito mal. O chefinho era Sonny, evidentemente, e os outros dois garotos cúmplices no assalto apenas seguiam ordens.

Foi uma das raríssimas vezes que Vito Corleone perdeu a calma. Tom Hagen morava na casa fazia três anos, e o Don perguntou a Clemenza se o rapazinho órfão se envolvera no roubo. Clemenza meneou a cabeça numa negativa. Don Corleone mandou um carro levar Santino ao seu escritório na Empresa de Azeite *Genco Pura*.

Pela primeira vez, o Don enfrentou a derrota. Sozinho com o filho, deu plena vazão à sua fúria, amaldiçoando o rapagão em dialeto siciliano, língua muito mais satisfatória do que qualquer outra para expressar a cólera. Terminou com uma pergunta:

— O que lhe deu o direito de fazer uma coisa dessas? O que o levou a querer fazer uma coisa dessas?

Sonny ficou ali parado, bravo, recusando-se a responder. O Don falou com desprezo:

— E uma coisa tão estúpida. O que vocês ganharam com aquela noite de trabalho? Cinquenta dólares cada? Vinte dólares cada? Arriscou a vida por vinte dólares, foi?

Como se não tivesse ouvido essas últimas palavras, Sonny falou em tom de desafio:

— Vi você matar o Fanucci.

O Don disse apenas:

— Aaah.

Afundou-se na poltrona e aguardou. Sonny então disse:

— Quando o Fanucci saiu do prédio, a mamãe falou que eu podia subir para casa. Vi você subindo para o telhado e fui atrás. Vi tudo o que você fez. Fiquei lá em cima e vi você jogar fora a carteira e a arma.

O Don suspirou.

— Bom, então não posso lhe dar lição de moral. Não quer terminar os estudos, não quer ser advogado? Advogados com uma pasta conseguem roubar mais dinheiro do que mil homens com armas e máscaras.

Sonny respondeu com um sorriso maroto.

— Quero entrar nos negócios da família.

Vendo que o Don permanecia impassível, que não ria da brincadeira, acrescentou depressa:

— Posso aprender a vender azeite.

O Don continuou calado. Por fim deu de ombros e disse:

— Todo homem tem um destino.

Não acrescentou que o fato de ter presenciado o assassinato de Fanucci decidira o destino de Santino. Apenas se virou e acrescentou calmamente:

— Esteja aqui amanhã às nove da manhã. Genco lhe mostrará o que tem a fazer.

Mas Genco Abbandando, com aquela perspicácia necessária a um *consigliere*, percebeu a verdadeira intenção do Don e passou a utilizar Sonny basicamente como guarda-costas do pai, posição na qual também poderia aprender as sutilezas de ser um Don. E isso trouxe à tona um instinto didático do próprio Don, que muitas vezes dava verdadeiras aulas ao primogênito ensinando como proceder com sucesso.

Além da sua reiterada teoria de que um homem tem apenas um destino, o Don repreendia constantemente Sonny pelas suas explosões temperamentais. O Don considerava o recurso a ameaças como a mais tola forma de se expor, a vazão de uma raiva desenfreada como a mais perigosa indulgência consigo mesmo. Nunca ninguém ouvira o Don proferir uma ameaça explícita, nunca ninguém o vira se entregar a um acesso de fúria incontrolável. Era inconcebível. E assim ele tentou ensinar a Sonny a sua disciplina pessoal. Dizia que não existia maior vantagem natural na vida do que ter um inimigo que superestimava os nossos defeitos, a não ser um amigo que subestimava as nossas virtudes.

O *caporegime* Clemenza se encarregou de ensinar Sonny a atirar e a usar o garrote. Sonny não tinha nenhum apreço pela corda italiana: ele era americanizado demais. Preferia a arma anglo-saxônica simples, direta, impessoal, o que entristecia Clemenza. Mas Sonny se tornou companhia constante e bem-vinda do pai, dirigindo o carro, ajudando-o em pequenos detalhes. Nos dois anos seguintes, conduziu-se como qualquer filho usual ingressando nos negócios do pai, não muito brilhante, não muito empenhado, contentando-se com um trabalho leve.

Enquanto isso, o seu amigo de infância e quase irmão adotivo Tom Hagen cursava a faculdade. Fredo ainda estava no ensino médio; o filho caçula Michael estava no primeiro grau e a irmãzinha Connie tinha 4 anos. A família se mudara já fazia muito tempo para um apartamento no Bronx. Don Corleone estava pensando em comprar uma casa em Long Island, mas queria que isso se encaixasse em outros planos que vinha elaborando.

Vito Corleone era um homem de visão. Todas as cidades grandes dos Estados Unidos estavam sendo dilaceradas pelas rivalidades no submundo. Estouravam guerrilhas às pencas, com gângsteres ambiciosos tentando abocanhar um naco de império, homens como o próprio Corleone tentando manter os negócios e as fronteiras em segurança. Don Corleone via que os jornais e os órgãos do governo estavam usando essas matanças para implantar leis cada vez mais rigorosas e usar métodos policiais cada vez mais duros. Previa que a indignação pública podia levar até a uma suspensão das regras democráticas, o que seria fatal para ele e o seu pessoal. O império Corleone, internamente, estava seguro. Ele decidiu trazer paz a todas as facções em guerra em Nova York e, depois, ao país inteiro.

Não se iludia sobre os riscos da sua missão. Passou o primeiro ano reunindo-se com diversos chefes de gangues em Nova York, lançando as bases, sondando-os, propondo esferas de influência que seriam respeitadas por um conselho confederado de vínculos flexíveis. Mas havia um excesso de facções, um excesso de conflitos de interesses. Era impossível um acordo. Como outros grandes estadistas e legisladores da história, Don Corleone concluiu que não haveria ordem e paz possíveis enquanto não se reduzisse a quantidade de Estados reinantes a um número viável.

Havia cinco ou seis "Famílias" poderosas demais para serem eliminadas. Mas os demais, os terroristas da Mão Negra local, os agiotas autônomos, os corretores de apostas valentões que operavam sem a devida proteção das autoridades da lei, isto é, sem pagar a elas, teriam de sumir. E assim ele montou o que foi, com efeito, uma guerra colonial contra essas pessoas e lançou contra elas todos os recursos da organização Corleone.

A pacificação da área de Nova York levou três anos e teve alguns ganhos inesperados. No começo, parecia malfadada. Um bando de assaltantes irlandeses alucinados que o Don decidira exterminar quase levou a melhor pelo puro ardor do sangue irlandês. Por sorte e com uma bravura suicida, um desses pistoleiros atravessou o cordão de proteção do Don e lhe alojou uma bala no peito. O assassino caiu imediatamente crivado de balas, porém o mal estava feito.

Mas, com isso, Santino Corleone teve a sua oportunidade. Com o pai fora de combate, Sonny assumiu o comando de uma tropa, o seu destacamento próprio, com a patente de *caporegime* e, como um jovem e inesperado Napoleão, mostrou o seu talento para a guerra urbana. Também mostrou uma brutalidade implacável, cuja falta fora a única falha de Don Corleone como conquistador.

De 1935 a 1937, Sonny Corleone criou fama de ser o algoz mais astucioso e mais implacável que o submundo já conhecera. Mesmo assim, quanto ao puro terror em si, ele próprio era eclipsado por aquele indivíduo apavorante chamado Luca Brasi.

Foi Brasi quem perseguiu os demais pistoleiros irlandeses e, sozinho, acabou com todos eles. Foi Brasi, agindo sozinho quando uma das seis famílias poderosas tentou interferir e se tornar protetora dos independentes, quem assassinou o chefe da família a título de advertência. Pouco tempo depois, o Don se recuperou do ferimento e firmou paz com aquela família específica.

Em 1937, a paz e a harmonia reinavam em Nova York, com a exceção de alguns pequenos incidentes, pequenos mal-entendidos que, evidentemente, às vezes eram fatais.

Tal como os governantes das cidades antigas, que sempre estavam ansiosamente atentos às tribos bárbaras rondando as suas muralhas, Don Corleone também se mantinha atento aos assuntos do mundo exterior ao seu mundo. Observou a chegada de Hitler, a queda da Espanha, a posição de força da Alemanha contra a Inglaterra em Munique. Sem ter a visão limitada por esse mundo exterior, ele viu claramente a aproximação da guerra mundial e entendeu as implicações. O seu próprio mundo seria mais inexpugnável do que antes. Além disso, gente atenta e de vista ampla poderia acumular enormes fortunas em tempo de guerra. Mas, para isso, nos seus domínios era preciso reinar a paz, enquanto a guerra grassava no mundo exterior.

Don Corleone levou a sua mensagem pelo país todo. Conferenciou com conterrâneos em Los Angeles, São Francisco, Cleveland, Chicago, Filadélfia, Miami e Boston. Era o apóstolo da paz no submundo e em 1939, com mais êxito do que qualquer papa, alcançara um acordo efetivo entre as organizações do submundo mais poderosas do país. Tal como a Constituição dos Estados Unidos, esse acordo respeitava integralmente a autoridade interna de cada membro no seu estado ou cidade. O acordo cobria apenas as esferas de influência e o compromisso em impor a paz no submundo.

Assim, quando a Segunda Guerra Mundial eclodiu em 1939 e quando os Estados Unidos entraram no conflito em 1941, o mundo de Don Vito Corleone estava em paz, em ordem, plenamente preparado para colher a safra de ouro em pé de igualdade com todos os outros setores econômicos de um país em tremenda expansão. A Família Corleone, durante o período de racionamento, estava presente no fornecimento de cupons oficiais de alimentos, de gasolina e até de trânsito prioritário no mercado clandestino. Isso era útil para obter contratos de guerra e, então, conseguir materiais do mercado clandestino para aquelas firmas da zona de confecção de roupas que não haviam recebido matéria-prima suficiente, por não terem contratos com o governo. Don Corleone conseguia até mesmo a dispensa de todos os homens da sua organização, em idade de recrutamento militar, de lutarem na guerra estrangeira. Fazia isso com a ajuda de médicos orientando sobre os medicamentos que deviam ser tomados antes do exame físico, ou empregava os seus homens em funções nas indústrias de guerra que os isentavam do recrutamento.

E assim o Don podia sentir orgulho pelo seu governo. O seu mundo era seguro para os que lhe haviam jurado lealdade; outros homens, que acreditavam na lei e na ordem, estavam morrendo aos milhões. A única contrariedade nessa situação foi que o seu próprio filho, Michael Corleone, negou ajuda e insistiu em se alistar voluntariamente para servir ao país. E, para o grande espanto do Don, o mesmo fizeram alguns outros rapazes da sua organização. Um deles, tentando se explicar ao seu *caporegime*, disse: "Esse país é bom comigo." Ao saber do caso, o Don respondeu irritado ao *caporegime*: "*Eu* é que sou bom com ele." Esse pessoal podia ter levado a pior, mas, como o Don desculpara o filho Michael, da mesma forma devia desculpar outros rapazes tão equivocados quanto ao dever que tinham para com o seu Don e para consigo mesmos.

No final da Segunda Guerra Mundial, Don Corleone viu que o seu mundo teria de mudar mais uma vez os procedimentos, teria de se adaptar melhor aos procedimentos do outro mundo maior. Acreditava que isso era possível sem sofrer nenhum prejuízo.

Essa sua crença se fundava na experiência própria. O que o pusera no rumo certo tinham sido dois assuntos pessoais. No começo da carreira, fora procurado por Nazorine, então jovem, um simples ajudante de padaria que estava planejando se casar. Ele e a noiva, uma boa moça italiana, tinham economizado e pagado o valor enorme de trezentos dólares a um atacadista de móveis que lhes fora recomendado. Esse atacadista deixou que escolhessem tudo o que queriam para mobiliar o apartamento. Um belo e sólido jogo de quarto, com duas cômodas e abajures. E também um jogo de estofados para a sala de estar, com um amplo sofá e duas poltronas, forrados com um precioso tecido de fios de ouro. Nazorine e a noiva passaram felizes o dia todo escolhendo o que queriam no enorme depósito atravancado de móveis. O atacadista pegou e embolsou o dinheiro, os trezentos dólares duramente conquistados com muito suor, e prometeu que a mobília seria entregue dentro de uma semana no apartamento já alugado.

Na semana seguinte, porém, a empresa fora à falência. O grande depósito abarrotado de móveis fora lacrado e reservado para pagar os credores. O atacadista tinha sumido, de forma que outros credores só podiam desabafar a raiva no vazio. Nazorine, que era um deles, foi ao advogado, que lhe falou que não se podia fazer nada enquanto o processo não fosse decidido no tribunal e todos os credores fossem atendidos. Isso podia levar três anos, e Nazorine teria sorte se conseguisse recuperar dez por cento do que pagara.

Vito Corleone ouviu a história com interesse e incredulidade. Não era possível que a lei permitisse tal ladroagem. O atacadista tinha um palacete, uma propriedade em Long Island, um automóvel de luxo e pagava a faculdade dos filhos. Como podia ficar com os trezentos dólares do pobre padeiro Nazorine e não lhe entregar a mobília que comprara? Mas, para se certificar, mandou Genco Abbandando verificar a questão com os advogados que representavam a empresa *Genco Pura*.

Conferiram a história de Nazorine. Todos os bens pessoais do atacadista estavam em nome da esposa. A firma de móveis era uma sociedade anônima e ele não respondia pessoalmente por ela. Sim, de fato mostrara má-fé ao pegar o dinheiro de Nazorine, sabendo que estava para pedir falência, mas essa prática era usual. Nos termos da lei, não havia nada a fazer.

Claro que foi fácil ajeitar a questão. Don Corleone enviou o *consigliere* Genco Abbandando para conversar com o atacadista e, conforme o esperado, o empresário, que não era bobo, entendeu o lance na hora e providenciou que Nazorine recebesse a sua mobília. Mas foi uma lição interessante para o jovem Vito Corleone.

O segundo episódio teve repercussões mais amplas. Em 1939, Don Corleone decidira se mudar da cidade junto com a família. Como qualquer pai, queria que os filhos frequentassem escolas melhores e andassem em companhias melhores. Quanto às suas razões pessoais, queria o anonimato da vida numa área mais afastada, onde não conheciam a sua reputação. Comprou toda a área do conjunto residencial em Long Beach, que na época tinha apenas quatro casas construídas, mas com muito espaço para outras mais. Sonny e Sandra ficaram oficialmente noivos e logo se casariam, e assim uma das casas ficaria para ele. Outra era para o Don. Outra para Genco Abbandando e família. A quarta, por enquanto, ficou vaga.

Uma semana depois de se mudarem para o condomínio, chegaram três operários num caminhão, com a maior cara de inocentes. Apresentaram-se como inspetores de calefação do município de Long Beach. Um dos jovens guarda-costas do Don deixou os homens entrarem e os levou ao aquecedor central no porão. O Don, a esposa e Sonny estavam no jardim descansando e espairecendo à brisa marinha.

O Don, para o seu grande aborrecimento, foi chamado pelo guarda-costas para ir até a casa. Os três operários, todos grandalhões, estavam em volta do aquecedor. Tinham-no desmontado, e as peças estavam espalhadas pelo piso cimentado do porão. O chefinho deles, de ar autoritário, disse ao Don numa voz áspera:

— O seu aquecedor está em péssimas condições. Se quiser que a gente conserte e monte de volta, vai sair por cento e cinquenta dólares pelas peças e pela mão de obra, e então será aprovado na inspeção local.

O Don achou graça. Tinha sido uma semana monótona e tediosa, em que precisou deixar os negócios de lado para cuidar dos detalhes familiares envolvidos numa mudança de residência. Carregou no seu leve sotaque habitual e perguntou num inglês estropiado:

— Se eu não pagar, o que acontece com o meu aquecedor?

O chefe, dando de ombros, respondeu:

— Deixamos do jeito que está agora.

Fez um gesto mostrando as peças de metal espalhadas pelo chão e prosseguiu:

— A gente coloca esse selo nele, está vendo, e aí ninguém do condado vai vir incomodar outra vez.

— Espere, vou pegar o dinheiro — falou o Don mansamente.

Então foi para o jardim e disse a Sonny:

— Escute aqui, tem uns homens trabalhando no aquecedor e não entendi o que eles querem. Vá lá e cuide do assunto.

Não era apenas de brincadeira; ele andava pensando em transformar o filho em seu vice. Este era um dos testes pelos quais um alto executivo devia passar.

A solução de Sonny não agradou inteiramente ao pai. Foi direta demais, despida demais da sutileza siciliana. Ele era a Clava, não a Espada. Pois, tão logo Sonny ouviu a exigência do chefe de turma, pôs os três sob a mira da arma e mandou os guarda-costas lhes darem umas boas bordoadas. Então mandou que remontassem o aquecedor e deixassem o porão em ordem. Revistou-os e descobriu que, na verdade, eram funcionários de uma firma de reformas domésticas com sede no condado de Suffolk. Pegou o nome do dono da firma. Então os expulsou a pontapés até o caminhão.

— E não quero ver vocês aqui de novo em Long Beach — disse. — Penduro o saco de vocês feito brinco na orelha.

Era típico do jovem Santino, antes de se tornar mais cruel com a idade, que estendesse a sua proteção à comunidade em que vivia. Sonny ligou pessoalmente para o dono da firma de reformas residenciais e lhe disse que nunca mais enviasse nenhum empregado seu para a área de Long Beach. Tão logo estabeleceu a sua usual ligação de negócios com a polícia local, a Família Corleone ficou informada sobre todas as reclamações desse gênero e todos os crimes cometidos por bandidos profissionais. Em menos de um ano, Long Beach se tornou, dentro da sua categoria demográfica, o município com o menor índice de criminalidade de todo o país. Os assaltantes e valentões profissionais eram advertidos apenas uma vez que não praticassem as suas estripulias por lá. Tolerava-se somente uma infração. Na segunda, eles simplesmente desapareciam. Os picaretas de consertos domésticos, os vigaristas de serviços gerais foram gentilmente avisados de que não eram bem-vindos em Long Beach. Os trapaceiros que desconsideravam o aviso eram espancados até ficarem com a vida por um fio. A rapaziada arruaceira local que não mostrava respeito pela lei e pelas autoridades recebia o conselho, dado da maneira mais paternal possível, de fugir de casa. Long Beach virou uma cidade exemplar.

O que impressionava o Don era a licitude dessas falcatruas comerciais. Evidentemente havia lugar para um homem com os seus talentos nesse outro mundo, que lhe estivera fechado quando era um jovem honesto. Tomou as devidas providências para ingressar nesse mundo.

E assim viveu feliz no condomínio de Long Beach, consolidando e ampliando o seu império, até que, terminada a guerra, Sollozzo, o Turco, rompeu a paz e mergulhou o mundo do Don na sua própria guerra e o levou para o leito do hospital.

LIVRO IV

Capítulo 15

No povoado de New Hampshire, todo e qualquer fenômeno estranho era devidamente notado pelas donas de casa espiando pela janela e pelos comerciantes ociosos dentro da loja. Assim, quando o automóvel preto com placa de Nova York parou em frente à casa dos Adams, todos os moradores ficaram sabendo em questão de minutos.

Kay Adams, que de fato era uma moça bem interiorana apesar da formação universitária, também espiava pela janela do quarto. Estava estudando para os exames e se preparando para descer e almoçar, quando viu o carro vindo pela rua e, por alguma razão, não se surpreendeu quando ele parou em frente ao jardim da casa. Saíram dois homens, dois grandalhões que, aos seus olhos, pareciam gângsteres de filme, e ela desceu correndo a escada para ser a primeira a chegar à porta. Tinha certeza de que vinha da parte de Michael ou da família dele, e não queria que falassem com os seus pais sem serem previamente apresentados. Não que sentisse vergonha de qualquer amigo de Mike, pensou ela; mas os seus pais eram ianques antiquados da Nova Inglaterra e não entenderiam como é que ela conhecia gente assim.

Chegou à porta bem no instante em que a campainha tocou e disse à mãe:

— Eu atendo.

Abriu a porta e os dois grandalhões ficaram parados ali. Um pôs a mão dentro do bolso interno do paletó, como um gângster que fosse pegar uma arma, num gesto que fez Kay arquejar sobressaltada. Mas o homem tirou uma pequena carteira de couro, que abriu para mostrar a identidade.

— Sou o investigador John Phillips do Departamento de Polícia de Nova York — disse ele.

Virou-se para o outro, um homem de pele morena com sobrancelhas muito pretas e muito espessas.

— Este é o meu parceiro, investigador Siriani. A senhorita é Kay Adams?

Kay assentiu. Phillips continuou:

— Podemos entrar e conversar alguns minutos? É sobre Michael Corleone.

Ela se pôs de lado para deixá-los entrar. Naquele instante, o pai de Kay apareceu no pequeno saguão lateral que levava ao seu gabinete.

— O que é, Kay? — perguntou ele.

O pai, grisalho e esguio, era um homem de ar distinto que, além de ser o pastor da igreja batista local, tinha renome como erudito nos círculos religiosos. Na verdade, Kay não o conhecia a fundo, sentia-se intrigada com ele, mas sabia que ele a amava, mesmo que desse a impressão de considerá-la uma pessoa desinteressante. Nunca foram muito próximos, mas ela confiava nele. Assim, Kay simplesmente disse:

— São investigadores de Nova York. Querem me perguntar sobre um rapaz que conheço.

O sr. Adams não mostrou surpresa e convidou:

— Vamos para o meu gabinete?

— Gostaríamos de falar com a sua filha a sós, sr. Adams — disse o investigador Phillips educadamente.

— Isso depende de Kay, penso eu — respondeu o sr. Adams com cortesia. — Minha querida, você conversa com esses cavalheiros a sós ou prefere que eu esteja presente? Ou talvez a sua mãe?

Kay meneou a cabeça.

— Falo com eles a sós

O sr. Adams disse a Phillips:

— Podem usar o meu gabinete. Os senhores ficam para o almoço?

Os investigadores menearam a cabeça, declinando o convite. Kay os conduziu ao gabinete.

Os dois se instalaram incomodamente na beirada do sofá, enquanto Kay se sentava na grande poltrona de couro do pai. O investigador Phillips iniciou a conversa dizendo:

— Srta. Adams, viu ou soube de Michael Corleone em alguma ocasião nessas três últimas semanas?

A pergunta foi suficiente para pô-la de alerta. Três semanas antes, Kay lera os jornais de Boston com manchetes sobre o assassinato de um capitão da polícia de Nova York e de um narcotraficante chamado Virgil Sollozzo. A matéria dizia que o episódio fazia parte da guerra de gangues envolvendo a Família Corleone.

Kay meneou a cabeça.

— Não, na última vez que vi Michael, ele estava indo visitar o pai dele no hospital. Foi talvez um mês atrás.

O outro investigador falou em tom ríspido:

— Estamos a par desse encontro. A senhorita voltou a vê-lo ou saber dele depois disso?

— Não — respondeu Kay.

O investigador Phillips falou de maneira educada:

— Se a senhorita tiver contato com ele, gostaríamos que nos avisasse. É muito importante falarmos com Michael Corleone. Devo avisá-la que, se tiver contato com ele, pode se envolver numa situação muito perigosa. Se ajudá-lo de qualquer forma que seja, poderá se ver em sérios problemas.

Kay se empertigou na poltrona.

— Por que não o ajudaria? — perguntou. — Vamos nos casar, um casal se ajuda entre si.

Foi o investigador Siriani que lhe respondeu.

— Se ajudar, pode se tornar cúmplice de assassinato. Estamos procurando o seu namorado porque ele matou um capitão da polícia de Nova York e um informante que estava em contato com ele. *Sabemos* que Michael Corleone foi quem atirou.

Kay caiu na risada. Foi uma risada tão espontânea, tão incrédula, que os dois ficaram impressionados.

— Mike jamais faria uma coisa dessas — disse ela. — Ele nunca teve nada a ver com a família dele. Quando fomos ao casamento da irmã dele, ficou evidente que era tratado como um forasteiro, quase tanto quanto eu. Se agora está escondido, é só porque não quer nenhuma publicidade, para que não arrastem o seu nome nessa história. Mike não é bandido. Conheço-o melhor do que os senhores e do que qualquer outra pessoa. É um homem correto demais para cometer algo tão repulsivo como um assassinato. É a pessoa mais respeitadora da lei que eu conheço, e nunca soube de qualquer mentira sua.

— Há quanto tempo a senhorita o conhece? — perguntou o investigador Phillips gentilmente.

— Há mais de um ano — respondeu Kay, e ficou surpresa ao ver os dois sorrirem.

— Creio que há algumas coisas que a senhorita precisa saber — disse o investigador Phillips. — Na noite em que a deixou, ele foi para o hospital. Quando saiu, entrou numa discussão com um capitão da polícia que tinha ido ao hospital em caráter oficial. Ele agrediu esse policial, mas levou a pior. Na verdade, ficou com o queixo fraturado e perdeu alguns dentes. Os amigos dele o levaram para as casas da Família Corleone em Long Beach. Na noite seguinte, o capitão da polícia com quem brigou foi alvejado e Michael Corleone sumiu. Desapareceu. Temos os nossos contatos e os nossos informantes. Todos apontam Michael Corleone, mas não temos provas para apresentar num tribunal. O garçom que presenciou o tiroteio não o reconheceu por foto, mas talvez reconheça ao vivo. E temos o motorista de Sollozzo, que se recusa a falar, mas podemos conseguir que fale se tivermos Michael Corleone nas nossas mãos. Assim, estamos com todo o nosso pessoal procurando por ele, o FBI procurando por ele, todo mundo procurando por ele. Até agora não tivemos sorte, e assim pensamos que a senhorita talvez nos possa dar uma pista.

— Não acredito numa única palavra disso — disse Kay com frieza.

Mas se sentiu um pouco mal, sabendo que a parte sobre o queixo fraturado de Mike devia ser verdade. Não que isso levasse Mike a cometer um assassinato.

— A senhorita nos avisa se Mike entrar em contato? — perguntou Phillips.

Kay meneou uma negativa. O outro investigador, Siriani, falou grosseiro:

— Sabemos que vocês andam dormindo juntos. Temos testemunhas e registros dos hotéis. Se deixarmos essa informação vazar para a imprensa, os seus pais podem se sentir bastante incomodados. Gente realmente respeitável como eles não ia gostar muito da ideia da filha dormindo com um gângster. Se não falar já a verdade, chamo o velho aqui e entrego tudo a ele.

Kay o fitou assombrada. Então se levantou, foi até a porta do gabinete e abriu. Viu o pai de pé junto à janela da sala de estar, fumando cachimbo. Chamou-o:

— Papai, pode vir até aqui?

Ele se virou, sorriu para ela e se dirigiu ao gabinete. Ao entrar, passou o braço pela cintura da filha, olhou os investigadores e disse:

— Pois não, cavalheiros.

Como eles não responderam, Kay falou calmamente para o investigador Siriani:

— Entregue tudo a ele, senhor policial.

Siriani enrubesceu.

— Sr. Adams, vou lhe contar isso para o bem da sua filha. Ela está metida com um bandido que temos razões para crer que assassinou um policial. Estou simplesmente dizendo a ela que pode ter sérios problemas se não cooperar conosco. Mas ela parece não entender a gravidade desse assunto todo. Talvez o senhor possa conversar com ela.

— Isso é absolutamente inacreditável — disse cortesmente o sr. Adams.

Siriani retomou, de queixo empinado.

— A sua filha e Michael Corleone andam saindo juntos faz mais de um ano. Passam a noite juntos nos hotéis, registrando-se como marido e mulher. Michael Corleone está sendo procurado para interrogatório sobre o assassinato de um policial. A sua filha se recusa a nos dar qualquer informação que possa nos ajudar. Estes são os fatos. O senhor pode achar inacreditável, mas posso provar tudo isso.

— Não duvido da sua palavra, senhor — disse gentilmente o sr. Adams. — O que acho inacreditável é que a minha filha possa estar em sérios problemas. A menos que o senhor esteja sugerindo que ela é uma... — e aqui o seu rosto adquiriu uma expressão doutoral de dúvida terminológica — ... uma "meretriz", creio ser o termo que usam.

Kay fitou o pai atônita. Sabia que ele estava de gozação à sua maneira senhorial e se espantou que ele levasse a questão toda na brincadeira.

O sr. Adams prosseguiu com firmeza:

— Mas podem ficar tranquilos que, se o jovem aparecer por aqui, imediatamente informarei a sua presença às autoridades. E a minha filha também. Agora, se nos dão licença, o almoço está esfriando.

Conduziu os homens até a saída com toda a cortesia e fechou a porta atrás deles de forma educada, mas categórica. Tomou Kay pelo braço, levando-a até a cozinha que ficava distante, nos fundos da casa.

— Vamos, minha querida, a sua mãe nos espera para almoçar.

Quando chegaram à cozinha, Kay chorava em silêncio, de alívio após a tensão, grata pela afeição incondicional do pai. Na cozinha, a mãe não deu atenção às lágrimas e Kay percebeu que o pai devia ter comentado com ela sobre a presença dos investigadores. Sentou-se e a mãe a serviu em silêncio. Quando os três estavam à mesa, o pai baixou a cabeça e fez a oração de graças.

A sra. Adams era baixa e robusta, sempre bem-vestida, sempre com o cabelo arrumado. Kay nunca a vira desalinhada. A mãe também sempre fora um tanto indiferente a ela, mantendo certa distância. E foi o que fez agora também.

— Kay, deixe de ser tão dramática. Tenho certeza de que é muito alvoroço por coisa nenhuma. Afinal, o rapaz era um estudante de Dartmouth, não podia estar envolvido em algo tão sórdido.

Kay ergueu os olhos, surpresa.

— Como vocês sabiam que Mike frequentava a Dartmouth?

A mãe respondeu complacente:

— Vocês, jovens, são tão misteriosos, pensam que são muito espertos. Sabemos dele desde o começo, mas claro que não íamos comentar nada enquanto você mesma não comentasse.

— Mas como sabiam? — perguntou Kay.

Ainda não conseguia encarar o pai, agora que ele sabia que ela andava dormindo com Mike. Então não viu o sorriso do sr. Adams ao responder:

— Abrimos a sua correspondência, claro.

Kay ficou horrorizada e furiosa. Agora podia encará-lo. O que ele havia feito era muito mais vergonhoso do que o seu próprio pecado. Jamais acreditaria que ele fosse capaz disso.

— Pai, o senhor não fez isso, não pode ter feito uma coisa dessas.

O sr. Adams sorriu para ela.

— Avaliei qual seria o pecado maior, abrir a sua correspondência ou ficar na ignorância de algum risco que a minha filha única poderia estar correndo. A escolha foi simples e virtuosa.

Entre uma garfada e outra de frango ensopado, a sra. Adams disse:

— Afinal, minha querida, você é extremamente ingênua para a sua idade. Tínhamos de ficar atentos. E você nunca falou sobre ele.

Foi a primeira vez que Kay deu graças que Michael nunca se mostrasse afetuoso nas cartas. Deu graças que os pais não tivessem visto algumas cartas *dela*.

— Nunca falei dele para vocês porque achei que ficariam horrorizados com a família dele.

— E ficamos — disse o sr. Adams jovialmente. — Aliás, Michael entrou em contato com você?

Kay abanou a cabeça e disse:

— Não acredito que ele tenha culpa de qualquer coisa.

Viu que os pais trocavam um olhar por sobre a mesa. Então o sr. Adams disse com brandura:

— Se ele não é culpado e desapareceu, talvez tenha acontecido alguma outra coisa com ele.

De início Kay não entendeu. Então se levantou da mesa e foi correndo para o quarto.

Três dias depois, Kay Adams desceu de um táxi em frente ao condomínio Corleone em Long Beach. Tinha ligado, estavam à sua espera. Tom Hagen foi recebê-la na entrada, e ela ficou desapontada que fosse ele. Sabia que Hagen não lhe diria nada.

Na sala de estar, ele lhe ofereceu um drinque. Kay vira mais uns dois homens pela casa, mas não viu Sonny. Perguntou a Hagen sem rodeios:

— Você sabe onde o Mike está? Sabe onde posso entrar em contato com ele?

— Sabemos que ele está bem, mas não sabemos onde está no momento — respondeu Hagen placidamente. — Quando soube que aquele capitão foi baleado, o Mike ficou com medo de que o acusassem. Então resolveu desaparecer. Me falou que entraria em contato em poucos meses.

Essa versão não era inteiramente falsa e dava a entender algumas coisas; isso Hagen concedeu a Kay. Ela então perguntou:

— Aquele capitão quebrou mesmo o queixo dele?

— Infelizmente sim — respondeu Tom. — Mas o Mike nunca foi do tipo vingativo. Tenho certeza de que isso não teve nada a ver com o que aconteceu.

Kay abriu a bolsa e tirou uma carta.

— Se ele entrar em contato, você lhe entrega essa carta?

Hagen meneou a cabeça, recusando.

— Se eu aceitasse essa carta e você dissesse num tribunal que aceitei, podiam interpretar que eu sabia do paradeiro dele. Por que não espera um pouco? O Mike entrará em contato, tenho certeza.

Ela terminou o drinque e se levantou para sair. Hagen a acompanhou ao vestíbulo, mas, ao abrir a porta, uma mulher entrou. Era baixa, robusta, e estava de preto. Kay reconheceu: era a mãe de Michael. Estendeu-lhe a mão e cumprimentou:

— Como vai, sra. Corleone?

A mulher pousou rapidamente os olhos miúdos e negros em Kay e então surgiu no rosto de pele morena, enrugada e coriácea, uma leve sombra de sorriso que, mesmo assim, curiosamente mostrava uma genuína simpatia.

— Ah, você é a mocinha do Mikey — disse a sra. Corleone.

Falava com um sotaque italiano carregado, que Kay quase não conseguia entender.

— Come alguma coisa?

Kay respondeu que não, querendo dizer que não queria comer nada, mas a sra. Corleone se voltou furiosa para Tom Hagen e lhe deu uma bronca em italiano, terminando com:

— Você, seu *disgraziato*, nem café dá para a pobrezinha.

Pegou Kay pela mão e, com a sua mão cheia de surpreendente calor e vivacidade, levou-a para a cozinha.

— Toma café e come alguma coisa, então alguém leva você para casa. Uma moça bonita assim como você, não quero pegando trem.

Fez Kay se sentar e ficou se azafamando na cozinha, tirando o chapéu e o casaco, que pôs numa cadeira. Em poucos instantes, havia pão, salame e queijo na mesa e café acabando de coar no fogão.

Kay disse tímida:

— Vim saber do Mike, não tenho notícias dele. O sr. Hagen falou que ninguém sabe onde ele está e que vai aparecer daqui a algum tempo.

Hagen interveio rapidamente.

— É só isso o que podemos dizer a ela agora, *mamma*.

A sra. Corleone o fulminou com um olhar de desdém.

— Agora você me diz o que fazer? O meu marido não me diz o que fazer, Deus tenha piedade dele. — E se persignou.

— E o sr. Corleone, como está? — perguntou Kay.

— Bem — disse a sra. Corleone. — Bem. Está ficando velho, está ficando bobo da cabeça para deixar acontecer uma coisa dessas.

Deu com os dedos uma batidinha depreciativa na testa. Então serviu o café e obrigou Kay a comer um pouco de pão e queijo.

Depois de tomarem o café, a sra. Corleone pegou uma das mãos de Kay entre as suas mãos morenas e disse suavemente:

— Mikey não vai escrever você, você não vai saber Mikey. Ele esconde dois, três anos. Pode ser mais, pode ser muito mais. Você volta para família e encontra rapaz bom e casa com ele.

Kay tirou a carta da bolsa.

— A senhora manda isso para ele?

A sra. Corleone pegou a carta e deu um tapinha na face de Kay.

— Claro, claro — disse ela.

Hagen começou a protestar e ela gritou com ele em italiano. Então levou Kay até a porta. À saída, deu-lhe um beijo muito rápido no rosto e disse:

— Você esquece Mikey, ele não é mais homem para você.

Havia um carro com dois homens na frente, à sua espera. Levaram-na até o hotel em Nova York, sem dizer uma palavra. Kay também não abriu a boca. Tentava se acostumar ao fato de que o rapaz que amara era um assassino com sangue-frio. E isso lhe fora dito pela fonte mais irrepreensível: a mãe dele.

Capítulo 16

Carlo Rizzi era um revoltado contra o mundo. Depois de se casar e ingressar na Família Corleone, puseram-no de escanteio com uma pequena banca de apostas no Upper East Side de Manhattan. Pensara que ia ficar numa das casas no condomínio de Long Beach, sabia que o Don podia retirar as famílias dos dependentes na hora que quisesse, tinha certeza de que isso aconteceria e então ele ficaria por dentro de tudo. Mas o Don não o estava tratando direito. O "Grande Don", pensava ele com escárnio. Um velho decadente que uns pistoleiros tinham pegado na rua como um bandidinho idiota qualquer. Torcia para que o desgraçado batesse as botas. Antigamente tinha sido amigo de Sonny e, se Sonny se tornasse o chefe da Família, quem sabe ele conseguia uma brecha e ficava por dentro.

Observava a esposa que lhe servia café. Meu Deus, que tranqueira ela tinha virado. Cinco meses de casamento e já estava uma bola, além de viver brigando com ele. Umas verdadeiras megeras todas essas carcamanas sulinas do East Side.

Ele estendeu a mão e apalpou as nádegas gordas e macias de Connie. Ela sorriu e ele disse com desprezo:

— Você tem mais banha do que uma porca.

Gostou de ver o ar magoado no rosto dela, as lágrimas brotando nos olhos. Podia ser filha do Grande Don, mas era mulher dele, agora era propriedade sua e podia tratá-la como bem entendesse. Sentia-se poderoso por ter uma Corleone como capacho.

Já a ensinara direitinho. Ela tentara ficar com aquela bolsa cheia de envelopes com dinheiro de presente, e ele lhe dera um belo soco que a deixou de olho roxo e pegou o dinheiro para si. E nunca falou o que tinha feito com a grana. Isso sim poderia causar certo problema. Mesmo agora sentia uma levíssima ponta de remorso. Deus do céu, tinha detonado quase quinze mil dólares em corridas de cavalo e piranhas de cabaré.

Percebeu que Connie o olhava de costas e então flexionou os músculos ao se estender para pegar a travessa com pãezinhos doces no outro lado da mesa. Tinha acabado de limpar o prato de ovos com presunto, mas, como ele era reforçado, o desjejum tinha de ser reforçado também. Gostava da figura que apresentava à esposa. Não o italianinho moreno de cabelo ensebado usual, mas um marido loiro, de cabelo à escovinha, enormes antebraços de pelos dourados, ombros largos e cintura estreita. E sabia que tinha mais força física do que qualquer um daqueles ditos durões que trabalhavam para a Família. Caras como Clemenza, Tessio, Rocco Lampone e aquele tal Paulie que alguém tinha liquidado. Perguntou-se que história teria sido aquela. Aí, por alguma razão, pensou em Sonny. Homem a homem, venceria Sonny, pensou ele, mesmo que Sonny fosse um pouco mais alto e um pouco mais pesado. Mas tinha medo era da fama de Sonny, mesmo que só conhecesse um Sonny sempre brincalhão e de bom humor. Ah, sim, eram camaradas, sim. Talvez, com a morte do velho Don, as coisas se abrissem para ele.

Tomava o café cismando. Detestava o apartamento. Estava acostumado aos aposentos mais espaçosos do West Side e dali a pouco teria de atravessar a cidade até a sua "banca" para as operações do meio-dia. Era domingo, o dia mais movimentado da semana, o beisebol já em andamento, a parte final do basquete e a corrida de cavalos à noite começando. Percebeu aos poucos que Connie estava ocupada com alguma coisa atrás dele e se virou para olhar.

Ela estava se vestindo ao estilo nova-iorquino dos italianos do sul, estilo que ele tanto odiava. Um vestido de seda floreado com cinto, mangas de babados, pulseira e brincos espalhafatosos. Parecia vinte anos mais velha.

— Aonde você pensa que vai? — perguntou ele.

Connie respondeu com frieza:

— Ver o meu pai em Long Beach. Ele ainda não pode sair da cama e precisa de companhia.

Carlo ficou curioso.

— Ainda é o Sonny que está comandando o show?

Connie o olhou imperturbável.

— Que show?

Ele ficou furioso.

— Sua italianinha desgraçada filha de uma égua, não fale comigo desse jeito ou arranco esse seu bebê da sua barriga.

Ela pareceu se assustar, o que aumentou ainda mais a raiva dele. Saltou da cadeira e lhe deu uma bofetada na cara, deixando um vergão vermelho no rosto. Com rápida precisão, deu-lhe mais três tapas. Viu que o lábio dela se partiu, começou a sangrar e inchou. A isso ele se deteve. Não queria deixar marcas. Ela foi correndo para o quarto e bateu a porta, e ele ouviu a chave virando na fechadura. Deu uma risada e voltou para o seu café.

Ficou fumando até dar a hora de se vestir. Bateu à porta e disse:

— Abra ou derrubo a porta a pontapés.

Não houve resposta.

— Ande logo, preciso me vestir — disse gritando.

Ouviu que ela se levantava da cama e vinha até a porta; então a chave girou na fechadura. Quando entrou, a esposa estava de costas, voltando para a cama, e deitou com o rosto virado para a parede.

Ele se vestiu rapidamente e então notou que ela estava apenas de combinação. Carlo queria que Connie fosse visitar o pai, na esperança de que trouxesse informações.

— O que foi? Uns poucos tapas tiram toda a sua energia? Que vagabunda molenga...

— Não quero ir.

Ela tartamudeava, e a voz estava lacrimosa. Ele avançou impaciente e puxou a esposa para encará-lo. E então viu por que ela não queria ir, e pensou que talvez fosse melhor mesmo que ficasse em casa.

Devia ter batido com mais força do que imaginava. A face esquerda de Connie estava inchada, o lábio superior cortado saltava grotescamente intumescido e branco sob o nariz.

— Está bem — disse ele —, mas só vou voltar tarde. Domingo é um dia movimentado.

Saiu do apartamento e encontrou uma multa de estacionamento no vidro do carro, de quinze dólares. Pôs no porta-luvas, junto com uma pilha de outras. Estava de bom humor. Sempre se sentia bem depois de estapear aquela cadela mimada. Dissipava um pouco da frustração que sentia por ser tratado tão mal pelos Corleone.

Na primeira vez em que os bofetões deixaram marca, Carlo ficou um pouco preocupado. Ela tinha ido direto para Long Beach, para se queixar aos pais e mostrar o olho roxo. Sentiu-se realmente nervoso. Mas, para a sua surpresa, ela voltou muito mansa, a mulherzinha italiana devidamente obediente. Ele fez questão de ser o marido perfeito nas semanas seguintes, tratando-a bem todos os dias, sendo gentil e amoroso com ela, trepando todos os dias, de manhã e de noite. Por fim, achando que ele nunca mais a trataria com brutalidade, ela lhe contou o que havia acontecido.

Os pais tinham mostrado uma calma indiferença e até pareceram achar graça. A mãe chegou a demonstrar um pouco de simpatia e inclusive pediu ao marido que falasse com Carlo Rizzi. O pai de Connie recusou.

— Ela é filha minha — disse ele —, mas agora pertence ao marido. Ele conhece as suas obrigações. Nem o rei da Itália ousaria se intrometer na relação entre marido e mulher. Volte para casa e aprenda a se comportar, para não apanhar mais.

— Já bateu na sua mulher? — perguntou Connie, brava, ao pai.

Ela era a favorita dele e podia falar com essa impertinência. O pai respondeu:

— Ela nunca me deu motivo para isso.

E a mãe assentiu e sorriu.

Connie contou aos pais que o marido tinha pegado o dinheiro dos presentes de casamento e nunca lhe falou o que fez com ele. O pai deu de ombros e disse:

— Eu teria feito a mesma coisa se a minha mulher fosse tão presunçosa quanto você.

E assim Connie voltou para casa, um pouco perplexa, um pouco assustada. Sempre fora a favorita do pai e não conseguia entender a sua frieza de agora.

Mas o Don não fora tão indiferente quanto deu a parecer. Informou-se e descobriu o que Carlo Rizzi havia feito com o dinheiro dos presentes de casamento. O Don colocara na banca de apostas de Carlo Rizzi homens que informavam a Hagen tudo o que o genro fazia no serviço. Mas não podia interferir. Como esperar que um homem cumprisse os seus deveres conjugais se sentisse medo da família da esposa? Era uma situação impossível e não ousava se intrometer. Então, quando Connie engravidou, convenceu-se de que tomara a decisão acertada e sentiu que nunca poderia interferir, embora Connie se queixasse com a mãe de mais algumas surras e a mãe por fim ficou preocupada a ponto de mencionar o fato ao Don. Connie chegou a insinuar que talvez quisesse se divorciar. Foi a primeira vez na vida que o pai ficou bravo com ela.

— Ele é o pai do seu filho. Como um filho pode vir a esse mundo se não tiver pai? — disse-lhe o Don.

Ao saber de tudo isso, Carlo Rizzi adquiriu mais confiança. Estava em total segurança. Na verdade, gabava-se com os seus dois "apontadores" da banca de apostas, Sally Rags e Coach, comentando como espancava a mulher quando ela se mostrava arrogante, e via os olhares de respeito deles por ter peito de dar umas lições na filha do grande Don Corleone.

Mas Rizzi não se sentiria tão seguro se soubesse que Sonny Corleone, quando tomou conhecimento das surras, teve um acesso de fúria homicida e só fora contido pela mais severa e mais categórica ordem do próprio Don, ordem à qual nem mesmo Sonny ousou desobedecer. E era por isso que Sonny evitava Rizzi, pelo receio de não conseguir controlar o seu gênio.

Assim, sentindo-se em plena segurança nessa bela manhã de domingo, Carlo Rizzi seguiu em alta velocidade pela rua 96 até o East Side. Não viu o carro de Sonny, vindo em direção contrária para a sua casa.

Sonny Corleone tinha deixado a área protegida do condomínio e passou a noite na cidade com Lucy Mancini. Agora, voltando para casa, estava com quatro guarda-costas, dois na frente e dois atrás. Não precisava de guarda-costas ao lado; daria conta de um assalto direto. Os outros homens iam nos seus próprios carros e tinham apartamentos nos dois lados do apartamento de Lucy. Não havia problemas de segurança em visitá-la, desde que não fosse com excessiva frequência. Mas, agora que estava na cidade, pensou em pegar a irmã Connie e levá-la para passar o dia em Long Beach. Ele sabia que Carlo estaria trabalhando na banca de apostas e que aquele patife não arranjaria um carro para ela. Então Sonny daria uma carona para a irmã.

Esperou que os dois homens da frente entrassem no prédio e seguiu atrás. Viu que os outros dois estacionaram atrás do seu carro e saíram para vigiar as ruas. Ele próprio ficou bem atento. Era uma chance em um milhão que os adversários sequer soubessem da sua presença na cidade, mas Sonny era sempre cuidadoso. Aprendera na guerra dos anos 1930.

Nunca usava elevadores. Eram armadilhas mortais. Subiu rápido os oito andares até o apartamento de Connie. Bateu à porta. Tinha visto o carro de Carlo passar e sabia que ela estaria sozinha. Ninguém atendeu. Ele bateu outra vez e então ouviu a voz da irmã, tímida e amedrontada, perguntando:

— Quem é?

Sonny ficou espantado com o medo na voz. A irmãzinha sempre fora muito vivaz e arrogante, durona como todos na família. Caramba, o que tinha acontecido com ela?

— É o Sonny — respondeu.

A trava interna deslizou, a porta se abriu e Connie se atirou nos braços do irmão, soluçando. Ele ficou tão surpreso que só ficou ali parado. Então a afastou um pouco, viu o rosto inchado e entendeu o que tinha acontecido.

Desprendeu-se dela, na intenção de correr pelas escadas e ir atrás do cunhado. Sentiu subir dentro de si uma fúria que lhe contorceu o rosto. Connie viu a fúria e se agarrou a ele, impedindo que descesse, fazendo-o entrar no apartamento. Agora chorava de pavor. Conhecia e temia o gênio do irmão mais velho. Era por isso que nunca tinha se queixado de Carlo para ele. Agora fez com que entrasse no apartamento.

— Foi culpa minha — disse ela. — Comecei a brigar com ele e tentei lhe bater, e por isso ele me bateu. Não pretendia mesmo me bater tão forte. Eu é que provoquei.

Sonny havia controlado o seu rosto maciço de Cupido.

— Vai ver o velho hoje? — Ela não respondeu, e então ele acrescentou: — Achei que você estava aqui, por isso vim para lhe dar uma carona. Eu já estava mesmo na cidade.

Ela abanou a cabeça e disse:

— Não quero que me vejam assim. Vou na semana que vem.

— Certo — disse Sonny;

Pegou o telefone da cozinha e discou um número.

— Vou chamar um médico para vir aqui e dar uma olhada e tratar de você. Precisa ter cuidado nesse seu estado. Quanto falta para o bebê nascer?

— Dois meses — respondeu Connie. — Sonny, por favor, não faça nada. Por favor.

Sonny riu e falou com um ar de cruel determinação:

— Não se preocupe. O seu filho não vai nascer órfão.

Deu-lhe um leve beijo na face intocada e deixou o apartamento.

NA RUA 112, LADO LESTE, havia uma longa série de carros parados em fila dupla em frente a uma confeitaria onde ficava o escritório da banca de Carlo Rizzi. Na calçada diante da loja, os pais brincavam de bola com os filhos pequenos, que tinham levado para passear naquele domingo de manhã, ficando com eles enquanto faziam as apostas. Ao verem Carlo Rizzi chegar, pararam de jogar bola e compraram sorvetes para aquietar os meninos. Então começaram a analisar os jornais que davam os lançadores iniciais, para escolher em quem iam apostar.

Carlo foi para a sala grande nos fundos da confeitaria. Os seus dois "apontadores", um sujeitinho miúdo chamado Sally Rags e um grandalhão chamado Coach, já estavam à espera para começar as atividades. Cada qual tinha diante de si um enorme bloco pautado para anotar as apostas. Havia um quadro-negro num suporte de madeira, com o nome dos dezesseis times da liga principal escritos a giz, aos pares, para mostrar quem estava jogando contra quem. Ao lado de cada par havia um quadrado demarcado para registrar as cotações.

Carlo perguntou a Coach:

— O telefone hoje está grampeado?

Coach meneou a cabeça.

— Ainda não.

Carlo foi até o aparelho na parede e discou um número. Sally Rags e Coach o fitavam imperturbáveis enquanto ele anotava a "linha de pontos", as cotações em todas as partidas de beisebol daquele dia. Continuaram a fitá-lo enquanto desligava o telefone, ia até o quadro-negro e marcava as cotações para cada partida. Carlo não sabia, mas eles já tinham pegado a linha de pontos e estavam conferindo o trabalho dele. Na primeira semana de trabalho, Carlo havia errado ao transpor as cotações para o quadro e criou o grande sonho de todos os apostadores, a aposta "por arbitragem". Isto é, apostando na cotação dele e depois apostando contra o mesmo time em outra casa de apostas na cotação correta, o apostador não tinha como perder. O único que saía perdendo era a banca de Carlo. Esse erro tinha gerado para ela um prejuízo de seis mil dólares na semana, e confirmou o juízo do Don acerca do genro. Ele então determinou que todo o trabalho de Carlo fosse conferido.

Normalmente, os membros na alta hierarquia da Família Corleone nunca lidavam com tais detalhes operacionais. Havia pelo menos cinco camadas de isolamento até o nível deles. Mas, como a banca estava sendo utilizada como campo de teste para o genro, ela ficara sob o exame direto de Tom Hagen, que recebia relatórios diários.

Agora, apresentada a linha de pontos, os apostadores se apinhavam na sala dos fundos da confeitaria para anotar as cotações nos seus jornais, ao lado dos jogos ali informados com os prováveis lançadores. Alguns seguravam os filhos pela mão enquanto examinavam o quadro-negro. Um sujeito que apostava alto, de mãos dadas com a filhinha, olhou para ela e disse brincando:

— Quem você quer hoje, querida, os gigantes ou os piratas?

A menina, fascinada com os nomes pitorescos, perguntou:

— Os gigantes são mais fortes do que os piratas?

O pai deu risada.

Começou a se formar uma fila diante dos dois apontadores. Depois de preencher uma folha, o apontador a arrancava do bloco, embrulhava nela o dinheiro arrecadado e estendia para Carlo. Carlo saía pela porta de trás da sala e subia um lance de escadas até o apartamento onde morava a família do dono da confeitaria. Transmitia as apostas para a sua banca central e guardava o dinheiro num pequeno cofre de parede, que ficava escondido atrás de uma ampla cortina. Então queimava a folha de apostas, despejava as cinzas na privada do banheiro, dava a descarga e voltava para a confeitaria.

Nenhuma partida de domingo começava antes das duas da tarde por causa das leis que restringiam as atividades dominicais, as chamadas *blue laws*, e assim, depois da primeira onda de apostadores, bons maridos que apostavam e corriam para casa a fim de pegar a família e ir para a praia, vinha o pinga-pinga dos apostadores solteiros ou daqueles empedernidos que condenavam a família a passar o domingo num apartamento quente e abafado. Os solteiros eram os que apostavam mais alto e voltavam lá pelas quatro para apostar no segundo jogo. Eram eles que obrigavam Carlo a trabalhar o domingo inteiro e a fazer serão, embora alguns casados também voltassem da praia para tentar recuperar o prejuízo.

À uma e meia, as apostas tinham quase cessado e, assim, Carlo e Sally Rags puderam sair e sentar nos degraus ao lado da confeitaria para espairecer um pouco. Ficaram olhando os garotos jogando beisebol de rua. Uma viatura passou. Ignoraram-na. Essa banca tinha forte proteção na delegacia e a polícia local não podia tocar nela. As ordens para uma batida teriam de vir lá de cima, e mesmo então a banca seria avisada com grande antecedência.

Coach saiu e se sentou ao lado deles. Conversaram um pouco sobre beisebol e mulheres. Carlo disse rindo:

— Hoje precisei bater outra vez na minha mulher para ensinar a ela quem é que manda.

— Ela está agora com barrigão bem grande, não é? — perguntou Coach como quem não quer nada.

— Ah, só dei uns tapas na cara dela — disse Carlo. — Não machuquei.

Refletiu por um instante e continuou:

— Ela acha que pode mandar em mim, não admito isso.

Ainda havia alguns apostadores conversando à toa, falando de beisebol, alguns sentados nos degraus acima de Carlo e dos dois apontadores. De repente, a meninada que estava jogando na rua se dispersou. Vinha pela rua um carro cantando pneu, que parou em frente à confeitaria. Freou tão bruscamente que os pneus assobiaram e, antes mesmo que o carro parasse de vez, do banco do motorista saltou um homem andando tão depressa que todo mundo ficou paralisado. Era Sonny Corleone.

O rosto maciço com traços de Cupido, de lábios grossos e encurvados, era uma máscara de fúria assustadora. Numa fração de segundos, estava na escada e agarrara Carlo Rizzi pelo pescoço. Puxou Carlo dali, tentando arrastá-lo até a rua, mas Carlo se agarrou com os tremendos braços musculosos no gradil de ferro da escada e não desgrudou dali. Encolheu-se todo, tentando esconder a cabeça e o rosto entre os ombros levantados. A camisa se rasgou na mão de Sonny.

O que veio em seguida foi nauseante. Sonny começou a esmurrar com os punhos o corpo agachado de Carlo, xingando-o numa voz grossa que transbordava de cólera. Carlo, apesar do tremendo físico, não oferecia nenhuma resistência, não dizia um pio, não protestava nem pedia clemência. Coach e Sally Rags não se atreveram a interferir. Acharam que Sonny pretendia matar o cunhado e não estavam com a mínima vontade de ter o mesmo destino. Os meninos que jogavam bola se juntaram para xingar o motorista que interrompera o jogo, mas agora observavam a cena com um interesse apavorado. Eram garotos rijos, mas silenciaram diante da cena de Sonny tomado de fúria. Nesse meio-tempo, outro carro tinha parado atrás do carro de Sonny e dois dos seus guarda-costas desceram. Quando viram o que se passava, eles tampouco se atreveram a interferir. Ficaram de alerta, prontos para proteger o chefe se algum observador cometesse a bobagem de tentar ajudar Carlo.

O que tornava a cena nauseante era a completa sujeição de Carlo, mas foi isso, talvez, o que lhe salvou a vida. Agarrou-se com as mãos no gradil de ferro e assim Sonny não conseguiu arrastá-lo para a rua, e Carlo, apesar de ter a mesma força, continuava a não revidar. Deixou que chovessem socos e murros na cabeça e na nuca desprotegidas até se aplacar a fúria de Sonny. Por fim, com o peito arfando, Sonny olhou para ele e disse:

— Seu filho da puta desgraçado, se algum dia bater de novo na minha irmã, eu mato você.

Essas palavras afrouxaram a tensão. Pois, se Sonny pretendesse matar o sujeito, claro que nunca proferiria a ameaça. Fez a ameaça por frustração, porque não podia cumpri-la. Carlo não olhou Sonny. Continuou de cabeça baixa, com as mãos e os braços em volta do gradil de ferro. Ficou nessa posição até que o carro foi embora roncando e ouviu Coach dizer numa voz curiosamente paternal:

— Tudo bem, Carlo, entre na loja. Vamos sair daqui.

Só aí Carlo, que estava enrodilhado nos degraus de pedra da escada, ousou se mover e desprendeu as mãos do gradil. Levantando-se, viu os meninos que o fitavam com o ar espantado e nauseado de quem presenciou a degradação de um semelhante. Estava um pouco tonto, mas mais por causa do choque, do puro medo que se apoderara do seu corpo; não estava muito ferido, apesar da chuva de pancadas que recebera. Deixou que Coach o levasse pelo braço até a sala dos fundos da confeitaria e pôs gelo no rosto que, embora não tivesse cortes nem sangramentos, estava cheio de contusões e inchaços. Agora o medo estava cedendo, e a humilhação sofrida lhe deu ânsias no estômago, e precisou vomitar. Coach segurou a sua cabeça sobre a pia, sustentando-o como se estivesse bêbado, então o ajudou a subir a escada até o apartamento e fez com que se deitasse na cama de um dos dormitórios. Carlo nem percebeu que Sally Rags sumira.

Sally Rags tinha ido até a 3ª Avenida e ligou para Rocco Lampone, informando o ocorrido. Rocco recebeu a notícia calmamente e, por sua vez, ligou para o seu *caporegime*, Pete Clemenza. Clemenza suspirou e disse:

— Oh, Deus do céu, aquele Sonny e o seu maldito gênio.

Mas, ao dizer isso, já colocara prudentemente o dedo no gancho, desligando a linha, e assim Rocco não ouviu o comentário.

Clemenza ligou para a casa em Long Beach e falou com Tom Hagen. Hagen ficou quieto por um instante e então disse:

— Mande logo que puder alguns homens seus de carro para a estrada de Long Beach, só por precaução, caso Sonny fique preso no trânsito ou haja algum acidente. Quando ele fica assim, não sabe o que faz. Talvez alguns amigos nossos do outro lado sejam informados de que ele estava na cidade. Nunca se sabe.

Clemenza falou em tom de dúvida:

— Na hora em que eu conseguir ter alguém na estrada, o Sonny já vai ter chegado em casa. O mesmo vale também para os Tattaglia.

— Sei disso — respondeu Hagen, paciente. — Mas, se acontecer algo fora do normal, Sonny poderá ficar retido. Faça o máximo possível, Pete.

Resmungando, Clemenza ligou para Rocco Lampone e disse que pegasse alguns homens e alguns carros para cobrir a estrada para Long Beach. Ele mesmo saiu no seu adorado Cadillac e, com três homens do pelotão que agora guardava a sua casa, atravessou a Atlantic Beach Bridge, rumando para Nova York.

Um dos observadores que estavam perto da confeitaria, um pequeno apostador que fazia parte da folha de pagamento da Família Tattaglia como informante, ligou para o seu contato. Mas a Família Tattaglia não se modernizara para uma guerra, e o contato ainda precisava passar por todas as camadas de isolamento até chegar ao *caporegime*, que contatou com o chefe dos Tattaglia. A essa altura, Sonny Corleone já estava de volta à segurança do condomínio de Long Beach, na casa do pai, prestes a enfrentar a ira paterna.

Capítulo 17

A guerra de 1947 entre a Família Corleone e as Cinco Famílias unidas contra ela saiu caro para os dois lados. Tornou-se mais complicada com a pressão geral da polícia para solucionar o assassinato do capitão McCluskey. Era raro que os integrantes do departamento de polícia ignorassem a força política que protegia as operações de jogo e prostituição, mas, nesse caso, se viam tão impotentes quanto o Estado-Maior de um Exército saqueador e devastador cujos oficiais de campo se negavam a obedecer às ordens.

Essa falta de proteção afetou menos a Família Corleone do que as Famílias adversárias. A maior parte das rendas da organização Corleone vinha das apostas, e ela sofreu um golpe especialmente duro no setor das loterias e números da sorte. Os corretores que mantinham a atividade eram apanhados em arrastões da polícia e geralmente levavam uma surra razoável antes de serem autuados. Até algumas bancas foram localizadas e sofreram batidas, com grandes perdas financeiras. Os "banqueiros", importantes na sua área, reclamaram com os *caporegimes*, que levaram as reclamações à mesa de conselho da Família. Mas não havia nada a fazer. Os banqueiros foram aconselhados a deixar o ramo. Permitiu-se então que os autônomos negros locais assumissem a operação no Harlem, o território mais rico, e operavam de maneira tão dispersa que a polícia tinha dificuldade em pegá-los.

Após a morte do capitão McCluskey, alguns jornais publicaram matérias mostrando o seu envolvimento com Sollozzo. Divulgaram provas de que McCluskey, logo antes de morrer, recebera grandes quantias de dinheiro vivo. Essas histórias tinham sido repassadas por Hagen, fornecendo as informações. O departamento de polícia não quis negar nem confirmar essas histórias, mas estavam surtindo efeito. A polícia soube por meio de informantes, por meio de policiais na folha de pagamento da Família, que McCluskey era corrupto. Não por ter pegado a grana ou a propina normal; quanto a isso, o baixo escalão não era afetado. Mas por ter pegado a propina mais suja de todas, a grana de drogas e assassinatos. E, para o código moral dos policiais, isso era imperdoável.

Hagen sabia que o policial tem uma curiosa e ingênua crença na lei e na ordem. Acredita mais nela do que no público a que serve. A lei e a ordem, afinal, são os elementos mágicos dos quais ele extrai o seu poder, um poder individual que preza quase tanto quanto qualquer um. Apesar disso, ele sempre guarda um ressentimento latente contra o público a que serve. O público é ao mesmo tempo guardião e presa. Como guardião, é ingrato, abusado e exigente. Como presa, é escorregadio e perigoso, cheio de artimanhas. Tão logo alguém cai nas garras do policial, o mecanismo da sociedade defendida por ele mobiliza todos os seus recursos para lhe arrebatar a presa. Os políticos montam a farsa. Os juízes são lenientes e concedem suspensão da sentença aos mais hediondos criminosos. Os governadores e o próprio presidente dos Estados Unidos concedem indulto, isso se renomados advogados já não tiverem obtido a absolvição. Depois de algum tempo, o policial aprende. Por que não ficar com os honorários que esses criminosos estão pagando? Ele tem mais necessidade. Por que os seus filhos não podem ir para a faculdade? Por que a esposa não pode fazer compras em lojas mais caras? Por que ele mesmo não pode passar umas férias ao sol da Flórida? Afinal, arrisca a vida e isso não é brincadeira.

Mas, geralmente, o policial traça uma linha que se detém na propina suja. Pega dinheiro para deixar um corretor de apostas operar. Pega dinheiro do cara que detesta levar multa por estacionamento irregular ou excesso de velocidade. Deixa que prostitutas e garotas de programa exerçam o ofício em troca de uma compensação. Esses são vícios naturais para um homem. Mas, de modo geral, não vai pegar grana por drogas, assaltos à mão armada, estupros, assassinatos e outras perversões variadas. Para ele, estes são ataques ao próprio cerne da sua autoridade pessoal e não podem ser tolerados.

O assassinato de um capitão da polícia era comparável a um regicídio. Mas, quando veio à tona que McCluskey fora morto na companhia de um notório narcotraficante, quando veio à tona que ele era suspeito de conspirar um assassinato, o desejo de vingança da polícia começou a arrefecer. Além disso, afinal, precisavam pagar o financiamento da casa, quitar as prestações do carro, preparar os filhos para se lançarem ao mundo. Sem o dinheiro da "folha", os policiais teriam dificuldade em completar o orçamento. Os camelôs sem alvará serviam para pagar o almoço. Fechar os olhos a uma infração de trânsito saía por uns poucos trocados. Alguns policiais mais desesperados até começaram a extorquir suspeitos (de homossexualidade, assaltos e agressões físicas) no recinto das delegacias. Por fim, o alto escalão cedeu. Aumentaram os preços e deixaram as Famílias retomarem as operações. Mais uma vez, o encarregado dos subornos na delegacia datilografou a folha dos pagamentos por fora, incluindo todos os homens designados no posto local, com a sua respectiva parcela mensal. Restaurava-se alguma aparência de ordem social.

A IDEIA DE UTILIZAR DETETIVES particulares para proteger o quarto de Don Corleone no hospital tinha sido de Hagen. Eram complementados, evidentemente, pelos soldados muito mais temíveis do destacamento de Tessio. Mas nem isso satisfez Sonny. Em meados de fevereiro, quando já estava em condições de ser transferido, o Don foi levado de ambulância até a sua casa no condomínio. A casa passara por uma reforma, e agora o dormitório dele parecia um quarto de hospital, com todos os equipamentos necessários para qualquer emergência. Contrataram enfermeiras especialmente recrutadas, com histórico devidamente analisado, para prestar atendimento vinte e quatro horas por dia, e o dr. Kennedy, mediante o pagamento de honorários fabulosos, fora persuadido a ficar como médico residente naquele hospital estritamente particular. Pelo menos até o momento em que bastasse o corpo de enfermagem.

O próprio condomínio se tornou inexpugnável. Instalaram soldados da Família nas casas adicionais, cujos ocupantes foram passar férias nas respectivas aldeias natais na Itália, com todas as despesas pagas.

Freddie Corleone fora enviado para Las Vegas, a fim de se recuperar e também de fazer um levantamento de campo para uma operação da Família no conjunto de cassino e hotel de luxo que estava se implantando por lá. Las Vegas fazia parte do império da Costa Oeste ainda neutro, e o Don daquele império garantira a segurança de Freddie no local. As Cinco Famílias de Nova York não tinham a menor vontade de criar mais inimigos, o que aconteceria se fossem atrás de Freddie Corleone em Las Vegas. Já estavam às voltas com problemas suficientes em Nova York.

O dr. Kennedy proibira qualquer conversa de negócios na presença do Don. A ordem foi solenemente desconsiderada. O Don insistiu para que a reunião do conselho de guerra se realizasse no seu quarto. Já na primeira noite em que voltou para casa, lá se reuniram Sonny, Tom Hagen, Pete Clemenza e Tessio.

Don Corleone estava fraco demais para falar muito, mas queria ouvir e exercer os seus poderes de veto. Quando expuseram que Freddie fora enviado a Las Vegas para se informar sobre os negócios dos cassinos, ele meneou a cabeça em aprovação. Quando soube que Bruno Tattaglia fora morto por homens da Família Corleone, abanou a cabeça e suspirou. Mas o que o deixou mais pesaroso foi saber que Michael matara Sollozzo e o capitão McCluskey e então tivera de fugir para a Sicília. Ao ouvir a notícia, fez um gesto para que saíssem e eles continuaram a reunião na sala lateral, com a sua biblioteca de livros jurídicos.

Sonny Corleone se acomodou na enorme poltrona atrás da escrivaninha.

— Creio que é melhor deixarmos o velho tranquilo durante uns quinze dias, até o médico dizer que ele pode voltar aos negócios. — Após uma pausa, ele prosseguiu: — Gostaria de retomar as coisas antes que ele melhore. A polícia nos deu sinal verde para operar. A primeira coisa são as casas lotéricas no Harlem. A rapaziada negra de lá se divertiu e agora podemos retomar. Ferraram feio com as coisas por lá, como geralmente fazem quando tocam algum negócio. Montes de corretores não pagaram os ganhadores. Andam de Cadillac e dizem aos apostadores que precisam esperar a grana ou às vezes pagam apenas metade do que ganharam. Não quero que nenhum corretor fique parecendo rico para os seus apostadores. Não quero que fiquem usando roupas chiques demais. Não quero que fiquem andando de carro novo. Não quero que fiquem dando calote nos ganhadores. E não quero que nenhum autônomo fique no negócio; isso prejudica o nosso nome. Tom, vamos dar andamento imediato nesse projeto. Todo o resto vai entrar nos eixos, tão logo você espalhe a notícia de que acabou a farra.

Hagen comentou:

— Tem uns rapazes bem durões no Harlem. Pegaram gosto pela grana. Não vão voltar a ser corretores ou ajudantes de banca.

Sonny não deu maior importância.

— Passe os nomes deles para o Clemenza. É tarefa dele pôr o pessoal na linha.

— Não vai ter problema — disse Clemenza a Hagen.

Foi Tessio quem trouxe à baila a questão mais importante.

— Quando começarmos a operar, as Cinco Famílias vão partir para o ataque. Vão pegar os nossos banqueiros no Harlem e os nossos corretores de apostas no East Side. Podem até tentar engrossar com as turmas da zona de confecção de roupas que atendemos. Essa guerra vai sair bem cara.

— Talvez nem tentem — disse Sonny. — Eles sabem que aí a gente parte para a represália na mesma hora. Estou com um pessoal sondando se tem clima para cessar as hostilidades, e talvez a gente consiga acertar tudo pagando uma indenização pelo jovem Tattaglia.

— Não estão se interessando por essas negociações — falou Hagen. — Perderam uma grana preta nos últimos meses e põem a culpa em nós. E com razão. O que eu acho é que eles querem que a gente concorde em entrar no narcotráfico, para usar politicamente a influência da Família. Ou seja, o acordo do Sollozzo sem o Sollozzo. Mas não vão tocar no assunto enquanto não lançarem algum ataque contra nós. Eles imaginam que aí, depois de nos enfraquecerem, ouviremos uma proposta sobre os narcóticos.

Sonny foi curto e grosso:

— Nada de drogas. O Don disse não e é *não* enquanto ele não mudar de ideia.

— Então estamos diante de um problema tático — ponderou Hagen. — O nosso dinheiro está a descoberto. Apostas e loterias. Podemos ser atingidos. Mas a Família Tattaglia tem a prostituição, as garotas de programa e os sindicatos portuários. Caramba, de que jeito a gente vai atingi-los? As outras Famílias têm alguma presença nos jogos de azar. Mas, na maior parte, estão na área de construção, fazendo agiotagem, controlando os sindicatos, obtendo os contratos do governo. Ganham muito com ameaças de violência e coisas assim, envolvendo gente inocente. A grana deles não está na rua. O cabaré dos Tattaglia é famoso demais para chegarmos nele, ia ser a maior confusão. E, com o Don ainda fora de combate, a influência política das outras Famílias empata com a nossa. Então temos aí um problema de verdade.

— É problema meu, Tom — retorquiu Sonny. — Vou encontrar a solução. Mantenha a negociação e prossiga com aquele outro assunto. A gente volta à ativa e vê o que acontece. E aí a gente decide. O Clemenza e o Tessio têm muitos soldados, e podemos enfrentar todas as Cinco Famílias em pé de igualdade, se é isso o que elas querem. Partimos para os colchões.

Não houve nenhum problema para retirar os banqueiros negros autônomos do negócio. A polícia foi informada e partiu para cima com tudo. E com zelo especial. Naquela época, um negro não conseguia subornar um político ou um funcionário público de alto escalão para manter as operações em funcionamento. Isso se devia mais ao preconceito e desconfiança racial do que a qualquer outra coisa. Mas o Harlem sempre fora considerado um problema secundário, e o acerto da situação por lá era esperado.

O que não se esperava era o alvo que as Cinco Famílias escolheram. Foram mortos dois poderosos integrantes dos sindicatos de confecção de roupas, que eram membros da Família Corleone. Depois os agiotas e os corretores de apostas da Família Corleone foram impedidos de operar na zona portuária. Os integrantes locais do sindicato dos estivadores haviam se passado para as Cinco Famílias. Os corretores da Família Corleone de toda a cidade foram ameaçados, para se convencerem a mudar de lado. O dono da maior banca lotérica do Harlem, velho amigo e aliado dos Corleone, foi brutalmente assassinado. Não havia mais opções. Sonny disse aos seus *caporegimes* que partissem para os colchões.

Foram montados dois apartamentos na cidade, equipados com colchões para os soldados, uma geladeira para a comida, armas e munições.

Clemenza se encarregou de um apartamento e Tessio do outro. Todos os corretores de apostas da Família receberam equipes de guarda-costas. Os banqueiros de loterias e números da sorte no Harlem, porém, tinham se passado para o inimigo e, no momento, não havia nada a fazer a esse respeito. Tudo isso custou um dinheirão para a Família Corleone, e as receitas andavam minguadíssimas. Nos meses seguintes, outras coisas se evidenciaram. A principal era que a Família Corleone estava enfraquecida.

Havia diversas razões para isso. Como o Don ainda estava fraco demais para participar, a força política da Família estava em grande medida neutralizada. Além disso, os últimos dez anos de paz haviam embotado seriamente as qualidades combativas dos dois *caporegimes*, Clemenza e Tessio. Clemenza ainda era um executor e administrador competente, mas não tinha mais a energia ou o vigor de juventude para comandar as tropas. Tessio amolecera com a idade e não era suficientemente implacável. Tom Hagen, apesar da sua capacidade, simplesmente não tinha o perfil adequado para ser *consigliere* em tempo de guerra. O seu principal defeito era não ser siciliano.

Sonny Corleone reconhecia essas fraquezas nas condições bélicas da Família, mas não podia tomar nenhuma providência para remediá-las. Ele não era o Don, e somente o Don podia substituir os *caporegimes* e o *consigliere*. E a própria substituição aumentaria ainda mais o perigo da situação, podendo levar a alguma traição. De início, Sonny pensou em ficar apenas na defensiva, até que o Don se recuperasse o suficiente para assumir o comando; porém, com a defecção dos banqueiros de loterias e a intimidação dos corretores de apostas, a posição da Família estava ficando precária. Ele decidiu partir para o ataque.

Mas decidiu atacar bem no coração do inimigo. Planejou a execução dos chefes das Cinco Famílias numa única e grandiosa manobra tática. Para isso, montou um complexo sistema de vigilância desses chefes. Mas, depois de uma semana, os chefes inimigos se recolheram rapidamente às sombras e não foram mais vistos em público.

As Cinco Famílias e o império Corleone estavam num impasse.

Capítulo 18

Amerigo Bonasera morava a poucos quarteirões da sua agência funerária na Mulberry Street, e assim sempre ia jantar em casa. À noite ele voltava para a agência, juntando-se ciosamente aos enlutados que rendiam homenagem aos mortos em vigília nas salas sombrias.

Ele sempre se magoava com as piadas sobre a profissão, sobre os detalhes técnicos macabros de tão pouca importância. Claro que nenhum amigo, parente ou vizinho fazia tais piadas. Toda profissão era digna de respeito para os que, ao longo dos séculos, ganhavam o pão com o suor do rosto.

Agora, no jantar com a esposa no apartamento sobriamente mobiliado, com estatuetas douradas da Virgem Maria com as velas sob redomas de vidro vermelho bruxuleando no aparador, Bonasera acendeu um Camel e tomou um copo relaxante de uísque americano. A esposa trouxe à mesa os pratos de sopa fumegante. Os dois agora moravam sozinhos; ele enviara a filha a Boston para morar com a tia materna, onde poderia esquecer a terrível experiência e os ferimentos infligidos por aqueles dois rufiões que Don Corleone castigara.

Enquanto tomava a sopa, a esposa perguntou:

— Você vai voltar para o trabalho agora à noite?

Amerigo Bonasera assentiu. A esposa respeitava a sua profissão, mas não a entendia. Não entendia que a parte técnica era a menos importante. Ela pensava, como a maioria dos outros, que ele era pago pela habilidade em dar uma aparência de vida aos mortos no caixão. E, de fato, a sua habilidade nisso era lendária. Mas ainda mais importante, ainda mais necessária era a sua presença física no velório. Quando a família enlutada ia à noite receber os parentes e os amigos ao lado do caixão do ente querido, precisava da presença de Amerigo Bonasera ao seu lado.

Pois ele era o guia ideal na morte. Com o rosto sempre grave, mas firme e reconfortante, a voz inalterável, mas baixa e abafada, ele comandava o ritual fúnebre. Acalmava a dor que se manifestasse com excessiva inconveniência, repreendia as crianças desordeiras cujos pais não tinham ânimo de controlar. Jamais exagerando nas condolências, mas nunca se ausentando. Depois que uma família recorria aos préstimos de Amerigo Bonasera para encaminhar um ente querido, sempre voltava a ele. E ele nunca, nunca abandonava cliente nenhum naquela última noite terrível sobre a terra.

Geralmente permitia-se um breve cochilo depois do jantar. Então se lavava e se barbeava novamente, polvilhando doses generosas de talco para encobrir a densa barba negra. Sempre enxaguava a boca. Trocava respeitosamente de roupa, pondo camisa branca imaculada, gravata preta, terno escuro recém-passado, sapatos pretos discretos e meias pretas. Apesar disso, o efeito não era macabro, e sim reconfortante. Também mantinha sempre o cabelo tingido de preto, frivolidade inédita num italiano da sua geração, mas não era por vaidade. Era apenas porque agora tinha o cabelo vivamente grisalho, o que lhe parecia inadequado para a profissão.

Depois de terminar a sopa, a esposa pôs diante dele um prato com um pequeno pedaço de carne e um pouco de espinafre banhado em azeite dourado. Bonasera era frugal. Acabando de comer, tomou uma xícara de café e fumou mais um Camel. Enquanto tomava o café, pensou na pobre filha. Nunca mais seria a mesma. A sua beleza física fora restaurada, mas tinha nos olhos uma expressão de animal assustado e ele se sentia incapaz de suportar essa visão. E então a encaminharam para Boston. O tempo curaria as suas feridas. A dor e o terror, como ele bem sabia, não eram tão definitivos quanto a morte. Por causa da sua profissão, ele se tornara um otimista.

Bonasera estava terminando o café quando o telefone tocou na sala de estar. A esposa nunca atendia quando o marido estava em casa, e assim ele se levantou, tomou o último gole da xícara e apagou o cigarro. Dirigindo-se ao aparelho, tirou a gravata e começou a desabotoar a camisa, preparando-se para a soneca. Então pegou o telefone e atendeu com calma e cortesia:

— Alô.

A voz no outro lado da linha era áspera e tensa.

— Aqui é Tom Hagen. Estou ligando a pedido de Don Corleone.

Amerigo Bonasera sentiu o café pesando desagradavelmente no estômago e ele mesmo ficou um pouco nauseado. Fazia mais de um ano que se colocara em dívida para com o Don, a fim de vingar a honra da filha, e nesse meio-tempo a clara consciência de que teria de pagar essa dívida deixara de lhe pesar. Na época, sentira-se tão grato ao ver o rosto ensanguentado daqueles dois rufiões que teria feito qualquer coisa pelo Don. Mas o tempo consome a gratidão mais depressa do que a beleza. Agora Bonasera sentia a náusea que acomete o indivíduo ao se ver perante um desastre. Respondeu em voz vacilante:

— Sim, entendo. Estou ouvindo.

Ficou surpreso com a frieza na voz de Hagen. O *consigliere* sempre fora um homem cortês, mesmo não sendo italiano, mas agora se mostrava brusco e ríspido.

— Você deve um serviço ao Don — disse Hagen. — Ele tem certeza de que vai pagá-lo. De que ficará feliz em ter essa oportunidade. Dentro de uma hora, não menos, talvez mais, ele estará na sua funerária para lhe pedir ajuda. Esteja lá para recebê-lo. E não esteja com nenhum ajudante seu. Libere-os. Se tiver alguma objeção a isso, diga e informarei a Don Corleone. Ele tem outros amigos que podem prestar esse serviço.

Amerigo Bonasera, assustado, quase gritou:

— Como pode pensar que eu recusaria algo ao padrinho? Claro que farei o que ele quiser. Não esqueci a minha dívida. Vou imediatamente para a funerária, nesse instante.

Hagen agora falou em tom mais gentil, mas ainda havia algo de estranho na voz.

— Obrigado — disse ele. — O Don nunca duvidou de você. A dúvida era minha. Atenda-o hoje à noite e poderá sempre recorrer a mim em qualquer problema, terá a minha amizade pessoal.

A isso, Amerigo Bonasera ficou ainda mais assustado. E tartamudeou:

— O Don vai vir pessoalmente agora à noite?

— Sim — respondeu Hagen.

— Então já se recuperou totalmente dos ferimentos, graças a Deus — disse Bonasera num tom interrogativo.

Houve uma pausa no outro lado da linha, e então Hagen respondeu com muita calma:

— Sim.

Ouviu-se um clique e o telefone emudeceu.

Bonasera transpirava. Foi para o quarto, trocou a camisa e enxaguou a boca. Mas não se barbeou nem trocou de gravata. Pôs a mesma que usara durante o dia. Ligou para a casa funerária e falou ao ajudante que ficasse aquela noite com a família enlutada na sala da frente. Ele ficaria na área dos trabalhos de laboratório. O ajudante começou a fazer perguntas e Bonasera atalhou logo, dizendo apenas que cumprisse as suas ordens à risca.

Pôs o paletó, e a esposa, ainda jantando, olhou surpresa para o marido.

— Tenho um trabalho a fazer — disse ele.

Ela, ao ver a expressão no seu rosto, não ousou perguntar mais nada. Bonasera saiu de casa e percorreu os poucos quarteirões até a agência funerária.

O imóvel se erguia num amplo terreno com uma cerca de madeira branca por toda a volta. Havia uma aleia estreita que ia da rua até os fundos, com largura apenas para a passagem de ambulâncias e carros funerários. Bonasera destrancou o portão e o deixou aberto. Então foi até os fundos do edifício e entrou pela ampla porta de trás. Enquanto isso, viu que os enlutados já entravam pela porta da frente, que dava para a sala do velório, para prestar respeito ao finado ali exposto.

Muitos anos antes, quando Bonasera comprou o imóvel de um agente funerário que pretendia se aposentar, havia uma escada com cerca de dez degraus, que os enlutados tinham de subir antes de entrar na sala do velório. Isso gerava um problema. Para os enlutados idosos e com dificuldade de locomoção que queriam render homenagem ao finado, era quase impossível subir aqueles degraus, e assim o agente funerário anterior encaminhava essas pessoas para o elevador de carga, uma pequena plataforma metálica, que funcionava ao lado do edifício. O elevador se destinava a caixões e cadáveres. Descia até o subsolo e então subia para dentro da sala do velório, de modo que o enlutado que usasse o elevador entrava pelo assoalho ao lado do caixão, enquanto os outros enlutados afastavam as cadeiras pretas de lado para que o elevador pudesse passar pelo alçapão. E aí, depois que o enlutado idoso ou incapacitado terminava de prestar a sua homenagem, o elevador subia outra vez pelo assoalho encerado para pegá-lo e descer com ele.

Amerigo Bonasera considerou que essa solução do problema era avarenta e inapropriada. Assim, mandou reformar a frente do imóvel, eliminando a escada, que foi substituída por uma rampa levemente inclinada. Mas claro que o elevador continuou a ser usado para caixões e cadáveres.

Na parte de trás do edifício, separados da sala de velório e das salas de recepção por uma porta maciça à prova de som, ficavam vários aposentos: o escritório da empresa, a sala de embalsamamento, um depósito de caixões e um cubículo cuidadosamente trancado, com produtos químicos e os temíveis instrumentos do seu ofício. Bonasera foi para o escritório, sentou-se à escrivaninha e acendeu um Camel, numa das poucas vezes em que fumava ali naquele edifício. Então esperou por Don Corleone.

Esperou mergulhado no mais profundo desespero. Pois não tinha nenhuma dúvida sobre os serviços que lhe seriam solicitados. Nesse último ano, a Família Corleone travara guerra contra as cinco grandes Famílias da Máfia de Nova York, e a carnificina ocupara todos os jornais. Muitos homens de ambos os lados tinham sido assassinados. Agora a Família Corleone havia matado alguém tão importante que queria ocultar o corpo, dar um fim nele, e haveria melhor maneira do que providenciar um enterro oficial feito por um agente funerário registrado? E Amerigo Bonasera não tinha ilusões sobre a ação que iria perpetrar. Seria cúmplice de homicídio. Se o fato viesse à tona, passaria anos na prisão. A esposa e a filha cairiam em desgraça, o bom nome, o nome respeitado de Amerigo Bonasera, seria arrastado na lama sangrenta da guerra mafiosa.

Ele se concedeu mais um Camel. E então lhe ocorreu algo ainda mais apavorante. Quando as outras Famílias da Máfia descobrissem que ele havia ajudado os Corleone, iriam tratá-lo como inimigo. Iriam matá-lo.

E então amaldiçoou o dia em que fora ao padrinho e lhe pedira vingança. Amaldiçoou o dia em que a sua esposa e a esposa de Don Corleone haviam feito amizade. Amaldiçoou a filha, os Estados Unidos, o seu próprio êxito. Mas então o seu otimismo voltou. Talvez tudo desse certo. Don Corleone era um homem inteligente. Certamente haviam tomado todas as providências para manter o segredo. Precisava apenas manter a calma. Pois a única coisa mais fatal do que qualquer outra era, claro, cair no desagrado do Don.

Ouviu o som de pneus no cascalho. O seu ouvido experiente lhe disse que vinha um carro pela aleia estreita, que estacionou no pátio dos fundos. Abriu a porta dos fundos para deixar que entrassem. O enorme gordão, Clemenza, entrou seguido por dois rapazes de aparência brutal. Revistaram os aposentos sem dizer uma palavra a Bonasera; então Clemenza saiu. Os outros dois ficaram com o agente funerário.

Alguns momentos depois, Bonasera reconheceu o som de uma ambulância pesada vindo pela aleia estreita. Então Clemenza apareceu na porta, seguido por dois homens transportando uma maca. E os piores receios de Amerigo Bonasera se confirmaram. Na maca havia um corpo envolto num cobertor cinzento, mas com dois pés amarelados descalços despontando para fora.

Clemenza conduziu os carregadores da maca para a sala de embalsamamento. E então, da escuridão do pátio, saiu outro homem que entrou no escritório iluminado. Era Don Corleone.

O Don perdera peso durante o período em que esteve acamado e se movia com estranha rigidez. Tinha o chapéu entre as mãos, e no crânio maciço o cabelo se mostrava bastante ralo. Parecia mais velho, mais enrugado do que na época em que Bonasera o vira no casamento, mas ainda emanava poder. Segurando o chapéu junto ao peito, disse a Bonasera:

— Então, meu velho amigo, está preparado para me prestar esse serviço?

Bonasera assentiu. O Don foi até a sala de embalsamamento e Bonasera seguiu atrás. O cadáver estava numa das mesas de canaleta. Don Corleone fez um levíssimo gesto com o chapéu e os outros homens deixaram a sala.

— O que deseja que eu faça? — sussurrou Bonasera.

Don Corleone fitava a mesa.

— Quero que empregue todos os seus poderes, todas as suas habilidades, pelo amor que tem a mim — respondeu. — Não quero que a mãe dele o veja nesse estado.

Foi até a mesa e afastou o cobertor cinzento. Amerigo Bonasera, apesar de toda a sua força de vontade, apesar de todos os seus anos de prática e experiência, não conteve um murmúrio de horror. Na mesa de embalsamamento via-se o rosto destroçado de Sonny Corleone. O olho esquerdo mergulhado em sangue mostrava uma fratura raiada no cristalino. O septo nasal e o zigoma esquerdo estavam reduzidos a uma papa.

O Don estendeu a mão para se apoiar por uma fração de segundo em Bonasera.

— Veja como massacraram o meu filho — disse ele.

Capítulo 19

Talvez tenha sido o impasse que levou Sonny Corleone a tomar o curso sangrento de uma guerra de atrito que levou à sua própria morte. Talvez tenha sido a sua natureza violenta e sombria, agora de rédeas soltas. Seja como for, naquela primavera e naquele verão, ele lançou ataques insensatos a auxiliares do inimigo. Os cafetões da Família Tattaglia foram mortos no Harlem, os valentões das docas foram dizimados. Os dirigentes sindicais que deviam lealdade às Cinco Famílias receberam a advertência de se manterem neutros, e, estando os corretores de apostas e os agiotas dos Corleone ainda impedidos de operar na zona portuária, Sonny enviou Clemenza e o seu destacamento para massacrar a estivagem.

Essa carnificina era insensata porque não afetava o desfecho da guerra. Sonny era um tático brilhante e obteve grandes vitórias. Mas o que faltava era o gênio estratégico de Don Corleone. A coisa toda degringolou numa guerra de guerrilha tão sangrenta que os dois lados estavam perdendo um enorme volume de rendas e de vidas a troco de nada. A Família Corleone finalmente foi obrigada a fechar alguns dos seus pontos de aposta mais lucrativos, inclusive a banca concedida ao genro Carlo Rizzi para o seu sustento. Carlo desandou a beber, a andar com coristas e a tratar muito mal a esposa Connie. Desde a surra que levara de Sonny, Carlo não se atrevera mais a bater na mulher, mas deixara de dormir com ela. Connie tinha se jogado aos seus pés e Carlo a desdenhara como um romano, segundo pensava ele, com o requintado prazer de um nobre patrício. Escarnecera dela:

— Ligue e conte para o seu irmão que não trepo mais com você, talvez ele me espanque até me deixar de pau duro.

Mas Carlo morria de medo de Sonny, embora os dois se tratassem com fria polidez. Carlo tinha a sensatez de perceber que Sonny o mataria, que Sonny era um homem capaz de matar outro homem com a naturalidade de um animal, enquanto ele mesmo teria de reunir toda a sua coragem, toda a sua determinação para cometer um assassinato. Nunca lhe passou pela cabeça que, por causa disso, ele era melhor do que Sonny Corleone, se é que seria possível empregar esse termo; Carlo invejava a aterradora selvageria de Sonny, uma selvageria que agora já se tornava lendária.

Tom Hagen, como *consigliere*, desaprovava a tática de Sonny, mas decidira não protestar junto ao Don pelo simples fato de que a tática, em certa medida, dava certo. As Cinco Famílias pareciam finalmente ter se intimidado com a guerra de atrito em curso, os seus contra-ataques enfraqueceram e por fim cessaram por completo. De início, Hagen ficou desconfiado perante essa aparente pacificação do inimigo, mas Sonny se rejubilou.

— Vou intensificar — disse ele a Hagen —, e aí aqueles desgraçados vão vir implorar um acordo.

Sonny estava preocupado com outras coisas. A esposa andava amolando muito, pois ouvira comentários de que Lucy Mancini tinha enfeitiçado o seu marido. E, embora gracejasse publicamente sobre o tremendo equipamento e a técnica de Sonny, fazia tempo que ele andava afastado da esposa e ela sentia falta do marido na cama, e assim reclamava tanto que transformava a vida dele num inferno.

Além disso, Sonny estava sob a enorme tensão de ser um homem marcado. Precisava de excepcional cautela em todos os seus movimentos, e sabia que as visitas a Lucy Mancini haviam sido rastreadas pelo inimigo. Mas aqui tomou cuidadosas precauções, pois este era o tradicional ponto vulnerável. Nisso estava seguro. Lucy não fazia a mínima ideia, mas era vigiada vinte e quatro horas por dia por homens do destacamento de Santino e, quando vagou um apartamento no andar em que ela morava, foi imediatamente alugado por um dos seus homens de maior confiança.

O Don estava se recuperando e logo estaria em condições de retomar o comando. Então a maré viraria a favor da Família Corleone. Disso Sonny tinha certeza. Enquanto isso, ia proteger o império da Família, conquistar o respeito do pai e, como a posição de Don não era obrigatoriamente hereditária, consolidar a sua pretensão de herdeiro do império Corleone.

Mas o inimigo estava traçando os seus planos. Eles também tinham analisado a situação e chegaram à conclusão de que a única maneira de escapar a uma completa derrota era matar Sonny Corleone. Agora entendiam melhor a situação e achavam possível negociar com o Don, conhecido pela sensatez e racionalidade lógica. Tinham passado a odiar Sonny com a sua sede de sangue, que consideravam uma barbárie. Sem contar a falta de tino empresarial. Ninguém queria a volta dos velhos tempos, com todos os seus tumultos e problemas.

Certa noite, Connie Corleone recebeu uma ligação anônima, uma voz feminina perguntando por Carlo.

— Quem fala? — perguntou Connie.

A moça no outro lado da linha deu uma risadinha e disse:

— Sou uma amiga de Carlo. Só queria avisar que essa noite não vai dar. Vou estar fora.

— Sua vaca desgraçada! — gritou Connie Corleone. E gritou outra vez: — Sua vagabunda desgraçada!

Desligaram no outro lado.

Carlo tinha ido às corridas naquela tarde e, quando voltou para casa à noite, estava louco da vida por ter perdido, meio bêbado com a garrafa que sempre tinha consigo. Na hora em que pisou na soleira da porta, Connie começou a berrar e xingar. Ele não deu atenção e foi tomar um banho. Ao sair do banheiro, enxugou o corpo nu na frente dela e começou a se arrumar para sair.

Connie se postou diante dele com as mãos na cintura, de cara amarrada e roxa de raiva.

— Você não vai a lugar nenhum — disse ela. — A sua namorada ligou e falou que essa noite não vai dar. Seu filho da mãe desgraçado, tem a cara de pau de dar o meu telefone para as suas putas. Eu te mato, seu desgraçado.

E se lançou sobre ele, aos pontapés e arranhões.

Ele a afastou com um braço só, musculoso como era.

— Você está louca — disse, frio.

Mas ela notou que Carlo parecia preocupado, como se soubesse que a maluca que ele andava traçando podia mesmo ter feito uma dessas.

— Ela estava brincando, sua doida — disse Carlo.

Connie contornou o braço do marido e meteu as unhas na cara dele. Até arrancou um pedaçinho de carne, que ficou sob as unhas. Com uma surpreendente paciência, ele a afastou de si. Connie percebeu que ele estava sendo cuidadoso por causa da gravidez e isso lhe deu coragem de atiçar a própria raiva. Além do mais, estava excitada. Dali a pouco não poderia fazer mais nada, o médico tinha proibido o sexo nos dois últimos meses, e ela estava muito a fim. Mas também sentia uma vontade muito grande de ferir Carlo fisicamente. Foi atrás dele no quarto.

Notou que ele estava assustado e isso lhe deu um prazer cheio de desdém.

— Você vai ficar em casa — disse ela —, não vai sair.

— Tá bom, tá bom — respondeu ele.

Ainda estava nu, apenas de cueca. Gostava de andar assim pela casa, sentia orgulho do corpo em V, da pele dourada. Connie o fitou cheia de desejo. Ele tentou rir.

— Pelo menos você vai me dar algo para comer?

Sendo chamada aos deveres, pelo menos a um deles, ela se acalmou um pouco. Cozinhava bem, tinha aprendido com a mãe. Preparou vitela refogada com pimentão e fez uma salada mista enquanto a carne cozinhava na frigideira. Enquanto isso, Carlo se estendeu na cama e ficou lendo a programação das corridas do dia seguinte. Estava com um copo cheio de uísque ao lado, que ficou bebericando.

Connie entrou no quarto. Ficou perto da porta, como se não pudesse se aproximar da cama sem ser convidada, e disse:

— A comida está na mesa.

— Ainda não estou com fome — respondeu ele, continuando a ler a programação.

— Está na mesa — repetiu, obstinada.

— Enfie no cu — disse Carlo.

Esvaziou o copo de uísque e pegou a garrafa para enchê-lo de novo. Não deu mais atenção a ela.

Connie foi para a cozinha, pegou os pratos servidos e quebrou na pia. Com o barulho, Carlo saiu do quarto e foi até lá. Olhou a vitela e os pimentões gordurosos espalhados pelas paredes da cozinha e, sendo muito melindroso em questões de asseio, virou uma fera.

— Sua carcamana porca e malcriada — disse, maldoso. — Limpe já tudo isso ou te arranco o couro.

— Pois fique esperando — respondeu Connie.

Estava com as mãos em garra prontas para rasgar o peito nu dele.

Carlo voltou para o quarto e, quando saiu, estava com o cinto dobrado na mão.

— Limpe já — disse, e a ameaça na voz não deixava margem a dúvidas.

Ela não se mexeu e ele açoitou os quadris avantajados da esposa com o cinto, o couro causando dor, mas sem chegar a ferir de verdade. Connie recuou até o armário da cozinha e, enfiando a mão numa das gavetas, tirou a faca comprida de pão. Ficou de prontidão.

Carlo deu risada.

— Até as mulheres Corleone são assassinas — disse ele.

Pôs o cinto na mesa da cozinha e avançou até ela. Connie tentou lhe dar uma facada, mas, com o peso da gravidez adiantada, foi lenta e ele se esquivou ao golpe que ela queria desferir na sua virilha com tão férrea determinação. Ele a desarmou com facilidade e então começou a esbofeteá-la no rosto numa lenta sucessão de golpes, não fortes demais para não romper a pele. Continuou a bater enquanto ela contornava a mesa da cozinha para escapar e se refugiava no quarto, perseguida por ele. Tentou lhe morder a mão e ele a agarrou pelos cabelos para levantar o seu rosto. Ficou a estapeá-la até que ela começou a chorar como criança, de dor e humilhação. Então Carlo a atirou com desdém para cima da cama. Bebeu direto da garrafa de uísque, ainda na mesinha de cabeceira. Agora parecia muito bêbado, tinha nos olhos azul-claros um brilho alucinado, e Connie finalmente ficou com muito medo.

Carlo se sentou de pernas abertas e continuou a beber da garrafa. Abaixou-se e agarrou na mão um naco da coxa grossa da esposa grávida. Apertou com muita força, machucando Connie e fazendo-a implorar piedade.

— Você está gorda feito uma porca — disse ele com repugnância e saiu do quarto.

Absolutamente assustada e apavorada, ela ficou na cama, sem se atrever a ver o que o marido estava fazendo no outro aposento. Por fim se levantou e foi até a porta para espreitar a sala de estar. Carlo tinha aberto outra garrafa de uísque e estava esparramado no sofá. Dali a pouco, bêbado como estava, ia cair num sono pesado e ela poderia se esgueirar até a cozinha e ligar para a família em Long Beach. Ia pedir à mãe que mandasse alguém vir buscá-la. Só torcia para que não fosse Sonny a atender o telefone; achava que seria melhor falar com Tom Hagen ou com a mãe.

Eram quase dez da noite quando tocou o telefone na cozinha da casa de Don Corleone. Um dos guarda-costas do Don atendeu e passou devidamente o aparelho para a mãe de Connie. A sra. Corleone, porém, não entendia quase nada do que a filha dizia; estava histérica, mas tentava sussurrar para que o marido na sala ao lado não a ouvisse. Além disso, o rosto de Connie estava inchado por causa dos bofetões e os lábios machucados dificultavam a fala. A sra. Corleone fez sinal ao guarda-costas para chamar Sonny, que estava na sala de estar com Tom Hagen.

Sonny foi à cozinha e pegou o telefone da mãe.

— Diga, Connie.

Connie estava com tanto medo do marido e da reação do irmão que teve ainda mais dificuldade em falar. Balbuciou:

— Sonny, mande um carro para me levar para casa, e então lhe conto, não é nada, Sonny. Não venha. Mande o Tom, por favor, Sonny. Não é nada, só quero ir para casa.

A essa altura, Hagen tinha entrado na cozinha. O Don já estava dormindo, à base de sedativos, no quarto do andar de cima, e Hagen queria ficar de olho em Sonny em todas as situações críticas. Os dois guarda-costas internos também estavam na cozinha. Todos fitavam Sonny enquanto ele ouvia a irmã ao telefone.

Não havia dúvida de que a violência na natureza de Sonny Corleone nascia de algum profundo poço misterioso do seu corpo. Enquanto o fitavam, podiam realmente enxergar o sangue subindo ao pescoço de tendões salientes, podiam ver os olhos se turvando de ódio, cada traço do rosto se enrijecendo e se contraindo; então o rosto adquiriu o tom acinzentado de um doente lutando contra a morte, embora as mãos tremessem com a adrenalina que percorria todo o seu corpo. Mas foi com voz baixa e controlada que disse à irmã:

— Você espere aí. Só espere. — E desligou o telefone.

Ficou parado por um instante, atônito com a sua própria fúria; então falou:

— Maldito filho da puta, maldito filho da puta.

Saiu correndo de casa.

Hagen conhecia aquele ar no rosto de Sonny; qualquer capacidade de raciocínio o abandonara. Naquele instante, Sonny era capaz de qualquer coisa. Hagen também sabia que o percurso até a cidade acalmaria Sonny, e ele ficaria mais racional. Mas aquela racionalidade poderia deixá-lo ainda mais perigoso, pois a racionalidade lhe permitiria se proteger das consequências da sua fúria. Hagen ouviu o ronco do motor e disse aos dois guarda-costas.

— Sigam atrás dele.

Então foi até o telefone e fez algumas ligações. Providenciou que alguns homens do destacamento de Sonny, que moravam na cidade, fossem até o apartamento de Carlo Rizzi e o tirassem de lá. Outros homens ficariam com Connie até a chegada de Sonny. Hagen se arriscava ao atravessar Sonny, mas sabia que o Don o apoiaria. Temia que Sonny matasse Carlo na presença de testemunhas. Da parte do inimigo, não esperava nenhum problema. Fazia bastante tempo que as Cinco Famílias estavam quietas e era evidente que buscavam uma solução de paz.

Ao sair do condomínio com o seu Buick, Sonny já tinha recuperado parcialmente os sentidos. Viu que os dois guarda-costas entravam num carro para segui-lo e aprovou. Não previa nenhum perigo, as Cinco Famílias já tinham deixado de contra-atacar e, na verdade, nem estavam mais combatendo. Ao sair, tinha pegado o paletó no vestíbulo, a arma estava escondida num compartimento secreto no painel do automóvel, o carro estava registrado em nome de um membro do seu destacamento, e assim, pessoalmente, ele não teria nenhum problema com a lei. Mas não previa a necessidade de arma. Nem sequer sabia o que ia fazer com Carlo Rizzi.

Agora que tinha oportunidade de pensar, Sonny viu que não podia matar o pai de uma criança que ainda nem nascera, pai este que era o marido da sua irmã. Não por causa de uma briguinha doméstica. Só que não era uma mera briguinha doméstica. Carlo era mau-caráter e Sonny se sentia responsável por ter sido ele a apresentar o desgraçado a Connie.

O paradoxo na natureza violenta de Sonny era que não bateria e jamais tinha batido numa mulher. Era que não faria mal a uma criança ou a qualquer ser indefeso. O fato de Carlo não ter revidado os seus murros naquele dia foi o que o impediu de matá-lo; a total submissão desarmou a sua violência. Quando menino, era realmente bondoso Tornar-se assassino quando adulto era apenas o seu destino.

Mas ele podia resolver a questão de uma vez por todas, pensou Sonny, tomando o caminho para a via elevada que o levaria de Long Beach, por sobre a água, até o outro lado, as largas Avenidas arborizadas de Jones Beach. Ele sempre usava esse trajeto quando ia para Nova York. Tinha menos trânsito.

Decidiu que mandaria Connie para casa, com os guarda-costas, e então teria uma conversa com o cunhado. O que aconteceria depois, não sabia. Se o filho da mãe tivesse realmente machucado Connie, ele estropiaria o desgraçado. Mas o vento que soprava no elevado, com a sua brisa fresca e salgada, acalmou os seus nervos. Manteve o vidro da janela aberto durante todo o percurso.

Ele tinha pegado a via elevada para Jones Beach, como sempre, pois costumava estar deserta a essa hora da noite e nessa estação do ano, e podia ir a toda a velocidade até chegar ao outro lado. E mesmo nas Avenidas de Jones Beach haveria pouco tráfego. A alta velocidade ajudaria a dissipar a tensão que sabia ser perigosa. O carro dos guarda-costas já tinha ficado muito para trás.

O elevado era pouco iluminado e não havia um único automóvel. Ele viu ao longe o topo cônico branco da cabine de pedágio que estava funcionando.

Havia outras cabines além daquela, mas só operavam durante o dia, para o trânsito mais pesado. Sonny começou a frear o Buick, ao mesmo tempo procurando uns trocados nos bolsos. Não tinha. Pegou a carteira, abriu-a com uma das mãos e tirou uma nota. Chegou à arcada iluminada e, para a sua leve surpresa, viu um carro ao lado da cabine bloqueando a passagem, sendo que o motorista estava obviamente pedindo alguma informação ao cobrador. Sonny buzinou e o outro carro avançou obedientemente para deixar que o Buick entrasse na passagem.

Sonny estendeu a nota para o cobrador e ficou esperando o troco. Agora se apressou em fechar o vidro do carro. O vento do oceano Atlântico tinha gelado o carro todo. Mas o cobrador estava se atrapalhando no troco; na verdade, o idiota desgraçado até o deixou cair. A cabeça e o corpo do homem sumiram dentro da cabine, quando se agachou para recolher o dinheiro.

Naquele instante, Sonny percebeu que o outro carro não seguira viagem, mas tinha estacionado um pouco mais à frente, ainda bloqueando o caminho. Naquele mesmo instante, viu pelo canto dos olhos outro homem na cabine escura à sua direita. Mas nem teve tempo de pensar nisso, pois saíram dois homens do carro estacionado na frente e vieram na sua direção. O cobrador do pedágio ainda não reaparecera. E então, na fração de segundo antes que qualquer coisa realmente acontecesse, Santino Corleone se deu conta de que era um homem morto. E naquele instante estava com o espírito lúcido, esvaziado de qualquer violência, como se tivesse sido purificado pelo medo oculto que, finalmente, agora se fazia real e presente.

Mesmo assim, num reflexo instintivo para preservar a vida, arremeteu com o corpanzil contra a porta do Buick, estourando o trinco. O homem na cabine escura abriu fogo e os tiros atingiram a cabeça e o pescoço de Sonny Corleone, enquanto o seu físico maciço se projetava para fora do carro. Os dois homens na frente então ergueram as armas, o homem na cabine escura cessou os disparos, e o corpo de Sonny se estendeu no asfalto, com parte das pernas ainda dentro do carro. Os dois homens atiraram no corpo de Sonny, chutaram-lhe o rosto para desfigurar ainda mais os seus traços e para deixar as marcas de um poder humano mais pessoal.

Poucos segundos depois, os quatro homens, os três matadores efetivos e o falso cobrador do pedágio, entraram no carro e partiram velozmente para a Meadowbrook Parkway, no outro lado de Jones Beach. Qualquer perseguição a eles estaria bloqueada pelo carro e pelo corpo de Sonny na passagem do pedágio, mas, quando os guarda-costas de Sonny chegaram poucos minutos depois e o viram estendido no chão, nem pensaram em persegui-los. Giraram o carro numa ampla meia-volta e retornaram para Long Beach. No primeiro telefone público passando o elevado, um deles saltou do automóvel e ligou para Tom Hagen. Foi muito curto e rápido.

— Sonny está morto, foi pego no pedágio de Jones Beach.

Hagen respondeu com toda a calma.

— Está bem — disse ele. — Vão até a casa de Clemenza e digam para vir aqui imediatamente. Ele lhes dará as instruções.

Hagen atendera o telefone na cozinha, enquanto a *mamma* Corleone preparava afobada um lanche para a filha que logo chegaria. Ele manteve a compostura e a senhora não percebeu nada de errado. Não que não fosse capaz de perceber, se quisesse, mas aprendera no convívio com o Don que era muito mais sábio *não* perceber. Que, se tivesse de saber algo de doloroso, logo, logo lhe diriam. E, se fosse uma dor que lhe pudessem poupar, podia muito bem passar sem ela. Dava-se por muito satisfeita de não compartilhar da dor dos homens ao seu redor; afinal, compartilhavam eles da dor das mulheres? Imperturbável, ela preparou o café e pôs comida na mesa. Segundo a sua experiência, a dor e o medo não amenizavam a fome física; segundo a sua experiência, comer é que amenizava a dor. Ficaria ofendidíssima se um médico quisesse acalmá-la com algum sedativo, mas uma xícara de café e uma fatia de pão eram outra história; ela vinha, claro, de uma cultura mais primitiva.

E, assim, ela deixou que Tom Hagen escapulisse para o escritório lateral e, lá estando, Hagen começou a tremer com tal violência que precisou se sentar com as pernas muito juntas e apertadas, a cabeça afundada entre os ombros contraídos, as mãos cruzadas entre os joelhos, como se rezasse ao demônio.

Agora via que não era um *consigliere* adequado para uma Família em guerra. Fora enganado, ludibriado pelas Cinco Famílias que apenas aparentavam estar intimidadas. Tinham ficado quietas, armando a terrível emboscada. Tinham planejado e esperado, refreando reações sangrentas, qualquer que fosse a provocação recebida. Tinham esperado para desferir um único e tremendo golpe. E desferiram. O velho Genco Abbandando jamais teria caído nessa, teria farejado um traidor, teria descoberto todos eles, teria triplicado as precauções. E em meio a tudo isso Hagen sentia uma dor pessoal. Sonny fora para ele um verdadeiro irmão, o salvador; tinha sido o seu herói quando eram meninos. Sonny nunca fora mesquinho nem bruto com ele, sempre o tratara com afeto, tomara-o nos braços quando Sollozzo o soltou. A alegria de Sonny naquela ocasião tinha sido genuína. Se se tornara um homem cruel, violento, sanguinário, isso não tinha nenhuma importância para Hagen.

Saíra da cozinha por saber que não conseguiria contar para a *mamma* Corleone a notícia da morte do filho. Se via o Don como pai e Sonny como irmão, nunca a vira como mãe. O afeto que sentia por ela era como o seu afeto por Freddie, Michael e Connie. O afeto por pessoas bondosas, mas não amorosas. Mas não conseguiria lhe contar. Em poucos meses ela tinha perdido todos os filhos: Freddie exilado em Nevada, Michael escondido na Sicília e agora Santino morto. Por qual dos três sentira mais amor? Ela nunca dera a saber.

Foram apenas alguns minutos. Hagen recuperou o controle e pegou o telefone. Ligou para a casa de Connie. O telefone ficou tocando por muito tempo, até que Connie atendeu num sussurro.

Hagen lhe falou gentilmente:

— Connie, aqui é o Tom. Acorde o Carlo, preciso falar com ele.

— Tom, o Sonny está vindo para cá? — respondeu Connie em voz baixa e assustada.

— Não — respondeu Hagen. — Sonny não vai aí. Não se preocupe quanto a isso. Só acorde o Carlo e diga que preciso muito falar com ele, é importante.

A voz de Connie estava lacrimosa.

— Tom, ele me bateu. Tenho medo que ele me bata de novo se souber que liguei para casa.

— Não vai bater — disse Hagen brandamente. — Ele vai falar comigo e vai se comportar. Vai ficar tudo bem. Diga a ele que é muito importante, é importantíssimo que atenda ao telefone. Entendeu?

Levou quase cinco minutos até Carlo vir ao telefone, de fala engrolada por causa do uísque e do sono. Hagen falou em tom agudo e veemente para que ele prestasse atenção.

— Ouça, Carlo — disse Hagen. — Vou lhe contar algo muito chocante. Então se prepare porque, quando eu contar, você precisa responder em tom muito displicente, como se não fosse nada. Falei para a Connie que era importante, então você vai ter de dizer alguma coisa a ela. Diga que a Família resolveu transferir vocês dois para uma das casas do condomínio e lhe dar um grande serviço. Que o Don finalmente resolveu lhe dar uma chance, na esperança de melhorar a vida doméstica de vocês. Entendeu?

Havia uma nota esperançosa na voz de Carlo ao responder:

— Certo, entendi.

— Daqui a alguns minutos, dois homens meus vão chegar aí para pegar vocês — prosseguiu Hagen. — Diga a eles que me liguem antes. Diga só isso. Não fale mais nada. Vou avisá-los para deixarem você e a Connie no condomínio, certo?

— Certo, certo, entendi — disse Carlo.

Estava com voz muito animada. Finalmente parecia ter percebido, pela tensão na voz de Hagen, que a notícia devia ser realmente importante.

Hagen foi direto:

— Mataram o Sonny agora à noite. Não diga nada. A Connie ligou para ele enquanto você dormia e o Sonny estava indo para aí, mas não quero que ela saiba e, mesmo que desconfie, não quero que tenha certeza. Senão, ela vai começar a achar que foi por culpa dela. Fique com ela agora à noite e não lhe conte nada. Faça as pazes. Seja o marido amoroso perfeito. E continue assim pelo menos até o bebê nascer. Amanhã de manhã, alguém, talvez você, talvez o Don, talvez a mãe dela, contará para a Connie que o irmão foi morto. E você fique com ela. Faça-me esse favor e daqui para a frente cuidarei de você. Entendeu?

A voz de Carlo tremia um pouco.

— Claro, Tom, claro. Escute, eu e você sempre nos demos bem. Agradeço. Entende?

— Tudo bem — disse Hagen. — Ninguém vai pôr a culpa na briga que você teve com a Connie; quanto a isso, não se preocupe. Cuido disso. — Fez uma pausa e depois falou em voz amena, encorajando-o: — Agora vá, cuide bem da Connie. — E desligou.

Hagen aprendera a nunca fazer ameaças, o Don lhe ensinara, mas Carlo captou muito bem a mensagem: a sua vida estava por um fio.

Hagen fez outra ligação, agora para Tessio, dizendo-lhe que viesse imediatamente ao condomínio de Long Beach. Não disse o motivo e Tessio não perguntou. Hagen deu um suspiro. Agora vinha a parte que lhe dava medo.

Teria de acordar o Don do sono à base de sedativos. Teria de dizer ao homem que mais amava no mundo que falhara com ele, que falhara em proteger o seu domínio e a vida do seu primogênito. Teria de dizer ao Don que estava tudo perdido, a menos que o enfermo entrasse pessoalmente na batalha. Pois Hagen não se iludia. Nessa terrível derrota, somente o grande Don em pessoa seria capaz de obter um mero empate. Hagen não se deu ao trabalho de consultar os médicos de Don Corleone, de nada serviria. Quaisquer que fossem as ordens médicas, mesmo que lhe dissessem que o Don poderia morrer se se levantasse da cama, ele precisava contar ao pai adotivo e então acompanhá-lo na sua decisão. E claro que não havia nenhuma dúvida sobre o que faria o Don. As opiniões dos médicos agora não vinham ao caso, nada agora vinha ao caso. O Don precisava saber, e deveria ou assumir o comando ou ordenar a Hagen a rendição do poder dos Corleone às Cinco Famílias.

Mas, mesmo assim, Hagen estava apavorado com a próxima hora. Tentou se preparar à sua maneira. Teria de controlar rigorosamente, de todas as formas, o seu sentimento de culpa. Recriminar-se apenas aumentaria o fardo do Don. Mostrar a sua dor apenas intensificaria a dor do Don. Apontar as suas falhas como *consigliere* em tempo de guerra só faria o Don censurar a si mesmo pelo erro de avaliação em ter escolhido um homem desses para um cargo tão importante.

Hagen sabia o que devia fazer: contar a notícia, apresentar a sua análise sobre o que era necessário fazer para corrigir a situação e então manter silêncio. A partir daí, as suas reações deviam ser as reações sugeridas pelo seu Don. Se o Don quisesse que mostrasse sentimento de culpa, ele mostraria; se o Don solicitasse dor, ele exporia o seu genuíno pesar.

Hagen ergueu a cabeça ao barulho de motores, de carros entrando no condomínio. Os *caporegimes* estavam chegando. Primeiro iria instruí-los e então subiria para acordar Don Corleone. Levantou-se, foi até o armário de bebidas ao lado da escrivaninha e pegou um copo e uma garrafa. Ficou de pé ali por um momento, tão abatido que nem conseguiu verter o líquido da garrafa no copo. Ouviu a porta do escritório se fechar suavemente atrás de si e, virando-se, viu Don Corleone, inteiramente vestido pela primeira vez desde o atentado.

O Don atravessou a sala até a sua enorme poltrona de couro e se sentou. Tinha o andar um pouco rígido, as roupas estavam um pouco folgadas no corpo, mas, aos olhos de Hagen, tinha a mesma aparência de sempre. Era quase como se o Don, pela sua exclusiva força de vontade, tivesse eliminado todos os sinais externos do físico ainda debilitado. O rosto estava austeramente composto com toda a sua antiga força e vigor. Estava sentado ereto na poltrona e disse a Hagen:

— Me dê um pouco de anisete.

Hagen trocou as garrafas e serviu a ambos uma dose do licor com sabor de alcaçuz. Era bebida rústica, feita em casa, muito mais forte do que as vendidas nas lojas, presente de um velho amigo que todos os anos presenteava o Don com a carga de uma caminhonete inteira.

— A minha mulher estava chorando antes de dormir — disse Don Corleone. — Pela janela, vi os meus *caporegimes* vindo para cá e é meia-noite. Então, *consigliere* meu, creio que você deve contar ao seu Don o que todos já sabem.

Hagen respondeu calmo:

— Não contei nada para a *mamma*. Estava para subir e acordá-lo e lhe contar pessoalmente a notícia. Daqui a um instante ia despertá-lo.

— Mas antes precisava de uma dose — disse Don Corleone, imperturbável.

— Sim — respondeu Hagen.

— Já tomou a sua dose — retomou o Don. — Agora pode me contar.

Havia apenas uma levíssima ponta de censura a essa fraqueza de Hagen.

— Balearam Sonny no elevado — disse Hagen. — Ele morreu.

Don Corleone pestanejou. Por uma ínfima fração de segundo, o muro da sua força de vontade desmoronou e o rosto evidenciou o esgotamento das suas forças físicas. Então se recompôs.

Cruzou as mãos à sua frente, por cima da escrivaninha, e fitou Hagen diretamente nos olhos.

— Conte tudo o que aconteceu — disse ele.

Mas então levantou uma das mãos e falou:

— Não, espere até o Clemenza e o Tessio chegarem para não precisar contar tudo outra vez para eles.

Poucos instantes depois, os dois *caporegimes* entraram na sala, acompanhados por um guarda-costas. Viram imediatamente que o Don sabia da morte do filho, pois se levantou para recebê-los. Abraçaram-no, como cabia a velhos camaradas. Todos tomaram um copo de anisete que Hagen lhes serviu antes de contar o sucedido naquela noite.

Don Corleone fez apenas uma pergunta no final:

— Não há dúvidas quanto à morte do meu filho?

— Não — respondeu Clemenza. — Os guarda-costas eram do destacamento de Santino, mas escolhidos por mim. Interroguei-os quando foram à minha casa. Viram o corpo à luz da cabine de pedágio. Não tinha como estar vivo com os ferimentos que viram. Juram de pés juntos o que dizem.

Don Corleone aceitou esse veredito definitivo sem nenhum sinal de emoção, a não ser alguns breves instantes de silêncio. Então falou:

— Nenhum de vocês vai se envolver nesse assunto. Nenhum de vocês vai cometer qualquer gesto de vingança, nenhum de vocês vai tentar rastrear os assassinos do meu filho sem as minhas ordens expressas. Não haverá mais nenhuma ação de guerra contra as Cinco Famílias sem o meu expresso desejo pessoal. A nossa Família vai cessar todas as operações de negócios e deixar de proteger qualquer operação de negócios nossa até o enterro do meu filho. Então nos reuniremos outra vez e decidiremos o que deve ser feito. Agora à noite devemos fazer o que pudermos por Santino, devemos lhe dar sepultura cristã. Pedirei a amigos meus que acertem as coisas com a polícia e todas as outras devidas autoridades. Clemenza, você ficará comigo o tempo todo como guarda-costas, você e os seus homens. Tessio, você protegerá todos os outros membros da minha Família. Tom, quero que você ligue para Amerigo Bonasera e diga a ele que vou precisar dos seus serviços hoje à noite, em algum momento. Que ele me espere na funerária. Pode ser daqui a uma, duas ou três horas. Entendido?

Os três assentiram. Don Corleone prosseguiu:

— Clemenza, pegue alguns homens e carros e me espere. Estarei pronto daqui a alguns minutos. Tom, você agiu bem. De manhã, quero a Constanzia aqui com a mãe dela. Providencie para que ela e o marido fiquem morando no condomínio. Diga para as amigas da Sandra irem até a casa dela e lhe fazerem companhia. A minha mulher também irá, depois que eu falar com ela. A minha mulher lhe contará o infortúnio e as amigas providenciarão para que a igreja reze as suas missas e orações pela alma dele.

O Don se levantou da poltrona de couro. Os outros se levantaram também, e Clemenza e Tessio o abraçaram outra vez. Hagen segurou a porta aberta para o Don, que parou para olhá-lo por um instante. Então o Don pôs a mão na face de Hagen, deu-lhe um abraço rápido e disse em italiano:

— Você tem sido um bom filho. Você me reconforta.

Com isso, ele dizia a Hagen que agira corretamente nesse momento terrível. O Don subiu para o seu quarto, a fim de falar com a esposa. Foi aí que Hagen ligou para Amerigo Bonasera, para que o agente funerário retribuísse o favor que devia aos Corleone.

LIVRO V

Capítulo 20

A morte de Santino Corleone teve impacto em todo o submundo do país. E, quando se soube que Don Corleone saíra do leito de doente para se encarregar dos assuntos da Família, quando os espiões no enterro informaram que o Don parecia plenamente recuperado, os chefes das Cinco Famílias entraram num frenesi para preparar as defesas contra a guerra sangrenta de retaliação que certamente se seguiria. Ninguém cometeu o erro de supor que Don Corleone seria de se subestimar por causa dos infortúnios sofridos. Ele cometera poucos erros na sua carreira e aprendera com cada um deles.

Apenas Hagen adivinhou as verdadeiras intenções do Don e não se surpreendeu com o envio de emissários às Cinco Famílias, propondo paz. E não só propondo paz mas também uma reunião de todas as Famílias da cidade, com convites às Famílias de todo o país para participarem. Como as Famílias de Nova York eram as mais poderosas dos Estados Unidos, subentendia-se que o bem-estar delas afetava o bem-estar do país como um todo.

No começo, surgiram suspeitas. Don Corleone estaria montando uma armadilha? Tentaria fazer os inimigos baixarem a guarda? Estaria preparando um massacre geral para vingar o filho? Mas Don Corleone logo deixou claro que estava sendo sincero. Não só quis a participação de todas as Famílias do país nesse encontro mas também não tomou nenhuma medida para pôr o seu pessoal em pé de guerra nem para recrutar aliados. E então deu o passo final e irreversível que assegurava a veracidade dessas intenções e garantia a segurança do grande conselho que se reuniria. Convocou os serviços da Família Bocchicchio.

A Família Bocchicchio era única pelo fato de que, tendo sido outrora um ramo especialmente feroz da Máfia na Sicília, tornara-se um instrumento de paz nos Estados Unidos. Tendo antes sido um grupo de homens que ganhavam a vida com determinação feroz, agora ganhava a vida de uma maneira que podia talvez ser considerada pia. O único ativo dos Bocchicchio era uma estrutura extremamente cerrada de relações de sangue, uma lealdade familiar severa mesmo para uma sociedade em que a lealdade à Família precedia a lealdade à esposa.

A Família Bocchicchio, estendendo-se aos primos de terceiro grau, antes chegara quase a duzentas pessoas, quando ela dominava a economia local de uma pequena área do sul da Sicília. Na época, a renda de toda a Família provinha de quatro ou cinco moinhos de trigo, que não eram de forma alguma de propriedade coletiva, mas asseguravam trabalho, alimento e um mínimo de segurança para todos os seus membros. Com os casamentos endógenos, isso era suficiente para que formassem uma frente comum contra os inimigos.

Nenhum moinho concorrente, nenhuma represa que criasse um abastecimento de água para os concorrentes ou arruinasse a venda de água da Família, tinha autorização de se implantar naquele canto da Sicília. Certa vez, um poderoso barão latifundiário tentou construir um moinho próprio, para uso pessoal. O moinho foi incendiado. Ele chamou os *carabinieri* e autoridades de escalão superior, que prenderam três membros da Família Bocchicchio. Antes mesmo do julgamento, o solar do barão foi consumido pelo fogo. A denúncia e as acusações foram retiradas. Alguns meses depois, um dos mais altos integrantes do governo italiano chegou à Sicília e tentou solucionar a crônica escassez de água da ilha, propondo a construção de uma enorme represa. Vieram engenheiros de Roma para fazer os levantamentos, enquanto eram observados por nativos de má catadura, membros do clã Bocchicchio. Chegou um grande número de policiais, instalados num quartel construído especialmente para isso.

Parecia que nada seria capaz de impedir a construção da represa e, de fato, houve a remessa de suprimentos e equipamentos para Palermo.

Só conseguiram chegar até lá. Os Bocchicchio tinham contatado outros chefes da Máfia, que concordaram em ajudar. Os equipamentos pesados foram sabotados, os equipamentos mais leves foram roubados. Deputados mafiosos no Parlamento italiano lançaram um contra-ataque burocrático contra os planejadores. Isso se prolongou por vários anos e, naquele ínterim, Mussolini subiu ao poder. O ditador decretou que a represa fosse construída. Não foi. O ditador sabia que a Máfia era uma ameaça ao regime, formando o que chegava a constituir uma autoridade independente da sua. Concedeu plenos poderes a um alto oficial da polícia, que resolveu prontamente o problema colocando todo mundo na cadeia ou deportando para ilhas de trabalho forçado. Em poucos anos, ele rompeu o poder da Máfia, simplesmente prendendo de forma arbitrária qualquer um que fosse mero suspeito de pertencer a ela. E assim causou também a desgraça de inúmeras famílias inocentes.

Os Bocchicchio tiveram temeridade suficiente para recorrer à força contra esse poder ilimitado. Metade dos homens morreu em combate armado, a outra metade foi deportada para as colônias penais das ilhas. Tinham restado apenas alguns, e providenciou-se que migrassem para os Estados Unidos pela rota clandestina de navios com desertores que passava pelo Canadá. Eram quase vinte imigrantes, e eles se estabeleceram num pequeno povoado não muito distante de Nova York, no vale do Hudson, onde começaram do zero e foram melhorando até se tornarem donos de uma empresa de coleta de lixo, com frota própria de caminhões. Prosperaram porque não tinham concorrentes. Não tinham concorrentes porque os caminhões dos concorrentes eram sabotados e incendiados. Um sujeito mais persistente, que abaixara os preços, foi encontrado entre o lixo que recolhera durante o dia, morto por asfixia.

Mas, à medida que os homens se casavam — com moças sicilianas, desnecessário dizer —, vinham os filhos, e o ramo da coleta de lixo, embora desse para a subsistência, não era de fato suficiente para as coisas mais finas que os Estados Unidos tinham a oferecer. E assim, como forma de diversificação dos negócios, a Família Bocchicchio passou a fornecer os seus homens como negociadores e reféns nas tentativas de paz entre as Famílias mafiosas em guerra.

Os Bocchicchio tinham certa propensão à obtusidade, ou talvez fossem apenas primitivos. De todo modo, reconheciam as suas limitações e sabiam que não tinham como concorrer com outras Famílias da Máfia na luta para organizar e controlar estruturas de negócios mais complexas, como a prostituição, os jogos, as drogas e a corrupção nos órgãos públicos. Era gente simples e direta, que podia oferecer um agrado a um policial de rua, mas não sabia como abordar um político corrupto. Tinham apenas dois ativos: a honra e a ferocidade.

Um Bocchicchio nunca mentia, nunca cometia uma traição. Eram condutas complicadas demais. Além disso, um Bocchicchio nunca esquecia um insulto e nunca o deixava passar, vingando-se a qualquer custo que fosse. E foi assim que, por acaso, toparam com a atividade que se tornaria a profissão mais lucrativa do clã.

Quando Famílias em guerra queriam conferenciar e firmar a paz, contatava-se o clã Bocchicchio. O chefe do clã lidava com as negociações iniciais e providenciava os reféns necessários. Por exemplo, quando Michael fora conversar com Sollozzo, um Bocchicchio fora entregue à Família Corleone como forma de garantia pela segurança de Michael, sendo os seus serviços pagos por Sollozzo. Se Michael fosse morto por Sollozzo, o refém Bocchicchio em poder da Família Corleone seria morto pelos Corleone. Nesse caso, os Bocchicchio se vingariam em cima de Sollozzo, como causa da morte daquele membro do clã. Sendo eles tão primitivos, nunca permitiam que nada, absolutamente nada se interpusesse na sua vingança. Se fossem traídos, dariam a própria vida e não havia defesa possível contra eles. Um refém Bocchicchio era a mais preciosa apólice de seguro.

Assim, quando Don Corleone contratou os Bocchicchio como negociadores e fornecedores de reféns para todas as Famílias que comparecessem à conferência de paz, desfez-se qualquer dúvida sobre a sua sinceridade. A hipótese de traição ficou fora de questão. O encontro seria tão seguro quanto uma cerimônia de casamento.

Fornecidos os reféns, o encontro se deu na sala de reuniões do diretor de um pequeno banco comercial, cujo presidente estava em dívida para com Don Corleone; na verdade, uma parte das ações do banco pertencia a ele, embora estivessem no nome do presidente. O presidente sempre guardara na lembrança aquela ocasião em que havia se prontificado a dar a Don Corleone um documento por escrito, provando que era ele o dono das ações, a fim de se resguardar contra qualquer traição. Don

Corleone se mostrara horrorizado e dissera ao presidente: "Eu lhe confiaria toda a minha fortuna. Eu lhe confiaria a minha vida e o bem-estar dos meus filhos. Para mim, é inconcebível que você algum dia me enganasse ou me traísse de alguma maneira. Todo o meu mundo, toda a confiança que tenho na minha capacidade de julgar o caráter humano cairiam por terra. É claro que tenho os meus próprios registros por escrito e, assim, se acontecesse algo a mim, os meus herdeiros saberiam que você tem sob a sua guarda algo para eles. Mas sei que, mesmo que eu não estivesse aqui neste mundo para proteger os interesses dos meus filhos, você seria consciencioso quanto às necessidades deles."

O presidente do banco, embora não fosse siciliano, era um homem de fina sensibilidade. Entendia plenamente o Don. Dessa forma, o pedido do padrinho foi uma ordem para o presidente e, assim, num sábado à tarde, a suíte executiva do banco, a sala de reuniões com confortáveis poltronas de couro e absoluta privacidade, ficou disponível para as Famílias.

A segurança no banco ficou a cargo de um pequeno exército de homens escolhidos a dedo, usando o uniforme dos guardas do banco. Um pouco antes das dez da manhã de um sábado, as pessoas começaram a chegar. Além das Cinco Famílias de Nova York, havia os representantes de outras dez Famílias de todo o país, à exceção de Chicago, a ovelha negra daquele mundo. Tinham desistido de tentar civilizar Chicago, e não viam o menor sentido em incluir aqueles cachorros loucos nessa conferência tão importante.

Haviam montado um bar e um pequeno bufê. Cada representante na conferência tinha permissão de levar um assistente. A maioria dos Dons levara como assistente o seu *consigliere*, de forma que era relativamente pequeno o número de homens ainda jovens na sala. Tom Hagen era um deles, e o único não siciliano. Era objeto de curiosidade, uma aberração.

Hagen sabia como se comportar. Não falava, não sorria. Servia ao chefe, Don Corleone, com todo o respeito de um conde favorito servindo ao seu rei, trazendo-lhe uma bebida gelada, acendendo o charuto, ajeitando o cinzeiro, com respeito, mas não servilismo.

Hagen era o único na sala que conhecia a identidade dos retratos expostos nas paredes de painéis de madeira nobre. Eram, na maior parte, fabulosas figuras do mundo financeiro retratadas em ricas pinturas a óleo. Um dos retratos era do ministro da Fazenda Alexander Hamilton. Hagen não pôde deixar de pensar que Hamilton aprovaria que essa conferência de paz se realizasse numa instituição bancária. Não havia nada mais tranquilizante, nada mais capaz de fazer prevalecer a razão do que um ambiente financeiro.

Estabelecera-se o horário de chegada entre as nove e meia e as dez horas. Don Corleone, que em certo sentido era o anfitrião por ter sido quem iniciara as conversações de paz, fora o primeiro a chegar; uma das suas muitas virtudes era a pontualidade. O próximo a chegar foi Carlo Tramonti, que tornara a parte sul dos Estados Unidos território seu. De meia-idade, era extraordinariamente bem-apessoado, alto para um siciliano, de um intenso bronzeado, barbeado e trajado com grande requinte. Não parecia italiano, parecia mais um daqueles milionários passeando de iate que aparecem nas revistas. A Família Tramonti operava com jogos de azar e ninguém, ao ver o seu Don, jamais imaginaria a ferocidade com que construíra o seu império.

Vindo da Sicília quando pequeno, Carlo Tramonti fora morar na Flórida e lá cresceu; adulto, foi contratado pelo cartel americano de políticos das pequenas cidades sulinas que controlavam os jogos de azar. Eram sujeitos brutais respaldados por policiais brutais, e jamais suspeitaram que um imigrante novato daqueles fosse capaz de derrubá-los. Não estavam preparados para a sua ferocidade e não se dispunham a enfrentá-la simplesmente porque, na avaliação deles, o que estava em jogo não valia tanto derramamento de sangue. Tramonti ganhou a polícia oferecendo maior participação na receita bruta; dizimou aqueles rufiões simplórios que comandavam as suas atividades com tanta falta de imaginação. Foi Tramonti quem criou os laços com Cuba e o regime de Batista, e depois investiu amplamente nos locais de prazer dos cassinos de Havana, os bordéis, para atrair jogadores dos Estados Unidos. Tramonti agora era multimilionário e dono de um dos hotéis mais luxuosos de Miami Beach.

Entrando na sala de reuniões seguido pelo assistente, um *consigliere* igualmente bronzeado, Tramonti abraçou Don Corleone com ar de condolência no rosto, mostrando o seu pesar pela morte do filho.

Outros Dons vinham chegando. Todos se conheciam, haviam se encontrado ao longo dos anos, tanto em ocasiões sociais quanto em assuntos de negócios. Sempre trocavam cortesias profissionais e, quando eram mais jovens e as vacas mais magras, haviam prestado pequenos serviços uns aos outros. O próximo Don a chegar foi Joseph Zaluchi, de Detroit. A Família Zaluchi, sob os devidos disfarces e coberturas, era proprietária de um dos hipódromos na área de Detroit. Também era dona de boa parte dos jogos e apostas. Zaluchi era um sujeito de cara redonda e ar afável, que morava numa casa de cem mil dólares na elegante área de Grosse Pointe de Detroit. Um dos filhos se casara numa família americana tradicional e bastante conhecida. Zaluchi, como Don Corleone, procedia com sofisticação. Detroit tinha o menor índice de violência física entre todas as cidades controladas pelas Famílias; nos últimos três anos, houvera apenas duas execuções na cidade. Ele era contrário ao tráfico de drogas.

Zaluchi estava com o seu *consigliere* e ambos foram dar um abraço em Don Corleone. Zaluchi tinha uma voz retumbante de americano, restando-lhe apenas um levíssimo traço de sotaque italiano. Vestia-se de maneira conservadora, com ar muito empresarial, e tinha uma sincera boa vontade em se conduzir de acordo. Disse a Don Corleone:

— Só mesmo o seu chamado para me trazer aqui.

Don Corleone inclinou a cabeça agradecendo. Podia contar com o apoio de Zaluchi.

Os dois Dons que chegaram em seguida eram da Costa Oeste, vindo de lá no mesmo carro, pois sempre trabalhavam muito próximos. Eram Frank Falcone e Anthony Molinari, e ambos, com quarenta e poucos anos, eram mais jovens do que todos os outros que viriam à reunião. Vestiam-se de maneira um pouco mais informal do que os demais, com um toque de Hollywood no estilo das roupas, e eram um pouco mais extrovertidos do que o necessário. Frank Falcone controlava os sindicatos cinematográficos e os jogos nos estúdios, bem como uma rede de fornecimento de prostitutas que abastecia os bordéis dos estados do Extremo Oeste. Não fazia parte do campo do possível que algum Don fizesse parte do "showbiz", mas Falcone tinha um leve toque da coisa. Os seus colegas, por causa disso, desconfiavam dele.

Anthony Molinari controlava as zonas portuárias de São Francisco e ocupava lugar de destaque no império das apostas esportivas. Provinha de uma linhagem de pescadores italianos e era dono do melhor restaurante de frutos do mar de São Francisco, pelo qual sentia tanto orgulho que corria a história de que levava prejuízo no negócio, servindo comida boa demais para os preços que cobrava. Tinha o rosto impassível do jogador profissional, e sabia-se que também tinha algo a ver com o contrabando de drogas pela fronteira mexicana e pelos navios que faziam as rotas marítimas orientais. Os assistentes dos dois eram homens jovens, de físico vigoroso, não conselheiros, mas visivelmente guarda-costas, embora não se atrevessem a trazer armas para essa reunião. Era de conhecimento geral que esses guarda-costas sabiam caratê, fato que os outros Dons achavam divertido, mas não os alarmava minimamente, como se os Dons da Califórnia estivessem usando amuletos abençoados pelo papa. No entanto, cabe notar que alguns daqueles homens eram religiosos e acreditavam em Deus.

Em seguida chegou o representante da Família de Boston. Era o único Don que não tinha o respeito dos colegas. Era conhecido como sujeito que não se comportava direito com o seu "pessoal", que enganava impiedosamente. Isso ainda se perdoaria, cada qual sabe da própria ganância. O que não se podia perdoar era que ele não conseguia manter ordem no seu império. A área de Boston tinha assassinatos demais, guerrinhas de poder demais, autônomos demais; escarnecia da lei com impudência demais. Se a Máfia de Chicago era de selvagens, o pessoal de Boston era de *gavoni*, caipirões toscos e grosseiros, uns rufiões. O Don de Boston se chamava Domenick Panza. Era baixo, retaco; como disse um Don, parecia um ladrão.

O cartel de Cleveland, talvez a mais poderosa operação exclusivamente relativa a jogos de azar nos Estados Unidos, estava representado por um homem de idade com aparência delicada, de rosto descarnado e cabelo totalmente branco. Era conhecido, claro que não na frente dele, como "o Judeu", pois se cercara de auxiliares judeus em vez de sicilianos. Chegava-se a dizer que teria nomeado um judeu como *consigliere* seu, se se atrevesse a isso. De todo modo, assim como a Família de Don Corleone era conhecida como Gangue Irlandesa por causa da presença de Hagen, da mesma forma a Família de Don Vincent Forlenza era conhecida como a Família Judia, e até com mais precisão. Mas ele dirigia uma organização de extrema eficiência e, ao que se sabia, jamais desmaiara à vista de sangue, apesar dos traços delicados. Tinha a política de comandar com mão de ferro e luva de pelica.

Os representantes das Cinco Famílias de Nova York foram os últimos a chegar, e Tom Hagen ficou impressionado com a presença muito mais imponente, muito mais marcante daqueles cinco homens em comparação aos de fora, aos caipiras. Para começar, os cinco Dons de Nova York acompanhavam a velha tradição siciliana: eram "homens de peito", o que significava, em termos figurados, poder e coragem, e, em termos literais, corpulência física, como se as duas coisas andassem juntas, como, de fato, parecia ter sido na Sicília. Os cinco Dons de Nova York eram homens robustos, corpulentos, com cabeçorra leonina, rosto de traços fortes, nariz carnudo imperioso, boca de lábios grossos, faces com dobras pesadas. Não se vestiam com demasiado apuro nem tinham o rosto escanhoado com demasiado esmero; tinham a aparência de homens ocupados com coisas sérias, sem sombra de vaidade.

Ali estava Anthony Stracci, que controlava a área de Nova Jersey e o movimento de carga nas docas do West Side de Manhattan. Comandava os jogos em Jersey e tinha grande força na máquina política dos democratas. Possuía uma frota de caminhões de transporte de carga que lhe rendia uma fortuna, basicamente porque os seus caminhões podiam transportar cargas muito acima do peso máximo permitido sem serem detidos nem multados pelos fiscais dos postos de pesagem nas estradas. Esses caminhões contribuíam para estragar as rodovias e então a empresa de construção e manutenção de estradas de Stracci, com contratos lucrativos com o governo, fazia os reparos das pistas. Era o tipo de operação que alegraria o coração de qualquer um, os negócios que por si sós geravam novos negócios. Stracci também era da velha escola e nunca operou na prostituição, mas, como atuava na zona portuária, era impossível deixar de se envolver com o contrabando de drogas. Entre as cinco Famílias de Nova York que se opunham aos Corleone, a dele era a menos poderosa, mas a mais encarniçada.

A Família que controlava o norte do estado de Nova York, que cuidava da entrada clandestina dos imigrantes italianos vindos do Canadá, cuidava de toda a jogatina na área e tinha poder de veto na concessão de alvarás oficiais para os hipódromos, era comandada por Ottilio Cuneo. Era um homem extremamente afável, com um rosto alegre e gorducho de padeiro camponês, cuja atividade legítima consistia num dos grandes laticínios do país. Cuneo era daqueles que adoravam crianças e andava com o bolso cheio de balas, sempre querendo agradar um dos inúmeros netos ou algum dos filhos pequenos dos seus associados. Usava um chapéu de feltro redondo, com toda a aba abaixada como um chapéu de sol feminino, que ressaltava ainda mais o rosto em formato de lua, tornando-se a própria imagem da jovialidade. Era um dos poucos Dons que nunca tinham sido presos, e ninguém jamais sequer suspeitara das suas verdadeiras atividades. Tanto é que tinha integrado comissões cívicas e fora eleito pela Câmara de Comércio como "Empresário do Ano no Estado de Nova York".

O aliado mais próximo da Família Tattaglia era Don Emilio Barzini. Controlava uma parte dos jogos no Brooklyn e no Queens. Controlava uma parte da prostituição. Empregava força. Tinha controle completo de Staten Island. Controlava uma parte das apostas esportivas no Bronx e em Westchester. Operava nos narcóticos. Mantinha laços próximos com Cleveland e a Costa Oeste, e era um dos poucos com argúcia suficiente para ter participações societárias em Las Vegas e Reno, as cidades abertas de Nevada. Também tinha sociedade em empreendimentos em Miami Beach e Cuba. Depois da Família Corleone, a Família Barzini era talvez a mais forte de Nova York e, portanto, do país. A sua influência chegava inclusive à Sicília. Estava presente em tudo quanto era ilícito. Diziam até que tinha um pezinho em Wall Street. Apoiara a Família Tattaglia com dinheiro e influência desde o começo da guerra. A ambição de Barzini era suplantar Don Corleone como o chefe mafioso mais poderoso e respeitado no país e assumir uma parte do império Corleone. Era muito parecido com Don Corleone, mas mais moderno, mais sofisticado, mais empresarial. Nunca ninguém poderia chamá-lo de carcamano antiquado, e tinha a confiança dos chefes em ascensão mais recentes, mais jovens e mais arrojados. Era homem de grande magnetismo pessoal, de maneira fria, sem nada da cordialidade de Don Corleone, e naquele momento era, talvez, o homem mais "respeitado" do grupo.

O último a chegar foi o Don Phillip Tattaglia, o chefe da Família Tattaglia que desafiara diretamente o poder dos Corleone ao apoiar Sollozzo e quase tivera êxito. E, no entanto, o curioso era que os outros sentiam um leve desprezo por ele. Entre outras coisas, sabia-se que ele se deixara dominar por Sollozzo, realmente se deixara levar por aquele Turco esperto. Era visto como o responsável por toda essa comoção, essa turbulência que tanto afetara a rotina diária dos negócios conduzidos pelas Famílias de Nova York. Além disso, era um sexagenário dândi e mulherengo. E tinha amplas oportunidades de se entregar a essa sua fraqueza.

Pois a Família Tattaglia lidava com mulheres. O seu negócio principal era a prostituição. Ela também controlava a maioria dos cabarés dos Estados Unidos e podia alocar qualquer talento em qualquer parte do país. Phillip Tattaglia não se abstinha de usar ameaças para obter o controle de cantores e comediantes promissores e se impor à força em empresas fonográficas. Mas a principal fonte de renda da Família era a prostituição.

A sua personalidade desagradava esses homens. Vivia choramingando, sempre se queixando dos custos nos negócios da Família. As contas da lavanderia, com todas aquelas toalhas, consumiam os lucros (mas ele era o dono da lavanderia que fazia o serviço). As garotas eram preguiçosas e instáveis, fugiam, se suicidavam. Os cafetões eram desonestos, traiçoeiros, sem um pingo de lealdade. Era difícil achar bons ajudantes. Os rapazes de sangue siciliano torciam o nariz para esse tipo de trabalho, consideravam desonroso traficar e maltratar mulheres, os mesmos safados que cortavam uma garganta entoando hosanas e usando um raminho em cruz na lapela do paletó. E assim arengava Phillip Tattaglia a ouvintes desdenhosos e pouco simpáticos. Reservava as suas lamúrias mais confrangidas para as autoridades que detinham o poder de emitir e cancelar as licenças de venda de bebidas nas suas boates e nos seus cabarés. Jurava que criara mais milionários do que Wall Street com o dinheiro que pagava àqueles guardiões ladroentos dos selos oficiais.

Curiosamente, a sua guerra quase vitoriosa contra a Família Corleone não lhe granjeara o respeito merecido. Eles sabiam que a sua força viera inicialmente de Sollozzo e depois da Família Barzini. Além disso, o fato de não ter alcançado vitória completa, apesar da vantagem do elemento surpresa, era uma prova que depunha contra ele. Se tivesse sido mais eficiente, provavelmente todo esse problema nem existiria. A morte de Don Corleone teria acarretado o fim da guerra.

Não fugia ao decoro que Don Corleone e Phillip Tattaglia, tendo ambos perdido filhos na guerra entre eles, se cumprimentassem apenas movendo levemente a cabeça, num gesto formal. O objeto de atenção era Don Corleone, que os outros escrutavam para ver quais os sinais de fraqueza que as suas feridas e derrotas lhe haviam deixado. O fator intrigante era o motivo da solicitação de paz de Don Corleone após a morte do filho predileto. Era um reconhecimento da derrota e quase certamente levaria a uma diminuição do seu poder. Mas logo saberiam.

Havia saudações a fazer, bebidas a servir e se passou quase mais meia hora até que Don Corleone tomasse assento à mesa de nogueira encerada. Discretamente, Hagen se sentou na cadeira um pouco atrás e à esquerda do Don. Foi o sinal para que os outros Dons se chegassem à mesa. Os respectivos assistentes se sentaram atrás deles, os *consiglieri* mais próximos, para poderem dar os conselhos que se fizessem necessários.

Don Corleone foi o primeiro a falar, e falou como se nada tivesse acontecido. Como se não tivesse sido gravemente ferido, o primogênito assassinado, o império esfrangalhado, a família pessoal dispersada, Freddie na Costa Oeste sob a proteção da Família Molinari, Michael refugiado nos ermos agrestes da Sicília. Falou naturalmente, em dialeto siciliano.

— Quero agradecer a todos vocês por terem vindo — disse ele. — Considero como um serviço prestado à minha pessoa e estou em dívida com cada um de vocês. E assim quero dizer desde já que estou aqui não para discutir nem convencer, mas apenas para arrazoar e, como homem arrazoado, fazer o máximo possível para que todos nós saiamos daqui como amigos. Dou a minha palavra quanto a isso, e alguns de vocês, que me conhecem bem, sabem que não dou a minha palavra de modo leviano. Bem, vamos aos negócios. Todos nós aqui somos homens honrados, não precisamos trocar garantias como se fôssemos advogados.

O Don fez uma pausa. Nenhum dos outros se manifestou. Alguns fumavam charuto, outros bebericavam. Todos eles eram bons ouvintes, homens pacientes. Tinham mais uma coisa em comum. Eram aquelas figuras raras, homens que se haviam recusado a aceitar as regras da sociedade organizada, homens que não aceitavam o domínio de outros homens. Não havia força, não havia ser humano capaz de curvá-los à sua vontade, a menos que quisessem. Eram homens que preservavam o seu livre-arbítrio com astúcias e assassinatos. A vontade deles só poderia ser dobrada pela morte. Ou pela mais extrema sensatez.

Don Corleone deu um suspiro.

— Como as coisas chegaram a esse ponto? — perguntou retoricamente. — Bem, não interessa. Houve muita insensatez. Foi tão infeliz, tão desnecessário. Mas vou expor o que aconteceu, tal como vejo.

Fez uma pausa para ver se alguém teria objeções a que ele apresentasse o seu lado da história.

— Graças a Deus, recuperei a saúde e talvez eu possa ajudar a remediar esse assunto. Talvez o meu filho fosse impetuoso demais, cabeçudo demais, não nego isso. Em todo caso, quero apenas dizer que Sollozzo veio me ver com um assunto de negócios para o qual pediu o meu dinheiro e a minha influência. Falou que tinha a participação da Família Tattaglia. O assunto envolvia drogas, que não me interessam. Sou um homem sossegado e tais atividades são agitadas demais para o meu gosto. Expliquei isso a Sollozzo, com todo o respeito por ele e pela Família Tattaglia. Dei-lhe o meu "não" com toda a cortesia. Disse-lhe que o seu negócio não interferiria no meu e que eu não tinha nenhuma objeção a que ganhasse a vida dessa maneira. Ele levou a mal e trouxe o infortúnio sobre nós. Bem, é a vida. Todos aqui têm uma história triste para contar. Não é a minha intenção.

Don Corleone se interrompeu e fez um sinal a Hagen pedindo uma bebida gelada, que Hagen prontamente lhe serviu. Don Corleone umedeceu a boca.

— Estou disposto a firmar a paz — retomou ele. — Tattaglia perdeu um filho, eu perdi um filho. Estamos quites. O que seria do mundo se as pessoas ficassem carregando mágoas contra toda e qualquer razão? É essa a cruz da Sicília, onde os homens estão tão ocupados com vendetas que não têm tempo de ganhar o sustento da família. É insensato. Por isso agora digo: que as coisas sejam como eram antes. Não tomei nenhuma medida para saber quem traiu e matou o meu filho. Firmada a paz, não tomarei. Tenho um filho que não pode voltar para casa e preciso ter garantias de que, quando acertar as coisas para que ele possa voltar em segurança, não haverá nenhuma interferência, nenhum risco por parte das autoridades. Depois que isso estiver acertado, talvez possamos falar sobre outros assuntos que nos interessam e prestar a nós mesmos, a todos nós, um bom serviço no dia de hoje.

Corleone fez um gesto manso e expressivo com as mãos e disse:

— É só isso o que eu quero.

Saíra-se muito bem. Era o Don Corleone de sempre. Arrazoado. Flexível. De fala suave. Mas todos ali perceberam que ele se declarara de boa saúde, o que significava que não se devia subestimá-lo, apesar dos infortúnios sofridos pela Família Corleone. Notaram que ele dissera ser inútil discutir outros assuntos enquanto não se firmasse a paz que solicitava. Viram que ele pedira a preservação do antigo *status quo*, que não perderia nada, apesar de ter levado a pior no último ano.

No entanto, quem respondeu a Don Corleone não foi Tattaglia, e sim Emilio Barzini. Foi brusco e direto, sem ser rude nem ofensivo.

— Tudo isso é verdade — disse Barzini. — Mas há mais algumas coisas. Don Corleone é modesto demais. O fato é que Sollozzo e os Tattaglia não poderiam iniciar o novo negócio sem o auxílio de Don Corleone. Na verdade, a sua negativa os prejudicou. Não é culpa dele, claro. Mas o fato é que juízes e políticos que aceitariam favores de Don Corleone, mesmo em drogas, não se deixariam influenciar por mais ninguém em se tratando de narcóticos. Sollozzo não teria como operar se não tivesse alguma garantia de que o seu pessoal seria bem-tratado. Todos nós sabemos disso. Do contrário, todos nós seríamos pobres. E, agora que as penalidades são maiores, é dura a negociação com os juízes e promotores quando um dos nossos tem problemas com narcóticos. Com sentença de vinte anos de prisão, até um siciliano poderia romper a *omertà* e dar com a língua nos dentes. Isso não pode acontecer. Don Corleone controla todo esse aparato. A recusa em nos deixar usá-lo não é conduta de amigo. Ele tira o pão da boca das nossas famílias. Os tempos mudaram, não é como antigamente, quando cada um podia seguir o seu próprio caminho. Se Corleone tem todos os juízes de Nova York, então deve partilhá-los ou nos deixar usá-los. Claro que ele pode apresentar a conta por esse serviço; afinal, não somos comunistas. Mas tem de nos deixar tirar água desse poço. Simples assim.

Depois que Barzini terminou de falar, houve um silêncio. Agora as linhas estavam claramente traçadas, não haveria retorno ao *status quo*. O mais importante era que, ao se manifestar daquela maneira, Barzini estava dizendo que, se não se firmasse a paz, ele se uniria abertamente aos Tattaglia na guerra contra os Corleone. E destacara um ponto importante. A vida e a fortuna deles dependiam da mútua prestação de serviços; negar um favor pedido por um amigo constituía um ato de agressão. Não se pediam favores levianamente e, assim, não se podia recusá-los levianamente.

Don Corleone finalmente tomou a palavra para responder.

— Meus amigos — disse ele —, não recusei por despeito. Todos vocês me conhecem. Algum dia recusei algum préstimo? Simplesmente não está na minha natureza. Mas dessa vez tive de recusar. Por quê? Porque penso que esse negócio das drogas nos destruirá em anos futuros. Há nesse país resistência demais a esse tipo de tráfico. Não é como uísque, jogo ou mesmo mulheres, que a maioria das pessoas quer e os *pezzonovanti* da Igreja e do governo proíbem. Mas as drogas são perigosas para todos os que estão ligados a elas. Podem pôr em risco todos os outros negócios. E devo dizer que me sinto lisonjeado por acreditarem que tenho tanto poder entre os juízes e os agentes da lei; quem dera fosse verdade. Tenho, sim, alguma influência, mas muitos dos que respeitam os meus conselhos perderiam esse respeito se as nossas relações passassem a envolver drogas. Têm medo de se envolver em tais negócios e são muito contrários a isso. Mesmo os policiais que nos ajudam nos jogos de azar e em outras coisas se recusariam a nos ajudar nas drogas. Assim, pedir que eu preste um serviço nesses assuntos é pedir que eu preste um desserviço a mim mesmo. Mas estou disposto até mesmo a isso, se todos vocês considerarem conveniente para acertarmos as outras questões.

Quando Don Corleone terminou, o clima na sala ficou muito mais à vontade, com mais cochichos e conversas entrecruzadas. Ele cedera no ponto importante. Ofereceria proteção a qualquer iniciativa organizada no ramo das drogas. Na verdade, estava concordando com quase toda a proposta original de Sollozzo, desde que a proposta fosse aprovada pelo grupo nacional ali reunido. Subentendia-se que ele nunca participaria na fase operacional nem investiria capital. Apenas usaria a sua influência dentro do aparato judicial. Mas já era uma enorme concessão.

O Don de Los Angeles, Frank Falcone, tomou a palavra.

— Não há maneira de impedir que o nosso pessoal entre nesse ramo. Entram por conta própria e se envolvem em problemas. É dinheiro demais para que resistam. Assim, é mais perigoso se não entrarmos. Pelo menos, tendo controle, podemos dar melhor cobertura, podemos organizar melhor e garantir que os problemas diminuam. O fato de entrar no negócio não é tão ruim assim, precisa ter controle, precisa ter proteção, precisa ter organização; não podemos ter todo mundo correndo por aí e fazendo o que bem entende, como um bando de anarquistas.

O Don de Detroit, o mais amigável com Don Corleone entre todos os ali presentes, agora também se manifestava contra a posição do amigo, em nome da sensatez.

— Não acredito nas drogas — disse ele. — Passei anos pagando mais ao meu pessoal para não se envolver nesse tipo de negócio. Mas não adiantou, não serviu de nada. Alguém aborda o sujeito e diz: "Tenho pó, se você investir três, quatro mil dólares, a gente pode fazer cinquenta mil com a distribuição." Quem resiste a um lucro desses? E ficam tão envolvidos nessa sua pequena atividade paralela que relaxam no trabalho para mim, pelo qual são pagos. Droga dá mais dinheiro. E cada vez mais, sem parar. Não há como impedir e, portanto, precisamos controlar o negócio e mantê-lo como atividade respeitável. Não quero perto das escolas, não quero venda para crianças. É uma *infamia*. Na minha cidade, eu tentaria manter o tráfico entre os negros, a gente de cor. São os melhores clientes, os menos encrenqueiros e, de qualquer modo, são animais mesmo. Não têm respeito pelas esposas, pelas famílias nem por eles mesmos. Eles que danem a própria alma com as drogas. Mas é preciso fazer alguma coisa, não podemos simplesmente deixar que as pessoas façam o que quiserem e criem problemas para todos.

O discurso do Don de Detroit foi acolhido com sonoros murmúrios de aprovação. Tinha acertado em cheio. Não adiantava nem pagar o pessoal para ficar fora do tráfico. Quanto às observações sobre as crianças, era a sua conhecida sensibilidade, a sua bondade que estava falando. Afinal, quem venderia drogas a crianças? Onde as crianças arranjariam dinheiro? Quanto aos comentários sobre a gente de cor, nem receberam atenção. Os negros eram tidos como insignificantes, sem força nenhuma. O fato de terem permitido que a sociedade os reduzisse a pó de traque provava que não tinham nenhuma importância, e a menção a eles, de todo modo, provava que o espírito do Don de Detroit sempre se dispersava com coisas que nem vinham ao caso.

Todos os Dons falaram. Todos deploraram o tráfico de drogas como coisa ruim que causaria problemas, mas concordavam que não havia como detê-lo. Havia dinheiro demais no ramo, só isso; seguia-se, portanto, que haveria gente capaz de fazer qualquer coisa para entrar nele. Fazia parte da natureza humana.

Finalmente chegou-se a um acordo. O tráfico de drogas seria permitido e Don Corleone deveria lhe dar alguma proteção legal na Costa Leste. Subentendia-se que as Famílias Barzini e Tattaglia cuidariam da maior parte das operações em grande escala. Resolvido isso, a conferência pôde passar para outros assuntos de interesse mais amplo. Havia muitos problemas complexos para resolver. Concordaram que Las Vegas e Miami seriam cidades abertas onde qualquer Família poderia operar. Todos reconheceram que eram as cidades do futuro. Concordou-se também que não se permitiria nenhuma violência nessas cidades e se desencorajariam todos os delinquentes e pequenos criminosos. Concordou-se que, para casos de grande importância, para execuções que se fizessem necessárias, mas que poderiam causar excessivo clamor público, a execução deveria ser aprovada por esse conselho. Concordou-se que os pistoleiros e outros soldados seriam impedidos de cometer crimes violentos e vinganças mútuas por questões pessoais. Concordou-se que as Famílias prestariam outros serviços mútuos quando solicitados, tal como fornecer executores, assistência técnica em determinados cursos de ação como o suborno de jurados, o que, em alguns casos, podia ser de importância vital. Essas discussões, informais, coloquiais e de alto nível, tomavam tempo e foram interrompidas para se servirem de comida e bebida no bufê.

Por fim, Don Barzini procurou encaminhar a reunião para o final.

— Então é isso — disse ele. — Temos a paz e quero prestar os meus respeitos a Don Corleone, que todos nós conhecemos ao longo dos anos como um homem de palavra. Se houver mais alguma divergência, podemos nos reunir novamente, não precisamos ser insensatos mais uma vez. Da minha parte, o caminho está livre e aberto. Fico contente que tudo esteja acertado.

Apenas Phillip Tattaglia ainda estava um pouco preocupado. Se voltasse a estourar uma guerra, ele era o mais vulnerável do grupo, por causa do assassinato de Santino Corleone. Agora, pela primeira vez, falou longamente.

— Concordei com tudo aqui, e estou disposto a esquecer o meu infortúnio pessoal. Mas gostaria de ouvir algumas garantias estritas de

Corleone. Ele tentará alguma vingança individual? Com o passar do tempo e talvez se fortalecendo a sua posição, ele esquecerá que juramos amizade? Como vou saber se, daqui a três ou quatro anos, ele não vai pensar que foi mal atendido, obrigado a firmar esse acordo contra a sua vontade, e então se sentirá livre para rompê-lo? Teremos de nos proteger uns dos outros o tempo todo? Ou podemos realmente seguir em paz, e em paz de espírito? Corleone dará todas as suas garantias assim como agora dou as minhas?

Foi então que Don Corleone proferiu o discurso que seria lembrado por muito tempo e que reafirmou a sua posição como o estadista de maior visão entre todos eles, com tanta sensatez, sinceridade e objetividade. Foi quando cunhou uma expressão que, à sua maneira, ficaria tão famosa quanto a "Cortina de Ferro" cunhada por Churchill, embora só se tornasse de conhecimento público mais de dez anos depois.

Pela primeira vez se levantou para se dirigir ao conselho. Era baixo, emagrecera um pouco por causa da "doença", talvez mostrasse um pouco mais os seus 60 anos, mas não havia dúvida de que recuperara toda a força anterior e estava com todas as faculdades mentais em plena forma.

— Que espécie de homens seríamos então, se não tivéssemos a nossa razão? — questionou ele. — Não passaríamos de animais na selva. Mas possuímos razão, podemos arrazoar entre nós e podemos arrazoar conosco mesmos. Com que propósito eu iria recomeçar todos esses problemas, a violência, o turbilhão? O meu filho está morto, isso é um infortúnio que devo carregar, sem fazer com que o mundo inocente à minha volta sofra junto comigo. E por isso digo, dou a minha palavra de que nunca buscarei vingança, nunca buscarei conhecer as ações que foram feitas no passado. Saio daqui com o coração puro.

"Sempre devemos zelar pelos nossos interesses. Todos nós somos homens que se recusam a ser tolos, que se recusam a ser títeres manobrados pelos de cima. Temos sido afortunados aqui neste país. A maioria dos nossos filhos já leva uma vida melhor. Alguns dos seus filhos são professores, cientistas, músicos, e vocês são afortunados. Talvez os seus netos se tornem os novos *pezzonovanti*. Não queremos, nenhum de nós aqui, ver os nossos filhos seguindo os nossos passos; é uma vida dura demais. Eles podem ser como outros, com posição e segurança conquistadas pela nossa coragem. Agora tenho netos, e espero que os filhos desses meus netos algum dia possam ser, quem sabe, governadores, presidentes, nada é impossível aqui nos Estados Unidos. Mas temos de acompanhar o progresso dos tempos. Passou o tempo de armas, matanças e massacres. Temos de ser espertos como os empresários, há mais dinheiro aí e é melhor para os nossos filhos e netos.

"Quanto aos nossos atos, não temos de dar satisfação aos *pezzonovanti* que tomam a si decidir o que faremos com a nossa vida, que declaram guerras nas quais querem que nós lutemos para proteger o que é deles. Quem disse que temos de obedecer às leis que eles criam em proveito próprio e em detrimento nosso? E quem são eles para se intrometer quando cuidamos dos nossos interesses? *Sono cosa nostra* — disse Don Corleone —, são coisa nossa. Conduzimos o nosso mundo por nós mesmos porque é o nosso mundo, é *cosa nostra*. E por isso temos de ficar juntos para nos proteger contra intrusos de fora. Do contrário, vão nos pôr uma coleira, como fizeram com todos os milhões de napolitanos e outros italianos neste país.

"Por essa razão, abro mão da minha vingança pela morte do meu filho, para o bem comum. Juro que, enquanto eu for responsável pelas ações da minha Família, nenhum dedo se levantará contra qualquer homem aqui presente sem justa causa e máxima provocação. Estou disposto a sacrificar os meus interesses comerciais pelo bem comum. Dou a minha palavra, dou a minha honra, e entre vocês aqui presentes há os que sabem que nunca traí nem uma, nem outra.

"Mas tenho um interesse egoísta. O meu filho mais novo teve de fugir, acusado pelo assassinato de Sollozzo e de um capitão da polícia. Então preciso tomar providências para que ele possa voltar para casa em segurança, isentado de todas essas falsas acusações. É assunto meu e tomarei essas providências. Talvez tenha de encontrar os verdadeiros culpados, talvez tenha de convencer as autoridades quanto à inocência dele, talvez testemunhas e informantes retirem as suas mentiras. Mas, repito, é assunto meu e creio que conseguirei trazer o meu filho para casa.

"Mas tem uma coisa. Sou supersticioso, um defeito ridículo, mas que aqui confesso a vocês. E assim, se por acaso acontecer algum infeliz acidente ao meu filho mais novo, se algum policial atirar nele sem querer, se ele se enforcar na cela, se aparecerem novas testemunhas para depor contra ele, o meu caráter supersticioso me fará pensar que foi por causa de um mau-olhado de alguns aqui, que ainda têm má vontade contra mim. E digo mais. Se o meu filho for atingido por um raio, vou culpar alguns que estão aqui. Se o avião dele cair no mar ou o navio afundar sob as ondas do oceano, se ele contrair uma febre mortal, se o carro dele for atingido por um trem, sou tão supersticioso que vou culpar o mau-olhado de gente aqui presente. Senhores, esse mau-olhado, esse azar, eu jamais conseguiria perdoar. Mas, afora isso, juro pela alma dos meus netos que nunca romperei a paz que firmamos. Afinal, somos ou não melhores do que aqueles *pezzonovanti* que mataram inúmeros milhões de homens no decorrer da nossa vida?"

Com isso, Don Corleone deixou o seu assento e foi até onde estava Don Phillip Tattaglia. Tattaglia se levantou para saudá-lo e os dois se abraçaram e trocaram beijos na face. Os outros Dons na sala aplaudiram e se levantaram para trocar apertos de mão com todos à vista e para congratular Don Corleone e Don Tattaglia pela nova amizade. Talvez não fosse a amizade mais calorosa do mundo, não trocariam cartões de Natal, mas não se matariam entre si. Era amizade suficiente neste mundo, e bastava.

Como o seu filho Freddie estava sob a proteção da Família Molinari na Costa Oeste, Don Corleone se demorou algum tempo com o Don de São Francisco após a reunião para lhe agradecer. Pelo que Molinari disse, Don Corleone depreendeu que Freddie encontrara o seu nicho por lá, estava feliz e se tornara uma espécie de conquistador feminino. Tinha aptidão para comandar um hotel, ao que parecia. Don Corleone meneou a cabeça admirado, como fazem muitos pais ao saberem de talentos jamais imaginados nos filhos. Não era verdade que, às vezes, os maiores infortúnios traziam recompensas inesperadas? Ambos concordaram. Nesse meio-tempo, Corleone deixou claro ao Don de São Francisco que estava em dívida com ele pelo grande serviço prestado, ao fornecer proteção a Freddie. Fez-lhe saber que usaria a sua influência para que a transmissão telegráfica das corridas de cavalos estivesse sempre à disposição do pessoal de Don Molinari, quaisquer que fossem as mudanças na estrutura de poder em anos futuros, o que era uma garantia importante, visto que a disputa pela rede era uma constante chaga aberta, agravada pela forte presença do pessoal de Chicago nesse setor de transmissão. Mas Don Corleone não deixava de ter influência nem mesmo naquela terra de bárbaros, e assim a sua promessa era um presente que valia ouro.

Já anoitecera quando Don Corleone, Tom Hagen e o motorista-guarda-costas, que vinha a ser Rocco Lampone, chegaram ao condomínio de Long Beach. Ao entrarem na casa, o Don disse a Hagen:

— O nosso motorista, aquele Lampone, fique atento a ele. Merece algo melhor, penso eu.

Hagen refletiu sobre esse comentário. Lampone não dissera uma única palavra o dia todo, não olhara nem de relance para os dois homens sentados no banco de trás. Abrira a porta para o Don, o carro estava estacionado diante do edifício do banco quando saíram, ele tinha feito tudo corretamente, mas nada além do que qualquer chofer bem-preparado faria. Sem dúvida, o Don tinha visto no motorista algo que ele não vira.

O Don dispensou Hagen, dizendo-lhe que voltasse após o jantar. Mas que não se apressasse, descansasse um pouco, pois teriam uma longa noite de conversas pela frente. Disse-lhe também que queria a presença de Clemenza e de Tessio. Deviam vir às dez horas, não antes disso. Hagen devia informar a Clemenza e Tessio o que ocorrera na reunião à tarde.

Às dez, o Don aguardava os três homens no seu escritório, a sala lateral da casa com a biblioteca jurídica e a linha telefônica especial. Havia uma bandeja com garrafas de uísque, gelo e água com gás. O Don deu as suas instruções.

— Firmamos a paz essa tarde — disse ele. — Dei a minha palavra e a minha honra, e isso deve bastar para vocês. Mas os nossos amigos não são confiáveis, e assim continuaremos de guarda levantada. Não queremos mais pequenas surpresas desagradáveis.

O Don se virou para Hagen e continuou:

— Você liberou os reféns Bocchicchio?

Hagen assentiu.

— Liguei para o Clemenza logo que cheguei em casa.

Don Corleone se virou para o corpulento Clemenza. O *caporegime* assentiu.

— Liberei, sim. Diga uma coisa, padrinho: tem como um siciliano ser tão tapado quanto os Bocchicchio parecem ser?

Don Corleone deu um leve sorriso.

— Eles têm inteligência suficiente para viverem bem. Para que mais inteligência do que isso? Não são os Bocchicchio que causam os problemas desse mundo. Mas é verdade, eles não têm cabeça de siciliano.

Agora que a guerra havia terminado, estavam todos de disposição tranquila. O próprio Don Corleone preparou os drinques e serviu a cada um. O Don tomou lentamente o seu e acendeu um charuto.

— Não quero que se faça nada para descobrir o que aconteceu ao Santino, o assunto está encerrado e vamos esquecer. Quero toda a cooperação com as outras Famílias, mesmo que fiquem um pouco gananciosas e a parte que nos é devida nas coisas diminua. Não quero que nada rompa essa paz, qualquer que seja a provocação, até encontrarmos uma maneira de trazer Michael de volta. E quero que esta seja a primeira preocupação de vocês. Lembrem, quando ele voltar, tem de ser com segurança absoluta. Não me refiro aos Tattaglia ou aos Barzini. O que me preocupa é a polícia. Claro que podemos nos livrar da prova concreta contra ele; aquele garçom não vai depor, nem aquele olheiro ou pistoleiro ou o que fosse ele. A prova concreta é a menor das nossas preocupações, já que sabemos qual é. O que deve nos preocupar é que a polícia forje provas falsas, porque os informantes dela garantiram que foi Michael Corleone que matou o capitão. Muito bem. Temos de pedir que as Cinco Famílias façam tudo o que puderem para corrigir essa crença da polícia. Todos os informantes delas que trabalham com a polícia precisam aparecer com novas versões. Penso que, depois do meu discurso hoje à tarde, elas vão entender que é do seu interesse agirem assim. Mas não é suficiente. Precisamos aparecer com algo realmente especial, para que Michael nunca mais precise se preocupar com isso. Do contrário, não faz sentido voltar para cá. Então vamos, todos nós, pensar sobre isso. Esta é a questão mais importante.

"Ora, todo homem tem direito a cometer uma insensatez na vida. Cometi a minha. Quero a compra de toda a área e de todas as casas do condomínio. Não quero que ninguém possa olhar pela sua janela para o meu jardim, mesmo que esteja a um quilômetro de distância. Quero uma cerca em volta do condomínio e quero que o condomínio tenha proteção total o tempo todo. Quero um portão nessa cerca. Resumindo, quero agora morar numa fortaleza. E digo a vocês: nunca mais vou voltar à cidade para trabalhar. Vou estar semiaposentado. Estou com vontade de trabalhar na horta, de fazer um pouco de vinho na época das uvas. Quero morar na minha casa. Se eu sair, será apenas para algumas curtas férias ou para ver alguém num assunto importante, e aí vou querer que sejam tomadas todas as precauções. Mas não entendam mal. Não estou preparando nada, estou sendo prudente; sempre fui um homem prudente, não há nada que me desagrade tanto na vida quanto o descuido. As mulheres e as crianças podem se permitir o descuido; os homens, não. Procedam em tudo isso com calma, nada de preparações frenéticas que possam alarmar os nossos amigos. Ajam com naturalidade.

"Agora vou deixar cada vez mais as coisas a cargo de cada um de vocês três. Quero que o destacamento de Santino seja dissolvido e que os homens dele passem para os destacamentos de vocês. Isso deve tranquilizar os nossos amigos e mostrar que a minha intenção é a paz. Tom, quero que você reúna um grupo para ir a Las Vegas e me forneça um relatório completo do que está se passando por lá. Quero saber do Fredo e do que realmente está acontecendo por lá; pelo que ouvi, eu não reconheceria o meu próprio filho. Parece que agora cozinha e se diverte com as moças mais do que um adulto deveria fazer. Bem, ele sempre foi sério demais quando era jovem e nunca teve o perfil para os negócios da Família. Mas vamos ver o que se pode realmente fazer por lá."

— Mandamos o seu genro? — perguntou Hagen calmamente. — Afinal, o Carlo nasceu em Nevada, conhece o pedaço.

Don Corleone meneou a cabeça.

— Não. A minha mulher está solitária aqui sem os filhos. Quero que a Constanzia e o marido se mudem para uma das casas do condomínio. Quero que Carlo fique com um trabalho de responsabilidade, talvez eu tenha sido duro demais com ele e — aqui Don Corleone contraiu o rosto — estou com falta de filhos. Tire-o do jogo e o coloque nos sindicatos, onde pode lidar com um pouco de papelada e um monte de conversa. Ele é bem conversador.

Havia na voz do Don um levíssimo tom de desdém.

Hagen assentiu.

— Certo. O Clemenza e eu vamos ver todo o pessoal e montar um grupo para a tarefa de Las Vegas. Quer que eu diga para o Freddie vir passar alguns dias aqui?

O Don abanou a cabeça e disse, impiedoso:

— Para quê? A minha mulher ainda pode cozinhar para nós. Ele que fique por lá.

Os três se remexeram no assento pouco à vontade. Não tinham percebido que Freddie estava em tão implacável desfavor com o pai e suspeitaram que devia haver alguma razão que desconheciam.

Don Corleone suspirou.

— Este ano pretendo plantar uns bons pimentões e tomates na horta, mais do que consumimos. Vou lhes dar de presente. Quero um pouco de paz, um pouco de calma e tranquilidade na velhice. Bom, é só. Tomem outro copo, se quiserem.

Era uma dispensa. Os homens se levantaram. Hagen acompanhou Clemenza e Tessio até os respectivos carros e combinou os encontros com eles para tratar dos detalhes operacionais atendendo aos desejos expressos pelo Don. Então voltou para a casa, sabendo que Don Corleone estava à sua espera.

O Don havia tirado o paletó e a gravata, e estava deitado no sofá. O rosto duro agora estava relaxado, mostrando sinais de cansaço. Fez um aceno para que Hagen se sentasse e perguntou:

— Então, *consigliere*, desaprova alguma coisa do que fiz hoje?

Hagen se delongou na resposta.

— Não — disse ele. — Mas não considero coerente nem fiel à sua natureza. Você diz que não quer saber como Santino foi morto nem pretende se vingar. Não acredito nisso. Prometeu paz e, portanto, manterá a paz, mas não consigo acreditar que dará aos seus inimigos a vitória que parece terem conquistado hoje. Você montou um grandioso enigma que não consigo resolver; então, como posso aprovar ou desaprovar?

No rosto de Don surgiu um ar de satisfação.

— Bem, você me conhece melhor do que qualquer outra pessoa. Embora não seja siciliano, fiz de você um siciliano. Tudo o que você falou é verdade, mas há uma solução e você vai descobri-la antes que as coisas cheguem ao final. Você concorda que todos têm de aceitar a minha palavra e que eu a manterei. E quero as minhas ordens obedecidas fielmente. Mas, Tom, a coisa mais importante é que precisamos ter o Michael de volta o mais rápido possível. Coloque isso em primeiro lugar, tanto na cabeça quanto no trabalho. Explore todas as vias legais, não me interessa quanto você terá de gastar. Tem de ser algo absolutamente seguro quando ele voltar. Consulte os melhores advogados especialistas em direito penal. Vou lhe dar o nome de alguns juízes que o atenderão em audiência privada. Até lá, precisamos nos proteger contra toda e qualquer traição.

— Como você, o que me preocupa mais não é tanto a prova concreta, e sim a prova que vão forjar — falou Hagen. — Além disso, algum amigo da polícia pode matar o Michael depois de preso. Podem matá-lo na cela ou conseguir que um dos presos o mate. No meu entender, não podemos permitir sequer que ele seja preso ou acusado.

Don Corleone suspirou.

— Eu sei, eu sei. Este é o problema. Mas não podemos demorar demais. Há alguns problemas na Sicília. Os jovens de lá já não ouvem os mais velhos, e a quantidade de deportados dos Estados Unidos é grande demais para que os Dons à antiga consigam lidar. O Michael pode ser apanhado no meio disso. Tomei algumas precauções, e ele ainda tem uma boa cobertura, mas essa cobertura não vai durar para sempre. Essa é uma das razões pelas quais precisei fazer a paz. O Barzini tem amigos na Sicília e eles estavam começando a farejar o rastro do Michael. Com isso, você tem uma das respostas para o seu enigma. Tive de fazer a paz para garantir a segurança do meu filho. Não havia outra coisa a fazer.

Hagen não se deu ao trabalho de perguntar ao Don como ele tinha recebido essa informação. Aliás, nem se surpreendeu, e de fato isso resolvia uma parte do enigma.

— Quando eu me reunir com o pessoal do Tattaglia para firmar os detalhes, devo insistir para que todos os seus intermediários nas drogas tenham ficha limpa? Os juízes teriam alguns pruridos em dar sentenças leves para gente fichada.

Don Corleone fez ar de indiferença.

— Eles devem ter esperteza suficiente para imaginar isso por conta própria. Mencione, mas não insista. Faremos o possível, mas, se usarem um freguês habitual da delegacia e ele for pego, não levantaremos um dedo. Diremos apenas que não há nada a fazer. Mas o Barzini vai saber disso sem que ninguém precise dizer. Você pode ver que em momento algum ele se envolveu no assunto. Nem dava para perceber que ele tinha alguma relação com a coisa. É um sujeito que nunca se deixa apanhar no lado dos derrotados.

Hagen ficou desconcertado.

— Quer dizer que era ele que estava por trás do Sollozzo e do Tattaglia o tempo todo?

Don Corleone soltou um suspiro.

— O Tattaglia é um cafetão. Nunca conseguiria derrotar o Santino. É por isso que não preciso saber o que aconteceu. Basta saber que tinha a mão do Barzini.

Hagen refletiu até conseguir absorver aquilo. O Don lhe estava dando pistas, mas ainda faltava algo muito importante. Hagen sabia o que era, mas sabia que não lhe competia perguntar. Despediu-se e se virou para ir embora. O Don ainda tinha algo a dizer.

— Lembre-se, use toda a sua inteligência para bolar um plano que traga o Michael de volta — falou o Don. — Mais uma coisa: combine com o cara da telefônica para passar todos os meses uma lista de todas as ligações feitas e recebidas pelo Clemenza e pelo Tessio. Não desconfio deles. E sou capaz de jurar que nunca me trairiam. Mas não há mal nenhum em saber de antemão qualquer coisinha que possa nos ajudar.

Hagen assentiu e saiu. Ficou se perguntando se o Don também estava com alguma fiscalização em cima dele, mas logo se envergonhou dessa suspeita. Porém agora tinha certeza de que, no intelecto sutil e complexo do padrinho, estava-se iniciando um vasto plano de ação no qual os acontecimentos daquele dia não passavam de um recuo tático. E havia aquele fato obscuro que ninguém mencionou, que ele próprio não se ousara perguntar, que Don Corleone ignorava. Tudo apontava para um acerto de contas no futuro.

Capítulo 21

Mas passou-se quase um ano antes que Don Corleone conseguisse providenciar o retorno clandestino do filho Michael para os Estados Unidos. Toda a Família passou esse tempo quebrando a cabeça para elaborar os esquemas adequados. Até Carlo Rizzi foi ouvido, agora que morava com Connie no condomínio. (Nesse meio-tempo, tiveram um segundo filho, um menino.) Mas nenhum dos esquemas teve a aprovação do Don.

Por fim, foi a Família Bocchicchio que, com um infortúnio pessoal, trouxe a solução do problema. Havia um Bocchicchio, um jovem primo de não mais de 25 anos, chamado Felix, nascido nos Estados Unidos, com mais cérebro do que qualquer outro membro do clã jamais tivera. Ele se recusara a tomar parte do negócio de coleta de lixo da Família e se casara com uma boa moça americana de ascendência inglesa para aprofundar o seu distanciamento do clã. Fazia faculdade de direito à noite e trabalhava de dia como funcionário dos correios. Nessa época tinha três filhos, mas a esposa administrava com prudência o orçamento doméstico e viviam do salário dele, até se formar em direito.

Agora, como muitos jovens, Felix Bocchicchio achou que, tendo se esforçado tanto para se formar e dominar as ferramentas da profissão, teria a sua virtude automaticamente recompensada e obteria uma renda decente. Não foi o caso. Ainda orgulhoso, recusou qualquer ajuda do clã. Mas um amigo dele, um jovem advogado com boas ligações e carreira promissora numa grande firma jurídica, convenceu Felix a lhe prestar um pequeno favor. Era uma questão bastante complicada, aparentemente legal, e tinha a ver com falência fraudulenta. A chance de ser descoberta era de um para um milhão. Felix Bocchicchio se arriscou. Como a fraude envolvia a utilização dos instrumentos jurídicos que aprendera na universidade, não parecia ser muito repreensível e, de maneira um tanto curiosa, nem sequer criminosa.

Para encurtar a história maluca, a fraude foi descoberta. O amigo advogado se negou a dar qualquer auxílio a Felix, se negou até a atender às suas ligações. Os responsáveis pela fraude, dois empresários espertalhões de meia-idade que ficaram furiosos e atribuíram o estrago à incompetência jurídica de Felix Bocchicchio, declararam-se culpados e cooperaram com o Estado, citando Felix Bocchicchio como mentor da fraude e alegando que ele empregara ameaças violentas para assumir o controle da empresa e obrigá-los a cooperar com os seus esquemas fraudulentos. Apresentaram-se depoimentos vinculando Felix a tios e primos no clã Bocchicchio que tinham registro criminal por uso de violência, e essa prova foi arrasadora. Os dois empresários se safaram com suspensão da sentença. Felix Bocchicchio foi condenado a cinco anos de prisão, e cumpriu três. O clã não pediu ajuda a nenhuma Família nem a Don Corleone, pois Felix se negara a pedir ajuda aos parentes e precisava aprender a lição: somente a Família oferece clemência, e a Família é mais leal e mais fidedigna do que a sociedade.

Seja como for, depois de três anos Felix Bocchicchio foi solto, voltou para casa, beijou a esposa e os três filhos, viveu pacificamente durante um ano e então mostrou que, no fim das contas, pertencia ao clã Bocchicchio. Sem nenhuma tentativa de ocultar os seus atos, providenciou uma arma, uma pistola, e matou o amigo advogado. Então foi atrás dos dois empresários e disparou calmamente na cabeça deles, quando saíam de uma lanchonete. Deixou os corpos estendidos no chão, entrou na lanchonete e pediu uma xícara de café, que ficou tomando enquanto aguardava a polícia chegar para prendê-lo.

O julgamento foi rápido e a sentença, implacável. Um integrante do submundo do crime matara a sangue-frio testemunhas do Estado que o haviam mandado para a prisão mais do que merecida. Era um deslavado escárnio à sociedade, e dessa vez o público, a imprensa, a estrutura da sociedade e mesmo os humanitaristas moles de cabeça e de coração se uniram no desejo de ver Felix Bocchicchio na cadeira elétrica. O governador lhe concederia tanta clemência quanto os funcionários da carrocinha dispensariam a um cachorro louco, como disse um dos assessores políticos mais próximos do governador. O clã Bocchicchio, agora sentindo orgulho por ele, naturalmente gastaria tudo o que fosse necessário para recorrer a tribunais de alçada superior, mas a conclusão era inevitável. Depois do palavrório jurídico, que podia levar algum tempo, Felix Bocchicchio ia morrer na cadeira elétrica.

Foi Hagen quem levou o caso à atenção do Don, a pedido de um dos Bocchicchio que tinha esperanças de que se pudesse fazer algo pelo rapaz. Don Corleone recusou sucintamente. Não fazia mágica. As pessoas lhe pediam o impossível. Mas, no dia seguinte, o Don chamou Hagen ao escritório e pediu que expusesse o caso em todos os seus detalhes. Quando Hagen terminou, Don Corleone lhe falou que chamasse o chefe do clã Bocchicchio para uma reunião no condomínio.

O que aconteceu em seguida teve a simplicidade do puro gênio. Don Corleone garantiu ao chefe do clã Bocchicchio que a esposa e os filhos de Felix Bocchicchio receberiam uma gorda pensão. O dinheiro seria entregue imediatamente ao clã Bocchicchio. Em troca, Felix deveria confessar o assassinato de Sollozzo e do capitão da polícia McCluskey.

Havia diversos detalhes a providenciar. Felix Bocchicchio teria de fazer uma confissão convincente, isto é, teria de saber alguns dos detalhes verdadeiros a fim de confessá-los. Além disso, também devia apontar o envolvimento do capitão da polícia no narcotráfico. O garçom do Luna Restaurant teria de ser persuadido a identificar Felix Bocchicchio como o assassino. Isso demandava certa coragem, pois a descrição mudaria radicalmente, visto que Felix Bocchicchio era muito mais baixo e mais corpulento. Mas Don Corleone cuidaria disso. Ademais, como o condenado acreditava muito no valor de uma educação superior e tinha formação universitária, queria que os filhos futuramente cursassem faculdade. Assim, Don Corleone teria de pagar um montante para assegurar o curso superior deles. Além disso, o clã Bocchicchio precisava ter certeza de que não havia hipótese de clemência nos assassinatos originais. A nova confissão, evidentemente, selaria o destino já quase certo de Felix.

Providenciou-se tudo, pagou-se o dinheiro, fez-se o devido contato com o condenado para receber as instruções e recomendações. Finalmente executou-se o plano e a confissão ocupou as manchetes de todos os jornais. A coisa toda foi um imenso sucesso. Mas Don Corleone, prudente como sempre, aguardou a efetiva execução de Felix Bocchicchio, quatro meses depois, antes de determinar que Michael Corleone podia voltar para casa.

Capítulo 22

Um ano depois da morte de Sonny, Lucy Mancini ainda sentia uma enorme falta dele, pranteava-o mais do que qualquer amante de qualquer romance. E os seus sonhos não eram os sonhos insípidos de uma colegial, as suas saudades não eram as saudades de uma esposa devotada. Não ficara desolada por perder o "companheiro da sua vida", nem por lamentar a ausência daquele caráter corajoso. Não guardava lembranças ternas de coisas sentimentais, de adoração juvenil por um herói, do sorriso ou da expressão divertida dos olhos dele quando ela dizia algo carinhoso ou espirituoso.

Não. Ela sentia falta dele pela razão bem mais importante de ter sido o único homem no mundo capaz de fazer o seu corpo alcançar o êxtase amoroso. E, jovem e inocente, ainda acreditava que era o único homem capaz disso.

Agora, passado um ano, ela tomava sol ao ar perfumado de Nevada. O rapaz loiro e esbelto ao lado brincava com os dedos dos seus pés. Estavam junto à piscina do hotel, passando a tarde de domingo, e, apesar de todas as pessoas ali em torno, a mão dele subia pela coxa nua de Lucy.

— Ai, Jules, pare com isso — disse ela. — Eu achava que os médicos pelo menos não eram tão bobos quanto os outros homens.

Jules lhe deu um sorriso largo.

— Sou um médico de Las Vegas.

Fez cócegas pelo lado interno da coxa e ficou surpreso com como uma coisinha dessas podia excitá-la tanto. Embora tentasse disfarçar, Lucy mostrava a excitação no rosto. Era realmente uma garota muito singela e inocente. Então por que não conseguia que ela cedesse? Tinha de bolar um jeito, sem se incomodar com aquela bobagem de um amor perdido que nunca seria substituído. O que tinha sob a mão era tecido vivo, e tecido vivo pedia outro tecido vivo. O dr. Jules Segal decidiu que faria a grande tentativa à noite, no seu apartamento. Queria que ela cedesse sem truques, mas, se precisasse de algum truque, ele era o homem adequado. Tudo no interesse da ciência, claro. E, além disso, a pobre garota estava morrendo de vontade.

— Pare, Jules, por favor, pare — pediu Lucy.

A voz dela tremia. Jules se pôs imediatamente contrito.

— Está bem, querida — disse.

Pôs a cabeça no colo dela e, usando as coxas macias como travesseiro, tirou uma rápida soneca. Achou graça de como Lucy se remexia, com um calorzinho emanando dos quadris, e, quando ela pôs a mão na sua cabeça, para afagar o cabelo, Jules lhe agarrou o pulso de brincadeira, segurando como se fosse um amante, mas, na verdade, para sentir o pulso. Estava a galope. Ele a teria essa noite e resolveria o mistério, qualquer que fosse. Tomado de confiança, o dr. Jules Segal adormeceu.

Lucy observava as pessoas em volta da piscina. Jamais teria imaginado que a sua vida ia mudar tanto em menos de dois anos. Nunca se arrependeu da "tolice" no casamento de Connie Corleone. Era a coisa mais maravilhosa que lhe acontecera na vida, que revivia incessantemente nos sonhos. Assim como revivia incessantemente os meses que se seguiram.

Sonny a visitava uma vez por semana, às vezes mais, nunca menos. Nos dias que precediam a visita dele, o seu corpo vivia um verdadeiro tormento. A paixão dos dois era da mais elementar espécie, sem ser diluída pela poesia ou por qualquer forma de intelectualismo. Era amor da mais crua natureza, amor carnal, amor de pele contra pele.

Quando Sonny ligava avisando que estava a caminho, ela providenciava que houvesse no apartamento bebida e comida suficiente para o jantar e o café da manhã, pois geralmente ele ficava até horas adiantadas da manhã seguinte. Ele queria se saciar ao máximo com ela, assim como ela queria se saciar ao máximo com ele. Sonny tinha sua chave própria e, quando entrava, ela voava para os seus braços musculosos. Ambos eram brutalmente diretos, brutalmente primitivos. No primeiro beijo, apalpavam-se entre a roupa, ele a erguia no ar, ela passava as pernas pelas enormes coxas dele. Faziam amor de pé no vestíbulo do apartamento, como se tivessem de repetir aquela primeira vez e então ele a carregava para o quarto.

Ficavam na cama fazendo amor. Passavam dezesseis horas juntos no apartamento, totalmente nus. Ela cozinhava para ele, refeições enormes. Às vezes ele recebia alguma ligação, obviamente sobre negócios, mas ela nunca nem sequer ouvia as palavras. Estava ocupada demais brincando com o corpo dele, acariciando, beijando, afundando os lábios na carne. Às vezes, quando Sonny se levantava para pegar uma bebida e passava ao seu lado, ela não podia deixar de estender a mão e tocar o seu corpo nu, segurá-lo, fazer amor, como se aquelas partes especiais do corpo dele fossem um brinquedo, um brinquedo especialmente construído, complicado, mas inocente, revelando os seus êxtases conhecidos, mas ainda surpreendentes. No começo, ela se envergonhava desses excessos da sua parte, mas logo viu que o agradavam, que a sua total escravização sensual ao corpo dele lisonjeavam o amante. Em tudo isso havia uma inocência animal. Eram felizes juntos.

Quando o pai de Sonny foi baleado na rua, Lucy entendeu pela primeira vez que o amante podia estar em perigo. Sozinha no apartamento, não chorava: gemia alto, um gemido animal. Quando Sonny passou quase três semanas sem a visitar, ela sobreviveu à base de soníferos, álcool e angústia. A dor que sentia era física, o corpo doía. Quando finalmente ele apareceu, ela ficou agarrada ao seu corpo quase o tempo inteiro. Depois disso, ele vinha pelo menos uma vez por semana, até ser morto.

Ela soube da morte dele pelas matérias de jornal, e na mesma noite tomou uma enorme dose maciça de soníferos. Por alguma razão, em vez de matá-la, as pílulas a deixaram tão mal que saiu cambaleando do apartamento e desmaiou em frente à porta do elevador, onde foi encontrada e de lá transportada para o hospital. O seu relacionamento com Sonny não era muito conhecido, e assim a ocorrência recebeu apenas algumas linhas nos tabloides.

Foi quando estava no hospital que Tom Hagen apareceu para vê-la e consolá-la. Foi Tom Hagen quem lhe arranjou emprego em Las Vegas, trabalhando no hotel dirigido pelo irmão de Sonny, Freddie. Foi Tom Hagen quem lhe disse que receberia uma pensão anual da Família Corleone e que Sonny deixara providências estipuladas para ela. Hagen lhe perguntara se estava grávida, como se fosse essa a razão para ter tomado os comprimidos, e ela respondeu que não. Ele lhe perguntou se Sonny fora vê-la naquela noite fatal ou se havia ligado avisando que iria, e ela respondeu que não, que Sonny não ligara. Que, depois que saía do trabalho, estava sempre em casa esperando por ele. E contou a verdade a Hagen.

— Ele é o único homem que amei e sempre vou amar — disse ela. — Não sou capaz de amar mais ninguém.

Viu o leve sorriso de Hagen, mas ele também parecia surpreso.

— Você acha isso tão incrível assim? — perguntou ela. — Não foi ele que levou você para casa, quando menino?

— Ele era outra pessoa — respondeu Hagen —, cresceu e ficou diferente.

— Não para mim — disse Lucy. — Talvez para todos os outros, mas não para mim.

Ainda estava fraca demais para explicar que Sonny sempre fora gentil com ela. Nunca se zangara, nunca ficara sequer irritado ou nervoso.

Hagen tomou todas as providências para que ela se mudasse para Las Vegas, onde havia um apartamento alugado à espera. Levou-a pessoalmente ao aeroporto e fê-la prometer que, se algum dia se sentisse sozinha ou se as coisas não dessem certo, ela lhe ligaria e ele a ajudaria de todas as formas que pudesse.

Antes de entrar no avião, Lucy, hesitante, perguntou:

— O pai do Sonny sabe o que você está fazendo?

Hagen sorriu.

— Estou agindo por ele, não só por mim. Ele é antiquado nessas coisas e nunca iria contra a esposa oficial do filho. Mas ele acha que você era apenas uma mocinha e que Sonny devia ter pensado melhor. E o fato de você ter tomado todos aqueles comprimidos deixou todo mundo abalado.

Ele não explicou como o fato de que alguém tentasse suicídio parecia simplesmente inacreditável a um homem como o Don.

Agora, depois de quase dezoito meses em Las Vegas, ficava surpresa por se sentir quase feliz. Algumas noites sonhava com Sonny e, acordando antes do amanhecer, continuava o sonho acariciando a si mesma, até conseguir adormecer outra vez. Desde então, não estivera com nenhum outro homem. Mas a vida em Las Vegas lhe caía bem. Nos dias de folga, nadava nas piscinas do hotel, velejava no lago Mead e saía de carro pelo deserto. Emagrecera e, com isso, melhorara a silhueta. Ainda era voluptuosa, mas mais ao estilo americano do que ao velho estilo italiano. Trabalhava no setor de relações públicas do hotel, como recepcionista, e não tinha nada a ver com Freddie, embora, ao vê-la, ele parasse e conversasse um pouco. Lucy ficou surpresa com a mudança de Freddie. Tornara-se um conquistador, andava muito bem-vestido e parecia ter verdadeiro tino para administrar um balneário de jogos. Controlava a parte do hotel, coisa que geralmente não era feita pelos donos de cassino. Com as longas temporadas de um tórrido verão ou talvez por causa da sua vida sexual mais ativa, ele também emagrecera, e as roupas ao estilo de Hollywood lhe davam um ar quase excessivamente jovial.

Foi depois de seis meses que Tom Hagen voltou para ver como Lucy estava passando. Além do salário, Lucy recebia todos os meses um cheque de seiscentos dólares. Hagen explicou que era preciso mostrar a origem desse dinheiro e pediu a ela que assinasse uma procuração dando-lhe plenos poderes como advogado para poder encaminhar corretamente o dinheiro. Também lhe disse que seria formalmente arrolada como proprietária de dez por cento do hotel em que trabalhava. Teria de passar por todas as formalidades jurídicas exigidas pelas leis de Nevada, mas que ele cuidaria de tudo isso, com o mínimo de inconvenientes para ela. Mas não devia mencionar esse acerto a ninguém sem o seu consentimento. Estaria legalmente protegida em todos os aspectos e a sua renda mensal estaria assegurada. Se algum dia as autoridades ou qualquer órgão fiscalizador perguntassem, ela devia simplesmente encaminhá-los para o seu advogado e não seria mais incomodada.

Lucy concordou. Entendia o que se passava, mas não tinha objeções à maneira como estava sendo usada. Parecia um favor razoável. Mas, quando Hagen lhe pediu que ficasse atenta ao que se passava no hotel, que ficasse de olho em Freddie e no patrão de Freddie, que era o principal acionista e operava o hotel, ela perguntou:

— Mas, Tom, você quer que eu espione o *Freddie*?

Hagen sorriu.

— O pai de Freddie está preocupado com ele. Não desgruda do Moe Greene e só queremos garantir que não se meta em nenhuma encrenca.

Não se deu ao trabalho de explicar que o Don tinha bancado a construção desse hotel no deserto de Las Vegas não só para arranjar um bom local para o filho mas também para se preparar para operações maiores.

Foi logo depois dessa conversa que o dr. Jules Segal veio trabalhar como médico do hotel. Era muito esguio, muito bonito e com grande encanto pessoal, e parecia novo demais para ser médico, pelo menos aos olhos de Lucy. Ela o conheceu quando surgiu um caroço no antebraço, logo acima do pulso. Passou alguns dias preocupada e então, um dia de manhã, foi ao conjunto de salas do médico no hotel. Havia duas coristas na sala de espera, trocando fofocas. Tinham a beleza loira, cor de pêssego, que Lucy sempre invejara. Pareciam angelicais. Mas uma delas dizia: "Juro que, se tomar outra dose, desisto de dançar."

Quando o dr. Jules Segal abriu a porta do consultório, fazendo um gesto para que uma das coristas entrasse, Lucy sentiu vontade de ir embora e, se fosse algo mais sério e pessoal, teria ido. O dr. Segal estava de calça esporte e camisa aberta no peito. Os óculos com armação de chifre ajudavam, e o ar tranquilo e reservado também, mas ele passava uma impressão geral de informalidade e, como muita gente basicamente antiquada, Lucy não acreditava que medicina combinasse com informalidade.

Por fim, quando entrou no consultório, havia algo tão reconfortante nas suas maneiras que todas as apreensões de Lucy se desfizeram. Quase nem falava, mas não era brusco e procedeu com muita calma. Quando ela lhe perguntou o que era aquele caroço, ele explicou paciente que era um crescimento fibroso muito comum, de forma alguma maligno nem causa de qualquer preocupação mais séria. Pegou um livro grosso e pesado de medicina e disse:

— Estenda o braço.

Ela estendeu o braço hesitante. Ele lhe sorriu pela primeira vez.

— Vou roubar de mim mesmo os honorários de uma operação — disse ele. — Bato com esse livro no caroço e ele vai se achatar. Pode reaparecer, mas, se eu remover cirurgicamente, você vai ficar sem dinheiro e vai precisar usar ataduras e coisa e tal. Certo?

Ela sorriu. Por alguma razão, sentiu enorme confiança nele e respondeu:

— Certo.

Logo no instante seguinte, ela soltou um grito enquanto ele comprimia o pesado livro de medicina em seu antebraço. O caroço se achatou quase por completo.

— Doeu tanto assim? — perguntou ele.

— Não — disse ela, observando-o enquanto ele completava sua ficha médica. — É só isso?

O médico assentiu, sem lhe dar mais atenção. Ela saiu.

Uma semana depois, ele a viu no café e se sentou ao lado, junto ao balcão. Perguntou:

— Como vai o braço?

Lucy sorriu.

— Está bom. Você não é muito ortodoxo, mas é bem competente.

O dr. Segal abriu um sorriso largo e respondeu:

— Você não faz nem ideia da minha falta de ortodoxia. E eu não sabia que você era tão rica. O *Sun* de Las Vegas acaba de publicar a lista dos acionistas do hotel e Lucy Mancini aparece lá em cima, com dez por cento. Eu podia ter ficado rico com aquele carocinho.

Ela não respondeu, lembrando de repente os avisos de Hagen. Ele abriu mais um sorriso.

— Não se preocupe, conheço o esquema, você está só como laranja, Las Vegas é cheia de laranjas. Que tal assistir a um dos shows hoje à noite e lhe pago um jantar? Até compro umas fichas de roleta para você.

Ela ficou um pouco em dúvida. Ele insistiu. Por fim disse:

— Eu gostaria, mas o meu medo é que você se decepcione com o final da noite. Não sou muito de transar, como a maioria das garotas aqui em Las Vegas.

— É por isso que estou convidando — respondeu Jules alegremente. — Receitei a mim mesmo uma noite de descanso.

Lucy sorriu e disse um tanto triste:

— É tão óbvio assim? — Ele balançou a cabeça, e ela retomou: — Certo, a gente janta, mas as minhas fichas de roleta eu mesma compro.

Foram ao show com jantar, e Jules a entreteve descrevendo os diversos tipos de coxas e seios das coristas em termos médicos, mas sem escárnio, tudo de bom humor. Depois jogaram roleta juntos na mesma roda e ganharam mais de cem dólares. Ainda mais tarde, foram até a

Represa Boulder, ao luar, e Jules fez alguns avanços, mas, quando Lucy resistiu depois de alguns beijos, ele entendeu que ela estava mesmo se recusando e então parou. Mais uma vez, aceitou a derrota com excelente humor.

— Eu falei que não toparia — disse Lucy, ao mesmo tempo reprovando e se mostrando um pouco culpada.

— Você se sentiria tremendamente ofendida se eu não tentasse — disse Jules.

E ela riu, pois era verdade.

Nos meses seguintes, viraram grandes amigos. Não era amor porque não faziam amor, Lucy não deixava. Ela via que Jules ficava intrigado, mas não ofendido, ao contrário da maioria dos homens, e com isso confiava ainda mais nele. Descobriu que, sob a fachada profissional de médico, ele adorava riscos e brincadeiras. Nos fins de semana, participava das corridas de carro da Califórnia com um MG envenenado. Quando tirava folga, ia até o interior do México, a verdadeira terra selvagem, como lhe dizia, onde assassinavam os forasteiros para pegar os sapatos e a vida era primitiva como mil anos atrás. Por acaso ela ficou sabendo que Jules era cirurgião e estivera ligado a um hospital famoso em Nova York.

Ao saber disso, ela ficou ainda mais intrigada com o fato de que ele tivesse aceitado o emprego no hotel. Quando lhe perguntou, Jules respondeu:

— Você me conte o seu segredo sombrio que eu lhe conto o meu.

Lucy corou e deixou o assunto de lado. Jules também não retomou, e o relacionamento prosseguiu, uma grande amizade com uma solidez maior do que ela imaginava.

Agora, sentada junto à piscina com a cabeça loira de Jules no colo, ela sentiu uma enorme ternura por ele. Sua região pubiana chegava a doer e, sem perceber, seus dedos afagavam sensualmente a pele do pescoço dele. Jules parecia dormir, sem notar, e ela ficou excitada com a sensação do contato no seu corpo. De repente ele ergueu a cabeça do colo e se pôs de pé. Tomou-a pela mão, levando-a pelo gramado até a calçada de cimento. Ela o seguiu obediente, mesmo quando ele a fez entrar num dos chalés onde ficavam os seus aposentos particulares. Lá dentro, Jules preparou dois generosos drinques para ambos. Lucy, após o sol ardente e os pensamentos sensuais, sentiu a bebida subindo à cabeça e lhe dando tontura. Então Jules a abraçou e os corpos, apenas em reduzidos trajes de banho, se enlaçaram. Lucy murmurava "Não", mas sem convicção na voz, e Jules não lhe deu atenção. Tirou-lhe a parte de cima para acariciar e beijar os seios fartos, e então tirou o short de banho de Lucy, continuando a lhe beijar o corpo, o ventre redondo e o interior das coxas. Ergueu-se, tirou o próprio calção e a abraçou, e então, despidos e enlaçados, deitaram-se na cama, e ela pôde sentir que ele penetrava; esse leve toque bastou para que atingisse o clímax e então, logo em seguida, ela sentiu nos movimentos do corpo de Jules a surpresa dele. Veio-lhe a mesma vergonha avassaladora que sentira antes de conhecer Sonny, mas Jules agora virou o corpo de Lucy para a beirada da cama, colocando as suas pernas em certa posição, e ela deixou que ele lhe controlasse os membros e o corpo, e então a penetrou novamente, beijando-a, e dessa vez ela conseguiu senti-lo, mas, mais importante, percebeu que ele também estava sentindo algo e atingindo o clímax.

Quando Jules saiu do seu corpo, Lucy se encolheu num canto da cama e começou a chorar. Estava muito envergonhada. E então ficou surpresa ao ouvir que ele ria suavemente e dizia:

— Sua italianinha tonta, então foi por isso que você ficou me rejeitando todos esses meses? Sua boba.

Jules falou "sua boba" com tanta afeição que ela se virou para ele, que a puxou para si dizendo:

— Você é medieval, francamente medieval.

Mas a voz era suave e reconfortante, enquanto ela continuava a chorar.

Jules acendeu um cigarro e lhe pôs na boca; ela engasgou com a fumaça e teve de parar de chorar.

— Agora me escute — disse ele —, se você tivesse recebido uma educação moderna decente, com uma cultura familiar própria do século XX, o seu problema teria sido resolvido anos antes. Vou falar qual é o seu problema: não é algo como ser feia, ter pele ruim e ser vesga, coisas que a cirurgia facial realmente não resolve. O seu problema é como ter uma mancha ou uma verruga no queixo, ou uma orelha de formato esquisito. Pare de achar que é um problema sexual. Pare de achar nessa sua cabecinha que tem uma cavidade grande que não consegue agradar a nenhum homem porque não dá ao pênis a fricção necessária. O que você tem é uma malformação pélvica e o que nós, cirurgiões, chamamos de enfraquecimento do assoalho pélvico. Geralmente isso aparece depois do parto, mas pode ser simplesmente uma má estrutura óssea. É uma condição frequente, e muitas mulheres levam uma vida infeliz por causa disso, sendo que uma operação simples podia resolver. Algumas mulheres até se suicidam por causa disso. Mas nunca imaginei que fosse o seu caso, pois tem um corpo muito bonito. Achei que era psicológico, pois conheço a sua história, você me contou várias vezes, você e Sonny. Mas me deixe fazer um exame físico completo e aí vou poder lhe dizer exatamente o que é preciso fazer. Agora vá tomar um banho.

Lucy foi e tomou banho. Com toda a paciência e sob os protestos dela, Jules fez com que se deitasse, com as pernas bem abertas. Ele tinha uma maleta de médico de reserva no apartamento, que estava aberta. Havia também uma mesinha com tampo de vidro ao lado da cama, com alguns outros instrumentos. Agora Jules estava todo profissional, examinando, colocando e girando os dedos dentro dela. Lucy começava a se sentir humilhada, mas então ele lhe deu um beijo no umbigo e disse, em tom quase abstraído:

— Primeira vez que gosto do trabalho.

Então a virou de bruços e enfiou um dedo no seu reto, apalpando em torno, mas com a outra mão afagando afetuosamente a nuca de Lucy. Ao terminar, virou-a de costas outra vez, deu-lhe um beijo terno na boca e disse:

— Mocinha, vou construir para você algo totalmente novo aí embaixo, e então vou testar pessoalmente. Vai ser uma cirurgia de correção, e vou poder escrever um artigo para as revistas especializadas.

Jules fazia tudo com tanto afeto e bom humor, era tão evidente que se importava com ela que Lucy venceu a vergonha e o constrangimento. Ele chegou a tirar da estante o manual médico para lhe mostrar um caso parecido e o procedimento cirúrgico para corrigir o problema. Ela ficou bastante interessada.

— E é uma questão de saúde também — disse Jules. — Se você não corrigir, vai ter um monte de problemas mais tarde, com todo o sistema de dutos. Se não corrigir com uma cirurgia, a estrutura vai ficando mais fraca. É uma tremenda vergonha que velhos pudores impeçam que os médicos façam um diagnóstico adequado e corrijam a situação, fazendo com que muitas mulheres nem se queixem.

— Não fale nisso, por favor, não fale — disse Lucy.

Jules viu que ela ainda estava bastante envergonhada do seu segredo, constrangida com o seu "defeito horrível". Embora isso parecesse o cúmulo da tolice para a sua mente de formação médica, ele tinha sensibilidade suficiente para compreendê-la. E a sua sensibilidade também o levou a tomar o caminho certo para acalmá-la.

— Bom, agora que conheço o seu segredo, vou lhe contar o meu. Você sempre me pergunta o que eu, um dos cirurgiões mais jovens e mais talentosos da Costa Leste — disse ele arremedando algumas matérias de jornal ao seu respeito —, estou fazendo aqui nessa cidadezinha. — Então explicou: — A verdade é que sou aborteiro, o que, em si, não é tão grave, pois metade dos médicos também é; mas me pegaram. Eu tinha um amigo, um médico chamado Kennedy; fizemos a residência juntos, e ele é um cara muito correto, mas falou que ia me ajudar. Pelo que entendi, Tom Hagen tinha dito ao Kennedy que, se algum dia precisasse de ajuda em alguma coisa, a Família Corleone estava em dívida com ele. Então o Kennedy falou com o Hagen. O que sei é que logo em seguida as acusações foram retiradas, mas o Conselho de Medicina e a categoria na Costa Leste haviam me colocado na lista proibida. Aí a Família Corleone me arranjou esse emprego aqui. Ganho bem, e faço um serviço que precisa ser feito. Essas moças dos shows vivem engravidando e fazer o aborto é a coisa mais fácil do mundo, se recorrem a mim logo no começo. Faço uma curetagem que é como esfregar uma frigideira. Freddie Corleone é um verdadeiro terror. Segundo as minhas contas, ele engravidou quinze garotas desde que estou aqui. Tenho pensado seriamente em ter com ele uma conversa de pai para filho sobre sexo. Sobretudo porque tive de tratá-lo três vezes de gonorreia e uma vez de sífilis. O Freddie é o legítimo trepador ambulante, que não usa proteção nem nada.

Jules se interrompeu. Tinha sido deliberadamente indiscreto, coisa que nunca fazia, para que Lucy soubesse que outras pessoas, inclusive alguém que ela conhecia e temia um pouco, como Freddie Corleone, também tinha segredos vergonhosos.

Então retomou:

— Pense num pedaço de elástico no seu corpo que perdeu a elasticidade. Cortando um pedacinho, ele fica mais justo, mais apertado.

— Vou pensar — disse Lucy.

Mas tinha certeza de que toparia, pois confiava plenamente em Jules. Então lhe ocorreu uma pergunta.

— Quanto vai custar?

Jules franziu a testa e respondeu:

— Aqui não disponho dos equipamentos para uma cirurgia dessas e não é a minha especialidade. Mas tenho um amigo em Los Angeles que é o melhor nessa área e conta com os equipamentos do melhor hospital. Na verdade, ele "aperta" todas as estrelas de cinema quando essas senhoras descobrem que fazer plástica no rosto e nos seios não é suficiente para serem amadas pelos homens. Ele me deve alguns favores, e então não vai custar nada. Faço os abortos dele. Se não fosse antiético, eu lhe diria o nome de algumas rainhas do sexo no cinema que fizeram essa operação.

Lucy ficou imediatamente curiosa.

— Ah, me conta — pediu ela. — Conta.

Seria uma fofoca deliciosa, e uma das coisas boas em Jules era que ela podia mostrar o seu gosto feminino por fofocas sem que ele zombasse.

— Eu conto se você jantar e passar a noite comigo — respondeu ele. — Perdemos um tempão por causa dessa sua bobagem e precisamos recuperar.

Lucy se sentiu inundada de afeto por ele, sendo tão gentil, e conseguiu dizer:

— Não precisa dormir comigo, você sabe que não vai gostar do jeito que sou agora.

Jules estourou numa risada.

— Sua boba, sua bobinha! Nunca ouviu falar de nenhuma outra maneira de fazer amor, muito mais antiga, muito mais civilizada? Sério que você é ingênua assim?

— Ah, aquilo — disse ela.

— Ah, aquilo — arremedou ele. — Boas moças não fazem aquilo, homens viris não fazem aquilo. Nem em pleno 1948. Pois bem, mocinha, posso levá-la à casa de uma senhorinha idosa aqui mesmo em Las Vegas, que foi a madame mais jovem do bordel mais famoso nos tempos do oeste selvagem, acho que em 1880. Ela gosta de falar daqueles tempos. Sabe o que ela me contou? Que aqueles pistoleiros, aqueles caubóis machos, viris, bons de mira, sempre pediam para as moças um "serviço à francesa", o que nós médicos chamamos de felação e você chama de "ah, aquilo". Você nunca pensou em fazer "ah, aquilo" com o seu amado Sonny?

Foi a primeira vez que ela realmente o surpreendeu. Virou-se para Jules com uma expressão que ele só poderia descrever como um sorriso de Monalisa (e o seu espírito científico logo disparou para outro rumo: seria essa a solução daquele mistério multissecular?) e disse com grande serenidade:

— Eu fazia de tudo com o Sonny.

Era a primeira vez que admitia algo assim a alguém.

Duas semanas depois, Jules Segal estava na sala de cirurgias do hospital de Los Angeles, observando seu amigo, o dr. Frederick Kellner, proceder à sua especialidade. Antes da anestesia, Jules se inclinou sobre Lucy e sussurrou:

— Falei para ele que você era minha garota especial, e assim ele vai deixar as paredes bem apertadinhas.

Mas a pílula preliminar já fazia efeito, e ela não riu nem sorriu. O comentário brincalhão dele, porém, realmente diminuiu o pavor da cirurgia.

O dr. Kellner fez a incisão com a segurança de um mestre de sinuca dando uma tacada fácil. A técnica de qualquer operação para fortalecer o assoalho pélvico exigia que se alcançassem dois objetivos. Os ligamentos musculofibrosos da pelve tinham de ser encurtados para eliminar a folga. E a abertura vaginal, claro, que era o ponto fraco no assoalho pélvico, precisava ser trazida para a frente, trazida sob o arco púbico, assim saindo da linha de pressão direta sobre ela. Esse ajuste cirúrgico se chamava perineorrafia e a sutura da parede vaginal se chamava colporrafia.

Jules viu que agora o dr. Kellner trabalhava com cuidado, o grande risco sendo que a incisão fosse profunda demais e atingisse o reto. Era um caso bastante simples, e Jules examinara todos os exames e radiografias. Não devia surgir problema nenhum, exceto pelo fato de que, em cirurgias, sempre podia surgir algum problema.

Kellner estava trabalhando nos músculos do diafragma, segurando a aba vaginal com o fórceps em T e expondo o músculo puborretal e as fáscias que o ladeavam. Kellner empurrava com os dedos envoltos em gaze o tecido conectivo frouxo. Jules mantinha os olhos na parede vaginal, atento ao surgimento de veias, que seria o sinal indicando que se atingira o reto. Mas o velho Kellner conhecia o ofício. Estava montando um novo forame com a mesma facilidade com que um marceneiro prega sarrafos.

Kellner agora cortava o excesso da parede vaginal, fazendo uma sutura para fechar a fenda criada pela retirada de um "naco" supérfluo do tecido, para garantir que não se criasse ali nenhuma saliência problemática. Kellner tentou inserir três dedos na abertura agora estreitada do lúmen, e depois dois. Conseguiu inserir dois dedos, sondando profundamente, e então ergueu o olhar para Jules, com os olhos azul-claros cintilando por cima da máscara de gaze como se perguntasse se aquele grau de estreitamento era suficiente. Então retomou a sutura.

A operação terminara. Levaram Lucy numa cadeira de rodas para a sala de recuperação e Jules ficou conversando com Kellner. Kellner estava alegre, o melhor sinal de que tudo correra bem.

— Tudo certo, garoto — disse ele a Jules. — Nenhuma excrescência ali, caso muito simples. Ela tem um tônus magnífico, raro nesses casos, e agora está em excelente forma para diversões e brincadeiras. Invejo você, garoto. Claro que, enquanto isso, vai ter de esperar um pouco, mas garanto que vai gostar do meu trabalho.

Jules riu.

— Você é um verdadeiro Pigmaleão, doutor. Realmente foi maravilhoso.

— Isso é brincadeira de criança, como os seus abortos — grunhiu o dr. Kellner. — Se a sociedade fosse realista, gente como você e eu, gente realmente talentosa, podia fazer um trabalho importante e deixar essas coisas para os picaretas. Aliás, vou lhe encaminhar uma garota na semana que vem, uma garota muito legal, e aliás parece que só elas é que sempre se metem em enrascada. Com isso a gente quita esse trabalho de hoje.

Jules trocou um aperto de mão com Kellner.

— Obrigado, doutor. Apareça alguma hora e providenciarei que tenha todas as cortesias da casa.

Kellner lhe deu um sorriso arrevesado.

— Aposto todos os dias, não preciso das suas roletas e mesas de dados. Já basta o quanto desafio o destino. Você vai se afundar por lá, Jules. Mais uns dois anos e pode esquecer qualquer cirurgia séria. Não vai dar conta.

Virou-se e foi embora.

Jules sabia que a intenção de Kellner não era de censurá-lo, mas sim avisá-lo. Apesar disso, ficou abatido. Como Lucy ficaria pelo menos doze horas na sala de recuperação, Jules foi para o centro e se embebedou. O que contribuiu para a bebedeira foi o sentimento de alívio por ter corrido tudo bem com Lucy.

NA MANHÃ SEGUINTE, INDO visitar Lucy no hospital, Jules ficou surpreso ao encontrar dois homens ao lado da sua cama e flores por todo o quarto. Ela estava apoiada nos travesseiros, com o rosto radiante. Jules ficou surpreso porque Lucy tinha rompido com a família e lhe dissera que não avisasse os parentes, a menos que algo saísse errado. Freddie Corleone, claro, sabia que ela estava no hospital para uma pequena operação; precisaram avisá-lo para ter alguns dias de licença, e Freddie dissera a Jules que o hotel se encarregaria de todas as despesas de Lucy.

Agora ela apresentava os dois a Jules, que reconheceu imediatamente um deles. O famoso Johnny Fontane. O outro era um italiano grandão, musculoso, de cara rústica, que se chamava Nino Valenti. Os dois trocaram um aperto de mãos com Jules e deixaram de lhe dar qualquer atenção. Estavam brincando com Lucy, falando do antigo bairro onde moravam em Nova York, de pessoas e casos que Jules não conhecia. Então ele disse a Lucy:

— Depois passo aqui, vou ver agora o dr. Kellner.

Mas Johnny Fontane mostrou a sua habitual simpatia, dizendo:

— Ei, amigão, nós é que temos de sair, faça companhia para a Lucy. Cuide bem dela, doutor.

Jules notou uma curiosa aspereza na voz de Johnny Fontane e então lembrou de repente que fazia mais de um ano que ele não cantava em público e que tinha ganhado o Oscar pela atuação. Será que a voz do sujeito tinha mudado naquela altura da vida, e os jornais mantinham o fato em segredo, todo mundo mantinha o fato em segredo? Jules adorava fofocas internas e ficou ouvindo a voz de Fontane numa tentativa de diagnosticar o problema. Podia ter apenas forçado, ou podia ser excesso de álcool e tabaco ou mesmo de mulheres. A voz tinha um timbre desagradável, nunca mais poderiam chamá-lo de "A Voz Suave".

— Você parece estar resfriado — disse Jules a Johnny Fontane.

— Só forcei, tentei cantar ontem à noite — respondeu Fontane com cortesia. — Acho que não consigo aceitar que a minha voz mudou com a idade, sabe como?

E deu um sorriso a Jules, com uma expressão de "o que você tem a ver com isso?".

Jules disse em tom informal:

— Não foi ao médico dar uma olhada? Talvez seja algo que dê para ajeitar.

Agora Fontane não mostrava tanta simpatia. Fitou longamente Jules, com um olhar frio.

— Foi a primeira coisa que fiz quase dois anos atrás. Os melhores especialistas. E meu próprio médico, que é tido como a grande sumidade aqui na Califórnia. Me disseram para descansar bastante. Nada de errado, só a idade. A voz da pessoa muda quando envelhece.

Depois disso, Fontane passou a ignorá-lo e voltou a atenção para Lucy, encantador com ela como era com todas as mulheres. Jules continuou ouvindo a sua voz. Devia ter crescido algo ali nas cordas vocais Mas então como é que os especialistas não tinham visto? Seria maligno, impossível de operar? Aí era outra história.

Ele interrompeu Fontane para perguntar:

— Quando foi a última vez que um especialista o examinou?

Fontane ficou visivelmente irritado, mas tentou manter a compostura por causa de Lucy e respondeu:

— Mais ou menos um ano e meio atrás.

— O seu médico de vez em quando dá uma olhada? — perguntou Jules.

— Claro que sim — respondeu Johnny Fontane, agastado. — Ele borrifa codeína e verifica. Falou que a minha voz está envelhecendo, só isso, com a bebida, o cigarro e outras coisas. Será que você sabe mais do que ele?

— Como ele se chama? — perguntou Jules.

— Tucker, dr. James Tucker — respondeu Fontane com uma leve ponta de orgulho. — O que você acha dele?

O nome soava familiar, ligado a estrelas famosas do cinema e a uma clínica de saúde bem cara.

— Ele é muito elegante — disse Jules num sorriso amplo.

Agora Fontane estava bravo.

— Você se acha um médico melhor do que ele?

Jules riu.

— Você se acha um cantor melhor do que Carmen Lombardo?

Ficou surpreso ao ver Nino Valenti estourar numa gargalhada, batendo a cabeça no encosto da cadeira. A piada não era tão boa assim. Então, no sopro daquela gargalhada, ele sentiu o bafo de uísque e percebeu que, mesmo de manhã cedo, o sr. Valenti, fosse lá quem fosse, estava pelo menos semibêbado.

Fontane agora sorria para o amigo.

— Ei, você deve dar risada com as minhas piadas, não com as dele.

Nesse meio-tempo, Lucy estendeu a mão para Jules, trazendo-o para perto do leito.

— Ele parece um folgadão, mas é um cirurgião excelente — disse-lhes Lucy. — Se ele diz que é melhor do que o dr. Tucker, então é porque é mesmo. Dê ouvidos a ele, Johnny.

A enfermeira entrou e disse para saírem. O médico residente ia fazer um exame em Lucy e precisava de privacidade. Jules achou graça ao ver Lucy virando a cabeça de lado, de forma que Johnny Fontane e Nino Valenti, quando lhe deram um beijo, foi na bochecha e não na boca; mas, de todo modo, já pareciam esperar por isso. Ela deixou que Jules a beijasse na boca e sussurrou:

— Você volta à tarde, por favor?

Ele assentiu.

No corredor, Valenti lhe perguntou:

— A operação foi de quê? Algo sério?

Jules meneou a cabeça.

— Só uma pequena tubulação feminina. Totalmente rotineiro, creia em mim. O meu interesse é maior do que o seu, pois pretendo me casar com ela.

Os dois o fitavam com ar aprovador, e assim ele perguntou:

— Como vocês souberam que ela estava no hospital?

— O Freddie nos ligou e pediu para darmos uma olhada — disse Fontane. — Todos nós crescemos no mesmo bairro. Lucy foi madrinha de casamento da irmã do Freddie.

Jules se limitou a dizer:

— Ah...

Não mostrou que estava a par de toda a história, talvez porque estivessem tão cautelosos em proteger Lucy e o seu caso com Sonny.

Ao seguirem pelo corredor, Jules disse a Fontane:

— Aqui eu tenho alguns privilégios como médico visitante. Deixe-me dar uma olhada na sua garganta.

Fontane abanou a cabeça.

— Estou com pressa.

Nino Valenti então falou:

— É uma garganta de um milhão de dólares, não vai deixar um doutorzinho qualquer olhar nela.

Jules viu que Valenti sorria, estando obviamente do seu lado.

— Não sou um doutorzinho qualquer — disse Jules, bem-humorado. — Eu era o melhor diagnosticador e cirurgião jovem da Costa Leste, até que me pegaram num lance de aborto.

Como previra, os dois, depois desse comentário, começaram a levá-lo a sério. Tendo admitido o crime, passaram a acreditar na alta competência que afirmava ter. Valenti foi o primeiro a se recompor.

— Se o Johnny não vai usar os seus serviços, tem uma garota que eu queria que você examinasse, mas não na garganta.

Fontane então perguntou com nervosismo:

— Quanto tempo você vai levar?

— Dez minutos — respondeu Jules.

Era mentira, mas ele acreditava na utilidade de mentir para as pessoas. A verdade e a medicina simplesmente não combinavam, exceto em emergências muito extremas, e olhe lá.

— Está bem — disse Fontane.

A voz estava mais rouca, mais sombria, amedrontada.

Jules solicitou uma enfermeira e um consultório. Não tinha tudo do que precisaria, mas bastava. Em menos de dez minutos, viu que havia uma excrescência nas cordas vocais, era coisa simples. Tucker, aquele filho da mãe incompetente, aquele médico pilantra de Hollywood metido a dândi, devia ter visto. Deus do céu, talvez o cara nem tivesse licença de clinicar e, se tivesse, deveriam ter cassado. Agora Jules não prestava nenhuma atenção aos dois. Pegou o telefone e pediu que o otorrino do hospital fosse até lá. Então se virou e disse a Nino Valenti:

— Acho que pode demorar um pouco, é melhor você ir.

Fontane o encarou incrédulo.

— Seu filho da puta, acha que vai me segurar aqui? Acha que vai ficar mexendo na minha garganta?

Jules, com um prazer maior do que julgava possível, foi impiedoso.

— Você pode fazer o que bem quiser — disse ele. — Você tem uma excrescência nas suas cordas vocais, na sua laringe. Se ficar aqui pelas próximas horas, poderemos dizer se é maligna ou não. Poderemos decidir o tratamento ou a cirurgia. Posso lhe dar o diagnóstico completo. Posso lhe dar o nome de um especialista de primeira do país e ele pode chegar aqui de avião hoje à noite, desde que você pague, claro, e se eu julgar que é necessário. Mas você pode sair daqui e ver o seu amigo curandeiro ou aguentar até decidir ver outro médico ou ser encaminhado para algum incompetente. E aí, se for maligno e crescer ainda mais, vão cortar fora toda a sua laringe ou você vai morrer. Ou pode apenas aguentar. Fique aqui comigo e em poucas horas vamos ter tudo resolvido. Você tem algo mais importante para fazer?

— Caramba, Johnny, vamos ficar — disse Valenti. — Vou até o saguão e ligo para o estúdio. Não conto nada para eles, só digo que ficamos presos num compromisso. Então volto aqui e faço companhia para você.

Foi uma tarde muito longa, mas valeu a pena. O diagnóstico do otorrino da equipe hospitalar estava plenamente correto, pelo que Jules viu após a radiografia e a análise da coleta. No meio dos exames, Johnny Fontane, com a boca embebida de iodo, quase vomitando no rolo de gaze enfiado na boca, tentou escapar. Nino Valenti o agarrou pelos ombros e num safanão o colocou de volta numa cadeira. Terminados os exames, Jules deu um sorriso largo para Fontane e disse:

— Verrugas.

Fontane não entendeu. Jules retomou:

— Só umas verrugas. A gente remove fácil, feito pele de mortadela. Em poucos meses você fica bom.

Valenti deu um grito de alegria, mas Fontane continuava de testa franzida.

— E para cantar depois? Como isso vai afetar?

Jules deu de ombros.

— Quanto a isso, não garanto nada. Mas, como você já não consegue mesmo cantar agora, que diferença faz?

Fontane o encarou indignado.

— Menino, você não sabe que raio está dizendo. Você se comporta como se estivesse me dando uma boa notícia, mas o que está me falando é que talvez eu não cante mais. É isso? Talvez eu não cante mais?

Finalmente Jules se irritou. Havia procedido como verdadeiro médico, e tinha sido um prazer. Prestara um autêntico favor a esse filho da mãe, que agia como se ele tivesse feito porcaria. Respondeu friamente:

— Escute aqui, seu Fontane, sou médico formado e pode me chamar de doutor, não de menino. E lhe dei uma ótima notícia. Quando o trouxe aqui, eu tinha certeza de que a excrescência na sua laringe era maligna, o que significaria ter de remover toda a sua caixa de voz. Ou que poderia matá-lo. Estava preocupado que talvez precisasse lhe dizer que o problema era fatal. E fiquei muito feliz quando pude dizer "verrugas". Pois as suas músicas me deram enorme prazer, me ajudaram a conquistar as garotas quando eu era mais novo, e você é um verdadeiro artista. Mas é também um cara muito mimado. Você acha que, por ser Johnny Fontane, não pode ter câncer? Ou um tumor cerebral impossível de operar? Ou uma falência cardíaca? Acha que nunca vai morrer? Bom, nem tudo é música melosa e, se quiser ver problemas de verdade, dê uma andada por esse hospital e vai poder cantar uma música romântica sobre verrugas. Então pare de histórias e faça o que tem de fazer. O seu médico galã pode lhe arranjar o cirurgião adequado, mas, se ele tentar entrar na sala de cirurgia, sugiro que mande prendê-lo por tentativa de homicídio.

Jules estava para sair da sala quando Valenti disse:

— Isso aí, doutor, é assim que se fala.

Jules se virou e perguntou:

— Você sempre fica de fogo antes do meio-dia?

— Claro! — respondeu Valenti.

E lhe deu um sorriso tão bem-humorado que Jules falou com mais gentileza do que pretendia:

— Pois veja que, se continuar assim, em cinco anos vai estar morto.

Valenti se aproximou cambaleando, em pequenos passinhos de dança. Atirou os braços em volta de Jules, com o bafo fedendo a uísque. Ria às gargalhadas.

— Cinco anos? — perguntou, ainda rindo. — Vai demorar *tanto* assim?

UM MÊS DEPOIS DA cirurgia, Lucy Mancini estava sentada junto à piscina do hotel em Las Vegas, um coquetel numa das mãos, a outra afagando a cabeça de Jules, apoiada no seu colo.

— Você não precisa juntar coragem — caçoou Jules. — Estou com champanhe esperando na nossa suíte.

— Tem certeza de que não é cedo demais? — perguntou Lucy.

— O médico sou eu — disse Jules. — Hoje é a grande noite. Você se dá conta de que vou ser o primeiro cirurgião na história da medicina a testar os resultados da sua cirurgia "de correção"? Tipo, o Antes e o Depois. Vou gostar de escrever a respeito para as revistas da área. Por exemplo: "enquanto o Antes era claramente prazeroso por razões psicológicas e pela sofisticação do professor-cirurgião, o coito pós-cirúrgico foi extremamente recompensador por razões neurológicas..."

Jules parou de falar pois Lucy lhe deu um tal puxão de cabelo que ele soltou um grito de dor.

Ela lhe sorriu.

— Se você não ficar satisfeito hoje à noite, vou poder realmente dizer que é culpa sua — disse ela.

— Garanto o meu trabalho. Planejei direito, mesmo deixando o trabalho braçal para o velho Kellner — disse Jules. — Agora vamos descansar, temos uma longa noite de pesquisas pela frente.

Ao subirem para a suíte — agora estavam morando juntos —, Lucy encontrou uma surpresa à espera: um jantar requintado e, ao lado da sua taça de champanhe, uma caixinha contendo um anel de noivado com um diamante enorme.

— Isso mostra a confiança que tenho no meu trabalho — disse Jules. — Agora vamos ver se você faz por merecer.

Jules foi muito terno, muito meigo com Lucy. No começo, ela estava um pouco assustada, a carne se retraindo ao toque dele, mas então, tranquilizando-se, sentiu o corpo tomado por uma paixão que nunca sentira antes e, quando terminaram a primeira vez e Jules sussurrou "Faço um bom trabalho", ela sussurrou em resposta: "Ah, faz, faz, sim." E os dois riram e voltaram a fazer amor.

LIVRO VI

Capítulo 23

Depois de cinco meses de exílio na Sicília, Michael Corleone finalmente veio a entender o caráter e o destino do pai. Veio a entender homens como Luca Brasi, o impiedoso *caporegime* Clemenza, a resignação da mãe e a aceitação do seu papel. Pois, na Sicília, ele viu o que teriam sido se não tivessem resolvido lutar contra a sorte que lhes estava reservada. Entendeu por que o Don sempre dizia: "Um homem tem apenas um destino." Veio a entender o desprezo pela autoridade e pelo governo constituído, o ódio por qualquer um que rompesse a *omertà*, a lei do silêncio.

Michael, usando boné e roupas velhas, fora levado do navio atracado em Palermo para o interior da ilha siciliana, para o próprio centro de uma província controlada pela Máfia, cujo *capo-mafioso* local estava em grande dívida para com o seu pai por algum serviço do passado. Na província ficava o povoado de Corleone, cujo nome o Don adotara ao emigrar para os Estados Unidos muito tempo atrás. Mas não havia mais nenhum parente vivo do Don. As mulheres tinham morrido de velhice. Todos os homens tinham sido mortos em vendetas ou também haviam emigrado, para os Estados Unidos, para o Brasil ou para alguma outra província na Itália continental. Mais tarde, Michael ficaria sabendo que aquele povoado miserável tinha o índice de homicídios mais alto do mundo.

Michael ficou hospedado na casa de um tio solteiro do *capo-mafioso*. O tio, septuagenário, também era o médico do distrito. O *capo-mafioso*, com cinquenta e tantos anos, chamava-se Don Tommasino e atuava como *gabellotto* de uma enorme propriedade pertencente a uma das famílias mais nobres da Sicília. O *gabellotto*, uma espécie de administrador dos latifúndios dos ricos, também assegurava que os pobres não reivindicassem terras incultas nem entrassem de forma alguma na propriedade, fosse para caçar como clandestinos ou para tentar cultivar a terra como posseiros. Em suma, o *gabellotto* era um mafioso que, a soldo dos ricos, protegia as propriedades dos ricos contra qualquer reivindicação, legal ou ilegal, dos pobres. Quando algum camponês pobre tentava recorrer à lei que lhe permitia comprar terra inculta, o *gabellotto* o fazia mudar de ideia com ameaças de violência física ou morte. Era simples assim.

Don Tommasino também controlava os direitos de uso da água na área e impediu que o governo do país construísse qualquer represa nova no local. Essas represas arruinariam a lucrativa atividade de vender a água dos poços artesianos que ele controlava, baratearia demais o preço dela, acabaria com toda a importante economia baseada na água que fora tão laboriosamente construída ao longo de séculos. No entanto, Don Tommasino era um chefe mafioso à antiga e se negava a ter qualquer relação com tráfico de drogas e prostituição. Nisso ele se diferenciava da nova linhagem de chefes mafiosos que surgiam em cidades grandes como Palermo, gente nova que, por influência de gângsteres americanos deportados para a Itália, não tinha tais escrúpulos.

O chefe mafioso era extremamente robusto, um "homem de peito" tanto no sentido literal como no sentido figurado, indicando um indivíduo capaz de despertar medo nos semelhantes. Sob a sua proteção, Michael não tinha nada a temer, mas, mesmo assim, considerou-se necessário manter a identidade do fugitivo em segredo. Com isso, Michael ficou confinado à propriedade murada do dr. Taza, o tio do Don.

O dr. Taza era alto para um siciliano, quase um metro e oitenta, com rosto vermelhusco e cabelo branco como neve. Mesmo septuagenário, todas as semanas ia a Palermo render as suas homenagens às prostitutas mais jovens da cidade, e, quanto mais jovens, melhor. O outro vício do dr. Taza era a leitura. Lia de tudo e falava do que lia para os seus conterrâneos, os pacientes que eram camponeses analfabetos, os pastores da propriedade, e isso lhe valeu a fama local de toleirão. O que os livros tinham a ver com eles?

Ao anoitecer, o dr. Taza, Don Tommasino e Michael se sentavam no enorme jardim povoado com aquelas estátuas de mármore que, naquela ilha, pareciam brotar magicamente no jardim, como as maciças videiras de uva preta. O dr. Taza adorava contar histórias da Máfia e das suas façanhas ao longo dos séculos e encontrava em Michael Corleone um ouvinte fascinado. Às vezes, mesmo Don Tommasino era arrebatado pelo ar fragrante, pelo vinho inebriante, pelo conforto sereno e elegante do jardim, e contava alguma experiência própria. O médico era a lenda, o Don era a realidade.

Nesse jardim antigo, Michael Corleone veio a conhecer as raízes que geraram o seu pai. Que o sentido original da palavra "Máfia" era local de refúgio. Então se tornou o nome da organização secreta nascida para lutar contra os governantes que haviam oprimido o país e o povo durante séculos. A Sicília fora a terra mais cruelmente violentada em toda a história. A Inquisição torturara indistintamente ricos e pobres. Os barões e os príncipes latifundiários da Igreja católica exerciam poder absoluto sobre os pastores e os agricultores. A polícia era o instrumento de poder da elite e se identificava tanto com ela que ser chamado de policial é o pior insulto que um siciliano pode lançar em outro.

Diante da selvageria desse poder absoluto, os oprimidos aprenderam a nunca mostrar a sua raiva e ódio, por medo de serem esmagados. Aprenderam a nunca baixar a guarda proferindo qualquer forma de ameaça, pois esse tipo de advertência acarretava represálias imediatas. Aprenderam que a sociedade era inimiga e assim, quando queriam reparação por injustiças sofridas, recorriam à organização clandestina rebelde, a Máfia. E a Máfia consolidou o seu poder ao criar a lei do silêncio, a *omertà*. Na zona rural da Sicília, se um estranho perguntar o caminho para o povoado mais próximo, não receberá sequer a cortesia de uma resposta. E o maior crime que qualquer membro da Máfia poderia cometer seria dizer à polícia o nome do sujeito que acabou de lhe dar um tiro ou lhe causou qualquer dano. A *omertà* se tornou a religião do povo. A mulher que teve o marido assassinado não contaria à polícia o nome do assassino, nem mesmo do assassino do filho ou do estuprador da filha.

A justiça das autoridades nunca fora muito acolhedora e, assim, as pessoas sempre recorriam à Máfia robin-hoodiana. E, até certo ponto, ela ainda desempenhava esse papel. As pessoas recorriam ao *capo-mafioso* local, procurando ajuda em qualquer emergência. Ele era o assistente social, o capitão distrital com um cesto de comida e um emprego, o protetor delas.

Mas o que o dr. Taza deixou de acrescentar, e que Michael veio a saber por conta própria nos meses seguintes, era que a Máfia na Sicília se convertera no braço ilegal dos ricos e mesmo na polícia auxiliar da estrutura jurídica e política. Tornara-se uma estrutura capitalista degenerada, anticomunista, antiliberal, impondo tributos próprios em todas as formas de atividade profissional, por menores que fossem os negócios.

Michael Corleone entendeu pela primeira vez por que homens como o seu pai preferiam virar ladrões e assassinos a se inserir na sociedade legal. A pobreza, o medo, a degradação eram terríveis demais para qualquer indivíduo de espírito forte. E alguns imigrantes sicilianos nos Estados Unidos haviam considerado que a autoridade de lá seria igualmente cruel.

O dr. Taza convidou Michael para ir com ele a Palermo, na sua visita semanal ao bordel, mas Michael declinou. Com a fuga para a Sicília, não conseguira ter o tratamento médico adequado para a mandíbula quebrada, e agora trazia uma lembrança do capitão McCluskey no lado esquerdo do rosto. Os ossos se juntaram mal, entortando o rosto e lhe dando um ar de depravação naquele lado. Michael sempre fora vaidoso com a sua aparência e isso o incomodava mais do que imaginara. A dor, que ia e voltava, não o incomodava em nada, e o dr. Taza lhe dava alguns comprimidos que a amorteciam. Taza se prontificou a lhe tratar o rosto, mas Michael não quis. Já estava lá há tempo suficiente para saber que o dr. Taza era talvez o pior médico da Sicília. Lia tudo, exceto livros de medicina, e admitia que não conseguia entendê-los. Fora aprovado nos exames médicos graças aos bons préstimos do chefe mafioso mais importante da Sicília, que fora especialmente a Palermo para conversar com os professores de Taza sobre as notas que deviam lhe dar. E isso também mostrava como a Máfia na Sicília era um câncer para a sociedade em que se inseria. O mérito não significava nada. O talento não significava nada. O trabalho não significava nada. Ganhava-se a profissão como um presente do padrinho mafioso.

Michael dispunha de muito tempo livre para pensar nas coisas. De dia, caminhava pelo campo, sempre acompanhado por dois dos pastores ligados à propriedade de Don Tommasino. Era frequente recrutarem os pastores da ilha como assassinos de aluguel da Máfia, e faziam o serviço simplesmente como ganha-pão. Michael pensou na organização do pai. Se continuasse a prosperar, iria acontecer o mesmo que acontecera aqui nessa ilha, tão cancerosa que destruiria toda a região. A Sicília já era uma terra fantasmagórica: os homens migravam para qualquer outro país do mundo para conseguir ganhar o pão ou, simplesmente, para não serem assassinados por exercer seus direitos políticos e econômicos.

Nas suas longas caminhadas, o que mais impressionava Michael era a grandiosa beleza do lugar; percorria os bosques de laranjeiras que formavam profundas cavernas sombreadas por todo o campo, com as antigas tubulações trazendo a água que saía pelas presas da boca de grandes serpentes de pedra entalhadas antes de Cristo. Casas construídas como antigas *villas* romanas, com enormes portais de mármore e grandes aposentos abobadados, caindo em ruínas ou habitadas por carneiros extraviados. No horizonte, os morros angulosos brilhavam como ossos alvejados empilhados em montes a grande altura. Jardins e campos verdejantes ornavam a paisagem desértica como colares de esmeraldas cintilantes. E às vezes o passeio se prolongava até o povoado de Corleone, com os seus dezoito mil habitantes morando em fieiras nas reentrâncias da falda da montanha mais próxima, as casinhas simples feitas de pedra preta extraída daquela mesma montanha. Corleone tivera no ano anterior mais de sessenta assassinatos, e a morte parecia lançar sombras no povoado. Mais adiante, a mata de Ficuzza rompia a selvagem monotonia da planície arável.

Os dois pastores guarda-costas sempre levavam as suas *luparas* quando acompanhavam Michael na caminhada. A mortal espingarda siciliana era a arma favorita da Máfia. Na verdade, o chefe da polícia enviado por Mussolini para eliminar a Máfia da Sicília ordenara, como uma das suas primeiras providências, que todos os muros de pedra da Sicília fossem derrubados, ficando no máximo com noventa centímetros de altura, de forma que os matadores com as *luparas* não pudessem usar os muros como local de emboscada para os assassinatos. Não adiantou muito e o chefe policial resolveu o problema prendendo e deportando para as colônias penais qualquer indivíduo do sexo masculino suspeito de ser mafioso.

Quando a ilha foi libertada pelas Forças Aliadas, os militares do governo americano ocupante acharam que todos os presos pelo regime fascista eram democratas, e muitos desses mafiosos foram nomeados como prefeitos das aldeias ou como intérpretes do governo militar. Esse golpe de sorte permitiu que a Máfia se reconstituísse e ficasse mais forte do que nunca.

As longas caminhadas e uma garrafa de vinho forte à noite com um bom prato de macarrão e carne garantiam o sono a Michael. A biblioteca do dr. Taza tinha livros em italiano e, embora Michael falasse italiano em dialeto e tivesse feito alguns cursos de italiano na faculdade, a leitura desses livros lhe custava muito tempo e esforço. O seu italiano falado perdeu quase todo o sotaque e, mesmo que jamais pudesse passar por nativo, podia-se crer que era um daqueles italianos estranhos lá do extremo norte da Itália, na fronteira com os suíços e os alemães.

A distorção na face esquerda lhe dava um ar mais nativo. Era o tipo de desfiguração comum na Sicília por causa da falta de assistência médica. O pequeno ferimento que não pode ser suturado simplesmente por falta de dinheiro. Muitas crianças, muitos homens tinham desfigurações que, nos Estados Unidos, teriam sido corrigidas com uma pequena cirurgia ou um bom tratamento médico.

Michael pensava bastante em Kay, no seu sorriso, no seu corpo, e sempre sentia uma fisgada na consciência por tê-la deixado tão bruscamente, sem sequer uma palavra de despedida. O curioso, por outro lado, era que a sua consciência nunca sentia o menor incômodo pelos dois homens que tinha matado; Sollozzo tentara matar o seu pai; o capitão McCluskey o deixara desfigurado pelo resto da vida.

O dr. Taza sempre insistia para que operasse o lado torto, principalmente quando Michael lhe pedia analgésicos, pois, com o passar do tempo, a dor tinha piorado e se tornado mais frequente. Taza lhe explicou que havia um nervo facial abaixo do olho de onde se irradiava todo um conjunto de nervos. Com efeito, era o ponto favorito dos torturadores da Máfia, que o procuravam na face das vítimas com a ponta de um picador de gelo, fina como uma agulha. Era esse nervo específico na face de Michael que fora ferido ou talvez houvesse uma lasca de osso cravada nele. Uma cirurgia simples num hospital de Palermo aliviaria definitivamente a dor.

Michael não quis. Quando o médico perguntou o motivo, ele sorriu e respondeu:

— É uma lembrança de casa.

E realmente não se importava com a dor, que era mais um leve dolorido contínuo, um pequeno latejar no crânio, como um líquido passando num motor ligado para limpá-lo.

Foram quase sete meses de vida rústica e ociosa antes que Michael começasse realmente a sentir tédio. Nessa época, Don Tommasino andava muito ocupado e raramente estava em casa. Estava tendo problemas com a "nova Máfia" que surgia em Palermo, homens jovens que andavam fazendo uma fortuna com a explosão do pós-guerra no setor de construções da cidade. Com essa riqueza, agora tentavam invadir os feudos rurais dos velhos chefes da Máfia, a quem davam o desdenhoso apelido de Bigodões. Don Tommasino se mantinha ocupado, defendendo o seu domínio. E assim Michael se viu privado da companhia dele e tinha de se contentar com as histórias do dr. Taza, que começavam a se repetir.

Certa manhã, Michael resolveu dar uma longa caminhada até as montanhas adiante de Corleone. Estava, como sempre, acompanhado pelos dois pastores guarda-costas. Não era propriamente uma proteção contra os inimigos da Família Corleone. Simplesmente era perigoso demais para qualquer um que não fosse nativo ficar passeando por ali sozinho. Já era perigoso para um nativo. A região estava cheia de bandoleiros, com sequazes da Máfia lutando entre eles e, com isso, pondo todo mundo em risco. Além disso, poderiam confundi-lo com um ladrão de *pagliaio*.

Um *pagliaio* é uma palhoça construída nos campos para guardar implementos agrícolas e servir de abrigo para os lavradores, que então não precisam vir carregando as ferramentas de trabalho, na longa caminhada desde a aldeia onde moram. Na Sicília, o camponês não mora na terra que cultiva. É perigoso demais, e qualquer terra arável, caso tenha, é valiosa demais. Assim, ele mora na aldeia e, ao nascer do sol, põe-se a caminho do trabalho num campo distante. Um agricultor que chegasse ao seu *pagliaio* e o encontrasse saqueado ficaria realmente lesado. Naquele dia não teria pão na mesa. Depois que a lei se demonstrou impotente, a Máfia tomou a si esse interesse do camponês e resolveu o problema à sua maneira usual. Passou a perseguir e matar todos os ladrões de *pagliaio*. Era inevitável que alguns inocentes sofressem. Era possível que Michael, passando ao lado de um *pagliaio* que acabava de ser saqueado, fosse considerado o criminoso, a menos que tivesse alguém que o garantisse.

Assim, numa manhã ensolarada, pôs-se a atravessar os campos, seguido pelos dois fiéis pastores. Um deles era um sujeito bem simplório, quase apalermado, calado feito um morto, com o rosto impassível de um indígena. Tinha o físico miúdo e rijo do siciliano típico antes de chegar à gordura da meia-idade. Chamava-se Calo.

O outro pastor era mais extrovertido, mais novo e conhecia um pouco o mundo. Principalmente os oceanos, pois tinha sido marinheiro na Marinha italiana durante a guerra e tivera o tempo estritamente necessário para fazer uma tatuagem antes que afundassem o navio e ele fosse capturado pelos britânicos. Mas a tatuagem lhe deu fama na aldeia. É raro que os sicilianos se deixem tatuar, não têm ocasião nem propensão para isso. (O pastor, que se chamava Fabrizio, tinha feito a tatuagem basicamente para encobrir uma mancha vermelha de nascença que tinha no tórax.) Apesar disso, as carroças da Máfia, levando frutas e verduras para o mercado, traziam cenas alegremente pintadas nas laterais, belas pinturas primitivas feitas com amor e cuidado. De todo modo, Fabrizio, de volta à aldeia natal, não sentia grande orgulho por aquela tatuagem, embora mostrasse um tema caro à "honra" siciliana, um marido esfaqueando um homem e uma mulher, abraçados nus no piloso assoalho do seu peito. Fabrizio gracejava com Michael e perguntava sobre os Estados Unidos, pois claro que era impossível mantê-los às escuras sobre a sua verdadeira nacionalidade. Mesmo assim, não sabiam com certeza quem ele era, exceto que estava escondido e não podiam ficar comentando a respeito. Fabrizio às vezes trazia para Michael um queijo fresco, ainda exsudando soro.

Andavam por estradas rurais poeirentas, passando ao lado dos burricos que puxavam carroças alegremente pintadas. O campo estava repleto de flores cor-de-rosa, pomares de laranjeiras, bosques de amendoeiras e olivais, todos em flor. Essa foi uma das surpresas. Michael esperava se deparar com uma terra estéril, por causa da lendária pobreza dos sicilianos. Mas encontrara uma terra de farta abundância, atapetada de flores de perfumes cítricos. Era tão bonita que ele se perguntou como os habitantes eram capazes de deixá-la. Podia-se avaliar a crueldade do homem com o seu semelhante pelo grande êxodo daquele Jardim do Éden.

Michael pensara em caminhar até a aldeia costeira de Mazara, onde pegaria um ônibus de volta para Corleone ao anoitecer, e assim se cansaria e conseguiria dormir. Os dois pastores levavam mochilas com pão e queijo para comerem durante o percurso. Iam com as *luparas* à mostra, como se fossem caçar.

A manhã estava realmente linda. Michael se sentiu como se sentia na infância, num dia de verão, quando saía cedo de casa para ir jogar bola. Naqueles tempos, todos os dias pareciam recém-lavados, recém-pintados. E agora também. A Sicília estava atapetada de flores vivazes, o perfume das laranjeiras e dos limoeiros em flor tão intenso que, mesmo com a lesão facial que pressionava o septo nasal, ele podia senti-lo.

O ferimento no lado esquerdo do rosto estava totalmente curado, mas o osso se calcificara em lugar impróprio e a pressão no septo causava dor no olho esquerdo. O nariz tinha corrimento constante e ele enchia lenços e mais lenços com muco, e muitas vezes assoava o nariz direto no chão, como faziam os camponeses locais, costume que lhe dava nojo quando menino, vendo italianos de idade que desprezavam os lenços como afetação inglesa e assoavam o nariz soltando a secreção nas sarjetas das ruas.

A face também dava uma sensação de peso. O dr. Taza tinha dito que era por causa da pressão no septo, devido ao desvio com que a fratura se calcificara. Explicou que se chamava fratura linear do zigoma; se tivesse sido tratada antes que os ossos se calcificassem, seria fácil resolver com um pequeno procedimento cirúrgico, usando um instrumento parecido com uma colher que empurrava o osso para o lugar certo. Mas agora, dizia o médico, ele precisaria dar entrada num hospital de Palermo e passar por um procedimento mais complicado, que se chamava cirurgia maxilofacial, em que teriam de quebrar o osso novamente. Foi o que bastou para Michael. Recusou. E, mais do que a dor, mais do que o corrimento do nariz, o que o incomodava era a sensação de peso na face.

Afinal, naquele dia Michael não chegou até a costa. Depois de andarem cerca de vinte e cinco quilômetros, ele e os pastores pararam à sombra verde, fresca e úmida de um pomar de laranjeiras para comer e tomar o vinho que tinham levado. Fabrizio se pôs a tagarelar, dizendo que algum dia iria para os Estados Unidos. Depois de comerem e beberem, estenderam-se sob a sombra e Fabrizio desabotoou a camisa, contraindo os músculos do tórax para dar movimento à tatuagem. O casal nu se retorcia numa agonia amorosa e o punhal cravado pelo marido estremecia na carne trespassada dos amantes. Os caminhantes se divertiam. Foi aí que Michael foi atingido pelo que os sicilianos chamam de "o raio".

Além do pomar de laranjeiras estendiam-se os campos de faixas verdejantes de uma propriedade baronial. No caminho que saía do pomar, havia mais adiante uma *villa* de aspecto tão romano que parecia recuperada das ruínas de Pompeia. Era um palacete com um enorme pórtico de mármore e colunas gregas estriadas, e por entre aquelas colunas vinha um grupo de jovens aldeãs, ladeadas por duas matronas robustas vestidas de preto. Eram do povoado e, evidentemente, tinham cumprido a antiga obrigação para com o barão local de limpar o solar e prepará-lo para a temporada de inverno do proprietário. Agora se dirigiam aos campos para colher as flores que enfeitariam os aposentos. Estavam colhendo *sulla*, glicínia lilás, que entremeavam com flores de laranjeira e limoeiro. As mocinhas se aproximavam, sem ver os homens descansando no pomar.

Usavam vestidos de chita florida colados ao corpo. Ainda eram adolescentes, mas já com toda a feminilidade que tão depressa desabrochava na carne bronzeada de sol. Três ou quatro delas começaram a correr atrás de uma outra, perseguindo-a para os lados do pomar de laranjeiras. A jovenzinha perseguida tinha na mão esquerda um cacho de enormes uvas roxas e com a direita arrancava as bagas do cacho e atirava nas perseguidoras. O cabelo encaracolado que lhe coroava a cabeça era tão escuro quanto as uvas, e a sua pele parecia incapaz de conter o corpo exuberante.

Logo antes do bosque ela parou, espantada, ao ter os olhos atraídos pela cor diferente da camisa dos homens. Ficou ali na ponta dos pés, como um cervo prestes a correr. Agora estava próxima, tão próxima que os homens podiam ver todos os traços do seu rosto.

Ela era toda oval — olhos ovalados, faces ovaladas, o contorno das sobrancelhas ovalado. Tinha uma bela tez cremosa e morena e olhos enormes, violeta-escuro ou castanhos, mas sombreados por longos cílios densos que ornavam o rosto encantador. A boca era carnuda, mas não grosseira, suave, mas não mole, e estava tingida de rubro pelo sumo das uvas. Era tão incrivelmente encantadora que Fabrizio murmurou "Jesus Cristo, acolhe a minha alma, que estou morrendo" de brincadeira, mas as palavras saíram um tanto roucas demais. A mocinha, como se o tivesse ouvido, voltou a pousar os pés no chão, girou afastando-se deles e voltou correndo para as suas perseguidoras. Os quadris se moviam como os de uma corça sob o vestido justo estampado, com uma naturalidade pagã e uma inocente voluptuosidade. Ao alcançar as amigas, girou outra vez e o seu rosto parecia uma cavidade escura contra as flores do campo em tons vivos. Ela estendeu um dos braços e apontou com a mão cheia de uvas para o bosque. As mocinhas fugiram aos risos, sob as repreensões das matronas robustas vestidas de preto.

Quanto a Michael Corleone, ficou ali de pé, parado, o coração batendo forte no peito; sentia uma leve vertigem. O sangue corria depressa pelo corpo, por todas as suas extremidades, latejando na ponta das mãos e dos pés. Todos os perfumes da ilha vinham de roldão no vento, mesclando os aromas florais das laranjas, dos limões, das uvas, das flores silvestres. Era como se o seu corpo se desprendesse dele. E então ouviu os dois pastores rindo.

— Foi atingido pelo raio, hein? — disse Fabrizio, batendo-lhe no ombro.

Até Calo ficou simpático, dando-lhe um tapinha no braço e dizendo afetuosamente:

— Calma, homem, calma.

Era como se Michael tivesse sido atropelado por um carro. Fabrizio lhe estendeu uma garrafa de vinho, e Michael deu um longo trago. A cabeça se clareou.

— Ei, seus ovelheiros desgraçados, do que vocês estão falando? — retrucou ele.

Os dois pastores riram. Calo, com a máxima seriedade estampada no rosto, respondeu:

— Não tem como disfarçar o raio. Quando ele pega a gente, todo mundo vê. Cristo do céu, homem, não precisa se envergonhar, tem homens que rezam por um raio. Você tem sorte.

Michael não gostou muito que lessem as suas emoções com tanta facilidade. Mas era a primeira vez na vida que lhe acontecia uma coisa dessas. Não tinha nada a ver com as paixões de adolescência, não tinha nada a ver com o amor que sentira por Kay, um amor baseado em igual medida na meiguice e inteligência dela e na polaridade entre loira e moreno. Agora era um desejo avassalador de posse, uma impressão indelével do rosto da moça no seu cérebro, e ele entendeu que, se não a possuísse, ela assombraria diariamente as suas lembranças pelo resto da vida. A sua vida se simplificara, se concentrara num único ponto, e nada mais merecia sequer um momento de atenção. Michael, durante o exílio, sempre pensava em Kay, mas sentindo que jamais poderiam voltar a ser amantes ou sequer amigos. Afinal de contas, ele era um assassino, um mafioso que "mostrara o seu valor". Mas agora Kay fora totalmente removida da sua consciência.

Fabrizio disse animadamente:

— Vou até a aldeia, vamos descobrir quem ela é. Vai que esteja mais disponível do que pensamos. Só existe um remédio para o raio, não é, Calo?

O outro pastor assentiu com gravidade. Michael não falou nada. Seguiu os dois, que pegaram a estrada até a aldeia ali próxima onde o grupo de mocinhas desaparecera.

A aldeia se concentrava em volta da costumeira praça central com a sua fonte. Mas ficava numa rota principal, de forma que havia algumas lojas, casas de vinho e um pequeno café com três mesas num pequeno terraço. Os pastores se sentaram a uma das mesas e Michael se juntou a eles. Não havia sinal das jovens, em lugar nenhum. A aldeia parecia deserta, a não ser por uns garotinhos e um burrico que vagueava por ali.

O proprietário do café veio atendê-los. Era um sujeito baixo e troncudo, quase nanico, que os cumprimentou animadamente e trouxe um prato de grãos-de-bico à mesa.

— Vocês são forasteiros aqui — disse ele —, então me permitam um conselho. Provem o meu vinho. As uvas vêm do meu próprio vinhedo e ele é feito pelos meus próprios filhos. Misturam com laranja e limão. É o melhor vinho da Itália.

Deixaram que ele trouxesse o vinho numa jarra e, de fato, era ainda melhor do que ele dizia, tinto bem escuro e forte como conhaque. Fabrizio disse ao dono do café:

— Aposto que você conhece todas as moças daqui. Vimos umas belezinhas vindo pela estrada, e uma delas pegou o meu amigo aqui com o raio. — E fez um gesto na direção de Michael.

O dono do café fitou Michael com interesse renovado. Antes, o rosto torto lhe parecera totalmente comum, sem merecer um segundo olhar. Mas um homem atingido pelo raio era outra história.

— Então é melhor levar algumas garrafas para casa, meu amigo — disse ele. — Vai precisar de ajuda para dormir hoje à noite.

Michael perguntou ao homem:

— Conhece uma moça com o cabelo todo encaracolado? Pele muito cremosa, olhos muito grandes e muito escuros. Conhece uma moça assim na aldeia?

O dono do café foi curto e grosso.

— Não. Não conheço nenhuma moça assim. — E desapareceu dentro da cafeteria.

Os três ficaram tomando o vinho devagar, terminaram a jarra e pediram outra. O dono não reapareceu. Fabrizio entrou no café para procurá-lo. Quando voltou, fez uma careta e disse a Michael:

— Bem que imaginei, era da filha dele que estávamos falando, e agora ele está lá nos fundos fervendo de raiva e vontade de nos aprontar alguma. Acho que é melhor começarmos a voltar para Corleone.

Apesar dos vários meses na ilha, Michael ainda não se acostumara à suscetibilidade siciliana em questão de sexo, e isso agora era um exagero até para um siciliano. Mas os dois pastores pareciam considerar normal. Ficaram a esperá-lo para irem embora. Fabrizio disse:

— O danado falou que tem dois filhos, dois rapagões rijos, e que basta dar um assobio para eles virem. Vamos embora.

Michael lhe deu um olhar gelado. Até agora, mostrara-se um rapaz calmo e tranquilo, um americano típico, a não ser pelo fato de que estava escondido na Sicília e, portanto, devia ter feito algo bem másculo. Era a primeira vez que os pastores viam o olhar fixo de um Corleone. Don Tommasino, conhecendo a verdadeira identidade de Michael e sabendo o que fizera, sempre fora cauteloso com o rapaz, tratando-o como "homem de respeito", tal como ele mesmo. Mas esses pastores simplórios tinham formado opinião própria sobre Michael, e não era muito sábia. Ao olhar gélido, ao rosto branco e rígido, à fúria que emanava de Michael como o vapor de um bloco de gelo, o riso deles se extinguiu e a familiaridade no trato cessou.

Ao ver que agora recebia a devida e respeitosa atenção dos dois, Michael lhes disse:

— Tragam-me aqui o sujeito.

Não pestanejaram. Puseram as *luparas* ao ombro e entraram na penumbra fresca do café. Poucos segundos depois, reapareceram com o dono entre eles. O homenzinho atarracado não parecia minimamente atemorizado, mas agora a sua raiva mostrava uma ponta de cautela.

Michael se reclinou na cadeira e o estudou por um momento. Então falou com muita calma:

— Entendo que o ofendi ao falar sobre a sua filha. Apresento-lhe as minhas desculpas, sou forasteiro aqui na região, não conheço bem os costumes. Digo-lhe o seguinte: não tive nenhuma intenção de desrespeitar a si ou à sua filha.

Os pastores guarda-costas ficaram impressionados. Quando Michael falava com eles, nunca era com essa voz. Tinha um tom de mando e autoridade, embora estivesse se desculpando. O dono do café ergueu os ombros, sabendo que não estava lidando com um campônio.

— Quem é você e o que quer da minha filha?

Michael respondeu sem hesitar:

— Sou americano, estou escondido da polícia do meu país aqui na Sicília. Chamo-me Michael. Pode informar a polícia e ficar rico, mas com isso a sua filha perderá um pai em vez de ganhar um marido. Seja como for, quero conhecer a sua filha. Com a sua permissão e a supervisão da sua família. Com todo o decoro. Com todo o respeito. Sou homem honrado e não penso em desonrar a sua filha. Quero conhecê-la, falar com ela e então, se ambos quisermos, casaremos. Se não, vocês nunca mais me verão. Afinal, ela pode me considerar antipático e isso ninguém pode remediar. Mas, chegada a devida hora, eu lhe contarei sobre mim tudo o que o pai de uma esposa deve saber.

Os três homens o fitavam surpresos; Fabrizio murmurou assombrado:

— Esse é mesmo o raio de verdade.

O dono do café já não parecia tão seguro nem desdenhoso, e a raiva parecia ceder. Por fim perguntou:

— O senhor é um amigo dos amigos?

Como o siciliano comum nunca podia pronunciar a palavra Máfia, esse era o modo mais próximo que o dono do café podia usar para perguntar se Michael fazia parte da Máfia. Era a maneira usual de perguntar se alguém pertencia a ela, mas em geral não se perguntava diretamente à pessoa envolvida.

— Não — respondeu Michael. — Sou estrangeiro aqui no país.

O dono do café o examinou mais uma vez, fitou o lado esquerdo estropiado do rosto, as pernas compridas, raras na Sicília. Olhou os dois pastores carregando as *luparas* abertamente, sem medo, e lembrou como tinham entrado na área interna do café, dizendo-lhe que o *padrone* queria falar com ele. O dono do café grunhiu que queria que aquele filho da puta fosse embora, e um dos pastores dissera: "Vá por mim, é melhor ir até lá e falar pessoalmente com ele." E algo o fizera sair. Agora algo o fazia perceber que era melhor mostrar um pouco de cortesia por esse estranho. Disse, relutante:

— Venha domingo à tarde. Chamo-me Vitelli e a minha casa fica no alto do morro, acima da aldeia. Mas venha aqui ao café e o levo até lá.

Fabrizio começou a dizer alguma coisa, mas bastou um olhar de Michael e a língua do pastor se imobilizou entre os dentes. Isso não passou despercebido a Vitelli. Assim, quando Michael se levantou e lhe estendeu a mão, o dono do café correspondeu e sorriu. Faria algumas indagações e, se as respostas não fossem satisfatórias, sempre poderia receber Michael com os dois filhos portando as próprias espingardas. O dono do café tinha lá os seus contatos entre os "amigos dos amigos". Mas algo lhe dizia que este era um daqueles tremendos lances de sorte em que os sicilianos sempre acreditavam, algo lhe dizia que a beleza da sua filha traria felicidade a ela e segurança à família. Alguns rapazes locais já começavam a enxamear por ali e esse forasteiro de cara quebrada cumpriria a tarefa necessária de afugentá-los. Para mostrar a sua boa vontade, Vitelli se despediu dos forasteiros com uma garrafa do melhor e mais gelado vinho. Percebeu que foi um dos pastores que pagou a conta. Isso o deixou ainda mais impressionado, ficando muito claro que Michael era o chefe que mandava nos dois acompanhantes.

Michael não estava mais interessado na caminhada. Encontraram uma oficina e contrataram um carro com motorista para levá-los de volta a Corleone e, em algum momento antes do jantar, os pastores devem ter informado ao dr. Taza o que acontecera. Naquela noite, sentados no jardim, o dr. Taza disse a Don Tommasino:

— Hoje o nosso amigo foi atingido pelo raio.

Don Tommasino não demonstrou surpresa. Resmungou:

— Gostaria que alguns daqueles rapazes em Palermo fossem atingidos por um raio, talvez eu tivesse um pouco de paz.

Estava falando dos chefes mafiosos ao novo estilo, que surgiam nas cidades grandes como Palermo e desafiavam o poder dos baluartes do velho regime, como ele mesmo.

Michael disse a Tommasino:

— Quero que diga àqueles dois pastores que me deixem sozinho no domingo. Vou visitar a família dessa moça e não os quero andando por perto.

Don Tommasino meneou a cabeça.

— Sou responsável por você perante o seu pai; portanto, não me peça isso. Outra coisa: soube que você chegou a falar em casamento. Não posso permitir enquanto eu não enviar alguém para falar com o seu pai.

Michael Corleone foi muito cuidadoso, pois, afinal, aquele era um homem de respeito.

— Don Tommasino, o senhor conhece o meu pai. Ele fica totalmente surdo quando alguém lhe diz um não. E só volta a ouvir quando lhe dizem sim. Pois bem, ele já ouviu o meu não muitas vezes. Entendo a questão dos dois guardas, não quero lhe causar problemas, e então eles podem me acompanhar no domingo. Mas, se eu quiser me casar, vou me casar. E claro que, se não permito que o meu próprio pai interfira na minha vida pessoal, seria um insulto a ele permitir que o senhor interfira.

O *capo-mafioso* deu um suspiro e respondeu:

— Bom, então vai precisar ter casamento. Conheço o raio que o atingiu. É uma boa moça de uma família respeitável. Não poderá desonrá-los sem que o pai tente matá-lo, e aí você terá de derramar sangue. Além disso, conheço bem a família e não posso permitir que isso aconteça.

— Talvez ela não aceite a minha aparência, e é muito nova, vai me achar velho — disse Michael.

Viu que os dois sorriam e prosseguiu:

— Vou precisar de dinheiro para os presentes e creio que vou precisar de um carro.

O Don concordou com a cabeça.

— Fabrizio vai cuidar de tudo, é um rapaz esperto, aprendeu mecânica na Marinha. De manhã lhe dou algum dinheiro e vou avisar ao seu pai o que está acontecendo. Isso eu preciso fazer.

Michael se dirigiu ao dr. Taza.

— Tem alguma coisa que possa secar esse maldito corrimento que não para de sair do meu nariz? Não quero que a moça me veja assoando o nariz o tempo todo.

O dr. Taza respondeu:

— Vou passar um medicamento antes de você sair no domingo. Vai amortecer um pouco a carne, mas não se preocupe, você não vai beijá-la, o que ainda vai levar algum tempo para acontecer.

O médico e o Don sorriram a esse gracejo.

Chegado o domingo, Michael dispunha de um Alfa Romeo, velho, mas funcionando. Além disso, fora de ônibus até Palermo para comprar presentes para a moça e a família. Ficou sabendo que ela se chamava Apollonia, e toda noite pensava no seu belo rosto e no seu belo nome. Tinha de beber bastante vinho para dormir, e as criadas idosas da casa receberam a instrução de deixar uma garrafa gelada ao lado da cama. Ele a esvaziava toda noite.

No domingo, ao som dos sinos das igrejas que cobriam toda a Sicília, foi dirigindo o Alfa até a aldeia e estacionou em frente ao café. Calo e Fabrizio estavam no banco de trás com as suas *luparas*, e Michael lhes disse que não iriam até a casa e que esperassem no café. O café estava fechado, mas Vitelli estava lá à espera, apoiado no gradil do terraço vazio.

Todos trocaram apertos de mão, e Michael pegou os três embrulhos com os presentes e, com Vitelli, subiu penosamente a encosta até a sua casa. Era maior do que as cabanas usuais da aldeia, mostrando que os Vitelli não viviam na pobreza.

No interior da casa, havia, como de praxe, estatuetas da Virgem sob redomas de vidro, com pequenas lâmpadas votivas vermelhas cintilando aos seus pés. Os dois filhos estavam à espera, também vestidos com os trajes pretos domingueiros. Eram dois jovens robustos, recém-saídos da adolescência, mas parecendo mais velhos por causa da dura labuta agrícola. A mãe era uma mulher vigorosa, robusta como o marido. Não havia sinal da moça.

Após as apresentações, que Michael nem ouviu direito, sentaram-se no aposento que podia ser tanto uma sala de estar quanto a sala de jantar formal. Não era muito espaçoso e estava entulhado com os mais variados móveis, mas, para a Sicília, era o próprio esplendor de classe média.

Michael deu os presentes ao *signor* Vitelli e à *signora* Vitelli. Para o pai, era um cortador de charutos de ouro, para a mãe um corte do mais fino tecido à venda em Palermo. Ainda estava com um pacote, para a jovem. Os presentes foram recebidos com discretos agradecimentos. Eram um pouco prematuros demais, pois ele não devia ter dado nada antes da segunda visita.

O pai lhe disse com a costumeira franqueza masculina local:

— Não pense que somos tão insignificantes a ponto de receber forasteiros na nossa casa com tanta facilidade. Mas Don Tommasino se responsabilizou pessoalmente por você, e ninguém nessa província jamais duvidaria da palavra daquele bom homem. E assim lhe damos as boas-vindas. Mas devo dizer que, se tem intenções sérias em relação à minha filha, teremos de saber um pouco mais sobre você e a sua família. Há de entender, afinal a sua família é daqui.

Michael assentiu e disse com cortesia:

— Conto-lhe o que desejar saber a qualquer momento que queira.

O *signor* Vitelli ergueu a mão.

— Não sou curioso. Vejamos antes se será necessário. Neste momento, você é bem-vindo na minha casa como amigo de Don Tommasino.

Apesar do medicamento aplicado no nariz, Michael sentiu a presença perfumada da jovem na sala. Virou-se e ela estava sob a porta em arco que levava aos fundos da casa. Era um perfume de flores frescas e botões de limoeiro, mas não trazia nada no nigérrimo cabelo encaracolado, nada no vestido preto simples e sóbrio, obviamente a sua melhor roupa domingueira. Ela lhe concedeu um rápido olhar e um sorriso tímido antes de baixar recatadamente os olhos e se sentou ao lado da mãe.

Michael sentiu de novo aquela falta de fôlego, aquela sensação que lhe inundava o corpo e que não era propriamente desejo, mas uma louca possessividade. Entendia pela primeira vez os clássicos ciúmes do homem italiano. Naquele momento estaria pronto para matar quem tocasse nessa moça, quem tentasse tê-la para si, tentasse tirá-la dele. Queria tê-la com a mesma sofreguidão com que um avarento quer ter moedas de ouro, com a mesma intensidade com que um rendeiro quer ter terra própria. Nada o deteria para ter essa moça, para possuí-la, trancá-la em casa e mantê-la prisioneira, apenas para si mesmo. Não queria que ninguém sequer a visse. Quando ela se virou e sorriu para um dos irmãos, Michael lançou ao jovem um olhar mortífero sem sequer perceber. A família pôde ver que era um caso clássico do "raio" e se sentiu tranquilizada. Esse rapaz seria como argila nas mãos da filha até o momento de se casarem. Depois disso, claro, as coisas mudariam, mas não tinha importância.

Michael comprara para si alguns trajes novos em Palermo, não sendo mais o campônio de roupa rústica, e ficou evidente para a família que ele era algum tipo de Don. A face esmagada não lhe dava uma aparência tão malévola quanto ele pensava; como a outra face era muito bonita, a desfiguração ficava até interessante. E, de toda maneira, aqui era uma terra em que, para ser chamado de desfigurado, era preciso concorrer com uma legião de gente que sofrera extremas desgraças físicas.

Michael fitou diretamente a moça e os adoráveis ovais do seu rosto. Agora podia ver que os lábios dela eram quase azulados, tão escuro era o sangue que pulsava neles. E disse, sem ousar pronunciar o seu nome·

— Vi você perto do pomar de laranjeiras no outro dia. Quando fugiu Espero que não a tenha assustado.

A jovem ergueu os olhos para ele por um brevíssimo instante. Abanou a cabeça. Mas, ao encanto daqueles olhos, Michael desviara os seus. A mãe foi incisiva:

— Apollonia, fale com o pobre rapaz, ele percorreu quilômetros para vir vê-la.

Mas os longos cílios negros da moça continuaram encobrindo os seus olhos como asas. Michael lhe estendeu o presente embrulhado em papel dourado, e a moça o pôs no colo. O pai disse:

— Abra, menina.

Ela, porém, não moveu as mãos. Eram mãos miúdas e morenas, mãos de moleca travessa. A mãe se inclinou e abriu o pacote com impaciência, mas com cuidado para não rasgar o precioso papel. Parou perante a caixinha de joalheria em veludo vermelho; nunca tivera tal coisa nas mãos e não sabia como soltar o fecho. Mas abriu por instinto e então tirou o presente.

Era uma grossa corrente de ouro para ser usada como colar, e ficaram assombrados não só por causa do seu evidente valor mas porque um presente de ouro nessa sociedade era também uma declaração das mais sérias intenções. Era nada menos do que um pedido de casamento ou, pelo menos, sinal de que havia a intenção de pedir em casamento. Não havia mais como duvidar da seriedade desse forasteiro. E não havia como duvidar das suas posses.

Apollonia ainda não tocara no presente. A mãe o segurou diante da filha, para que o visse, e ela ergueu aqueles longos cílios por um instante e então fitou diretamente Michael, com uma expressão grave nos olhos castanhos de corça, e disse:

— *Grazie.*

Era a primeira vez que ele ouvia a sua voz.

Tinha toda a suavidade veludosa da juventude e da timidez, e os ouvidos de Michael retiniram ao som. Continuou a desviar os olhos dela e a conversar com o pai e a mãe, pelo simples fato de que ficava aturdido só de olhá-la. Mas percebeu que, embora usasse um vestido conservadoramente largo e solto, o seu corpo quase rebrilhava através do tecido, de pura sensualidade. E percebeu que o rubor da pele se aprofundava, a pele cremosa morena ficando mais morena com o sangue que lhe subia ao rosto.

Finalmente Michael se levantou para ir embora, e a família também se levantou. Despediram-se formalmente, a jovem enfim diante dele ao apertarem as mãos, e ele teve um choque ao sentir a pele dela sobre a sua, pele quente e áspera, pele de camponesa. O pai o acompanhou na descida até o carro e o convidou para o jantar de domingo na semana seguinte. Michael assentiu, mas sabia que não conseguiria esperar uma semana inteira para rever a jovem.

Não esperou. No dia seguinte, sem os pastores, pegou o carro e foi até a aldeia, sentando-se no terraço do café para conversar com o pai dela. O *signor* Vitelli ficou com pena dele e mandou chamar a esposa e a filha para se juntarem a eles no café. Esse encontro foi menos canhestro. Apollonia estava menos tímida e falou mais. Estava com o seu habitual vestido floreado, que combinava muito melhor com as suas cores.

No dia seguinte foi a mesma coisa. Só que, dessa vez, Apollonia estava com a corrente de ouro que Michael lhe presenteara. Então ele sorriu, sabendo que era um sinal que ela lhe dava. Subiram a encosta juntos, a mãe logo atrás. Mas era impossível evitar que os dois jovens roçassem o corpo e, a certa altura, Apollonia tropeçou e caiu sobre Michael, de modo que ele precisou segurá-la, e o corpo tão quente e cheio de vida nas suas mãos fez subir nele uma enorme onda de sangue. Não viram que a mãe, atrás, sorria, pois a filha era uma verdadeira cabrita montesa que nunca tropeçara na trilha desde que usava fraldas. E sorria, pois esta era a única forma pela qual o rapaz conseguiria pôr as mãos na moça até o casamento.

As coisas seguiram assim durante duas semanas. Michael lhe levava presentes a cada vez que aparecia, e aos poucos ela foi perdendo a timidez. Mas nunca se encontravam sem a presença de um acompanhante. Era apenas uma aldeã, quase analfabeta, sem nenhuma ideia do mundo, mas tinha um frescor, uma energia vital que, com a ajuda da barreira da língua, lhe conferia um ar interessante. Tudo foi bem rápido, por solicitação de Michael. E, como a jovem não só estava fascinada por ele mas sabia que devia ser rico, a data do casamento foi marcada para o domingo dali a duas semanas.

Então Don Tommasino se fez presente. Recebera notícias dos Estados Unidos, avisando que Michael não se subordinava a ordens, mas que deviam ser tomadas todas as precauções elementares. Assim, Don Tommasino se nomeou como pai do noivo, para assegurar a presença dos seus guarda-costas. Além do dr. Taza, Calo e Fabrizio também participaram da cerimônia de casamento, representando o povoado de Corleone. O casal iria morar no solar do dr. Taza, cercado pelos muros de pedra.

O casamento foi a costumeira cerimônia camponesa. Os aldeões se postaram nas ruas e atiraram flores enquanto o grupo, composto pelo casal e pelos convidados, seguia a pé da igreja até o lar da noiva. O cortejo nupcial atirava aos vizinhos mancheias de amêndoas confeitadas, que eram os doces tradicionais dos casamentos, e com os confeitos restantes fizeram montes brancos açucarados no leito nupcial da noiva, que neste caso era apenas simbólico, visto que passariam a primeira noite no solar dos arredores de Corleone. O banquete de casamento iria até a meia-noite, mas os recém-casados sairiam antes, no Alfa Romeo. Chegada a hora, Michael ficou surpreso ao ver que, a pedido da noiva, a mãe iria junto com eles até o solar de Corleone. O pai explicou: a moça era jovem, virgem, estava um pouco assustada, precisaria de alguém para conversar de manhã, após a noite de núpcias, ou para pô-la no rumo certo, caso as coisas saíssem errado. Essas coisas às vezes podiam ser bastante complicadas. Michael viu que Apollonia o fitava em dúvida, com os seus enormes olhos castanhos de corça. Sorriu para ela e concordou.

E assim foi que voltaram para o solar de Corleone com a sogra no carro. Mas a senhora logo foi conversar com a criadagem do dr. Taza, deu um beijo e um abraço na filha e sumiu de cena. Michael e a esposa estavam autorizados a ir sozinhos para o imenso dormitório.

Apollonia ainda estava com o vestido de noiva, com uma capa por cima. Tinham trazido a mala e a valise do carro para o quarto. Numa mesinha havia uma garrafa de vinho e um prato com bolinhos de casamento. A enorme cama de dossel estava sempre à vista deles. A jovem no meio do quarto aguardava que Michael tomasse a iniciativa.

E, agora que ela era somente dele, agora que ela lhe pertencia legalmente, agora que não havia nenhuma barreira para desfrutar aquele corpo e aquele rosto com que passara as noites sonhando, Michael não conseguia se aproximar dela. Ficou observando enquanto ela tirava o véu de noiva, dobrava-o, colocava-o numa cadeira e pousava a grinalda no pequeno toucador. No toucador havia uma fila de perfumes e cremes que Michael mandara vir de Palermo. Com o olhar, a jovem avaliou aquele conjunto por um instante.

Michael apagou as luzes, pensando que a moça aguardava que alguma penumbra lhe encobrisse o corpo enquanto se despia. Mas a lua siciliana entrava pelas janelas abertas, cintilando dourada, e Michael foi fechar as venezianas, mas não por completo, pois o quarto ficaria abafado demais.

A jovem ainda estava de pé junto ao toucador e, assim, Michael saiu do quarto e seguiu pelo corredor até o banheiro. Ele, o dr. Taza e Don Tommasino haviam tomado um cálice de vinho juntos, no jardim, enquanto as mulheres se preparavam para deitar. Pensara que, quando entrasse, encontraria Apollonia de camisola, já entre os lençóis. Ficou surpreso que a mãe não tivesse ajudado a filha nisso. Talvez Apollonia quisesse que ele a ajudasse a se despir. Mas julgava que ela era tímida demais, inocente demais para essa atitude mais avançada.

Agora, ao voltar, o quarto estava completamente escuro e as venezianas estavam totalmente cerradas. Ele avançou às apalpadelas até a cama e discerniu a silhueta de Apollonia sob os lençóis, de costas para ele, o corpo encurvado e encolhido. Michael se despiu e, nu, deslizou por sob os lençóis. Estendeu a mão e tocou a pele nua sedosa. Ela não vestira camisola e essa ousadia lhe agradou. Devagar, com cuidado, Michael pôs a mão no ombro dela, comprimindo suavemente o corpo de Apollonia para que ela se virasse. Ela se virou devagar e a mão dele lhe tocou os seios fartos e macios, e ela se pôs entre seus braços com tal rapidez que os dois corpos se uniram numa só corrente de sedosa eletricidade; finalmente a teve entre os braços, deu-lhe um beijo ardente e profundo, apertando junto a si o corpo e os seios de Apollonia, e então rolou na cama e se pôs por cima dela.

Agora, com o corpo e os cabelos de seda, ela era pura sofreguidão, retesando-se e empinando-se freneticamente sob ele num transe erótico virginal. Ao se sentir penetrada, arfou de leve e ficou imóvel apenas por um segundo e, então, num vigoroso impulso da pelve, trançou as pernas acetinadas em volta dos quadris de Michael. Quando chegaram ao fim, estavam entrelaçados com tanta força, agarrados com tanta intensidade que, para se desprenderem, foi como se tivessem um espasmo diante da morte.

Naquela noite e nas semanas seguintes, Michael Corleone veio a entender o valor que os povos socialmente primitivos atribuíam à virgindade. Era um período de sensualidade que ele nunca conhecera antes, uma sensualidade a que se mesclava a sensação de poder masculino. Apollonia, naqueles primeiros dias, se tornou quase como uma escrava sua. Recebendo confiança, recebendo afeição, uma jovem cheia de energia, ao despertar da virgindade para a experiência erótica, era deliciosa como uma fruta no ponto perfeito de madura.

Ela, por sua vez, iluminava a atmosfera masculina bastante sombria do solar. Despachara a mãe logo no dia seguinte, após a noite de núpcias, e presidia à mesa comunal com um alegre encanto juvenil. Don Tommasino jantava com eles todas as noites, e o dr. Taza contava todas as suas velhas histórias, enquanto tomavam vinho no jardim cheio de estátuas enfeitadas com guirlandas de flores vermelhas, e assim os serões se passavam de maneira bastante agradável. À noite, no quarto, os recém-casados passavam horas entregues a um amor febril. Michael não se cansava do corpo belamente esculpido, da pele cor de mel, dos imensos olhos castanhos de Apollonia, brilhando de paixão. O seu corpo emanava um aroma de maravilhoso frescor, um aroma carnal que trazia a fragrância do seu sexo ainda quase doce e irresistivelmente afrodisíaca. A paixão virginal de Apollonia igualava o desejo nupcial de Michael, e muitas vezes, quando caíam num sono exausto, já raiava a aurora. De vez em quando, cansado, mas ainda não disposto a dormir, Michael se sentava no parapeito da janela e fitava o corpo nu de Apollonia a dormir. O rosto em repouso também era encantador, um rosto perfeito que, antes, ele só tinha visto nos livros de arte, em quadros de Virgens italianas que ninguém, por maior que fosse a habilidade do pintor, tomaria por virginais.

Na primeira semana de casamento, fizeram piqueniques e deram pequenos passeios no Alfa Romeo. Mas então Don Tommasino puxou Michael de lado e lhe explicou que, com a cerimônia de casamento, a sua presença e a sua identidade tinham se tornado de conhecimento geral naquela região da Sicília, e era preciso tomar precauções contra os inimigos da Família Corleone, que tinham braços longos que também chegavam a esse refúgio insular. Don Tommasino colocou guardas armados em volta do solar, e os dois pastores, Calo e Fabrizio, ficavam dentro dos muros. Assim, Michael e esposa tinham de permanecer no terreno da mansão. Michael passava o tempo ensinando Apollonia a ler e escrever em inglês e a dirigir o carro pelos muros internos do terreno. A essa altura, Don Tommasino parecia andar preocupado, e não era grande companhia. Continuava tendo problemas com a nova Máfia em Palermo, disse o dr. Taza.

Uma noite, no jardim, uma velha aldeã que trabalhava na casa como criada trouxe um prato de azeitonas verdes e então se virou para Michael, perguntando:

— É verdade isso que todo mundo anda dizendo, que você é o filho de Don Corleone em Nova York, o padrinho?

Michael viu que Don Tommasino meneava a cabeça, aborrecido que todos conhecessem o segredo deles. Mas a criada o fitava com tanto interesse, como se fosse muito importante saber a verdade, que Michael assentiu e perguntou:

— A senhora conhece o meu pai?

A mulher se chamava Filomena e tinha um rosto enrugado e escuro como uma casca de noz, os dentes manchados de marrom aparecendo como a noz dentro da sua casca. Ela sorriu para Michael pela primeira vez desde que ele estava no solar.

— Uma vez o padrinho salvou a minha vida — respondeu ela — e a minha cabeça também.

Filomena fez um gesto apontando a fronte. Era evidente que queria dizer mais alguma coisa, e assim Michael sorriu para encorajá-la. Ela perguntou quase com medo:

— É verdade que Luca Brasi morreu?

Michael assentiu mais uma vez e ficou surpreso com o ar de alívio no rosto da mulher. Filomena se persignou e disse:

— Deus me perdoe, mas a alma dele que arda no inferno por toda a eternidade.

Michael lembrou a sua antiga curiosidade a respeito de Brasi e teve a súbita intuição de que aquela mulher conhecia a história que Hagen e Sonny tinham se recusado a lhe contar. Serviu a ela um cálice de vinho e a convidou para se sentar.

— Conte-me sobre o meu pai e Luca Brasi — pediu com gentileza. — Um pouco eu sei, mas como eles ficaram amigos e por que Brasi era tão devotado ao meu pai? Não tenha medo, vamos, conte.

Ela virou o rosto enrugado e os olhos como passas pretas para Don Tommasino, que fez um sinal dando-lhe permissão. E assim Filomena ocupou o serão deles contando a sua história.

Trinta anos antes, Filomena era parteira em Nova York, na 10ª Avenida, atendendo à colônia italiana. As mulheres viviam engravidando e ela prosperou. Ensinava uma ou outra coisa aos médicos, quando tentavam intervir num parto difícil. O marido, na época, era um próspero merceeiro — e o abençoou, "que descanse em paz, pobrezinho" —, embora gostasse de jogar baralho a dinheiro e vivesse atrás de rabos de saia, que nunca pensava em poupar para os tempos difíceis. Bom, em todo caso, numa maldita noite trinta anos atrás, quando toda a gente honesta já dormia fundo, bateram à porta da casa de Filomena. Ela não sentiu nenhum receio, pois os bebês tinham a prudência de escolher a calada da noite para virem em segurança a esse mundo de pecados, e assim se vestiu e abriu a porta. Ali fora estava Luca Brasi, que mesmo naquela época já tinha uma fama terrível. Sabia-se também que era solteiro. E então Filomena logo se encheu de medo. Pensou que ele tinha vindo fazer algo contra o marido, que talvez o marido tivesse cometido a bobagem de negar algum pequeno favor a Brasi.

Mas Brasi viera com o encargo costumeiro. Falou a Filomena que uma mulher estava prestes a dar à luz, que a casa ficava a alguma distância dali do bairro e que ela devia acompanhá-lo. Filomena logo percebeu que havia algo de errado. O rosto brutal de Brasi naquela noite parecia o de um louco, estava visivelmente possuído por algum demônio. Ela tentou protestar, dizendo que só atendia a mulheres com histórico que conhecesse, mas ele lhe empurrou um maço de dólares na mão e rispidamente mandou que o acompanhasse. Ela estava apavorada demais para recusar.

Na rua, havia um Ford com motorista, que parecia ser farinha do mesmo saco de Luca Brasi. O trajeto não demorou mais de trinta minutos, e chegaram a uma casinha de teto inclinado em Long Island City, logo passando a ponte. Era um sobrado, para duas famílias, mas agora ocupado apenas por Brasi com o seu bando. Pois havia alguns outros valentões na cozinha, jogando baralho e bebendo. Brasi levou Filomena a um quarto no andar de cima. Na cama estava uma moça bem bonitinha, que parecia irlandesa, de rosto pintado e cabelo ruivo, e uma barrigona de leitoa. A pobre moça estava muito assustada. Quando viu Brasi, virou a cabeça de lado, tomada de terror, sim, de terror, e a expressão de ódio na cara malévola de Brasi era a coisa mais assustadora que Filomena já tinha visto na vida. (E aqui ela se persignou outra vez.)

Encurtando a história, Brasi saiu do quarto. Dois dos seus asseclas ficaram de assistentes da parteira e a bebê nasceu; a mãe estava esgotada e caiu num sono profundo. Chamaram Brasi, e Filomena, que embrulhara a criança recém-nascida num cobertor sobressalente, estendeu-lhe a trouxa e disse:

— Se você é o pai, eis a menina. O meu trabalho, eu terminei.

Brasi a encarou, malévolo, com a insânia estampada no rosto.

— Sou o pai, sim — disse ele. — Mas dessa raça não quero ninguém vivo. Leve para o porão e jogue na fornalha.

Por um momento, Filomena achou que não tinha entendido direito. Ficou confusa com o que ele queria dizer com a palavra "raça". Era porque a moça não era italiana? Ou porque a moça era visivelmente da mais baixa categoria, uma puta, em suma? Ou porque proibia que qualquer ser nascido do seu sêmen vivesse? E então se convenceu de que era uma piada brutal. Disse apenas:

— A criança é sua; faça o que quiser. — E tentou lhe entregar a trouxa com a bebê.

Então a mãe esgotada acordou e se virou de lado para olhá-los. Foi o tempo exato de ver Brasi dando um empurrão violento na trouxa, esmagando o bebê contra o peito de Filomena. A jovem, com voz fraca, falou:

— Luc, Luc, desculpa...

Brasi se virou para olhá-la. Foi terrível, dizia agora Filomena. Terrível demais. Pareciam dois animais enlouquecidos. Não eram humanos. O ódio mútuo ardia por todo o quarto. Para eles, naquele momento, não existia mais nada, nem mesmo a criança recém-nascida. E, apesar disso, havia uma estranha paixão. Uma luxúria demoníaca, mortífera, tão desnaturada que dava para ver que teriam a danação eterna. Então Luca Brasi se voltou para Filomena e falou, ríspido:

— Faça o que lhe digo, e ficará rica.

Filomena não conseguia falar de tanto pavor. Meneou a cabeça. Por fim conseguiu murmurar:

— Faça você, é você o pai, faça se quiser.

Mas Brasi não respondeu. Em vez disso, puxou uma faca de dentro da camisa.

— Corto a sua garganta — disse.

Ela devia ter ficado em estado de choque, pois a próxima coisa de que se lembrava era que todos estavam no porão da casa, em frente a uma fornalha de ferro quadrada. Filomena ainda segurava a bebê embrulhada no cobertor, que não soltara um vagido sequer. (Talvez se tivesse chorado, talvez se eu tivesse tido a esperteza de lhe dar um beliscão, disse Filomena, aquele monstro, quem sabe, teria mostrado misericórdia.)

Um dos homens devia ter aberto a porta da fornalha, pois agora via-se o fogo. E então ela ficou sozinha com Brasi naquele porão, com os canos gotejando e o cheiro de ratazanas. Brasi empunhou de novo a faca. E não havia dúvida de que a mataria. Ali estavam as chamas, ali estavam os olhos de Brasi. O rosto dele era a própria gárgula do demônio, não era humano, não era desse mundo. Ele a empurrou para a porta aberta da fornalha.

Nessa altura, Filomena ficou em silêncio. Cruzou as mãos descarnadas no regaço e fitou Michael nos olhos. Ele sabia o que ela queria, o quanto queria lhe contar, sem usar a voz. Perguntou com brandura:

— A senhora fez o que lhe disseram?

Ela assentiu.

Só depois de tomar outro cálice de vinho, de se persignar e rezar baixinho é que ela continuou a contar a história. Recebeu um gordo maço de notas e a levaram para casa. Sabia que, se dissesse uma única palavra sobre o acontecido, iriam matá-la. Mas, dois dias depois, Brasi assassinou a jovem irlandesa, a mãe da criança, e foi preso pela polícia. Filomena, louca de medo, foi ao padrinho e lhe contou a história. Ele mandou que ficasse quieta e disse que cuidaria de tudo. Naquela época, Brasi não trabalhava para Don Corleone.

Antes que Don Corleone conseguisse acertar as coisas, Luca Brasi tentou se matar na cela, cortando a garganta com um caco de vidro. Foi transferido para a enfermaria da prisão e, quando se recuperou, Don Corleone já ajeitara tudo. A polícia não tinha provas para apresentar em tribunal e Luca Brasi foi liberado.

Don Corleone garantira a Filomena que não havia nada a temer, nem de Luca Brasi, nem da polícia, mas ela não conseguia ter paz. Estava com os nervos esfrangalhados e não conseguia mais praticar o seu ofício. Acabou convencendo o marido a vender a mercearia e voltaram para a Itália. O marido era um homem bondoso; ela lhe contou tudo e ele foi compreensivo. Mas era de caráter fraco e torrou na Itália todas as reservas que tinham conseguido poupar a duras penas nos Estados Unidos. E então, depois que ele morreu, ela passou a trabalhar como empregada doméstica. Assim Filomena terminou a sua história. Tomou mais um cálice de vinho e disse a Michael:

— Bendito seja o nome do seu pai. Ele sempre me mandava dinheiro quando eu pedia, e me salvou de Brasi. Diga-lhe que toda noite rezo pela alma dele e que não precisa ter medo de morrer.

Depois que Filomena se retirou, Michael perguntou a Don Tommasino:

— É verdade essa história dela?

O *capo-mafioso* assentiu. E Michael pensou: "Não admira que ninguém quisesse me contar a história. Uma história e tanto. Um Luca e tanto."

Na manhã seguinte, Michael quis comentar tudo aquilo com Don Tommasino, mas soube que o velho fora chamado a Palermo para uma mensagem urgente trazida por um portador. Naquela noite, Don Tommasino voltou e chamou Michael de lado. Chegara uma notícia dos Estados Unidos, disse ele. Uma notícia que lhe doía contar. Santino Corleone fora assassinado.

Capítulo 24

O sol siciliano, no amarelo-limão do alvorecer, inundou o quarto de Michael. Ele acordou e, sentindo o corpo acetinado de Apollonia junto à sua pele amornada pelo sono, despertou-a fazendo amor. Depois de terminarem, nem mesmo todos aqueles meses de posse completa o impediam de se maravilhar com a beleza e o ardor da esposa.

Ela saiu do quarto para se lavar e se vestir no banheiro, mais adiante no corredor. Michael, ainda nu, o sol da manhã lhe banhando o corpo, acendeu um cigarro e relaxou na cama. Era a última manhã que passaria naquela casa e na *villa*. Don Tommasino organizara a sua mudança para outro povoado, no litoral sul da Sicília. Apollonia, no primeiro mês de gravidez, queria passar algumas semanas com a família e então iria se reunir a ele no novo refúgio.

Na noite anterior, Don Tommasino se sentara com Michael no jardim, depois que Apollonia fora se deitar. O Don estava cansado e aborrecido, e admitiu que andava preocupado com a segurança de Michael.

— Com o casamento, você ficou à vista — disse-lhe o Don. — Fico surpreso que o seu pai não tenha providenciado outro lugar para você. Em todo caso, tenho os meus próprios problemas com os jovens turcos em Palermo. Propus uns arranjos bem vantajosos para poderem molhar o bico mais do que merecem, mas essa escumalha quer tudo. Não entendo a atitude deles. Tentaram umas espertezas comigo, mas não é tão fácil assim me liquidar. Precisam saber que sou poderoso demais para ser subestimado dessa forma. Mas esse é o problema com gente jovem, por mais talento que tenha. Não pensam direito nas coisas e querem toda a água do poço.

E então Don Tommasino avisou a Michael que os dois pastores, Fabrizio e Calo, iriam acompanhá-lo no carro, como guarda-costas. Don Tommasino ia se despedir dele naquela noite mesmo, pois precisava sair cedo na manhã seguinte para ver os seus assuntos em Palermo. Além disso, recomendou a Michael que não comentasse a mudança com o dr. Taza, pois o médico pretendia passar a noite em Palermo e podia dar com a língua nos dentes.

Michael sabia que Don Tommasino estava enfrentando problemas. Havia guardas armados fazendo rondas noturnas pelos muros da propriedade, e dentro do terreno sempre havia alguns leais pastores com as suas *luparas*. O próprio Don Tommasino andava fortemente armado, sempre acompanhado por um guarda-costas pessoal.

Agora o sol da manhã estava forte demais. Michael apagou o cigarro, vestiu calça e camisa de trabalho e pôs o boné de pala que a maioria dos sicilianos usava. Ainda descalço, debruçou-se à janela do quarto e viu Fabrizio sentado numa das cadeiras do jardim. Fabrizio penteava calmamente o denso cabelo escuro, e a *lupara* estava descuidadamente jogada na mesa do jardim. Michael deu um assobio e Fabrizio olhou para a janela.

— Pegue o carro — disse Michael. — Vou sair daqui a cinco minutos. Cadê o Calo?

Fabrizio se levantou. Estava com a camisa aberta, expondo as linhas azuis e vermelhas da tatuagem no peito.

— Calo está tomando café na cozinha — respondeu ele. — A sua esposa vem junto?

Michael o olhou de atravessado. E lhe ocorreu que Fabrizio, nessas últimas semanas, andava acompanhando demais Apollonia com os olhos. Não que algum dia fosse se atrever a qualquer avanço na esposa de um amigo do Don. Na Sicília, era o caminho mais curto e mais infalível para a morte. Michael respondeu com frieza:

— Não, primeiro ela vai até a casa da família, e daqui a uns dias estará conosco.

Ficou observando enquanto Fabrizio se apressava a entrar na casinha de pedra que servia de garagem para o Alfa Romeo.

Michael foi ao banheiro para se lavar. Apollonia não estava mais lá. Decerto devia estar na cozinha, preparando pessoalmente o café da manhã dele, para se livrar do sentimento de culpa por querer ver mais uma vez a sua família antes de ir para um lugar tão distante, no outro extremo da Sicília. Don Tommasino depois ia lhe arranjar transporte até o local onde estaria Michael.

Desceu para a cozinha e lá a velha Filomena lhe trouxe o café e se despediu timidamente dele.

— Darei lembranças suas ao meu pai — disse Michael e ela assentiu.

Calo entrou na cozinha e disse a Michael:

— O carro está ali fora; levo a sua mala?

— Não, eu mesmo levo — respondeu Michael. — Onde está a Apolla?

O rosto de Calo se abriu num sorriso divertido.

— Está sentada no banco do motorista, doida para pisar no acelerador. Vai virar uma verdadeira americana antes mesmo de chegar nos Estados Unidos.

Era fato inédito que uma camponesa siciliana pretendesse dirigir um carro. Mas Michael às vezes deixava Apollonia guiar o Alfa pela parte interna dos muros da propriedade, porém sempre estando ao seu lado, pois às vezes, querendo parar, ela pisava no acelerador em vez de pisar no freio.

— Pegue o Fabrizio e esperem por mim no carro — disse Michael a Calo.

Saiu da cozinha e subiu correndo pela escada até o quarto. A mala já estava pronta. Antes de pegá-la, olhou pela janela e viu o carro estacionado em frente à escadaria do pórtico, e não na entrada da cozinha. Apollonia estava sentada no carro, brincando como criança com as mãos no volante. Calo estava acabando de colocar o cesto com o almoço no banco de trás. E então Michael se irritou ao ver que Fabrizio saía pelos portões da propriedade para algum serviço lá fora. Que raios ele estava fazendo? Viu Fabrizio dar uma rápida olhada para trás, por sobre o ombro, uma olhada que parecia um tanto furtiva. Precisava pôr aquele maldito pastor na linha. Michael desceu a escada e decidiu ir pela cozinha para ver de novo Filomena e se despedir pela última vez. Perguntou à velha:

— O dr. Taza ainda está dormindo?

No rosto enrugado de Filomena surgiu um arzinho travesso.

— Galo velho não anuncia o sol. O doutor foi para Palermo ontem à noite.

Michael riu. Saiu pela cozinha e o perfume dos limoeiros em flor penetrou até mesmo pelo nariz entupido. Viu que Apollonia lhe acenava da alameda, uns oito metros adiante, e então notou que ela lhe fazia sinal para ficar onde estava, pois ia pegá-lo com o carro. Calo estava de pé sorrindo, ao lado do carro, a *lupara* na mão, balançando pela alça. Mas ainda não havia nenhum sinal de Fabrizio. Naquele instante, sem nenhum raciocínio consciente, tudo se juntou na cabeça de Michael e ele gritou para a esposa:

— Não, não!

Mas o grito foi afogado pelo estrondo da tremenda explosão no instante em que Apollonia ligou o motor. A porta da cozinha se despedaçou e Michael foi arrastado ao longo do muro da *villa* por uns três metros. Do telhado do solar despencavam pedras que o atingiam nos ombros e, quando estava estendido no chão, uma bateu de raspão no crânio. Ele manteve a consciência a tempo de ver que não restara nada do Alfa Romeo, a não ser as quatro rodas e os eixos de aço entre elas.

MICHAEL RECOBROU A CONSCIÊNCIA num aposento que parecia muito escuro e ouviu vozes que falavam tão baixo que as palavras se reduziam a meros sons. Por puro instinto animal, tentou fingir que ainda estava inconsciente, mas as vozes se calaram e alguém sentado numa cadeira perto da cama se inclinou e disse em voz que agora era clara e distinta:

— Bom, finalmente ele voltou a si.

Acendeu-se uma lâmpada, a luz como um fogo ofuscante nos seus olhos, e Michael virou a cabeça. Estava muito pesada e entorpecida. Então pôde ver que era o rosto do dr. Taza sobre a cama.

— Deixe-me examiná-lo só um minuto e já desligo a luz — disse gentilmente o dr. Taza.

Estava com um faroletinho examinando o fundo dos olhos de Michael com um facho de luz.

— Você vai ficar bem — disse o dr. Taza e se virou para alguém ali no aposento. — Pode falar com ele.

Era Don Tommasino, sentado numa cadeira perto da cama, e Michael agora podia vê-lo claramente. Don Tommasino dizia:

— Michael, Michael, posso falar com você? Quer descansar?

Era mais fácil fazer um gesto com a mão, e assim fez Michael. Então Don Tommasino perguntou:

— Fabrizio trouxe o carro da garagem?

Michael sorriu sem perceber. Era, em certo sentido, um sorriso arrepiante, de concordância. Don Tommasino retomou:

— Fabrizio desapareceu. Ouça, Michael. Você passou quase uma semana inconsciente. Entende? Todos pensam que você morreu, então agora você está a salvo, pararam de procurá-lo. Enviei mensagens ao seu pai e ele mandou as instruções. Agora não vai demorar muito, e em breve você estará nos Estados Unidos. Enquanto isso, vai ficar descansando aqui, sossegado. Está em segurança aqui nas montanhas, na casa de uma herdade minha. O pessoal de Palermo, agora que você é dado por morto, firmou paz comigo e então era atrás de você, afinal, que eles estiveram esse tempo todo. Queriam matá-lo, mas dando a impressão de que perseguiam a mim. É bom que você saiba disso. Quanto ao mais, deixe tudo comigo. Recupere as forças e fique tranquilo.

Agora Michael estava se lembrando de tudo. Sabia que a esposa morrera, e Calo também. Pensou na mulher idosa na cozinha. Não conseguia lembrar se ela havia saído de lá, junto com ele. Sussurrou:

— Filomena?

Don Tommasino respondeu com calma:

— Não se feriu, só um sangramento no nariz por causa da explosão. Não se preocupe com ela.

— Fabrizio — disse Michael. — Avise os seus pastores que quem me entregar o Fabrizio ganhará as melhores pastagens da Sicília.

Os dois homens pareceram soltar um suspiro aliviado. Don Tommasino pegou um copo numa mesa próxima e bebeu um líquido cor de âmbar que o fez empinar a cabeça. O dr. Taza sentou na cama e disse em tom quase absorto:

— Sabe, você é viúvo. Coisa rara na Sicília. — Como se tal distinção pudesse lhe servir de consolo.

Michael fez um sinal a Don Tommasino que se aproximasse. O Don sentou na cama e abaixou a cabeça.

— Diga ao meu pai que providencie a minha volta — disse Michael. — Diga ao meu pai que quero ser filho dele.

Mas levaria mais um mês até que Michael se recuperasse dos ferimentos e mais outros dois meses até que todos os procedimentos e documentos necessários estivessem prontos. Então tomou um avião de Palermo a Roma e de Roma a Nova York. Durante todo esse tempo, não se encontrou nenhum rastro de Fabrizio.

LIVRO VII

Capítulo 25

Ao se formar na faculdade, Kay Adams conseguiu emprego como professora primária na sua cidade natal de New Hampshire. Nos primeiros seis meses do sumiço de Michael, ela ligava todas as semanas para a mãe dele, pedindo notícias. A sra. Corleone era sempre afável e sempre terminava dizendo: "Você, moça muito, muito boa. Você esquece Mikey e encontra marido bom." Kay não se ofendia com essa franqueza e compreendia que a mãe de Michael falava assim por se preocupar com ela, como moça numa situação sem saída.

Quando terminou o seu primeiro semestre na escola, Kay resolveu ir a Nova York para comprar algumas roupas boas e rever algumas amigas do tempo de faculdade. Também pensava em procurar algum emprego interessante em Nova York. Fazia quase dois anos que vivia como solteirona, lendo, lecionando, declinando convites, recusando-se a sair, embora tivesse parado de ligar para Long Beach. Sabia que não podia continuar assim, estava ficando descontente e irritadiça. Mas sempre achara que Michael lhe escreveria ou mandaria algum tipo de recado. Sentia-se humilhada por não ter sido assim, entristecia-se por ele ser tão desconfiado, até mesmo dela.

Pegou um trem logo cedo e deu entrada no hotel à tarde. As amigas trabalhavam, ela não queria incomodá-las no serviço e pretendia lhes telefonar à noite. E na verdade não estava muito a fim de ir às compras depois da exaustiva viagem de trem. Sozinha no hotel, lembrando todas as vezes que ela e Michael haviam feito amor em quartos de hotel, sentiu-se desolada. Foi isso, mais do que qualquer outra coisa, que lhe deu a ideia de ligar para a mãe de Michael em Long Beach.

Um homem de voz áspera, com um sotaque que para ela parecia tipicamente nova-iorquino, atendeu. Kay pediu para falar com a sra. Corleone. Depois de alguns minutos de silêncio, Kay ouviu a voz de sotaque carregado perguntando quem era.

Kay agora se sentia um pouco constrangida.

— É Kay Adams, sra. Corleone — disse ela. — Lembra-se de mim?

— Claro, claro, lembro você — respondeu a sra. Corleone. — Por que não liga mais? Está casada?

— Ah, não — disse Kay. — Ando ocupada.

Ficou surpresa que a mãe se mostrasse visivelmente aborrecida por ter parado de ligar. E retomou:

— Soube alguma coisa de Michael? Ele está bem?

Fez-se silêncio no outro lado da linha, e então a sra. Corleone falou num tom enérgico:

— Mikey está em casa. Ele não liga você? Não vê você?

Kay sentiu uma fraqueza por dentro devido ao choque e uma humilhante vontade de chorar. A sua voz falhou um pouco ao perguntar:

— Faz quanto tempo que ele voltou?

— Seis meses — respondeu a sra. Corleone.

— Ah, entendo — disse Kay.

E de fato entendeu. Sentiu uma onda ardente de vergonha que a mãe de Michael soubesse que ele estava a tratá-la com tanta falta de consideração. E então ficou com raiva. Raiva de Michael, da mãe dele, raiva de todos os estrangeiros, italianos que não faziam a mera cortesia de dar alguma mostra de amizade, mesmo que o namoro tivesse terminado. Michael não sabia que ela se preocupava com ele como amigo, mesmo que ele não a quisesse mais partilhando a cama, mesmo que não quisesse mais se casar com ela? Achava que ela era uma daquelas pobres italianinhas ignorantes que se matariam ou armariam a maior cena depois de cederem a virgindade e então serem descartadas? Mas manteve o tom mais sereno possível.

— Entendo. Muito obrigada — disse ela. — Fico contente que Michael tenha voltado e esteja bem. Só queria saber. Não ligarei mais.

A voz da sra. Corleone soou impaciente, como se não tivesse ouvido nada do que dissera Kay.

— Quer ver Mikey, vem cá agora. Faz uma boa surpresa para ele. Toma táxi, eu digo o homem no portão paga o táxi. Você diz o homem do táxi ele recebe dobrado, senão ele não vem Long Beach. Mas você não paga. O homem do meu marido no portão paga o táxi.

— Não posso fazer isso, sra. Corleone — disse Kay com frieza. — Se Michael quisesse me ver, já teria ligado para mim em casa. É evidente que ele não quer retomar a nossa relação.

A voz da sra. Corleone veio rápida e viva.

— Você moça muito boa, tem pernas bonitas, mas não tem muito miolo. — E deu uma risadinha. — Você vem ver *eu*, não Mikey. Quero falar com você. Você vem já. E não paga táxi. Espero você.

Houve um clique na linha. A sra. Corleone tinha desligado.

Kay podia ligar de volta e dizer que não ia, mas sabia que precisava ver Michael, falar com ele, mesmo que fosse apenas uma conversa formal. Se agora estava em casa, às abertas, isso significava que não estava com nenhum enrosco, podia viver normalmente. Levantou da cama num salto e começou a se aprontar para ir vê-lo. Caprichou na roupa e na maquiagem. Quando estava para sair, olhou a sua imagem no espelho. Estaria mais bonita do que na época em que Michael desapareceu? Ou ele acharia que estava mais velha e menos atraente? A silhueta tinha ficado mais feminina, os quadris mais arredondados, os seios mais fartos. Isso, supostamente, agradava aos italianos, embora Michael sempre lhe dissesse que gostava dela magrinha. Bom, na verdade nem importava, pois era evidente que Michael não queria mais nada com ela, do contrário certamente teria ligado naqueles seis meses desde que voltara.

Kay chamou um táxi, mas ele não queria levá-la até Long Beach, até que ela sorriu e disse que pagaria o dobro da corrida. O trajeto levou quase uma hora e o condomínio em Long Beach tinha mudado bastante desde a última vez que ela o vira. A área estava cercada com gradis de ferro e havia um portão de ferro vedando a entrada no conjunto. Um homem de calça esporte, camisa vermelha e paletó branco abriu o portão, enfiou a cabeça dentro do carro para ver o taxímetro e deu algumas notas ao motorista. Então, depois de ver que o motorista não reclamava e parecia satisfeito com o pagamento, Kay saiu do táxi e percorreu a alameda até a casa central.

Foi a sra. Corleone que abriu pessoalmente a porta e recebeu Kay com um abraço caloroso que a surpreendeu. Então a examinou com ar aprovador.

— Você moça linda — disse simplesmente. — Os meus filhos são uns burros.

Puxou Kay para dentro e a levou até a cozinha, onde já havia uma travessa de comida na mesa e um bule de café no fogão.

— Mikey vem logo para casa — disse ela. — Você surpresa para ele.

Sentaram-se juntas e a senhora obrigou Kay a comer, enquanto lhe fazia perguntas com grande curiosidade. Gostou muito de saber que Kay era professora, que tinha vindo para Nova York visitar algumas velhas amigas e que tinha apenas 24 anos. Ficava assentindo com a cabeça, como se todos os fatos atendessem a algumas especificações pessoais que tinha em mente. Kay estava tão nervosa que se limitava a responder às perguntas, sem dizer mais nada.

Viu-o primeiro pela janela da cozinha. Parou um carro diante da casa e dois homens saíram. Em seguida, Michael. Endireitou-se para falar com um dos dois. O lado esquerdo do rosto ficou à vista. Estava quebrado, afundado, como a carinha de plástico de uma boneca que uma criança tivesse chutado com força e de propósito. Curiosamente, aquela visão não afetou a beleza que ela via nele, mas a comoveu até as lágrimas. Kay viu Michael colocar um lenço alvíssimo na boca e no nariz, segurando-o por uns instantes enquanto se virava para entrar na casa.

Ouviu a porta se abrir e os passos dele no vestíbulo se encaminhando para a cozinha; de repente, ali estava ele no vão aberto, vendo Kay e a mãe. Tinha um ar impassível e então deu um levíssimo sorriso, que se interrompia no lado da face fraturada. E Kay, que pretendia apenas dizer "Olá, como vai" com a maior calma possível, deixou a cadeira e foi correndo até os seus braços, mergulhando o rosto no ombro dele. Michael lhe deu um beijo na face úmida, abraçando-a até que ela parasse de chorar, e então saiu com ela, levou-a até o carro, fez um aceno dispensando o guarda-costas e partiu com Kay ao lado, que ajeitou a maquiagem simplesmente removendo os seus restos com o lenço.

— Não era a minha intenção — disse Kay. — É que ninguém me falou da gravidade do ferimento.

Michael riu e tocou a face quebrada.

— Você se refere a isso? Não é nada. Só me dá problema na cavidade nasal. Agora que estou de volta, provavelmente vou operar. Não pude lhe escrever nem nada — disse ele. — Isso é o principal que você precisa entender.

— Certo — disse Kay.

— Tenho um lugarzinho no centro — disse Michael. — Tudo bem irmos para lá, ou você prefere ir jantar e beber alguma coisa num restaurante?

— Estou sem fome — respondeu ela.

Seguiram para Nova York mantendo silêncio por algum tempo. Então Michael perguntou:

— Você se formou?

— Me formei, sim — respondeu Kay. — Agora estou dando aulas no primário, na minha cidadezinha. Acharam o homem que realmente matou o policial? É por isso que você pôde voltar?

Michael ficou um instante calado. Depois disse:

— Acharam, sim. Saiu em todos os jornais de Nova York. Você não viu?

Kay riu aliviada ao saber que ele não era um assassino.

— Na nossa cidade só recebemos o *New York Times* — disse ela. — A notícia devia estar escondida lá pela página 89. Se eu tivesse lido, teria ligado antes para a sua mãe. — Fez uma pausa e então disse: — Engraçado, do jeito que ela falava, quase acreditei que tinha sido você. E, logo antes de você chegar, enquanto tomávamos café, ela me falou daquele louco que confessou.

— Talvez ela achasse isso no começo — comentou Michael.

— A sua própria mãe? — perguntou Kay.

Michael sorriu.

— Mãe é que nem polícia. Sempre acredita no pior.

Michael estacionou o carro numa garagem na Mulberry Street, cujo dono parecia conhecê-lo. Virando a esquina, ele levou Kay até uma casa de arenito de aparência bastante decrépita, que combinava com aquela área decadente. Michael tinha a chave da porta da frente e, quando entraram, Kay viu que era mobiliada com o luxo e o conforto de uma casa urbana de milionário. Michael a levou ao andar de cima, que consistia numa sala enorme, uma cozinha imensa e uma passagem larga que ia até o quarto. Havia um bar num dos cantos da sala e Michael preparou um drinque para ambos. Sentaram-se juntos num sofá e Michael falou com calma:

— É melhor irmos para o quarto.

Kay tomou um longo gole e sorriu.

— É, sim.

Para Kay, o ato amoroso foi quase como era antes, com a diferença de que Michael foi mais brusco, mais direto, não tão carinhoso quanto costumava ser. Como se estivesse em guarda contra ela. Mas Kay não quis reclamar. Aquilo passaria. E pensou que era curioso como os homens eram mais sensíveis numa situação dessas. Para ela, fazer amor com Michael depois de dois anos de ausência era a coisa mais natural do mundo. Era como se ele nunca tivesse se ausentado.

— Você podia ter escrito para mim, podia ter confiado em mim — disse ela, aninhando-se nele. — Eu praticaria a *omertà* da Nova Inglaterra. Os ianques são bem fechados também, sabia disso?

Michael riu levemente no escuro.

— Nunca imaginei que você me esperaria — disse ele. — Nunca imaginei que fosse esperar, depois do que aconteceu.

Kay respondeu rápida:

— Nunca acreditei que você tivesse matado aqueles dois homens. A não ser, talvez, quando a sua mãe parecia pensar que sim. Mas, no fundo, nunca acreditei. Conheço você muito bem.

Ouviu Michael suspirar.

— Não interessa se matei ou não — disse ele. — É isso o que você precisa entender.

Kay ficou um pouco desconcertada com a frieza na sua voz. Então pediu:

— Então só me diga: sim ou não?

Michael se sentou apoiado no travesseiro e, fumando, a brasa do seu cigarro brilhava no escuro.

— Se eu pedisse você em casamento, teria de responder a essa pergunta antes de você me dar uma resposta?

— Não me importa, eu amo você, e não me importa — respondeu Kay. — Se você me amasse, não teria medo de me dizer a verdade. Não teria medo de que eu contasse à polícia. É isso, não é? Você é mesmo um gângster, não é? Mas realmente não me importa. O que me importa é que está claro que você não me ama. Nem me ligou ao voltar.

Michael continuava a fumar e caíram algumas cinzas acesas nas costas nuas de Kay. Ela se retraiu um pouco e falou de brincadeira:

— Pare de me torturar, não vou falar.

Michael não riu. Parecia absorto ao dizer:

— Sabe, quando voltei, não fiquei alegre ao ver a família, o meu pai, a minha mãe, a Connie, o Tom. Foi agradável, mas na verdade não liguei muito. Então, hoje chego em casa ao anoitecer, vejo você na cozinha e fico alegre. É isso o que você entende por amor?

— Mais ou menos por aí — disse Kay.

Continuaram a fazer amor por algum tempo. Dessa vez, Michael estava mais carinhoso. E então saiu para pegar uns drinques. Ao voltar, sentou numa poltrona de frente para a cama.

— Vamos falar a sério — disse. — O que você acha de se casar comigo?

Kay sorriu e fez um sinal para vir deitar ao seu lado. Michael devolveu o sorriso.

— Sério — disse. — Não posso lhe contar nada do que aconteceu. Agora estou trabalhando para o meu pai. Estou sendo treinado para assumir a empresa de azeite da família. Mas você sabe que a minha família tem inimigos, o meu pai tem inimigos. Você pode enviuvar cedo, tem uma chance, não muito grande, mas pode acontecer. E não vou ficar lhe contando a cada vez como foi o meu dia no escritório. Não vou lhe contar nada sobre os meus negócios. Você vai ser a minha esposa, mas não sócia vitalícia, como dizem. Não sócia igualitária. Isso não tem como.

Kay se pôs sentada na cama. Acendeu um enorme abajur que havia na mesinha de cabeceira e então acendeu um cigarro. Reclinou-se nos travesseiros e falou calmamente:

— Você está me dizendo que é um gângster, é isso? Está me dizendo que é responsável pelo assassinato de gente e outros vários crimes relacionados com assassinato. E que não devo nunca perguntar nem mesmo pensar sobre essa parte da sua vida. Como naqueles filmes de terror quando o monstro pede a mocinha em casamento.

Michael abriu um sorriso, o lado fraturado na direção dela, e Kay disse contrita:

— Oh, Mike, nem me dei conta, juro que não.

— Eu sei — respondeu Michael rindo. — Gosto de ter a cara assim agora, a não ser pelo corrimento do nariz.

— Você disse para eu falar sério — prosseguiu Kay. — Se a gente se casar, que tipo de vida vou levar? Como a sua mãe, como uma dona de casa italiana só cuidando do lar e dos filhos? E se acontece alguma coisa? Imagino que uma hora você vai parar na cadeia.

— Não, isso não — disse Michael. — Morto, sim; preso, não.

Kay riu ao seu tom convicto, uma risada que mesclava humor e certo orgulho.

— Mas como você sabe disso? — perguntou. — De verdade.

Michael suspirou.

— São coisas que não posso, não quero comentar com você.

Kay guardou silêncio por um longo tempo.

— E por que você quer se casar comigo, depois de passar todos esses meses sem me ligar? Sou tão boa assim na cama?

Michael assentiu gravemente e respondeu:

— Sem dúvida. Mas, se agora não pago nada por isso, por que haveria de me casar se a razão fosse essa? Escute, não precisa responder já. Vamos continuar a nos ver. Você pode conversar sobre o assunto com os seus pais. Ouvi dizer que o seu pai é, lá à maneira dele, um cara de muita fibra. Ouça o conselho dele.

— Você não respondeu por que, por que quer se casar comigo — disse Kay.

Michael pegou um lenço na gaveta da mesinha de cabeceira e o apertou na frente do rosto. Assoou e então enxugou o nariz.

— Eis aí a melhor razão para não se casar comigo — disse ele. — Que tal estar com um cara que fica assoando o nariz o tempo todo?

— Vamos, fale sério, eu fiz uma pergunta — retrucou Kay, impaciente.

Michael segurou o lenço na mão.

— Certo — disse —, só dessa vez. Você é a única pessoa por quem senti alguma afeição, com quem me importo. Não liguei porque nunca me passou pela cabeça que você ainda estaria interessada em mim, depois de tudo o que aconteceu. Claro, eu podia ter ido atrás, podia ter usado a minha lábia, mas não quis fazer isso. Bom, agora vou lhe confiar uma coisa e não quero que você comente nem mesmo com o seu pai. Se tudo der certo, a Família Corleone vai estar em situação totalmente legal dentro de uns cinco anos. Para que isso seja possível, é preciso fazer algumas coisas meio complicadas. E é aí que você pode virar uma viúva rica. Então, para que eu quero você? Bom, porque quero você e quero uma família. Quero filhos; já é hora. E não quero que esses filhos sejam influenciados por mim como fui influenciado pelo meu pai. Não estou dizendo que o meu pai me influenciou deliberadamente. Isso nunca. Ele nunca sequer quis que eu entrasse nos negócios da Família. Ele queria que eu fosse professor ou médico, algo assim. Mas as coisas desandaram e tive de lutar pela minha Família. Tive de lutar porque amo e admiro o meu pai. Nunca conheci um homem mais digno de respeito. Foi bom marido, bom pai e bom amigo para gente menos afortunada na vida. Ele tem um outro lado, mas que não me diz respeito como filho dele. De todo modo, não quero que isso aconteça com os nossos filhos. Quero que eles sejam influenciados por você. Quero que sejam criados como americanos típicos, com os valores americanos típicos, da cabeça aos pés. Talvez eles ou os netos deles entrem para a política. — E aqui Michael deu um largo sorriso. — Talvez um deles seja presidente dos Estados Unidos. Por que não? No curso de história que fiz em Dartmouth, vimos um pouco a linhagem de todos os presidentes, e eles tinham pais e avós que só por sorte não foram enforcados. Mas vou providenciar que os meus filhos sejam médicos, músicos ou professores. Nunca entrarão nos negócios da Família. E, de todo modo, quando chegarem a essa idade, já vou ter me retirado dos negócios. E você e eu frequentaremos a turma de algum clube de campo, com a vida boa e simples dos americanos abastados. Que tal lhe parece a proposta?

— Maravilhosa — respondeu Kay. — Mas você praticamente passou por cima da parte da viuvez.

— Não é muito provável. Só citei para dar o quadro completo. — E Michael passou de leve o lenço no nariz.

— Não acredito nisso, não acredito que você seja um cara assim, não, de jeito nenhum — disse Kay. Ela parecia totalmente desconcertada, e prosseguiu: — A coisa toda me escapa, simplesmente não entendo como seria.

— Bom, não vou dar mais nenhuma explicação — disse Michael em tom gentil. — Você não precisa pensar em nada disso, sabe, na verdade essas coisas não têm nada a ver com você, nem com a nossa vida juntos se nos casarmos.

Kay meneou a cabeça.

— Como você pode querer se casar comigo, como pode insinuar que me ama, você nunca usa essa palavra, mas agora mesmo acabou de dizer que amava o seu pai, nunca disse que me amava, e como poderia, se desconfia tanto de mim que não pode me falar das coisas mais importantes na sua vida? Como pode querer uma esposa na qual não pode confiar? O seu pai confia na sua mãe. Sei disso.

— Sem dúvida — disse Michael. — Mas isso não significa que ele conta tudo para ela. E tem razão em confiar nela, sabe. Não porque são casados e é a esposa dele. Mas ela lhe deu quatro filhos numa época em que não era tão seguro dar à luz. Ela o atendeu e protegeu quando foi baleado. Acreditou nele. Ela sempre foi absolutamente leal durante quarenta anos. Depois que você fizer tudo isso, talvez eu lhe conte algumas coisas que realmente não vai gostar de ouvir.

— Teremos de morar no condomínio? — perguntou Kay.

Michael assentiu.

— Teremos uma casa só para nós, não vai ser tão ruim assim. Os meus pais não se intrometem. Teremos a nossa vida. Mas, enquanto as coisas não se endireitarem, preciso morar no condomínio.

— Porque para você é perigoso morar em outro lugar — disse Kay.

Foi a primeira vez, desde que o conhecia, que ela viu Michael zangado. Era uma fúria gelada e arrepiante que não se exteriorizou em qualquer gesto ou mudança no tom de voz. Era uma frieza que emanava dele como gelo mortal e Kay viu que, se decidisse não se casar com ele, seria por causa dessa frieza.

— O problema é toda essa maldita porcariada que aparece nos filmes e nos jornais — disse Michael. — Você faz uma ideia errada do meu pai e da Família Corleone. Vou dar uma última explicação e será realmente a última. O meu pai é um empresário tentando prover à esposa e aos filhos, e também àqueles amigos dos quais pode vir a precisar em algum momento difícil. Ele não aceita as regras da sociedade em que vivemos porque essas regras o condenariam a uma vida não compatível com um homem como ele, um homem de força e caráter excepcional. O que você precisa entender é que ele se considera um igual a todos aqueles grandes homens, como presidentes, primeiros-ministros, juízes do Supremo Tribunal, governadores de estados. Ele se recusa a viver segundo regras estabelecidas por outros, regras que o condenam a uma vida de derrota. Mas o seu objetivo final é ingressar nessa sociedade com certo poder, pois a sociedade não protege de fato os membros que não tenham um poder pessoal próprio. Enquanto isso, ele age com base num código moral que considera muito superior às estruturas legais da sociedade.

Kay o fitava incrédula.

— Mas isso é absurdo — disse ela. — O que seria se todos pensassem assim? Como uma sociedade poderia funcionar? Voltaríamos aos tempos dos homens das cavernas. Mike, você não acredita no que está dizendo, não é?

Michael lhe deu um grande sorriso.

— Só estou dizendo em que o meu pai acredita. Só quero que você entenda que ele pode ser qualquer coisa, menos um irresponsável, pelo menos não na sociedade que criou. Não é um criminoso ensandecido armado de metralhadora, como você parece pensar. É um homem responsável, à sua maneira.

— E você, em que acredita? — perguntou Kay em voz baixa.

Michael ergueu os ombros.

— Acredito na minha família — respondeu. — Acredito em você e na família que podemos ter. Não confio na proteção da sociedade, não tenho a menor intenção de pôr o meu destino nas mãos de sujeitos cuja única qualificação é terem conseguido iludir um bando de gente para votar neles. Mas por ora é isso. O tempo do meu pai passou. As coisas que ele fazia, não é mais possível fazer a não ser com riscos imensos. Quer a gente queira ou não, a Família Corleone precisa ingressar nessa sociedade. Mas, quando isso ocorrer, eu gostaria de ingressar nela com todo o nosso poder, isto é, dinheiro e propriedade de outros bens. Gostaria de dar a máxima segurança possível aos meus filhos antes de ingressarem nesse destino geral.

— Mas você se alistou como voluntário para lutar pelo seu país, foi herói de guerra — disse Kay. — O que motivou essa mudança?

Michael respondeu:

— Isso realmente não vai nos levar a lugar nenhum. Mas talvez eu seja apenas um daqueles verdadeiros conservadores antiquados que moram na sua cidadezinha, Kay. Cuido de mim, como indivíduo. Resumindo, os governos não fazem realmente grande coisa pelo seu povo, mas não é bem isso. O que posso dizer é que tenho de ajudar o meu pai, tenho de estar do lado dele. E você tem de decidir se vai ficar do meu lado. — Ele lhe deu um sorriso e concluiu: — Creio que o casamento não foi uma boa ideia.

Kay deu uma batidinha com a mão nos lençóis e falou:

— Quanto ao casamento, não sei, mas passei dois anos sem homem e agora não vou deixar você escapar tão fácil. Vem cá.

Quando estavam juntos na cama, a luz apagada, ela sussurrou:

— Acredita que não tive ninguém desde que você foi embora?

— Acredito — respondeu Michael.

— E você? — sussurrou mais meiga.

— Tive — disse Michael.

Sentiu que ela se enrijecia um pouco e retomou:

— Mas não nos últimos nove meses.

Era verdade. Kay era a primeira com quem fazia amor desde a morte de Apollonia.

Capítulo 26

A suíte espalhafatosa dava para a área dos fundos do hotel, numa tosca imitação de uma paisagem feérica: palmeiras transplantadas luzindo com fios de lâmpadas alaranjadas, duas enormes piscinas cintilando em azul-marinho à luz das estrelas do deserto. No horizonte estendiam-se as dunas e os rochedos que rodeavam Las Vegas aninhada no seu vale de néon. Johnny Fontane deixou cair a grossa cortina cinzenta ricamente bordada e voltou para a sala.

Um grupo especial de quatro pessoas, um supervisor de mesa, um carteador, um reserva e uma garçonete para servir os coquetéis, com os seus trajes sumários de cabaré, estavam preparando as coisas para uma função privada. Nino Valenti estava deitado no sofá, na sala de estar da suíte, com um copo alto de uísque na mão. Observava o pessoal do cassino montando a mesa de vinte e um com as devidas seis cadeiras almofadadas em volta da mesa semicircular.

— Ótimo, ótimo — disse ele numa voz pastosa, ainda não totalmente bêbada. — Johnny, vem jogar comigo contra aqueles filhos da mãe. Estou com sorte. A gente vai dar uma surra neles.

Johnny se sentou numa banqueta em frente ao sofá.

— Você sabe que não jogo — respondeu ele. — Como está se sentindo, Nino?

Nino Valenti abriu um sorriso.

— Ótimo. As garotas vão vir à meia-noite, aí vem a ceia e então voltamos para a mesa de vinte e um. Sabe que bati a banca em quase cinquenta mil e ficaram me aporrinhando durante uma semana?

— É, imagino — disse Johnny Fontane. — Para quem você vai deixar a grana quando bater as botas?

Nino esvaziou o copo.

— Johnny, de onde você tirou esse seu discurso de agora? Que coisa mais chata, Johnny. Caramba, os turistas aqui na cidade se divertem mais do que você.

— Pois é. Quer um braço até a mesa? — respondeu Johnny.

Com dificuldade, Nino se pôs sentado no sofá e apoiou os pés com força no tapete.

— Eu consigo — disse ele.

Deixou o copo escorregar até o chão, se levantou e andou com bastante firmeza até o local onde haviam montado a mesa de vinte e um. O carteador estava pronto. O supervisor estava atrás do carteador, supervisionando. O reserva se sentou numa cadeira afastada da mesa. A garçonete dos coquetéis se sentou em outra cadeira, com uma linha de visão por onde podia ver qualquer gesto de Nino Valenti.

Nino bateu no feltro verde com os nós dos dedos.

— Fichas — disse.

O supervisor tirou um bloco de notas do bolso, preencheu uma folha e pôs diante de Nino, com uma pequena caneta-tinteiro.

— Aqui está, sr. Valenti — disse ele. — Os cinco mil de sempre para começar.

Nino rabiscou uma assinatura na parte de baixo da folha, que o supervisor guardou no bolso. Fez um sinal com a cabeça para o carteador.

O carteador, com dedos de incrível destreza, tirou dos escaninhos à sua frente várias pilhas de fichas pretas e douradas de cem dólares cada. Em não mais de cinco segundos, Nino tinha diante de si cinco pilhas iguais de fichas de cem dólares cada.

Havia seis quadrados um pouco mais largos do que o formato das cartas marcadas em branco no feltro verde, cada quadrado correspondendo ao lugar onde se sentaria o jogador. Agora Nino estava apostando em três desses quadrados, com uma ficha em cada um, assim jogando três mãos a cem dólares cada. Não quis chamar em nenhuma das mãos, pois a carta aberta do carteador era um seis, fácil de estourar a mão, e de fato estourou. Nino puxou as fichas com o rodinho e se virou para Johnny Fontane.

— É assim que se começa a noite, hein, Johnny?

Johnny sorriu. Não era usual que um jogador como Nino tivesse de assinar um recibo durante o jogo. No caso dos grandes apostadores, geralmente uma palavra bastava. Talvez receassem que Nino se esquecesse da retirada, por causa da embriaguez. Não sabiam que ele se lembrava de tudo.

Nino continuou a ganhar e, depois da terceira rodada, ergueu um dedo para a garçonete. Ela foi até o bar na extremidade da sala e lhe trouxe o costumeiro uísque de cevada num copo alto, desses de água. Nino pegou a bebida, transferiu-a para a outra mão e passou o braço pela cintura da garçonete.

— Sente-se aqui comigo, docinho, jogue um pouco, me dê sorte.

A garçonete era uma garota muito bonita, mas Johnny notou que era de um mero profissionalismo frio, sem nenhuma personalidade, mesmo que se esforçasse. Agora abria um grande sorriso para Nino, mas estava doida por uma daquelas fichas pretas e douradas. E daí, pensou Johnny, por que não? Só lamentava que Nino não conseguisse algo melhor em troca do seu dinheiro.

Nino deixou que a garçonete jogasse algumas rodadas no seu lugar, e então lhe deu uma das suas fichas e uma palmadinha no traseiro para dispensá-la da mesa. Johnny lhe fez sinal para trazer uma bebida. Ela trouxe, mas com o ar de que estava encenando o momento mais dramático do filme mais dramático de todos os tempos. Lançou todo o seu charme sobre o grande Johnny Fontane. Fazia os olhos cintilarem convidativos, rebolava com o rebolado mais sensual de todo o universo, os lábios ligeiramente entreabertos como se fosse abocanhar o objeto mais próximo da sua evidente paixão. Agia como uma fêmea no cio, mas era tudo encenado. Johnny Fontane pensou: "Ó céus, mais uma daquelas." Era a abordagem mais frequente das mulheres que queriam levá-lo para a cama. Só funcionava quando ele estava muito bêbado, e agora não estava bêbado. Deu à garota um dos seus famosos sorrisos e disse: "Obrigado, docinho." A jovem olhou para ele, moveu os lábios num sorriso de agradecimento, os olhos se enevoaram, o corpo se retesou com o tronco levemente inclinado para trás, pondo em destaque as longas pernas esguias de meias rendadas. Pelo corpo parecia subir uma enorme tensão, os seios pareciam aumentar, cada vez mais túrgidos sob a blusinha fina e sumária. Então o corpo inteiro vibrou num leve frêmito, como se fosse um elástico zunindo de tensão sexual. A impressão toda era a de uma mulher tendo um orgasmo só porque Johnny Fontane lhe dera um sorriso, dizendo "Obrigado, docinho". A coisa toda foi feita com arte. Com mais arte do que Johnny vira até então. Mas sabia que era encenação. E sempre havia uma grande chance de que as garotas que agiam assim fossem bem ruins de cama.

Ficou a observá-la enquanto ela voltava para a sua cadeira, bebericando o drinque bem devagar. Não queria ver outra vez toda aquela encenação. Essa noite não estava a fim.

Passou-se uma hora e então Nino Valenti começou a bambolear. Primeiro se inclinou para a frente, depois oscilou para trás e então despencou da cadeira para o chão. Mas o supervisor e o carteador de reserva tinham ficado alertas ao primeiro bamboleio e o seguraram antes que ele batesse no chão. Ergueram Nino e o carregaram, passando pelo cortinado que levava ao dormitório da suíte.

Johnny continuou a observar enquanto a garçonete ajudava os dois homens a despir Nino e enfiá-lo debaixo das cobertas. O supervisor contava as fichas de Nino e anotava algo no bloco de recibos, então protegendo a mesa com as fichas do carteador. Johnny lhe perguntou:

— Faz quanto tempo que isso vem acontecendo?

O supervisor respondeu indiferente:

— Hoje foi cedo. Na primeira vez chamamos o médico daqui, que lhe deu alguma coisa para melhorar e passou uma espécie de sermão nele. Então Nino nos falou para não chamarmos mais o médico quando isso acontecesse, era só deitá-lo na cama e na manhã seguinte ele estaria cem por cento. Então é isso que temos feito. Ele tem muita sorte, agora à noite estava ganhando mais uma vez, quase três mil.

— Bom, hoje a gente vai chamar o médico daqui. Certo? — disse Johnny Fontane. — Se precisar, chame pelo alto-falante no cassino.

Passaram-se quase quinze minutos antes que Jules Segal entrasse na suíte. Johnny notou irritado que o cara nunca tinha cara de médico. Hoje estava com uma camiseta polo azul com acabamento branco, uma espécie de alpargata branca, sem meias. Ficava cômico com a tradicional maleta preta de médico.

— Você devia bolar um jeito de andar com as suas coisas num saco de tacos de golfe — falou Johnny.

Jules entendeu a tirada e deu um sorriso.

— Pois é, esse porta-tudo de médico é mesmo um trambolho. Dá um medo danado nas pessoas. Deviam pelo menos mudar a cor.

Foi até a cama onde estava Nino. Enquanto abria a maleta, disse a Johnny:

— Obrigado pelo cheque que me mandou pela consulta. Foi excessivo. Não fiz tanta coisa assim.

— Nem me venha com essa — respondeu Johnny. — Bom, esqueça, já faz muito tempo. O que o Nino tem?

Jules estava fazendo um exame rápido do batimento cardíaco, do pulso e da pressão sanguínea. Tirou uma agulha da maleta, enfiou sem mais no braço de Nino e apertou o êmbolo. O rosto adormecido de Nino perdeu a palidez de cera e a cor lhe voltou, como se o sangue tivesse começado a correr mais depressa.

— O diagnóstico é bem simples — disse Jules energicamente. — Tive ocasião de examiná-lo e fazer alguns exames na primeira vez em que ele esteve aqui e desmaiou. Mandei transferi-lo para o hospital antes que recobrasse a consciência. Ele tem diabete, branda e estável, que não é problema se a pessoa se trata com remédio, dieta e assim por diante. Ele insiste em ignorá-la. Além disso, está firmemente decidido a beber até morrer. O fígado está em pandarecos e o cérebro daqui a pouco estará também. No momento, Nino está num leve coma diabético. O meu conselho é interná-lo.

Johnny se sentiu aliviado. Não devia ser muito grave, Nino só precisava se cuidar.

— Você diz, um daqueles lugares onde eles fazem você parar de beber?

Jules foi até o bar no canto da sala e se serviu de um drinque.

— Não — respondeu. — Digo internado mesmo. Sabe, hospício.

— Não se faça de engraçadinho — disse Johnny.

— Não estou brincando — respondeu Jules. — Não estou muito por dentro desse lance de psiquiatria, mas alguma coisa conheço, faz parte da profissão. O seu amigo Nino pode voltar a uma forma bastante razoável, a não ser que o fígado esteja danificado demais, o que só dá para saber com uma necropsia de verdade. Mas o verdadeiro problema é a cabeça dele. Resumindo, ele pouco se importa em morrer, talvez queira até se matar. Enquanto não se curar esse problema, o caso dele não tem esperança. É por isso que eu digo: interne-o, e então ele pode ter o tratamento psiquiátrico necessário.

Bateram à porta e Johnny foi atender. Era Lucy Mancini. Recebeu o abraço de Johnny e lhe deu um beijo.

— Puxa, Johnny, tão bom ver você! — disse ela.

— Quanto tempo! — comentou Johnny Fontane.

Ele percebeu que Lucy havia mudado. Estava muito mais esbelta, as roupas eram muitíssimo melhores e caíam muito bem nela. O cabelo, com um corte curto de menino, combinava com o rosto. Parecia mais jovem e nunca a vira tão bonita; passou-lhe pela cabeça a ideia de que ela poderia lhe fazer companhia em Las Vegas. Seria um prazer ficar com uma garota de verdade. Mas, antes de começar a lançar o seu charme, Johnny lembrou que ela estava com o médico. Então sem chance. Deu um sorriso apenas amistoso e disse:

— E que história é essa de vir ao apartamento do Nino à noite, hein?

Ela lhe deu um leve soco no ombro.

— Soube que Nino passou mal e que Jules subiu. Queria ver se posso ajudar. O Nino está bem, não é?

— Está, sim — respondeu Johnny. — Vai ficar bem.

Jules Segal tinha se esparramado no sofá.

— Está bem coisa nenhuma — disse ele. — Sugiro que a gente se sente e espere que ele volte a si. E então a gente convence o Nino a se internar. Lucy, ele gosta de você, talvez você possa ajudar. Johnny, se você é amigo de verdade do Nino, ajude também. Se não, o fígado dele logo ocupará lugar de destaque no laboratório de alguma faculdade de medicina.

Johnny se ofendeu com a petulância do médico. Quem ele achava que era? Começou a dizer alguma coisa, mas da cama veio a voz de Nino:

— E aí, amigão, que tal uma bebida?

Nino estava se pondo sentado na cama. Deu um largo sorriso para Lucy e disse:

— Ei, benzinho, vem cá abraçar o velho Nino.

Estendeu os braços abertos. Lucy se sentou na beirada da cama e o abraçou. Curiosamente, agora Nino não parecia nada mal, estava quase normal. E estalou os dedos:

— Vamos, Johnny, me dê uma bebida. A noite ainda é uma criança. Cadê a minha mesa de vinte e um?

Jules deu um longo trago na sua bebida e disse a ele:

— Você não pode beber. O seu médico proíbe.

— Dane-se o meu médico — retrucou Nino carrancudo. Então encenou um ar contrito. — Opa, Julie, é você. Você é o meu médico, certo? Não você, Johnny. Então, amigão, me traga um copo ou levanto da cama e eu mesmo pego.

Johnny deu de ombros e se encaminhou ao bar. Jules disse em tom de indiferença:

— Estou dizendo que não pode.

Johnny entendeu por que se exasperava com Jules. A voz do médico era sempre calma, as palavras nunca pesavam, por terríveis que fossem, falava sempre em tom baixo e controlado. Se fazia uma advertência, a advertência estava apenas nas palavras, a voz em si era neutra, como se não se importasse. Foi isso que lhe despertou irritação suficiente para levar o copo alto de uísque a Nino. Antes de lhe entregar, Johnny perguntou a Jules:

— Isso não vai matar ele, vai?

— Não, matar não vai — respondeu Jules calmamente.

Lucy lhe deu um olhar rápido e preocupado, começou a dizer alguma coisa, mas ficou quieta. Enquanto isso, Nino tinha pegado o uísque e esvaziado o copo.

Johnny sorria para Nino; tinham mostrado para aquele doutorzinho metido. De repente Nino começou a arfar, o rosto como que azulou, não conseguia respirar, estava sufocando. O corpo saltou no ar como um peixe, o rosto estava congestionado de sangue, os olhos saltando das órbitas. Jules se pôs no outro lado da cama, diante de Johnny e Lucy. Pegou Nino pela nuca, segurou-o imóvel e inseriu a agulha no ombro, perto do ponto em que se unia à nuca. Nino amoleceu, os espasmos cessaram e, passado um instante, arriou de volta no travesseiro. Os olhos se fecharam, e dormiu.

Johnny, Lucy e Jules voltaram para a sala de estar da suíte e se sentaram em volta da enorme e sólida mesa de café. Lucy pegou um dos telefones de cor turquesa e pediu que trouxessem café e algo para comer. Johnny foi até o bar e preparou um drinque para si.

— Você sabia que o uísque ia dar aquela reação nele? — perguntou ele.

— Tinha bastante certeza — respondeu Jules como se não fosse nada.

— Então por que não me avisou? — indagou Johnny nervoso.

— Eu avisei.

— Não me avisou direito — retrucou Johnny, furioso. — Você é realmente um médico de bosta. Não está nem aí. Me diz para levar Nino para um hospício, nem se digna a usar uma palavra melhor, como sanatório. Você realmente gosta de atormentar os outros, hein?

Lucy tinha os olhos baixos, fitando o regaço. Jules continuou a sorrir para Fontane, dizendo:

— Nada ia impedi-lo de dar aquela bebida ao Nino. Você precisava mostrar que não tinha de aceitar os meus avisos, as minhas ordens. Lembra quando me ofereceu emprego como o seu médico pessoal, depois daquele lance da garganta? Não aceitei porque sabia que a gente nunca se entenderia. Um médico acha que é Deus, que é o sumo sacerdote na sociedade moderna, e esta é uma das suas recompensas. Mas você nunca me trataria assim. Eu seria um Deus lacaio seu. Como aqueles médicos que vocês têm em Hollywood. Aliás, onde vocês conseguem esse pessoal? Deus do céu, eles não sabem nada ou só não se importam? Eles devem saber o que está se passando com o Nino, mas tudo que fazem é dar todo tipo de droga para mantê-lo de pé. Eles vestem aqueles ternos de seda e mimam você porque você é um homem poderoso do cinema e por isso acham que são excelentes médicos. Pessoal do showbiz, médicos, vocês precisam de ânimo e disposição, certo? Mas eles estão pouco se lixando se você vive ou morre. Bom, o meu pequeno hobby, por imperdoável que seja, é manter as pessoas vivas. Deixei que você desse aquele copo ao Nino para lhe mostrar o que podia acontecer com ele.

Jules se inclinou para Johnny Fontane, a voz ainda calma e imperturbável.

— O estado do seu amigo é quase terminal. Entende isso? Não tem nenhuma chance a não ser com terapia e atendimento médico rigoroso.

A pressão, a diabete e os maus hábitos podem provocar uma hemorragia cerebral a qualquer momento. O cérebro dele vai estourar. Está claro assim? Certo, falei hospício. Quero que você entenda o que é necessário. Se não, não vai mexer um dedo. Vou dizer com todas as letras. Você pode salvar a vida do seu amigo com a internação. Do contrário, já pode ir se despedindo dele.

— Jules, querido, Jules, não seja tão duro. Só diga a ele — murmurou Lucy.

Jules se pôs de pé. Johnny notou satisfeito que a sua calma de sempre tinha sumido. A voz também havia perdido a monotonia tranquila e imperturbável.

— Você acha que é a primeira vez que tenho de falar com gente como você numa situação dessas? — questionou ele. — Faço isso todos os dias. A Lucy diz "não seja duro", mas ela não sabe do que está falando. Pois é, eu dizia para as pessoas: "Não coma tanto ou vai morrer, não fume tanto ou vai morrer, não trabalhe tanto ou vai morrer, não beba tanto ou vai morrer." Ninguém dá ouvidos. E sabe por quê? Porque não digo "Você vai morrer amanhã." Bom, posso lhe dizer que é bem capaz que o Nino morra amanhã.

Jules foi até o bar e preparou outro drinque para si.

— Então, Johnny, vai internar o Nino?

— Não sei — respondeu Johnny.

Jules tomou um drinque rápido no bar e voltou a encher o copo.

— Sabe, um troço engraçado é que você pode se matar de fumar, se matar de beber, se matar de trabalhar e até se matar de comer. Mas tudo isso é aceitável. A única coisa que não é possível em termos médicos é se matar de pura teimosia, e, no entanto, é aí que colocam todos os obstáculos.

Ele se interrompeu para terminar a bebida, e então retomou:

— Mas mesmo isso é um problema, pelo menos para as mulheres. Eu tinha clientes que não deviam ter mais filhos. "É perigoso", eu dizia. "Você pode morrer." E dali a um mês elas apareciam, com o rosto todo rosado, e diziam: "Doutor, acho que estou grávida"; e claro que tinham acertado. "Mas é *perigoso*", eu dizia. Naqueles tempos, a minha voz tinha expressão. E elas me sorriam e diziam: "Mas o meu marido e eu somos católicos fervorosos."

Bateram à porta e dois garçons entraram com um carrinho repleto de pratos com comida e bules de prata. Tiraram uma mesa dobrável debaixo do carrinho e a armaram. Então Johnny os dispensou.

Sentaram-se à mesa, tomaram café e comeram os sanduíches quentes que Lucy pedira. Johnny se reclinou e acendeu um cigarro.

— Então você salva vidas. Como foi que virou aborteiro?

Só então Lucy abriu a boca para falar.

— Ele queria ajudar as garotas com problemas, garotas que podiam se suicidar ou fazer algo arriscado para se livrarem do bebê.

Jules lhe sorriu e suspirou.

— Não é tão simples. Acabei virando cirurgião. Tenho mão boa, como dizem os esportistas. Mas eu era tão bom que até me assustava. Abria a barriga de algum pobre coitado e sabia que ele ia morrer. Operava e sabia que o câncer ou o tumor ia voltar, mas mandava o cara de volta para casa com um sorriso e um monte de conversa fiada. Alguma pobre moça vem e corto um seio. Um ano depois, ela volta e corto o outro seio. Um ano depois disso, tiro os ovários como a gente tira as sementes de uma melancia. Depois, ela morre mesmo assim. Enquanto isso, os maridos ficam ligando e perguntando: "O que os exames mostraram? O que os exames disseram?"

Ele fez uma pequena pausa e prosseguiu:

— Então contratei uma secretária a mais para receber todas essas ligações. Só via a paciente quando ela estava totalmente preparada para os exames, os testes ou a cirurgia, e passava o mínimo de tempo possível com a vítima, pois, afinal, eu era um homem muito ocupado. E então finalmente deixava o marido falar comigo por dois minutos. "É terminal", eu dizia. E nunca conseguiam ouvir essa última palavra. Entendiam o que significava, mas nunca ouviam. No começo, pensei que eu abaixava a voz na última palavra, sem perceber, e passei a falar em voz mais alta. Mas mesmo assim nunca ouviam. Teve um cara que até disse: "Mas que raios você quer dizer, 'é germinal'?" — Jules começou a rir. — Germinal, terminal, caramba. Comecei a fazer abortos. Fácil e tranquilo, todo mundo feliz, como lavar os pratos e deixar a pia limpa. Era a minha praia. Gostava daquilo, gostava de ser aborteiro. Não acredito que um feto de dois meses é um ser humano e, portanto, não vejo aí nenhum problema. Estava ajudando mocinhas e mulheres casadas que estavam num enrosco, e faturava bem. Não estava na linha de frente. Quando me apanharam, me senti um desertor arrastado para a corte marcial. Mas tive sorte, um amigo mexeu alguns pauzinhos e me livrou, mas agora os hospitais importantes não me deixam operar. Então aqui estou eu. Mais uma vez dando bons conselhos que são ignorados, como antigamente.

— Não estou ignorando o conselho — disse Johnny Fontane. — Estou pensando sobre ele.

Lucy por fim mudou de assunto.

— O que você está fazendo em Las Vegas, Johnny? Descansando das obrigações como figura importante de Hollywood ou trabalhando?

Johnny abanou a cabeça às duas hipóteses e respondeu:

— Mike Corleone quer me ver e conversar. Está vindo para cá hoje à noite, com Tom Hagen. O Tom falou que eles vêm ver você, Lucy. Sabe do que se trata?

Lucy respondeu:

— Todos nós vamos jantar juntos amanhã à noite. O Freddie também. Acho que pode ter algo a ver com o hotel. O cassino anda perdendo dinheiro ultimamente, o que não devia ocorrer. O Don quer que o Mike dê uma verificada.

— Ouvi dizer que o Mike finalmente ajeitou o rosto — disse Johnny.

Lucy riu.

— Acho que a Kay o convenceu. Ele não queria quando se casaram. Não sei por quê. Ficava tão horrível e fazia o nariz escorrer. Devia ter operado antes. — Interrompeu-se por um instante e retomou: — A Família Corleone chamou o Jules para a operação. Ficou como consultor e observador.

Johnny assentiu e disse secamente:

— Fui eu que recomendei.

— Oh! — exclamou Lucy. — Bom, seja como for, o Mike falou que queria fazer algo pelo Jules. É por isso que nos convidou para jantar amanhã.

Jules disse cismando:

— Ele não confiava em ninguém. Me alertou para acompanhar tudo o que faziam. Era uma cirurgia bem simples e comum. Qualquer profissional competente faria.

Veio um barulho do dormitório da suíte e eles olharam na direção do cortinado. Nino recuperara a consciência outra vez. Johnny foi até lá e se sentou no leito. Jules e Lucy ficaram aos pés da cama. Nino deu um sorriso fraco.

— Certo, vou parar de ser metido a besta. Me sinto realmente péssimo. Johnny, você lembra mais ou menos um ano atrás, o que aconteceu quando a gente estava com aquelas duas minas em Palm Springs? Juro que não fiquei com ciúme pelo que aconteceu. Fiquei contente. Acredita em mim, Johnny?

— Claro que sim, Nino, acredito em você — respondeu Johnny, tranquilizador.

Lucy e Jules se entreolharam. Por tudo o que sabiam e tinham ouvido falar sobre Johnny Fontane, parecia impossível que ele tirasse uma garota de um amigo tão próximo como Nino. E por que Nino estava dizendo que não tinha ciúme um ano depois do acontecido? A mesma ideia passou pela cabeça dos dois: Nino estava se matando de beber romanticamente por causa de uma garota que largara dele para ficar com Johnny Fontane.

Jules examinou Nino outra vez.

— Vou colocar uma enfermeira aqui no quarto hoje à noite — disse Jules. — Você realmente precisa ficar uns dois dias de cama. Sem brincadeira.

Nino sorriu.

— Certo, doutor, só não ponha uma enfermeira bonita demais.

Jules ligou para a enfermeira e então saiu com Lucy. Johnny se sentou numa cadeira perto da cama, esperando a enfermeira. Nino voltou a adormecer, o rosto com um ar exausto. Johnny pensou no que ele havia dito, que não ficou com ciúme com o que acontecera mais de um ano atrás com aquelas duas minas em Palm Springs. Nunca lhe passara pela cabeça que Nino podia ter se enciumado.

Um ano antes, Johnny Fontane estava sentado no seu escritório luxuoso, o escritório de uma produtora de cinema que dirigia, sentindo-se péssimo como nunca se sentira na vida Isso era surpreendente porque o primeiro filme que produzira, ele mesmo como astro principal e Nino como coadjuvante, estava rendendo uma fortuna. Tudo tinha dado certo. Todo mundo fez o que tinha de fazer. O filme ficou abaixo do orçamento previsto. Todos estavam ganhando um dinheirão e Jack Woltz estava perdendo dez anos de vida. Agora Johnny estava com mais dois filmes em produção, um com ele, outro com Nino no papel principal. Nino era ótimo na tela, como um daqueles amantes jovenzinhos tontos e encantadores que as mulheres adoravam apertar entre os seios. Pobre rapazinho perdido. Tudo o que ele tocava rendia dinheiro a rodo. O padrinho estava recebendo a sua porcentagem por meio do banco, e Johnny se sentia muito bem com isso. Justificara a fé do padrinho nele. Mas hoje isso não estava ajudando muito.

E, agora que era produtor independente de sucesso, tinha o mesmo ou talvez mais poder do que jamais tivera como cantor. Continuava a chover um monte de mulheres lindas, tal como antes, embora por razões mais comerciais. Tinha avião próprio, vivia com luxo ainda maior, gozava dos benefícios fiscais reservados aos empresários, que os artistas não tinham. Então, caramba, o que andava a incomodá-lo?

Ele sabia o que era. A testa doía, as fossas nasais doíam, a garganta coçava. A única maneira de aliviar aquela coceira seria cantando, mas tinha medo até de tentar. Ligara para Jules Segal para saber quando poderia tentar cantar, e Jules respondera que tentasse quando quisesse. Então ele tentou, mas estava com a voz tão áspera e horrorosa que desistiu. E no dia seguinte a garganta doeu infernalmente, e a dor foi diferente da que sentia antes de remover as verrugas. Doía mais, ardia. Ficou com medo de continuar a cantar, com medo de perder ou estragar a voz para sempre.

E, se não pudesse mais cantar, de que adiantaria todo o resto? O resto era bobagem. A única coisa que ele realmente sabia fazer era cantar. Talvez fosse, no mundo todo, quem mais entendia de canto e do seu tipo pessoal de música. Agora percebia: ele era realmente muito bom. Ao longo de todos aqueles anos tinha virado um verdadeiro profissional. Não havia quem lhe dissesse o que era certo e o que era errado, não precisava perguntar a ninguém. Ele sabia. Que desperdício, que droga de desperdício...

Era sexta-feira e Johnny resolveu passar o fim de semana com Virginia e as meninas. Ligou para ela, como sempre fazia, para avisar que estava indo. Na verdade, ligava para lhe dar chance de negar. Ela nunca negava. Não em todos aqueles anos em que estavam divorciados. Pois ela nunca negaria um encontro entre pai e filhas. Que mulher, pensou Johnny. Tivera sorte com Ginny. E, mesmo sabendo que era a mulher de quem mais gostava, sabia que era impossível terem vida conjugal. Talvez aos 65 anos, na hora de se aposentar, eles se aposentassem juntos, se aposentassem de tudo.

Mas, quando ele chegou até lá, a realidade jogou um balde de água fria nesses seus pensamentos, pois Ginny estava meio rabugenta e as duas meninas não estavam propriamente doidas de vontade de vê-lo, pois tinham combinado ir com algumas amigas para uma fazenda na Califórnia, onde iam andar a cavalo.

Disse a Ginny que deixasse as meninas irem para a fazenda e se despediu delas com um beijo e um sorriso divertido. Entendia-as muito bem. Que criança não acharia melhor andar a cavalo numa fazenda do que ficar com um pai temperamental que escolhia onde e quando queria ser pai? Johnny avisou a Ginny:

— Vou tomar uns drinques e depois saio também.

— Tudo bem — respondeu ela.

Ginny estava num daqueles seus dias de pá virada, que eram raros, mas não difíceis de notar. Esse tipo de vida não era fácil para ela.

Viu que Johnny pegava uma dose reforçada.

— Está querendo levantar o ânimo por quê? — perguntou ela. — Tudo com você está indo que é uma beleza. Nunca imaginei que era capaz de ser um empresário tão bom.

Johnny sorriu e comentou:

— Não é tão difícil assim.

Ao mesmo tempo pensou que era esse o problema. Ele entendia as mulheres, e agora entendeu que Ginny estava chateada porque achava que ele tinha tudo o que queria do jeito que queria. As mulheres realmente detestavam ver os seus homens se saindo bem demais. Ficavam irritadas com isso. Sentiam-se menos seguras do controle que exerciam sobre eles por meio do afeto, dos hábitos sexuais ou dos laços matrimoniais. Assim, mais para animá-la do que para apresentar uma queixa pessoal, Johnny falou:

— E que diferença faz, afinal, se não posso mais cantar...

Ginny disse abespinhada:

— Ora, Johnny, você não é mais um rapazinho. Tem mais de 35 anos. Para que ficar se incomodando com essa bobagem de cantar? E, de todo modo, você fatura mais como produtor.

Johnny a fitou com alguma estranheza e disse:

— Sou cantor. Adoro cantar. O que a idade tem a ver com isso?

Ginny ficou impaciente.

— Nunca gostei mesmo da sua carreira de cantor. Agora que você mostrou que sabe produzir filmes, fico contente que não cante mais.

Johnny retrucou com uma fúria que surpreendeu a ambos:

— É uma barbaridade medonha o que você acabou de dizer.

Estava abalado. Como Ginny podia se sentir assim, como podia detestá-lo tanto?

Ginny sorriu por tê-lo magoado e, como era absurdamente insultante que ele ficasse bravo com ela, disse:

— E como você acha que eu me sentia quando toda aquela mulherada vinha correndo atrás de você por causa do jeito que cantava? Como você se sentiria se eu andasse de bunda de fora na rua para que os homens corressem atrás de mim? Pois é isso que as suas músicas eram, e eu queria que você perdesse a voz e nunca mais voltasse a cantar. Mas isso foi antes do nosso divórcio.

Johnny terminou o copo.

— Você não entende nada. Nada de nada.

Foi para a cozinha e discou o número do telefone de Nino. Combinou que iriam os dois passar o fim de semana em Palm Springs e passou para Nino o telefone de uma garota, uma verdadeira belezinha com quem queria sair.

— Ela arranja uma amiga para você — disse Johnny. — Daqui a uma hora estou aí na sua casa.

Ao sair, Ginny se despediu com frieza. Johnny pouco se importou, era uma das poucas vezes que se zangava com ela. Ah, que se dane, ele ia cair na gandaia no fim de semana e se livrar de todo aquele mau humor.

Em Palm Springs, claro, tudo correu bem. Ficaram na casa dele mesmo, que nessa época do ano sempre estava aberta e com equipe doméstica a postos. As duas garotas eram jovens, ainda com idade de serem muito divertidas e não gananciosas demais, de olho em algum favor. Apareceram alguns conhecidos, que ficaram fazendo companhia na piscina até a hora do jantar. Nino foi para o quarto com a sua garota, a fim de se aprontar para o jantar e dar uma rapidinha com ela enquanto ainda estava aquecido pelo sol. Johnny não estava a fim e falou para a sua garota, uma loira baixinha e toda bonitinha chamada Tina, que fosse tomar banho. Nunca conseguia fazer amor com outra mulher depois de brigar com Ginny.

Johnny foi para a sala de estar na ampla varanda envidraçada, onde havia um piano. Na época em que cantava com a orquestra, ficava brincando com o piano só para fazer graça e às vezes escolhia alguma música imitando uma balada romântica ao luar. Agora se sentou e ficou tocando e cantarolando um pouco, com voz muito suave, murmurando algumas palavras, mas sem cantar de fato. Logo a seguir chegou Tina, que lhe preparou uma bebida e se sentou ao seu lado no piano. Ele tocou algumas músicas e cantarolaram juntos. Deixou-a ao piano e subiu para tomar banho. Vestiu-se e desceu outra vez. Tina continuava sozinha; Nino estava realmente entretido com a sua mina ou se embebedando.

Johnny voltou a se sentar ao piano, enquanto Tina saía para olhar a piscina. Ele começou a cantar uma das suas velhas canções. A garganta não ardia. As notas saíam abafadas, mas com a devida densidade. Ele fitou a varanda. Tina ainda estava lá fora, a porta de vidro estava fechada, ela não o ouviria. Por alguma razão, ele não queria que ninguém o ouvisse. Começou uma antiga balada, das suas favoritas. Soltou a voz, como se cantasse em público, sem se poupar, esperando a qualquer momento a dor ardida na garganta, mas não sentiu dor nenhuma. Prestou atenção na sua voz; agora estava um pouco diferente, mas gostou. Era mais grave, era voz de homem, não de rapaz, cheia, pensou ele, cheia e grave. Terminou aos poucos e ficou sentado ali ao piano, pensando nisso.

Atrás dele, Nino falou:

— Nada mau, amigão, nada mau mesmo.

Johnny girou o corpo. Nino estava de pé à porta, sozinho. A garota não estava com ele. Johnny se sentiu aliviado. Não se importava que Nino o ouvisse.

— É... — disse Johnny — Vamos despachar as minas. Dispense as duas.

— Dispense você — respondeu Nino. — Elas são legais, não vou magoar as meninas. Além disso, acabei de trepar duas vezes com a minha. Com que cara eu ia ficar se mandasse ela embora sem nem oferecer jantar?

Ah, dane-se, pensou Johnny. Elas que ouçam, mesmo que a voz esteja horrível. Ligou para um chefe de orquestra que conhecia em Palm Springs e pediu que mandasse um bandolim para Nino. O chefe de orquestra retrucou:

— Mas ninguém toca bandolim na Califórnia.

— Arranje um — berrou Johnny.

A casa ficou cheia de equipamentos de gravação, e Johnny encarregou as duas garotas de cuidarem do volume e dos botões de liga e desliga. Depois de jantarem, Johnny se pôs ao trabalho. Nino ficou com o acompanhamento ao bandolim e Johnny cantou todas as suas antigas canções. Cantou a todo volume, sem poupar a voz. A garganta estava ótima, e tinha a impressão de que podia cantar para sempre. Nos meses em que não conseguira cantar, ele pensara muito no estilo, planejara como faria o fraseado da letra, agora que não era mais rapazote. Cantara as músicas mentalmente com variações mais sofisticadas na ênfase. Agora era de verdade. Às vezes o troço não saía bem cantando de verdade, coisas que pareciam boas quando cantava apenas mentalmente agora não funcionavam ao cantá-las em voz alta. EM VOZ ALTA, pensou. Agora não ouvia a si mesmo, concentrava-se na execução. Confundia-se um pouco nos tempos, mas tudo bem, estava só enferrujado. Tinha na cabeça um metrônomo que nunca o deixava na mão. Só precisava praticar um pouco.

Finalmente parou de cantar. Tina se aproximou com os olhos cintilando e lhe deu um longo beijo.

— Agora sei por que a mamãe sempre vai assistir aos seus filmes — disse ela.

Não era coisa que se dissesse em momento algum, a não ser agora. Johnny e Nino deram risada.

Ligaram a fita e agora Johnny realmente pôde ouvir a si mesmo. A voz tinha mudado, e muito, mas ainda era incontestavelmente a voz de Johnny Fontane. Estava muito mais cheia e mais grave do que notara antes, mas tinha também a qualidade de voz de um adulto, não de um garoto. Tinha mais autenticidade emocional, mais personalidade. E a parte técnica do canto era muito superior a tudo o que já havia feito. Era nada menos que magistral. E, se era tão boa agora, mesmo estando enferrujada, como ficaria quando recuperasse a plena forma? Johnny abriu um sorriso largo para Nino.

— Está boa mesmo como me parece?

Nino fitou pensativo a cara feliz do amigo.

— Está danada de boa — respondeu. — Mas vamos ver amanhã como fica.

Johnny ficou magoado com esse pessimismo de Nino.

— Seu filho da mãe, você sabe que não consegue cantar assim. Não se preocupe com amanhã. Estou ótimo.

Mas não cantou mais naquela noite. Ele e Nino levaram as garotas a uma festa, e Tina passou a noite na cama de Johnny, mas ele não foi grande coisa. A garota ficou um pouco desapontada. Mas que raios, não dá para fazer tudo num dia só, pensou Johnny.

Ele acordou no dia seguinte com certa apreensão, um vago terror de que apenas sonhara que a voz tinha voltado. Então, quando se deu conta de que não era um sonho, ficou com medo de que tivesse detonado a voz. Foi até a janela e cantarolou um pouco; então desceu ainda de pijama até a sala de estar. Começou a tocar uma música no piano e, pouco depois, tentou cantar junto. Cantava baixinho, mas não sentiu dor nem aspereza na garganta e, assim, aumentou a voz. As cordas vocais estavam boas, as notas saíam cheias, não precisava forçar nada. Fluíam fácil, fácil. Johnny viu que a fase ruim tinha passado, e agora estava com tudo em cima. E não tinha a mínima importância se fosse um fiasco no cinema, não tinha importância que não tivesse conseguido ereção com Tina na noite anterior, não tinha importância se Ginny o detestasse por conseguir cantar de novo. Por um instante, lamentou só uma coisa. Se a voz dele tivesse voltado quando tentava cantar para as filhas, teria sido maravilhoso. Aquilo teria sido uma maravilha.

A ENFERMEIRA DO HOTEL entrara no quarto empurrando um carrinho cheio de remédios. Johnny se levantou e fitou a cama em que estava Nino, dormindo ou talvez morrendo. Ele sabia que Nino não estava com ciúme por ter recuperado a voz. Entendia que Nino estava com ciúme apenas por ter ficado tão *feliz* com isso. Por gostar tanto assim de cantar. Pois o que agora estava muito claro era que Nino Valenti não tinha mais nenhuma motivação para continuar vivo.

Capítulo 27

Michael Corleone chegou ao anoitecer e, por ordens suas, ninguém foi recebê-lo no aeroporto. Vinha acompanhado apenas por dois homens: Tom Hagen e um novo guarda-costas, chamado Albert Neri.

No hotel, fora reservada a suíte mais luxuosa para Michael e os acompanhantes. As pessoas que Michael precisava ver já estavam à espera na suíte.

Freddie recebeu o irmão com um abraço caloroso. Estava muito mais robusto, com ar mais agradável, *alegre* e muito mais janota. Usava um terno de seda cinzenta de corte requintado e acessórios combinando. O cabelo estava aparado a navalha, cuidadosamente penteado como o de um astro do cinema, o rosto reluzindo com um escanhoado perfeito, as unhas tratadas com manicure. Estava totalmente diferente do homem que fora despachado de Nova York quatro anos antes.

Inclinou-se um pouco para trás e examinou Michael afetuosamente.

— Você está muito melhor agora, depois de consertar o rosto. Finalmente a sua esposa o convenceu, hein? Como vai a Kay? Quando ela vem nos visitar?

Michael sorriu para o irmão e disse:

— Você também parece muito bem. Kay estava para vir dessa vez, mas está grávida de novo e tem o bebê para cuidar. Além disso, são negócios, Freddie; preciso voltar amanhã à noite ou depois de amanhã cedo.

— Primeiro precisa comer alguma coisa — disse Freddie. — Temos um grande chefe de cozinha no hotel, você vai provar a melhor comida da sua vida. Tome um banho, troque roupa, e enquanto isso preparamos tudo por aqui. Todo o pessoal que você quer ver está avisado, vão estar esperando até você se aprontar, e aí é só chamá-los.

Michael disse em tom ameno:

— Vamos deixar o Moe Greene para o final, tudo bem? Chame o Johnny Fontane e o Nino para virem comer com a gente. E a Lucy e o amigo médico também. Podemos conversar enquanto comemos.

E se virou para Hagen.

— Quer acrescentar alguém, Tom?

Hagen balançou a cabeça. Fora recebido por Freddie de maneira muito menos afetuosa do que Michael, mas Hagen entendia. Freddie estava na lista dos desafetos do pai, e naturalmente punha a culpa no *consigliere* por não endireitar as coisas. Hagen bem que gostaria, mas não sabia por que Freddie perdera as boas graças do pai. O Don não apresentava queixas específicas. Só demonstrava o seu desagrado.

Já passava da meia-noite quando se reuniram em volta da mesa de jantar especial montada na suíte de Michael. Lucy lhe deu um beijo e não comentou nada sobre a sua melhor aparência depois da operação. Jules Segal examinou sem nenhuma timidez o zigoma consertado e disse a Michael:

— Bom serviço. Está muito bem unido. O septo ficou bom?

— Muito bom — respondeu Michael. — Obrigado pela ajuda.

A atenção dos presentes durante o jantar se concentrou em Michael. Todos notaram as suas semelhanças com o Don na maneira de falar e se portar. Curiosamente, ele inspirava o mesmo respeito, a mesma reverência temerosa, embora agisse com toda a naturalidade, empenhando-se em deixar todos à vontade. Hagen, como de costume, ficou ao fundo. O outro homem não conheciam; Albert Neri também era muito discreto e calado. Disse que não estava com fome e se sentou numa poltrona perto da porta, lendo um jornal local.

Depois de servirem alguns drinques e a comida, os garçons foram dispensados. Michael falou para Johnny Fontane:

— Soube que a sua voz voltou melhor do que nunca, reconquistou todos os antigos fãs. Parabéns.

— Obrigado — disse Johnny.

Estava curioso em saber por que Michael queria vê-lo. Que favor ia lhe pedir?

Michael se dirigiu a todos em geral.

— A Família Corleone está pensando em se mudar para cá, em Las Vegas. Em vender toda a nossa participação na empresa de azeite e se estabelecer aqui. O Don, Hagen e eu conversamos a respeito e pensamos que é aqui que está o futuro para a Família. Não quer dizer que aconteça já ou no ano que vem. Pode levar dois, três, até quatro anos para ajeitar tudo. Mas esse é o plano geral. Alguns amigos nossos têm uma boa porcentagem deste hotel e cassino, e assim aqui vai ser a nossa base. O Moe Greene nos venderá a sua parte, e dessa forma o empreendimento todo será propriedade de amigos da Família.

A cara de lua de Freddie mostrava ansiedade.

— Mike, você tem certeza de que o Moe Greene vende? Ele nunca comentou isso comigo e adora o negócio. Realmente duvido que ele venda.

— Vou fazer uma proposta que ele não poderá recusar — respondeu Michael calmamente.

Ele falou em voz normal, mas o efeito foi arrepiante, talvez por ser uma frase muito cara ao Don. Michael se virou para Johnny Fontane.

— O Don está contando com você para nos ajudar a começar. Disseram-nos que o grande fator para atrair os jogadores é o entretenimento. Esperamos que você assine um contrato para se apresentar cinco vezes por ano, talvez com a programação de uma semana por vez. Esperamos que os seus amigos no cinema façam a mesma coisa. Você prestou a eles um monte de favores, agora pode cobrá-los.

— Sem dúvida — respondeu Johnny. — Faço qualquer coisa pelo meu padrinho, você sabe disso, Mike.

Havia, porém, uma leve sombra de dúvida na sua voz. Michael sorriu e disse:

— Você não vai perder dinheiro nesse acordo, e os seus amigos também não. Você recebe ações do hotel e, se tiver mais alguém que lhe pareça importante a esse ponto, essa pessoa também receberá algumas ações. Talvez você não acredite em mim, então esclareço que estou usando as palavras do Don.

Johnny se apressou em dizer:

— Acredito em você, Michael. Mas há mais dez hotéis e cassinos sendo construídos aqui em Las Vegas nesse momento. Quando vocês chegarem, o mercado pode estar saturado, pode ser tarde demais para vocês, já com toda essa concorrência por aqui.

— A Família Corleone tem amigos que estão financiando três desses hotéis — manifestou-se Tom Hagen.

Johnny entendeu imediatamente: Hagen estava dizendo que a Família Corleone era dona dos três hotéis e respectivos cassinos. E que haveria muitas, muitas ações para distribuir.

— Vou começar a trabalhar nisso — disse Johnny.

Michael se virou para Lucy e Jules Segal.

— Estou em dívida com você — disse a Jules. — Soube que você quer voltar a cortar gente e que os hospitais não deixam você usar as instalações deles por causa daquela velha história de aborto. Preciso saber diretamente: é isso o que você quer?

Jules sorriu e respondeu:

— Acho que sim. Mas você não conhece a categoria médica. Você pode ter o poder que tiver, isso não significa nada para eles. Nisso creio que você não vai poder me ajudar.

Michael assentiu com ar absorto.

— Claro, você tem razão. Mas alguns amigos meus, gente muito conhecida, vão construir um grande hospital em Las Vegas. A cidade, do jeito que está crescendo e está projetada para crescer, vai precisar. Talvez deixem você entrar na sala de cirurgias, se a questão for colocada a eles da maneira certa. Caramba, quantos cirurgiões bons como você eles iam conseguir trazer aqui para esse deserto? Ou metade de bons? Estaremos prestando um favor ao hospital. Então fique por aqui. Soube que você e a Lucy vão se casar, é verdade?

Jules deu de ombros.

— Quando eu achar que tenho algum futuro.

— Mike, se você não construir esse hospital, vou morrer solteirona — gracejou Lucy.

Todos riram. Todos, menos Jules.

— Se eu conseguir um serviço assim, não posso ficar de rabo preso — disse ele a Michael

— Sem rabo preso. Eu lhe devo e quero quitar a dívida — respondeu Michael com frieza.

— Mike, não leve a mal — interveio Lucy, gentil.

Michael lhe sorriu.

— Não estou levando a mal. — Então se virou para Jules e falou: — Foi uma bobagem isso o que você disse. A Família Corleone mexeu alguns pauzinhos por você. Você acha que eu seria tonto de lhe pedir que faça coisas que você detesta? Mas e daí, se eu pedisse? Que raios, quem mais ergueu sequer um dedo para ajudá-lo quando estava encrencado? Quando eu soube que você queria voltar a ser cirurgião de verdade, levei um bom tempo até descobrir se podia ajudá-lo de alguma forma. Posso. Não estou lhe pedindo nada. Mas você podia pelo menos ver a nossa relação de uma maneira amigável, e imagino que você faria por mim o que faria por qualquer bom amigo. Esse é o rabo preso. Mas pode recusar, claro.

Tom Hagen abaixou a cabeça e sorriu. Nem o próprio Don teria feito melhor.

Jules corou.

— Mike, não tive essa intenção, longe de mim. Sou muito grato a você e ao seu pai. Esqueça o que eu disse.

Michael assentiu e retomou:

— Ótimo. Até o hospital ficar pronto e começar a funcionar, você será o diretor do atendimento médico dos quatro hotéis. Monte uma equipe. A sua remuneração também vai aumentar, mas isso você pode discutir depois com o Tom. E, Lucy, quero que você faça algo mais importante. Talvez coordenar todas as lojas que vão abrir nas galerias dos hotéis. Pelo lado financeiro. Ou talvez contratar as garotas de que vamos precisar para os cassinos, algo por aí. Assim, se não se casar com o Jules, você vai ser uma solteirona rica.

Freddie, fumando charuto, tirava baforadas furiosas enquanto ouvia. Michael se virou para ele e disse brandamente:

— Sou apenas o menino de recados do Don, Freddie. O que ele quer que você faça, ele vai lhe dizer pessoalmente, claro, mas tenho certeza de que vai ser algo bem grande que o deixará feliz. Todo mundo nos fala que você está fazendo um trabalho fantástico aqui.

— Então por que ele está irritado comigo? — perguntou Freddie em voz lamurienta. — Só porque o cassino anda perdendo dinheiro? Não cuido desse lado, é o Moe Greene que cuida. Que raios o velho quer de mim?

— Não se preocupe com isso — respondeu Michael.

Então se virou para Johnny Fontane e perguntou:

— Cadê o Nino? Estava ansioso em revê-lo.

Johnny levantou os ombros desalentado.

— O Nino está bem doente. Tem uma enfermeira cuidando dele no quarto. Mas o médico aqui diz que devíamos interná-lo, que ele está tentando se matar. O Nino!

Michael falou em tom pensativo, realmente surpreso:

— Nino sempre foi um cara bom de verdade. Nunca soube que tenha feito algo de ruim, tenha dito qualquer coisa contra alguém. Nunca deu importância a nada. Só à bebida.

— É — concordou Johnny. — Agora entra dinheiro a rodo, ele podia conseguir um monte de trabalho, cantando ou fazendo filmes. Ele agora consegue cinquenta mil num filme e não quer. Não está nem aí para a fama. Em todos esses anos em que a gente se conhece, eu nunca soube de nada ruim da parte dele. E o filho da mãe está se matando de beber.

Jules estava para dizer alguma coisa quando bateram à porta da suíte. Ficou surpreso que o sujeito na poltrona, que era quem estava mais perto da porta, não fosse atender e continuasse a ler o jornal. Foi Hagen quem se levantou para abrir a porta. E foi quase empurrado de lado quando Moe Greene entrou a passos largos na sala, seguido pelos seus dois guarda-costas.

Moe Greene era um sicário bonitão que tinha criado fama como matador da Murder Incorporated, o braço armado do Sindicato do Crime, no Brooklyn. Diversificara entrando nos jogos de azar; fora para a Costa Oeste atrás de fortuna, tendo sido a primeira pessoa a ver o potencial de Las Vegas, e construiu um dos primeiros hotéis-cassino de lá. Ainda tinha furores homicidas e todos tinham medo dele no hotel, inclusive Freddie, Lucy e Jules Segal. Sempre procuravam evitá-lo ao máximo possível.

O rosto bem-feito agora estava carrancudo. Disse a Michael Corleone:

— Estou aqui esperando para falar com você, Mike. Tenho um monte de coisas para fazer amanhã, e achei melhor conversar agora à noite. Que tal?

Michael Corleone o fitou com um ar que parecia de amigável surpresa.

— Claro — respondeu.

E fez um gesto na direção de Hagen.

— Tom, traga uma bebida para o sr. Greene.

Jules notou que o sujeito chamado Albert Neri examinava atentamente Moe Greene, sem prestar nenhuma atenção aos guarda-costas encostados na porta. Sabia que não havia nenhuma hipótese de violência, não em Las Vegas. Era rigorosamente proibida por ser fatal para todo o projeto de converter Las Vegas no santuário legal dos jogadores americanos.

Moe Greene disse aos guarda-costas:

— Deem algumas fichas a todos eles para jogarem por conta da casa.

Referia-se, evidentemente, a Jules, Lucy, Johnny Fontane e Albert Neri, o guarda-costas de Michael.

Michael Corleone assentiu concordando.

— É uma boa ideia.

Só então Neri deixou a poltrona e se preparou para sair com os demais.

Depois de se despedirem, ficaram na sala Freddie, Tom Hagen, Moe Greene e Michael Corleone.

Greene pousou o copo na mesa e disse com uma fúria quase incontrolada:

— Que história é essa que a Família Corleone vai me tirar da sociedade? Eu é que tiro *vocês*. Vocês não me tiram.

Michael disse em tom cordato:

— O seu cassino anda perdendo dinheiro contra todas as expectativas. Tem algo de errado na forma como você está operando. Talvez a gente se saia melhor.

Greene deu uma gargalhada brutal.

— Ah, seus carcamanos malditos, presto um favor para vocês, pego o Freddie quando vocês estão com problemas e agora querem me pôr fora. Isso é o que vocês pensam. Ninguém me põe fora e tenho amigos que vão me apoiar.

Michael ainda se mostrava cordato e sereno.

— Você pegou o Freddie porque a Família Corleone lhe deu uma grana preta para acabar de equipar o seu hotel. E financiar o seu cassino. E porque a Família Molinari na Costa garantiu a segurança dele e prestou a você alguns serviços em troca de pegar o Freddie. A Família Corleone e você estão quites. Não sei do que você está reclamando. Compraremos a sua parte a qualquer preço razoável que você disser, qual é o problema nisso? O que há de injusto nisso? Com o seu cassino dando prejuízo, estamos lhe prestando um favor.

Greene balançou a cabeça.

— A Família Corleone não tem mais essa força. O padrinho está doente. As outras Famílias estão expulsando vocês de Nova York, e vocês acham que aqui vão ter lucro mais fácil. Vou lhe dar um conselho, Mike: nem tente.

Michael perguntou em tom ameno:

— Então foi por isso que você achou que podia estapear o Freddie em público?

Tom Hagen, perplexo, voltou a atenção para Freddie. O rosto de Freddie Corleone estava ficando rubro.

— Ah, Mike, aquilo não foi nada. Não era intenção do Moe. Às vezes ele se descontrola, mas somos bons amigos. Não é, Moe?

— Claro que sim — respondeu Greene, cauteloso. — Às vezes tenho de dar umas broncas para as coisas andarem direito. Fiquei chateado com o Freddie porque ele andava trepando com todas as garçonetes que servem bebida no cassino, e elas se distraíam durante o trabalho. Tivemos uma pequena discussão e dei um corretivo nele.

Michael estava com o rosto impassível quando perguntou ao irmão:

— Você levando corretivo, Freddie?

Freddie, emburrado, encarou o irmão e não respondeu. Greene riu e disse:

— O filho da puta estava levando duas por vez para a cama, o velho lance do sanduíche. Freddie, tenho de admitir que você realmente acostumou mal essas garotas. Depois de você, elas não se contentam com mais ninguém.

Hagen notou que Michael fora apanhado de surpresa. Os dois se olharam. Talvez fosse essa a verdadeira razão do desagrado do Don com

Freddie. O Don era muito austero em relação ao sexo. Consideraria essa travessura do filho Freddie, duas garotas ao mesmo tempo, como conduta degenerada. Permitir-se uma humilhação pública às mãos de um sujeito como Moe Greene diminuía o respeito pela Família Corleone. Isso também devia contribuir para a inclusão de Freddie na lista negativa do pai.

Michael, levantando-se da cadeira, disse em tom de despedia:

— Tenho de voltar para Nova York amanhã, então pense no preço que quer.

Greene respondeu furibundo:

— Seu filho da puta, você acha que pode simplesmente me descartar assim? Matei, ainda rapazote, mais gente do que você. Pego um avião até Nova York e vou falar com o Don em pessoa. Eu é que vou fazer uma oferta a ele.

— Tom, você é o *consigliere*, pode conversar e aconselhar o Don — disse Freddie, nervoso, a Tom Hagen.

Foi aí que Michael soltou toda a gélida rajada da sua personalidade sobre os dois homens de Las Vegas.

— O Don está mais ou menos aposentado — disse ele. — Agora sou eu que estou comandando os negócios da Família. E removi o Tom do posto de *consigliere*. Aqui em Las Vegas ele será exclusivamente o meu advogado. Vai se mudar para cá com a família daqui a uns dois meses para dar início a toda a parte jurídica. Então, qualquer coisa que você tenha a dizer, diga a mim.

Ninguém falou nada. Michael, em tom formal, disse:

— Freddie, você é o meu irmão mais velho e eu o respeito. Mas nunca mais se ponha ao lado de ninguém contra a Família. Nem vou mencionar o fato ao Don.

Então se virou para Moe Greene.

— Não insulte quem tenta ajudá-lo. É melhor usar a sua energia para descobrir por que o cassino está tendo prejuízo. A Família Corleone tem muito dinheiro investido aqui e não estamos recebendo a nossa parte, mas, apesar disso, não vim aqui para ofendê-lo. Estou oferecendo ajuda. Bom, se você prefere cuspir na mão que quer ajudá-lo, a escolha é sua. É só o que posso dizer.

Ele não erguera a voz em momento nenhum, mas as suas palavras tiveram o efeito de moderar os ânimos de Greene e Freddie. Michael fitou os dois, afastando-se da mesa para indicar que esperava que ambos se retirassem. Hagen avançou e abriu a porta. Os dois saíram sem se despedir.

NA MANHÃ SEGUINTE, MICHAEL Corleone recebeu o recado de Moe Greene: não venderia a sua parte do hotel por preço nenhum. Foi Freddie quem passou o recado. Michael apenas deu de ombros e disse ao irmão:

— Quero ver o Nino antes de voltar para Nova York.

Na suíte de Nino, encontraram Johnny Fontane sentado no sofá, tomando o café da manhã. Jules examinava Nino por trás das cortinas fechadas do quarto. Por fim as cortinas se abriram.

Michael ficou chocado com a aparência de Nino. Estava visivelmente se desintegrando. Tinha o olhar vago, a boca mole, todos os músculos do rosto frouxos. Michael se sentou ao lado dele e disse:

— Que bom vê-lo, Nino. O Don sempre pergunta de você.

Nino sorriu, e era o sorriso largo de sempre.

— Diga a ele que estou morrendo. Diga a ele que o show business é mais perigoso do que a empresa de azeite.

— Você vai ficar bem — disse Michael. — Se tem algo que a Família possa fazer, é só dizer.

Nino meneou a cabeça.

— Não tem nada — disse. — Nada.

Michael ficou conversando mais alguns instantes e então saiu. Freddie acompanhou o irmão e os demais até o aeroporto, mas, a pedido de Michael, não esperou o horário da partida. Ao embarcar no avião com Tom Hagen e Al Neri, Michael se virou para Neri e perguntou:

— Marcou bem a cara dele?

Neri deu uma batidinha na testa.

— Tenho o Moe Greene gravado e numerado aqui na cabeça.

Capítulo 28

No voo de volta para Nova York, Michael Corleone relaxou e tentou dormir. Sem sucesso. Aproximava-se o período mais terrível da sua vida, talvez um período até fatal. Não havia mais protelação possível. Estava tudo pronto, todas as precauções tomadas, dois anos de precauções. Não havia mais como adiar. Na semana anterior, quando o Don anunciara formalmente o seu afastamento aos *caporegimes* e demais membros da Família Corleone, Michael viu que, dessa maneira, o pai estava lhe dizendo que chegara a hora.

Fazia quase três anos que voltara para casa e mais de dois anos que se casara com Kay. Dedicou esses três anos a se inteirar de tudo a respeito dos negócios da Família. Passara longas horas com Tom Hagen, longas horas com o Don. Ficou admirado ao ver como a Família Corleone era efetivamente rica e poderosa. Possuía imóveis de imenso valor no centro de Nova York, edifícios empresariais inteiros. Tinha participação, sob nomes de fachada, em dois escritórios de corretagem em Wall Street, era acionista de bancos em Long Island, era sócia de algumas empresas do setor de confecção de roupas, tudo isso além das operações ilegais em apostas.

O mais interessante que Michael Corleone veio a saber, ao rever transações anteriores da Família Corleone, foi que ela recebera logo após a guerra pagamentos por serviço de proteção de um grupo de gravadoras piratas. As gravadoras piratas reproduziam e vendiam discos de artistas famosos, com capas feitas com tanta habilidade que nunca foram apanhadas. É claro que os artistas e as gravadoras originais não recebiam um tostão sobre a venda desses discos às lojas. Michael Corleone percebeu que Johnny Fontane havia perdido uma fortuna por causa dessa pirataria, pois naquela época, logo antes de perder a voz, os seus discos eram os mais vendidos no país.

Michael indagou Tom Hagen sobre o assunto. Por que o Don permitia que as gravadoras piratas lesassem o seu afilhado? Hagen deu de ombros. Negócio era negócio. Além disso, Johnny não estava nas boas graças do Don, tendo se divorciado da namorada de infância para se casar com Margot Ashton. Aquilo o desagradara profundamente.

— Então como os caras suspenderam as operações? — perguntou Michael. — Foram pegos pela polícia?

Hagen meneou a cabeça.

— O Don retirou a sua proteção. Foi logo depois do casamento da Connie.

Seria um padrão que ele veria se repetir com frequência, o Don ajudando infortunados cujos infortúnios ele mesmo ajudara, em parte, a criar. Não, talvez, por astúcia ou de caso pensado, mas por causa da ampla variedade dos seus negócios ou talvez por causa da natureza do próprio universo, com o entrelaçamento de bem e mal que lhe é inerente.

Michael se casara com Kay na Nova Inglaterra, numa cerimônia discreta, apenas com a família e alguns amigos dela. Então se mudaram para uma das casas do conjunto residencial de Long Beach. Kay se deu muito bem com os sogros e as outras pessoas que moravam no condomínio, o que surpreendeu Michael. E claro que ela logo engravidara, como era de se esperar de uma boa esposa italiana à moda antiga, e isso ajudou. O segundo bebê a caminho, em dois anos, também contribuía.

Kay costumava esperá-lo no aeroporto, sempre ia recebê-lo, sempre ficava muito contente quando Michael voltava de uma viagem. E ele também, mas não dessa vez. Pois a volta dessa viagem significava que ele finalmente teria de executar o que vinha preparando nos últimos três anos. Quem passaria a esperá-lo seria o Don, seriam os *caporegimes*. E ele, Michael Corleone, teria de dar as ordens, tomar as decisões que definiriam o seu destino e o destino da Família.

TODOS OS DIAS DE manhã, Kay Adams Corleone, quando se levantava para cuidar da primeira refeição do bebê, via *mamma* Corleone, a mulher do Don, saindo de carro do condomínio conduzida por um dos guarda-costas e voltando uma hora depois. Logo Kay ficou sabendo que a sogra ia todas as manhãs à igreja. Muitas vezes, na volta, a senhora parava na casa da nora para tomar o café da manhã e ver o neto.

Mamma Corleone sempre começava a conversa perguntando a Kay por que não pensava em se tornar católica, ignorando o fato de que o neto já fora batizado como protestante. Assim, Kay julgou que seria cabível perguntar à sogra por que ela ia todas as manhãs à igreja e se era uma prática obrigatória para os católicos.

A velha senhora, talvez pensando que isso poderia ser um obstáculo à conversão de Kay, respondeu:

— Oh, não, não, alguns católicos só vão na igreja na Páscoa e no Natal. Você vai quando tem vontade.

Kay riu.

— Então por que a senhora vai todas as manhãs?

Mamma Corleone respondeu com toda a naturalidade:

— Eu vou pelo meu marido, assim ele não vai para lá. — E apontou para o chão. Depois de uma pausa, continuou: — Rezo pela alma dele todos os dias, assim ele vai para lá. — E apontou para o céu.

Disse isso com um sorriso travesso, como se estivesse de alguma forma contrariando a vontade do marido ou como se fosse uma causa perdida. O tom era quase de brincadeira, com aquele seu jeito de velhota italiana dura e cabeçuda. E, como sempre acontecia quando não estava na presença do marido, era uma atitude de desrespeito pelo grande Don.

— Como tem passado o seu marido? — perguntou Kay educadamente.

Mamma Corleone deu de ombros.

— Ele muda, não é mais o mesmo depois dos tiros. Deixa todo o trabalho para Mikey, só fica com horta, pimentão, tomate. Parece ainda camponês. Mas homem é sempre assim.

Mais tarde, ainda de manhã, Connie Corleone atravessava a alameda com os dois filhos e vinha visitar Kay, para conversarem um pouco. Kay gostava de Connie, da sua vivacidade e óbvia afeição pelo irmão Michael. Connie lhe ensinara a preparar alguns pratos italianos, mas às vezes trazia alguns pratos que ela mesma tinha feito com toda a sua experiência para que Michael provasse.

Agora, nessa manhã, como costumava fazer, Connie perguntou a Kay o que Michael pensava do marido dela, Carlo. Michael gostava mesmo de Carlo, como dava a parecer? Carlo sempre tivera uns probleminhas com a Família, mas agora, nesses últimos anos, tinha entrado na linha. Estava indo muito bem no sindicato, mas precisava trabalhar muito, por muitas horas. Carlo realmente gostava de Michael, era o que Connie sempre dizia. Mas, de qualquer modo, todo mundo gostava de Michael, assim como todo mundo gostava do pai dela. Michael era a própria réplica do Don. E o melhor de tudo era que Michael ia comandar a empresa de azeite da Família.

Kay já havia notado que Connie, sempre que falava sobre a relação entre o marido e a Família, ficava muito ansiosa em ouvir algum comentário positivo sobre Carlo. Kay seria muito tapada se não percebesse o nervosismo quase apavorado de Connie em querer saber se Michael gostava ou não de Carlo. Uma noite, Kay tocou no assunto com Michael e comentou que nunca ninguém falava sobre Sonny Corleone, ninguém sequer mencionava o nome dele, pelo menos não na sua presença. Uma vez, Kay tentara apresentar as suas condolências ao Don e à esposa, que mantiveram um silêncio quase grosseiro e então a ignoraram. Tentara que Connie falasse sobre o irmão mais velho, mas não conseguiu.

A mulher de Sonny, Sandra, pegara os filhos e se mudara para a Flórida, onde agora moravam os seus pais. Haviam feito alguns arranjos financeiros para que ela e as crianças levassem uma vida confortável, mas Sonny não deixara patrimônio.

Relutante, Michael explicou o que acontecera na noite em que Sonny foi assassinado. Contou que Carlo tinha batido em Connie, que então telefonou para Long Beach, foi Sonny que atendeu à ligação e saiu correndo louco de raiva. Assim, o casal naturalmente sempre se preocupava que o restante da Família achasse que um dos dois, Connie ou Carlo, era indiretamente responsável pela morte de Sonny. Mas não era o caso. Prova disso era que haviam dado uma casa a Connie e Carlo no próprio condomínio e tinham promovido Carlo a uma função importante no esquema dos sindicatos trabalhistas. E Carlo tinha se endireitado, parou de beber, parou de andar atrás das putas, parou de se meter a esperto.

A Família estava contente com o trabalho e a atitude dele nos últimos dois anos. Ninguém o responsabilizava pelo que havia acontecido.

— Então por que não convida os dois para virem aqui uma noite dessas, e então você tranquiliza a sua irmã? — perguntou Kay. — A pobrezinha vive aflita com a sua opinião sobre o marido dela. Diga a ela. E diga para deixar de lado todas essas bobagens.

— Não posso — respondeu Michael. — Não falamos dessas coisas na nossa família.

— Quer que eu comente com ela o que você me falou? — propôs Kay.

Ficou perplexa com o longo tempo que ele levou para responder a uma sugestão que, evidentemente, era a coisa correta a se fazer. Por fim, Michael disse:

— Acho melhor não, Kay. Acho que não vai adiantar nada. Ela vai ficar preocupada do mesmo jeito. É uma coisa em que não há nada a se fazer.

Kay ficou assombrada. Percebeu que Michael era sempre um pouco mais frio com Connie do que com qualquer outra pessoa, apesar do afeto dela por ele.

— Mas claro que você não considera a Connie responsável pela morte do Sonny, não? — disse ela.

Michael soltou um suspiro.

— Claro que não — respondeu. — É a minha irmã caçula e gosto muito dela. Sinto pena. Carlo se endireitou, mas na verdade não é o marido certo para ela. É uma daquelas coisas que acontecem. Vamos esquecer o assunto.

Kay não era de ficar repisando as coisas e deixou a questão de lado. Além disso, aprendera que Michael não se deixava pressionar e podia se tornar frio e desagradável. Sabia que era a única pessoa no mundo capaz de dobrar a vontade dele mas também sabia que, se abusasse, perderia esse seu poder. E o convívio com Michael nos dois últimos anos aumentara ainda mais o seu amor por ele.

Ela o amava porque era sempre justo. Coisa rara. Mas sempre era justo com todos ao redor, nunca arbitrário, nem mesmo em miudezas. Kay notara que agora Michael era muito poderoso, as pessoas vinham vê-lo em casa para conferenciar e pedir favores, tratando-o com deferência e respeito, mas havia uma coisa acima de todas as outras que o elevara na sua estima.

Desde que Michael voltara da Sicília com o rosto desfigurado, todos na Família tentaram convencê-lo a fazer uma cirurgia corretiva. A mãe de Michael vivia insistindo nisso; num jantar de domingo, com todos os Corleone reunidos no condomínio, ela falou aos brados:

— Você parece bandido de cinema, ajeite essa sua cara, pelo amor de Deus e da sua pobre esposa. E aí o nariz vai parar de escorrer feito um irlandês bêbado.

O Don, à cabeceira da mesa, assistindo a tudo, perguntou a Kay:

— Incomoda a você?

Kay meneou a cabeça. O Don disse à esposa:

— Não cabe a você, isso não lhe diz respeito.

A sra. Corleone cedeu imediatamente. Não porque temesse o marido, mas porque seria desrespeitoso discutir com ele um assunto desses na frente dos outros.

Mas Connie, a favorita do Don, veio da cozinha, onde estava preparando o jantar dominical, com o rosto corado por causa do calor do fogão, e disse:

— Acho que ele devia operar o rosto. Era o mais bonito da família antes de ser ferido. Vamos, Mike, diga que vai operar.

Michael olhou para ela com ar ausente. Era como se realmente não tivesse ouvido coisa alguma. Não respondeu.

Connie foi se postar ao lado do pai.

— Mande ele operar — disse ao Don.

Estava com as duas mãos pousadas afetuosamente nos ombros do pai e esfregava a sua nuca. Era a única a ter essa familiaridade com o Don. A afeição que tinha pelo pai era comovente. Era confiante, como a de uma criança. O Don deu um tapinha numa das mãos da filha e disse:

— Estamos todos morrendo de fome. Traga o espaguete para a mesa e então a gente conversa.

Connie se virou para o marido e falou:

— Carlo, diga ao Mike para consertar a cara. Talvez ele ouça você.

O tom de voz sugeria que havia entre Michael e Carlo Rizzi uma relação amistosa que superava todas as outras.

Carlo, com um belo bronzeado de sol, o cabelo loiro bem cortado e penteado, tomou um golinho do vinho feito em casa e disse:

— Ninguém diz a Mike o que fazer.

Carlo se tornara outro homem desde que se mudara para o condomínio. Conhecia o seu lugar na Família e se atinha a ele.

Em tudo aquilo havia algo que Kay não entendia, algo que não conseguia discernir bem. Como mulher, podia ver que Connie tentava cativar deliberadamente o pai, embora encenando muito bem e até com sinceridade. Mas não era algo espontâneo. A resposta de Carlo tinha sido uma viril rendição. Michael havia ignorado absolutamente tudo.

Kay não se importava com o rosto desfigurado do marido, mas se preocupava com o problema decorrente no septo. A cirurgia do rosto também curaria o septo. Era por isso que gostaria que Michael desse entrada no hospital e fizesse a cirurgia necessária. Mas entendia que, de certa forma, ele desejava essa sua desfiguração. E tinha certeza de que o Don também entendia isso.

Mas Kay, quando deu à luz o primeiro filho, ficou surpresa quando Michael lhe perguntou:

— Quer que eu opere o rosto?

Kay assentiu.

— Você sabe como são as crianças, o seu filho não vai se sentir bem quando tiver idade para entender que o seu rosto não é normal. Só não quero que o nosso filho veja. Quanto a mim, sinceramente, não me incomoda em nada, Michael.

— Certo — respondeu ele sorrindo. — Vou operar.

Ele esperou que ela voltasse da maternidade e então tomou todas as providências necessárias. A cirurgia foi muito bem. Agora mal dava para se notar o afundamento da face.

Todos na Família adoraram, e Connie mais do que ninguém. Ia diariamente visitar Michael no hospital, arrastando Carlo junto com ela. Quando Michael voltou para casa, Connie lhe deu um enorme abraço e um beijo, olhou-o com admiração e disse:

— Agora você voltou a ser o meu belo irmão.

Só o Don não se deixou impressionar, dando de ombros e comentando:

— Que diferença faz?

Mas Kay ficou agradecida. Sabia que Michael fizera a cirurgia contrariando a sua preferência pessoal. Fizera porque ela pedira, e ela era a única pessoa do mundo capaz de levá-lo a agir contra a sua própria natureza.

No dia em que Michael voltou de Las Vegas, à tarde, Rocco Lampone foi com a limusine até o condomínio para pegar Kay e levá-la ao aeroporto para encontrar o marido. Ela sempre ia recebê-lo quando voltava de alguma viagem, principalmente porque se sentia solitária sem ele, na vida que levava no condomínio fortificado.

Viu Michael descer do avião com Tom Hagen e o homem que agora trabalhava para ele, Albert Neri. Kay não gostava muito de Neri, que lhe lembrava Luca Brasi com a sua silenciosa ferocidade. Viu que Neri se pôs atrás de Michael, um pouco de lado, viu o seu rápido relance penetrante enquanto percorria com os olhos todas as pessoas nas proximidades. Foi Neri o primeiro a ver Kay e tocou no ombro de Michael para que olhasse na direção certa.

Kay correu para os braços do marido, que lhe deu um beijo rápido e se desprendeu dela. Michael, Tom e Kay entraram na limusine e Albert Neri sumiu de vista. Kay não notou que Neri tinha entrado em outro carro, com outros dois homens, e que esse carro seguiu atrás da limusine até chegarem a Long Beach.

Kay nunca perguntava como fora a viagem a negócios. Mesmo essas perguntas ditadas pela boa educação eram vistas como inconvenientes; não que ele não lhe respondesse com a mesma educação, mas a pergunta relembraria a ambos o terreno proibido que nunca poderia se incluir no casamento deles. Kay não se importava mais. Mas, quando Michael lhe disse que teria de passar a noite com o pai para relatar a viagem a Las Vegas, ela não conseguiu evitar um leve ar de decepção.

— Desculpe — disse Michael. — Amanhã à noite vamos a Nova York, assistimos a um show e jantamos, combinado?

Deu um tapinha carinhoso na barriga dela, quase com sete meses de gravidez.

— Depois que o bebê nascer, você vai ficar presa em casa de novo. Caramba, você está mais para italiana do que para ianque. Dois filhos em dois anos.

Kay respondeu, mordaz:

— E você está mais para ianque do que para italiano. Primeira noite em casa e vai tratar de negócios. — Mas sorriu enquanto falava e prosseguiu: — Não vai chegar tarde, não é?

— Antes da meia-noite — disse ele. — Se estiver cansada, não me espere acordada.

— Vou esperar, sim — respondeu Kay.

NA REUNIÃO DAQUELA NOITE, na biblioteca e sala lateral da casa de Don Corleone, estavam o próprio Don, Michael, Tom Hagen, Carlo Rizzi e os dois *caporegimes*, Clemenza e Tessio.

O clima da reunião não tinha de forma alguma a cordialidade de antes. Desde que Don Corleone anunciara o seu semiafastamento e a transferência do comando dos negócios da Família para Michael, vinha persistindo certa tensão. A sucessão no comando de um empreendimento daqueles não era hereditária, de maneira nenhuma. Em qualquer outra Família, *caporegimes* poderosos como Clemenza e Tessio poderiam chegar à posição de Don. Ou, pelo menos, seriam autorizados a se separar e constituir uma Família própria.

Ademais, desde que Don Corleone firmara a paz com as Cinco Famílias, a força da Família Corleone diminuíra. Agora, a Família Barzini era incontestavelmente a mais poderosa na área de Nova York; aliados aos Tattaglia, os Barzini agora ocupavam a posição antes ocupada pela Família Corleone, forçando a entrada nas suas áreas de apostas, avaliando as reações dos Corleone e, considerando-as fracas, montando as suas próprias bancas.

Os Barzini e os Tattaglia adoraram a notícia do afastamento do Don. Michael, por temível que pudesse se demonstrar, jamais poderia ter esperanças de se equiparar ao Don em astúcia e influência, pelo menos por mais uma década. A Família Corleone estava em franco declínio.

Sofrera, claro, graves infortúnios. Freddie se revelara mero hoteleiro e mulherengo, sendo que o termo para "mulherengo" era intraduzível, mas conotava um bebê sôfrego sempre grudado no peito da mãe — em suma, pouco másculo. A morte de Sonny também fora uma calamidade. Sonny era homem de se temer, que não se devia subestimar. Claro que tinha cometido um erro ao enviar o irmão mais novo, Michael, para matar o Turco e o capitão da polícia. Esse passo, embora necessário em termos táticos, demonstrou-se um grave erro como estratégia de longo prazo. Acabara por obrigar o Don a deixar o leito de enfermo. Privara Michael de dois anos de valiosa experiência e treinamento sob a orientação do pai. E claro que um irlandês no papel de *consigliere* fora a única bobagem que o Don cometera na sua carreira. Nenhum irlandês poderia pretender se igualar em astúcia a um siciliano. Tal era a opinião de todas as Famílias e, naturalmente, tinham maior respeito pela aliança Barzini-Tattaglia do que pelos Corleone. Sobre Michael, a opinião era que, quanto à força, não se comparava a Sonny, embora sem dúvida fosse mais inteligente, porém não tão inteligente quanto o pai. Um sucessor medíocre, que não se devia temer muito.

Além disso, embora houvesse uma admiração geral pela atitude de estadista do Don em firmar a paz, o fato de não ter vingado o assassinato de Sonny resultou numa grande perda de respeito pela Família. Considerava-se que aquela sua iniciativa decorrera da fraqueza.

Tudo isso era do conhecimento dos homens sentados na sala, e talvez alguns deles até acreditassem naquilo. Carlo Rizzi gostava de Michael, mas não o temia como temera Sonny. E também Clemenza, embora reconhecesse a excepcional habilidade de Michael no episódio com o Turco e o capitão da polícia, não conseguia evitar a impressão de que ele era cordato demais para ser Don. Clemenza pensara que receberia autorização para constituir a sua própria Família, ter o seu próprio império, separado dos Corleone. Mas o Don dera a entender que não seria assim e Clemenza respeitava demais o Don para lhe desobedecer. A menos, claro, que toda a situação ficasse intolerável.

Tessio tinha melhor opinião de Michael. Percebia algo mais no jovem: uma força que tinha a esperteza de ocultar, um homem que protegia ciosamente a sua verdadeira força das vistas públicas, seguindo o preceito do Don de que um amigo deve sempre subestimar as nossas virtudes e um inimigo deve sempre superestimar os nossos defeitos.

O Don e Tom Hagen, evidentemente, não se iludiam com Michael. O Don nunca teria se aposentado se não tivesse absoluta confiança na capacidade do filho em recuperar a posição da Família. Hagen fora o professor de Michael nos dois últimos anos e se admirara com a rapidez de Michael em captar todas as complexidades dos negócios da Família. Realmente saíra ao pai.

Clemenza e Tessio estavam aborrecidos com Michael porque ele reduzira a força dos seus destacamentos e nunca reconstituíra o destacamento de Sonny. De fato, agora a Família Corleone contava com apenas duas divisões de combate, com menos homens do que antes. Clemenza e Tessio consideravam essa medida um suicídio, sobretudo com as incursões e enclaves dos Barzini-Tattaglia nos territórios deles. Assim, agora tinham esperança de que esses erros fossem corrigidos na reunião extraordinária convocada pelo Don.

Michael começou, expondo a viagem a Las Vegas e a recusa de Moe Greene em vender a sua parte.

— Mas lhe faremos uma proposta que ele não poderá recusar — disse Michael. — Vocês já conhecem os planos da Família Corleone de transferir as suas operações para a Costa Oeste. Teremos quatro dos hotéis-cassinos na área. Mas não pode ser já. Precisamos de tempo para acertar as coisas.

Então falou diretamente a Clemenza:

— Pete, quero que você e o Tessio continuem comigo por um ano, sem reservas nem questionamentos. Ao cabo de um ano, vocês dois podem se separar da Família Corleone, sendo os seus próprios chefes e tendo as suas próprias Famílias. Nem preciso dizer, claro, que manteremos a amizade; não insultaria vocês e o respeito de vocês pelo meu pai pensando sequer por um instante que seria de outra maneira. Mas, até lá, quero que vocês apenas sigam o meu comando e não se preocupem. Há negociações em curso que resolverão problemas que vocês julgam insolúveis. Só tenham um pouco de paciência.

Tessio tomou a palavra.

— Se o Moe Greene queria falar com o seu pai, por que não deixar? O Don sempre persuadia todo mundo, nunca houve ninguém que resistisse à sua sensatez.

Foi o próprio Don quem respondeu.

— Eu me afastei. Michael perderia respeito se eu interferisse. E, além disso, é um homem com quem prefiro não falar.

Tessio lembrou as histórias que ouvira, de que Moe Greene certa noite estapeara Freddie Corleone no hotel em Las Vegas. Começou a suspeitar de alguma tramoia. Reclinou-se na poltrona. Moe Greene era um homem morto, pensou. A Família Corleone *não queria* persuadi-lo.

Então Carlo Rizzi perguntou:

— A Família Corleone vai parar totalmente de operar em Nova York?

Michael assentiu.

— Estamos vendendo a empresa de azeite. Tudo o que pudermos, entregamos ao Tessio e ao Clemenza. Mas não precisa se preocupar com a sua função, Carlo. Você cresceu em Nevada, conhece o estado, conhece as pessoas. Estou contando com você para ser o meu braço direito quando mudarmos para lá.

Carlo se reclinou, rubro de satisfação. A sua hora estava chegando, ia transitar nas constelações do poder.

Michael prosseguiu:

— Tom Hagen não é mais o *consigliere*. Vai ser o nosso advogado em Las Vegas. Daqui a uns dois meses, vai se mudar para lá com a família, em caráter permanente. Única e exclusivamente como advogado. A partir de agora, desse minuto, ninguém lhe traz nenhum outro assunto. É advogado e só. Mais nada. É assim que eu quero. De mais a mais, se eu vier a precisar de algum conselho, que conselheiro melhor do que o meu pai?

Todos riram. Mas tinham captado a mensagem por trás do gracejo. Tom Hagen estava fora; não detinha mais poder nenhum. Todos deram um rápido olhar de relance para ver a reação de Hagen, mas ele se manteve imperturbável.

Clemenza tomou a palavra com a sua voz ofegante de gordo.

— Então daqui a um ano estaremos por conta própria, é isso?

— Talvez menos — respondeu Michael em tom cortês. — Claro que vocês podem continuar como parte da Família; a escolha é sua. Mas a maior parte da nossa força estará no oeste e talvez vocês se saiam melhor com organizações próprias.

Tessio falou calmamente:

— Nesse caso, creio que você deveria nos autorizar a recrutar novos homens para os nossos destacamentos. Aqueles Barzini desgraçados continuam a escavar no meu território. Creio que talvez fosse adequado lhes dar uma pequena aula de boas maneiras.

Michael balançou a cabeça.

— Não. Não adianta. Fique na sua. Tudo isso vai ser negociado, tudo vai ser endireitado antes de sairmos daqui.

Tessio não se contentava com tanta facilidade. Falou diretamente ao Don, correndo o risco de despertar contrariedade em Michael.

— Peço que me perdoe, padrinho, e me justifico invocando os nossos anos de amizade. Mas penso que o senhor e o seu filho estão totalmente equivocados nesse negócio de Nevada. Como pode esperar sucesso lá, sem a sua força aqui para lhe dar respaldo? As duas coisas andam juntas. E, os Corleone saindo daqui, os Barzini e os Tattaglia serão fortes demais para nós. Pete e eu teremos problemas, e mais cedo ou mais tarde eles nos terão sob controle. E o Barzini não faz o meu gosto. O que digo é que a Família Corleone tem de agir a partir de uma posição de força, não de fraqueza. Devemos aumentar os nossos destacamentos e recuperar os nossos territórios perdidos pelo menos em Staten Island.

O Don abanou a cabeça.

— Eu firmei a paz, lembre-se disso, não posso voltar atrás na minha palavra.

Tessio não se deu por vencido.

— Todo mundo sabe que, desde então, o Barzini lhe fez provocações. E, além disso, se o Michael é o novo chefe da Família Corleone, o que o impede de empreender uma ação que julgue adequada? A sua palavra, padrinho, não vincula necessariamente o Michael.

Michael interveio com brusquidão. Disse a Tessio, assumindo claramente o tom de chefe:

— Há coisas em negociação que responderão às suas perguntas e esclarecerão as suas dúvidas. Se a minha palavra não lhe basta, pergunte ao seu Don.

Mas Tessio entendeu que acabara indo longe demais. Se ousasse contestar o Don, converteria Michael em inimigo. Assim, apenas ergueu os ombros e disse:

— Falei pelo bem da Família, não por mim. Posso cuidar de mim mesmo.

Michael lhe deu um sorriso amigável.

— Tessio, não duvido e nunca duvidei de você de forma alguma. Mas confie em mim. Claro que não me igualo a você e a Pete nessas coisas, mas afinal tenho o meu pai para me guiar. Não vou me sair tão mal e todos ficaremos bem.

A reunião estava encerrada. A grande novidade era que Clemenza e Tessio teriam permissão de criar as suas Famílias a partir dos seus destacamentos. Tessio ficaria com as docas e os seus pontos de apostas no Brooklyn, Clemenza ficaria com as apostas em Manhattan e os contatos da Família nas corridas de cavalos em Long Island.

Os dois *caporegimes* saíram não totalmente satisfeitos, ainda um pouco incomodados. Carlo Rizzi ficou por ali, na esperança de que havia chegado a hora em que finalmente seria tratado como membro da família, mas logo viu que não era essa a intenção de Michael. Saiu, deixando o Don, Tom Hagen e Michael na biblioteca e sala lateral. Albert Neri o acompanhou até a saída da casa e Carlo notou que Neri ficava à porta, observando-o atravessar a alameda iluminada.

Na biblioteca, os três homens ficaram à vontade, como só é possível entre pessoas que convivem por muitos anos na mesma casa, na mesma família. Michael serviu um pouco de anisete ao Don e scotch a Tom Hagen. Pegou um drinque para si, coisa que raramente fazia.

Tom Hagen foi o primeiro a falar.

— Mike, por que você está me tirando de cena?

Michael fez um ar de surpresa.

— Você vai ser o meu homem em Las Vegas. Estaremos em completa legalidade e você é o jurídico. O que pode ser mais importante do que isso?

Hagen deu um sorriso levemente entristecido e disse:

— Não estou falando disso. Estou falando da formação de um destacamento secreto, que está sendo montado pelo Rocco Lampone sem o meu conhecimento. Estou falando do seu contato direto com o Neri, sem passar por mim nem por um *caporegime*. A menos, claro, que você não saiba o que o Lampone está fazendo.

Michael perguntou em tom brando:

— Como você veio a saber do destacamento do Lampone?

Hagen fez um gesto de ombros, tentando tranquilizá-lo.

— Não se preocupe, não vazou, ninguém mais sabe. Mas, na minha posição, posso ver o que está acontecendo. Você deu ao Lampone um meio próprio de subsistência e lhe deu uma grande margem de liberdade. Então ele precisa de gente que o ajude no seu pequeno império. Mas todo mundo que ele tem recrutado precisa passar por mim. E notei que todo cara que ele põe na folha de pagamento é um pouco qualificado demais para aquele serviço específico, está recebendo um pouco demais para aquela função específica. Aliás, ao escolher o Lampone, você escolheu o homem certo. Ele está operando muito bem.

Michael fez um muxoxo.

— Não tão bem, se você percebeu. De todo modo, foi o Don que escolheu o Lampone.

— Tudo bem — disse Tom. — Mas por que me tiraram de cena?

Michael o encarou e, sem vacilar, deu uma resposta direta.

— Tom, você não é um *consigliere* de guerra. As coisas podem engrossar com essa medida que estamos tentando tomar, e talvez a gente precise entrar em combate. E, só por garantia, não quero que você fique na linha de fogo.

Tom ficou vermelho. Se fosse o Don a lhe dizer a mesma coisa, ele aceitaria humildemente. Mas quem era Mike para fazer um juízo tão rápido?

— Certo — disse ele —, mas concordo com o Tessio. Creio que você está agindo de modo totalmente equivocado. Está tomando essa medida por fraqueza, não por força. Isso nunca dá certo. O Barzini é feito um lobo e, se ele fizer você em pedacinhos, as outras Famílias não virão ajudar os Corleone.

Por fim o Don falou:

— Tom, não é o Michael. Eu é que o aconselhei nesses assuntos. Talvez seja necessário fazer coisas pelas quais não quero ter nenhuma responsabilidade. Esta é a minha vontade, não de Michael. Nunca o considerei um mau *consigliere*, foi o Santino, que a sua alma descanse em paz, que considerei um mau Don. Ele tinha bom coração, mas, quando tive aquele meu pequeno infortúnio, ele não era o homem certo para comandar a Família. E quem iria imaginar que o Fredo ia virar um mulherengo adulador? Então não leve a mal. Michael tem toda a minha confiança, assim como você, Tom. Por razões que ainda não pode saber, você não pode ter nenhuma participação nisso que talvez venha a acontecer. Aliás, falei ao Michael que o destacamento secreto do Lampone não escaparia aos seus olhos. Isso mostra que tenho fé em você.

Michael riu.

— Sinceramente, eu achava que você não ia perceber, Tom.

Hagen se sentiu abrandar.

— Talvez eu possa ajudar.

Michael sacudiu categoricamente a cabeça.

— Você está fora, Tom.

Tom acabou de tomar o drinque e, antes de sair, fez uma leve censura a Michael.

— Você é quase tão bom quanto o seu pai — disse a ele. — Mas tem uma coisa que ainda precisa aprender.

— E o que é? — indagou Michael de maneira cortês.

— Como dizer "não" — respondeu Hagen.

Michael assentiu com seriedade.

— Tem razão — disse. — Vou me lembrar disso.

Depois que Hagen saiu, Michael falou ao pai, em tom de gracejo:

— Então você me ensinou todo o resto. Agora me diga como dizer "não" de uma forma que as pessoas gostem.

O Don foi se sentar atrás da ampla escrivaninha.

— Você não pode dizer "não" às pessoas que ama, não com muita frequência. O segredo é esse. E então, quando diz "não", precisa soar como um "sim". Ou tem de conseguir que elas mesmas digam "não". Leva tempo e dá trabalho. Mas sou antiquado, você é da nova geração moderna, então não me dê ouvidos.

Michael riu e disse:

— Certo. Mas você concorda que Tom fique de fora, não?

O Don assentiu.

— Ele não pode se envolver nisso.

Michael falou em tom pausado:

— Creio que é hora de lhe dizer que o que vou fazer não é apenas para vingar a Apollonia e o Sonny. É a coisa certa a fazer. O Tessio e o Tom têm razão quanto aos Barzini.

Don Corleone assentiu.

— A vingança é um prato que se come frio — disse. — Só firmei aquela paz porque sabia que, do contrário, você nunca voltaria para casa. Mas fiquei surpreso que o Barzini ainda fizesse uma última tentativa contra você. Talvez a coisa tivesse sido combinada antes das conversações de paz e ele não conseguiu impedir. Tem certeza de que não estavam atrás do Don Tommasino?

— Era a impressão que queriam dar — respondeu Michael. — E teria sido perfeito, nem mesmo você desconfiaria. Só que saí vivo. Vi Fabrizio saindo pelo portão, fugindo. E claro que chequei tudo desde que voltei.

— Encontraram aquele pastor? — perguntou o Don.

— Eu encontrei — disse Michael. — Um ano atrás. Ele é dono de uma pizzaria pequena em Buffalo. Nome novo, passaporte e identidade falsos. Fabrizio, o pastor, está se saindo muito bem.

O Don assentiu.

— Então não tem por que esperar mais. Quando você começa?

— Quero esperar a Kay dar à luz — disse Michael. — Só como precaução, caso alguma coisa saia errado. E quero que o Tom já esteja morando em Las Vegas, e assim não se envolverá no caso. Imagino que daqui a um ano.

— Está com tudo preparado? — perguntou o Don, sem olhar o filho.

Michael respondeu brandamente:

— Você não participa. Você não é responsável. Eu assumo toda a responsabilidade. Recusaria até mesmo o seu veto. Se você tentasse vetar agora, eu deixaria a Família e seguiria o meu próprio rumo. Não é responsabilidade sua.

O Don manteve silêncio por um logo tempo e por fim suspirou, dizendo:

— Que seja. Talvez tenha sido por isso que me aposentei, talvez tenha sido por isso que passei tudo para você. Fiz a minha parte na vida, não tenho mais disposição. E existem alguns deveres que nem mesmo o melhor dos homens consegue cumprir. Então é isso.

Ao longo daquele ano, Kay Adams Corleone deu à luz um segundo filho, outro menino. O parto foi fácil, sem nenhum problema, e, na volta para o condomínio, foi recebida como princesa da realeza. Connie Corleone presenteou o bebê com um caríssimo e lindíssimo enxovalzinho de seda, feito à mão na Itália. Disse à cunhada Kay:

— Foi o Carlo que encontrou. Como não encontrei nada que realmente me agradasse, ele percorreu todas as lojas de Nova York até encontrar algo superespecial.

Kay sorriu agradecendo e entendeu imediatamente que devia contar essa bela historieta a Michael. Estava se transformando numa siciliana.

Ainda naquele mesmo ano, Nino Valenti morreu de hemorragia cerebral. A sua morte ocupou as manchetes dos tabloides, pois o filme produzido por Johnny Fontane e estrelado por Nino acabara de estrear poucas semanas antes e teve um sucesso estrondoso, consagrando Nino como grande astro. Os jornais mencionaram que Johnny Fontane estava cuidando do velório e que a cerimônia seria privada, apenas com a presença da família e dos amigos próximos. Uma matéria sensacionalista chegara a publicar que Johnny Fontane, durante uma entrevista, se dissera responsável pela morte de Nino e que devia ter obrigado o amigo a se submeter a um tratamento médico, mas o repórter tratou a declaração como a habitual autorrecriminação do espectador de uma tragédia, sensível, mas inocente. Johnny Fontane transformara o seu amigo de infância, Nino Valenti, num astro do cinema, e o que mais poderia fazer um amigo?

Nenhum membro da Família Corleone compareceu ao enterro na Califórnia, exceto Freddie. Lucy e Jules Segal compareceram. O Don queria ir pessoalmente até a Califórnia, porém sofreu um leve ataque cardíaco, que o reteve no leito por um mês. Mas enviou uma imensa coroa de flores. E Albert Neri também foi enviado como o representante oficial da Família.

Dois dias depois do enterro de Nino, Moe Greene foi assassinado a tiros na casa da sua amante artista de cinema, em Hollywood; Albert Neri só reapareceu em Nova York quase um mês depois. Passara férias no Caribe e voltou ao trabalho quase negro de tão bronzeado. Michael Corleone o recebeu com um sorriso e alguns elogios, entre os quais se incluía a notícia de que, a partir de agora, Neri ia receber um "sustento" adicional, a renda da Família auferida numa banca do East Side considerada especialmente lucrativa. Neri ficou contente, satisfeito por viver num mundo que oferecia a devida recompensa aos homens que cumpriam a sua obrigação.

LIVRO VIII

Capítulo 29

Michael Corleone tomara precauções contra qualquer eventualidade. O planejamento era perfeito, a segurança impecável. Era paciente, contando em levar o ano inteiro para os preparativos. Mas não pôde dispor do ano que lhe era necessário, pois o destino se pôs contra ele, e da forma mais surpreendente. Pois foi o padrinho, o grande Don em pessoa, que falhou com Michael Corleone.

Na manhã ensolarada de um domingo, quando as mulheres estavam na igreja, Don Vito Corleone vestiu o seu uniforme de jardinagem: calça cinzenta larga, uma camisa azul desbotada, um chapéu de feltro marrom surrado, decorado com uma faixa de seda cinzenta manchada. O Don engordara bastante nos últimos anos e trabalhava nos seus pés de tomate, dizia ele, por questão de saúde. Mas não enganava ninguém.

A verdade era que ele adorava cuidar da horta; adorava vê-la de manhã cedo. Trazia-lhe de volta a infância na Sicília, sessenta anos antes, trazia-a de volta sem a dor e o terror da morte do seu pai. Agora os pés de feijão nas suas leiras davam florezinhas brancas no alto; tudo estava cercado pelos grossos talos verdes de alho-poró. No fundo da horta, um tonel com mangueira montava guarda. Estava cheio de esterco líquido, o melhor fertilizante de jardim. Além disso, naquela parte ao fundo da horta ficavam as treliças de madeira que ele montara com as próprias mãos, as varetas entrecruzadas e amarradas com barbante branco grosso. Por essas treliças subiam os pés de tomate.

O Don se apressou em regar a horta. Precisava regar antes que o sol ficasse quente demais e convertesse a água num prisma de fogo que queimaria as folhas de alface como se fossem de papel. O sol era mais importante do que a água, a água também era importante, mas os dois, misturados com imprudência, podiam causar tremendos estragos.

O Don andava pela horta procurando formigas. Se houvesse formigas, era porque as verduras estavam com pulgão e as formigas iam atrás dos pulgões, e ele teria de borrifar inseticida.

A rega foi bem a tempo. O sol estava ficando muito quente e o Don pensou: "Prudência. Prudência." Mas havia mais algumas plantas que precisava escorar e ele se abaixou outra vez. Quando terminasse essa última leira, voltaria para casa.

De repente, foi como se o sol batesse bem perto da sua cabeça. O ar se encheu de partículas douradas dançantes. O filho mais velho de Michael veio correndo pela horta, no local onde o Don estava ajoelhado, e o menino estava envolto num escudo amarelo de luz ofuscante. Mas o Don não se deixou enganar, já tinha muita prática. A morte se escondia por trás daquele escudo amarelo flamejante, pronta para investir contra ele, e o Don acenou a mão para que o menino se afastasse dele. Foi na hora exata. A martelada dentro do peito lhe tirou o ar. O Don caiu bruscamente no solo.

O menino foi correndo chamar o pai. Michael Corleone e alguns vigias do condomínio correram até a horta e encontraram o Don de bruços, com punhados de terra nas mãos. Levantaram o Don e o levaram para a sombra da varanda pavimentada de pedra. Michael se ajoelhou ao lado do pai, segurando-lhe a mão, enquanto os outros chamavam um médico e uma ambulância.

Com grande esforço, o Don abriu os olhos para fitar mais uma vez o filho. O grave ataque cardíaco deixara o seu rosto rubicundo quase azul. Estava nas últimas. Aspirou o perfume da horta, o escudo amarelo de luz lhe golpeou a vista e ele murmurou:

— A vida é tão bonita...

Foi-lhe poupada a visão das lágrimas das mulheres da casa, morrendo antes que voltassem da igreja, morrendo antes que o médico ou a ambulância chegasse. Morreu cercado por homens, segurando a mão do filho que mais amara.

O enterro foi grandioso. As Cinco Famílias enviaram os seus Dons e *caporegimes*, e Tessio e Clemenza também foram com os seus principais homens. Johnny Fontane ocupou as manchetes dos tabloides comparecendo ao evento, apesar do conselho de Michael recomendando que não fosse. Fontane deu uma declaração aos jornais, dizendo que Vito Corleone era o seu padrinho, o melhor homem que conhecera na vida, que se sentia honrado em lhe permitirem render a sua derradeira homenagem a um homem de tal envergadura, e que não estava nem aí que todos soubessem disso.

O velório se deu na casa do condomínio, à moda antiga. Amerigo Bonasera nunca fizera trabalho mais esmerado; dispensara todos os compromissos para preparar o velho amigo e padrinho com todo o amor com que uma mãe prepara a filha para o casamento. Todos comentaram que nem mesmo a morte fora capaz de apagar a nobreza e a dignidade do semblante do grande Don, e esses comentários encheram Amerigo Bonasera de justo orgulho e de uma curiosa sensação de poder. Só ele sabia o massacre terrível que a morte perpetrara na aparência do Don.

Todos os velhos amigos e servidores compareceram. Nazorine, a esposa, a filha com o marido e filhos. Lucy Mancini veio de Las Vegas com Freddie. Tom Hagen com esposa e filhos, os Dons de São Francisco e Los Angeles, Boston e Cleveland. Rocco Lampone e Albert Neri carregaram o caixão junto com Clemenza, Tessio e, evidentemente, os filhos do Don. A alameda do condomínio e todas as casas estavam repletas de coroas de flores.

Do lado de fora do condomínio estavam os jornalistas e fotógrafos, bem como uma caminhonete sabidamente ocupada por agentes do FBI, com as suas câmeras de filmagem registrando esse momento épico. Alguns jornalistas que tentaram entrar para ir ao velório viram que havia no portão e na cerca guardas exigindo identificação e cartão de convite. E, embora fossem tratados com toda a cortesia, recebendo copos de refrescos, não foram autorizados a entrar. Tentaram falar com algumas pessoas de saída, mas receberam apenas olhares pétreos e nenhuma palavra.

Michael Corleone passou a maior parte do dia na sala e biblioteca na lateral da casa, junto com Kay, Tom Hagen e Freddie. As pessoas eram conduzidas até lá para lhe dar os pêsames. Eram recebidas por Michael com toda a cortesia, mesmo quando algumas o tratavam como padrinho ou Don Michael, e apenas Kay percebia o seu desagrado, comprimindo os lábios.

Clemenza e Tessio vieram se juntar a esse círculo íntimo e Michael lhes serviu pessoalmente as bebidas. Falaram um pouco sobre negócios. Michael informou que o condomínio, com todas as suas casas, seria vendido a uma incorporadora e construtora. Com enormes lucros, mais uma prova do gênio do grande Don.

Todos entenderam que agora o império inteiro ficaria na Costa Oeste. Que a Família Corleone encerraria o seu poderio em Nova York. Para tal medida, aguardara-se o afastamento ou a morte do Don.

Fazia quase dez anos desde tal afluência de gente a essa casa, quase dez anos desde o casamento de Constanzia Corleone e Carlo Rizzi, como comentou alguém. Michael foi até a janela que dava para o jardim. Naquele tempo tão distante, ele se sentara com Kay no jardim, jamais imaginando o curioso destino que lhe estava reservado. E o pai moribundo dissera "A vida é tão bonita...". Michael não se lembrava de nenhuma palavra do pai sobre a morte, como se o Don tivesse demasiado respeito pela morte para filosofar sobre ela.

Era hora de ir para o cemitério. Era hora de sepultar o grande Don. Michael e Kay saíram de braços dados para o jardim, juntando-se à multidão de enlutados. Atrás de Michael vinham os *caporegimes*, seguidos pelos seus soldados, e mais atrás todas as pessoas humildes a quem o padrinho dera a sua bênção ao longo da vida. O padeiro Nazorine, a viúva Colombo com os filhos, e todas as outras inúmeras pessoas daquele mundo que ele comandara com grande firmeza, mas também com grande justiça. Lá estavam inclusive alguns antigos inimigos seus para lhe render homenagem.

Michael observava tudo isso com um sorriso cortês, de lábios cerrados. Não se impressionou. Ainda assim, pensou ele, se posso morrer dizendo "A vida é tão bonita", nada mais importa. Se posso acreditar tanto em mim mesmo, nada mais importa. Ele seguiria o exemplo do pai. Cuidaria dos filhos, da família, do seu mundo. Mas os seus filhos cresceriam num mundo diferente. Seriam médicos, artistas, cientistas. Governadores. Presidentes. Qualquer coisa. Providenciaria que eles se juntassem à família geral da humanidade, mas ele, como pai prudente e poderoso, manteria um olhar atento e precavido sobre essa família geral.

No dia seguinte ao enterro, de manhã, todos os homens mais importantes da Família Corleone se reuniram no condomínio. Foram recebidos um pouco antes do meio-dia na casa vazia do Don. Michael Corleone os acolheu.

Quase lotaram a sala lateral da casa. Ali estavam os dois *caporegimes*, Clemenza e Tessio; Rocco Lampone, com o seu ar sensato e competente; Carlo Rizzi, muito quieto, muito ciente do seu lugar; Tom Hagen desempenhando o seu papel exclusivamente jurídico para contornar essa crise; Albert Neri, tentando manter proximidade física de Michael, acendendo o cigarro do seu novo Don, preparando o seu drinque, tudo para mostrar uma inflexível lealdade, apesar da recente calamidade na Família Corleone.

A morte do Don foi um grande infortúnio para a Família. Sem ele, parecia desaparecer metade da sua força e quase todo o seu poder de barganha contra a aliança Barzini-Tattaglia. Todos na sala sabiam disso e aguardavam o que Michael ia dizer. Para eles, Michael ainda não era o novo Don; não conquistara a posição nem o título. Se o padrinho estivesse vivo, poderia ter assegurado a sucessão do filho; agora, nada a garantia.

Michael aguardou enquanto Neri servia as bebidas. Então falou em tom ameno:

— Só quero dizer a todos aqui que entendo como se sentem. Sei que todos vocês respeitavam o meu pai, mas agora precisam se preocupar com vocês mesmos e as suas famílias. Alguns se indagam como o ocorrido afetará o planejamento que realizamos e as promessas que fiz. Bem, a resposta é a seguinte: não afetará em nada. Tudo segue como antes.

Clemenza meneou a sua cabeçorra de bisão peludo. Tinha o cabelo grisalho escuro, e os traços do rosto, ainda mais afundados nas camadas adicionais de gordura, eram desagradáveis.

— Os Barzini e os Tattaglia agora vão vir com tudo para cima de nós, Mike. Você vai ter de lutar ou "se sentar" com eles.

Todos na sala perceberam que Clemenza não empregara um tratamento formal com Michael, e muito menos o título de Don.

— Vamos esperar para ver o que acontece — disse Michael. — Deixemos que sejam eles a romper a paz.

Tessio falou com a sua voz mansa:

— Já romperam, Mike. Hoje de manhã abriram duas bancas de apostas no Brooklyn. Eu soube pelo capitão da polícia que comanda a lista de proteção na delegacia. Daqui a um mês não vou ter onde pendurar o meu chapéu em todo o Brooklyn.

Michael o fitou pensativo.

— Você fez algo a respeito?

Tessio balançou a cabeça miúda de fuinha.

— Não — respondeu ele. — Não quis criar problemas para você.

— Ótimo — disse Michael. — Aguente firme. E acho que é isso o que quero dizer a todos vocês. Aguentem firme. Não respondam a nenhuma provocação. Deem-me algumas semanas para acertar as coisas e ver para que lado o vento vai soprar. Então farei o melhor trato possível com todos vocês aqui. Então teremos uma última reunião e tomaremos algumas decisões finais.

Ele ignorou o ar de surpresa geral e Albert Neri começou a acompanhá-los até a saída. Michael disse bruscamente:

— Tom, fique mais uns minutos.

Hagen foi até a janela que dava para a alameda do condomínio. Aguardou até ver Neri conduzindo os *caporegimes*, Carlo Rizzi e Rocco Lampone pelo portão com guardas. Então se virou para Michael e perguntou:

— Conseguiu transferir para si todas as ligações políticas?

Michael meneou a cabeça pesaroso.

— Todas não. Eu precisava de mais uns quatro meses. O Don e eu estávamos trabalhando nisso. Mas consegui todos os juízes, foi a primeira coisa que fizemos, e alguns dos congressistas mais importantes. E o pessoal dos democratas aqui de Nova York não foi problema, claro. A Família Corleone é muito mais forte do que todo mundo pensa, mas eu queria deixá-la totalmente blindada.

E, sorrindo para Hagen, concluiu:

— Acho que agora você já entendeu tudo.

Hagen assentiu.

— Não foi difícil. Só não tinha entendido por que você quis me tirar. Mas liguei o meu botão de siciliano e acabei entendendo isso também.

Michael riu.

— O velho disse que você entenderia. Mas este é um luxo que não posso mais me permitir. Preciso de você aqui. Pelo menos nas próximas semanas. É melhor você ligar para Las Vegas e conversar com a sua esposa. Avise que é por poucas semanas.

— Como você acha que eles vão pegá-lo? — perguntou Hagen, pensativo.

Michael suspirou.

— O Don me explicou. Vai ser alguém próximo. Barzini vai armar para mim por meio de alguém próximo, de quem, supostamente, não vou suspeitar.

Hagen sorriu para ele.

— Alguém como eu.

Michael lhe devolveu o sorriso.

— Você é irlandês, não confiariam em você.

— Sou teuto-americano — disse Hagen.

— Para eles isso é irlandês — devolveu Michael. — Não vão procurar você e não vão procurar o Neri, porque o Neri era policial. Além disso, vocês dois são próximos demais de mim. Não podem correr esse risco. Rocco Lampone não é próximo o suficiente. Não, vai ser o Clemenza, o Tessio ou o Carlo Rizzi.

— Estou apostando no Carlo — disse Hagen brandamente.

— Veremos — disse Michael. — Não vai demorar muito.

FOI NO DIA SEGUINTE, QUANDO Hagen e Michael estavam tomando o café da manhã juntos. Michael atendeu a uma ligação na biblioteca e, quando voltou à cozinha, disse a Hagen:

— Está tudo montado. Vou encontrar o Barzini daqui a uma semana. Para firmar uma nova paz, agora que o Don morreu — comentou, rindo.

— Quem ligou, quem fez o contato? — perguntou Hagen.

Os dois sabiam que o integrante da Família Corleone, quem quer que fosse, se tornara traidor.

Michael deu um sorriso triste e pesaroso e respondeu:

— Tessio.

Terminaram o desjejum em silêncio. Enquanto tomava café, Hagen abanou a cabeça.

— Eu teria jurado que era Carlo ou talvez Clemenza. Nunca imaginei o Tessio. É o melhor do grupo.

— É o mais inteligente — disse Michael. — E fez o lance que julga ser o mais engenhoso. Arma contra mim, para o Barzini me pegar, e herda a Família Corleone. Fica comigo e sai limpo; está pensando que não consigo sair dessa.

Hagen ficou quieto por um momento e então perguntou relutante:

— E até que ponto ele está pensando certo?

Michael deu de ombros.

— A coisa parece bem ruim. Mas o meu pai era o único que entendia que o poder e as ligações políticas valem por dez destacamentos. Creio que agora tenho nas mãos a maior parte do poder político do meu pai, mas sou o único a saber disso.

Sorriu para Hagen, um sorriso tranquilizador.

— Vou fazer com que me tratem por Don. Mas me sinto péssimo com essa história do Tessio.

— Você aceitou o encontro com Barzini? — disse Hagen.

— Ah, sim — respondeu Michael. — Daqui a uma semana, à noite. No Brooklyn, em território do Tessio, onde estarei em segurança. — E riu mais uma vez.

— Tome cuidado até lá — falou Hagen.

Pela primeira vez, Michael foi frio com Hagen.

— Não preciso de um *consigliere* para me dar esse tipo de conselho.

NA SEMANA ANTERIOR AO encontro de paz entre as Famílias Corleone e Barzini, Michael mostrou a Hagen até que ponto podia ser cuidadoso. Não pôs o pé fora do condomínio uma única vez e não recebeu ninguém sem ter Neri ao seu lado. Surgiu apenas um complicador incômodo. O primogênito de Connie e Carlo ia ser crismado na Igreja católica e Kay pediu a Michael que fosse o padrinho. Ele recusou.

— Eu raramente lhe peço alguma coisa — disse Kay. — Por favor, faça isso por mim. Connie quer tanto... E Carlo também. É muito importante para eles. Por favor, Michael.

Kay viu que ele se irritou com a sua insistência e achou que ia recusar outra vez. Assim, ficou surpresa quando ele assentiu e disse:

— Está bem. Mas não posso sair do condomínio. Diga a eles para conseguirem que o padre faça a crisma aqui. Pagarei todas as despesas. Se tiverem problema com o pessoal da igreja, Hagen resolve a coisa.

Assim, na véspera da reunião com a Família Barzini, Michael Corleone se tornou o padrinho do filho de Carlo e Connie Rizzi. Presenteou o menino com um caríssimo relógio com pulseira de ouro. Houve uma pequena festa na casa de Carlo, para a qual foram convidados os *caporegimes*, Hagen, Lampone e todos os moradores do condomínio, inclusive, claro, a viúva do Don. Connie estava tão tomada de emoção que passou o serão todo beijando e abraçando o irmão e a cunhada. E mesmo Carlo Rizzi ficou emocionado, apertando a mão de Michael e tratando-o por padrinho a torto e a direito — ao velho estilo siciliano. O próprio Michael nunca fora tão afável, tão extrovertido. Connie sussurrou para Kay:

— Acho que o Carlo e o Mike agora vão ser amigos de verdade. Uma coisa como essa sempre aproxima as pessoas.

Kay apertou o braço da cunhada.

— Estou tão contente! — disse ela.

Capítulo 30

Albert Neri estava sentado no seu apartamento no Bronx, escovando cuidadosamente o brim azul da sua velha farda de policial. Tirou o distintivo e pôs na mesa para polir. A arma e o coldre regulamentares estavam apoiados no espaldar de uma cadeira. Essa velha rotina policial lhe trouxe uma estranha felicidade, uma das poucas vezes que se sentia feliz desde que a esposa o havia deixado, quase dois anos antes.

Neri se casara com Rita quando ela estava no segundo grau e ele era novato na polícia. Rita tinha cabelo escuro, era tímida, de uma família italiana rigorosa que nunca a deixava ficar fora de casa depois das dez da noite. Neri era totalmente apaixonado por ela, não só pela sua beleza morena mas também pela sua inocência e virtude.

No começo, Rita Neri era fascinada pelo marido. Ele era tremendamente forte e ela via que as pessoas o temiam por causa dessa força e da sua inflexibilidade diante do certo e do errado. Raramente tinha tato. Se discordava da atitude de um grupo ou da opinião de um indivíduo, ou ficava quieto ou expunha brutalmente a sua discordância. Nunca concordava por polidez. Além disso, o seu gênio era o de um autêntico siciliano e os seus acessos de fúria podiam ser assustadores. Mas nunca se zangava com a esposa.

Em cinco anos, Neri havia se tornado um dos policiais mais temidos da corporação em Nova York. E também um dos mais honestos. Mas tinha maneiras próprias de impor a lei. Detestava a malandragem e, quando via um bando de arruaceiros aprontando em alguma esquina à noite, incomodando os passantes, tomava ação pronta e decidida. Empregava uma força física que era realmente extraordinária, da qual ele mesmo não se dava conta.

Uma noite, no Central Park West, ele saltou da viatura e pôs em fila seis malandros com jaqueta preta de poliéster. O seu parceiro permaneceu no banco do motorista, sem querer se envolver, pois sabia como Neri era. Os seis rapazes, nem chegados aos 20 anos, estavam parando as pessoas na rua para pedir cigarros com cara de ameaça, mas sem nenhuma agressão física efetiva. Também assediavam as garotas que passavam, fazendo gestos sexuais mais franceses do que americanos.

Neri pôs os rapazes contra o muro de pedra que separava o Central Park da 8ª Avenida. Não estava muito escuro, mas ele estava com a sua arma favorita, uma lanterna enorme. Nunca se dava ao trabalho de puxar a arma; nunca era necessário. Quando se irritava, a expressão no rosto era tão brutalmente ameaçadora que, somada à farda, bastava para intimidar os malandros costumeiros. Com estes, foi a mesma coisa.

Neri perguntou ao primeiro rapaz de jaqueta de poliéster.

— Qual é o seu nome?

O garoto disse um nome irlandês. Neri lhe disse:

— Suma da rua. Se aparecer de novo essa noite, vai se ver comigo.

Fez um gesto com a lanterna e o rapaz foi embora depressa. Neri seguiu o mesmo procedimento com os dois seguintes. Deixou que fossem embora. Mas o quarto rapaz deu um nome italiano e sorriu para Neri como se aludisse a algum tipo de parentesco. Neri tinha inconfundível ascendência italiana. Olhou o rapaz por um instante e perguntou superfluamente:

— Italiano, você?

O rapaz abriu um sorriso confiante.

Neri lhe desferiu na testa um golpe atordoante com a lanterna. O rapaz caiu de joelhos. Abriu-se um corte na testa e o sangue escorreu pelo rosto. Mas o ferimento apenas rompera a pele. Neri lhe falou ríspido:

— Seu filho da puta, você é uma desgraça para os italianos. Traz má fama para todos nós. Levanta.

Deu um chute de lado no rapaz, não muito leve nem muito pesado.

— Vá para casa e não fique na rua. E nunca mais me deixe pegá-lo com essa jaqueta outra vez, pois vai parar no hospital. Agora vá para casa. Sorte sua que não é filho meu.

Neri nem se incomodou com os outros dois arruaceiros. Deu-lhes um pontapé no rabo, enxotando-os da Avenida e dizendo que não queria vê-los na rua naquela noite.

Nesses confrontos, era tudo tão rápido que nem dava tempo para juntar uma multidão ou para alguém protestar contra as suas ações. Neri entrava na viatura e o parceiro saía em disparada. Claro que, de vez em quando, aparecia algum encrenqueiro de verdade que queria brigar e até puxava uma faca. Esses realmente eram azarados. Com uma ferocidade rápida e espantosa, Neri lhes tirava sangue e os jogava dentro da viatura. Eram detidos e acusados de agressão a um policial. Mas em geral o processo precisava esperar até saírem do hospital.

Tempos depois, basicamente por não ter mostrado o devido respeito pelo sargento da sua delegacia, Neri foi transferido para patrulhar a área onde ficava o edifício da ONU. Os membros da ONU, com a sua imunidade diplomática, estacionavam as suas limusines por todo lado, sem consideração pelos regulamentos policiais. Neri reclamou na delegacia e lhe disseram que não os impedisse e simplesmente os ignorasse. Mas, uma noite, uma rua transversal ficou totalmente intrafegável por causa dos carros estacionados de qualquer jeito. Passava da meia-noite, e assim Neri pegou na viatura a sua lanterna enorme e seguiu pela rua esmigalhando com ela os para-brisas dos carros. Não era fácil, nem mesmo para diplomatas de alto escalão, mandar arrumar os para-brisas de uma hora para outra; levava pelo menos alguns dias. Houve uma enxurrada de protestos na delegacia, exigindo proteção contra tal vandalismo. Depois de uma semana de para-brisas espatifados, alguém teve uma luz e entendeu o que de fato estava acontecendo, e Albert Neri foi transferido para o Harlem.

Pouco depois disso, num domingo, Neri foi visitar a irmã viúva no Brooklyn, junto com a esposa. Albert Neri tinha pela irmã a enorme afeição protetora comum a todos os sicilianos e ia visitá-la pelo menos de dois em dois meses para se certificar de que estava bem. Ela era bem mais velha do que ele e tinha um filho de 20 anos. Esse filho, Tom, sem um pai que o orientasse, estava causando problemas. Havia se metido em algumas pequenas encrencas e estava ficando um pouco incontrolável. Neri já utilizara uma vez os seus contatos dentro da polícia para que o jovem não fosse indiciado por furto. Naquela ocasião controlara a raiva, mas avisara o sobrinho: "Tommy, se você fizer a minha irmã chorar por você, eu mesmo vou lhe dar uma lição." A intenção era fazer uma advertência amigável, de tio camarada, e não uma ameaça. Mas Tommy, embora fosse o rapaz mais durão naquele bairro de durões do Brooklyn, ficou com medo do tio Al.

Nessa visita de agora, Tommy voltara no sábado muito tarde da noite e ainda estava dormindo no quarto. A mãe foi acordá-lo, dizendo que se vestisse e viesse para o almoço de domingo com o tio e a tia. A voz ríspida do garoto passou pela porta entreaberta:

— Não estou nem aí, me deixe dormir.

A mãe voltou para a cozinha esboçando um sorriso de desculpas.

Então tiveram de comer sem ele. Neri perguntou à irmã se Tommy estava lhe criando algum problema de verdade e ela balançou a cabeça.

Neri e a esposa estavam prestes a ir embora quando, finalmente, Tommy se levantou. Mal deu um alô para eles e foi para a cozinha. Então gritou para a mãe:

— Ei, mãe, você cozinha alguma coisa para eu comer?

Mas não era um pedido. Era a reclamação birrenta de um menino mimado.

A mãe respondeu estridente:

— Levante na hora da refeição e aí pode comer. Não vou cozinhar outra vez para você.

Era o tipo de cena desagradável bastante rotineira, mas Tommy, ainda irritadiço de sono, cometeu um erro.

— Ah, foda-se, você e a sua pegação no pé. Vou comer fora.

Foi só falar e ele se arrependeu.

O tio Al partiu para cima dele como gato num rato. Não tanto pelo insulto à irmã nesse dia específico, mas porque ficou evidente que ele costumava falar assim com a mãe quando estavam a sós. Tommy jamais se atreveria a dizer uma coisa dessas na frente do tio. Nesse domingo em particular, foi por mero descuido. Para azar seu.

Diante dos olhos apavorados das duas mulheres, Al Neri aplicou no sobrinho uma surra metódica e implacável. De início, o rapaz tentou se defender, mas logo desistiu e pediu misericórdia. Neri esbofeteou o rosto dele até os lábios incharem e sangrarem. Puxou a cabeça do garoto para trás e o empurrou para a parede. Socou-lhe o estômago, então o colocou de bruços no chão e afundou a sua cara no carpete. Disse às duas mulheres que esperassem e mandou Tommy descer até a rua e entrar no carro. Então lhe pôs medo:

— Se alguma vez a minha irmã me disser que você falou mais uma vez desse jeito com ela, essa surra vai parecer o beijinho de uma namorada — disse a Tommy. — Entre na linha. Agora vá para casa e diga à minha mulher que estou esperando.

Dois meses depois disso, Al Neri voltou tarde de um turno na polícia e viu que a esposa o abandonara. Tinha juntado todas as suas roupas e voltara para a casa dos pais. O pai dela lhe disse que Rita sentia medo dele, sentia medo de viver com ele por causa do seu gênio. Al ficou perplexo de incredulidade. Nunca batera na esposa, nunca fizera nenhuma ameaça, nunca sentira senão afeto por ela. Mas ficou tão transtornado com a atitude da esposa que resolveu esperar alguns dias antes de ir até a casa da sua família para conversar com ela.

Por azar, na noite seguinte ele teve problemas no seu turno. A sua viatura foi atender a um chamado no Harlem, com a informação de um assalto a mão armada e morte. Como de hábito, Neri saltou da viatura com o carro ainda em movimento, antes de parar. Passava da meia-noite e ele estava com a sua lanterna enorme. Foi fácil encontrar o local da encrenca. Havia uma multidão em frente à porta de uma casa de cômodos. Uma mulher negra disse a Neri:

— Tem um homem lá retalhando uma menina.

Neri entrou no corredor. Havia uma porta aberta ao fundo, deixando passar luz, e dava para ouvir os gemidos. Ainda empunhando a lanterna, seguiu pelo corredor e entrou pela porta.

Quase tropeçou em dois corpos estendidos no chão. Um deles era o de uma mulher negra com cerca de 25 anos. O outro, de uma menina negra com não mais de 12. As duas sangravam com o rosto e o corpo lanhados de navalhadas. Neri viu na sala o responsável por aquilo. Conhecia bem o homem.

Era Wax Baines, cafetão muito conhecido, fornecedor de drogas e famoso valentão. Estava com os olhos saltados, chapadíssimo, balançando a lâmina ensanguentada na mão. Neri já o detivera duas semanas antes, por agressão violenta a uma das suas putas na rua. Baines lhe dissera: "Ei, cara, isso não é da sua conta." E o parceiro de Neri também tinha comentado que deixasse os pretos se matarem entre eles à vontade, mas Neri arrastara Baines até a delegacia. Já no dia seguinte, Baines pagou a fiança e saiu.

Neri nunca foi muito de gostar dos negros e, depois da sua transferência para o Harlem, passara a gostar ainda menos. Viviam todos chapados ou bêbados, enquanto as mulheres trabalhavam ou se vendiam na rua. Não tinha nenhum apreço por nenhum daqueles desgraçados. Assim, ficou furioso com a transgressão descarada de Baines. E a cena da menina toda retalhada lhe deu náuseas. Com muita calma, por decisão própria, resolveu não prender Baines.

Mas as testemunhas já se amontoavam no apartamento, atrás dele, gente que morava no local e o seu parceiro de viatura.

Neri deu a ordem a Baines.

— Solte a faca, você está preso.

Baines deu risada.

— Cara, você vai ter de usar a sua arma para me prender. — Ergueu a navalha. — Ou talvez queira isso.

Neri foi bem ligeiro, e assim o seu parceiro não teve tempo de puxar uma arma. O negro tentou dar uma facada, mas os reflexos extraordinários de Neri lhe permitiram aparar o golpe com a palma da mão esquerda. Com a direita, girou rapidamente a lanterna em círculo. A pancada pegou a lateral da cabeça de Baines, que dobrou comicamente os joelhos como um bêbado. A faca se soltou da mão dele. Estava totalmente indefeso. Assim, a segunda pancada de Neri era injustificável, como se provou mais tarde no inquérito do departamento policial e na ação criminal posterior, com o auxílio do depoimento das testemunhas e do seu parceiro. Neri desferiu uma pancada no alto do crânio de Baines com uma força inacreditável, que esmigalhou o vidro da lanterna; o revestimento esmaltado e a própria lâmpada saltaram longe e se espalharam pelo quarto. O cilindro de alumínio pesado do corpo da lanterna se encurvou e só não se dobrou ao meio por causa das pilhas dentro dele. Um observador espantado, um homem negro que morava na casa de cômodos e mais tarde depôs contra Neri, exclamou:

— Cara, que cabeça dura tem esse preto.

Mas a cabeça de Baines não era tão dura assim. O golpe penetrou no crânio. Ele morreu duas horas depois no Hospital do Harlem.

Albert Neri foi o único que se surpreendeu quando foi indiciado por denúncias do departamento por uso de força excessiva. Foi suspenso e instauraram um processo criminal contra ele. Foi indiciado por homicídio culposo, julgado e condenado a uma pena de um a dez anos de prisão. Àquela altura, ele estava tão sufocado de fúria e ódio por toda a sociedade que nem ligou. Que ousassem julgá-lo criminoso! Que ousassem mandá-lo para a prisão por matar um animal feito aquele cafetão negro! Que nem se importassem com a mulher e a menina que tinham sido retalhadas, desfiguradas para o resto da vida, e que ainda estavam no hospital.

Não tinha medo da prisão. Achava que, por ter sido policial e principalmente por causa da natureza do delito, cuidariam bem dele. Vários colegas já tinham garantido que iriam conversar com alguns amigos. Somente o seu sogro, um italiano esperto da velha guarda que tinha uma peixaria no Bronx, percebeu que um homem como Albert Neri teria poucas chances de sobreviver um ano na prisão. Algum dos colegas detentos podia matá-lo; ou, senão, Neri é que quase certamente mataria um deles. Com sentimento de culpa por causa da filha que abandonara um marido tão bom por algum capricho de mulher, o sogro de Neri recorreu aos seus contatos com a Família Corleone (pagava proteção a um dos seus representantes e fornecia à própria Família os melhores peixes disponíveis, a título de cortesia) e pediu a sua intervenção.

A Família Corleone sabia alguma coisa sobre Albert Neri. Era uma espécie de lenda, como policial durão dentro da lei; tinha certa fama de homem que não se devia menosprezar, homem capaz de inspirar medo por si só, independentemente da farda e da arma regulamentar que portava. A Família Corleone sempre se interessava por indivíduos assim. O fato de ser policial não era tão grave. Muitos homens, quando jovens, tomavam um falso rumo para o seu destino verdadeiro. O tempo e a sorte geralmente os colocavam no caminho certo.

Foi Pete Clemenza, com o seu faro para encontrar bons colaboradores, quem levou o caso de Neri à atenção de Tom Hagen. Hagen examinou a cópia do dossiê oficial da polícia, ouviu atentamente Clemenza e disse:

— Talvez tenhamos aqui outro Luca Brasi.

Clemenza assentiu enfaticamente. Embora fosse muito gordo, não tinha no rosto nenhum sinal daquele ar bonachão dos gorduchos.

— Exatamente o que penso. Mike devia dar uma olhada nisso pessoalmente.

E assim foi que Albert Neri, antes de ser transferido da cadeia provisória para a prisão que lhe serviria de residência permanente no norte do estado, soube que o juiz reexaminara o seu caso, com base em novas informações e declarações juramentadas, apresentadas por altos funcionários da polícia. A sentença foi suspensa e ele foi liberado.

Albert Neri não era bobo e o sogro não era de se encabular. Contou a Neri o que se passara e o genro lhe pagou a dívida concordando em dar o divórcio a Rita. Então foi até Long Beach para agradecer ao benfeitor. Havia, claro, organizado a ocasião com antecedência. Michael o recebeu na biblioteca.

Neri apresentou os seus agradecimentos em tom formal e ficou surpreso e contente com a simpatia com que Michael recebeu os agradecimentos.

— Ora, eu não podia deixar que fizessem uma coisa dessas a um companheiro siciliano — disse Michael. — Deviam era lhe dar uma bela medalha. Mas aqueles políticos desgraçados não ligam para coisa nenhuma, a não ser para grupos de interesse. Escute uma coisa: eu nunca teria entrado em cena se não tivesse checado tudo e visto a sacanagem que fizeram com você. Um dos meus homens falou com a sua irmã, que nos disse que você sempre cuidou dela e do menino, que você botou o garoto na linha e não deixou que ele fosse pelo mau caminho. O seu sogro diz que você é o melhor sujeito do mundo. Isso é raro.

Michael teve o tato de não mencionar nada sobre a esposa que o largara.

Conversaram durante algum tempo. Neri sempre fora caladão, mas se viu falando à vontade, se abrindo com Michael Corleone. Michael era apenas cinco anos mais velho do que ele, mas Neri falava como se fosse muito mais velho, com idade suficiente para ser o seu pai.

Por fim Michael disse:

— Não faz sentido tirá-lo da cadeia e deixá-lo largado aí à toa. Posso arranjar um serviço para você. Tenho alguns negócios em Las Vegas;

com a sua experiência, você podia ser agente de segurança num hotel. Ou, se houver algum pequeno negócio em que queira entrar, posso dar uma palavrinha nos bancos para lhe adiantarem o capital.

Neri transbordava de gratidão e constrangimento. Declinou orgulhoso e então acrescentou:

— De todo modo, com a sentença suspensa, preciso ficar sob a jurisdição do tribunal.

Michael disse animadamente:

— Tudo isso é mero detalhe, posso dar um jeito. Esqueça essa supervisão; e, para que os bancos não fiquem implicando, vou mandar puxarem a sua ficha amarela.

A ficha amarela era um registro policial dos crimes cometidos por qualquer pessoa. Em geral era submetida a um juiz, quando estava avaliando a sentença que daria a um criminoso condenado. Neri havia passado tempo suficiente na força policial para saber que muitos bandidos violentos à espera de sentença eram tratados com leniência pelo juiz por causa de uma ficha amarela limpa, apresentada pelo Departamento de Registros Policiais depois de umas propinas. Assim, não se surpreendeu muito que Michael Corleone pudesse fazer uma coisa dessas; o que o surpreendeu foi que se dessem a tanto trabalho por causa dele.

— Se eu precisar de ajuda, entro em contato — disse Neri.

— Ótimo — respondeu Michael.

Olhou o relógio e Neri tomou isso como sinal de que estava sendo dispensado. Levantou-se para sair. Surpreendeu-se mais uma vez.

— Hora do almoço — disse Michael. — Venha, venha almoçar comigo e a minha família. O meu pai falou que queria conhecê-lo. Vamos até a casa dele. A minha mãe deve ter preparado alguns pimentões, ovos e linguiça. À autêntica moda siciliana.

Aquela foi a tarde mais agradável que Albert Neri passou desde que era menino, antes que os pais morressem quando tinha 15 anos. Don Corleone estava extremamente amigável e ficou encantado ao saber que os pais de Neri eram oriundos de um pequeno vilarejo a poucos minutos da sua aldeia. A conversa era boa, a comida deliciosa, o vinho tinto robusto. Ocorreu a Neri o pensamento de que finalmente estava entre a sua própria gente de verdade. Sabia que estava ali apenas como um conviva de passagem, mas viu que poderia encontrar um lugar permanente e ser feliz num mundo assim.

Michael e o Don o acompanharam até o carro. O Don lhe apertou a mão e disse:

— Você é um ótimo sujeito. O meu filho aqui, ando ensinando a ele os negócios do azeite, estou ficando velho, quero me aposentar. Aí ele chega para mim e diz que quer intervir nesse seu assunto. Respondo que fique só aprendendo sobre o azeite. Mas ele não me deixa em paz. E diz: é um ótimo sujeito, um siciliano, e estão fazendo essa sujeira com ele. E insistiu, não me deu paz, até eu me interessar pessoalmente. Conto isso para dizer que ele tinha razão. Agora que o conheço, fico contente com o que fizemos. Então, se pudermos fazer mais alguma coisa por você, é só pedir. Entendeu? Estamos ao seu dispor.

(Relembrando a bondade do Don, Neri sentiu vontade de que o grande homem ainda estivesse vivo para ver o serviço que fariam naquele dia.)

Neri não levou nem três dias para se decidir. Entendia que estavam tentando atraí-lo, mas também entendeu mais uma coisa. Que a Família Corleone aprovava aquele seu gesto pelo qual fora condenado e punido pela sociedade. A Família Corleone lhe dava valor, a sociedade não. Entendeu que seria mais feliz no mundo criado pelos Corleone do que no mundo exterior. E entendeu que a Família Corleone era a mais poderosa, dentro dos seus limites mais estreitos.

Fez uma segunda visita a Michael e pôs as cartas na mesa. Não queria trabalhar em Las Vegas, mas pegaria um serviço com a Família em Nova York. Deixou clara a sua lealdade. Michael ficou comovido, como Neri pôde ver. Estava combinado. Mas Michael insistiu para que antes Neri tirasse umas férias, no hotel da Família em Miami, com todas as despesas pagas e um mês de salário adiantado, a fim de ter dinheiro para se divertir adequadamente.

Aquelas férias permitiram que Neri provasse pela primeira vez o gosto do luxo. As pessoas no hotel o tratavam com atenção especial, dizendo: "Ah, você é amigo de Michael Corleone." A notícia correu. Deram-lhe uma das suítes de luxo, não o quartinho que se empurraria a contragosto para um parente pobre. O sujeito que comandava o cabaré do hotel lhe arranjou algumas belas garotas. Voltando a Nova York, Neri tinha uma visão levemente diferente da vida em geral.

Foi incluído no destacamento de Clemenza e avaliado cuidadosamente por esse magistral selecionador de pessoal. Foi preciso tomar algumas precauções. Afinal, antes tinha sido policial. Mas a ferocidade natural de Neri superava qualquer escrúpulo que pudesse sentir por estar agora do outro lado da mesa. Em menos de um ano, "mostrou o seu valor". Não poderia mais voltar atrás.

Clemenza entoou os seus louvores. Neri era um assombro, o novo Luca Brasi. Seria melhor do que Luca, alardeava Clemenza. Afinal, Neri era descoberta sua. Fisicamente, o sujeito era uma maravilha. Nos reflexos e na coordenação, poderia ser um novo Joe DiMaggio. Clemenza também sabia que Neri não era homem que se deixasse controlar por alguém como ele. Neri passou a responder diretamente a Michael Corleone, tendo Tom Hagen como a necessária camada de intermediação. Era um "especial" e, como tal, merecia um salário alto, mas não tinha sustento próprio, uma banca de apostas ou uma operação de serviços de proteção. Era evidente o seu enorme respeito por Michael Corleone, e um dia Hagen gracejou com Michael:

— Bom, agora você tem o seu Luca.

Michael assentiu. Tinha conseguido. Albert Neri era homem seu até a morte. E claro que Michael aprendera a manha da coisa com o próprio Don. Quando se instruía sobre os negócios, durante os longos dias de aprendizado com o pai, certa vez Michael perguntou:

— Como você usava um cara como o Luca Brasil? Um animal daqueles?

O Don então passou a lhe ensinar.

– Existem homens neste mundo — disse ele — que andam por aí pedindo para serem mortos. Você deve ter visto. Brigam nos jogos de azar, saltam enfurecidos do carro quando alguém faz um arranhão de leve no para-lama, humilham e maltratam pessoas cuja capacidade desconhecem. Vi um homem, um maluco, enfurecendo de propósito um grupo de homens perigosos, e ele mesmo sem arma, sem recurso nenhum. É gente que vagueia pelo mundo gritando: "Me matem, me matem." E sempre há alguém que se dispõe a atender ao pedido. Lemos nos jornais todos os dias. Essa gente, claro, também causa muito mal aos outros. — Após um instante, ele prosseguiu: — Luca Brasi era um desses. Mas era um homem tão extraordinário que, por muito tempo, ninguém conseguiu matá-lo. Essa gente, de modo geral, não é de interesse para nós, mas um Brasi é uma arma poderosa. Como ele não tem medo da morte, e na verdade procura por ela, a manha da coisa é você se tornar a única pessoa no mundo que ele realmente quer que *não* o mate. Só tem esse único medo, não da morte, mas de que *você* possa ser quem vai matá-lo. Aí ele é seu.

Esta foi uma das lições mais valiosas que o Don ministrou antes de morrer, e Michael a utilizou para converter Neri no seu Luca Brasi.

E AGORA, FINALMENTE, ALBERT Neri, sozinho no seu apartamento no Bronx, ia voltar a trajar a farda da polícia. Escovava-a meticulosamente. A seguir, poliria o coldre. E o quepe de policial também, precisava limpar a pala, engraxar e lustrar as botinas pretas resistentes. Neri trabalhava com uma única vontade. Encontrara o seu lugar no mundo, Michael Corleone depositara confiança absoluta nele, e hoje ele não faltaria a essa confiança.

Capítulo 31

Naquele mesmo dia, duas limusines estacionaram no condomínio de Long Beach. Um dos carros aguardava para levar Connie Corleone, a mãe, o marido e os dois filhos para o aeroporto. A família de Carlo Rizzi ia tirar férias em Las Vegas, preparando-se para a mudança definitiva para lá. Foi o que Michael determinou a Carlo, a despeito dos protestos de Connie. Michael não se dera ao trabalho de explicar que todos iriam sair do condomínio antes da reunião entre as Famílias Corleone e Barzini. Na verdade, a própria reunião era ultrassecreta. Os únicos que sabiam a respeito eram os *capos* da Família.

A outra limusine era para Kay e os filhos, que seguiriam até New Hampshire para visitar os pais dela. Michael tinha de ficar no condomínio, com assuntos prementes demais para sair.

Na noite anterior, Michael também mandara um recado a Carlo Rizzi, avisando que precisaria da sua presença no condomínio durante alguns dias, e que depois se juntaria à esposa e aos filhos, ainda naquela semana. Connie tinha ficado uma fera. Tentou falar com Michael pelo telefone, mas ele tinha ido para a cidade. Agora ela escrutava a alameda, procurando por ele, mas Michael estava fechado com Tom Hagen, com ordens de não ser perturbado. Connie se despediu de Carlo com um beijo, enquanto ele a fazia entrar na limusine.

— Se você não aparecer em dois dias, volto para pegá-lo — ameaçou ela.

Ele lhe deu um sorriso cortês e marital de cumplicidade sexual e respondeu:

— Vou estar lá.

Connie se debruçou pela janela do carro.

— O que você acha que o Michael quer de você?

A sua testa franzida de preocupação lhe dava um ar envelhecido e pouco atraente.

Carlo ergueu os ombros e disse:

— Ele vem me prometendo algo grande. Talvez seja disso que ele quer falar. Pelo menos, foi o que deu a entender.

Carlo não sabia da reunião marcada com a Família Barzini para aquela noite.

Connie disse, ansiosa:

— Sério, Carlo?

Ele assentiu com ar tranquilizador. A limusine partiu e atravessou os portões do condomínio.

Só depois que a primeira limusine saiu é que Michael apareceu para se despedir de Kay e dos dois filhos. Carlo também apareceu e lhe desejou boa viagem e boas férias. Por fim, a segunda limusine partiu e atravessou os portões.

— Desculpe por tê-lo retido aqui, Carlo. Não levará mais de dois dias — falou Michael.

Carlo se apressou em responder:

— Não tem problema nenhum.

— Ótimo — disse Michael. — Fique perto do seu telefone, e eu ligo quando for a hora. Preciso ainda pegar algumas outras informações. Certo?

— Claro, Mike, claro — disse Carlo.

Então Carlo entrou em casa, ligou para a amante que mantinha discretamente em Westbury, prometendo que tentaria ir até lá à noite. Então pegou uma garrafa de uísque de cevada e esperou. Esperou muito tempo. Logo depois do meio-dia, começaram a chegar carros. Viu Clemenza sair de um deles, e um pouco depois Tessio saiu de outro. Os dois foram admitidos na casa de Michael por um dos guarda-costas. Clemenza saiu depois de algumas horas, mas Tessio não reapareceu.

Carlo deu uma caminhada de uns dez minutos pela alameda para espairecer um pouco. Conhecia todos os guardas de serviço no condomínio, e era até amistoso com alguns deles. Achou que poderia ficar batendo papo para passar o tempo. Mas, para a sua surpresa, não conhecia nenhum dos vigias de hoje. Eram todos desconhecidos. O que o surpreendeu ainda mais foi ver que o homem que guardava o portão era Rocco Lampone, e Carlo sabia que Rocco ocupava uma posição alta demais na Família para estar num serviço tão modesto, a menos que estivesse ocorrendo algo realmente excepcional.

Rocco o cumprimentou e lhe deu um sorriso afável. Carlo foi cauteloso. Rocco disse:

— Ei, achei que você ia sair de férias com o Don.

Carlo deu de ombros e respondeu:

— Mike quis que eu ficasse por uns dias. Tem alguma tarefa para mim.

— Pois é — disse Rocco Lampone. — Comigo foi a mesma coisa. E aí ele me diz para cuidar do portão. Bom, dane-se, ele é quem manda.

O tom sugeria que Michael não era como o Don; parecia um pouco depreciativo.

Carlo ignorou o tom e disse:

— Mike sabe o que faz.

Rocco aceitou a censura em silêncio. Carlo se despediu e voltou para casa. Estava havendo alguma coisa, mas Rocco não sabia o que era.

MICHAEL SE POSTOU À janela da sala de estar e ficou observando Carlo a perambular pelo condomínio. Hagen lhe trouxe uma bebida, um conhaque forte. Michael deu um gole, agradecido. Atrás dele, Hagen disse suavemente:

— Mike, melhor começar a se mexer. Chegou a hora.

Michael soltou um suspiro.

— Preferia que não fosse já. Preferia que o velho tivesse durado por mais um tempo.

— Vai dar tudo certo — disse Hagen. — Se eu não percebi, ninguém mais percebeu. Você montou tudo muito bem.

Michael se afastou da janela.

— O velho planejou grande parte. Eu nunca tinha percebido como ele era esperto. Mas acho que você sabe.

— Não há ninguém como ele — disse Hagen. — Mas isso ficou lindo. Está perfeito. Então decerto você até presta um pouco.

— Vamos ver o que acontece — disse Michael. — Tessio e Clemenza estão no condomínio?

Hagen assentiu. Michael terminou o copo.

— Mande o Clemenza vir me ver. Vou instruí-lo pessoalmente. Não quero ver o Tessio de jeito nenhum. Só lhe diga que vou estar pronto para ir com ele à reunião com o Barzini daqui a meia hora, mais ou menos. Depois disso, o pessoal do Clemenza cuida dele.

Hagen disse num tom descompromissado:

— Não tem como livrar o Tessio dessa, tem?

— De jeito nenhum — respondeu Michael.

NO NORTE DO ESTADO, no centro comercial de Buffalo, uma pequena pizzaria numa rua secundária, com balcão dando para fora, estava no maior movimento. Quando a hora do almoço passou, o local finalmente se acalmou e o atendente tirou do balcão a forma redonda de alumínio com as fatias de pizza restantes e pôs na prateleira em cima do enorme forno de tijolo. Deu uma espiada dentro do forno, para uma pizza que estava assando ali dentro. O queijo ainda não começara a borbulhar. Quando se virou para o balcão que lhe permitia servir as pessoas na rua, ali estava um homem ainda jovem de ar mal-encarado. O homem disse:

— Me dê uma fatia.

O atendente pegou a pá de madeira e pôs uma das fatias frias para esquentar no forno. O freguês, em vez de esperar do lado de fora, resolveu entrar para ser servido lá dentro. O local agora estava vazio. O atendente abriu o forno, tirou a fatia quente e serviu num prato de papelão. Mas o freguês, em vez de pagar, ficou a encará-lo atentamente.

— Ouvi dizer que você tem uma bela tatuagem no peito — disse ele. — Dá para ver a parte de cima aí na sua camisa. Que tal me deixar ver o resto dela?

O atendente gelou. Parecia paralisado.

— Abra a camisa — disse o freguês.

O atendente meneou a cabeça.

— Não tenho tatuagem nenhuma — falou num inglês de sotaque muito carregado. — Quem tem é o homem que trabalha à noite.

O freguês riu. Era um riso desagradável, áspero, forçado.

— Vamos, desabotoe a camisa, deixe eu ver.

O atendente começou a recuar para os fundos da pizzaria, para contornar o forno enorme. Mas o freguês ergueu a mão acima do balcão. Estava com uma arma. Ele disparou. A bala pegou o atendente no peito e o arremessou contra o forno. O freguês deu mais um tiro e o atendente caiu no chão. O freguês deu a volta no balcão, abaixou-se e arrancou os botões da camisa. O peito estava coberto de sangue, mas a tatuagem era visível, os amantes entrelaçados e trespassados pelo punhal. O atendente ergueu debilmente um dos braços, como querendo se proteger. O pistoleiro disse:

— Fabrizio, Michael Corleone lhe manda lembranças.

Estendeu a arma a poucos centímetros do crânio do atendente e puxou o gatilho. Então saiu do local. Na curva da esquina, um carro esperava por ele com a porta aberta. Saltou para dentro e o carro saiu em disparada.

Rocco Lampone atendeu ao telefone instalado numa das colunas de ferro do portão. Ouviu dizerem "O pacote está pronto" e o clique quando desligaram o telefone. Rocco entrou no seu carro e deixou o condomínio. Atravessou a Jonas Beach Causeway, o mesmo elevado onde Sonny Corleone fora assassinado, e foi até a estação ferroviária de Wantagh. Estacionou ali. Havia outro carro com dois homens à espera. Foram até um motel a dez minutos de distância na Sunrise Highway e entraram no pátio. Rocco Lampone, deixando os seus dois homens no carro, foi a um dos pequenos bangalôs de tipo chalé. Um único pontapé arrancou a porta das dobradiças e Rocco irrompeu no aposento.

Phillip Tattaglia, de 70 anos e nu feito um bebê, estava de pé numa cama com uma jovem deitada. O cabelo basto de Phillip Tattaglia ainda era totalmente preto, mas a penugem pubiana era grisalha. Tinha o corpo roliço e macio como de um pássaro. Rocco lhe meteu quatro balas, todas na barriga. Então se virou e voltou correndo para o carro. Os dois homens o deixaram na estação de Wantagh. Pegou o seu carro e voltou para o condomínio. Entrou para falar rapidamente com Michael Corleone, então saiu e retomou o seu posto junto ao portão.

ALBERT NERI, SOZINHO NO seu apartamento, terminou de aprontar a farda. Vestiu devagar as peças, calça, camisa, gravata e jaqueta, coldre e cinturão. Tinha entregado a arma quando foi suspenso da polícia, mas, por algum deslize administrativo, não o fizeram entregar o escudo. Clemenza lhe fornecera um novo revólver regulamentar da polícia, um 38 que não tinha como ser rastreado. Neri abriu a arma, lubrificou, inspecionou o cão, montou a arma de novo, experimentou o gatilho. Carregou as balas e ficou pronto para sair.

Pôs o quepe policial num saco de papel reforçado e vestiu um sobretudo de civil para encobrir a farda. Olhou o relógio. Faltavam quinze minutos até o carro vir esperá-lo na rua. Passou os quinze minutos se examinando no espelho. Não havia dúvida. Parecia mesmo um policial de verdade.

O carro aguardava com dois homens de Lampone na frente. Neri entrou no banco de trás. Enquanto seguiam para o centro da cidade, depois de saírem do bairro onde Neri morava, ele tirou o sobretudo de civil e deixou no chão do carro. Abriu o saco de papel e pôs o quepe na cabeça.

No cruzamento da rua 55 com a 5ª Avenida, o carro parou na esquina e Neri desceu. Começou a caminhar pela Avenida. Tinha uma sensação estranha por estar novamente de farda, patrulhando as ruas como tantas vezes fizera. Havia muita gente. Prosseguiu até chegar à frente do

Rockefeller Center, do outro lado da Catedral de São Patrício. No mesmo lado da calçada da 5ª Avenida onde estava, divisou a limusine que procurava. Estava estacionada, só ela, entre toda uma faixa de placas vermelhas avisando PROIBIDO PARAR e PROIBIDO ESTACIONAR. Neri diminuiu o passo. Estava adiantado demais. Parou para anotar algo no caderninho de ocorrências e então voltou a andar. Ficou diante da limusine. Deu uma batidinha de leve no para-lama com o cassetete. O motorista levantou os olhos, surpreso. Com o cassetete, Neri apontou a placa PROIBIDO PARAR e fez um sinal para o motorista tirar o carro. O motorista virou a cabeça para o outro lado.

Neri desceu da calçada para a rua e ficou ao lado da janela aberta do motorista. Era um sujeito de cara enfezada, bem daqueles que ele gostava de enfrentar. Neri falou em tom deliberadamente ofensivo:

— Ei, espertinho, quer que te enfie uma multa no rabo ou vai puxar o carro?

O motorista não se abalou e respondeu:

— Melhor checar com a sua delegacia. Me dê a multa, se isso te deixa contente.

— Some daqui — disse Neri — ou arranco você do carro e te arrebento a cara.

O motorista fez aparecer num passe de mágica uma nota de dez dólares, que dobrou com uma só mão num quadradinho pequeno e tentou enfiar dentro da jaqueta de Neri. Neri voltou para a calçada e chamou o motorista com o dedo. O motorista saiu do carro.

— Mostre os documentos do carro e a carteira de motorista — disse Neri.

Ele achava que conseguiria que o motorista saísse de perto, mas agora não tinha como. Pelo canto do olho, Neri viu três homens baixos e robustos descendo a escada do edifício Plaza, vindo para a calçada. Era Barzini em pessoa, com dois guarda-costas, a caminho da reunião com Michael Corleone. Naquele mesmo momento, um dos guarda-costas se adiantou para ver qual era o problema com o carro de Barzini.

— O que foi? — perguntou o sujeito ao motorista.

O motorista falou brusco:

— Estou sendo multado, nada de mais. O cara deve ser novo no pedaço.

Nesse instante, Barzini apareceu com o outro guarda-costas, rugindo:

— Que raio foi agora?

Neri acabou de fazer as suas anotações no caderninho e devolveu a carteira e os documentos do carro ao motorista. Então pôs de volta o caderninho no bolso de trás e, ao mover a mão para a frente, sacou o 38.

Meteu três balas no peito de Barzini antes que os outros homens tivessem tempo de reagir e lhe dar proteção. Ao se recuperarem da surpresa, Neri já tinha corrido entre a multidão e virara na esquina, onde o carro estava à sua espera. O carro saiu em disparada para a 9ª Avenida e virou para o centro. Perto do Chelsea Park, Neri, que se desfizera do quepe, mudara de roupa e vestira o sobretudo, se transferiu para outro carro que o aguardava. Deixara a arma e a farda de policial no carro anterior. Dariam sumiço naquilo. Uma hora depois, estava em segurança no condomínio em Long Beach, falando com Michael Corleone.

Tessio estava à espera na cozinha da casa do velho Don, tomando uma xícara de café, quando Tom Hagen veio chamá-lo.

— Mike vai vê-lo agora. Melhor você ligar para o Barzini e dizer que pode ir indo.

Tessio se levantou e foi até o telefone de parede. Ligou para o escritório de Barzini em Nova York e foi breve:

— Estamos indo para o Brooklyn.

Desligou e sorriu para Hagen, dizendo:

— Espero que o Mike nos consiga um bom acordo hoje à noite.

— Tenho certeza — respondeu Hagen gravemente.

Escoltou Tessio da cozinha até a alameda. Dirigiram-se para a casa de Michael. À porta, foram detidos por um dos guarda-costas.

— O chefe disse que vai num carro separado. Disse para vocês irem na frente.

Tessio franziu a testa e se virou para Hagen.

— Ele não pode fazer isso, caramba; vai atrapalhar os arranjos que montei.

Naquele momento, materializaram-se mais três guarda-costas em volta dele. Hagen disse mansamente:

— Também não posso ir com você, Tessio.

O *caporegime* com cara de fuinha entendeu tudo num átimo. E aceitou. O seu corpo deu uma rápida fraquejada e então Tessio se recompôs. Falou para Hagen:

— Diga ao Mike que foi apenas uma questão de negócios; sempre gostei dele.

Hagen assentiu.

— Ele sabe disso.

Após uma pausa, Tessio indagou brandamente:

— Tom, dá para você me livrar dessa? Pelos velhos tempos?

Hagen balançou a cabeça.

— Não, não dá — disse ele.

Ficou observando enquanto os guarda-costas cercavam Tessio e o levavam para um carro à espera. Ficou levemente nauseado. Tessio tinha sido o melhor soldado da Família Corleone; tirando Luca Brasi, era o homem em que o velho Don mais confiara. Pena que um indivíduo tão inteligente tivesse cometido um erro de avaliação tão fatal em idade tão adiantada na vida.

CARLO RIZZI, AINDA AGUARDANDO a conversa com Michael, estava nervoso com todas aquelas chegadas e partidas. Era evidente que se passava algo muito importante, e parecia que iam deixá-lo de fora. Impaciente, ligou para o telefone de Michael. Um dos guarda-costas da casa atendeu, foi chamar Michael e voltou com o recado de que esperasse mais um pouco e logo se falariam.

Carlo ligou mais uma vez para a amante e disse que certamente sairiam para cear mais tarde e passariam a noite juntos. Michael tinha dito que logo se falariam, e o que planejara, fosse o que fosse, não demoraria mais do que uma ou duas horas. Então ele levaria uns quarenta minutos para chegar até Westbury. Dava tempo. Prometeu a ela que iria e foi todo meigo tentando adoçá-la. Ao desligar, resolveu que, para ganhar tempo, já ia se vestir para o encontro. Acabava de pôr uma camisa limpa quando bateram à porta. Num raciocínio rápido, concluiu que Mike tentara ligar para ele, mas o telefone tinha dado sinal de ocupado e por isso achou mais fácil mandar um mensageiro chamá-lo. Carlo foi até a porta e abriu. Sentiu o corpo inteiro amolecer de medo, de imenso pavor. À porta estava Michael Corleone, estampando no rosto a face daquela morte que Carlo Rizzi tanto via em sonhos.

Atrás de Michael Corleone estavam Hagen e Rocco Lampone. Tinham um ar grave, como pessoas vindo com a máxima relutância dar uma má notícia a um amigo. Os três entraram na casa e Carlo Rizzi os levou à sala de estar. Recuperando-se do choque inicial, achou que tinha sofrido um ataque de nervos. As palavras de Michael o deixaram realmente nauseado, com um enjoo físico.

— Você tem de responder pelo Santino — disse Michael.

Carlo não falou nada, fazendo-se de desentendido. Hagen e Lampone se dividiram, indo para as paredes opostas da sala. Ele e Michael ficaram frente a frente.

— Você entregou o Sonny para o pessoal do Barzini — disse Michael em tom inexpressivo. — Aquela pequena farsa que você encenou com a minha irmã, o Barzini te enrolou dizendo que enganaria um Corleone?

Apavorado de medo, Carlo Rizzi falou, sem dignidade, sem nenhum respeito próprio:

— Juro que sou inocente. Juro pelos meus filhos que sou inocente. Mike, não faz isso comigo, por favor, Mike, não faz isso comigo.

Michael disse calmamente:

— Barzini está morto. Phillip Tattaglia também. Quero acertar todas as contas da Família hoje à noite. Então não me diga que é inocente. Seria melhor admitir o que fez.

Hagen e Lampone fitaram Michael atônitos. Ocorreu-lhes que Michael ainda não era como o pai. Por que tentar que esse traidor admitisse a culpa? A culpa já estava provada até onde era possível provar esse tipo de coisa. A resposta era óbvia. Michael ainda não se sentia muito certo, ainda receava ser injusto, ainda se incomodava com aquele resquício de incerteza que somente a confissão de Carlo Rizzi conseguiria eliminar.

Não houve resposta. Michael disse quase bondoso:

— Não fique tão assustado. Você acha que eu deixaria a minha irmã viúva? Você acha que eu deixaria os meus sobrinhos órfãos de pai? Afinal, sou padrinho de um dos seus meninos. Não, o seu castigo será não trabalhar mais com a Família. Vou colocá-lo num avião para Las

Vegas, para ficar com a sua esposa e filhos, e quero que fique por lá. Mandarei uma mesada para a Connie. E só. Mas não continue a dizer que é inocente, não ofenda a minha inteligência e não me deixe zangado. Quem abordou você, Tattaglia ou Barzini?

Carlo Rizzi, na esperança agoniada de continuar vivo, na doce onda de alívio de que não o matariam, murmurou:

— Barzini.

— Muito bem, muito bem — disse Michael suavemente.

Acenou a mão direita.

— Agora vá. Há um carro à espera para levá-lo ao aeroporto.

Carlo saiu pela porta, seguido de perto pelos outros três homens. A noite caíra, mas a alameda, como de costume, estava profusamente iluminada pelos holofotes. Um carro avançou e parou. Carlo viu que era o seu próprio carro. Não reconheceu o motorista. Havia alguém sentado no banco de trás, mas do outro lado. Lampone abriu a porta da frente e fez um gesto para que Carlo entrasse. Michael disse:

— Vou ligar para a sua mulher e dizer que você já está indo.

Carlo entrou no carro. A camisa de seda estava encharcada de suor.

O carro partiu, seguindo rápido para o portão. Carlo começou a virar a cabeça para ver se conhecia quem estava sentado atrás. Naquele instante, Clemenza, com a destreza e a delicadeza de uma menina passando uma fita pela cabeça de um gatinho, passou o garrote pelo pescoço de Carlo Rizzi. A corda lisa penetrou na carne com o tremendo puxão de Clemenza no pescoço, e o corpo de Carlo Rizzi deu um salto no ar como um peixe na linha de pesca, mas Clemenza segurou com força, apertando o garrote até o corpo amolecer. De repente um fedor tomou conta do carro. O intestino de Carlo tinha se esvaziado pelo esfíncter que se afrouxara à aproximação da morte. Clemenza manteve o garrote apertado por mais alguns minutos, só por garantia, e então soltou a corda, que guardou de volta no bolso. Relaxou na almofada do banco, enquanto o corpo de Carlo escorregava e batia na porta. Em seguida, Clemenza abriu o vidro da janela para a fedentina sair.

A vitória da Família Corleone foi completa. Naquele mesmo período de vinte e quatro horas, Clemenza e Lampone soltaram toda a força dos seus destacamentos e puniram os invasores dos domínios Corleone. Neri foi enviado para assumir o comando do destacamento de Tessio. Os corretores de apostas de Barzini foram removidos dos negócios; dois dos agentes operacionais mais graduados de Barzini foram executados a tiros enquanto palitavam calmamente os dentes depois do jantar num restaurante italiano na Mulberry Street. Um notório manipulador de corridas de trote também foi morto, voltando para casa após uma noite muito rentável no hipódromo. Dois dos maiores agiotas da zona portuária desapareceram e só foram encontrados meses depois nos pântanos de Nova Jersey.

Com esse único ataque feroz, Michael Corleone firmou reputação e reconduziu a Família Corleone ao seu primado entre as Famílias de Nova York. Tornou-se respeitado não só pela excelência tática mas também porque alguns dos *caporegimes* mais importantes das Famílias Barzini e Tattaglia se passaram imediatamente para o lado dele.

Teria sido um triunfo absoluto para Michael Corleone, se não fosse o espetáculo histérico dado pela sua irmã Connie.

Connie, com a mãe, tomara o avião de volta para casa, deixando os filhos em Las Vegas. Controlara a dor de viúva até chegarem ao condomínio. Então, antes que a mãe conseguisse contê-la, ela atravessou correndo a rua pavimentada até a casa de Michael Corleone. Irrompeu porta adentro e encontrou Michael e Kay na sala de estar. Kay estava se dirigindo até ela, para abraçá-la e reconfortá-la, mas se deteve quando Connie começou a gritar com o irmão, lançando acusações e rogando pragas.

— Seu desgraçado, filho da mãe — berrava. — Você matou o meu marido. Esperou que o nosso pai morresse e ninguém conseguisse impedi-lo, e o matou. Você o matou. Você achava que a morte do Sonny foi por culpa dele, sempre achou, todo mundo achava. Mas você nunca pensou em mim. Nunca me deu importância nenhuma. O que vou fazer agora, o que vou fazer agora?

Gemia e chorava. Dois guarda-costas de Michael tinham se postado atrás de Connie e aguardavam as ordens dele. Mas Michael simplesmente se manteve ali, impassível, esperando a irmã terminar.

— Connie, você está transtornada, não diga essas coisas — falou Kay chocada.

Connie se recuperara da histeria. Disse em tom mortalmente venenoso:

— Por que você acha que ele sempre era tão frio comigo? Por que você acha que mantinha o Carlo aqui no condomínio? O tempo todo ele sabia que ia matar o meu marido. Mas não se atrevia enquanto o nosso pai estava vivo. O meu pai não deixaria. Ele sabia disso. Só estava esperando. E então foi padrinho do nosso filho só para nos despistar. O desgraçado sem coração. Você acha que conhece o seu marido? Você sabe quantos homens ele mandou matar com o meu Carlo? Leia os jornais. Barzini, Tattaglia e os outros. Foi o meu irmão que mandou matar.

Estava histérica outra vez. Tentou cuspir na cara de Michael, mas estava sem saliva.

— Levem a minha irmã para a casa dela e chamem um médico — disse Michael.

Prontamente, os dois guarda-costas agarraram os braços de Connie e a arrastaram para fora da casa.

Kay ainda estava chocada, horrorizada. Perguntou ao marido:

— O que levou a Connie a dizer todas aquelas coisas, Michael, o que leva a Connie a acreditar naquilo?

Michael deu de ombros.

— Ela está histérica.

Kay olhou dentro dos olhos dele.

— Michael, não é verdade, diga, por favor, que não é verdade.

Michael abanou a cabeça com ar cansado.

— Claro que não é. Acredite em mim, dessa vez estou deixando que você pergunte sobre os meus assuntos e estou lhe dando uma resposta. Não é verdade.

Nunca fora tão convincente. Fitou diretamente os olhos dela. Estava utilizando toda a confiança mútua que haviam acumulado durante a vida de casados para que ela acreditasse nele. E para que não tivesse mais dúvida. Ela sorriu alegre e correu aos seus braços para beijá-lo.

— Nós dois precisamos de um drinque — disse ela.

Foi pegar gelo na cozinha e, quando estava lá, ouviu abrirem a porta da frente. Saiu da cozinha e viu Clemenza, Neri e Rocco Lampone entrarem com os guarda-costas. Michael estava de costas para Kay, mas ela se moveu para poder enxergá-lo de perfil. Naquele momento, Clemenza se dirigiu a ele, saudando-o formalmente.

— Don Michael — disse Clemenza.

Kay podia ver a postura de Michael ao receber as homenagens deles. Lembrava-lhe as estátuas em Roma, as estátuas daqueles imperadores romanos da antiguidade que, por direito divino, detinham o poder de vida e morte sobre os seus semelhantes. Estava com uma das mãos na cintura, o rosto de perfil mostrava um poder frio e orgulhoso, o corpo numa atitude displicente e arrogante, apoiando o peso num dos pés ligeiramente atrás do outro. Os *caporegimes* estavam de pé diante dele. Naquele momento, Kay percebeu que todas as acusações de Connie contra Michael eram verdadeiras. Voltou para a cozinha e chorou.

LIVRO IX

Capítulo 32

A vitória sangrenta da Família Corleone só se consumou depois de um ano de delicadas manobras políticas, que firmaram Michael Corleone como o chefe da Família mais poderosa dos Estados Unidos. Durante doze meses, Michael dividiu igualmente o tempo entre o seu quartel-general no condomínio de Long Beach e o novo lar em Las Vegas. Mas, no fim daquele ano, ele decidiu encerrar as operações de Nova York e vender as casas e o terreno do condomínio. Para isso, trouxe toda a sua família da Costa Leste para uma última visita. Ficariam um mês, finalizariam os negócios, Kay cuidaria do empacotamento e remessa dos objetos domésticos da família pessoal. Havia uma infinidade de outros pequenos detalhes.

Agora a Família Corleone era inexpugnável, e Clemenza tinha a sua própria Família. Rocco Lampone era o *caporegime* dos Corleone. Em Nevada, Albert Neri dirigia todo o serviço de segurança nos hotéis controlados pela Família. Hagen também fazia parte da Família da Costa Oeste de Michael.

O tempo ajudou a curar as velhas feridas. Connie Corleone se reconciliara com o irmão Michael. Na verdade, uma semana depois das suas acusações terríveis, ela se desculpara com Michael pelo que dissera e garantiu a Kay que não havia nenhum fundo de verdade nas suas palavras, e que tinha sido apenas o acesso histérico de uma jovem viúva.

Connie Corleone logo encontrou um novo marido; de fato, não guardou o tradicional ano de respeito e, antes disso, passou a dividir a cama com um belo rapaz que viera trabalhar para a Família Corleone como secretário. O rapaz provinha de uma família italiana confiável, mas se formara na melhor faculdade de administração dos Estados Unidos. Naturalmente, o casamento com a irmã do Don garantiu o seu futuro.

Kay Adams Corleone dera grande prazer aos parentes por afinidade ao se instruir na doutrina católica e se converter ao catolicismo. Os dois filhos, claro, também estavam sendo criados como católicos, conforme se prescrevia. Michael, pessoalmente, não gostou muito desse desdobramento. Preferiria que os filhos fossem protestantes, pois isso era mais americano.

Kay, para a sua própria surpresa, acabou adorando morar em Nevada. Amava a paisagem, os montes e os cânions de rochas exuberantemente vermelhas, os desertos escaldantes, os inesperados lagos de um frescor maravilhoso, e até o calor tórrido. Os dois filhos tinham os seus próprios pôneis. Agora ela contava com empregados de verdade, e não guarda-costas. E Michael levava uma vida mais normal. Era dono de uma construtora; participava dos clubes e comitês cívicos dos empresários; tinha um saudável interesse pela política local, sem interferir publicamente. Era uma vida boa. Kay estava feliz por estarem deixando de vez a casa de Nova York, e assim Las Vegas seria realmente o lar efetivo deles. Detestava voltar a Nova York. Por isso, nessa última viagem, ela organizara todo o empacotamento e a remessa dos objetos com a máxima rapidez e eficiência, e agora, no último dia, sentia a mesma urgência em partir que sentem os pacientes longamente internados depois de receberem alta do hospital.

Naquele último dia, Kay Adams Corleone acordou ao amanhecer. Ouviu o ronco dos motores dos caminhões na alameda. Eram os caminhões que iam transportar os móveis de todas as casas. A Família Corleone, inclusive *mamma* Corleone, ia tomar o voo da tarde para Las Vegas.

Quando Kay saiu do banheiro, Michael estava apoiado no travesseiro, fumando um cigarro.

— Caramba, por que você precisa ir à igreja *todas* as manhãs? — perguntou ele. — Aos domingos, tudo bem, mas por que cargas-d'água durante a semana? Tem a mesma mania da minha mãe.

Estendeu o braço no escuro e acendeu o abajur da mesinha de cabeceira. Kay se sentou na beirada da cama para vestir as meias.

— Você sabe como são os católicos convertidos — respondeu ela. — Levam mais a sério.

Michael se curvou para lhe tocar a pele morna da coxa, onde terminava a parte superior da meia.

— Não — disse Kay. — Hoje vou comungar.

Ela se levantou da cama e ele não tentou retê-la. Disse com um ligeiro sorriso:

— Se você é uma católica tão rigorosa, como você deixa os meninos faltarem tanto à igreja?

Kay se sentiu pouco à vontade e ficou cautelosa. Ele a examinava com aquele olhar que, intimamente, ela chamava de "olhar de Don".

— Eles têm muito tempo — respondeu. — Quando voltarmos para casa, irão mais; vou cuidar disso.

Antes de sair, deu-lhe um beijo de despedida. Lá fora, já estava esquentando. O sol de verão se erguia rubro no nascente. Kay foi até o carro estacionado perto dos portões do condomínio. *Mamma* Corleone, com o traje preto de viúva, já estava sentada no carro, esperando por ela. Tornara-se rotina irem juntas à missa todas as manhãs.

Kay beijou a face enrugada da senhora e então se sentou ao volante. *Mamma* Corleone perguntou desconfiada:

— Desjejum, come?

— Não — respondeu Kay.

A velha senhora assentiu com ar aprovador. Uma vez, Kay esqueceu que era proibido ingerir alimento entre a meia-noite e a hora da comunhão. Tinha sido muito tempo atrás, mas desde então *mamma* Corleone não confiava mais e sempre conferia.

— Você sente bem? — perguntou a senhora.

— Sim, sim — respondeu Kay.

A igreja era pequena e parecia desolada ao sol matinal. Os vitrais protegiam o interior contra o calor, e lá era fresco, repousante. Kay ajudou a sogra a subir os degraus de pedra branca e deixou que entrasse adiante dela. A senhora escolheu um banco bem na frente, perto do altar. Kay ficou por mais um minuto na escada. Sempre relutava nesse momento final, sempre um pouco temerosa.

Por fim, entrou na penumbra fresca. Molhou os dedos na água benta e fez o sinal da cruz, depois levando rapidamente os dedos úmidos aos lábios ressecados. As velas bruxuleavam vermelhas diante dos santos e do Cristo na cruz. Kay fez a genuflexão antes de entrar na fileira do banco e então se ajoelhou na madeira dura do estrado, à espera de ser chamada para a comunhão. Baixou a cabeça como se rezasse, mas ainda não estava totalmente preparada para isso.

Era somente aqui, nessas igrejas abobadadas e penumbrosas, que ela se permitia pensar na vida paralela do marido. Naquela noite terrível, um ano atrás, quando ele utilizara deliberadamente toda a confiança e amor entre ambos para fazê-la acreditar na sua mentira, na mentira de que não havia matado o marido da irmã.

Ela o abandonara por causa da mentira, não por causa do ato em si. Na manhã seguinte, pegara os filhos e fora para a casa dos pais em New Hampshire. Sem dizer nada a ninguém, sem saber de fato o que pretendia fazer. Michael entendera de imediato. Ligou para ela naquele dia e depois a deixou em paz. Transcorreu-se uma semana e então a limusine de Nova York, com Tom Hagen, parou em frente à casa dos seus pais.

Passara uma longa tarde terrível com Tom Hagen, a tarde mais terrível da sua vida. Tinham ido caminhar pelos bosques nos arredores da sua cidadezinha, e Hagen não fora muito gentil.

Kay cometeu o erro de tentar ser cruelmente mordaz, papel para o qual não era talhada.

— O Mike mandou você aqui para me ameaçar? — perguntou ela. — Eu esperava ver alguns dos "rapazes" saírem do carro com metralhadoras para me fazerem voltar.

Foi a primeira vez, desde que conhecia Hagen, que o viu zangado. Ele respondeu ríspido:

— Essa foi a pior asneira de moleque que já ouvi. Nunca esperaria isso de uma mulher como você. Ora, Kay, convenhamos.

— Bom, tudo bem — disse ela.

Seguiram pela estrada rural verdejante. Hagen perguntou calmamente:

— Por que você fugiu?

— Porque o Michael mentiu para mim — respondeu Kay. — Porque me fez de boba quando foi padrinho do menino da Connie. Ele me traiu. Não posso amar um homem desses. Não posso viver com isso. Não posso deixar que seja pai dos meus filhos.

— Não sei do que você está falando — disse Hagen.

Ela se virou para ele com uma raiva agora justificada.

— Estou dizendo que ele matou o marido da irmã. Deu para entender? — Parou um instante e retomou: — E mentiu para mim.

Continuaram a andar mantendo um longo silêncio. Por fim, Hagen disse:

— Você não tem como saber realmente se é verdade. Mas, só como mera suposição, digamos que é verdade. Não estou dizendo que seja, lembre-se disso. Mas e se eu lhe desse certa justificativa possível para o que ele fez? Ou melhor, algumas justificativas possíveis?

Kay o fitou com desdém.

— É a primeira vez que vejo o seu lado de advogado, Tom. Não é a sua melhor faceta.

Hagen sorriu.

— Tudo bem. Só me ouça. E se o Carlo tivesse criado a situação, tivesse entregado o Sonny? E se a surra que o Carlo deu na Connie naquela vez tivesse sido um complô deliberado para atrair o Sonny, que sabiam que ia pegar o trajeto pela Jones Beach Causeway? E se o Carlo tivesse sido pago para ajudar a matarem o Sonny? E aí, como ficaria?

Kay não disse nada. Hagen prosseguiu:

— E se o Don, um grande homem, não conseguisse se decidir a fazer o que tinha de fazer, vingar a morte do filho matando o marido da filha? E se, no final das contas, fosse demais para ele e então escolhesse o Michael como sucessor, sabendo que o Michael tiraria o fardo dos seus ombros, tiraria aquele seu sentimento de culpa?

— Isso acabou com tudo — disse Kay com as lágrimas aflorando aos olhos. — Todo mundo era feliz. Por que não dava para perdoar Carlo?

Por que não dava para continuar como era antes, por que não dava para esquecer?

Ela havia atravessado uma campina até um riacho sombreado de árvores. Hagen se sentou na grama e suspirou. Olhou ao redor, suspirou outra vez e disse:

— Aqui neste mundo daria.

— Não é o homem com quem me casei — falou Kay.

Hagen deu uma breve risada.

— Se fosse, agora estaria morto. Agora você seria viúva. Não teria nenhum desses problemas.

Kay o fuzilou com o olhar.

— Que raio significa isso? Vamos, Tom, seja franco pelo menos uma vez na vida. Sei que o Michael não consegue, mas você não é siciliano, você consegue contar a verdade a uma mulher, consegue tratá-la como igual, como ser humano e semelhante.

Fez-se outro longo silêncio. Hagen meneou a cabeça.

— Você entendeu mal o Mike. Está louca da vida porque ele mentiu para você. Bom, ele lhe avisou que nunca perguntasse sobre os seus negócios. Está louca da vida porque ele foi padrinho do menino do Carlo. Mas foi você que insistiu nisso. Na verdade, se ele ia tomar alguma medida contra o Carlo, era mesmo a coisa certa a fazer. A clássica tática de ganhar a confiança da vítima. — Hagen lhe deu um sorriso arrevesado. — Esse tanto de franqueza chega ou quer mais?

Mas Kay apenas abaixou a cabeça.

Hagen retomou:

— Vamos continuar mais um pouco com a franqueza. Depois que o Don morreu, armaram para matar o Mike. Sabe quem armou? O Tessio. Então era preciso matar o Tessio. Era preciso matar o Carlo. Porque traição não se perdoa. O Michael podia ter perdoado, mas são as pessoas que não perdoam a si mesmas, e por isso elas sempre seriam perigosas. O Michael realmente gostava do Tessio. Ele ama a irmã. Mas estaria se furtando à sua obrigação com você, com os filhos, com toda a família dele, comigo e com a minha família, se deixasse o Tessio e o Carlo se safarem. Seriam um perigo para todos nós, para a vida de todos nós.

Kay ficara ouvindo enquanto as lágrimas corriam pelo rosto.

— Foi para me contar isso que o Michael mandou você aqui?

Hagen a fitou com genuína surpresa.

— Não — respondeu. — Ele me falou para lhe dizer que você pode ter tudo e fazer tudo o que quiser, desde que cuide bem dos meninos. — Hagen acrescentou com um sorriso: — Ele falou para lhe dizer que você é o Don dele. Foi só brincadeira.

Kay pousou a mão no braço de Hagen.

— Ele não mandou você me contar aquelas outras coisas?

Hagen hesitou por um instante, como se debatesse consigo mesmo se lhe diria uma última verdade.

— Você ainda não entendeu — disse ele. — Se você contasse ao Michael o que lhe falei hoje, eu seria um homem morto. — Depois de uma pausa, retomou: — Você e os meninos são as únicas pessoas neste mundo contra as quais ele jamais ergueria um dedo.

Passaram-se cinco demorados minutos e então Kay se levantou da grama e começaram a voltar para a casa. Quando estavam quase chegando, Kay perguntou a Hagen:

— Depois do jantar, você pode me levar de carro com as crianças para Nova York?

— Foi para isso que eu vim — disse Hagen.

Uma semana depois de voltar para Michael, ela foi pedir a um padre que lhe ensinasse a doutrina para virar católica.

DO MAIS FUNDO RECESSO da igreja, o sino soou o toque de contrição. Tal como haviam lhe ensinado, Kay bateu levemente no peito com o punho fechado, em sinal de arrependimento. O sino tocou outra vez e seguiu-se o som abafado dos passos dos comungantes, que deixavam o banco e se dirigiam ao gradil do altar. Kay se levantou e se juntou a eles. Ajoelhou-se ao altar e, das profundezas da igreja, o sino tocou mais uma vez. Com o punho fechado, ela bateu mais uma vez no coração. O padre estava à sua frente. Ela inclinou a cabeça para trás e abriu a boca para receber a hóstia. Este era o momento mais terrível de todos. Até que a hóstia se dissolvia, e então ela podia engolir e fazer o que viera fazer.

Purificada dos pecados, suplicante devotada, baixou a cabeça e uniu as mãos sobre o gradil do altar. Mudou a posição do corpo para que o seu peso não lhe castigasse tanto os joelhos.

Esvaziou a mente de todos os pensamentos sobre si, sobre os filhos, de toda a raiva, de toda a revolta, de todas as perguntas. Então, com um sincero e profundo desejo de crer, de ser ouvida, como fazia todos os dias desde o assassinato de Carlo Rizzi, ela rezou as necessárias preces pela alma de Michael Corleone.

Este livro foi composto na tipografia Sabon LT Std,
em corpo 11/15, e impresso em
papel off-white no Sistema Cameron da
Divisão Gráfica da Distribuidora Record.